Iris Murdoch

艾丽丝·默多克作品

大海，大海

THE SEA, THE SEA

〔英〕艾丽丝·默多克——著　梁永安——译

上海译文出版社

献给

罗斯玛丽·克兰普①

① 英国考古学家，达勒姆大学首位女性考古学教授。

目　录

史　前

五月和蔼的阳光让我写作时面对的这片大海显得亮炯炯但不是金光四射。潮汐已经平复，海水静静依偎在陆地上，几乎不起一丝涟漪或泡沫。近地平线的海面是一片丰艳的紫色，点缀着等距的翠绿线条。地平线处的海水则是靛青色。近岸的海水(从我的位置看过去，像是被框在一些肉瘤般隆起的黄色岩石中)淡绿而清冽，倒影的阳光较少，但不是透明的，只是半透明——这里是北方，即使灿烂的阳光也无法穿透海水表面。在岩石被海水轻拍过的地方，留有薄薄一层七彩的肌理。靛青色的地平线上方，天空非常苍白，像被铅笔画上了淡淡的银线。近顶部的天空逐渐转蓝，予人一种正在振动的感觉。但整个天空看起来冷冰冰的，就连太阳看起来也是冷冰冰的。

上述的文字，是我打算用来作为回忆录的第一段。写作当时，我刚经历了一件极不寻常也极恐怖的事。虽然事情发生距今已有一段时间，而我也找到一个可能的解释(虽然并非完全有说服力)，但心情仍未平复到足以把事情的经过写下来。也许，再过一段时间，等我心情更平复些，头脑更清晰些，我就能那样做了。

我说要写一本回忆录。但我现在写的这东西，最后真的会是一本回忆录吗？时间自会分晓。就目前来说，这本写了才一页的东西，给人的感觉更像是日记而不是回忆录。那么，就让它是一本日记好了。我真后悔没有早早开始写日记，要是早那样做，那将会是一部何等不平凡的记录啊！但现在，我生命中发生的大事都已过去，唯一留待我去做的只是“在静思中忆往”。我想写回忆录，是为了忏悔非常自我中心的一生吗？不全然，但也相去不远。我当然不会告诉剧院界的绅士淑女这件事，因为他们听了一定会笑破肚皮。

剧院无疑是一个可以让人明白人生荣耀何其短暂的地方：唉，所有的金碧辉煌，不过都是注定会消逝的滑稽剧罢了！如今，我誓言要弃绝魔法，成为一个隐者，除了学习怎样成为善良的人以外，什么都不干。人生的最后阶段本来就应该是一个沉思的阶段。我会遗憾没有让这个阶段更早展开吗？

我必须写作，这是相当清楚明白的，但是以一种相当不同于我以往的风格来写。我以前写的东西，都不是认真写的，而且是蓄意如此。但这一次，我是为了传承永久而写，我写的这个东西，也不由自已地希望可以长存下去。对，我是把这本小书拟人化了，这是因为，它的生命虽然是我赋予的，但却似乎已产生出自己的意志。它希望活着，希望可以一直活下去。

我曾考虑写成一部札记，但不是为了记录即将发生的大事(不会再有这样的大事了)，而是记录我的思想和日常观察：也就是记录“我的哲学”，一部以描述天气与其他自然现象为底本的沉思录。我仍觉得这是个好主意。大海。单用文字摹描，就可以写出一整本书来。我当然也乐于写一些有关四周环境(动物样态与植物样态)的扎实叙述。尽管我不是当塞尔伯恩的怀特[①]的料，但如果能坚持写下去，这样的东西应该会相当有趣。此刻，从面海的窗户，我看见三种不同的海鸥、一些燕子、一只鸬鹚和无数在花朵间翩翩起舞的蝴蝶。那些花朵，都奇迹似的生长在岸边的黄色岩石上。

我决定不特别讲究文笔的优美，因为那只会搞砸我的计划，而且让我看起来像个笨蛋。

北海啊北海，你才是真正的大海，你清澈慈惠，是发臭混浊的

---

① 十八世纪英国博物学家、牧师，所著《塞尔伯恩博物志及古迹》一书为英国第一部有关博物学的名著。

地中海所无法比拟的！

他们说这里有海豹，但我迄今还没看到过一只。

当然，硬要把“回忆录”和“日记”或“哲学札记”区分开来是没有必要的。读者诸君，在向你们娓娓道来的时候，我大可以同时告诉你们我过去的生活与我的“世界观”。有何不可呢？这些都可以在我反省的过程中自然流淌出来。在没有焦虑的情况下（我真的把所有焦虑都抛诸脑后了吗？），我将会发现最适合自己的“文体形式”。不管怎样，为什么现在就要仓促决定呢？稍后，如果我高兴，我大可以把这些随笔视为草稿，再加工为更详尽连贯的叙述。天知道当我开始忆往时，我的叙述会不会变得相当有趣呢？

忏悔自我中心的人生：自传会不会是最好的方法呢？但既然不是哲学家，我唯一能反省的方法，就是透过反省自己在这个世界的历险来反省世界。而我也觉得，思考自己是谁的适当时刻终于到了。这听起来很奇怪，因为我既然一向被大众媒体称作“暴君”、“鞑靼人”或“饥渴权力的怪兽”，又怎么会从未思考过自己是谁？但真的是这样，我是个身份认同感非常模糊的人。

一直到最近，我才开始觉得有必要写一些同时具有个人性与反省性的东西。在那些随性涂写的日子，我一直认为，这辈子我唯一会出版的书大概只是一本食谱！

也许我可以开始自我介绍了——我忽然想到，最需要向大家自我介绍的人，就是我自己。写自传是多么奇怪的一回事。如果我写的这些东西在不久的将来付梓，那么读到的人一定会觉得我根本没有自我介绍的必要。一个血肉之躯的名声可以持续多久呢？我拥有的那一类名声不会维持很久，尽管已经够久了。没错，没错，我是查尔斯·阿罗比，当我在写这些文字时，已年过六十。我一无妻儿，二无兄弟姊妹。我一直是那个大名鼎鼎的我，是那个被名声装点得闪闪发亮但一戳就破的人。我很久以前就决定，一过六十岁就要从剧院退休。（“你永远不会退休的，”威尔弗雷德说过，“你做不到的。”）事实上，我对剧院已经厌倦，已经受够了。这一点是没有一个熟悉我的人所能预见或想像的——不管是尚在人世的西德尼或佩里格林或弗里齐，还是已逝的威尔弗雷德或克丽芒。这不只是符合“急流勇退”真理的明智做法(多少演员和导演是可怜兮兮地赖到嘘声响起才下台一鞠躬？)，也因为我已厌倦剧院的一切。这是一个心灵上的转变。

“好吧，走吧，但不要幻想可以再回头。”他们说。谢啦，我根本不想回头！“如果你停止工作，一个人生活，就会静悄悄变成疯子。”(西德尼的高见。）我会变成疯子？才怪！这是我平生第一次觉得自己完全神志清醒、自由自在和愉悦快乐。

我会离开，并不是因为我开始像某些人那样，变得对剧院“深恶痛绝”(我妈妈就是这样的人，而且终其一生如此)。我只知道，如果继续待下去，自己就会从灵性上凋萎，就会失去某件一直耐心陪我走过人生的东西。这东西不但与我的工作无关，反倒是与之彻底分离。如果我再不在意，它就会离我而去。我听詹姆斯说过，有些人死前会躲到洞穴里去等死。唔，这样的话，这里就是我的洞穴。我也把那珍贵的东西带来了，准备要打开它，就像是要打开一件包着的驱邪物一样。这番话听起来多么堂皇和自负！但我得坦承，我也不太了解自己在说什么。好沉重的反省，且让我们中断一下吧。

上述的沉思是写于一连串空闲孤独的美妙日子里的。我记得，这样的日子是我以前一直梦寐以求但又太不相信自己有朝一日会得到的。

我又开始游泳，却仍找不到最适当的地点。今天早上，我直接从最接近我房子的岩石处跳下水。那些岩石几乎是垂直插入水里，不过上面有很多的裂隙和岩突，足以形成一道不牢靠的楼梯，让我爬上岸。我称这片岩石为我的“小悬崖”，尽管它在低潮时离海平面也不过二十英尺。水当然很冷，但几秒钟后，水就像在我身上裹了一张温暖银亮的皮肤，让我觉得自己是个长了鳞的男性人鱼。我的血液因冷水的刺激而汹涌澎湃，为我注入了新的力量。对，大海才是我的原乡。一想到自己是十四岁那年才头一次看见大海，我就觉得怪之又怪。

我是个善泅而无畏的泳者，不害怕汹涌的水流。今天的海水很温和，与我习惯像海豚一样嬉戏其中的那些大洋完全不同。但我却遇到一个几乎是技术性的难题。尽管水流温和，可是我发现自己几乎爬不回岩石上面去。“小悬崖”有点太陡，它上面的岩突也太窄了。温和的细浪不断逗弄着我，一下把我推向岩壁，一下又把我扯开。我的手指拼命想勾住一处裂隙，却一而再、再而三被拉开。后来因为觉得累了，我试图绕到别处登岸，但发现困难有增无减：其他位置的岩石虽然没那么陡，但却更光滑，要不就是长着滑不溜丢的野草，我根本攀不住。最后，我还是回到原处，奋力再试，这一次成功了，手指脚趾并用，爬上了一片岩突，用跪行的方式侧着往上爬。等我到达岩顶，躺在太阳下面喘气时，才发现手和膝盖都在流血。

自搬来此地以后，我就一直享受裸泳之乐。这一带都是岩石海岸，无法吸引游人，感谢主。没有一个地方可以看得见讨人厌的沙子。我听说这一带被称为丑陋的海岸。但愿人们长此下去都是这样认为。这里的岩石向着前后两个方向不断延伸，但样子并不优美。它们是黄褐色的，布满结晶似的微粒，成堆笨拙而不规则地叠着。在海潮线下面的岩壁上，丛生着晶莹发亮的深褐色海草，散发出难闻的味道。但在海潮线的上方和一些隐蔽的角落，这些岩石却可以提供攀爬者许多隐秘的乐趣。那儿有很多 V 字形的沟壑，自成一个个小水坑，要不就是有着各种形状漂亮的石头岩屑堆。再来还有各种不知是用什么方法生根于岩石缝里的花朵：粉红色的海石竹、紫红色的锦葵、迤逦的白色剪秋萝，还有一种叶子像卷心菜的蓝绿色花朵，以及一种类似虎耳草的小东西，它的花叶小得几乎肉眼看不见。我得找出放大镜，好好研究一番。

这里海岸线的一个特色就是海水有时会在岩石上冲蚀出一些洞孔。这些洞孔够不上洞穴的规模，但在游泳者的眼中却十分壮观，也带点邪恶阴森。在我的房子附近某处，大海甚至把岩石冲蚀成一座拱桥的形状，其下方是一个四壁光滑的深洞窟，海浪怒吼不绝。站在“桥”上，看着翻腾的海浪在密闭的岩窟里涌进涌出，带给我莫名的乐趣。

自从写下上面的文字以后，又过了一天。天气仍然是几乎完美无瑕。自搬来此地后，我未曾收到信，这有点怪。我的前秘书考夫曼小姐相当好心，答应帮我在伦敦先过滤掉谈公事的信件。嗯，没有来信又有什么大不了的。除了莉齐以外，我又稀罕知道谁的消息呢？而莉齐说不定度假去了。

刚刚又在我的圆堡[①]附近的岩石探索了一回。我的圆堡？对，我现在不只是一栋房子和一些岩石的主人了，而且还坐拥一座废弃的圆堡。它当然只剩下空壳。我很乐意重新整修，在里面装一道螺旋形楼梯并加盖一间居高临下的工作室，只可惜我没这个钱。与一般人对我的认定相反，我不是有钱人，买这栋临海的房子花去我大部分积蓄。不过我倒是有一笔丰厚的年金可以养老，这是拜克丽芒多年前的投资眼光所赐。我非把这钱存起来不可。在圆堡附近，我发现一个很有考古文物味道的设施，而这也证明我不是唯一觉得在这片大海游泳不易上岸的人。在圆堡下方的一个秘密入口处(如果不是站在其正上方是看不见的)，有一道直接在岩壁上凿出来、一直延伸到海面的阶梯，旁边装着铁栏杆扶手。可惜铁栏杆扶手的下半截断掉了，阶梯变成无用之物：因为除非是涨潮，否则想从没有栏杆扶手的湿漉漉的梯级上岸是不可能。海浪会把走在上面的人打下水。我那爱开玩笑的大海可是很有力量和很坚持的啊！尽管如此，我却

---

① 旧时防御海岸用的军事设施。

获得了灵感。我必须想办法把铁栏杆扶手加长；我又想到，如果能在“小悬崖”的岩壁上钉入一些铁支柱，那不管是涨潮还是低潮，我都可以轻易从那里上岸。我得到村子问问有没有工人可以来做。

我在涨潮时从圆堡的阶梯下水游泳，泳毕赤裸裸躺在塔边的草地上，感到极端放松和快乐。这圆堡稍为令人遗憾的是这里偶尔会吸引游人，但我又厌恶竖起“私人产业，外人勿入”的告示牌。如果屋后那片草地不算的话，圆堡旁边的这片小草坪就是我唯一拥有的草坪了。这里的草非常短(无疑是饱受海风折腾的结果)，叶片张开成小小的圆形，让人感受到它们近于仙人掌的强韧生命力。粉红色和白色的缬草长在圆堡基部四周。在靠陆地一边的岩石各处，有一种百里香样子的紫花与草交杂生长。我用放大镜仔细研究了这种紫花和那种虎耳草般的小花。十岁那一年，我曾希望长大后成为植物学家。我爸爸热爱植物(尽管他这方面知识不多)，我们也一起看了很多花花草草。我很好奇，如果不是迷上舞台，我这辈子会是从事哪一行。

回程途中，我探视了我的各个小水坑。这些水坑包含何等大量漂亮而奇怪的生命啊！如果想成为这地区的吉伯特·怀特，我得买些相关的书来看。我也捡起好些漂亮的石头，带回我家的草坪。这些椭圆形的石头质地光滑，握在手里很舒服。其中一颗现在就摆在我写东西的案头，它是粉红色的，带着斑点，有复杂精致的白线条围绕。爸爸一定会喜欢这地方——我迄今还思念着他。

我已经吃过午饭，可以来描写这房子是什么样子了。我今天吃的是鳀鱼酱涂奶油吐司、茄汁烤豆和蔬菜锅，后者的材料包括了菜豆、芹菜、番茄、柠檬汁和橄榄油(好的橄榄油不可或缺，我从伦敦带了一批橄榄油过来)。如果有青椒，我的蔬菜锅会更生色，只可惜村子里的杂货店没卖青椒(从我家到村子要走约两英里怡人的路。因为店家不愿意送货到“什鲁夫末端”这么远的地方，所以包括牛奶在内的一切我都得自己提回来)。甜点是香蕉，蘸着鲜奶油和砂糖吃

（香蕉应该切成段吃，千万不可压成泥，鲜奶油不可蘸太多）。再来我还吃了淡饼干，涂上新西兰奶油和文斯利代尔起司的。我当然是从来不碰外国起司。我们英国的起司是世界最好的。用餐时我喝掉了近一瓶的麝香干白，那是从我那个小型“酒窖”里取出来的。我慢咽细嚼（吃饭就应该是慢咽细嚼，快快煮，慢慢吃），并且因为用不着谈话和阅读而可以专心进食（谢天谢地）。事实上，吃饭是那么愉快的一件事，人吃饭时甚至应该压抑思想。当然，阅读和思想都很重要，但饮食也同样重要。我们生而为一种需要吃东西的动物，是何其幸运啊！每一餐都应该视为一大享受，我们也应该对每个新的一天心存感激，因为每天都会带来饥饿感这种宝贵的礼物。

我纳闷自己是不是总有一天会把《查尔斯·阿罗比四分钟食谱》写出来。“四分钟”指的当然是费心准备食物的时间，而不是指不需要盯着看的烹煮时间。我看过很多所谓的“快速”食谱，但那常常都是骗人的，上面说的“十五分钟”事实是指三十分钟，而且还会有诸如“搅打个稀面糊”这一类指示。换成是我的食谱，读者将不需要搅打什么稀面糊，甚至不需要懂得什么叫搅打稀面糊。我锁定的读者是单纯的老实人，但他们在我的调教下也将成为享乐主义者。在饮食和很多其他事情上（不是全部），愈单纯的快乐就愈上乘，这是任何睿智的自恋者都知道的道理。西德尼有一次想教我怎样品尝高档葡萄酒，却被我嗤之以鼻回绝。西德尼厌恶一般的葡萄酒，而且除非能够喝到酒瓶上印有年份的昂贵货色，否则就愀然不乐。可是有什么必要得轻率破坏我们对平价酒的味蕾呢？（这当然并不表示我认为那些味道像香蕉的葡萄酒是值得喝的。）快乐生活的一个要诀就在于透过连续不断的小乐趣获得大满足，如果我们从不昂贵且容易买到的葡萄酒中就能获得满足，又何乐不为呢？戏剧界的生活让人无法专心饮食，所以过去我常常无法慢咽细嚼。但我却学会了怎样快速烹饪。当然，我使用的方法（例如我用开罐器的方式）也许会让一些蠢材感到愤慨，而很多人在敦促我出版食谱时（主要是那些女孩：珍妮、多莉丝、罗斯玛丽、莉齐），又不无讨好和调侃的意味。你的名字一定会让食谱大卖，他们说。丽塔·吉本斯有一次说：“查尔斯做的不过都是些野餐小点。”对，是野餐小点，但却是好吃，甚至是了不起的野餐小点。该补充的是，被我宴请的客人当然是有桌椅可坐，不会得把盘子放在大腿上，而且一定有正式的餐巾可用，绝不会是纸餐巾。

饮食是一个深邃的课题，而且从未有一个作者在这个课题上撒过谎。我蛮好奇自己的烹饪智商是从何而来。童年的节俭训练让我对浪费食物的行为感到发指。我喜欢家常饭菜喜欢得不得了。我妈妈是个“平凡的好厨师”，但对简易缺乏认识，而在我看来，简易正是饮食之美的灵魂。我猜我的启蒙就像圣奥古斯丁①一样，是来自对于过度的厌恶。年纪轻轻当上导演以后，我开始愚蠢随俗地认为，招待客人就应该是在知名的高级餐馆。但我逐渐觉悟到，在公众场所大吃大喝昂贵的食物，不只是不道德、不健康和没品味，而且还是不怡人。后来，凡是招待客人，我都只提供大家家常饭菜之乐。还有什么比新鲜热烫的奶油吐司(不管有没有涂烟熏鲑鱼酱)更美味呢？还有什么比简单的水煮洋葱配着一点咸牛肉吃更怡人呢？用红糖和鲜奶油煮的麦粥，足堪充当国王的御膳。但在当时，一些人因为品味已被彻底摧毁，所以就认为我睿智的享乐主义只是一种个人怪癖，一种花招。(有位记者称其为《杨柳风》食物。)有些被我宴请的人甚至觉得受到冒犯。

不过，真正让我看穿“高级料理”虚伪神话的，与其说是高级餐馆，不如说是家庭晚宴。长久以来我都企图说服朋友(但总是徒劳)，请客不必做大菜。单是浪费那个时间就很荒谬——虽然我承认，有些不幸的妇女除了烹饪之外无事可做。人们还有一种错觉，以为复杂的菜肴比简单的菜肴更有“创意”。得首先声明，我并非野蛮人。法国的乡村料理真的非常棒(那片蒙福的土地现在偶尔还可以找到这种料理)，但它的棒，却是以一个传统和一种本能为前提。

① 奥古斯丁为中世纪基督教神学家与哲学家。

装腔作势的英国女主人不但把繁复和仪式误认作美德，还常把她们虚妄的烹饪艺术用在那些不懂享受食物的人身上。就以我戏剧界的朋友来说，他们大部分都是事多心烦的人，所以受邀参加家庭晚宴时往往食不知味，有时甚至连摆在他们面前的是什么菜肴也不知道。既然如此，我们有必要花一整天为这样的人做菜吗？一个认真的食者也会是一个适度的饮者。晚宴上强迫性的谈话也会将食物的滋味破坏无遗。只有够幸运，你才会因为左右邻座谈得起劲，让你免去交谈的义务，专心吃饭。不，我从来都不是“正式”场合的朋友，这些场合，往往只是虚荣心和想炫耀身份地位的心理的产物，并非真正好客心态的流露。“高级料理”甚至是好客心态的敌人，因为那些没有能力或意愿去做“高级料理”的人，往往因为担心怠慢客人而不敢请客。吃东西最好与一群不用讲究社会规范的好朋友同吃，自己一个人吃当然也一样好。我痛恨家庭晚宴的虚假性，因为那里尽管有许多亲密的假象(如许多亲吻等)，却是一点也不亲密的地方。

谈太多题外话了，描写房子的事看来只好改天再说。也许这里值得补充的是(也许现在已是不言自明)，我不是素食者。我肉吃得很少，而且对“牛排馆肉食动物”的吃相感到胆战心惊。不过，有若干肉类项目(像鳀鱼酱、肝脏、香肠、鱼类等)在我的膳食里占有策略性的位置，少了这些，我会深感遗憾。你可以说，在这一点上，享乐主义战胜了倔强的道德感。也许我应该放弃吃肉，但就目前来说，虽然已经有了那么多吃肉对身体不好的论证，我还是不太相信自己早晚会茹素。

现在可以来介绍这栋房子。它的名字是“什鲁夫末端”。“末端”？对，因为它位于一个小岬角边，而且就直接盖在岩石上。干这事的疯子是谁？房子的落成日期可能是十九世纪。但“什鲁夫”三个字又是何指？我问过两个我在本地的资讯来源(一个是杂货店老板娘，一个是酒吧老板)，他们都说“什鲁夫”是指“黑色”，至于为什么，他们说不上来。（“什鲁夫”[Shruff]是德文“黑色”[schware]的变体吗？怎么看都不像。）我至今对这房子的历史一无所知。我从未见过房子的上一任主人，只听说是位老太太，名叫乔里太太。屋价并不便宜，而且我还被迫把屋里那些不值钱的家具与设备一并买下来。就屋论屋，“什鲁夫末端”显然有诸多缺点，而我也毫不迟疑向房屋经纪人指出这些缺点。房子湿气奇重，位置偏僻又暴露。感谢主，这里有自来水和排水系统（我在美国住过没这两样东西的房子），但没有电力供应和暖气设备。所以我都是用液化气煮饭。这里还有一些奇怪的设计，到适当时候我再来介绍。面对我的抱怨，房屋经纪人只微微一笑。他早看穿我爱极了这地方，知道再多的不便对我来说都不算什么。“它是独一无二的，先生。”他说。确实如此。

它的位置相当让人心旷神怡，尽管村子里的“邻居”乐于告诉我，在冬天，这里会很冷还有暴风。他们一点都不知道，我多盼着这些暴风到来，甚至巴不得巨浪打到我的门上呢！但从搬进来到现在（大约几星期），天气好得让人苦恼。昨天，大海平静无波，光滑如镜，有一大群蓝苍蝇丛聚海面上，乍看好像是靠海水的表面张力在上面爬行。从二楼面海的窗户向外看（我此时就面对着这样的窗户写东西），举目都是大海，除非你刻意往下望，才会看到下方的岩石。但一楼的窗户却看不到海，只看得到岸边的岩石，它们的大小和形状如同大象，围绕在房子四周。出后门（开在厨房）是一个有小岩石围绕的“草坪”，长着带刺的野草和百里香。这个草坪我会交给大自然来照管。我绝不是园丁的料（这是我拥有过的第一片土地）。草坪边有一块石头，大小和形状都像张座椅，其后方是一个凹坑。我把搜集来的石头放在凹坑里，又在石头座椅上放了垫子，以便可以坐在上面欣赏石头。

出大门走上几步就是一条两边都是陡坡的岩石堤道，看起来像天然的城堡吊桥。过堤道后就是一条美其名为“海岸公路”的小公路。那是一条柏油路，但却是路中央常常长出草来的那一种，即使是五月，也很少有汽车经过。顺带一提，我这辈子快乐生活的一个秘诀就是从来不学开车。我总不缺渴望开车载我出游的人(特别是女人)，这样，我又何必养一条母狗来吠我呢？堤道两边下面布满小岩石(由大自然之手堆成乱七八糟一堆)，没有路可以通到海边。这下面的景观比较不那么吸引人，而且不乏生锈的铁罐和破玻璃瓶；早晚我会爬下去清干净。在公路的另一边可以再次看到那种黄色的岩石，有些还极其巨大。不过这边的黄色岩石上长的是那种铁丝状的小草，而岩石间丛生着数不清的火艳的荆豆[1]。另外还看得见相当多瘦弱的倒挂金钟和浓密的婆婆纳，全都开着花。(是大自然还是人种在这里的？)还有一种相当吸引人的野草，样子像鼠尾草，但叶子是灰色。过了这片“灌木林”之后是一片荒凉不毛的石南地，长满金雀花和石南花，还有很多湿滑泥泞的池塘，它们发出恶臭，满布绿色和微红的苔藓。我还没到这片内陆乡野探险过。我不是个“健行家”，而且我那个海边天堂就已经让我相当满足。在石南地的上方，是离我房子最近的人类居处——一个名为阿莫尼农庄的地方，距“什鲁夫末端”约一英里半。从二楼的前窗，晚上可以看见那边的灯火。

如果出我家堤道往海岸公路的右边一直走，会拐进另一个海湾，它不在“什鲁夫末端”的视线范围内，除非你是站在岬角的圆堡上面。这个海湾有一家饭店(离我的房子约三四英里)，名字是雷文饭店。我对它是爱恨参半，因为它装腔作势的外表会吸引一些游客前来。海湾本身非常漂亮，岸边堆着一些相当大的岩石，几乎是球形的。人们都因为雷文饭店的存在而把海湾称为“雷文湾”，尽管海湾在本地方言里另有名字。(好像是“海滨湾”之类的，为什么这么叫呢？)如果你出了“什鲁夫末端”后往海岸公路的左边走，会遇到一条窄得出奇的隘道，我私底下给它取了个外号：开伯尔山

① 一种多刺的常绿灌木。

口[1]。过隧道后就会来到一个非常小的石滩，也是本区唯一的海滩，因为这里其他的海岸一概都是水很深的岩岸(我当初会被这条海岸线吸引，原因正在此)。过小石滩以后，会碰到一条与海岸公路垂直的步道，沿着步道走，可以到达离海岸稍远的村子。但如果沿着海岸公路继续走，就会来到一个非常漂亮的小港口。小港口有一个壮观而弯曲歪扭的采石场，但现已淤积，完全荒废。我猜这港口过去应是捕鱼船聚集之处，但如今能看到的，只是一些来自更北方的捕鱼船：有时，我会看见船只从我那片相当空荡的海域驶过。过小港口后是一片长而相当宽的斜坡，是从岩石上凿出来的。这地点被称为“女士浴场”，但我从未在那里看到女士，只偶尔会看到几个男孩子(本地人几乎不游泳，似乎认为游泳是疯子行径)。事实上，“女士浴场”现在丛生着滑溜的褐色野草和被海水冲上岸的卵石，在这里下水游泳，不会比其他地方更安全。自此而下，海岸公路变成一条小径(不幸的是宽得足以让摩托车行驶)，可以深入到荒野地区(我还没空去探索)，在那里，黄色的岩石被漂亮且相当壮观的悬崖峭壁取代。柏油路则会转入内陆，通到村子和更远的地方。

村子的名字是纳罗迪恩(Narrowdean)。它的旧拼法 Nerodene 至今还保留在海岸公路一块漂亮的里程碑上。这个小地方由几条街、一些石造村舍和盖在山坡上的一些小别墅组成。村里有一家杂货店。我买不到《泰晤士报》，也买不到新电池，替换收音机里电力耗尽的旧电池，但这件事情并没有让我太失望，我也并不因为村子里完全没有肉品店而沮丧。倒是有个叫“黑狮”的小酒馆。村里的房舍样式迷人，以本地产的微黄色石头盖成，相当牢固。但村子唯一有特色的建筑是一座十八世纪的精致教堂。我当然不是什么信徒，但知道这里有礼拜活动(一个月一次)，仍然感到高兴。教堂保存得很好，里面定时更换鲜花。我有时会听到遥远的教堂钟声，钟声是来自阿莫尼农庄再过去一个与此村同样小的村子，那边的乡村

① 开伯尔山口是阿富汗与巴基斯坦之间最重要的一个山口。

景色更柔和，而且有羊在吃草。纳罗迪恩村没有深院大宅，那最好，我的退休生活计划里可不包括与乡绅贵人应酬这一项！我也很高兴知道这里没住着什么“知识分子”，这种危险人物这年头无所不在。还是回到教堂去吧。这里拥有一个最迷人的墓园，反映出这个小村子的过去比想像的更显赫。很多墓碑上都刻有帆船、船锚和鲸鱼图案。这里过去会是一个捕鲸人的聚落吗？其中一块墓碑特别吸引我。碑上刻着一个锚徽，铭文相当简单：杜哑：一八七九至一九一八。“杜哑”这个名字起初让我困惑，后来才想通，他一定是个又聋又哑的水手，无法告诉别人自己的姓名。可怜的人儿。

现在再回到“什鲁夫末端”。我想，它的正面(面向公路)谈不上特别，但却与其孤独的坐落点十分不协调。房子是一栋砖造的“双正面”别墅，一楼装的是凸窗，屋顶上有两个屋顶尖端。砖的颜色是深红色。这样颜色的房子，在伯明翰的郊区自是毫无特别可言，但在这个荒凉的海岸区，却相当突兀。屋子的背面是用碎石垒成，相当丑陋，但无疑是一种考虑到海风的设计。一个专家大概可以从还留在屋里的米黄色窗帘(几乎每个房间都有)，推断出这房子的落成日期。这些窗帘保存得相当良好，以绳子系在亮泽的木头套索钉上，带有丝流苏，底部还有蕾丝花边。当这些窗帘全拉上时，从公路上望向房子，会觉得它格外神秘。如果是在屋里，从窗帘透进来的黄光会让我忧愁地忆起童年，这也许是为何它让我想起祖父位于林肯郡的房子。

一楼两个装了凸窗的房间，一个被我用作书房，一箱箱书还放在里面，没有拆封；另一个被我用作饭厅，也是我存放葡萄酒的地方。但我的生活重心几乎全在房子面海的一面，包括了卧室和一个被我充当起居室的房间(都在二楼)，以及厨房和旁边的一个小间(我称之为“小红室”)。小红室里有一个很好的壁炉、一张高雅的竹桌子和一把竹椅。四面墙壁的下半部镶有白色的木头镶板，上方墙壁漆成番茄色，颇有一番异国风味(整栋房子仅此一见)。厨房里有一个液化气炉，地板铺着我见过最大块的瓦石板。当然没有冰箱，对一个嗜鱼的人来说，这不能不算是个遗憾。厨房里还有一个很大的食物贮存柜，但里面长满潮虫。所有一楼的木制品都容易发潮。我撬起铺在门厅地上的漆布，铺上新的，一面铺一面忐忑不安。地上有一股咸味。海水可能透过某个秘密通道灌进屋子下面吗？我买这房子之前应该找人评估一下的，我太迫不及待了。大门上有一个老式的门铃，拉动一个黄铜把手，就会透过一根长铁丝，引动设在厨房里的铃铛。

这房子最古怪的设计（我找不到任何合理解释）是在一楼和二楼各有一间“里房”。它们位于前房间和后房间之间，我之所以称之为“里”，是因为它们都没有开向室外的窗户，只靠开向隔壁面海房间（一楼是起居室，二楼是厨房）的窗户取光。这两间滑稽的“里房”极为幽暗，几乎空无一物，不过一楼的“里房”有一张凹陷的沙发，二楼的“里房”有一张小桌子，外加一个引人注目的装饰性铁铸灯座支架（整栋房子仅此一见）。我当然用不到这两个房间，所以考虑稍后打掉墙壁，扩大起居室和饭厅的空间。房子里原来就有一些家具，我自己带进来的非常少。（全屋只有一张床，这不打紧，因为我根本不会有访客！）这种空荡荡的感觉很合我味；与詹姆斯不同，我不爱收藏和积聚东西。虽然要花钱买下乔里太太留下的东西让我抱怨不已，但我对其中一些已产生感情。特别让我钟情的是挂在门厅的一面椭圆形大镜子。乔里太太的东西看起来都是“归属于”这个地方的，我自己带来的那些则显得格格不入。搬离位于班内斯那栋大公寓以前，我卖掉很多东西，剩下来的，大部分都塞到我位于谢泼兹布什的新据点（没有整理，只锁上大门）。我害怕再回到那里。我不明白当初怎么会另外买一栋小公寓；但我的朋友都说我在伦敦“必须”留一个基地。

我说“我的朋友”，但现在算一算，尽管在戏剧界待了一辈子，但我的朋友何其寥寥。不管戏剧界看来是个多亲切友好的地方，但事实上荒凉一片。我最好的朋友都已离我远去：克丽芒·梅金死了，威尔弗雷德·邓宁死了，西德尼·阿什移民去了加拿大的斯特拉特福，弗里齐·艾特尔去了加州发展(相当成功)。剩下来的屈指可数：皮里、艾尔、马卡斯、吉伯特，而女孩子剩下的也只有……黄昏了。大海一片金黄，泛着白光点，在一个淡绿天空下机械式地舔拍着海岸。多浩瀚，多虚渺啊，这个我渴望亲近了一辈子的无垠空间。

仍然没有来信。

海水声今天比较吵，海鸥也在嘶鸣。除了在剧院里，我从未真正喜欢寂静。大海显得焦躁不安，水色深蓝，好似戴着白色的羽冠。

为了寻找漂流木，我一路走到小石滩。因为是低潮，我无法从圆堡的阶梯下水游泳；除非能在“小悬崖”装上可供攀扶的东西，我想我也不会从那里下水，好天气的时候除外。我今天本来打算在小石滩下水游泳，却没有成功。小石子刺痛我的脚，而海浪也不断把小石子推来推去。放弃努力，回到岸上后，我又冷又恨，根本忘了要带走搜集来的一捆漂流木。

我现在已用过午餐，感觉好多了。午餐吃的是小扁豆汤和水煮洋葱拌契普拉塔香肠，甜点是晒干的杏子和水果酥饼，配着这两种东西，我喝了点“薄酒莱”。(吃杏子，新鲜杏子当然是最佳选择。但如果是晒干的杏子，应该先浸泡二十四小时再把水沥干，那么配着任何微甜的小甜饼或蛋糕吃都是人间美味。这些甜点和任何杏仁制品都是极佳搭配，也和红葡萄酒相得益彰。我不是桃子的爱好者，但觉得杏子是水果之王。)

我要搁笔午睡去了。

晚上了。两盏油灯发着细微的滋滋声，平静的乳白光晕洒在我的桌子上。那是乔里太太留下来的东西之一，原是张极漂亮的桃花心木书桌，但如今桌面上刮痕与污迹斑斑。这张桌子现在是我的工作桌，被我靠在起居室的窗户前面。不过工作时我也会用到从“里房”拿进来的那张小折叠桌，我把它摆在旁边，用来放书本或纸张。我关上窗户，以防蛾子飞进来，它们体型相当巨大，张着米橘两色的翅膀，先前，它们一直像小直升机一样不断飞进来。屋里共有四盏油灯，都是乔里太太的东西。这些油灯古色古香，以黄铜铸成，非常沉重，带有半透明的玻璃罩子。我是在美国住在弗里齐的小屋时学会点油灯的。但一楼的两个煤油暖炉该怎么使用，对我来说却是个谜。在天气变得更冷以前，我得赶紧买一些新的暖炉回来。不过昨晚就已经够冷了。我曾尝试在小红室的壁炉里用漂流木生火，但烟囱似乎排烟不顺，弄得整个房间烟雾弥漫。

我想，入冬后我应该会住在一楼。我多么盼着冬天到来啊。对我来说，起居室仍然是一个眺望的地点而非生活的空间。这房间里有一个大剌剌的壁炉台，漆成黑色，上面放着很多小镜子。这东西无疑只是装饰品，给人的感觉却像某些古怪教派的祭坛(壁炉台上的东方植物图案加添了这种味道)。

今晚在点亮油灯以前，我在黑暗中凝视窗外的月色好一会儿——对一个城居人而言，这种月色总是会引起惊奇与欢乐。外头岩石所反照的月色是那么亮，我大可不用点灯，靠着这光就能够阅读。不过奇怪的是，我发现自己搬进来以后，一直没有阅读的冲动。这是个好征兆。看来书写在我的生活里已取代了阅读的位置。与此同时，我似乎一直延迟正式自我介绍的时刻(如“我是世纪之交生于某某城”之类)。我还在等待适当的时间和累积足够的动机去谈自己过去的一生。我至今仍羞于表现自己的感情，羞于把自己某些极浓烈的回忆形诸笔墨。不说别的，单是我与克丽芒在一起的那些年月，就够写成一本书。

我充分意识到，这房子是静静生活在我的四周。它一部分是我已经占领的，另一些部分则仍倔强地对我保持疏离和幽暗。门厅黑漆漆的，似乎与我风马牛不相及，唯一的例外是前面提过的那面椭圆形大镜子(这件漂亮的东西似乎自己会发光)。我一点都不喜欢这里的楼梯，总觉得有过去的幽灵徘徊其上。从楼梯往上走，走到一半，穿过一道狭窄的分支楼梯，会到达一个大得惊人的浴室（面向公路一边），里面另有一扇奇怪的小门，门后是另一道通向阁楼的楼梯。浴室里原来的一些瓷砖仍保持完好，有天鹅与百合的图案。浴缸相当大，水垢斑斑，镶着狮爪形装饰，还装有很大的黄铜水龙头（但这里没有热水器，要这么大的浴缸何用！我猜，我在楼下杂物间找到的浴盆，印证了这个事实）。沿主楼梯再往上走，会来到二楼楼梯平台的空间。我称之为“空间”，是因为那是一个很特别的地方，有一种完全属于自己的氛围。站在那里，会让人预感有事情即将发生。有时我觉得，自己很久以前曾在梦里见过这里。楼梯平台很大，呈长方形，没有窗户，白天靠从打开的房门射进的光线照亮。在楼梯平台正对着“里房”房门的位置上，装饰着一个栎木座墩，上面放了一个相当丑的绿色大花瓶。瓶颈甚粗，瓶口呈扇贝形，鼓胀的瓶身布满微微凸起的粉红色玫瑰花图案。这东西虽然粗俗，但我却对它产生了感情。在花瓶后方有一个浅壁龛，理应是用来摆雕像的，但现在却空无一物，远看就像一道门。接下来就是这楼梯平台最迷人的设计：一个拱门，上面挂着珠帘子。那帘子和地中海国家商店用来阻隔苍蝇的帘子没两样。珠子是木头的，黑黄相间，走过帘子的时候，珠子会发出轻轻的滴答声。过了拱门之后就是我的寝室和起居室的门。

该睡觉了。在我身后，是那面开向“里房”的垂直长窗，窗子有几英尺高。每次站起来，我都会不由自主望向它，望向自己反映在黑色玻璃上的脸，犹如面对一面镜子。但我从不害怕。我记得，小时候我也是不怕黑的。母亲很早就灌输我一个观念，怕黑是一种迷信，只有不相信上帝的人会怕黑。但我几乎用不着上帝的保护，因为对我来说，父母就已足够是对抗一切可怕事情的屏障。但这不表示我不觉得“什鲁夫末端”是“阴森森”的。它就是阴森森的，而此时我也突然想起，住在这里，是我生平第一次在晚上独处。不管是住在儿时的家、外省剧院的宿舍、伦敦的公寓、大城市里的大饭店或出租公寓，我都是犹如住在蜂房里，受到墙壁外面重重人类的围绕。即使住在弗里齐的小屋里，我也从不孤单。但“什鲁夫末端”却是我生平拥有的第一座独栋房屋，是我第一次真正居住于孤独中。这不正是我梦寐以求的吗？当然，这房子是充满各种小声响，即使在无风的晚上，这屋子也会像一座老房子应有的样子，充满各种细微吱嘎声，气流也会从窗框的缝隙和不密合的门缝穿进来。有时晚上躺在床上，我也会听到头上阁楼传来轻微的脚步声，或是楼梯平台的珠帘子发出的细细滴答声，就像有人鬼鬼祟祟穿过似的。

现在已经夜深，挑这个时间来谈那件事也许愚蠢，但它刚刚却突然鲜明地跳入我的脑子里。读者诸君也许奇怪，我一开始不是提到我在海边遭逢一个“恐怖经验”吗？为什么此后未再谈起呢？事实上，现在看来，我已经“忘”了。某种意义下，我也真的忘了，而这一点，似乎可以印证我对此事想到的一个可能解释。现在让我来叙述这件事。

事发当时我坐在“小悬崖”上方眺望大海，身旁放着这本笔记本。太阳很耀眼，大海一片宁静(景色就像我在这笔记本第一段描写的样子)。眺望大海前的一段时间，我都是在观察身旁的一个小水坑，凝神看里面一条蛀船虫游泳。那条蛀船虫是微红色，身体长得出奇，长着淡淡的刚毛。游了一阵子之后，它把身体蜷曲成奇怪的形状，没入一个洞里去。我坐直身体，把脸转向大海，眯着眼睛迎向太阳。然后(不是马上，而是过了约两分钟)，随着眼睛适应了太阳的强光，我看到了一头怪物从海浪中腾起。

除了这样说以外我不知该如何形容。在一片完全宁静空旷的海面，离我大约四分之一英里远(也许短些)，一头庞然的生物从水中弓起身体，腾到半空。起初它看起来像一条黑色蟒蛇，但继而一个又长又粗的身体就随着伸长的脖子出现了。它带刺的背是拱起的，身上有一片像鳍状肢的东西，不过那也许是一片鳍。我看不见这生物的全身，但它身体的其余部分却搅动水面，激起二三十英尺高的水花。然后，这生物蜷曲起身体，脖子卷绕了两圈，头的方向一转朝下。我可以透过它卷绕的圈圈看见天空。我同时可以异常清晰地看到它的头：样子像个长着冠毛的蛇头，绿色的眼睛，嘴巴张大，露出獠牙和粉红色的口腔。它的头和脖子都闪耀着蓝色光辉。然后一下子，它身体的卷圈松开了，整只掉到水里，只剩背部露出水面；再一下子，它的背也没入水里，仅余一个浪涛四溅的大漩涡。

这一惊非同小可，有一段时间我动弹不得。我想要逃跑，生怕那怪物会再次出现，爬上陆地，甚至就爬到我的下方。但我两条腿却不听使唤，心脏也跳得厉害，就算稍微动一动都有昏厥之虞。大海此时已恢复平静，再没有什么异象。最后，我站起来，慢慢走回屋子。我走上楼，在起居室坐了一段时间，好让呼吸和心跳缓和下来(我不敢坐在平常窗边的位置，所以就坐到靠“里房”墙壁的那张小桌前，头靠在墙上)。半小时后，我才恢复镇定，写下在这笔记本的第二段文字。

这期间，我一面颤抖一面努力思考到底发生了什么事。理性的思考让我慢慢回复镇定。什么事情都是可以解释的。我想到几个可能性，同时那种可怕的恐惧也慢慢消退了。其中一个可能就是我看到的“只不过”是我想像出来的。但想像出来的东西不可能这么清晰分明和这么骇人。那是要命的吓人。我是一个适度的饮者，而且肯定不是神经过敏型的人。另一个可能是，我看到的“只不过”是一头科学家迄今不晓得的怪兽。对，这不无可能，但也仅止于可能。又会不会，我看到的只是一条巨大无比的鳗鱼？会有这么巨大的鳗鱼吗？鳗鱼有可能从海里腾起，把身体卷绕几圈，在空中停留一段时间吗？我不能想像那东西会是一条鳗鱼，不可能。那东西有一个厚实的身体，我清清楚楚看到它有一个背部。

那怪物离我多远呢？它腾起时，离海面又有多高呢？进一步思考后，我就对自己的第一印象没那么有把握了。只不过，我仍然肯定自己绝对是看到了不可思议的东西，而不是什么错觉，例如把一大团漂浮的海草或木头误看成大海怪之类。我思考另一个可能性。记得在看见那大海怪以前，我曾经观察小水坑里的小海怪一阵子，就是那条微红带刚毛的蛀船虫。它身长虽然只有五六英寸，但在狭小的小水坑里却显得相当巨大。会不会是因为某种光学的机制，让我把残留在视网膜上的蛀船虫影像投射到大海去呢？这是个有趣的假设，却完全没有说服力，因为那红色的蛀船虫和那蓝黑色的海怪除了都能把身体蜷曲起来以外，别无相似之处。另外，我也从未听说过有这种视网膜的“电影制作术”。至今，那海怪留在我记忆里的影像仍然清晰分明，但奇怪的是，对于它距离我有多远，我却愈来愈感到模糊。

截至目前，我想到一个最有可能的解释，是以下这个，虽然写下来会让我有一点羞愧。我不是酒鬼，也不是嗑药一族。我极少喝烈酒，在美国时偶尔吸吸大麻，就这么多。然而，很多年前在一个场合，我竟然白痴地吃了一颗迷幻药（这样做是为了取悦一个女人）。结果我经历了所谓的“坏旅行”[①]。那真是非常坏的一趟旅行。这里我也不打算把自己经历的那个可怕且相当丢人的幻觉描写出来（我只会说一点：那是跟肠脏有关）。事实上，那也是极难用笔墨形容。那在道德上和灵性上都可怕之极，就像是一个人肮脏的内脏翻了出来，成为全宇宙；就像是一个笼罩一切的黑色恶灵正在急速成形，而你又无路可逃。我还记得，“伴随”着画面呈现在我脑海里的是“逃不掉的”这几个字。事实上，那幻觉是个极度清晰分明的视觉影像，并且就在我回忆这一刹那重现在我眼前。但我不打算写下来。当然，自此我再也没有吃过迷幻药。我也没感受到什么后遗症，之后很快，我就把一切忘了，感觉就像忘掉做过的一个梦一样。尽管我已忘了，但我会“看到”一头海怪，是不是可以归咎于多年前我愚蠢地吃下那颗要命的东西呢？

无疑，那条从水中腾起的海怪和我吃迷幻药后看到的幻觉是毫无相似之处，但两者带给我的惊骇感却很相似。另外，我遗忘的速度也相似。我听说，恐怖幻觉是会复发：所以说，读者诸君，自己

---

① 俚语，指服迷幻药后产生的恐怖幻觉。

小心了。尽管如此，我还是必须承认，就目前来说，这个解释最有力之处都只因为其他的解释全无说服力。

我的心又噗噗跳起来。我必须去睡了。也许应该留待明天早上再写下这段记忆。我得吃颗安眠药。

离写下上述文字已过两天。自从写下看到海怪的事情以后，我一直睡得很好，但我还是认为我提出的最后一个解释是正确的。不管怎样，它都已经杳无消息，我的恐惧也平复了。也许把事情写下来对我是有帮助。我也认定，从阁楼传来的“脚步声”只是老鼠的走动声。又一个艳阳天。仍然没有信。

我在小石滩游了一回。海水相当平静，但要从小石滩上岸还是困难得恼人。除了得爬上一片有点陡又滑脚的石子坡以外，海浪也不断从后面淹向我。我喝了几口水，脚也割伤了。我找到先前遗弃的那捆漂流木，抱回家里。我觉得冷飕飕的，但又懒得去搬那个浴盆(看来是铁铸的)。也不值得费劲一桶桶把热水提到浴室。

我刚想到一个主意：如果把绳子系在圆堡阶梯的铁栏杆扶手上，那么即使在恶劣的天气，我一样可以使用那些梯级上岸；另外，如果能够在我的“小悬崖”找到一个系绳处，在那里系一条绳子，同样可以让我轻易上岸。我下次一定要记得到村子的杂货店看看有没有绳子卖。我还得找找看哪里有卖罐装液化气的。

我爸爸的父亲是林肯郡的一名蔬菜农场主人。(我终于坦然开始写我的自传了，而这是多么棒的一句开头！我就知道，只要愿意等，一定可以写出很棒的开头。)他住在一栋名为“萨克顿”的房子里。我以前总觉得，拥有一栋有名字的房子是很有面子的事。我不知道我外公是从事哪一行的，他在我很小的时候就过世了。但我想应该就像爸爸那样，是“坐办公室”的。对，爸爸是个文员，尽管在家里我们从来不用“文员”两个字。我祖父有两个儿子：亚当和阿贝尔。我从不认为祖父是个有艺术想像力的人，但他为两个儿子所取的名字却带有一点诗的味道。我很早就看出来，我叔叔(阿贝尔)要比我爸爸(亚当)受宠爱和幸运。一个小孩子是怎样看出这种事的呢，又或者说，这对一个小孩来说为什么是那么显而易见的呢？说不定，小孩子就像狗一样，是可以读懂一些大人读不懂的符号。我知道爸爸(他比阿贝尔略长)曾经历过不幸的失败，尽管当时我还不知道何谓"失败"，对金钱、地位、权力、名声这些事情还一无所知——这些东西后来以千万种形式牵引我的一生，直到现在才不再纠缠我(我相信是如此)。当然，当我说我亲爱的爸爸是"失败者"时，只是以粗糙的世俗定义来说。事实上，他是个睿智的善良人，有着一颗赤子之心。

我的外公外婆住在卡莱尔，对于他们我几乎一无所知。我妈妈两个姊妹也住在卡莱尔。外婆死得很早，在我对"萨克顿"的记忆里，她是出现在一张照片里的。我不喜欢也怕外公，他留在我记忆里的唯一印象，只是一双威灵顿长统靴和洪亮的嗓子。亚当与阿贝尔，就像双子神一样主宰着我儿时的世界。妈妈是一股独立的力量。然后当然还有我的堂弟詹姆斯，他和我一样都是独子。

爸爸与叔叔后来走上不同的路。爸爸漂流到沃里克郡，任职于"地方政府"。漂流。对，在我的想像里，爸爸就是坐着一艘木筏漂流的。阿贝尔叔叔则成了林肯郡的名律师，住在郊区一栋名叫"拉姆斯登"的房子里——另一栋有名有姓的杰出房子。"拉姆斯登"比"萨克顿"更大。我至今仍会在梦中看到这两栋房子。后来阿贝尔叔叔搬到伦敦，但仍然把"拉姆斯登"留为所谓的"度假别墅"。他娶了一个富有漂亮的美国女孩，名字叫爱丝蒂尔。我记得妈妈提到她都会称之为"女继承人"。妈妈婚前是一个农庄的秘书，名叫玛丽安。她是个严谨的福音派教徒。爸爸和我当然也是基督徒，阿贝尔叔叔也是，至少直到爱丝蒂尔婶婶把他带入光明灿烂的世界以前一直如此。我无法把妈妈想像成在沃里克郡绿荫小径散步的玛丽安小姐。在我最早的记忆里，她的脸都是充满焦虑的。但她是个强者。我与爸爸互相爱着和顺服着彼此，也偷偷互相安慰着彼此。

不，应该说我们一家三口都爱着和安慰着彼此。我们是孤单而笨拙地相守在一起的一家人。

今早我在厨房真的吓傻了：一只又大又肥的古怪蜘蛛从食物贮存柜中爬了出来。定过神后我发现那只是只最迷人的蟾蜍。我轻易把它抓住，带着它走过灌木林，到岩石再过去那片苔藓遍布的池塘区。这种毫无自卫能力的温文动物是如何存活下来呢？它走开后，我闲晃一阵子，观赏红色的簇状苔藓和各种花朵，有一种是马尾巴花，这种花我年轻时就已知道名字。还有一种会捕蝇的古怪黄色花朵。欧石南丛生在通向阿莫尼农庄那片较高的高地上。房屋经纪人告诉我，这一带有兰花，但我没见过。也许就像海豹，只是个传说。

稍后我到村子买了些冷冻鲑鱼条(等于穷人家的烟熏鲑鱼)。在这里想买到鲜鱼当然不可能，这一点，所有的村民都曾自豪地告诉过我。我也打听过有没有代洗衣服的地方，但没有得到确切结论。至今为止，一切衣物都是我自己动手洗，挂在草坪上晒干。大概我会继续自己洗衣服，这一类简单的杂务可以带给人奇妙的满足感。我忘了说我在村里找到第二家商店，是一家五金店之类的商店，位在酒吧后方的一排村舍之间。店名是“渔人商店”，显然一度是卖各种渔人用具的。今早我才发现，这店也卖煤油和罐装液化气。我又买到一些蜡烛、一盏油灯和一捆绳子。带着这些战利品，在回家前我先进了“黑狮”一趟。酒吧在我进入时一片鸦雀无声，但一等我离开，就爆发出一阵沙哑的交谈声；尽管如此，我还是打算每次进村子，都到酒吧里走走。村民的微微敌意对我来说没什么大不了。拜电视所赐，他们当然都知道我是谁，但还是要痛苦地装出对我不感兴趣的样子。也许对他们来说，我是“不真实的”，已受到媒体本身的不真实性感染。没人试图跟我交朋友，谢天谢地！

我午餐吃的是用沸水迅速解冻的鲑鱼条(不过太阳已经把鱼解冻得差不多了)，加入柠檬汁、油和撒上些许晒干的香草。鲑鱼条无疑要比烟熏鲑鱼美味，除非是最好的烟熏鲑鱼。我配着鲑鱼条吃的是罐头马铃薯(这里当然买不到新鲜马铃薯)。对我来说，马铃薯乃是一道美食，而非乏味的家常配菜。接着我又配着甜菜根吃了些威尔士起司面包①。杂货店里卖的面包片谈不上好，但烤过和涂上新西兰奶油之后，滋味一样可圈可点。饭后甜点是斯堪的纳维亚脆饼干，这种饼干种类繁多，据说有瘦身的功效(当然是假的，如果你注定是胖子，那吃任何东西都会让你变胖。但我从来吃不胖)。现在我既然拥有了一片土地，自是非开辟个香草花园不可。自从成了开悟的美食家之后，怎样找到充足的新鲜香草，一直困扰着我。但我要把香草花园辟在哪里呢？我不打算在我那几片小草坪里动土，再说它们也太靠海了。但如果我把香草种在公路另一边的一个秘密地点，又会不会有被农人或动物盗走之虞？我必须把这些事情好好想想；不过这是一种快乐和单纯的思考，与思考恼人的往事截然不同！

午餐后，我剪了一段绳子，把一端系在圆堡阶梯的铁栏杆扶手上，另一端扔到海里，任随海浪载浮载沉。我在向海的绳端打了个结，让绳子便于抓牢。但我却无法在“小悬崖”做同样的事，理由无他，只因为那里没有东西可供系绳。岩石都太巨大和光滑了，我的绳子又不够长，无法从屋子一直延伸到大海。我应该买一条更长的绳子，系在厨房的门把或后楼梯的底柱上吗？然后每个晚上再把整条绳子收到厨房里？思考这些问题不无趣味。绳子本身就很漂亮，经过轻轻的抛光，闻起来有松香味。我听说是本地的产品。

我花了一些下午时光躺在我的岩石“拱桥”上(位于房子与圆堡之间)，观看狂怒的海浪涌进下方的深洞窟，自我消灭。看了一阵子，我觉得有点头晕，就像我随时都会掉下去似的。这真是最怡人的享受。不过有一件事却让我有一点点不乐，今天到杂货店去的时候，我从店内贩卖的一些明信片上得知，我的拱桥和桥下的漩涡乃是本地的知名景点。所幸那些明信片看来都旧旧皱皱，我花了不到

① 把化开的威尔士起司浇在烤过的面包片上。

一英镑的钱就全数买下。事实上，“拱桥”本身并没有太多可观之处，只不过就是块大岩石，中间有个窟窿，下面有个大洞窟，如此而已。但愿这一点不会吸引太多的游人。我从明信片上的说明得知，这个深洞窟被称为“米恩大汤锅”。我问杂货店老板娘米恩是何许人，她的回答是不知道。

遥远的教堂钟声提醒我今天是星期天。今天天空变得多云。我刚才一直在看云，然后突然想起，我这辈子从未做过这样的事，从未只是坐着看云。儿时，我很害怕做这样的事，觉得是“浪费时间”。再说妈妈也不会容许我这样做。写这个的时候，我是坐在屋后的草坪里，先前我把一把椅子搬出来，又拿来一些坐垫和小毯子。现在是黄昏了。大坨大坨青石板色的浮云在有点浊但仍然金光灿烂的天空慢慢移动，云朵的凸出之处被镀成较亮的蓝色。海平线处镶着一条闪闪发亮、微带点锯齿状的银线。海面活泼起伏，披着一片抒情诗般的金棕色，跳动着白光点。空气和暖。又是一个快乐天。（“你搬到那边能干什么？”他们问我。）

几乎是偷偷摸摸的，我在心里极端自鸣得意。

另一天。我决定不在这本子里记日期，以免连续的沉思感被打断。我重读了自传的开头部分。好有权威感！我从没想过自己的童年可以写得那样有趣。本来我想写克丽芒的事。我真希望描述自己的童年吗？

今天我没有游泳。下午因为想游泳，我去了圆堡一趟，却懊恼地发现，绑在铁栏杆扶手上的绳子不知为何松掉，被水冲走了。我一向不擅长打绳结。也许那绳子太粗，不容易绑好。我突然想到，长条的尼龙布可能比绳子更管用。

我感到有点沮丧，但心情又被晚餐重新点燃。我的晚餐：加入一点奶油和干罗勒的意大利面（罗勒当然是香草之王）。另一道菜是以莳萝慢煮的包心菜。接着是水煮洋葱，佐以麸皮、香草、豆油、番茄和蛋。另外还有两片罐头咸牛肉（吃肉其实只是我吃蔬菜的借口）。我喝了一瓶葡萄酒，以追怀那条不中用的绳子。

现在已是深夜，我坐在楼上，旁边点着一盏旧油灯和那盏新买的油灯。新油灯的光线没那么漂亮，却比较轻便好拿。我决定多买几盏这种油灯，尽管我相信自己绝对是少不了蜡烛。乔里太太留给我大约一打的烛台，谈不上漂亮，却很就手。我把烛台连同蜡烛和火柴，分别放在屋里每一个可能需要照明的角落，随时备用。新油灯的气味让我想起弗里齐。好了，我现在要继续写我的自传了。

我生于埃文河畔的斯特拉特福，更精确地说，是生于那附近的阿登森林。阿登森林位于树木茂盛的英格兰中央，比英格兰岛上的任何地点都离大海更远。直到十四岁那年，我才第一次目睹大海。当然，我这辈子都是莎士比亚造就的。要不是我家邻近一家著名的剧院（事实上就是那家）[1]，我儿时将不可能看过任何戏剧。我父母从不上剧院，妈妈更是强烈反对别人看戏。我们家太少闲钱去任何地方了，所以我们绝少外出。我第一次上餐馆已是毕业之后，进旅馆则是更后来的事。遇到假日，我们一家会到“萨克顿”或“拉姆斯登”去，不然就到妈妈当过秘书的农场去玩。如果不是因为莎士比亚，我大概不会进戏剧这一行。学校里有一个老师是超级莎士比亚迷。这个人也是我人生的造就者。他的名字是麦克道尔。我们常常上剧院，看遍所有莎剧。有时他帮我付戏票钱。我们当然也一起演演莎剧。麦克道尔先生是个戏痴，是个向往当演员而未能如愿的人。我成了他的得意门生。（我第一次看到海，就是他带我去的。有一次他带我和另外几个男孩到威尔士的海边玩了一星期。即使是“快乐”也不足以形容我的心情。那段时间，我开心得快疯了。）妈妈并没有反对我去看戏，因为她以为那是“课外作业的一部分”。我甚至狡猾地假装自己并不喜欢看戏，只是为了应付考试不得不然。撒谎的坏小孩。我有如置身于天堂。但爸爸知道是怎么回事，却没有吭声；我们从未向对方承认一起在欺骗妈妈。

---

① 指位于斯特拉特福的莎士比亚纪念剧院。

我爸爸是个好学的人，也是我见过最温柔的人。我所说的温柔，并不是指腼腆，虽然我猜他真的是生性腼腆。他的温柔，是一种道德素质上的温柔。到现在，我还清楚记得他弯腰捡起一只在纸张上的蜘蛛，小心翼翼放到窗外或是哪个它不会受打扰的屋角的样子。我是他的同志，他的阅读同伴，甚至可能是唯一与他深谈过的人。我觉得我们是坐在同一条船上，一起进行冒险。我们会同时读一本书，加以讨论。我们一起读童话故事、冒险故事，稍后一起读小说、历史、传记、诗歌和莎士比亚。我们享受也渴望对方的陪伴。这是真正爱的试金石，比奉献、仰慕和激情犹有过之。如果你非常非常渴望某人陪伴，就表示你爱这个人。除我以外，没有其他人知道我爸爸有多么美善；我怀疑连妈妈也不知道。我当然也爱妈妈，但她却是有一条最后界线的人，爸爸则没有任何界线。她相信有一个公正的上帝。也许就是这种信仰支撑她把看起来让人很失望的生活过下去。

我父母的毛病是——至少我是这样想——不想到任何地方去。妈妈之所以反对外出，部分原因是那需要花钱，另外则担心我们会被世俗的声色迷惑。至于爸爸不想去任何地方，部分是因为妈妈反对，部分是出于腼腆和某种懒惰天性。我这样写，可能让人错以为他是个愁眉苦脸的人，事实上不是。他懂得简单生活之乐，懂得怎样在小乐趣中得到满足。我知道他对枯燥的办公室工作尽心尽力，但对家里的各种杂活却充满热忱。他喜欢看书，主要是看小说和冒险故事；只要不必教我做功课，他都会看书。我记得，后来他病重时，还拿着放大镜看《金银岛》。他深爱和宝贝着妈妈和我。但他的整个世界仅止于此。他对政治或旅游或任何种类的娱乐都缺乏兴趣，就连文学以外的其他艺术也引不起他的兴致。除我以外，他没有别的朋友。也许值得一提的是他喜欢弟弟阿贝尔，至于多喜欢，我说不上来。他从未毫无保留地喜欢我堂弟詹姆斯，因为他把詹姆斯视为我的劲敌。爱丝蒂尔婶婶也让他觉得自己寒伧。妈妈讨厌他们一家三口，但见面时仍会保持举止得体。

我会进入戏剧界，自然全是因为莎士比亚。即使后来在我当莎剧导演期间认识我的那些人也不明白，仍然不知道这个神从一开始就对我的人生方向有了多重大的影响。我会走戏剧这条路当然还别有动机。我想要逃：逃出我父母枯燥简单的生活，逃出我家死水般的环境，逃进艺术的骗人戏法和魔法中。我向往斑斓的色彩、动作、特技和声光。我成为舞台飞行装置的专家，也喜欢安排复杂的打斗场面，而正如剧评人常常批评的，我热衷于各种近乎幼稚的舞台特技和戏法。我会吃戏剧这行饭还有一个原因(这是我从一开始就非常自觉的)：我想娱乐自己和为爸爸带来一点娱乐。但我怀疑他有没有接受我这个观念，甚至怀疑，他在我后来殷切教育他看戏那段日子有没有努力接受过。在娱乐自己这一点上，我一辈子都可说相当成功了。至于在说服父母娱乐他们自己这一点上，我就没那么成功了。最后，我甚至带他们到巴黎、威尼斯、雅典旅行。但他们在旅游途中总是很不自在，盼着回家，尽管我认为他们日后也会因为曾经旅游过那些地方而觉得满足。他们真的总是希望守在自己家和守着自家的花园。世界上是有这种人。

我从小就是个听话文静乖巧的小孩，但当我决定走戏剧之路以后，就明白有一场硬仗即将开打。我希望打赢这场仗，而且是快快打赢。这两点我都做到了。十七岁那年，爸爸希望我上大学。妈妈也是这样希望，虽然一方面又担心钱的问题。但我却想去伦敦念戏剧学校(我获得了一笔奖学金。麦克道尔先生栽培我的力气没有白花)。我生平最难过的一件事就是在这个问题上与我敬爱的爸爸相左。但我不能再等了。听到我的志向以后，妈妈吓得魂飞魄散。她一直认定剧院是罪恶的温床(她是对的)。她认为我不会成功，最后只会因为三餐不继而回家(她鄙夷不能自食其力的人)。但在这一点上，她错了，因为随着年月的推移，她不得不对我赚钱的本领佩服有加。剧院从此成了我的家。就连二次大战期间我也是在演戏中度过，这是因为我在兵役体检时被发现肺部有一块黑斑(后来很快就消失)，不用入伍。这件事在战后让我颇感遗憾。

*　　*　　*

“阿克赖特先生，你在这一带曾看到过十分巨大的鳗鱼吗？”

直接问句。这是今天早上我在黑狮酒吧里提出的发问，当时我买了一些苹果酒。只可惜那些苹果酒太甜，而我带来的一小批葡萄酒很快就会饮完。在黑狮酒吧当然买不到葡萄酒，不过英明睿智的杂货店老板娘告诉我，雷文饭店买得到“货真价实的葡萄酒”。

黑狮酒吧的老板名叫阿克赖特。这个名字让我有点心神不宁，因为我从前的司机也叫阿克赖特，而他对我的态度有如寇雠。司机与东主的关系有时是可以紧张得让人纳闷的。不过，撇开这一点，“黑狮”的阿克赖特本人就够让我心神不宁。他是个大块头，留着黑长发和黑腮胡，样子就像个维多利亚时代的无赖。他喜欢带领酒吧里一票客人开些让我困窘的玩笑。听了我的问题后，他开始进行拆解：鳗鱼？巨大？十分巨大？这一带？“你是指在陆地上吗？”他问。“他是指蠕虫。”一个客人插嘴说。店里的客人总是同一批人，我猜想他们是退休的田工。其中当然没有女人。“我指的是海里的鳗鱼。”听到这个，所有人同时阴沉地摇头。“你不可能在海面看到它们，它们都是游在水里。”有个人说。另一个人补充说：“鳗鱼不是好东西。”我的问题至此无疾而终。我走回家，手上拿着出于礼貌买下、无味至极的苹果酒。

但我至少成功干了一件事。我把一片粗厚的窗帘布从中间剪开，再将两块布结在一起，当成“绳子”绑在圆堡阶梯的铁栏杆扶手上。靠着这个方法，我在早上的低潮水里游了一个很棒的泳，尽管波浪滔滔，泳毕我还是轻轻松松就回到岸上。午餐：法兰克福香肠炒蛋，配烤洋葱和一点大蒜吃。甜点是从杂货店买回来的糖馅饼，我在上面浇上柠檬汁，再涂上酸乳酪和厚厚的奶油。我喝了几口苹果酒，但只觉得愈喝愈生气。饭后，我用收集来的漂亮石头为草坪砌边。我还不知道最后的结果会不会很可笑。今天是个密云天，吹着冷飕飕的微风，海面上空泛着一片怪异的咖啡色的光。近黄昏时，天空上演了例行的云彩秀，大团大团金色带褐的浮云就像是耸峙九霄之上的悬崖峭壁。我再次试着在小红室的壁炉里用漂流木生火，但烟照样从烟囱倒涌出来。

我已经打扫和整理过房子一遍。清洁工作竟然可以让人得到那么大的满足感，真是不可思议！（但这种满足的前提是不是你打扫的东西得属于自己？大有可能。）我把门厅和楼梯都扫过，也洗刷了厨房里的大块瓦石板（非常值得）。我甚至用湿布抹了一遍二楼楼梯平台那个丑陋的大花瓶，又替那张斑驳的桃花心木书桌上了蜡。我最后清洁的是门厅里那面椭圆形大镜子。它大概是屋里最有价值的东西了（十八世纪之物？）。镜面已经下斜而且有些黑斑点，但仍然异常明亮和银闪闪，看起来像是会发光。镜框的材料是一种暗灰色金属（是白镴吗？），镌刻着漩涡形的枝叶和浆果图案，就像花环。金属亮洁剂让这些图案比原来光亮一点，也更清晰。很多污垢粘在抹布上。由于我方才在镜子前打量了自己一阵子，所以现在大概是描写自己外貌的适当时候。

这似乎有点多此一举。我是名人，照片见报的机会比比皆是。但相机从来不是我忠实的朋友（幸好我没有立志要当电影明星）。让我来形容一下真实的我吧。我身材苗条，中等身高，有一张鹅蛋脸、短而直的鼻子、薄唇。我的肤色相当白，所以脸庞很容易起红晕。每当恼怒或觉得受冒犯，脸就会涨成紫红色。这一点以前常让我困扰，后来却成了我的注册商标。等我在戏剧界成为知名导演并被冠以“鞑靼人”的外号之后，这反而成为我威吓演员的好方法。我的眼珠是非常浅的冷蓝色，阅读时会戴上椭圆形镜片的无框小眼镜。我有一头稀薄、近乎无色的金色直发，从不留长。这头头发本来就从未光彩奕奕过，现在更是开始褪色和黯淡，但还没有变白。我已经打定主意不去染发（几年前头发开始变稀疏时，我曾求助于科学方法，结果让人完全满意）。相机最无法捕捉的，是我脸部肌肤的细致质地（细致得几乎像女孩子的脸，而我当然总是把脸刮得干干净净），还有就是我脸上那种略带挖苦和狡猾的表情。摄影师太容易让一个人看起来像笨蛋。我常常认为自己长得像父亲，但他的相貌温柔单纯，这两种特质我都没有。

我决定要带个热水袋早点上床睡觉。累极了。

我想写有关剧院的事情，但又觉得那不太容易。对于这个庞大主题的省思说不定可以写成另一本书。因此，我还是直接谈克丽芒·梅金好了。毕竟，我会搬到这里来，就是因为她的缘故。这里是她的家乡，她就是在这个寂寞的海岸长大。我们从没有一起来过这里。我会搬来这里是因为我迷信吗？是因为我相信她的故乡会挽留住她的过往时光吗？

克丽芒是我第一个情妇。初识时，我二十岁，她三十九岁（至少她自己是这样说）。由于曾经失去一个我爱过的女孩，也因为清教徒式的家庭环境，我一直都是处男之身，直到克丽芒像老鹰扑小鸡那样扑向我才改变。她是个伟大的女演员吗？对，我想是的。当然，女人无时无刻不在演戏，所以要判断一个男的是不是好演员，比较容易（威尔弗雷德就是一个好演员）。我以下会谈到一点有关剧院的事，只是为了提供背景，让克丽芒可以粉墨登场。她跟人们所想的都不同；不管是她的影迷或敌人对她的认知都不尽公允。她总是为争取她看上眼的男人奋战不懈，因此会变得不顾道德；她会为了得到他们而说谎耍诈，不惜践踏是非和欺骗感情。她爱我，我也愿意承认是她造就了我——尽管没有她，我一样可以造就自己。愿主让她不安的灵魂安息。

情绪确实存在于人格的底层或顶层。而在人格的中层，情绪只是演戏作假。这也是为什么世界就像一个舞台，为什么舞台表演总是那么受欢迎，这甚至就是戏剧这一行会存在的原因。尽管戏剧是所有艺术形式里最庸俗且最做作的一种，但也最酷似人生。即使一个二流的小说家也可以说出相当多的真理，因为其谦卑的表现媒介是与真理站在同一边的。反观戏剧，就算是最“写实”的戏剧，都与我们日常所谓的谎言属于同一个层次。戏剧正是在这个意义下酷似人生。戏剧家(除非是非常杰出的剧作家)都是最低级的骗子。另一方面，在纯形式的意义下，戏剧又是所有艺术中最接近诗的。我以前常常想(尽管明知这种想法没有意义)，如果我成了诗人，就绝不会蹚戏剧的浑水。我那个饥饿和缄默的灵魂所需要的，就是以一种特殊的方式向世界咆哮回去。剧院是一个以魔术表现方式攻击人类的地方：每个晚上作践观众，让他们又哭又笑，饱受折腾，错过最后一班回家的火车。演员当然是把观众看成敌人，当成是需要加以欺骗、下药、幽禁、麻醉的对象。这是因为观众席就是一个法庭，而且是个不得上诉的法庭。在各种艺术中，戏剧与客户的关系是最密切和最直接的。换成其他艺术形式，艺术家可以把不受青睐怪罪于客户：说是因为他们愚蠢、没有品味、心不在焉、迟钝等等。但戏剧想要达成直接、全面性的沟通，却必须讨好观众、哄骗观众。换成是其他艺术类型的艺术家，要达到沟通的目的，大可以采取较迂回、自如的方式。那些声光、特技、喧闹，全都是我对观众报复的一部分。

剧院是个多庸俗，多残忍的地方啊！我为自己终于可以彻底摆脱，坐在艳阳下观看宁静平和的大海而心满意足。这种孤独与宁静是深邃和非动态的，是任何最精致的戏剧性宁静都无法比拟的：甚至包括《暴风雨》的第二幕和彼得·潘的入场。演员就像穴居人，对包围他们那团肌理丰富的黑暗既爱又恨。当导演时，我酷爱用声音把观众对寂静的预期心理撕碎，把声音用作结构、用作色彩(我导过一出惊悚剧，一开始是一阵漫长的寂静，继之以一声突然的尖叫。这尖叫后来变得很有名)。也许是因为这个原因吧，我不喜爱音乐。我欣赏本质上是寂静的芭蕾舞剧，却厌恶歌剧。克丽芒常说这是我嫉妒心理的一种表现。我得承认我是嫉妒瓦格纳。

剧院是一个让人着魔的地方。它不是一片轻柔的梦土。失业、贫穷、失意都会把现实活生生摆在一个演员面前；而且就像婚姻生活一样，剧院也可以很快让人认识到人类灵魂的狭隘性。但剧院最大的特征还是在于着魔。所有好的戏剧家和导演以及多数的好演员(非全部)都是着魔者。只有像莎士比亚这样的天才可以隐藏这个事实，或者说把它转化为某种灵性的素质。着魔会驱使一个人卖力工作。我本身就是个工作狂，不只自己卖力工作，还鞭策其他人卖力工作。在妈妈的调教下，我自小就是一个劳碌命的工作者。她从来不会闲下来，也不能容忍别人闲下来。我父亲固然喜欢做若干修理或修补的工作，但如果有机会，他会乐于坐着发呆，任由时间不知不觉过去——只不过妈妈从来不允许他这样。妈妈并不希冀爸爸会得到世俗意义的成功：她对阿贝尔叔叔和爱丝蒂尔婶婶所代表的世界嗤之以鼻，尽管我觉得，那个世界总是以某种隐晦的方式刺痛着她。她唯一期望爸爸的，是他总是在做有用的事(幸而爸爸与我谈书本的事是被她视为有用的)。她从不假装自己了解爸爸在办公室里干些什么，也不感兴趣，而我怀疑她对爸爸的工作根本一无所知。在家里，她会编派他做各种工作。妈妈也会编派我工作，但这很容易，因为我太喜欢工作了。新闻记者以前常问我，我当初是怎么开始写剧本的。事实上，我并不像很多不友善的猜测所认为那样，是因为演员当不成功才考虑转换轨道。事实上，从当演员初期，我就开始写剧本。每逢失业我都写剧本，因为浪费时间是我不能忍受的。我很早就看出，我那些失业的同事里有多少人是走向腐化的。“休息”(指演员失业的委婉语)是一个演员最不得休息的时候。这些时光也等同是我的大学。我利用来拼命阅读和写剧本，教育我自己。

我想我也应该用这个机会来谈谈我写的戏剧。写剧本的时候，我就预定这些作品是朝生暮死，就像哑剧那样；而且只有导演使用的时候才存在。我不让其他导演碰。除非一个导演天分真的够高，否则挖苦与朴拙之间是绝对没有模糊地带的；挖苦的惩罚就是荒谬。我知道自己的局限，而我那些戏剧，常常被剧评人说成只不过是威尔弗雷德的工具。为什么“只不过”？威尔弗雷德是个伟大的演员。现在再也没有这种演员了。威尔弗雷德的演艺事业是从埃奇韦尔路的音乐剧院展开的。他可以单靠站着不动，眼皮也不动一下，就让整个剧院的观众笑得东歪西倒；然后他眨一下眼，观众就会再次被逗得笑破肚皮。这种力量近乎神秘：那是人类肢体的奥秘、人类脸部表情的奥秘。威尔弗雷德有一张灵光焕发的脸，而这张脸，大概是除了佩里格林·阿尔伯洛以外我看过的最大一张。威尔弗雷德是唯一能把我的戏剧演活的人，自他死后，我就辍笔了。我可以毫无遗憾地说我的戏剧是属于过去的，我绝不会留给任何人。这些作品都如魔术般的幻影，都是烟火。只有我现在写的这东西，才是我希望可以在身后传诸永久的。有人说我应该去当编舞家，我明白这意思。人们都对我为何会在日本大受欢迎惊讶不解。但我知道原委，日本人也知道。

虽然被剧评人形容为一个“实验主义者”，我却是台口[①]的坚定捍卫者。我喜爱制造的是幻象，不是观众的疏离感。让演员跑到舞台的周边搅和，只会破坏观众的注意力。我同样憎恶“观众参与”这种胡说八道。喧闹和团体活动也许自有其价值，但决不可以与戏剧艺术混为一谈。戏剧艺术必须创造出一个人为的、目眩的当下时刻，将观众禁锢其中。说那是一个“人为”的当下，是因为它本身就暗含底线与结论，不容许观众有个人思考的余地。因此人生是喜剧性的；人生当然有时也很可怕，但绝不是悲剧性的：悲剧只存于舞台的狡狯之中。当然，大部分戏剧都是朝生暮死的大烂货，而且只有伟大的诗人们写的戏剧是可以拿来阅读的。虽然我说的是伟大诗人“们”，但我心里想到的只有莎士比亚。吊诡的是，戏剧尽管是所有严肃艺术中最轻佻和无根的一种，却偏偏又是所有作家中最伟大的一位创造的。莎士比亚跟其他剧作家截然不同，是完全不同层次的；这一点，完全是我自己发现，而且还在念书的时候就已经发现。除了莎士比亚的作品以外，没有其他的剧作可言，除非把古希腊的戏剧也算进来。我不懂希腊文，但詹姆斯告诉我，古希腊戏剧是无法翻译的。读过若干译本以后，我深信他是正确的。

---

① 指布幕前的舞台。

剧院在本质上也是一个希望与失意交互循环的地方，而且比日常生活的循环模式还要鲜明。开演一出新戏时的兴奋、不受欢迎时的震撼、长途旅行的疲乏、下戏时的无家可归感：戏剧这一行就是不断的建构和不断的拆毁。它是关于结局、关于分手的，是关于一些必然得打包行李各奔东西的族群的。这一切都让剧院中人变成了游牧民族，更精确地说是变成某些苦行教团的单独成员，必须把一些自然感情(像对安定的渴望等)压抑下来。我们就像僧侣一样，冷淡漠然。既然当过演员、当过剧作家也当过导演，我有过的失意当然不少。我的“成功”事业里包含很多次失败与走入死胡同。举例来说，所有我在百老汇上演过的戏都一败涂地。我当演员未能成功，剧作家身份也是半途腰斩。只因我的导演名气够大，这些事实才被遮盖住了吧。

如果绝对的权力会带来绝对的腐化，那我一定是最腐化的人。一个戏剧导演就是一个独裁者(否则就不称职)。我刻意助长自己冷酷无情的恶名，因为我发现这对自己的工作极为有用。凡是跟我合作的演员都预期会被我狠狠修理。但他们大都喜欢这一套，因为大部分演员都是被虐狂和自恋者。我还清楚记得，面对我的虐待，吉伯特·奥皮安有多歇斯底里和多享受。女演员受不了我的压力而哭出来更比比皆是。(我名气更大以后，曾当过克丽芒的导演。不但她被我逼哭，我也被她逼哭。老天，我们争执得多厉害！)我对酒鬼一向很严厉，这一点让我与佩里格林·阿尔伯洛的关系紧绷，尽管那时罗希娜的事尚未发生。佩里格林·阿尔伯洛是个爱尔兰酒鬼，而且是最糟的一种。威尔弗雷德也嗜酒，却从不会在舞台上出状况。老天，我好怀念他。

我喜欢人们称呼我“鞑靼人”。其他加诸我的外号要更不堪和更失实。我从不曾运用权力去逼女演员上床。不过我妈妈想得没错，剧院真是个乱七八糟的地方，而且比她想像的还更乱七八糟。不过要谨记的是，剧院也是一个专业场所，而有很多演员都是中年人，善尽对妻儿的职责。这些人才是这一行的支柱。没错，剧院是一个充满性、性、性的地方，问题是这东西对戏剧界的专业有多大的不良影响呢？妈妈常担心我会演坏蛋角色，因为她认为这种角色会让我变坏（事实上，除了我在学校时演的戏剧，她几乎从来没看过我演的戏）。人真的会因为演坏蛋而变坏吗？这个问题值得一问。在某种程度上，要演好一个坏蛋，演员就必须“认同”他演的坏蛋，但这种认同又是有极限的，因为坏有很多不同层次（每个演员都有他演不来的层次，而且只能在更上面或更下面的层次运作）。我认为，演员都是戴面具而不会受面具反过来影响的人（这是我的观点，别的蠢材可能有不同意见）。我听过一件轶事，说有一个老演员被分派去演一个老人的角色，但他却惊恐地说：“但我从没有演过老人啊！”这就是真正的专业。

还是回来谈我自己吧。我敢说，我不是一个“性需求很高”的人——尽管这是有违潮流的。即使没有性生活，我一样可以过得很好。有些记者因为见我没有固定的情妇，竟然怀疑我是同性恋！我痛恨乱七八糟的性生活。这大概是受我那个有道德洁癖的妈妈影响。我也不喜欢男性世界那种粗鄙的谈话或污言秽语。我有过的风流韵事固然不少，但却从未威迫利诱女人上床。有人（好像是罗希娜）说过：“你在乎剧院多于女人。”这是正确的观察。我从未认真考虑结婚（除少年时唯一一次的例外）。我曾经轰轰烈烈爱过一次（对象是同一个人）。接着我就遇到了克丽芒，永恒、美妙而无法归类的克丽芒。接着是其他一连串的女子。但我不是沉迷女色的人。我一直都是个专业人士。在这方面，我对自己以及对他人的要求一样严苛。乱七八糟的男女关系——特别是在一个小团体内——是会为严肃的工作带来负面影响的。我非常善妒，和我搞在一起的，又尽是些非常善妒的女人。羡慕心理对我的困扰总是少得多。我很早就意识到，克服羡慕心理乃是成功的先决条件。

我因为没有能成为一流演员而遗憾吗？这个问题我不知问过自己多少遍！我当然会遗憾。导演都是羡慕演员的，但我疑心，每个伟大的导演在内心深处都宁可当伟大的演员。有些人认为，如果我转往电影或电视界发展，演员事业将会更成功，他们也百般诱劝我这样做。虽然我多次为了好玩而涉足电影和电视圈，但从不把这两种媒体放在眼里。我总认为，只有在剧院里才有真正的戏剧。我有我的雄心，特别是把莎剧演得出色的雄心。但我总是把李尔王给演坏，哈姆雷特更不用谈了。我想我的普洛斯帕罗演得不赖，当时演爱丽儿[①]的是莉齐。那是我最后一次担纲大角色，距今已相当久远。之后，我就把一部分虚荣心搁到一边。虚荣心在戏剧界里是那么容易受损的东西，所以你们一定以为，它很容易就自行消失，事实上，大部分演员就是百般要留住自己的虚荣心：这不但是一种职业病，说不定还是必需的生存之道。不过，对一些出色演员和伟大演员的由衷钦佩，是可以帮助人放下虚荣心的，而让我由衷钦佩的男演员又比比皆是：包括威尔弗雷德、西德尼、费比安、马卡斯(他是克丽芒的情人之一)，甚至包括了佩里[②]和艾尔。就这样，我悄悄退居幕后。当时，这样的决定对我来说并不困难，因为我已被导演的工作吸引住了。有时，我也会在自己导演的戏剧中扮演个小角色，娱己娱人；有一次，我在《海鸥》里扮演雅各，几乎抢尽主角的风头。

好了，好了，我似乎一次把所有事情都写了下来，弄得像大杂烩似的。也许我真的应该把这本日记当成一本未加工的札记来写。至少在目前，我将会抗拒回忆自己导演过的作品的诱惑。我固然是以莎剧导演的身份知名，但我几乎尝试过各种戏剧，只要你说得出名字的，我都导过。好了，吹嘘够了。我的这些杂忆，本来是为了介绍克丽芒作前导。不过可怜的克丽芒是可以等待的，只是除了等待，她也别无选择。她打过的伟大意志战争已永远结束了。写到这里，我不禁纳闷：我真的已弃绝魔法，沉浸于目前的写作中吗？我原谅了敌人吗？我已真正放下权力，把魔法转化为灵性吗？时间自

① 普洛斯帕罗是莎剧《暴风雨》的角色，爱丽儿是被其驱使的精灵。
② 佩里是佩里格林的昵称。

会揭晓答案的。

有件相当古怪且困扰我的事刚刚发生。上述文字是我坐在草坪的石头座位上写的。随着早上的太阳转猛，我决定进屋拿宽边遮阳帽来戴。我有轻微头疼，看来可能需要配一副新眼镜。我走入屋内，登上楼梯，因为室内外光线的落差而不断眨眼。等我一踏上二楼楼梯平台，马上意识到有什么不寻常的事情发生过。之后，我发现那个绿色的丑陋大花瓶已从座墩上摔下来。花瓶倒在地上，碎成好些碎块。这是怎么发生的？座墩非常稳固，完全没有移动过。也没有风，珠帘子一动不动。我昨天为花瓶掸尘时，是否不知不觉移动了一点，才会有这个后果呢？还是刚才有地震？我不愿承认是我的责任，也很确定不是我的责任。我喜欢这可怜的丑东西，它就像家里的一只老狗。我捡起碎片，隐约有把花瓶修补起来的想法，但这当然是不可能的。花瓶怎么会从座墩上掉下来呢？我完全茫然。

*　　*　　*

"但我们都是把信送到你的狗屋去啊，阿罗比先生。"

因为始终没收到一封信，我终于按捺不住，跑到邮局去一问究竟。我会一直忍耐，倒不是怕在村民面前丢脸，而是怕在自己面前丢脸。我不是认为自己不需要信件吗？那我现在为什么会怀念，会对没有人写信给我一事感到惊讶？我早交代过考夫曼小姐帮我过滤信件，只把朋友写来的转给我。但正如我说的，我是个没有朋友的人。但有一个人的信却是我想收到的。不过这暂且不表，我们还是先回到狗屋的事情吧。

"狗屋？"我不解地问邮局那位女士(她是杂货店老板娘的妹妹，而"邮局"就是杂货店的一部分)。

"对，就是你走进房子前会经过的那间石头狗屋。乔里太太都是要我们把信放在那里。"

她说的石头狗屋位于堤道尽头(与公路的接壤处)，房屋经纪人曾经指着它告诉我，那就是我所拥有的土地边界。我当然注意到它的存在，却从没有仔细端详过。狗屋相当大，而且的确是狗屋的样子，但在我看来，它只适合供一只石头狗居住。我怀疑当初盖这东西是别有用途，但猜不透是什么用途。

我表示抗议。我怎么会知道信是放在那里？为什么我应该猜得到呢？为什么没有人通知我一声？难道邮差没发现信都没动过吗？如果下雨了怎么办？诸如此类。

邮局的女士气定神闲，重说了一遍这是乔里太太从前交代的，又说这样可以让邮差少走几步路，又说邮差没义务头凑进去看信箱里的信有没有被取走，而且，说不定我是出了远门。诸如此类。

我买了一些冷冻青鳕鱼(比鳕鱼美味多了)，就匆匆赶回家。对，我等的那封信，连同一大堆其他人写的信，就在那狗屋里(如果下过雨，信早在积水里游泳了)。我把大部分信带进屋内。

我期望的那封信是莉齐写来的，待会我把内容转述之后，有件事情就会明白了：迄今为止，我在这本日记里并未完全坦白。事实上，我一直避谈莉齐，这是因为我还不确定，自己最近对她做的一件事目的何在。但我并不心烦或焦虑。当初搬来这里时，我就下定决心不再为任何人际关系焦虑；这种焦虑常常只是虚荣心作祟。我对莉齐做的那件事，就是写了封信给她，作为一个试探，或者说作为一个游戏，一个严肃的游戏。我过去一直都跟莉齐玩严肃的游戏。我后悔写那封信吗？现在有吗？将来会吗？嗯，还是先谈谈这位小姐吧。

如果说克丽芒是个伟大或近乎伟大的女演员，那莉齐就是站在天平的另一端，也就是说几乎够不上资格当女演员。没错，她后来是很成功，但都是我造就的。我把她锻冶到她的极限之外。也许我现在应该坦承的是，她会让我烦心，是因为在某个意义下我爱她。我加上“某个意义下”，不只是因为我平生只真正爱过一次(对象不是她)，也是因为，我发现自己当初要离开她时几乎毫不犹豫。我从未为莉齐“神魂颠倒”，虽然我偶尔也会为女人那样(例如罗希娜和珍妮)。我对她的关爱是一种静静的、相当朦胧的关爱，而这样的感情在我的人生里大概仅此一见。即便如此，我还是离开她。她爱我要远比我爱她炽烈。对莉齐而言，我是唯一的。

莉齐是苏格兰人，有一半西班牙系犹太人的血统。虽然她有一对傲人的豪乳(比我认识的任何女人都大)，但严格来说并不漂亮，甚至年轻时候就是如此。但她却自有一种魅力。这种“妩媚”的魅力，加上年轻，让她的演艺之路并不难走。她工作很卖力，具有苏格兰人的稳定性，这对她的事业大有帮助。她的外表并不容易描述：她有宽大的前额和非常迷人的侧脸(人是有可能爱上一张侧脸的)。前额以优美的弧形弯向一个小而美的鼻子；自鼻子以下是一条笔直的直线。她的下巴坚实，有一个淡淡的小窝。双唇也很结实，虽然不丰满，却轮廓分明而纤细(不同女人的唇何其不同)。用不着涂口红，她的唇天生就是吸引人的赤褐色。要不是表情总带着一种童稚的腼腆，莉齐的脸一定会被形容为一张聪明的脸。她的眼珠呈浅棕色，像是带着露水；我吻她的时候，这双淡色的眼睛是何等光彩奕奕！她有近视，常常要眯着眼看东西(佩里格林说过，很少漂亮女人是看得很清楚的，因为虚荣心会排斥眼镜)。莉齐的眉毛是一种几乎看不出来的橘色，而在我的命令下，她从不敢篡改眉毛的颜色。她的肤色是健康的玫瑰色，相当有光泽。她的妆化得很淡，也没有许多女演员那种用化妆品把自己改头换面的本领。高明的化妆当然会吸引人。我就受到吸引。莉齐的头发是肉桂色的，很浓密，但有一点毛毛的，而且小卷发的要多于波浪状的。快乐的时候，她的脸会焕发出炯炯光彩(在她演艺事业最出色的阶段，她的脸可以让观众发出愉悦的叹息声)。虽然她已放任自己不整洁和不注意身材，但仍然相当好看。戏剧学校都要求学生进行体能锻炼，因为演戏是需要体能的。戏剧界的女性大都努力把自己保养得苗条年轻，但莉齐没有做到。她也从来不是个机灵的女人(我对机灵女人所能提供的那种独一无二的乐趣并非无动于衷)。随着岁月更迭，她变胖了。老天，她应该快五十岁了。

我把莉齐的信抄录如下，信本身就可以说明很多事情。

亲爱的，我已收到你那封美好慷慨的来信，但却读不懂。大概是因为我不想读懂吧。单是收到信就让我心满意足。看到你的笔迹时，我快乐和害怕得几乎昏倒。但我为什么要害怕呢？除了爱你以外，我对你又做过什么不好的事，值得我害怕呢？读信时我哭了又哭。我怀疑你自己记不记得，除一些明信片以外，你已经多久没写信给我了？我几乎觉得，单是收到你的信，就足以让我永永远远快乐下去——只要不必思考信的内容和回应的话。但正因为不能不思考和回信，我现在才会陷于焦虑与惶恐。

你想要的是什么，查尔斯？唉，我执笔回信的此刻，你就在我的眼前。但打从我第一次爱上你，你就无时无刻不活在我的脑海里。你信中特别让我欣喜的，是你说你并不怀疑我仍然爱着你。但“仍然”并不是贴切的字眼。我对你的爱存在于一种永恒的当下，几乎就是时间的同义词。但我不会提出太多抗议。这种爱本来就是跟绝望、认命、疲倦、静默并存。我爱你，查尔斯，而且会继续爱你至死。这是你可以肯定的一件事。

你的信好酷，蓄意的酷而且满纸笑话。（读起来就像是你希望找个“护士”！）你想要见我，对吗？这有什么不可以的，我们毕竟是老朋友了。但这两个特别的老朋友见面，总不能只是为了说一声“哈啰”，至少这边这一位不行。我反复读你的信，想读出字里行间的深意。但你字里行间的深意又是什么呢？我觉得你是故意要我猜你的心思。唉，老天，你的心思。你希望我到你那里去短暂温存一下吗？原谅我用这种可怕的字眼，因为是你把我置于可怕的处境中。也许你的信没有太多深意，只是我自己胡思乱想罢了。也许连你也不知自己的用意何在。这更像你的为人。原谅我这么说。

听着，查尔斯，我说过我感激你，而且至今还是如此。你知道的，这么多年来，只要你勾勾手指头，我就会马上嫁给你。我们在一起的那段时间，我有哪一天不是这样表示！我知道你的信当然不是一封求婚信。但那是有关什么的呢？是一周的造访吗？你没有说你爱我。你是想借此证明，时间是在你手上吗？查尔斯，我想活下去，不想再一次发疯。当我回顾过去，只觉得害怕接近你。我们已经超过一年没见面，最后一次是在西德尼·阿什家的午宴上。那时我多么期盼这个会面，但你却几乎没有跟我说话！午宴结束时我原想跟你一起坐出租车离开，但你却突然邀妮尔·皮克林一道走(你大概已忘了此事)。自此你就音信全无。你连一通电话都没打给我，哪怕明知我听到你的声音一定会欣喜若狂。你甚至不打听我住在哪里，只要求我的经纪人把明信片转给我！这些都是明白的证据。现在，你又突然写这封风趣而含意朦胧的信给我。你有的只是一个观念罢了，这是一种非常抽象的东西。

如果你只因为觉得有那个心情见我而找我，只想再试试看我的陪伴是否适合你，那么我去见你只会让自己再掉入旧日的疯狂中。我并不是说自己已经走过来了，但至少我是活下来，甚至恢复了生活的秩序。自从你离开，我过的苦日子已够长了！你从不知那段日子我多煎熬。我不向你流露所有的痛苦，只是不想以此作为一种报复。我们在一起的时候，我知道每一分钟、每一秒钟都有可能是结束的时候。你提醒我很多次了！我怀疑你会像我爱你那样爱过任何人吗？也许你对于爱的了解仅限于舞台上(我想我爱上你，是你向罗密欧和朱丽叶吼着说“别碰对方！”的时候)。你再三说过，你少年时代也曾有过这种伟大的爱情，但我想那只是宽慰我的话，只是你爱我爱得不够深的托词。不管怎样，你对我的爱都是有保留的，而现在，我已不相信奇迹。

查尔斯，我曾经被打入地狱，现在出来了，不想再回去。嫉妒就是地狱，而我还没脱离苦海。假如我带着原来的爱去找你，你又带着微笑逛到别处，我要怎么办呢？你是个自由人。你的信将这点显示得一清二楚。我现在还会跟剧院的女孩子不时碰面，你知道吗？她们很多都说曾经跟你有过罗曼史，有些还是我完全不能想像的。她们当然也许只是撒谎，但你应该知道你的手是离不开女人，而我已不再年轻漂亮。你总是喜欢追逐难到手的，并且不愿意与任何人定下来，所以到头来你只会甩掉每一个人！你有一次说过，结婚就像买个洋娃娃，这反映出你对婚姻的心态。另外，我不相信你真的已经退休，吉伯特说得好，要是你会退休，那上帝也会退休了。你是绝对静不下来。对，我的演技是你调教的，每一个人的演技都是你调教的，你就像个高明的舞者，教会每一个人跳舞。但你却限制他们只能与你一个人跳。你从不把别人当人尊重，从不正眼瞧他们；你不是一个真正的老师，只是一个贪婪的魔法师。我怎能想像你会突然改弦更张呢？你希望我扮演一个老太太，扮演一个平静睿智的老太太，坐在你旁边打毛线，听你抱怨别人吗？这行不通，查尔斯。我既不静谧，也没有智慧。我记得你不止一次说过多希望有个儿子。你仍然可以有个儿子的，只不过我已经不能怀孕了。查尔斯啊查尔斯，我爱你如此之深，为什么你不早早娶我呢？我爱你很深，但总不能自己把头往绞索里套啊。我对你的爱已归于寂静。不想再让它变成怒吼的烈火。

还有一件事情我必须告诉你。我现在与吉伯特·奥皮安生活在一起。你显然不知道这事，否则信上不会只字未提。没错，我承诺过，如果我决定跟谁永远生活在一起，一定会通知你（当丽塔·吉本斯告诉我，你曾要求她作出同样承诺时，我深感刺痛。我没有告诉她我做过相同承诺。她又说，因为是在压力下就范，她不认为自己的承诺有约束力）。我没有通知你，是因为我与吉伯特并不是那回事，我是指我们并不是男女情人。

当然不是，因为吉伯特并没有忽然间变成异性恋。我们只是爱护对方、照顾对方，分享同一栋房子。查尔斯，这是我人生第一次感到快乐。这是我做过的最有创意的事，远比演戏有创意。在西德尼的晚宴上见到你的那次，我就已经与吉伯特生活在一起了，如果你当时正眼看我，我一定会告诉你这件事！另外，查尔斯，我已经脱离剧院，我感觉这样对我好多了。坦白说，剧院生活对我来说一直是个折磨。我只会为你发光发亮，自你走后，我就褪色了。（当然，我从来就不是个多好的演员！）回顾起来，那些年我过的是何等愚蠢、可悲、焦虑的生活，真不知道我是怎样忍受过来的。我本来是完全有能力过得快快乐乐，但我偏偏背道而行！男人总是作践我，但吉伯特却不同。别讪笑。我一辈子都受臭男人的凌虐，到现在才终于可以过有尊严的生活。我甚至变得有用了！我在一家医院的办公室当兼职人员。我也正在学画画，还写了些儿童故事（尚未出版）。你也许觉得我现在的生活可怜兮兮，但我却感到快乐和自由。吉伯特也很快乐。不再为未能成为大明星而整天抱怨。他在剧院里争取到一些小角色，也偶尔会在电视上亮亮相。我们并不富有，但还能够糊口，相互扶持。我们拥有柔情和信赖，与沟通和真理：一个人年纪愈大，这些事情就愈显得重要。吉伯特已停止“猎艳”，他说自己一直想要的只是爱，而如今已从我这里得到了。亲爱的查尔斯，请你谅解，不要生气。你也知道吉伯特是多爱你的（我不会多谈这个，因为我知道这会让你生气，你以前就总是为此生气）。他崇拜你，但现在却怕得要命。他说你会驾着马车而来，把我载走，带到吉卜赛人那儿去。（这是引自哪里的话？你以前常常说我除莎剧以外什么都不读，而读莎剧又只读自己角色的部分。可不是！）他仍然害怕你，我也一样。我们一向习惯于顺服你，至今一样强烈！请不要运用这种权力伤害我们。你对我们是可以施加最可怕的压力，但请不要。请你宽宏大量，甜心。我们走了一段漫漫长路才找到现在的出路，如果有人认为那是条可笑的出路，只因为他们缺乏想像力和灵性。而这两样都是你缺乏的。

查尔斯，我不想见你，目前还不想。我不愿意就这样屈服。另外我也需要时间从你的信中平复过来。请务必写信告诉我你没有生气。等我平静一些，我们再见面。你一定要过来这里，见见吉伯特。总是有解决方法的。你的信表达了一个需要，而读完信以后，我也不再是原来的我了。但我在这里生活得很快乐，吉伯特也需要我，如果我离开他，那对我俩都会是狠狠的一击，我们会支离破碎的。（再说我也不知道你想要什么，而且说不定你现在已经改变心意，不再想要了。唉。）吉伯特说你最后一定会接纳我们，当我们是你的孩子一样接纳我们。啊，查尔斯，真神奇，收到你的信以后，我才发现那些我曾经命令它们沉沉睡去的力量还是活跃在我身上，强度一点都没有退减。它们还在这里，我对你全部的爱。让我们不要浪费爱，爱太稀有了。你想到了我，你写信给我，好甜美，好慷慨。但难道我们不能在自由中爱着彼此，而不让可怕的占有欲、暴力和恐惧污染一切吗？我好希望我们都爱着彼此，但不是以一种会摧毁我们的方式。我对你的爱总是有着一张忧愁的脸。唉，爱的力量何其脆弱！人都以为自己可以随心所欲驱使被爱者，但那只是个幻象！写这封信时我是一面写一面哭。请你马上回信，告诉我，我们可以过一阵子（只是一阵子）再会面，而且不会停止爱我。再怎样也不要丢失那份爱，那个让你写信给我的理由。我们一定会见面的。

永远属于你的莉齐

我在小红室里坐了一段时间，而且终于成功地在壁炉里生了火。烟囱似乎已克服排烟不顺的问题。还是说原先只是因为漂流木太潮湿的缘故？

我把莉齐的信仔细读了两次。那当然只是一个女人家所写的一封前后反复的信，其中有一半的内容是与另一半唱反调。莉齐无法完全抑制向我示爱的冲动。她说不会抗议太多，但事实显然刚好相反。换作一个较聪明的女人，就会用同样酷的语气说话，让我去猜她字里行间的深意。一个较聪明的女人或较不真诚的女人都会那样做。莉齐的信是透明的，尽管她花了一点努力想把它弄模糊。可怜的莉齐。我不会把她和吉伯特·奥皮安的事看得太认真，尽管如此，我对于她违背承诺这一点，仍然感到生气。他们到底是什么关系？哪怕是现在的年纪，莉齐仍然足以让任何男人变成异性恋者(单凭她的豪乳就办得到)。他们会穿着睡袍一起喝可乐吗？想到这个画面我就发指。当然，吉伯特是不值一提，他是个弱鸡，我一只手就足以摆平他，再用另一只手把莉齐抓过来。我当然不会有兴趣与他们搞柏拉图式的爱情三人组。从莉齐信上的日期看来，这信在狗屋里已经待了超过一星期。这不是坏事。因为如果我在信寄到当天就读了，很可能会写一封脾气暴躁或语带嘲讽的回信。但我没有回信，反而可以让她自省。看来我最好把缄默的时间再延长。

不过，重复莉齐那个完全合理的问题：我想要的是什么？但为什么女人总要追根究底！为什么她们总要求解释，要求定义！事实上，她的信中确实包含了若干相当精明的猜测，而那些静悄悄爆发的怨气也逃不过我的眼睛。她那些迂回而不是全然不公允的观察，想必已经积存在胸中好一段日子！也许我想要的真是一个兼职的“老太太”，一个与君王变成好朋友的后宫老姬妾：一个生活上的伴，没有任何的承诺，有的只是友谊(当然不排除偶尔做做爱；我突然想到后宫的环境对我来说是再适合不过了)。为什么莉齐不能聪明到了解这一点呢？我在信中只说想起她和想见她，但完全没有提及时间和地点。可是她却马上来向我要求绝对的承诺。一个“实验”？对，有何不可呢？她知道我有多痛恨流露感情，但她照样把感情一股脑儿向我头上浇。她才是“想要得到一切”，不是吗？但她是不会如愿的，这是确定无疑的。

我可不觉得自己嫉妒吉伯特，只觉得羡慕他！他是个聪明的家伙，成功哄骗到头脑简单的莉齐当他温情脉脉的管家婆，但我很怀疑他是不是真的停止了“猎艳”。我得承认，我至今还认为自己握有莉齐的所有权。她一直“长留”我心。在西德尼家的午宴上，我是故意不理她，但这未尝不能说是某种爱的表现。我倒没有忘记午宴结束时的情景。我看得出来莉齐想与我一起坐出租车，但到最后一刻，我却蓄意邀妮尔·皮克林同行。妮尔是一颗音乐喜剧的新星，才二十二岁，午宴一路下来我都是与她打情骂俏(我不会介意她成为我后宫的一员)。可怜的莉齐。是什么原因让我突然想写那封半认真半逗弄的信给她呢？是某些大海带给我的恐惧吗？是对孤单与死亡的恐惧吗？

既然谈到莉齐，我不妨再多谈一些。我开始爱她，是在了解到她有多爱我之后。她的爱让我动容，继而让我着迷。当时我导演了一季莎士比亚的戏剧。她是在演《罗密欧与朱丽叶》的时候爱上我，然后在演《第十二夜》时向我表白爱意。我们在上演《仲夏夜之梦》期间发生了关系。不过，我是在导《暴风雨》时才爱上她的，然后在导《一报还一报》时离开她(当时在此剧中扮演公爵角色的是艾尔·布尔)。我清楚记得莉齐向我表白爱意的情景。当时她演的是薇奥拉。威尔弗雷德在《第十二夜》一向是演贝尔彻爵士，但那一次却突然坚持要演马伏里奥。他演得棒极了，却毁了整出戏。话说有一次彩排《第十二夜》的时候，只有莉齐和我两个，地点是一个教堂(这是当时我们唯一可以彩排的地方)。那是个冬日的黄昏，我还记得教堂当时是以煤气灯照明。起初一切正常，但排到第二幕第四景的时候，她说完“她从未表白她的爱”这句台词之后就停住了，似乎是哽咽。我起初以为这一定是她的诠释方式，所以就等她把台词说下去。但她只是目不转睛看着我，然后，大颗大颗晶莹的泪珠从眼眶中冒出。明白是怎么一回事之后，我笑了起来，笑了又笑，过了一会儿，莉齐也笑了起来，无助地又哭又笑。因为她的笑，我爱上了她。她是个善良的女孩，过去如此，现在依然如此。

不知道为什么，莉齐在我脑海里的形象总是穿着裤装。她最初获得一点小名气，是在外省一些哑剧小剧院里演男主角(这类角色过去常由女演员担纲)。当时她非常瘦，外表相当男孩子气，总是喜欢把头发剪得短短的，穿着靴子大踏步走路。她的最大雄心是可以演彼得·潘(但从未实现)。有一段时间，她非常适合演莎士比亚笔下那些爱女扮男装的角色(西德尼曾经让她演罗莎琳德)。在我的提拔之下，她成了受人仰慕的薇奥拉，不过她最成功的一个角色却是《仲夏夜之梦》里的淘气小妖精(在《罗密欧与朱丽叶》里，她扮演的是一个哑女。我已忘了谁演朱丽叶，只记得那人演得一点都不好)。我被她的爱和无比顺服触动了，但当时我正跟罗希娜打得火热。每一次与她见面我都会笑，她跟着也笑。我们常在餐厅里或彩排时突然笑起来。我从不需要她告诉我她有多爱我。演出《仲夏夜之梦》的期间，她的眼睛总是含情脉脉地看着我，她的心灵也会触动我的心灵，让我感觉得到它正在颤抖。她对我体谅而顺服，虽然她知道我和罗希娜的事，却没有说什么，只是默默痛苦，这让我心生感激。也许这种感激正是我对她萌生爱意的由来。后来，我完全厌倦了罗希娜。在《仲夏夜之梦》里，演奥伯龙一角的是艾尔·布尔(一个起伏最大的演员)，他演得相当笨拙，我只后悔没有让自己来演。我就是在那一季结束后前往美国发展，随之而来的是在好莱坞的一败涂地以及与弗里齐·艾特尔的第一次决裂。我会去好莱坞，部分是为了躲罗希娜，可是她却以为我离开她是因为莉齐，事实并非如此。

再度回到英国后，我感到自由又快乐。当时是夏天。我和克丽芒言归于好，而她正跟她其中一个呆瓜小情人在一起。在美国蹚过一趟浑水以后，我希望可以回到莎士比亚的戏剧去。一个美国导演以赛亚·蒙森让我扮演普洛斯帕罗的角色。那是我演过的最后一个大角色。剧中演爱丽儿的是莉齐，她是我看过的最有灵性、最精准的一个爱丽儿。是她对我的爱让她绽放光芒，而在这种爱的魔术中，我也爱上了她。奇怪的是，我当时觉得自己对她的爱，就像是父亲对儿子的爱(这种感觉至今还在)。她常常说她是我的小听差。

她有一副婉转的嗓子，至今天我仿佛还听得见她唱“五哻深处”[1]那淡淡哀愁的歌声。我记得她有一次在一部业余制作的《费加罗的婚礼》中扮演凯鲁碧诺[2]，而我想这种小成功才是她最珍惜的。该死！我刚刚才想到，吉伯特说不定是把她当男生看！

我对莉齐的爱是一种无邪的爱（老天，我跟丽塔、罗希娜、珍妮、多丽丝和其他女人的关系是何等乱七八糟）。无邪是上天对莉齐最纯粹的恩赐。她的爱是深思熟虑，是有分寸的。她从未用她的权力把最轻的道德枷锁加之于我。读者诸君一定会说：但这种枷锁本来就存在啊！话是没错，但莉齐的无私却似乎将枷锁卸了下来，让我们像是活在一个金色的世界里。她当然从未责备我。就像她断然不希望让我感到对她有任何责任，只希望我能用她来得到快乐。这话听起来很残忍。但我们在一起的那段时间，一直是温柔对待彼此。

那当然同时也是个屠场般的场面。（为什么我会乐于写下这句话呢？）我从一开始就告诉她，我没有娶她的打算。说一句不知感激的话：会不会是一种盲目愚蠢的希望，让她对我表现出无止境的仁慈呢？但我很肯定她是不抱希望的。我告诉她，我们的关系只是一时，我对她的爱只是一时，而她对我的爱也无疑只是一时。我对她大谈人类的婚姻制度短命而不牢靠的道理，也大谈人心变幻不定的道理。但她只是用一双浅棕色的大眼睛静静看着我，眼神里透露着永恒。她说，我愿意为你变得完美，好让你决定要离开我时不会感到痛苦；但她这种爱的完美表达只让我恼火；她又说：我会永远等下去，虽然我知道……我并没有……在等待……什么。好一个爱的二重奏，我相当爱听这些话，尽管因为她的痛苦，我也感受到一点痛苦。当然，她是尽可能隐藏自己的痛苦，但接近尾声的时候，这种隐藏已经变得不可能。她在我面前放声大哭，眼睛睁得大大的，

---

① “五哻深处”为《暴风雨》中小精灵爱丽儿向斐迪南王子通告其父已死于海难时所唱的歌，其词曰：“五哻深处，躺着你父亲的尸骨……”。

② 凯鲁碧诺是剧中伯爵府的童仆。

眼泪像暴风雨一样洒落在我的袖子上，洒落在我的手上。最后我叫她离开的时候，她像影子一样消失了，又安静又迅速又顺从。至今，日本清酒的味道仍会让我忆起莉齐的眼泪。

自我走了之后，她没能继续在舞台上大放异彩。除罗希娜以外，所有我抛弃的女人无一不是走了下坡路。克丽芒是我唯一从未真正离开的女人，就算当我们有各自的情人的时候(这一点让我们各自的情人大为发指)。莉齐因演爱丽儿而登峰造极的两年后，人们开始窃窃私语：莉齐·谢勒是怎么搞的？我对她满怀感激，单是这一点就足以让她“长留”我心。这个可爱的女孩从未让我有罪恶感！在我的回忆里，她是个闪耀着勇气与真理的人。她可能是唯一没有对我撒过谎的女人(只有一个例外)。回忆她为我所受的苦时，我常常会被柔情充满，换成想到别的女人为我受苦时，我完全无动于衷，甚至会为此而恼怒。

我唯一一次有结婚之念是在少年时代，可是那女孩却跑了。自此以后，我从未认真想过要结婚。我对婚姻这档事的观察让我不敢心存幻想。我认识的快乐夫妻就只有两对，一是住在剑桥的朋友班史提克夫妇，一是西德尼·阿什和他太太罗斯玛丽；不过谁又知道他们是不是真的快乐？人们对家里的很多事情都是讳莫如深。在这份快乐夫妻的名单上，我本来还可以加上威尔·博厄斯和他太太阿德莱德这一对，但他们能够维持下去，只是因为阿德莱德凡事让步；看来这也是一个维持婚姻的方法。最适合我的是分手的戏码，让我可以期盼新的搭配和会面地点。我不能忍受婚姻那种可怕的永恒状态，而喜欢聚与散的魔法。我甚至不愿意和别人分享一张床，也绝少在做爱后与对方同睡一整晚，因为第二天早上起床我会觉得她们像妓女。婚姻是一种类似洗脑的活动，会让人的心灵支离破碎，甘于接受很多可怕的现实。结了婚的人常常任由自己变得不整洁、丑陋和乏味，而他们自己甚至没有察觉到。有时我喜欢用思考婚姻的恐怖来自娱，庆幸自己逃过一劫！

在这方面，克丽芒对我了解得一清二楚，大概是因为她非常自觉她“老得足以当我妈妈”。在她的著名美貌与魅力持续不衰的悠悠岁月里，她用这句话鞭挞过我多少次啊！我们知道我们是永远不会结婚，也知道结婚只会使彼此受苦。我们绞尽脑汁要解决这个难题。当然，那是一道无解的题目，奇妙的是，这个无解的题目却一直延续到克丽芒生命的最后。所以看起来，我对那个奇妙的疯女人并没有太坏。但我对她是不是有一点残忍？大概是。我从不在她面前说爱她，总让她一颗心悬在那里，让她困惑、猜疑。我会这样，大概是因为害怕被她“吞噬”。我总是走开，再回来，又再走开。不过她也不愁寂寞，男朋友一个接一个。我从来不会吃醋（也许除了她和马卡斯在一起那段短暂时间之外），因为我和她的关系太密不可分，好像她真的就是我的母亲！我只差没有这样称呼她罢了。在生命的最后日子里，她变得非常易怒，占有欲非常强烈。尽管如此，她还是继续努力讨好我。生病以后，她变得相当丑，必须别人不断安慰说她样子一点都没有变。她身材尽失，只敢穿着灯芯绒裤和宽松的夹克走来走去。她衣服上满是酒渍和鼻涕，看来就像个老鳏夫。但她每天还是会花一小时“做脸”。也许那是一个女人要离开人世前的最后娱乐吧。不，我从来不考虑结婚。我的初恋情人让后来其他的女人看起来都像劣等货。不过，我会不婚，也许是因为没有一个女人可以与莎士比亚笔下的女主角相比。

我刚刚吃过晚饭，吃的是炒蛋、洋葱炖青鳕鱼（撒上一点咖喱粉，佐着番茄酱和芥末酱吃，只有蠢蛋才会鄙夷番茄酱）。甜点是一个美味的米布丁。要做非常好吃的米布丁很容易，但你多久碰得到好吃的米布丁？我喝掉半瓶的“默索”干白，作为对青鳕鱼的致敬。我的葡萄酒库存快见底了。

莉齐，对，她始终如一。别的女人可以让我感受到强烈的激情，却无法让我感到完全自在适意。人会喜欢谁而不喜欢谁是很神秘，因为即使在一片漆黑中，我们的情感知觉仍然可以像触须般迅速且正确无误地锁定我们喜欢的人。与莉齐在一起让我觉得自在，她温柔聪明的逗弄让我感到自由。对，爱的最根本试金石还是在于你有多渴望对方的陪伴，而不是激情或仰慕或一般所谓的“爱情”。我突然说这个，是因为开始担心年老寂寞时没人陪伴吗？基本上我对莉齐来信表明答案是否定的觉得松了一口气。我决定不再为任何事情焦虑了。我会顺其自然。至于吉伯特，他只是只水虱，休想扰乱我的平静心情。我只是纳闷莉齐竟然会相信他的话。我是可以对他们两人施加最可怕的压力，但不打算这样做。毕竟，单是用那封信提醒可怜的莉齐我还存在，对她的伤害已经够大了！

* * *

“你知道什么是促狭鬼吗，阿克赖特先生？”

阿克赖特没有立刻回答，而是慢慢抹拭吧台，制造一个嘲讽性的间隔。他的沉默并不代表犹豫。

“我知道，阁下。”他话中的“阁下”二字是一种挖苦，而不是尊敬的表示。

“你听说过‘什鲁夫末端’那边有促狭鬼出没吗？”

“没有，阁下。”

“促什么？他说什么？”酒吧里一个客人问。

“促狭鬼，”阿克赖特先生说，“那是……一种……”

见他不太说得上来，我就接口说：“一种会打破东西的鬼。”

“鬼？”接下来是一阵鸦雀无声。

“‘什鲁夫末端’有闹鬼的传闻吗？”

“任何房子都可能闹鬼。”一个客人自告奋勇说。

我问阿克赖特先生这个问题，不单是因为丑陋的大花瓶无端摔破。昨晚发生了另一件相当可怕的事情。我在大约凌晨五点半被吵醒，楼下传来一阵可怕之极的声音。虽然已经天亮，但走廊和楼梯仍一片漆黑，所以我就点起一根蜡烛。我走下楼，发现挂在门厅的那面椭圆形大镜子掉到地上，碎成了一小块一小块。奇怪的是，墙上的钉子却好端端的。我太惊恐和难过了，无法留下来好好研究一番，另外，当时突然起了一股强烈的气流，我怕手上的蜡烛会熄掉，所以匆匆忙忙跑回床上。今天早上我做了一件相当蠢的事：把钉子从墙上拔下，不加检视就扔掉了。我认为钉子一定是因为镜子日积月累的重量而变弯，才会让镜子滑脱。不知道为什么，我就是不愿意去深究事情的原委。我为那面镜子感到可惜。镜框并未受损，所以只要重镶一片镜片在上面，就可以重新使用，只是镜子原来那种神秘的光芒和美是不可能恢复了。镜子摔碎后我好一阵子才睡着，虽然已经天亮，但我还是点着蜡烛。好不容易入睡后，我梦见乔里太太从壁龛中的一扇门中走出来，问我对她的房子干了什么好事。她看起来就像个……

* * *

在寻找一个适合种香草的地点同时，我在公路的另一边发现了几丛幼嫩的荨麻。另外，今天早上我在村里买到一些手工制的司康饼。杂货店老板娘告诉我，某位本村的女士偶尔做做这种烤饼，拿来店里寄卖。我听说她还会烤面包，所以就预订了一些。午餐时我吃了些糖腌培根片和荨麻煮蛋（用像煮菠菜的方式煮荨麻；我常常喜欢把荨麻和小扁豆一起捣成泥）。甜点是司康饼，涂上奶油或覆盆子酱吃。我喝了一些本地的苹果酒，试着要喜欢它，但却枉然。葡萄酒库存短缺的问题益形迫切了。

我在石头狗屋里又找到几封信。它们似乎是不定期送来的，我至今还没有见到过邮差。没有莉齐的来信，倒是有一封我堂弟詹姆斯写来的。我转录如下，他写信给我一向都是这个调调。

亲爱的查尔斯：

听说你买了一栋临海的房子。这代表你要放弃剧院生活吗？若是，想必你一定为不用再匆匆忙忙地过生活而松一口气吧？不管怎样，我相信你在你的滨海居所可以好好地休息，相信你的“家当”会有个令人满意的栖息处，你一定也有个怡人的厨房，可以实践你独家的饮食神秘主义！你保留了伦敦的公寓吗？我得承认，我一向都将你定位为一个深情的伦敦客，所以你的变节让我相当惊讶。你的房子可以看到海吗？大海总是让人精神抖擞，能看到一条清爽的地平线是人生一大乐事。伦敦的天气热得让人受不了，而高温又似乎让交通噪音更加刺耳。难道温度和声波是有某种物理性的关联吗？我想你一定做了不少日光浴。我总认定你是个狂热的泳客。求你到了适当时机让我知道你的消息好吗？你进城的时候，我们也许可以喝两杯。祝你快乐地“安顿”下来，并且与新房子相处融洽。它那个古怪的名字让我饶感兴趣。谨致上最衷心的祝福。

你的詹姆斯

詹姆斯给我的信总带一点屈尊俯就的味道，就像他才是堂兄，我才是堂弟。有时候甚至会有一种父母对子女训话的口气，让你觉得自己正在干的事相当幼稚。与此同时，这些信(我固定一年会收到两三封)总让我感到是集枯燥的俗套与最轻微的疯狂于一体。

既然已经谈到他，也许我应该对这位堂弟介绍得再详细和坦白一点。詹姆斯从来不是我生活中的重要角色，而我也不预期他会成为这样的角色。过去二十年来，我们见到彼此的机会愈来愈少，到后来，他虽然长住在伦敦，但我们几乎从不碰面。所以他信中“喝两杯”云云，完全是门面话。我绝少介绍自己的朋友给他认识(女孩子更一概不介绍)，他也不会介绍我认识他的朋友(假定他有朋友的话)。所以，我纳闷他是怎么知道我买了栋“临海的房子”。啊哈，一定是从报纸上知道的。这么说，新闻记者跟监我到这里来了？詹姆斯从不是我生活中的重要人物，他的重要性只存在于我的脑子里。

我们极少碰面，但只要碰面，可说就触动了一个又深又古老的地基。我们都是独子，是年龄相近的一对兄弟的儿子(阿贝尔叔叔略小于我父亲)，都没有兄弟姊妹。我们虽然很少一起回忆往事，却有着无第三人可以分享的共同童年记忆。要是真有邪恶的往事见证人的话，詹姆斯对我来说就是一个这样的见证人。我甚至不清楚我们是否喜欢彼此。如果有一天突然有人告诉我他死了，我的第一反应难保不会是高兴。危险的堂兄弟关系(dangereux voisinage)一语在我们的关系里可说有了新解[①]。不过现在反省起来，这种危险关系大部分都属于往事了；只有心灵最深邃的部分才会不知道时间为何物。随着时光的推移，我愈来愈能够抗拒把詹姆斯视为一个有威胁性的角色。有一次，一个朋友(是威尔弗雷德)偶然认识了詹姆斯，他事后对我说："你堂弟看起来好失意。"轻轻一语，我顿时若有所悟，感到舒服不少。

年少时候，我从来不能断定到底我是真实的而詹姆斯是虚幻的，还是反过来。我总觉得，我们不可能是同时真实的：只能有一个人是住在真实世界，另一个则住在影子世界。詹姆斯的讨人厌在于他看起来是无所不能、水火不侵。嗯，这得话说从头了。我前面已经提过，基于一种小孩子的直觉，我从很小就意识到，阿贝尔叔叔娶了一门"更有利"的亲事，也因此，在人生的位阶上，阿贝尔·阿罗比要比亚当·阿罗比站得更高。我妈妈也清楚意识到这点，我则需要不断挣扎于她充满宗教情操的"不要介意"一语之中(谈及爱丝蒂尔婶婶时，妈妈总习惯强调地称她为"女继承人")。我相信，我父亲是一点也不介意，除非是为了我的缘故。我还记得，有一次他用一种奇怪而近乎卑微的语气对我说："很抱歉无法让你拥有一匹小马，像詹姆斯的那匹小马……"那一刻我爱极了父

① 法文的dangereux voisinage一语原指表哥与表妹因接触机会多易生情愫，故而"危险"。

亲，同时又意识到我不能表白这种爱，意识到他大概不知道我有多爱他。他知道吗？

就物质生活而言，我们两家人当然是大相径庭。詹姆斯是上述小马的自豪拥有者，而且他拥有的不只是小马，还有各种宠物。那些该死的小马让我有多难受啊！去他家探访时，詹姆斯有时会主动把小马借我骑一骑，阿贝尔叔叔则会表示要牵着缰绳带我出去走走。虽然想骑马想得要死，但出于矜持，我拒绝了，假装自己对骑马一点兴趣都没有。时至今日，我仍未曾骑过马。也许詹姆斯更让我羡慕的(但也没那么渴望)是他可以常常出外旅行。每逢詹姆斯放寒暑假，阿贝尔叔叔一家几乎都会出国度假。他们开车在欧洲到处玩(我家当然没有车)。他们有时还会跑到美国度假，住在爱丝蒂尔婶婶"亲戚"家里——至于是什么亲戚，我总是小心翼翼不去问。我第一次出国已经是战后的事，是和克丽芒一起前往巴黎。詹姆斯一家让我羡慕的还不只是小马或出国旅行，还有他们的进取心。阿贝尔叔叔是个筹划者、冒险者、发明者，甚至是个享乐主义者。我那个可爱良善的父亲则跟这些一点都沾不上边。叔叔和婶婶从来不会邀我们一家与他们一起度假。这一点，等到很久之后我才突然了悟：他们不邀请我们，是因为詹姆斯反对！(这想法就像飞镖一样突然射进我的脑子，我敢说这飞镖至今还插在我脑袋的某个地方。)

正如刚才说的，如果不是因为我的缘故，爸爸是不会把这些事放在心上的。我当然放在心上，但还有一些别的原因。我为他被剥夺了的地位感到不平。我为他感到委屈，可是他大方美好的天性让他并不在意。这样想的同时，我也意识到(哪怕当时还是个小孩)，我会有不平之感，正反映出我的道德情操在爸爸之下。另一方面，虽然有一个快乐的家庭和那么值得爱的父母，我仍然忍不住强烈觊觎我鄙夷的东西。我不能自制地把阿贝尔叔叔和爱丝蒂尔婶婶视为闪闪发光、近乎天神般的人物，觉得我父母与他们相比，显得微不足道和枯燥乏味。相较之下，我忍不住视父母为失败者。但同时，我又知道爸爸是个有德和出尘的人，阿贝尔叔叔则是个完全为己谋利的一般人。我当然不是指叔叔是个自私自利或冷血的人。他当然不是。他爱他的漂亮太太，而且就我所知，他一直是个忠实的丈夫。另外，我知道他也是个爱孩子和负责任的父亲。我很肯定他在工作与国家义务上都是忠诚而谨慎的，算得上是模范公民。但不管怎样，他仍然是个有名利心的平常人。反观我爸爸，却是个相当不同、相当独特的人——当然，这一点除了我和妈妈以外，没有别人知道。

可是这些了解并无法让我停止对阿贝尔叔叔的崇拜。我总是像只讨主人欢心的狗一样围着他团团转，至少小时候是如此。后来，因为詹姆斯的缘故，我变得多了一点矜持和疏远。爸爸有没有因为我崇拜阿贝尔叔叔而有时会难过呢？大概有。想到这个，我感到锥心的忧伤。他并不在乎世俗的名利，但却因为我的缘故，对于自己不是一个“体面人物”而感到遗憾(但没有流露出来)。我妈妈似乎直觉到爸爸的这份遗憾(也许他告诉过她)，也正因如此，她在谈到阿贝尔叔叔一家时才会有时压抑不住怒气。这情形，又以他们刚探望过我们不久后最常见。他们并不常来我家做客，原因是妈妈让他们感到局促：他们每次来，妈妈总是为我们家的寒酸和无法提供得体的招待而再三致歉。应该补充的是，我家住的是那种既孤独又缺乏隐私可言的住宅社区。我常常都是独自一人去“拉姆斯登”玩，这是因为妈妈害怕站在她小叔的屋顶下面，爸爸则害怕站在除自己家以外的任何屋顶下面。

既然谈到我妈妈，我就不能不谈谈爱丝蒂尔婶婶。正如之前说过的，她是美国人，至于来自美国哪里，我不记得自己是否知道；当时对我而言，美国是个大而模糊的概念。我也不知道她和叔叔是在哪里认识的。她当然代表一些我对美国的一般想像：自由、欢快、吵闹。爱丝蒂尔婶婶人在哪里，哪里就会有笑声、爵士乐和(会吓人一跳的)酒。我这样说可能又会给人错误印象。爱丝蒂尔婶婶并不是个“酒徒”，她的“狂放”，也不过是最喜气洋洋的表现。她健康、年轻、貌美、富有，具有天生就是幸运儿的那种本能性的大方慷慨。我小时候，她常常若有若无地对我展露柔情，而我那位感情不外露的妈妈则冷眼旁观一切。爱丝蒂尔婶婶对我的柔情也许只是别无深意的慷慨，但我却深受感动。她有一副婉转的嗓子，喜欢哼唱一次大战时期的歌曲和最新的流行曲（像是“皮卡第的玫瑰”、“啊，好忧郁”、“蹑足走过郁金香”、“我与珍同在飞机上”之类的经典）。记得有一次我在“拉姆斯登”过夜，爱丝蒂尔婶婶走进房间来说是要“哄我睡”，为我唱了一首歌，其中包括这样的歌词：一整晚独坐树下，给自己一个拥抱，扭自己一把，可不是无趣的啊。因为觉得歌词逗趣，我回家后在父母面前重唱了一次，结果发现是个错误。大概就是因为爱丝蒂尔婶婶的缘故，人类的歌声总是让我忧愁，让我产生一种深深的、近乎恐惧的情绪。我总觉得歌者（特别是女歌者）张大的嘴巴、湿湿的白牙齿和潮潮的口腔是古怪和可怕的。总言之，爱丝蒂尔婶婶对我来说是个象征意义的人物、一个现代性的人物，甚至是未来性的人物，是来诱惑我走进自己的未来。我下定决心有朝一日要找到她生长的那片土地，加以征服。某个意义下我做到了，但当我在那儿受到像帝王般的尊崇时，她早已过世。现在回想起来，我们从未真正认识对方，也从未真正交谈过。不过如果她现在死而复生，我想我们一定可以轻易克服多年不见的隔阂，一定会非常喜欢对方的陪伴。我在克丽芒面前偶尔会提到她，而克丽芒表示这个爱丝蒂尔婶婶是我亲戚中她唯一乐于认识的（我父母当然没见过克丽芒，因为要是他们知道我公开跟一个比我大一倍的女人同居，一定会非常伤心；但如果爱丝蒂尔婶婶活着，我是可以介绍克丽芒认识）。爱丝蒂尔婶婶车祸丧生那一年，我十六岁；我没有预期中那么难过。当时有别的事让我心烦。说起来也许有点不知感激，虽然她对我很好，但我认为她只是把我看成是詹姆斯笨拙而不出色的小堂哥。她对我来说是个惊异，如同天人一般。两天前整理杂物时，我意外找到她一张照片。但却找不到妈妈的照片。

尽管妈妈对爱丝蒂尔婶婶的“吵”和“酒”不以为然，但她其实不是真的那么讨厌爱丝蒂尔婶婶；她也不是真的那么羡慕爱丝蒂尔婶婶，因为爱丝蒂尔婶婶拥有的一切世间财物，她都不稀罕。只是不知道为什么，爱丝蒂尔婶婶就是会让妈妈心情低落，每次她来我家做客之后，妈妈就陷入忧郁和恼怒。说不定叔叔和婶婶认为我受到的管教太严厉了。局外人单看到小孩所受的管教，很容易替这小孩贴上“囚犯”的标签。另外，我聪明的叔叔和自由派的婶婶会认为我和爸爸可怜，认为我们受到妈妈的高压统治，也不是不可想像的。如果妈妈疑心别人这样论断她，一定会感到痛苦和恼恨，而这种恼恨只会让她采取更严格的方式管教我。同样有可能的是，我对以爱丝蒂尔婶婶为代表的“美国”的幼稚憧憬，引起了妈妈的嫉妒心理。我年长以后曾经好奇，妈妈会不会认为爸爸也同样受到这个活泼快乐的弟妇吸引？事实上，我可以肯定爸爸对爱丝蒂尔婶婶毫无浓厚感情可言，也肯定妈妈知道这一点(我把自己形容为父母世界的中心，听起来相当自我；但我却真的是他们世界的中心)。到后来，我不再盼着爱丝蒂尔婶婶来访(尽管他们来的时候我还是很雀跃)，因为妈妈每次事后都会忧郁和生气。我们家几乎每次都会因为他们的造访而被搞乱，需要一点时间才能恢复过来。一等阿贝尔叔叔的劳斯莱斯开出我家下面的街道，妈妈就陷入沉默，这时候，我和爸爸都只敢蹑脚走路，也不敢接触彼此的眼神。

我在学校里很愉快，但没有亲密的朋友，也没有亲爱的老师(倒是有一些有影响性的老师，麦克道尔先生就是其中之一)。在这样空虚的童年，我叔叔与婶婶会被我放大为重大角色，会被我聚焦成一些朦胧感情的焦点，是很自然的。但他们又是遥远的，有一点点模糊，而这是因为他们对我的关心只是边缘性的。我从不觉得他们正眼看我。詹姆斯和我的关系却截然不同。从最早开始，我和詹姆斯就强烈意识到彼此的存在。我们都注视着对方的一举一动，但又会本能地不让双方父母知道这种相互注意。我不能说我们害怕对方；有害怕心理的人只是我，可是严格来说我害怕的又不是他本人，是他所代表的东西(这可能和我预感自己将会有个失败的人生有关)。总之，我们的关系是笼罩在一种焦虑之中。这一切当然都是在默默中持续着。我们从不会把这种奇怪的紧张关系摊开来谈；这可能是因为不知该如何启齿。我也怀疑我们父母对此是不是有所察觉。即使是我爸爸，他虽然知道我羡慕詹姆斯，但仍然不知道这一点。

正如前面所提，我对詹姆斯的不自在，部分源自我担心他会有一个成功的人生，而我会有一个失败的人生。要我除了承受他骑在马背上的事实外还要承受这个预感，对我来说真是不能承受之重。如果把我的“权力意志”归咎于想要把詹姆斯比下去的愿望，也许并不为过。我并不认为詹姆斯觉得有必要跟我比，而且大概他不认为把我比下去要费什么力。他占尽优势。他受的教育比我好(这是我咬牙切齿的开始)。我读的是地方的文法学校，他上的是温彻斯特公学。我努力学习，吸收相当丰富的知识，特别是莎士比亚；但詹姆斯却学会了一切(我当时是这样觉得)。他懂拉丁文、希腊文和好几种现代语言，我则只懂一点法文和更少的拉丁文。他懂绘画，也定期参观美国和欧洲的画廊。谈起外国的地点他如数家珍。他数学很好，又拿过历史科的奖项。他写的诗被刊登在校刊上。他光芒四射。虽然他不会在我面前吹嘘，我却愈来愈觉得与他相比，自己简直就是山野村夫。我感觉我们之间的差距愈来愈远，而当我打量这个差距时，便失望至极。显然，我堂弟是注定成功，我是注定失败。我好奇爸爸知道我这种感受吗?

重读上面几段文字时，我发现自己再次制造了错误印象。自传这东西何其难以驾驭啊！事实上，詹姆斯让我感受到的委屈，以及因此在我心中燃起的旺盛企图心，是慢慢形成，并且是不知不觉中。我们小时候和大一些以后都是玩在一起，而且玩的都是一般男孩子玩的游戏。我的朋友不多，因为妈妈不喜欢我请其他人到家里玩(我不介意，因为我也不太喜欢其他小孩)。如果詹姆斯有朋友的话，他也没有介绍给我认识。所以我们总是单独玩在一块，注视彼此，但不是像上面描述所暗示的那样，而是包含着竞争意识。不过，即使在寻常的游戏里，詹姆斯胜我一筹的事实也自然易见。他对花鸟虫鱼的事情懂得比我多，还非常擅长爬树。（他还是小小孩的时候就曾经严肃表示想学飞！）他在野外找路的能力也强得像头狼。他有一种找寻失物和找地方的神秘天赋。当我们打的球飞不见了，他总是先找到；有一次，我只是告诉他我弄丢了一架玩具飞机，也没有给他任何线索，但他马上就找到了。

当我拂逆父母的意思在伦敦念戏剧学校的时候，詹姆斯是牛津大学历史系的高才生。从这时起，我与他失去了联络；我不想知道他更多春风得意的消息。但他没有毕业，因为战争爆发了。他从军去了，加入皇家来复枪兵团（后来改称“绿夹克”），从此展开一生的军旅生涯（虽然我想当时他并没有一辈子当军人的打算），但时至今日，我却无法想像詹姆斯除了是军人以外，还会是什么。他打了一场有趣的仗，而这段时间我则忙着坐巴士到各个矿区演出莎剧。之后，我听说他去了印度，更精确地说是去了台拉登。这期间我有自己的烦恼，主要是被初恋情人抛弃的后续效应，接下来是我与克丽芒长期战争的序幕小冲突。我后来才听说詹姆斯在印度的一些历险。他爬了很多山。他对西藏兴趣盎然，学了藏文，常常骑着马消失在边界（他儿时的马术训练派上用场了）。之后，他奉派与邻近的一些藏族统治者周旋，处理跟德国战犯有关的事情。他显然过了一段写意的生活，可是我猜他从未见过真刀真枪的场面。我一直害怕听到他获得“维多利亚十字勋章”的消息。当然，我从不怀疑他是个勇敢的人（某种意义下我不是）。

战后，詹姆斯决定要当职业军人。我父母听到这消息大吃一惊。他们说阿贝尔叔叔为此深感失望。在他看来，詹姆斯是当首相的料（爱丝蒂尔婶婶当时已经过世）。但我却暗暗高兴，因为我直觉认为，他转错了一个弯。当时我在戏剧界已经崭露头角，我的“权力意志”终于开花结果。就这样，詹姆斯成了军人。阿贝尔叔叔说那只是暂时的，又说詹姆斯此举是为了有多些时间可以写诗。不过妈妈告诉我，叔叔暗自神伤。奇怪的是当时我们谁也没有想过，从军同样是一条可以通向权力与荣耀的道路。

在战后那段人人都想与亲人团聚的日子，我和詹姆斯见过几面，之后他再次消失。他总是不断消失。从印度回来以后，他被调派到德国。然后他又回到英国，任职参谋学院，之后又调回印度。后来有人告诉我，他被派到印度，是要进行一项秘密任务：侦测苏联在西藏的活动。詹姆斯当然从不会告诉我他工作的内容。但我对他去过哪些地方却有最起码的了解，因为他愈来愈固定会在圣诞节和我生日时寄明信片给我。我没有太重视他的明信片，不过只要他写信给我，我总会回一封短柬。他的信总是枯燥乏味，没有任何关于自己生活的资讯。然后，他又出现在伦敦。不论之前和之后，我都没有见他那么激动过。他向我痛斥主政者真是愚蠢之极，最让他痛心的并不是这样的忠告(说不定就是他提出)被漠视，而是他深爱的东西被摧毁。可是他很快就隐藏起自己的这种情绪，此后再没有谈起过这个话题。

我收到他的下一张明信片是从新加坡寄来的，再下一张也是，那是吊问我的父丧(奇怪他怎么会知道)。之后，我就失去对詹姆斯的兴趣，因为这时候，我对一切都失去了兴趣。光从我的生命中熄灭了。爸爸的死让我哀恸逾恒。失去这样一个亲爱良善的父亲，至今仍然让我不能释怀。当时，一切像串通好一样的不对劲。我离开了克丽芒，与其他女人搅和在一起；我的事业也开始走下坡路，似乎只能以不可挽回的失败收场。妈妈不久后也过世，但她的死与其说是独立事件，不如说是爸爸之死无可改变的延伸。过没多久，阿贝尔叔叔也谢世了。那时，我已经很久没有关心过他，甚至连想起也不会想起他。我记得我曾打算写信慰问詹姆斯，但没有付诸实行。我也记得，当时自己忽然心生一个疑问：爱丝蒂尔婶婶过世时，詹姆斯是什么感受。爱丝蒂尔婶婶车祸丧生的当时，我正处于失去初恋情人的伤痛中，所以并未有太大感触。不知道为什么，我也从未去思考过丧母之痛会带给詹姆斯何种影响。

告诉我詹姆斯曾经到西藏出“秘密任务”的人名叫托比·埃尔斯米尔。这个人在其他方面都不值一提，不过他有时会告诉我詹姆斯的消息。他们是同班同学，也是绿夹克的同袍。托比后来成为一名股票经纪人，后来又成了出版商，我会认识他，是因为他也投资戏剧表演。就在我的霉运走完了之后不久，我在一个首演的晚宴上遇到他。他问我：“我猜你知道你堂弟成了佛教徒吧？”这个消息让我好奇而惊讶，因为我从不会把詹姆斯和宗教联想在一起。我们当然都曾接受过庸俗的英国基督教，但都在青春期失去了信仰。这里应该一提的是，妈妈并未强迫我或爸爸接受她那套福音教派的教义，大概她知道那是白费气力。不过她还是天经地义地认定我们是基督徒(我们平常也会上教堂)。我和詹姆斯自然是不会讨论宗教的。如果我年轻时会思考，那么我会说詹姆斯人生秉持的基本精神信条就是回避庸俗。我完全不能想像他会是一个宗教狂热分子，或会去相信东方的神秘信仰。太怪异了！

我的惊讶很快就消退了。詹姆斯显然不相信灵魂转世之说。我们再次重逢，是在各自又进入人生的另一个纪元之后。我父亲的死、演员生涯的不顺遂、在好莱坞的一败涂地，这些都已成往事。我也与克丽芒重归于好(我们一起住在日本)。我成了一个事业非常成功的人，在爱丝蒂尔婶婶的故国甚至被当成国王看待。那次重逢，我问詹姆斯：“听说你成了佛教徒？”他笑笑回答说：“是啊！”但听他语气，这个“是啊”既可以指“对”，也可以指“胡说八道”。所以我就没有继续这个话题。稍后，他较常住在伦敦，任职于国防部，直至今日。他的公寓位于皮姆利科区，里面摆满佛像，不过他家各式各样的东方垃圾本来就一大堆，其中一些我敢说是印度教的东西。

詹姆斯现在当然已经是个将级军官，至于是什么将，我倒忘了。我想他也算得上是个成功的人。我之所以私底下认为自己“赢了比赛”，是因为一种感觉：他的人生有失落感，我的却没有。

*　　*　　*

“谁到那里都会在一秒钟内溺水。”

“三秒。”

“一秒。”

“三秒。”

这是“黑狮”顾客谈话内容和争论的典型例子。他们似乎对于我竟敢到海里游泳怀恨于心，因为他们对“尼布利特”旁边这片大海的凶残一向都引以为傲。上述的争论是在我走入酒吧以后引发的，当然不是正面冲着我来。

“我是个游泳健将。”我介入说。

“我们说的是别人。”

“听说你都是光着游泳。”另外一个客人说。

“光着游泳？”

“光着屁股游泳。”

“哦，你是说裸泳？”这么说来，我被人看见了。

所有人都不吭声看着我，满怀敌意。

“看到海豹了吗？”阿克赖特先生聪明地把话题岔开。

“没有，还没有。”

今天早上，我到圆堡去的时候，很遗憾看到我绑的窗帘“绳子”不知为何松脱，被海水冲不见了。但我还是照样下水游泳。我认为我的肌肉变强壮了，爬上岸的技巧也高明多了。但我还是常被岩石刮伤或割伤。那些黄色的大岩石从远处看很光滑，但实际却有一个粗糙刮人的表面，仿佛密布着上百万又细又利的贝壳碎片。昨天，我在涨潮时从“小悬崖”直接跳下水，并无恙地爬回岸上，不过一点点焦虑感却破坏了游泳时的兴致。我当然是绝不会到“女士浴场”游泳，我可不愿在“黑狮”一票人面前把脸丢光！

今天，一片怡人的薄霭横过整片天空，海水是银色的，状似温驯，但这只是因为那些结实的海浪都没有带着浪花罢了，海浪拍打在岩岸上的力道还是很凶猛的。大海致密而放光，非常美丽。应该有海豹，今天光是那些海浪就像极了海豹。不过我用望远镜扫描良久仍一无所获。巨大的黄喙海鸥高踞在岩石上，以晶莹如玻璃的眼珠瞪着我。一只鸬鹚影子般快速掠过甘油般的海面。岩石处处丛集着蝴蝶。气温仍然很高。我洗了衣服，晒在草坪上。这段时间我每天游泳，觉得自己非常健美而盐味十足。依然没有莉齐的消息，但我并不担心。如果诸神对我与莉齐有所安排，那固然好；如果没有，也一样好。我感到纯真而自由。这可能全是游泳之功。

虽然听起来会让人觉得我自鸣得意，甚至自负，但我现在是一个散文作家了！我知道很多剧作家都把连续的散文体视为一种他们做梦也不敢驾驭的陌生语言。我自己也一度有过这种感觉。然而，看看我写的东西！我重看了对詹姆斯所作的小小素描，觉得相当有自己的风格。但陈述的是事实吗？嗯，至少不是全然误导人的，只是嫌太短和太“精明”了些。要怎样才能描写一个活生生的人呢？在我的描述里，詹姆斯的轮廓显得太一致，也太硬了。我漏了说他的牙齿是小小方方的，笑的时候表情空洞童稚。有时候，他的嘴巴会无缘无故张得大大的。他有一个鹰钩鼻，肤色很深。爱丝蒂尔婶婶的肤色也相当深。难道说她有印第安人的血统？

我必须在刻画这些肖像时再加把劲。因为说不定，这本有关我人生的书，最后就是由一系列我认识的人的肖像画构成的。他们是多么有趣而异质的一群人：克丽芒、罗希娜、西德尼、佩里格林、丽塔、弗里齐、珍妮、艾尔·布尔……我非得把克丽芒写出来不可。她是这本书的主题。在失去美貌和风趣的人生最后阶段，她变得多疯狂和多暴躁啊。她那时还是个多么烦人的老太婆啊，把同样中伤淫秽的八卦对我说了一遍又一遍。她公寓里有一种可怕的氛围，混合着酒精、眼泪和歇斯底里的味道。我面对这一切时表现得很好吗？我想是。知道她大限已到的时候，我毫不迟疑向她传达出宽恕和仁慈。不过这样说太刻薄了。我一直爱着她，我们也从对彼此的爱中获得回报。她人生的最后时刻让我们两人都得到了净化。可怜的克丽芒。老年是一片骇人的荒原。我自己马上也将跨入这片荒原。这就是我觉得需要莉齐的原因吗？

我是在第二天早上开始写下这段。上面的文字是我昨天深夜在起居室里写的，但当时发生了一件让人惴惴不安的事：有一度我偶然抬起头时，竟然看到开向“里房”那面玻璃窗上有一张脸看着我。我大吃一惊，全身因为惊恐而麻痹，坐在椅子上动弹不得。那张脸尽管一闪即逝，却很清晰，虽然我现在说不上来是什么样子。我记不起来那张脸的样子，是不是隐含着重大的意义呢？过了一阵子，我当然是站起来，上前研究到底是怎么回事。新买的油灯非常好拿，所以我用不着靠一根蜡烛眯眼察看。当然玻璃上现在什么也没有。我甚至在房子里走了一遍。我得承认，我当时觉得毛毛的。之后我就上楼去睡，睡前吃了颗安眠药。我恍惚听到珠帘子的滴答声，但那是自然现象，因为今天刚起了风，海水也再次呈现蓝白相间的色彩。

我对看到的异象想到两个可能的解释。其一，那只是我的脸在玻璃上的反影。问题是我一直坐着(我曾不自觉地站起来过吗？)，和那张脸的高度有落差。另外，那张脸是出现在玻璃窗相当高的位置上，因此必然是属于一个非常高的人，不然就是脚下垫了东西(但“里房”并没有可垫脚的东西，因为唯一一张折叠桌被我挪走了)。另一个可能的解释我打算在今晚验证。我向海的那扇窗户没有拉上窗帘，昨晚月亮又几乎是满月。所以，我看到的脸，会不会只是月亮在玻璃窗上的反影？

“每样东西都是充满神的。”詹姆斯曾这样说，似乎是引用某个人的话[①]。如果是这样，会不会其实我这辈子都是被一些小神祇与精灵围绕，只不过是剧院的魔法把他们暂时镇住罢了？（剧院中的人

① 语出古希腊哲学家泰勒斯。

是迷信出了名的。)现在他们终于可以单独跟我在一起了！不过，我从来就不是被迫害狂，现在也不打算当。

我得赶快到雷文饭店补充些葡萄酒了。以后我不会在“黑狮”谈鬼神妖怪的话题。

今天决定暂停游泳一次。

我刚刚去采购回来。杂货店一再保证会有莴苣供应，可是至今没有看见。当然也买不到鲜鱼。我在石头狗屋又看到一些新的来信，却没有莉齐的。倒有一封是佩里格林·阿尔伯洛写来的。我为自己准备的午餐是人间美味的蔬菜锅，材料包括洋葱、胡萝卜、番茄、麸皮、珍珠大麦、小扁豆、植物性蛋白质(我从伦敦带来)、红糖和橄榄油，吃之前加入一点柠檬汁。配着这么清淡的一道佳肴同吃的是加了起司酱的烤马铃薯。甜点是巴腾贝格蛋糕和李子干(小心腌制过的李子干相当美味，方法是浸泡和沥干后洒上一点柠檬汁或橙花水，千万别蘸鲜奶油吃)。如果有人奇怪我的菜单里怎么都看不到苹果这一项，理由就是我在这个项目上把舌头惯坏了。我只吃考克斯苹果，而四月到十月是看不到这种苹果的。

我把佩里格林的来信抄录如下，作为介绍他的开场白。

查尔斯，过得如何？我们所有人都对这个问题好奇不已。没有人承认曾受到你的邀请做客。难道你不会想念我们想得要命吗？难道你已偷溜回到伦敦的新公寓，不接电话，每晚都出去野吗？有人说你的房子位于一个有海浪冲刷的孤单岬角，但这不可能是真的。我看你一定是住在滨海区一栋舒服的别墅里。别的不说，没有榨汁机[①]，你要怎样过活呢？如果你真的改变了生活方式，我将难以承受。因为有些事也是我一直梦想要做却从未能或下不了决心去做的。我最近去了那个别名贝尔法

① 指没有电，所以不能用榨汁机。

斯特[1]的地狱一趟，回来至今已喝了一星期的酒。文明是可怖的，不过可别以为你能逃得掉，查尔斯。我想知道你在做些什么。你也别想逃得掉我，我可是你的影子。我想我会在圣灵降临节的周末去看你(有人打赌我不敢未受邀请就去找你，但你知道我这个人是最不愿赌输的)。如果大家知道我写信给你，一定会交代我代为致上问候，但那些其实不是问候，只是无礼的窥探。没有多少人是值得你交往的，查尔斯。下面签名的那个人会是你值得交往的吗？时间自会分晓。我可以带我的泳裤去找你吗？自从我们在圣莫尼卡过了那段黄金岁月以后，我再没有游过泳了。另有人怀疑你目前人根本不在英国，而是带了个妞儿跑到西班牙去。想要否认这点，你就只有写信一途了。你的影子在此向你致敬。

佩里格林

现在我已吃过午餐(说我怀念榨汁机真是一点都没错)，坐在二楼面海的窗户前。天空多云，海水是暗沉的蓝灰色，一种具侵略性且让人不愉快的颜色。海鸥在盘旋。屋内湿气很重。大概昨晚的事还让我处于情绪低落之中，尽管我确定那无疑是一种幻觉。但起码我说的是“情绪低落”而非“害怕”。没什么好怕的。

也许我应该在这里对佩里格林描述个三两句。谈佩里格林，就表示不能不谈罗希娜(我对这位女士已经相当淡忘)。谈就谈吧，写自传总不能老是沉溺在自己有兴趣的事情上。

佩里格林(他痛恨别人昵称他“佩里”，一如我痛恨别人昵称我“查理”，只有不熟的人会那样喊我)是那种对自己想过什么样的生活、想当什么样的人有强烈想法的人。为了实现想法，他们会不惜牺牲任何人，特别是最亲近的人。奇怪的是，这类人虽然在某个意义下是错的，也就是说误置了自己的角色，可是他们奋战到最后却

① 北爱尔兰首府。

会成功，因为他们的“受害者”宁愿接受一个简单明了的印象，懒得花脑筋去思考。佩里格林在许多方面都很温文仁慈，但却把自己定位为一个噪音制造者。这种“角色扮演”让他愚蠢地树立了许多敌人。就我来看，在戏剧界(乃至人生里)树立不必要的敌人，乃是一种不专业的表现。他缺乏一个真正艺术家的谨慎特质。我常常要采取恐吓手段，才能让他在舞台上保持清醒。他天生是个优秀的演员，只是过于自负和散漫，这可能是他爱尔兰人的马虎性格作祟；他没能发挥应有水平的时候太多了。

佩里格林是阿尔斯特省的天主教徒，原先在贝尔法斯特的女王大学读医科，但后来跑到都柏林的大门剧团演戏。他恨极了爱尔兰，这种恨，非爱尔兰人恨不出来。他先是为了马克思主义而抛弃宗教信仰，后来又抛弃马克思主义。初识他时，我视他为一个花花公子(他那时身材很苗条)，并马上看出他的才华。他很多年前就与我脱离合作关系，跑去电视圈发展，专演肥胖的反派角色。他知道我对他这个选择的观感，但我们的友谊没变，甚至不受我抢走他老婆的影响。他已经再婚(同样是灾难一场)，对方是个过气的女演员，名叫潘蜜拉。潘蜜拉的前夫是“姜人”高德温(他现在跑哪儿去啦？)，两人生有一女。老天，为什么人人都想结婚！

好吧，现在让我谈谈罗希娜，说不定把她写下来对我有好处。我无法把罗希娜的全部事情写下来，不然好几本书都写不完。罗希娜是一个神奇的人物。我初识她时，她已经是佩里格林的太太。他们是在美国认识，当我在“大门剧团”发现佩里格林的时候，他们结婚已有一段时间。我当时还很年轻，但已是小有名气的剧作家和导演。我开始追求罗希娜一定在过了很久以后(我多希望自己那时就有写日记的习惯)，因为我记得是在我与克丽芒再度同居之后。唉，我这辈子花了多少精力在躲女人！我与丽塔·吉本斯打得火热也是在同一段时间，不过也许是稍晚。克丽芒忍受得了丽塔、莉齐和珍妮，但厌恶罗希娜。我固然向她隐瞒我跟罗希娜之间的事(她也对我隐瞒她的事)，但却有不同的人向她通风报信。

罗希娜当然就是罗希娜·万贝格，大概也是本书中除我以外最有名的人物。她的真实姓氏是琼斯（又好像是威廉斯或戴维斯，反正这类的），但从来不向任何人透露。她是威尔士人，曾祖母是法裔加拿大人。我从未“爱上”罗希娜。我只愿把“爱上”这个字眼保留给我唯一毫无保留爱过的女人（当然不是克丽芒）。但罗希娜确实让我神魂颠倒。至于她有没有“爱上”我，我并不确定。我们的关系自始至终是建立在一种相互占有的欲望上。她虽然一度希望我娶她，我却从未有娶她的念头。我只想拥有她，为了要满足这个欲望，我当然得唆使她永远离开她老公。克丽芒大概是我认识的女人中最美的一个。但罗希娜却是最时髦的，懂得怎样用人工的方法让自己风华绝代。她一只眼睛有点斜视，这让她的凝视看起来非常专注。她的眼睛会放光，几乎名副其实会有光线射出来。她也精力旺盛，即使穿着很高的高跟鞋，她仍然可以跑得比我认识的任何女人都快。

她是出色的女演员（至今还是），也是个智商很高的女人（这两种素质并不是常常一起出现）。她的美貌混杂着凯尔特女人和高卢女人的美：蓝眼睛、黑直发、湿润性感的厚唇。老天，不同女人的吻何其不同。莉齐的吻干巴巴的，但却会紧紧吸附着你；罗希娜的吻则是母老虎的吻。她是个出色的喜剧演员，尤擅于演王政复辟时期那种无聊喜剧（一种我不屑一顾的戏剧类型）。她演的海达·高布勒[①]令人难忘，演出《乡村一月》里的娜特莉·彼得罗夫娜也相当感人。可惜她总演不好霍洛儿·克莱恩。我当导演时，总是让她演不符合她类型的角色（我常常让演员这样做，也常常成功）。她在西德尼改编的《危险关系》里演梅特伊夫人演得出奇的好。我从不让她演麦克白夫人，但以赛亚·蒙森后来却让她演，结果是灾难一场。我离开她以后，罗希娜跑到愚蠢的电视与电影圈混了一段时间。我为此感到高兴，因为如此一来，我就不会在沙弗兹伯里大道[②]的看板

① 易卜生名剧的女主角。

② 伦敦中区的一条街，以剧院多而著名。

上看到她的名字，也不会知道她的导演是谁。嫉妒心会随爱之生而生，却不一定会随爱之逝而逝[1]。

占有与地狱只是一线之隔，尽管我承认占有罗希娜是非常美妙的事。她是那些相信“大吵一架可以洁净空气”的女人之一。但以我的经验，吵架不但不能洁净空气，而且会为你树立一个终身的敌人。在剧院里吵架是很可怕的事，所以我总是尽量避免。为此，罗希娜不止一次称我为懦夫。她喜欢吵架，为任何事情吵架，而且认为情人愈吵愈恩爱。我愈来愈觉得累。我只希望，必要的时候，为分手情人搭起的黄金桥会为我准备好。当她看到我对她的态度转趋冷淡时，并不准备改弦易辙，反而缠我愈来愈紧，尖叫声也愈来愈响亮。她总是会毫无道理地嫉妒，程度比我尤甚。我这一生有过多少嫉妒啊，嫉妒的可悲场面，因嫉妒带来的痛苦已经成了我一辈子的一个特征。此刻我突然想到一种与嫉妒不同但却同样可怕的东西：我妈妈每次在爱丝蒂尔婶婶来访过后所表现的沉默。

到最后，我和罗希娜几乎都成了半个疯子。记得詹姆斯曾向我引述过某个哲学家的话：“宁可世界毁灭而不愿自己手指被划破，这并不违反理性。”[2]但在我和罗希娜的个案里，我们无疑宁可是前者，尽管我不会称之为理性。我还记得，有一次罗希娜在盛怒之下纵身跳下一道楼梯。有好几次，我们吵得那么凶，我因此随时准备好她会从二楼的窗户往下跳，而且也希望她那样做。我慢慢觉得，某个法国人(又是法国人)说过的一句话非常适用在罗希娜身上：她只有一个不是之处，那就是她令人难以忍受。甚至到今天，有时我夜半醒来，都想感谢上帝让那个女人离开了我的生活。当然，我离开罗希娜以后，她并没有回到佩里格林身边。

我对佩里格林的态度满怀感激，甚至佩服他。有些不明就里的人说佩里格林乐得可以摆脱罗希娜。但我清楚知道，他是暗自痛

---

① 法国谚语。

② 语出英国哲学家休谟。

苦。我很肯定，他和罗希娜的婚姻一直处于战争状态，但很多不快乐的夫妻何尝不是如此。我想佩里格林是爱罗希娜的，只不过到头来发现(就像我一样)，爱她是不可能的。所以说不定，能够不用自己痛下决心与罗希娜一刀两断，反而让他大大松了一口气。稍后，他仍旧对我非常友好，我也很珍惜这份友谊。他无与伦比的大方与仁慈所带来的结果就是，虽然我客观上知道自己做了错事，却几乎没有罪恶感。这全是因为佩里格林从未责怪我的缘故。我跟我的司机阿克赖特的情形刚好相反。阿克赖特之所以让我有罪恶感，是因为他痛斥过我，不是因为我偶尔让他饿着肚子在餐厅外面等了我几小时，自己却在里头大吃大喝。罪恶感这东西往往是因为受到指责而引起，并非犯错行为本身引起。

我刚才到岩石上去采集花朵呢！我采了一把花，其中包括缬草、海石竹和白色的剪秋萝。剪秋萝散发出很浓的甜香味。我也无法抑制地继续收集石头，尽管我拿其中最漂亮的一些来砌草坪的边界，但凹坑里的石头还是愈堆愈高，已多到满出来。我砌的草坪边界看来有一点“奇异”，我迫不及待想知道完工后我会多么喜欢它。这是展示这些漂亮石头的好方法，但泥土会不会让石头的底部褪色呢？

今早我在小石滩游了一趟泳。那海滩离我房子约一英里远，与村子位于同一个方向，所以我带了泳裤。但因为看不到半个人，所以我还是照旧裸泳。雨对海水起了平抚作用，让海面平滑又斑斑点点，几乎油汪汪的。上岸时我没碰到任何困难。我收集了更多的石头。然后我回到家，赤裸坐在米恩拱桥上，任由微暖的雨水打在身上，观看着汹涌波涛涌入石窟。即使是晴天丽日，海水涌进涌出石窟的样子也像是涨退潮。

昨晚因为天空被云遮住，让我无法验证“鬼脸”是月亮反影的理论。但我现在相当确定那是幻觉，无须进一步解释。傍晚时我坐进小红室，生了火。烟囱的烟又倒窜，可能因为风的关系。从一块半燃的木柴上救下一只蜘蛛的时候，我忆起了爸爸。搬来这里以前，我已有好些年没有生活在壁炉火的陪伴下。克丽芒一向喜欢壁炉火。燃烧是多么奇妙的过程。它转化事物转化得多么彻底；它是何等的净洁，净洁得就像死亡(我死后会被火化吗？会是谁为我安排呢？我现在最好还是别去想死这件事)。因为地板潮湿得出奇，我一直是把木柴放在食物贮存柜里，那里的空间才够大。也许可以考虑把一楼的“里房”用作燃料贮藏室。漂流木都很漂亮，经海水磨蚀光滑和漂白成淡灰色。拿来生火似乎殊为可惜。也许可以把一些像“雕刻品”的漂流木典藏起来。

我已经喝过下午茶，现正坐在起居室的窗前，看着雨水稳定地落在海面上。这个灰蒙蒙的场景单纯中带着可怕。除海平线上的一道铁黑色线条以外，海天几乎同色，都是暗哑而微微泛光的灰色，让人有一种什么事情即将发生的感觉：像是雷鸣闪电或海中冒出怪物之类。感谢老天爷，我已不再有怪物的幻觉了。从我忘掉的速度来看，我把这个幻觉归咎为服食迷幻药的慢性后遗症是可信的。但我真的曾“看到”过任何东西，因此需要动用这么复杂的解释吗？我继续仔细盯着被雨水抚平的海面，但始终没看到有什么巨大卷圈的东西腾起！(也没有海豹。)奇怪的是，我忽然想起“黑狮”一票乡下人所提到的“蠕虫”二字。“蠕虫”是“龙”的古字。龙、促狭鬼、玻璃窗上的脸，唉，这幅图画也未免愈发奇怪了点。这场雨让我的心绪何其不宁啊。

我重读了描写詹姆斯和佩里格林的文字，读后深受感动。当然，这些都只是素描，唯有经过更精细的加工才会变得真实及“栩栩如生”。我刚刚忽然想到：即使我在这本回忆录里写的尽是些凭空杜撰的胡说八道，人们一定还是会信以为真。这就是白纸黑字的力量，特别是名人或明星写的白纸黑字。人都是轻信的。即使读者声称自己会“有所保留”，他们照样上当受骗。人们渴望去相信，而他们也真的相信，因为相信比不相信容易，也因为任何写下来的东西被认为“总有某些方面是真的”。但愿我这番偶然的反省不会导致有人怀疑我写的东西有不实之处！当我写到与克丽芒在一起的生活时，其可信度难免引人怀疑，只愿我不会失败！

自开始写这本“书”或什么的以来，我一直感到自己像是走在一个洞窟里(这对我的心灵状态是多么阴沉的一种形容啊，但我不是在阴沉的意义下使用的)。洞窟里尽管漆黑一片，却有不同的“光”射向我，说不定是来自一些开向外面世界的缝隙。在这些不同的光之中，有一道特别强，我半自觉地迎着它寻觅我的出路。我不知道它会把我带往何处——有可能是通向外面世界的巨大“出口”，但也可能是开向地心熊熊烈火的小孔。我还不能确定是何者，但我是不是应该继续靠着这道光找到出路呢？这个光的意象在我的脑海出现得极其突然，我还不确知是由什么形成的。

当我决定书写自己的时候，当然得面对一个问题：我也要把哈特莉写进来吗？当然要，我想。我当然要写哈特莉，因为那是我生命中最重要的事情。但是，我要怎样去驾驭这么神圣的故事呢？再说，它会不会沉重到让我无法承受。另外，我会不会使用了错误的语调，让这个奇异的故事变得怪里怪气？所以，也许我还是只写自己而不提哈特莉比较好，但这种省略又不啻是在撒一个弥天大谎。一个人在自述生平的时候，有可能跳过某样影响他全部生命的东西、跳过他一辈子每天都在想念的东西吗？说“每天”是夸张了点，但亦相去不远。事实上我用不着“回忆”哈特莉，她无时无刻不在我左右。她是我的终，也是我的始；是我的阿拉法，也是我是俄梅嘎[①]。

我决定还是不去想这个问题，因为我太困惑了。我决定任由自

① 阿拉法是希腊字母的第一个，俄梅嘎是最后一个。这是仿《圣经》的口吻，表示哈特莉是他的一切。

己随兴书写，看看能不能逼近哈特莉这个巨大主题。记得我就是在不知不觉中写出“我爸爸的父亲是林肯郡的一名蔬菜农场主人”这个句子，因此说不定，我在洞窟里摸索的过程中，已经走近一个巨大的光源，已经到了把我的初恋情人给出来的时刻。但我能说些什么呢？我的感觉就像舌头忽然打了结。对，她是我的初恋情人，也是我唯一的真爱。与之相比，连克丽芒也只算是个影子罢了。这种必然性[①]在我个人的例子是如此强大，让我不得不怀疑，每个人都是一样。我们只喜欢过一次，就是第一次[②]。

她的名字是玛丽·哈特莉·史密斯。多突然啊，没想到我一下子就写了出来。我心跳得厉害。老天。玛丽·哈特莉·史密斯。

这个名字本身就足以充当整个故事的标题。但事实是我没有能力把这故事说出来。所以，以下我只会写出这个故事的大纲，而不会加以述说。也许根本就无法述说，因为其中几乎不包含任何“事件”，有的只是感受，一个小孩子的感受、一个少年的感受、一个青年的感受。这些感受，比他一生中其他时间碰到过的任何东西都要朦胧，都要神圣，都要强烈。我已经不记得认识哈特莉以前的我了。我念的是男校，但我们学校旁边就是一所女校，所以整天都可以看得见女孩子。由于那年头很多女孩子都叫玛丽，所以大家都喊她哈特莉，久而久之，这名字就变成她唯一的名字。我们很早就出双入对，但我记得，最初的时候，我们只像好朋友一样在一起，不包含任何深刻的男女情愫。到了大约十二岁，情愫开始萌发了。它让我们困惑，让我们诧异。它让我们像被狗追的老鼠一样震栗。说我们“谈恋爱了”这个形容太弱，无法传达这种感情。我们爱着对方，活在对方之中，靠对方而活。我们就是对方。世上为什么会有这种没有杂质的痛苦呢？

奇怪，明明是纯粹的“欢乐”，我为什么要说是“痛苦”呢（但

---

① 指初恋情人与唯一真爱之间的必然性。
② 法国谚语。

我不打算改回来)？不管怎样，重点是这种感情很极端也极纯粹(我听说，被蒙起眼睛的人是无法区分极烫与极冰的)。说不定在那个年龄，因为不懂得思考，所以会把任何情绪都解释为痛苦。一切都变得骇人和可怕，它愈是奇妙与欢愉，我们就愈觉得骇人和可怕。但容我重申，这种感觉不是反省，不是思考。我根本不用借着思考来告诉自己哈特莉会不会继续爱我，我就是知道她永远是我的。不过，当我们因为快乐而流泪时，只觉得这种快乐极度骇人。

我们发自本能地将此事严守秘密。我们的同学早已习惯我们如玩伴般走在一起。我们保持低调，装得若无其事，却有自己的秘密约会地点。正如我说过的，这一切都是发自本能，不是事先讨论过和下决定的。我们必须把这件珍贵的东西藏起来，以免它被伤害、破坏或侵犯。我父母多少知道哈特莉的存在，但她从没到过我家，一来是因为我父母不喜欢访客，二来是我从未提出要请哈特莉到家里来玩。我父母从未对我与哈特莉的关系起疑，因为他们认为我太小，不可能懂男女之事。哈特莉的父母同样知道我这个人的存在，也同样不以为意，唯一的差别是(我觉得)他们相当不喜欢我。她有一个哥哥，对我们两个都看不起。我们的世界是密封和隐秘的。我们打定主意一到十八岁就结婚(我们同年)，婚后才对父母尽告知的义务。我们常常爱抚，但从未做爱。那时毕竟还是相当保守的年代。

我必须尝试去描写哈特莉。唉，我的甜心，你是何等历历在目，就在我的眼前。我很肯定这不是记忆，而是视觉。在洞窟里射向我的是日光，不是地心的火光。说不定那是我生命中的唯一真光，是揭示真理之光。这就怪不得我会害怕失去这道光，怕被永远遗弃在黑暗中。这是一种孩提式的害怕，就像年幼时妈妈让我感受过的那种害怕：她亲吻过躺在床上的我之后，就拿起蜡烛，走出房间。哈特莉啊，我的哈特莉。对，我现在还可以清清楚楚看见她跳过绳子的样子。那绳子一次比一次提得更高，但她总是跳得过去，让观众每次都如释重负地舒一口气，我的内心则暗暗自豪。她是全校跳高冠军，也是校际赛跑冠军。哈特莉总是拿第一，我则跟着其他观众一起欢呼一起笑，暗自欢欣。对，我还看得见她蜷缩在双杠上的样子：屏息静气一动也不动，分叉的大腿闪着汗光。体育老师都说她是奥运选手的料。

来吧，圣灵，来充满我的灵魂，用天国之火燃亮我……[1]我们一起接受坚信礼，让我们的爱蒙神祝福。我还记得哈特莉在教堂唱诗歌的样子，她光亮无邪的脸迎向光明，迎向上帝，迎向属于她而她一定会得到的喜乐。我们常常谈宗教的事(我们无所不谈)，并感觉到我们是虔诚的人，一定会受到爱的保护。我们都意识到自己的纯真无邪，认定要当善良的人一点都不困难。哈特莉常常露出灿烂的笑容，尽管我们不会常常刻意逗对方笑。我们的快乐是一种肃穆圣洁的快乐，交谈时不会使用我们同学那种较粗鄙的言谈。我想我们两人对性都有一点好奇心，但却没有逾越。我们是一体的，而那才是唯一攸关重要的。我们住在天堂里。我们会一起骑脚踏车，去长着毛茛的田地里，或是火车桥旁边，或是小运河附近，或是等待开发成为住宅区的荒废土地，静静依偎在一起。尽管我们住在郊区，但对我们来说，那里却很可爱，而且就像伊甸园。哈特莉不是个智识型或好学型的女孩，却自有单纯的人的智慧。我们像天使一样交谈。

我看得见她正在向我微笑。哈特莉长得漂亮，可是她的漂亮不是外显的。她不是学校里的“美女”之一。有时她的脸看来沉重，甚至阴郁，而她哭起来的样子就像《爱丽丝漫游奇境》里的猪宝宝。她虽然非常健康强壮，但脸色很苍白，有时会让人误以为她生病了。她的脸相当圆而且白，凝视什么的时候眼神困惑而古怪，就像个原始人。她有一双深蓝色的眸子，当你不是直视着它们的时候，会觉得那是紫色的。她的瞳孔常常放得很大，眼珠看起来几乎全黑。她有一头细致的直金发，不长不短。她的唇色苍白，总是冰冷的；每当我闭起双眼，用我的唇稚拙地碰触她的唇时，会有一股

① 圣歌歌词。

冷冽的力量像矛一样刺穿我——朝圣者跪着触摸一块可以让生命更新的圣石时，大概就是这种感觉。被我拥抱时，她的身体显得被动，但她的灵魂却像一股冷火般在我体内燃烧。她的美肩、她的长腿，肤色同样苍白，看起来也是冷冷的。我从未看过她全部脱去衣服的样子。她非常非常苗条，有一双修长的腿，身体非常干净，也非常孔武有力。她从未拥抱过我，但有时会略带点僵硬地环抱我的双臂，每次都会在上面留下大块瘀青。我探身吻她时，她隐秘的紫眼睛不会闭上，而是用她一贯奇怪困惑的眼神凝视我，同时又充满激情。我们之间这种静静的、甚至僵硬的拥抱，是我一生所体验过最激情的拥抱。我们都是贞洁的，绝对尊重彼此和崇拜彼此。这种纯净的激情与纯净的爱，我此后再没有遇到过，我也很肯定，这是世间罕有。这些记忆向我辐射的光芒要比任何艺术作品还大，要比莎士比亚或弗兰契斯卡[①]更鲜明而珍贵。我的生命有一个深邃的根蒂，它不受时间或变化影响，是永远与哈特莉同在的，就紧紧扎在我们曾经在一起的那片美好之地。

写完这些，我还能谈什么呢？事实上，要形容她，我是可以无穷无尽地形容下去的。只不过这太痛苦了。我失去了她，这颗世间的明珠。为什么会演变成这样，对我来说至今还是一个谜：关于一个年轻女孩的灵魂与生命远景的谜。跟她在一起的那段日子，我害怕很多事情，比方说害怕我突然死掉、她突然死掉，或害怕我们因为太过快乐而受诅咒之类。但后来发生的那件可怕的事，却是我从未预想过或害怕过的。还是说其实我们两个都害怕，只是不敢去想吧？所以，说不准我也是害怕的。看来我一定曾经在我那不一致的心灵里呐喊过：拜托不要让事情发生(尽管那看来是不可思议的)！

让我尽量把事情的经过简述如下(事实上也是很简单的)。哈特莉决定不要嫁给我。我根本找不出理由。乍闻这个晴天霹雳，让我无法清晰思考和问她恰当的问题。她百般规避，也许是为了减轻我

---

① 文艺复兴时期意大利画家。

的痛苦，也许她自己也是一样痛苦混乱，又也许她有点犹豫不决，只是我愚蠢地察觉不出来罢了。她说了一些我永远难忘的可怕理由。但那些真的是“理由”吗？她说的每个理由都会被接着的一阵哭声擦拭掉。我们很早以前就说定一到十八岁就结婚。我哭喊着对她说我会等她，不会催促她。那是出于一种年轻女孩对婚姻的害怕吗？我愿意尊重这种心理，她可以做任何她想做的事，唯一的要求是不要丢掉我们等待良久的珍贵未来。我们的婚姻是确定不变的，我唯一害怕的只是我等不到结婚就死掉。我带着这种确定感回到伦敦的戏剧学校。我们仍未向父母透露恋情。这是个错误吗？我害怕妈妈会不赞成，甚至反对。她会说我们都还太年轻。我不想让父母的不悦减损我们的快乐，尽管我们也说好，即使遭到反对，我们也会勇于面对，绝不退让。但另一方面，如果我们的父母知道，也同意了，或者我们有为恋情而战的打算，那么我们的计划会不会因为公开而更有约束力？公开，当然会改变我们那小天堂的氛围。我是害怕这种改变吗？我会失去她，是因为我是个懦夫吗？老天，我到底犯了什么错？我在伦敦念书那段期间，她发生了什么事，有什么钻进了她的脑子里？她同意过的，她明白表示过的。我们当然是分处两地，但我每天都写信。我每个周末都回家，而她看来一直都没有改变。然后忽然有一天她却告诉我……

那天我们骑着脚踏车到运河去，那是一个我们常去的地方。我们一如以往让脚踏车并躺在曳船道旁的草丛里。我们沿着曳船道继续往前走，看着四周熟悉的景物。那是个秋日，很多蝴蝶在盘旋追逐(直到今天，蝴蝶还会让我联想起那恐怖的几分钟)。她开始哭了起来。“我不能继续跟你在一起，我不能。我不能跟你结婚。”“我们不会带给彼此快乐。”“你不会永远跟我在一起。你会抛弃我。你会对我不忠。”“对，我是爱你，但我信不过你的忠诚。”我们都因为悲苦而情绪大乱，因为悲苦而向对方哭喊。在绝望中，在如死的恐惧中，我咆哮说：“但至少我们可以当朋友吧，永远的朋友。我们离不开彼此的，那是不可能的，离开你，我会死掉。”她摇摇头，垂泪说："你知道我们无法只当朋友的。"她的眼睛泛着泪光，被泪水沾湿的嘴巴扭曲着。我无法理解她为什么能够这样坚强。她说的理由都是由衷的吗？还是她的理由只是用来隐瞒她不敢说出口的其他理由？为什么她会改变心意？我问了又问，问她为什么认为我无法信任，为什么认为我们在一起不会幸福，为什么她不再相信未来。"我不能继续跟你在一起，我就是不能。"是有人在她面前中伤我吗？她不可能嫉妒我在伦敦的生活，因为在那儿，我除了想她以外，什么事都没有做（当时克丽芒当然还没有出现）。还是说她有了别的男朋友？没有，没有，没有，她哭着说，然后就只是把那些教人难懂的理由重说了一遍。对，她非常坚强。而她也逃走了。

学业让我不得不返回伦敦。之后一两天，我根本不能相信这件恐怖之极的事是真的。我写信给她，内容充满体谅和信任。然后我把一切扔在后头，回去找她。我是见到她了，但还是和前一次同样的场面，同样的对话内容。然后，突然间她就失踪了。我去她家找她。她父母与哥哥都以敌意的眼光看我。他们说她住在一个朋友家里，而他们不知道地址。我第二个星期再去她家，结果还是一样。然后，我收到她妈妈一封信，说是哈特莉不想见我，也要求我不要再骚扰他们家。我搜索、打听、监视。这是二十世纪，怎么可能有人就这样凭空消失呢？为什么没有一个政府部门是可以让人写信求助的呢？我把假日都用来从事侦探活动。但没有一个学校里的朋友知道她在哪里。我甚至在地方报纸登了寻找她的广告。我走访每一个她以前提过的地方，找了每一个跟她熟悉的人。我写的信数以十计。直到很久以后我才悟到一点：她想要离开我，唯一的方法就只有躲起来，只有凭空消失。

这段时间，她父母也搬家了。稍后，我收到她妈妈一封简短失礼的信（没有回邮地址），说是哈特莉已经嫁人。我并不相信。她父母是骗子，是对她的一股邪恶影响力；他们因为哈特莉爱我而恨我。我继续搜寻，继续等待。我认为她不辞而别一定是有什么不得已的苦衷，假以时日，她一定能突破万难，重回我身边。由于我寻找她的方式几近疯狂，后来很多人都知道我爱哈特莉这件事，我也因此成了一个出名的苦恋者。不过我不以为意。愈多人知道愈好，因为这样说不定会有人告诉我哈特莉的消息。真的有人这么做了。麦克道尔老师写信告诉我，哈特莉嫁人的消息是真的。我相信他。他没有告诉我细节(大概担心我会做出暴力之举)，我也没问。他在信中说："她不需要你，她爱的是别人。你必须接受这个不争的事实。"

某个意义下，我的确是"恢复"过来了。我埋首工作。我遇到克丽芒·梅金，任由她诱拐我。我告诉她我与哈特莉的故事，而且好像是第一次见面就告诉她了。我从未告诉父母此事，也相信他们完全不知情。他们都是相当单纯而没有心机的人。克丽芒看护我，看护着我的嫉妒心，有一阵子，哈特莉的事是我们之间的重大"话题"。她非常喜欢这一点，觉得自己正在慢慢治愈我，我也任由她这样想，但她错了。我的伤口本来就极深，何况还被怨毒的嫉妒心感染了。读到麦克道尔老师的信时，一种堕落的欲望就进入我的生命，自此没有离开过。"她不需要你，她爱的是别人。"当我搜寻她的下落时，我是被希望逗弄着。我一直在心里原谅她，而这种原谅也带给我安慰。我认定她一定知道我有多痛苦，也认定我思想的电波一定可以触动到她。但我一直以为她是一个人。得知她真的结了婚之后，我并没有恨她，但嫉妒的恶魔却跳出来，把过去给染污，让我的心不得安宁。嫉妒大概是所有强烈情绪中最不受人意志控制的一种。它会欺骗意识，藏在比思想更深邃的深处。它总会在那里，就像人眼睛里的黑斑点一样，让世界蒙上瑕疵。

因为哈特莉是以道德上的理由离开我的，所以她在我的生命里形成一个永久且形而上的危机。就是因为这个原因我才会戴上一个不道德的面具吗？这种自负的猜测当然是没有根据，而我惊讶自己竟会写出来。哈特莉离开我的真正理由是什么呢？我永远不会知道。我会与克丽芒发生关系，可能就是蓄意毁坏我的真纯的一种表现，就像我在对哈特莉说：“你信不过我的忠诚？好，我就证明给你看，你对得无以复加！”也许，我所有的风流韵事都不过是邪恶的尝试，是为了要向哈特莉证明，她的猜想有多对。但她会是对的，只因为她离开了我。爱的收回是可以让人心死的。我妈妈常常用这个方法恐吓我，这让我面对哈特莉的罪行时更形脆弱。哈特莉毁了我的真纯，是她，还有嫉妒心的恶魔。是哈特莉让我成为无信仰的人。如果她留在我身边，我就会是信仰坚定的人，我的生命也会全然不同——不会那么漂浮，不会那么空虚。这么说，我认为我的人生是空虚的啰？荒谬绝伦。会不会哈特莉认为我是个俗人呢？如果是这样，她就比我所一直以为的更像是我妈妈的为人。我是因为被她拒绝才会成为俗人，她的拒绝从道德上毁了我。她是不是认为我会“迷失”在剧院里？她从未这样说过。是她的离弃让我迷失自己的。如果她没有跑掉，我会一直对她保持忠诚吗？当然会。如果她跟我生活在一起，为我补衣，为我煮饭，我除了忠诚将别无二志。我们本来可以成为一体的，婚姻的神圣光芒可以保护我们的安全，让我们永远在一起。我对美善曾有过毫不动摇的信心，她就是见证人，但这种信心已不复见。

又过了相当长的一段日子以后，过去看起来是有点复原了。过去是可以复原的。当时，我可以再次从远处看到两个沐浴在明净光线里的无邪少男少女（就像古壁画里的亚当和夏娃那样）。自此，她成了我的比阿特丽丝[①]。随着人生继续向前，我只觉得自己所有的美善都已经与她一起留在后头了。美善？还是只是一种无邪与贞洁的激情形成的特殊混合体？我终于把她的事情写了下来，也为自己做到这一点深感高兴。我的一生固然无时无刻不在回忆哈特莉，但我原先本来以为自己是无法写下来的。我的文字里是有那么一丝丝硫黄的味道，但这是陈年往事撕破一个鲜明而完整的表面所难免的。我后来当然没再见过她，不过嫉妒心的恶魔也阻止我去打听她的情

① 但丁终生思慕的女人，他把她写入《神曲》里。

况，因为那可能带来的痛苦太大了。我甚至不知道她的夫姓。我停止搜寻；我不想知道她住在哪里。我不想让我那原地打转的念头有人名或地名可以滋长。但我喜欢想像她的婚姻生活是单调无趣的，这可以带给我快感。当我变得有名而且名字经常上报后，我又喜欢想像她懊悔自怨的样子，想像她被痛苦啃咬的样子——就像我经历过的那样。她丢弃我的同时，也丢弃了自己的幸福快乐。我本来可以让她当上这个世界的王后。

自那段可怕的日子以后，我就一直担心，这件事会成为我的阴影，成为一个无所不在的痛苦来源。也许这就是我不愿意结婚的深层原因。我们的人生是何其怪异的一场赌博啊。你在 A 或 B 之间选择，但自此以后，两条道路就可能完全分道扬镳，而最后通向的，可能分别是天堂和地狱。只有在日后，我们才会知道我们的选择所造成的差别，是多么巨大和可怕(那时说不定我们早忘了当初为何这样选择的理由)。一个人会知道他选择了什么吗？当然不会。当我接受坚信礼时，我曾发誓要永远善良，而我至今仍隐隐约约幻想自己做得到。我想像中的哈特莉，有极度痛苦的，也有极度忧愁的，却从来没有面无表情的。某种意义下，我从未停止过搜寻她，但那不是一般意义的搜寻，而是不由自主的，像是梦游般的搜寻。我会反复从不同的女人身上看到她的影子：有时是她的肩，有时是她的头发，有时是她的步姿，有时是她困惑古怪的表情。即使是现在，我有时还会看到这些影子。最近我才在村里碰到一个老妇人，匆匆一瞥，我只觉得哈特莉的头被安在一个不同的身躯上。多年前在伦敦，有一段时间我还会尾随这些幽灵一阵子，倒不是我真的认为她们就是哈特莉；这样做，只是为了折磨自己、惩罚自己——为了还记忆着她而惩罚自己。

不久前我才突然想到，她说不定已不在人世。她那不寻常的苍白脸容、她那老是放大的瞳孔，会不会就是某种慢性病的征兆？是不是她身上早埋伏着一个静待时机的杀手？会不会她已经死了很多年，而且早在我还年轻时就死了？某个意义下，我会乐于知道她已经死了。但如果她真的死了，我的爱该怎么办？会平静地随之死去吗？还是会转化为某种无私而纯洁无瑕的东西？到时，我的嫉妒心——这种嫉妒心甚至还燃烧在这个本子的纸页里——会终于离我远去，硫黄的味道会终于消散吗？

即使事情已过去那么多年，我现在写的时候还是会发抖。称这个可怕的招魂为“回忆”，未免太不贴切。哈特莉啊，哈特莉，爱是一种多么超越时间、多么绝对的存在啊。尽管我已老迈而你也许已经死去，但我对你的爱却浑然不觉时间的流逝。

今天早上十一点我吃了三个橘子。橘子就应该是一个人单独吃，肚子饿吃更别有滋味。正餐时吃橘子是一种糟蹋。这里顺带一提，尽管我尊敬吃早餐的人，我自己却是不吃的。早餐我只喝可口的印度茶。在早餐喝咖啡或中国茶都让人受不了；除非是上好的咖啡，而且是别人泡的，否则一天中任何时间喝咖啡都会让人极度受不了。在我看来，咖啡是一种太被高估的饮料，但我愿意承认这只是个人品味的问题(但除了这问题以外，我认为自己对饮食的其他观点都趋近于绝对真理)。我通常不吃早餐，因为哪怕只是半片奶油吐司，都会引起不寻常的饥饿感，而且吃太多早餐肯定是一天不好的开始。不过我倒是完全不排斥吃些午前茶点[①]。我会吃的午前茶点种类繁多，有时是橘子，有时是冰镇波特酒和葡萄干蛋糕，这时是最适合吃它们的时间。

橘子的飨宴并不会减低我的午餐胃口，我今天的午餐是煎鱼饼(配着辣乎乎的印度泡菜吃)和一客由红萝卜刨丝、白萝卜、水田芥和豆芽组成的沙拉(有一段时间，我吃什么都加红萝卜刨丝，但现在已恢复正常)。甜点是樱桃蛋糕和冰淇淋。我对冰淇淋的观感一向是好坏参半，直到发现一个道理后才改观；吃冰淇淋应该配蛋糕或水果馅饼吃，千万别单独配水果吃。单独吃冰淇淋当然是没有意义的，哪怕是放了坚果或其他垃圾。我这里说的“冰淇淋”是指香草冰淇淋。“加味”的冰淇淋就像“加味”的酸奶一样，会让纯粹主义者倒尽胃口。因为没有冰箱，让我对食物的浪费降到最低。我那个没冰箱的妈妈从来不会浪费一粒面包屑。任何当天吃不完的东西都得准备为第二天而战。我们一家人有多么喜爱她的面包布丁！

我重读了描写哈特莉的文字，唯一感动之处就只有我终于能够开头这一点。迄今写出来的部分，只能算影子般的贡品；如果我能撑下去再多写一点，情况也许可以有所改善。记忆是多么奇怪的一件事啊。自从开始写哈特莉以后，她很多原先深埋在我漆黑拥挤的心灵库房里的画面，都一一跑出来了。其中有她踩着脚踏车的长腿的，有她露在凉鞋外面的脚趾的，有她在平衡木上的柔软肢体动作的。我感受得到她有力的手在我衬衫外面抚摸，感受得到她搂住我肩膀的感觉。我们对彼此的爱抚总是以最保守的方式进行。我们年轻的心灵尽管火热，却愿意谨守最纯洁无邪的激情。我们愿意等。哎哟，哎哟，那是多么纯净、温柔、又多么炽烈的激情啊；这种一个肉体与灵魂对另一个肉体与灵魂的渴慕又是何等绝对，何等神圣！这样的激情我后来再也没有遇到过。但重读我写下来的故事时，那个可怕的谜又再一次刺痛了我。她是什么时候起意离开我的？她瞒着我什么吗？为什么会有那样的事发生？

我花了一下午整理屋子。我把两个垃圾桶拿到堤道的尽头，却一时没有注意到，收垃圾的人上次来的时候，不小心让一些垃圾掉到堤道下方，害我不得不爬下去捡起来。之后我清了厨房，把那些大块的黑色瓦石板洗刷了一遍——这些石板足以当大教堂的建材。之后，相当让我意外的，竟然有人送罐装液化气来（我向渔人商店提过）。我下次一定记得要问他们有没有卖液化气发电的冰箱。剩下的冰淇淋都融化了。食物贮存柜仍旧潮湿。我在小红室里生火，把一楼的门全打开通风。我搬了相当多的木柴到一楼的“里房”里，希望木柴会变干燥。现在屋里都是烧木柴的烟味，我已经开始习惯了。

雨停了，太阳重新露脸，但天空大部分还是遮蔽在沉重的铅灰色云层里。岩石被太阳照成金色，在一片灰暗的背景中显得很突出。真是天堂一般，我永远也不会厌腻这里的大海和天空。如果我

---

① 英国人十一点左右用的茶点。

能把一张桌子和一把椅子搬到圆堡附近的岩石上，那么我就可以面对雷文湾写东西了。趁现在还有阳光，我必须去研究一下我那些岩石小水坑。我觉得自己的观察力变得更锐利了——最近我注意到其中一个小水坑里住着一队快活的小螃蟹，它们身体小小的，活像一颗颗透明的黄葡萄；还有一些长着胡须、看来很凶的小鱼，样子酷似迷你的空棘鱼。

我心情已平静了许多，仿佛我对哈特莉的思念已被房子流通的空气仁慈地吸走了。这的确是这个新环境适合我的一个明证。（“你会因为寂寞无聊而发疯。”他们说过！）事实证明，我的直觉是正确的。

我乐于把这一切感受告诉某个人，而这个人大概是莉齐。我曾有的真纯和柔情，后来被我收卷起来（与哈特莉一起被收卷起来），被我否定和摧毁掉了。但现在，它们似乎再次伸手可及。难道，事隔多年以后，一个女人的幽魂真的可以打开我心灵的门窗吗？

历　史

之　一

我压根没去看小螃蟹。把一桌一椅拿到圆堡的主意占据了我的心窍。我拿起从“里房”移到起居室的折叠桌，动身出发。但这东西很快就变得荒谬的重，而且一只手拿着它攀爬那些陡峭光滑的岩石，也备感吃力。最后我任由桌子掉到一个岩石裂隙去。我非得开发出一条比较容易到达圆堡的路径不可。

我继续往前爬，最后坐在一块可以远眺雷文湾的湿岩石上。太阳仍然闪耀，向海一边的天空仍然灰蒙蒙。大海光滑无浪，以轻柔的韵律起伏，拍打岩石。海湾边那些球形大岩石半暗半闪烁，因为拖着长影而显得格外突出。强烈的阳光将雷文饭店相当漂亮的长形正面照得清晰分明。

我对桌子的恼怒才刚平复，就看到有一个人走在海岸公路上，朝“什鲁夫末端”的方向走。他身穿一套漂亮西装，头戴软毡帽。这身打扮显得和四周的环境格格不入，形成一个超现实主义的画面。海岸公路一向都是行人比汽车稀少。我打量他的怪异。然后开始觉得他有点面熟。最后我认出他是谁了：吉伯特·奥皮安。

我第一个反应就是躲起来，我也真的走到潮湿而有盐味的圆堡里，感到有一点不愉快和震惊。但我随即想到，我怎么可能会害怕吉伯特呢？然后又想到，他一定是带着莉齐一起来的。于是我又急急离开圆堡，爬过岩石，向着海岸公路走去。我走到公路上的时候，吉伯特已经看到我，开始往回走，笑脸迎人。

吉伯特身穿轻薄的黑西装和条纹衬衫，打了花领带。看到我的时候，他脱下头上的帽子。我已经三四年没见过他，这段时间他老了不少。人的面孔由少转老是一件神秘莫测的事，有时转变姗姗来迟，却在一夕间完成决定性的转化。中年时的吉伯特肤色仍然红润，有张孩子般的脸，如今却是皱纹满布和干巴巴的，而且带点嘲讽世事的神情；这种神情，是聪明的老年人喜欢给自己装上的最后防卫，哪怕他们一辈子都没嘲讽过什么。最后一次见到他，他的脸上仍挂着一种不自觉的孩子气自负，但这张脸现在却透着警觉与焦虑，就像吉伯特正小心翼翼试用他的皱纹新面具。虽然更胖了些，他还是千方百计让自己看起来英俊；他的白鬈发仍然修剪得很时髦，似乎不知老之将至。

我穿的是牛仔裤和下摆露出的白衬衫。看到吉伯特的领带、领带别针和深思熟虑涂在脸上的保养品(真涂了保养品吗，还是我看错了？)，我马上油然而生一种轻蔑的怜悯，同时又意识到自己看起来有多年轻、多结实。我看得出来吉伯特把我的怜悯和结实也看进眼里。他夹在层层皱纹里的浅蓝色眼睛焦虑地闪烁不定。

“哎哟，亲爱的，你看来棒呆了，好年轻……老天，看看你的肤色……”吉伯特喜欢用清脆响亮的娇滴滴声音说话，像是对剧院后排的观众致辞。

“你把莉齐带来了吗？”

“没有。”

“带了她的信件？口信？”

“不能说有……”

“那你来干吗？”

“那栋样子有趣的怪房子就是你的吗？”

“对。”

“我不介意有人请我喝杯酒，老爷。”

“你为什么来这里？”

“亲爱的，是关于莉齐……”

“那当然，继续说下去。”

“是关于莉齐和我。查尔斯，求求你不要板着脸，也不要用那样的眼光看我，我都快要哭出来了！我和莉齐是在一起，但不是你想的那回事。我们之间存在的是一种真正的爱。唉，在这个乱七八糟的世界，人不是常有这种好运气。人为什么都不晓得应该忘掉性这档子烦恼事，只专注于寻找彼此的灵魂……”

“灵魂？”

“对，两个人就只是看着彼此，静静而温柔地爱着彼此，尽力让彼此快乐。好吧，我想这也可以称为一种‘性’，但却是最最广义的‘性’，无关乎器官……”

“器官？”

“莉齐和我是真正关心彼此。我们很亲密，就像兄妹一样。我们停止漂泊，终于回到了家。在莉齐走入我的生命之前，我等的只是下一杯饮料：金酒然后牛奶，牛奶然后金酒。你知道我以前是什么样子。我本以为这种情形会一直持续到我挂掉。但现在一切都不同了，连过去也变得不同了。我们一起谈我们的过去，什么烂事都拿出来谈，把一切谈得透彻。这样，我们多多少少重新拥有了过去，让过去得到了救赎……”

“听起来够恶心。”

“我们是抱着虔敬的心做这样的事。我们谈了许多，特别是关于你的……”

“你们讨论了我？”

“对，查尔斯，你并不是隐形的……哎哟，拜托别生气，你知道我对你的感情，知道我们两个有多……”

“你们希望我加入你们的家庭？”

“正是！拜托不要用那种干巴巴和挖苦的语气，不要当成笑话。求你试着理解。你知道吗，我现在相信有奇迹这回事，爱的奇迹。爱就是奇迹，我说的是真正的爱。它远超出那种总让我们跌跌撞撞的爱的边界和极限之外的。为什么要定义，为什么要忧虑呢？为什么不能单纯而自由地去爱一个人呢？我们都不年轻了……”

“你已经不再跟男生混，不再干猎艳的勾当了吗？”

一路下来，吉伯特说话时都是看着我的领口，但听到我这一问，就抬眼看我，眼珠子溜溜转(说不定是喝了酒的结果)，然后以一种独特的方式(从威尔弗雷德抄来的)皱皱鼻子，嘴角往下拉。他做出来的是一种有喜感的痛苦鬼脸。这些老演员的面孔多么忸怩啊。“听着，影子国王[①]，莉齐带给我快乐。我重生了，和基督教说的新造的人几乎没两样。当然，我不是彻底改革型的人物，所以如果现在有人请我喝两杯，我是断然不会拒绝的。但听着，莉齐不会丢下我，你不能破坏我们的关系。如果你觉得我的话微不足道或可笑，你就错了。你唯一能做的就是让我们两个都变得非常不快乐。对，我们都怕你，对，我们一向都怕你。不过你也是可以让我们非常快乐和让你自己快乐的，唯一所需的就只是对我们温和与仁慈，以及爱我们和让我们爱你。为什么不可以？如果你让我们变得可怜兮兮，你自己最终也不会好过。所以为什么不选择快乐呢？查尔斯，亲爱的，难道你看不出来，这是个善与恶的抉择吗？”

吉伯特的慷慨陈词比我这里录下来的更长、更令人作呕，重复的地方也更多。他的道理当然是荒谬的。但真正让我恼怒的是吉伯特和莉齐曾互相分析过彼此，而且讨论了一些关于我天晓得有多不堪入耳的事。这里应该补充的是，吉伯特是我一手栽培的。他欠我一切。但这个人现在竟然反过来对我训话，而且胆敢用道德论证来威胁我！但我不怒反笑。“吉伯特，回到现实来吧。你对你与莉齐关系的动人描述确实很有娱乐性，但对我是不管用的。你说你改变了，却没回答是不是还在跟男生混的问题。我对你们那个‘美好的家庭’彻底存疑，也不明白有什么必要尊重它。你为什么要来这里用兄妹之情和广义的性这些鬼扯来烦我呢？事情是关于我和莉齐的，跟你一点关系都没有，她会把事情告诉你，这一点甚至让我震惊。就算你们真的产生兄妹之情好了，妹妹也不是做什么都非要得

① 这是莎士比亚在《仲夏夜之梦》里的用语。

到哥哥批准的。我召唤的人是莉齐，不是你。我和她会决定怎么做，这中间没你的事。如果你在旁边晃来晃去，只会被烫到。”

说这番话时，我意识到那种熟悉的占有欲又在心里升起，这是我最近思考莉齐的事时感觉不到的。那也许是个奇迹，但也许只是缺乏想像力，怪不得莉齐指控我有的只是一个“抽象的观念”。这个自省让我对吉伯特更感气恼。他让我原来那个慷慨而模糊的冲动变得粗鄙而定形。占有欲固然是卑下的情绪，但我就是控制不了自己。

“查尔斯，我们可以到你那栋有趣的怪房子去喝一杯吗？”

“不行。”

“那好吧。你不介意我坐下来吧？”吉伯特拉了拉裤管，小心翼翼坐在一块岩石上。他把帽子放在草上，眼睛打量脚上一双擦得闪亮但边边沾了泥的鞋子。“查尔斯，亲爱的，我们可以心平气和地谈这事吗？你还记得吗？从前我们表现不好惹毛你的时候，你常常会突然冷静下来说：‘算了，这里是英国，不是土耳其。’”

“吉伯特，你给我闪远一点行不行？莉齐想见我自然会来，不想见我自然就不来。我和莉齐的事不是你能懂的，你又怎么可能懂呢？我不想听你鬼扯什么奇迹或什么无邪的爱。我压根儿不相信你。我强烈怀疑你只是在骗自己和莉齐。我甚至开始觉得有责任拆穿你的西洋镜。聪明的话就别再惹毛我。”

“亲爱的，千万别生气。你吓到我了，你总是这样……”

“我不认为真的吓到你了。”

“你一向都是这臭脾气，这样对谁都没好处。我知道你怎样想，但你错了。你读过莉齐的信了？”

“她把信给你看过？”

“没有，但我知道她写了些什么。”

“她把我的信给你看吗？”

“嗯……没有……”

“我好想吐！”

"查尔斯，你不能把莉齐从我身边带走，别再那么老古板了，这无关乎一般定义的性关系的。再说你必须尊重别人的婚姻[1]，好吧，就算你不尊重婚姻，但你必须相信莉齐，至少该尊重她。她和我的关系是一种神圣的关系，她不会离开我的。她这样说过不下千遍……"

"女人是可以撒谎一千遍的。"

"莉齐说得对，你鄙夷女人。"

"她这样说过？"

"对。她还说你对她不是认真的。你是无法把莉齐带走，但你却可以破坏我们的生活。你会让她因为悲伤和懊悔而疯掉，你会把我们两个彻底毁掉……"

"住嘴，吉伯特。我不想继续玩你的游戏或跟你和稀泥。你要做梦就自己去做好了。为什么莉齐不亲自来告诉我，她是怎样想和希望些什么呢？她害怕见我是因为她爱我。"

"查尔斯心肝，你知道我非常在意你的，你不能就这样扼杀掉我心灵的平静……"

"去你的心灵平静……"

就在此时，莉齐出现了。起初，她只是以一团黑影进入我的眼角，但我还没有转过脸就知道是她。一看到她，那种丑陋的占有欲就在我内心欢呼雀跃，而我知道，战役的胜负已见分晓。但我当然没有表现出得意的样子，反而装作有点恼怒。

吉伯特捡起地上的帽子，压在脸上。他对莉齐说："你说过不会露面的。你说过不想见他。唉，我为什么要带你来……"

我望着向莉齐的方向，但没有直接看她，而是看着她背后的大海。经过我和吉伯特一番愚蠢无聊的争论后，大海现在显得好宁静和好蓝。我转过身，沿公路向前走，走了一段以后就跳上岩石，以最快的速度向圆堡方向爬去。我马上就听到莉齐轻柔的摸索声和脚

---

① 吉伯特把他与莉齐的关系比作婚姻。

步声尾随在后。她没有跟丢，这不简单，何况她对这一带的地形一无所知。我到达圆堡旁边那片草地没多久，她就到了，站着喘气，脚上其中一只凉鞋的带子断掉了。转过身时，我看见穿着闪亮高级皮鞋的吉伯特也开始摇摇晃晃走在岩石间。但一下子就消失在一条岩缝中。远远传来怨叹声和诅咒声。

我穿过圆堡的石砌拱门，走到里面。莉齐随之进来，于是突然间，我们单独在一起了。圆堡里，天空白色的圆眼睛在我们上方俯视，凉爽的青草在我们脚踝扰动。圆堡内的潮湿空气孕育出与外面相当不同的植物，包括较长较苍翠的青草、蒲公英和刚刚开花的白色荨麻。

莉齐身穿很薄的白色棉布洋装，两手把手提包合抱在胸前，身体微微发抖。她看起来比从前苗条一些。她丰盈的肉桂色头发松散而纠结，微风吹过发丝的时候，我可以看见头皮的白色。她的脸很红，身体站得笔直，眼睛凝视着我，赤褐色的嘴唇厚实坚定。她看起来很勇敢，像是一个面对处决的贵族少女。她看起来也老了些，至少比我记忆中那个逗趣而男孩子气的莉齐要老。但她的脸却流露出一种慧诘，让她的脸显得更漂亮了：这得归功于她饱满的前额和鼻尖近乎上翘的纤细鼻子。她明亮的淡棕色眸子因为刚哭过而红肿。看着她的时候，我感到得意扬扬和高兴；但我挂在脸上的表情却是严峻的。

莉齐低下头，一只手扶墙壁，甩掉那只坏掉的凉鞋，让脚直接踩在草上。她说："你知道岩石之间有张桌子吗？"

"对，是我放在那里的。"

"我还以为是海水冲上岸的。"

我不吭声，只是看着她。

过了半晌，她嗫嚅着说："我很抱歉……我很抱歉……"

"这样说你跟吉伯特讨论过我了？"

"我没告诉他任何要紧的事。"她低头看着自己的赤脚，用脚趾轻轻碰了碰一株白色的荨麻。

"骗鬼。"

"我没有，我……"

"那你是对他撒谎了？"

"啊，别这样……别这样……"

"你为什么不想见我？"

"我害怕……"

"害怕爱？"

"对。"

我们两个的站姿都很僵硬，从拱门吹进来的风掀动着她的裙子，也掀动着我外露的衬衫下摆。

我忆起她那干巴巴而吸附力强的吻，渴望现在就可以得到。我想一把拉她过来，抱在怀里，发出胜利者的得意笑声。但我没有这样做，而当她微微移动想靠过来时，我迅速比出一个制止的手势。"你现在必须走——跟吉伯特一起回伦敦去。"

"求求你……"

"求我什么？亲爱的莉齐，我不是不客气，只是不想事情拖泥带水，这一向是我的为人。我不知道现在有什么是我们能做和能为彼此做的，除非我们甘冒风险全心投入。我希望得到你的全部关注。我不能与他人一起分享你，对于你会在信中提出这种要求，我只感到诧异！如果你想跟我在一起，就得把吉伯特踢开。如果你想跟他在一起，就不该来见我，我们永远不要再见面，我是说真的。这很公道。尽快让我知道你的决定，好吗？现在请回吧，你的朋友在等着呢。"

莉齐再次双手合抱她的手提包和胸部，以非常快的速度说："你必须给我时间……我不能就这样离开吉伯特，我不能，我不能这样伤害他……我希望你能了解……别人不了解，所以都用很不堪的态度对待我们……但你必须了解，然后你就会晓得……"

"莉齐，别傻了，你以前从来不傻的……我不想去'了解'你们的情况，那是你们的事。但你要么就脱身出来，来我这里，要么就继续耗下去，不要来找我。”

“啊，查尔斯……亲爱的……”她突然转过身，动作敏捷得像个舞者，僵硬已离她的身体而去。她把手提包扔到地上，此时只要我迎向前，她就会在我的怀里；但我却后退一步，阻止这样的事发生。“不，我不需要你的拥抱和亲吻。你现在必须回去，好好想一想。”

几滴雨水落下来，她的洋装上出现了一些长而黑的水渍。她摸摸自己火热的脸，然后捡起地上的包包。

“走吧，小莉齐，我现在不想跟你东扯西扯或争辩。再见。”

她啜泣了几声，然后转过身，快步走出去。

我等了一会儿才走出去，走出圆堡时，她已经快走回公路上了。这时一辆黄色的大众汽车就停在草地上，车头朝着雷文湾的方向。我看到吉伯特从驾驶座上跳下来，打开另一边的车门。莉齐钻进车子。车门砰地关上，然后车子就快速绕过路弯。两三分钟后，它再次出现在通向雷文饭店的路上。我一直望着车子，直到它驶过饭店，消失在转向内陆的路弯为止。之后我走回圆堡，捡起莉齐坏掉的凉鞋。她回到公路上的时候，一只脚想必酸痛不堪。

现在是两小时之后，我坐在小红室里。刚刚我把跟莉齐见面的经过以故事的形式写下来，深感兴奋和愉悦。如果一个人有时间以小说的方式把一生的事情一点一滴写下来，将会何等获益啊。欢乐的部分将会加倍欢乐，有趣的部分将会加倍有趣，而罪愆与悲痛也将因为哲思的慰藉而获得舒缓。

我因为见到了莉齐而情绪波动，并且好奇我的做法到底是聪明还是愚蠢。当然，那时我只要一把抱住她，整件事情在一秒钟之内就会解决。当她把手提包扔开的时候，就是准备好要屈服，要作出所有的让步和承诺了。当时我多想抱住她啊(我得承认，见到她以后，我的观念的“抽象”程度降低许多)。但也许我的做法是明智的，而我也为自己的坚定得意。因为如果我当时就抱住莉齐，接受了她，吉伯特的问题将会继续存在，我得自己想办法打发他。但这件事最好还是由莉齐自己处理，在害怕失去我的强大压力下，她一定会迅速解决。我希望一切障碍可以清除干净，但又不愿意自己花那个心思力气。我不能把莉齐在信中的其他抗议看得太认真。她说害怕我会让她心碎。但这个风险是不会让她犹豫的。我又进一步想到，这不过是她的托词，一个争取时间的办法罢了。我真那么像唐璜吗？跟其他人比起来显然不是。

再说，对莉齐实施铁腕政策，我并没有什么好损失的。如果她拖太久，我就会跑去把她抓过来。如果她还是说“不”，我不会把她的话当真。我的“永远不要再见面”一语当然只是个虚假的威胁，但她会以为我是认真的。如果到最后她还是不愿意过来，那只证明她不值得我要。

好吧，我要去雷文饭店了，去问问他们可不可以帮我送些葡萄酒过来。如果那里的菜单让人满意，我甚至可以在那里吃晚餐。我开始饿了。我突然感到满心愉快，仿佛一切都会顺顺当当。

接下来不久，一件让人极为惊惶失措的事情就发生了……还是从头说起吧……

我走到雷文饭店，订了一批葡萄酒，又买了一瓶某个牌子的西班牙红酒。晚餐的菜单令我很不满意，但因为肚子饿，决定将就留下来用餐。没想到一个侍者把我拦在餐厅门外，理由是我没打领带。我有点想告诉他我是谁，但没说出口；还是让他自己稍后发现吧。我在一面镜子里瞄了自己一眼，看到我虽然已把衬衫下摆塞回裤子里，但怎么看都像个流浪汉：脏兮兮的牛仔裤，蓬头乱发，穿反了的老旧开襟毛衣。我开始走回家。

走路到雷文饭店的过程十分怡人，但现在天色已开始变暗，气温也变低了。等我快到“什鲁夫末端”的时候，太阳已经落下，但天光仍然相当亮，万里无云。昏星巨大而明亮，离一个苍白无光泽的月亮很近，其他微弱的星星也出现了。有些相当大的蝙蝠在岩石上方盘旋飞舞。行经米恩大汤锅时，我可以听见海浪在下面翻滚澎湃的声音。我走过堤道，手上拿着酒瓶。

房子里面当然是漆黑一片，但它的外观在灿烂的天光中却非常突出，被海平面衬托得笨拙而高瘦。走到堤道中间时，我仿佛看到一楼其中一扇窗户有动静。我马上停步，动也不动，凝神望着屋子。由于房子后面是鲜明的天空，要看到房子里的情形很困难，我的眼睛不断跳动，拒绝聚焦。有一会儿，我什么都看不清楚，但现在已确定真的有东西在屋里移动，位置是书房。我缓慢向前走，不断眨眼张望。然后看到了(虽然短暂却很清楚)，一个黑色人影站在屋里的窗边，向外张望。接着那人影在黑暗中融解了，而我的眼睛也是漆黑一片。我丢掉酒瓶，它沿堤道的斜坡向下滚，在下面静静地碎裂开。我迅速往回走，回到公路上去。

有人或什么东西在屋子里。我该怎么办呢？我现在可以听见海浪轻柔的吱嘎声，声音就像是几根手指在轻刮一个柔软的表面。站在空荡且愈来愈暗的公路上，面对那些沉默的岩石，还有旁边那个自我沉醉、拒人千里的大海，我突然因为一种绝对孤独感而微微发抖起来。我考虑要不要走回雷文饭店，住宿一个晚上。但这主意看来是荒谬的，再说，以我的狼狈样子，又没有行李，饭店会让我住进去吗？然后我又考虑走到村子，走到黑狮酒吧。但接下来呢？我在村子可没有半个朋友。然后我又明白到一个更可怕的事实：我根本不敢沿着漆黑空荡的公路走到任何地方去。除了走到房子里，我别无选择。

我慢慢重新穿过堤道。出门前我锁了前门，但后门却没有锁，所以现在我得绕到房子后面。我能多快找到火柴，点起一盏油灯呢？如果屋内真有入侵者，他可能会听到我的脚步声，预先埋伏在厨房里。被一个受惊吓的小偷意外杀死是多么不值啊！我心里犹豫，但还是继续向前走，因为此时我对屋外的恐惧一点都不亚于对屋内的恐惧。更重要的是，我痛恨我的恐惧，只想它赶快结束。说不定等我进屋里点灯以后，就会发现整件事情都只是我的幻想，随之哈哈大笑起来，动手做晚餐。

我记得厨房门上的架子放着一支手电筒，然后我又记起油灯的摆放位置，以及离油灯最近的火柴放在哪里。我抬头望了天空最后一眼(还有着微光)，然后开始转动后门的门把。我跌跌撞撞进了厨房，让门开着，找到手电筒，然后又找到火柴和油灯。我点起油灯，把灯罩斜向上。四周一片寂静。我喊了声“有人在吗”。这愚蠢害怕的喊声在空洞的房子里发出阵阵回响。接着复归寂静。

我拿着油灯，走到厨房门边，望向门厅。什么都没有。我快步走到看见“人影”的书房。里面是空的。我搜查了一楼其他房间。没有异状。我转了转大门的门把。仍然是锁着的。然后我慢慢登上楼梯。不知为什么，我常觉得有什么邪恶的东西盘踞在二楼的楼梯平台。就在踏上最后几级楼梯时，突然传来一阵滴滴答答的声音，久久不散。有什么东西穿过了珠帘子。

我停下来。接着机械性地往前走，嘴巴张开，两眼发直。踏上楼梯平台以后，我把油灯提高，瞪着前方那个不确定的空间。我的卧室门是打开的，渗出微弱的天光，与油灯的光线相混，在楼梯平台上形成混浊的一团。我看得见带着阴影的壁龛，拱门的轮廓，还有珠帘上的颗粒。然后突然间，我看到在珠帘子与“里房”门之间的墙壁处，站了一个静止不动、幽暗的女人身影。我第一个想法是我遇见鬼了——盘踞这屋子的女鬼。我喉头发出一下哽咽的咕哝声，直想往回跑下楼梯，身体却不听使唤，一动不动。但油灯并未从我手中掉下。

人影移动了，慢慢转身向我。那是个活生生的女人，不是什么鬼魂。接着，看来似曾相识。然后我在油灯的光线中看到她的脸。是罗希娜·万贝格。

“你好啊，查尔斯。”

我仍在发抖，但恐惧马上就消退了。我觉得大大松了一口气，同时又感到怒气高涨。我很想破口大骂，却默不作声，努力稳住呼吸。

“哎哟，查尔斯，是怎么回事啦呀，怎么抖成这个样子？”罗希娜从容不迫地说，语音中带着她特有的腔调(我猜是威尔士腔)。

房子冷得要命。有一秒钟的时间，我觉得自己恨这房子而它也恨我。

“你来这里干吗？你怎么会在我的房子里？”

“只是来看看你，查尔斯。”

“既然你已经看到我，就请回吧。”

我下楼，回到厨房，点燃另一盏油灯。之后我走进小红室，生了个火。一度因为恐惧而忘掉的饥饿感此时又回来了。我再回到厨房，打开液化气炉，好让房间温暖一点，再拿出杯盘、面包、奶油、起司和一瓶葡萄酒。罗希娜一直都跟着我，此时站在液化气炉旁边。

“可以请我喝一杯吗，查尔斯？”

“不行。走吧。我不喜欢别人在晚上闯进我房子装神弄鬼。走吧，我不想看到你！”

“你不想知道我为什么要来吗，查尔斯？”她反复喊我的名字，是想制造一种催眠和威胁的效果。

“不想。”

“你不惊讶、不好奇吗？”

“我没看到你或听到你的事已经两三年，最后一次看到你也不过是在一场宴会上。现在你却突然以这种讨厌的方式出现。你认为很有趣吗？你以为我乐于见到你吗？你不是我生活的一部分。请你消失吧，拜托。”

“我是你生活的一部分，你知道的。看看你，查尔斯，你在害怕。真有趣，你让我上了一课：吓唬人和整人原来是这么容易。原来让人吓得惊慌失措，过着悲惨的生活，是这么容易的事。怪不得独裁者那么活跃。”

我坐了下来，却无法在有她在场的情况下吃喝。罗希娜自己找来一个杯子，斟了些葡萄酒，与我隔着桌子对坐。我仍然又寒冷又愤怒，但饥饿感已经没那么强烈，而且着实对她所为何来感到有一点好奇。再说，如果她不肯走，我又有什么方法可以赶她走呢？更明智的做法是安抚她，让她自己甘心离开。我看着她。她无疑是——以其独特的方式——一个极端漂亮的女人。

“亲爱的查尔斯，你镇定下来了。我可以看得出来。那就来吃一顿晚餐吧。”

罗希娜穿着一袭类似粗花呢黑斗篷的装束，只有两根赤裸的前臂露在衣缝外面。她的手指上戴满戒指，手腕上也是一堆镯子，头发在油灯的光线下几乎是全黑的，用发针挽成一个希腊式发髻。她脸上的妆化得很浓，色彩斑斓，有粉红色、深红色、蓝色，甚至绿色的，在黯淡的灯光中看来就像印第安面具。她的嘴巴被口红加大了，又大又湿润，斜视的眼睛放射出浓烈的恶意。她正在扮演某个角色：但对观众而言却很没有说服力。

“你看来像极了小丑。”我说。

“这才对，亲爱的，这才像你的为人。”

“你想吃些什么吗？”

“不用，我在饭店里吃得饱饱的。”

“饭店？”

“对，我住在雷文饭店。”

“哦，真巧，今天傍晚我才到过那儿。侍者不让我进餐厅用餐。”

“我不意外，你看来就像个邋里邋遢的穷大学生。海滨生活似乎很适合你。你看起来只有二十来岁，嗯，应该说三十来岁。我在酒吧里听人们谈到你。你似乎已经把这里所有人都惹恼了。”

“不可能，我不认识任何人……”

“你大概不知道，乡村才是最不平静和最没有隐私的地方。如果你想过平静的隐居生活，就应该到肯辛顿[1]。”

“你是说饭店侍者明知道我是谁，却不让我进去？”

---

① 肯辛顿是伦敦一处高级住宅区。

“嗯，他也许不认识你。你不是那么有名的。我比你有名多了。”

这是真的。“明星总是比造就他们的人有名。我可以请问你为什么住进雷文饭店吗？”

“探望你。”

“你在那里住多久了？”

“一星期左右吧，我不记得了。我只是要盯着你。我觉得装鬼吓吓你会蛮好玩。”

“装鬼吓我？你是说……”

“你不是觉得这屋子闹鬼吗？其实我也没做什么，至少还没有用到鬼灯笼，也还没穿上白床单……”

我同时感到愤怒和松一口气，想要大吼一声。“这么说是你……是你打破花瓶和镜子的？你每晚都偷溜进来，窥视我的……”

“花瓶和镜子是我打破的，但我可没有在晚上偷溜进来过。我不会在一片漆黑的时候来这里。这房子让人觉得阴森森的。”

“你有。你从‘里房’的玻璃窗窥视我。”

“没有，我没这样做过。一定是别的鬼干的。”

“不是你干的就是别人干的。你是怎样进来的？”

“一楼的窗户都是开着的。你不应该这样漫不经心。”

突然间，在我看着她的时候，我看到了一个异象。我看到她的脸消失了，变成了一个洞，透过这个洞，我看见一个蛇状的头，张大着嘴，露出獠牙和粉红色的大口腔。就是我见过的那个海怪。这个画面持续了一秒钟。我怀疑那不是个异象而只是一种联想。我的神经仍然绷得很紧。这时我可以再听到大海的声音，海浪声变大了。但我无法相信海怪也是罗希娜设计的。我决定不向她提这件事。

“你为什么要吓唬我？如果你想吓唬我，现在为什么又要让我知道？”

“我今天在村子看到了莉齐·谢勒。”

“对，她是来过，但已经走了。这跟你来找我有什么关系？我完全不明白是怎么回事。”

“你不明白吗，查尔斯？你忘了吗？好，让我来提醒你。”罗希娜身体靠到桌边，双手平放在桌面，长长的指甲像一根根小矛似的指向我。她的手指甲涂成深紫色。她的手镯在桌面上摩擦出刺耳的声音。“你忘了吗？你承诺过哪一天决定要结婚，娶的人一定是我。”

恐惧又回到我身上，不可预期和凶险的事情似乎将要发生。罗希娜使人胆怯的蓝眼睛闪闪发光，满手的戒指熠熠发光。她说的是事实。

我淡淡回答说：“有吗？我不记得了。当时我一定是喝醉了。再说我现在也没有结婚的打算。”

“没有？你另外还承诺过，要是你哪一天决定要跟谁永远同居，一定是跟我。”

不幸这又是事实。

罗希娜微笑了。她有两排稍稍参差不齐、长而白的牙齿，“微笑”时下排牙齿会向前推，抵在上排牙齿前，嘴唇收拢。这种微笑的效果很吓人。“你当时没有喝醉。我也知道你一定还记得说过这些话，查尔斯。”

我努力要想出应付这个危险女人的最佳说词。我当然从未预期她会再出现在我的生活里。但现在她出现了，我就不能掉以轻心。打破花瓶或摔碎镜子都不是等闲的警告。她提到莉齐，这是一个线索，不幸的是我无暇去思考其意义。她吃莉齐的醋吗？我应该告诉她莉齐出现在这里不代表任何意义吗？但这只能让危机延迟（这个危机的深度我刚刚才领悟到）。最近我在思考时，曾考虑过把莉齐当作终身伴侣吗？有可能。我认真考虑过要娶她吗？没有。但罗希娜的恐吓让人无法忍受，是一种莽撞无礼。我决定坚守立场，正面迎战。

“听好，不要再搞这一套了。我已忘了对你是怎么说的。但不管我说了些什么，都只是一时的情绪冲动，你应该心知肚明。我不是被绑死的。那些只是话语，不是承诺。”

“承诺就是一种话语。你被绑死了，查尔斯。被绑死了。”她用轻声重复这个字，但语气很强调。

“罗希娜，别说蠢话了。你很清楚热恋中的男女是什么话都会说的，不代表多大意义。就算我说过那些话，但只要我高兴，随时都可以收回；每个人都是这样。”

“这么说你是打算娶她了？”

“娶谁？你到底在说什么？你是指莉齐？”

“这么说是真的？”

“不是，当然不是，我没打算娶她。”

“那你是不打算娶她了？”

“罗希娜？你饶了我行不行？是什么事情会让你有这种想法？”

“啊，这个嘛——”她弹了一个响指，“全伦敦的人都知道了。她还会不到处宣传吗？她告诉每一个人你向她求婚，让她苦恼不堪。”

我当然不信她这话。

罗希娜继续说：“吉伯特·奥皮安到处诉苦求助，想要串联一帮人阻挠你。大家都听得津津有味。”

元凶原来是吉伯特。

“我猜你甚至不知道莉齐正在与吉伯特同居吧？意外啊，意外啊。每个人都知道这事。如果你连她跟谁同居都不知道，那就代表你不在乎她；如果你不在乎她，就代表你不想娶她。”

“我没打算娶她。”

“这话你说第二遍了。”

“我的意思是……唉，走吧，罗希娜。他们并不是情侣。”

“你信这个？”

“我的意思是，我想做什么就会去做，不受别人左右。”

“你从不会不知道我在跟谁同居。”

“你太抬举自己了。只要你离我远远的，你干些什么或跟谁在一起我都不感兴趣。现在请你消失吧。”

但罗希娜没有动，只是把一只手伸过桌子，用又长又尖的中指指甲掂着我的衬衫袖子。接着我感到那指甲刺人我的肉里。我没有动，没有皱一下眉头。“你还不明白。”她说，“你想我为什么会来找你？我进来你的屋子和打破一些东西，并不是为了取乐和事后可以指着你哈哈笑。我来是为了要告诉你这个：你可以娶我或不娶我，但我不会容许你去娶别人。我要你坚守承诺。”

“你没这种能耐。别再活在梦幻世界里了。”

“是吗？你可以结婚，或是和你选择的一只爱情鹦鹉同居，但你们此后别想可以过快乐的生活，如果你真的跟莉齐在一起，我就一定会毁了你的生活，就像你曾经毁了我那样。你别想可以躲起来。我会一直追踪你，会日夜让你提心吊胆，我会成为你和她生活中的恶魔，直到她痛哭失声、为认识你而后悔的那一天为止。要让人提心吊胆是很容易的，查尔斯。我知道这一点，因为我刚干过这种事。我绝不会容忍你跟别人结婚，查尔斯。如果你娶了那个贱人，或是把她留下来当情妇，我就会穷一生之力让你们日子难过。”

她把手抽回。一丝血迹出现在我的衣袖上。这不是一个妒妇一时疯癫的泄愤之举。它是恨的表现，而恨是可以带来毁灭的，它有自己的魔法。罗希娜是有意志和力量把恐吓付诸实行的那种人。想到这里，我心里揪地一痛，因为当初让我迷上她的，正是她的这种黑色意志(那时当然不是针对我)。她再次微笑起来，露出两排白森森的牙齿。

我尽量用理性的语调说话，却骗不过她，因为她感觉得到我的恐惧。“你的恐吓是幼稚的。不过也好，因为如果你是用别的理由来恐吓我，我绝对不饶你。为什么要发起战争呢？为什么要浪费你的人生和时间呢？这是恨不是爱。你是理智的女人。忘掉吧。何苦让乖戾的嫉妒心把自己弄得可怜兮兮呢？”不幸我选错了字眼。

罗希娜以手掌猛拍桌子，目露凶光。“你胆敢劝我不要嫉妒！你以为我是在吃你追的那个小贱人的醋？对，我承认，你为了她甩掉我这件事我是忘不了的。我本来可以让她残废或发疯，后来只是因为知道你玩腻了她才作罢。这就是你的为人，什么女人你都会玩腻。你毁了我的婚姻，你阻止我生小孩，而为了你，我跟所有朋友都翻了脸。你跪着求我离开丈夫，但等到我离开了他，你却为了那个娃娃脸甩掉我。难道你忘了我们的爱有多炽烈？难道你忘了对我说过的那些话了吗？”

“老天见怜，人忘记风流事的速度就跟忘掉梦一样快。”

“你向来就不是个有想像力的人，难怪你的剧本总写不好。你需要女人，但又对你需要的人从不感兴趣，所以什么都学不会。你是有过很多风流事，但你又清清白白的，不，不是清清白白，是极端不道德，而且不成熟。你第一个情妇是你妈，就是那个诱拐小孩的克丽芒。你看不出来你的魅力只是海市蜃楼？女人爱你只是因为你的权势、你的魔法，对，你曾经是个魔法师。但这一切都过去了——我是唯一真正爱你的女人。”

“如果你这番演说是发表在听到我要娶莉齐的谣言之前，将会更加动听。”

“我在等着看你是不是真的要放弃这个世界，就如你自己夸口的那样。我希望看到你一无所有、孤零零的样子。这样，你说不定就会想到我。唉，我真是愚蠢，竟然会以为除了那些廉价的魔法之外，你还有别的值得我仰慕之处。不管怎样，你都对我做过承诺，而且是在我绝对爱你的时候——这种爱是没有几个男人一生中有幸获得的。那个承诺是属于我的，是我用破碎的婚姻和无保留的爱换来的。我会紧握着这个承诺，使用它，让你的生活成为一片荒原，哪怕我不会从中获得任何东西。”

我突然站起来，她开始紧张，两只金光闪闪的手猫爪般弯起在胸前，活像个扮演猫角色的芭蕾舞者。

“听好，我的斗鸡眼美女，太晚了，回饭店去吧。我要睡了。也请你不要再在这屋子里蹑手蹑脚，打破任何东西或从玻璃窗后面窥视我。我没有结婚的打算，也不准备与任何女人同居。”

“你敢发誓？”

“我没有任何这样的安排。莉齐现在与吉伯特生活在一起。我从未向她求婚，那只是个荒唐的谣言。你请回吧，我累坏了，你表演了那么久，想必也很累了。”

她站了起来，把黑斗篷裹得更紧，两条手臂从袖缝里伸出来，抱在胸前。她站着瞪了我一会儿。“我会走。但告诉我你相信我会说到做到。”

“我相信一部分。”

“告诉我你相信我会说到做到。”

“我相信。现在看老天的分上快走吧。”

我提着油灯走向大门，她跟随在后。我打开门。油灯的光显示门外浓雾弥漫，能见度只及堤道的尽头。

“我帮你照路，”说完，我就去找手电筒，“看来我最好还是陪你走回饭店。唉，要命。”

“用不着，”她冷冷地说，“我的车就停在附近。”

我用手电筒带着她走过堤道。公路上的雾薄一些。“你的车子在哪里？”

“那边，岩石旁边那块空地。”

我们一起走到车子旁。她钻了进去。“晚安。”我说。

“记住我的话。”她说。

她打开大灯，一辆两人座的红色轿车随之浮现。她把车倒回公路。然而，就在她刚踩下油门朝雷文饭店驶去的时候，一个人影突然出现在前方，对方显然是个路人。罗希娜猛踩刹车，但车子还是向前冲，迸出去一点点，那路人刹那间落入车头灯光的照明中，吓得赶紧退缩，把背靠到岩石上。我因为吃惊，手电筒掉在草堆里，四周顿时一片黑暗。

刚刚差点被罗希娜撞倒的路人是个老妇人，我曾经在村里看到过几次，奇怪地每次她都会让我回忆起哈特莉。但在车头灯照在她身上的那一刻，我看到了。那老妇人不是长得像哈特莉，她就是哈特莉。

之 二

我现在人在伦敦，前面有关罗希娜不速之访以及紧接其后发生的事情，都是我到伦敦后写下来的。罗希娜的车开走以后，我因为极度震惊而呆若木鸡；这种震惊，是那种会让时间空间消失，会让人陷于近乎完全沉思状态的震惊。这个揭示是那么可怕，我奇怪自己怎么没有晕倒在地。但在最初，它带给我的感觉倒不是不高兴或恐怖，而是难以想像，一如我们无法想像世界末日的景象。但我的感觉也真的与经历世界末日无异。过了一会，我才记起应该伸出一只手，扶住岩石，让身体不至于摔倒。等到我能够移动身体，弯腰从草堆里捡起手电筒的时候，我知道哈特莉一定已经走远了。我记不起来她被车灯照到的时候是往哪个方向走。我太震撼了，根本无法思考该怎么做。我先是匆匆忙忙往村子的方向走，但一下就停住了。我先前没想到应该要大声喊她的名字；但这是不可能的，因为当时我根本记不起她的名字。我匆匆跑回原来的地点，愚蠢地拿着手电筒东照西照。手电筒的光照亮了车胎的痕迹、被辗压过的草、有麻点的黄色岩石和浮动的雾。最后，我像个刚参加完丧礼回家的人，缓缓穿过堤道，走回屋子。厨房里的油灯仍然点着，小红室里的壁炉火也仍然摇曳。四周无比宁静，让我觉得，先前跟罗希娜的一番谈话，是发生在一世纪之前。

我浑身哆嗦，吃不下也喝不下。我走入小红室，在火边坐下。她是寡妇吗？这个问题，似乎是在我认出她那可怕的一瞬间就自动产生的。说可怕，不是因为她的样子几乎彻底改变了，而是因为我知道，自此以后，一切都会截然不同：所有旧的假设都已过去，所有要命的新可能性都会开启。当时我还没想过，说不定即将有锥心之痛要来临。所以，令我那么战栗发抖的，不是对痛苦的预期，而是改变的体验本身。我有一种剧烈的疼痛感，这感觉，应该与幼虫破蛹而出，或胎儿被挤压出母体时所感受到的相同。那也不是一种向过去的迁移。回忆此时看来几乎是迥不相干。那是一种新的存有状态。

我最后终于上床就寝，而且马上就沉睡了。到入睡前为止，我整理出一两个简单的想法或问题。其中一个当然是——她是寡妇吗？但这个问题是那样的铺天盖地，所以与其说是一个问题，不如说是我呼吸的一种氛围。我纳闷她是不是在村里见过我，如果见过，她认出是我吗？我从远处看过她有好几次。啊，老天，多么可怕，我竟然看见她而没认出是她。不过她一定认出了我，因为我的样子和年轻时相差无几。她为什么不上前跟我说话呢？也许是凑巧没看到我，又也许是她有近视，又也许……她在这村子是干吗的？她是住在这里吗？还是来度假？说不定她明天就会离开，从此不再出现。她晚上走在起雾的公路上是要去哪里？这让我想到，她说不定是在雷文饭店工作。但她已经年过六十。哈特莉六十多岁了。我从未想过，哈特莉也会随着时间变老。接着我又好奇她当时有没有看到我，如果有，又是否意识到我认出了她？接着我想到一点：她看到我和罗希娜在一起。她会听到我们说话吗？当时我们在说些什么？我不记得了。接着我又断定，她不可能看到我，因为我是站在车头灯光后面。明天，明天我一定要去找她，一定要把她找出来，然后……然后……

第二天一醒来，我立时就意识到自己身处在一个改变了的世界中。可怕的感觉减少了，取而代之的是一种极端的焦虑和激动、一种想看到她的巨大渴望，身体仿佛被什么拉扯着，而这种拉力，无疑是发自爱的强烈磁场。同时还有一种奇怪的、盘旋着的喜乐，仿佛我在一夜之间就被转变了，变成一个有行善能力的生物，仿佛我是有能力产生和赐予善的。我是那个寻找乞丐小姐的国王。我有能力去提升、转化、治愈，带给哈特莉做梦也没有想过的快乐与欢欣。老天，我竟然哪里不搬，偏偏搬来这里，最终找到她了！我是为克丽芒来这里的，却找到了哈特莉。但她是寡妇吗？

我在九点前就到了村子。那是个阳光普照的早上，让人预感接下来会很热。我在几条小街道快速来回走动。然后我到小港口，沿着那条通往山坡的步道回到村子。两家杂货店一开门我就进去逛了逛。之后我又在几条街上走来走去。然后我走到教堂(里面空无一人)，坐了一会，弯着腰，头靠在双手上。我发现自己竟然祷告起来。这很奇怪，因为我并不相信有上帝，而且自儿时以后就没有祷告过。我这样祷告：请让我找到哈特莉，让她是单身，让她爱我，也让我可以带给她永远的快乐。带给哈特莉快乐这件事，现在成了我在这世上最大的渴求，似乎只要做到这一点，我的生命就会得到加冕，变得完美无缺。我继续祷告，然后以一种奇怪的方式睡着了。我记得醒来的感觉，而且是带着恐慌醒来的。我是怕在我睡着的那段时间，已经失去找到她的唯一机会。因为说不定她是来此度假，今天一大早就结束假期，回家去了；又说不定她突然死了。我从椅子上弹了起来，看看手表。才不过九点二十分。我跑出教堂。然后接着，我终于看到她了。

我看到的是一个粗壮的老妇人，穿着件帐篷似的棕色洋装，手提着购物袋，走在街上，步履很慢，犹如是身在梦中。我看到她的时候，她刚走过“黑狮”，往杂货店的方向而去。过去见到这个人的时候，我几乎是视而不见，但现在，她却突然在我眼前彻底变了个样子。整个世界有了一个新的背景。在我与她之间，盘旋着一个苗条的长腿女孩，这女孩双手攀住双杠，大腿叉开、闪着汗光。我跑了起来。

我从后追赶，在她刚过“黑狮”的时候追上她。我碰了碰她的袖子。她停下来，我也停了下来。我一句话都说不出来。

那张熟悉的脸转向我，那是一张苍白困惑的圆脸，有一双秘密的紫罗兰色眼睛。我几乎是反射性地松了一口气，心里想：对，是同一个人，我看得出来。我看得出是同一个人。

一看到是我，哈特莉的脸变得煞白，露出魂飞魄散的表情。要不是忙着寻找“相似性”，把现在和遥远的过去融合起来，我一定会被这样的表情吓坏。对，那是一张哈特莉的脸，尽管现在变得憔悴，而且出奇的松干。她两边眼角各有一束纤细的皱纹，向上延伸到额头，向下延伸到下巴，像花环般框住她的脸。她前额有几道触目的横纹，嘴巴上长着些淡黑色的长汗毛。她涂了湿湿的红色口红，脸上扑了粉，显得东一斑西一斑的。她的头发灰白，梳理整齐，烫成普通的波浪状。但她的脸型、头型、眼神却将某种东西原封不动地直接从过去传递到现在。

她开始喃喃自语。“啊……是你……”显然她一眼就认出了我。她用一种茫然失措的表情凝视我，口中不断呢喃：“啊……啊……”

我好不容易终于说出话来：“来……来……”然后拉着她的袖子，往教堂方向走去。我没有勉强她与我并肩同行。她走在几英尺之后，我不断回头，走得磕磕绊绊。我不晓得有多少人见证了我们的重逢。也许有十几人，也许一个人也没有。除了哈特莉惶恐的眼神以外，我什么都看不见。

我走入教堂，扶住又大又重的门，让她通过。里面仍是空无一人。从大玻璃窗照入明亮凉爽的光线。我坐在近门的一排长凳上，她则坐在我前面一排，所以得转身对着我。在潮湿有霉味的空气中，我闻得到她脸上蜜粉的味道，也感觉得到她的体热。她把购物袋搁在长凳上，两手紧抓住长凳的椅背。她的手红通通和皱巴巴，过了一下子，她又把手藏起来。她喃喃说：“很抱歉……”然后闭起眼睛。我把额头靠在她双手刚刚放过的地方，念念有词：“唉，哈特莉……哈特莉啊，哈特莉……”

事后我才想到，当时我毫不怀疑她的情绪就像我一样激动，尽管事情可能不是这样子。我抬起头时，看到她正用手帕拭脸，抖瑟地张着嘴呼吸，眼睛并没有望向我。

“哈特莉，我……唉，哈特莉……啊，我亲爱的……你住哪儿？是住在村子里吗？”我不知道为什么第一个问题就是这个，也许是因为这比较容易回答。其他问题看起来都太复杂了，就像我们是操不同语言的人，必须教导对方说话。

“对。”

“你不是来度假的，而是住在这里？”

“对。”

“我也是。我退休了。你住村子哪儿？”

“山坡上面。”

“那些小别墅的其中一栋？”

“对，”她说，“那里的视野很漂亮。”她同样是在牙牙学语。她的手帕把一些口红沾到了颊上。

“你结婚了，是吗？……你仍然是……我是说你丈夫仍然……你现在还是有丈夫吗？”

“对，对。我丈夫还健在……我们住在一块……就住在这里。”

我默然无语，整个世界的可能性慢慢向我阖了起来，就像那些能够折起来的舞台布景一样。事情似乎只能到此为止。但我知道，自己一定要想出办法在这个新处境中存活下来，因为在任何情况下，哈特莉都将继续是我唯一的处境、最后的事务、世界的中心。

“我很遗憾。”我说。

听了我这个笨拙的恭维，她微微摇头。

我继续说：“我还是单身。从未结婚。”

她的头又动了动，眼睛朝下看着那条沾了口红的手帕。我们一同沉默了一会儿，像是一起屏息审视一件刚发生的重大事件。就像一个身处危机的人匆匆忙忙随便找话题那样，我说：“你之前曾看到过我吗？你在街上看到过我吗？是不是当时你不认得我了？”

“看到过，几乎三星期前我就看到你了。我认出是你。你没有变。”

我无法把“你也没有变”这句话说出口（稍后我为此咒骂自己）。一个女人对自己容颜不再的事实会多介意？她们又会有多大程度的自觉？但我马上就被另一个惊惶的思绪攫住。“那你为什么不上前跟我说话？”

“我不确定你是不是想看到我。我想说不定你会觉得我们不要相认比较好……”

“你是说你担心我会认出你……却不理睬你？你怎么能有这种想法？”

“我不知道……我不知道事隔多年以后你会是什么想法……不知道你会不会还在怪我或是已经把我忘掉。你那么有名……说不定不会乐于认出我……”

“老天，哈特莉，你怎么可以这样想，难道你不知道……你知道吗，这些年我都在找你，我无法停止爱你……”我碰了碰她棕色洋装的肩部，又用手指掂着她的衣领一秒钟。

“别这样，别这样。”她喃喃地说，微微把身体移开。

“你知道我昨晚看到你了？”

“知道。”

“我那时候才认出是你。自此我就失魂落魄……我不会假装不认识你的，多么可怕的事！你怎么会认为我会怪你或忘记你呢！你是我的唯一的爱，至今还是，你对我的意义仍然和从前一样……”

她脸上掠过一种奇怪的表情，又像鬼脸又像微笑，然后摇摇头，眼睛仍然不直视我。

我无法再说什么，决定直探那些可怕事情的核心。“你丈夫……还是同一个人吗？……还是当初嫁的那位吗？”

“对，是原来那位。”

“我不知道他的名字……不知道你的夫姓是什么。”

“我是菲奇太太。他姓菲奇，班杰明·菲奇。”

听到这个名字，我的胃蓦地一扎，就像是胃痛。现在我终于有名有姓可以与她已婚这恐怖事实连在一起，而这名字，也注定要和我一辈子生活在一起。一阵自怜之情淹没了我，我的脸因为痛苦皱了起来。“哈特莉，他是干什么的？我是说他是从事哪一行？”

“他有一点残障，是个业务员，开着车到处推销东西，但现在退休了。搬来这里以前，我们住在英格兰中部……”

“你说神奇不神奇，哈特莉，我们不知道对方在哪里，却同时搬到这里。看来就像命运安排，对不对？”

哈特莉没说什么。她看了看手表。

“对了……小孩……你们有小孩吗？”

“有一个儿子，今年十八岁。前不久才出门去了。”

她说这话时态度比较宁静，有一点深思熟虑的样子，看来就像是进行什么必要的工作。

“他叫什么名字？”

她迟疑了一下才说：“提图斯。他叫提图斯。”然后她又看了看表，说道：“我得走了。我要去买东西，再不去就晚了。”

“哈特莉，求求你多留一会儿，我还有事情想问。告诉我……嗯……告诉我你丈夫是卖什么的，我是说退休以前。”为了留住她，我必须不断问问题。

“灭火器，他是卖灭火器的。”她说，“他每天傍晚回到家总是精疲力竭。”

听到她提到这年复一年的黄昏，我仿佛看到什么远景似的，大胆问她：“你的婚姻快乐吗，哈特莉？你过的生活美好吗？”

“好，很好，我过得很好。我的婚姻很快乐。真的。”

很难判断这是不是真心话。也许是真心话。生活美好。我用了多么奇怪的字眼。我们的人生都快走完了，而从我们最后一次见面以后，我们的人生都各自完成了吗？哈特莉的声音仍保留从前那种低沉而略为平板的特质，对我产成巨大的吸引力。这声音也一如以往那样带点乡音，这让我意识到自己的声音已有了很大的改变。

我突然停住呼吸，手放到椅背上。我的小指碰到她的衣服，她再次轻轻移开。有什么黑色的东西在离我头顶不远处飞来飞去。她这些年来都过得很快乐。对，为什么不该是如此呢。但我就是不能相信这一点，不能忍受这一点。这么多年来她一直活着，而我们的人生都快要过完了。我张大嘴巴快速呼吸，那黑色的东西不见了。

我提醒自己：必须要有技巧。“有技巧”这个字似乎为我带来一点帮助。我必须有技巧，好让自己不致受创太深；必须想办法给自己带来一些快乐。

我说(却不知为何)：“昨晚开车的那个女的，是一个知名的演员，叫罗希娜·万贝格。她只是来探望我……”

“我们几乎从来不上剧院。”

“她来只是为了谈工作方面的事情。”

“我在电视上看到过你。”

“是吗？什么节目？”

“我忘了。我真的得走了。”她站起身，挽起购物袋。

我感到恐慌。“哈特莉，别走。你看起来……好疲惫。”这不是最得当的话，但却是发自怜惜与柔情。她看来真是一脸倦容。要形容她的脸，最好的形容不是忧伤或痛苦，而是强烈的疲惫——经年累月操劳所形成的疲惫。

“我很好，只不过肚子常常有毛病就是。你看来气色很好，查尔斯，看起来好年轻。我得走了。”说完，她就慢步从我旁边经过，往门的方向走去。

我跳起来尾随她。“但我们要怎么办呢？”

哈特莉看着我，似乎不明白我的问题是什么意思。

我把问题重复了一遍。“我们要怎么办呢？我是说……唉，哈特莉啊，哈特莉……我什么时候可以再看到你。我们可以再碰面吗？等你买好东西，我们可以到酒吧坐坐。还是你到我家去坐坐？”

哈特莉吃力地推开教堂的门，从她肩膀上方，我可以看得见杜哑的墓碑、墓园的铁栅门、村子街道的行人，以及更远处的海平线。我狂乱地说：“我会去看你们的。我好想认识你先生。你们非来我那栋有趣的怪房子坐坐不可，你知道我住在哪里……”

“我知道，谢谢。但最近不方便，我丈夫的身体不舒服。”

“那我去探视你们好了。你的地址是哪里，是哪一栋小别墅？”

“它的名字是‘尼布利特’，是最后的一栋。但最近别来……到了恰当时机我会通知你……”

“求求你，哈特莉，买完东西再见我一面，让我帮助你……”

“不行，我已经晚了。你留在这里，别跟着我。我会再见你的，我的意思是改天。求你别做任何事情。我会通知你的。求求你留在这里。再见。”

我刚才一直想触摸她，但又生怕只要我的手指尖碰到她，她就会像幽魂一样分解掉。而现在，我有了一个更精准的需要：想要抱住她的头，轻轻按在我的怀里，让她听听我的心跳声。远古的渴望忽然回来了。我看着她那双蓝上加蓝的眼睛和总是带着困惑表情的圆脸，它们一点也没有变。她的唇也像从前一样，又白又冷。

我说：“我家里没有电话……”

我话还没说完，她就快步走出教堂，谨慎地把门关好。我照她吩咐待着。我走回原来的位子坐下，再次把头靠在她的手曾扶过的椅背上。

我要怎么做才好？在重新找到哈特莉以后，我要怎样安排我的余生呢？每星期去一次“尼布利特”，与菲奇夫妇共进下午茶，闲话家常吗？要在“什鲁夫末端”用豆子香肠和葡萄酒招待他们吗？带他们到伦敦看戏？对提图斯的未来表现关心？照顾他们一家三口？把我的遗产留给提图斯？我的思绪狂跳乱动，巨大的前景打开了，各种有关未来的可能性纷至沓来，每一个都相当可怕。有技巧，我提醒自己，务必要有技巧。我看了表。时间是十点二十分。没想到这么短的时间就可以掠过那么多思绪。我一直坐到我认为哈特莉应该买完东西为止，然后走出教堂，坐在杜哑的坟墓前，靠着那个刻着锚徽的墓碑。从那里，越过一些树顶，我可以看见山坡上那些小别墅的屋顶，包括最后一栋的屋顶。一个有点残障的推销员？是哪方面的残障？腿方面的吗？我知道自己一定会去见一见班杰明·菲奇先生，而且很快就会去。

为什么哈特莉那么不情愿我去她家呢？为什么她不说“好啊，来看我们啊”或“欢迎之至”之类的话呢？不管她对我有什么感觉，这才是符合常理的回答。不但是因为那才合乎礼貌，也是因为礼貌才是哈特莉防卫自己的最好护身符。难道她那个瘸子丈夫真的是病得厉害，缠绵病榻吗？为什么她看起来会那么焦虑紧张？她不情愿我到她家也许是可以理解，甚至很好理解。“你那么有名。”她不是说了吗？她说不定是对自己的家和丈夫感到一点寒伧。这当然不代表她不爱丈夫。但她真的爱他吗？我必须知道答案。她真的快乐吗？我必须要知道答案。一个可怕又微甜的想法反复出现在我脑海：她一定对自己选错丈夫而懊悔不已。她一定一辈子都在悔恨没嫁给我。“我在电视上看到过你。”那会是什么样的感觉？她看到我，会感觉被悔恨咬噬的痛苦吗？她怎么会知道其实我还是原来的我，而且仍然思念着她？难道她没想过我一定会被漂亮的女人包围，甚至说不定有同居的情妇？她已经见过罗希娜，说不定也看到过莉齐。她不情愿见我，正是因为悔恨、懊恼、嫉妒。她不想知道我更多的事。唉，老天，我们这一辈子本来是可以一起度过的。又会不会是……她怕会……再爱上我……

我的危机意识大得足以让我把上面的遐想推到一边。事实上，挨在杜哑那面被太阳照暖的沉默墓碑时，我已经勾勒出一个求生计划的大纲。大略来说，我的计划如下。从现在起，我的余生都将奉献给哈特莉，这是毫无疑问的（我已经删去菲奇先生得了重病和不久于人世的可能性）。要做到这一点，我就必须接纳他们的婚姻，想办法与哈特莉建立友谊，必要时甚至与她丈夫建立友谊。我和哈特莉不能只像普通朋友那样偶尔互访，所以，我最起码要想办法让她丈夫能够容忍我。说不定我可以以一个诙谐角色的身份受到容忍。我并不太介意这一点，而我的想像力是那么天马行空，我甚至听得到哈特莉这样对丈夫说：“查尔斯老头怎么又来了，他怎么总是赶不走！”（尽管她心里想的是另一回事。）又会不会，她丈夫不但不排斥我，甚至因为有个“演艺界的大人物”仰慕自己太太而感到光荣呢？但至少目前，这些都是没有根据的猜测。

我现在必须全神思考的一点是，在我和哈特莉之间，是不是有可能建立起一种纯粹、深邃、互相尊重的爱。那当然也是一种爱，但却是涤去占有欲、涤去自我的爱，是甘于驯服于不可逆的命运的爱。我们必须去发现，我们最终来说对彼此都是绝对的，是不可相失的，绝对不容再有任何差池，不容满溢真理与历史的容器再有一滴溅出来。我会尊重她，我必须尊重她——我反复对自己说。我感到自己对她有一股又深又纯的柔情，那是爱的奇迹所保留下来的。这股从遥远过去流来的清泉是何等清澈啊。对，我们必须在安静中收集起我们的过去，在心照不宣中把它补缀起来，不带怨尤，不带罪恶感。回想起我们在教堂里那些文静又神圣的笨拙小交谈时，我更深信自己憧憬的这种静静的救赎过程是可能的。事隔多年重遇自己生命中的挚爱，就是这样子吗？我们在教堂里的样子，不就像我们当初那样，是两个腼腆无邪的孩子吗？我们交谈的特质一点没有受时间染污，教堂里的笨拙谈话仍准确无误地回响着与过去相同的音符。而且说不定，透过她和透过我们孩子般的爱，我当初搬来海边住的初衷真的可以实现：把心净化。

“她是寡妇吗？”这个问题如今看来是属于遥远的过去，是属于某种完全过时的思考方式。现在最紧急迫切的问题是(尽管我已有了一个备用自保计划的腹案)：她过得快乐吗？只有观察过菲奇先生本人后，我才有可能知道。慢慢走回“什鲁夫末端”的路上，我这样想：我今天非去见菲奇先生不可。我决定在六点左右登门造访。

我一直到按“尼布利特”的门铃那一瞬间，才突然想起一个我从未想过的问题：结婚那么多年来，哈特莉曾向丈夫提起过我这个人吗？

“尼布利特”是一栋红砖砌建的正方形小别墅，砖墙部分漆成白色。它以毫不妥协的姿态蹲在山坡上，与一片饱受海风折腾的小树林相对望，后方是临海的山坡，再过去和再上方都是林地。房子有一种很坚固的架势。虽然其他人的房子是盖在沙上或是用沙子盖成，这一栋却不是。它没有一块砖是缺角的。屋顶上没有长苔藓，而且给人一种永远不会长苔藓的感觉。通向大门的走道铺着红色瓷砖，同样光鲜明亮。走道两旁长着丛丛玫瑰，都刚刚开花。一丛茸茸的白色铁线莲攀缘在门廊的一根主廊柱上，让漆着厚厚蓝漆的大门略显舒缓。大门上镶着椭圆形的半透明毛玻璃。“尼布利特”并不是不迷人，它给人的感觉漂亮而温暖。里面一共有四个厅室，厨房和客厅都位于后面，屋后是一个下斜的草坪，放眼是大海一片。

天气变热了。气温在下午上升到二十六度，空气看起来也是闪烁着热气。从山坡上，可以看见海湾里那些遥远的陆岬被裹在一片淡棕色的热氤氲中。巨碗似的大海泛着非常淡的蓝色，闪着一道道银光。拥挤的玫瑰花散发出热腾腾的气味。门铃(我就是按下时才想到哈特莉也许从未向丈夫提过我，这一点也可以解释为何她见到我会如此恐慌)的声音清脆甜美，就像是为一队天使诗歌队敲响的音叉声。屋内马上就传出低沉的声音。然后，过了一会儿，哈特莉把门打开。

她随着岁月变迁的容颜再次让我心头一震，因为先前她已经在我珍爱的思念里回复了年轻。看到是我，她脸上掠过一闪而逝的恐惧。之后，我除了她的大眼睛以外，就什么都看不见。这双眼睛看似是紫色，有点朦胧，似乎它们看的不是我，而是我的背后。我感觉自己双颊发烫，血涌向我的脖子与双颊。

我先前已经想好了说词。我说：“啊，抱歉，我刚散完步路过这里，心想应该礼貌性打声招呼。”

但她还没有回答时我就想到：应该让她先说话的！因为如果她真的未告诉过丈夫我这个人，就大可假装我是推销员。我穿着牛仔裤、干净白衬衫和一件褪色但仍然体面的棉夹克，说是推销员也不离谱。我试着从她的眼神里寻找一些讯息，却一无所得，而不管她刚才是不是感到害怕，此时都看不出来了。

她什么都没说，只是转过身，向屋里说了些什么，听起来像是说：“是他……”她一面说话，一面将门半掩，有一刹那，我还以为她是要把门关上。

然后屋里传来一声惊呼，但也可能只是“哦”之类的。

门再次打开时，哈特莉向我露出微笑。“进来坐一下吧。”

我在干净的橘色踏垫上拭了拭鞋底，走进门厅，一时因为室内外光线的落差而目不见物。

从“什鲁夫末端”来的一路上，更严格地说是决定要到哈特莉家造访的一刻起，我就因为激动而感到不舒服，那是一种混杂着模糊的身体痛苦和清晰恐惧感的不舒服。我在加州有过相似的不舒服，当时我为了要在弗里齐面前表现，于是从非常高的高台上跳水，唯一的差别是我现在的不舒服比那时尤甚。在变暗的室内，我无法清楚看见哈特莉，却可以感受到她的存在像是激烈四射的磁场，弥漫整栋房子，就像她就是房子本身，就像她拥抱着我，而我却摸不着她。事实上，正因为摸不着她，让我整个身体像是通上了负电一样发抖。与此同时，我也意识到那个还未露面的丈夫的存在。我在到达这里以前，曾经一再鲜明地想像自己按门铃和与菲奇先生会面的情景，那种感觉，就像是纵身跳入未知——更严格地说是跳入不可逆的情势中。只是现实发生的情形却表明，这是一次缓慢得让人痛苦的跳水过程，就像是我一面准备跳水一面身体后退，使得我在半空中停留的时间一再延长。

哈特莉把我一个人留在门厅里，走入其中一个房间，和里面的人低声商量什么事情（门几乎掩上）。门厅很狭小。我现在可以分辨出，门厅里有一张祭坛似的桌子，上面放着一大瓶玫瑰花，再上面的墙壁挂着一幅发黄的大画，画的是一个中世纪的骑士。哈特莉回来后，推开另一扇门，把我带进一个空荡荡的房间，看样子应该是客厅。她说：“不好意思，我们刚刚在喝茶，等一下就过来。”说完就出去了，把门掩上。

我现在才了解自己的举动有多危险和多愚蠢。对我来说，六点是小酌的时间，所以才会认为选择这个时间拜访是合宜的。但事实上我打断了他们的晚餐。为了打发这段难熬的等待时间，我打量四周的陈设。正前方是一扇圆肚窗，可以看到村子的部分景观以及小港口和大海的全景。一副看来很昂贵的望远镜平放在白色的半圆形窗台上，旁边是另一大瓶密密麻麻的玫瑰花。大海像一面镜子，把其特有的清光反照到客厅里来。强光太刺眼了，我几乎看不见四周的陈设。我感觉到地上铺着厚地毯，房间里又热又闷，玫瑰花的香味也浓得呛人。

哈特莉走进来，她丈夫尾随在后。在我眼光缭乱的第一印象里，菲奇长得很孩子气。他相当矮且粗壮，有着男孩子般的圆头，粗脖子，一头像老鼠毛的短发。他有一双深棕色的窄眼睛，一个很大且线条分明的嘴巴，一个泛着油光的直挺鼻子，鼻孔相当大。他虎背熊腰，看来孔武有力。如果他真是瘸子的话，显然是看不出来的。他走进来的时候面带微笑。我也满脸笑容，眨了眨眼睛。我们同时伸出手握了一握。“很高兴认识你。”“希望你不介意我的来访。”“没有的事。”

开门的时候，哈特莉穿的衣服是蓝色的(可能是件罩衫)，现在则换上由紧身胸衣和大裙子组成的黄色洋装。她紧张地走来走去，没有直视我。“亲爱的，我要打开一扇窗户。这房间好闷。你请坐。”

我坐在了一把低矮的天鹅绒扶手椅上，更精确的形容是陷了进去。

哈特莉对菲奇说：“把晚餐端进来吃好吗?”

“有何不可?”

接着哈特莉就往厨房走(显然刚才他们在里面用餐)，带回来两个盘子。这段时间，菲奇把一张折叠式桌子从墙边拉出来，打开，架在不平稳的厚地毯上。然后哈特莉把两个盘子递给他拿着，自己去找碗垫。两个盘子(上面放着刀叉)被放在桌上之后，哈特莉再去拿来一盘面包或什么的。然后两把直背椅被拉到桌子旁，哈特莉和菲奇坐下，把椅子半转过来以便可以面对我。他们晚餐吃的是火腿和沙拉，但很明显的是，他们这顿饭是不可能继续吃下去了。

哈特莉问我："你想吃点什么吗？"

"哦，不用客气。我只是坐一会。真的非常抱歉，看来我打断了……"

"一点也不会。"

菲奇什么都没有说，只是用一双暗色的细眼睛看着我，鼻孔张得大大。他紧闭的大嘴看来相当严峻。

他们似乎因为惊讶(也许有点慌张恼怒)而失去了交谈能力，所以我迅速在脑里寻找话题。我先前就计划好，只与他们进行最简短的礼貌性交谈，然后离开。

"你们这里的视野好美。"

"对，可不是。我们就是因为这房子的视野才买下的。"

"我的房子只看得见岩石和大海，不过那里倒是个游泳的好地方。你们常常游泳吗？"

"没有，班[①]不能游泳。"

"我喜欢你们的大窗子，可以看见四面八方。"

"对，真的是很棒的窗子，"哈特莉说，"这是我们梦想中的房子。"

"你那边有电力供应吗？"一直没说话的菲奇终于开口了。

我视之为明确的友好表示。"没有，你们这里有吗？那真是太幸福了。我只能靠油灯和液化气炉过日子。"

"你有车吗？"

"没有，你们有吗？"

"没有。是什么理由让你想搬到这个天涯海角来的？"

"没有特别的理由。一个好朋友向我描述过这地方，她就是在

---

① 班是班杰明的昵称。

这附近长大的。我也希望退休后住在海边。另外这里的房子比较便宜……”

“那可不见得。”菲奇说。

此时我的眼睛已适应了这客厅的光线，四周的陈设以油画般的鲜明与权威性印入我的眼帘。我的腿是以笨拙的姿势向外伸出的。我意识到自己的脸颊仍然发红，心跳得厉害。窗户虽然打开，但玫瑰花的浓浊味依旧。我也意识到自己坐在一张矮椅上的不利事实。地毯上印着黄、褐两色的花朵图案，壁纸是浅棕色的。两幅圆形的黄铜浅浮雕分挂在壁炉两边。地毯上铺着一张样子滑稽的松软小地毯，现在就压在折叠桌的其中一只桌脚下，这使得桌子变格外不平稳。客厅里有台大电视机，上面放着更多的玫瑰花。四周看不到一本书。客厅非常干净整齐，看来他们除了看电视以外，生活的重心都是在厨房里。这个房间还有人在使用的唯一迹象，是一张椅子上放了一本邮购目录，另外，一个烟灰缸里放了一个烟斗。

哈特莉和菲奇的坐姿僵硬而直挺，就像古代画家对夫妻的诠释。菲奇的脸轮廓清晰、凹凸分明，有一种原始的味道，这张脸虽然刚愎，却不能说讨人厌。哈特莉的脸则要模糊得多，而且是浮动的，像是苍白的月亮，上面隐藏着一双眼睛；也许是因为我只敢偷偷摸摸看她才会有这种印象。我敢直视的只有她那件黄色洋装，那是圆领的，很像女睡衣，整件印满小小的褐色花朵。菲奇穿了一件旧旧的浅蓝色衬衫、夹克和裤子，腰上系着褐色皮带。他的夹克没扣扣子，说不定是我按门铃后才穿上的。他的衬衫相当干净。我因为激动、尴尬和羞愧而有恶心感，很想马上离开，再来细细评估自己看到的一切代表什么意义。

“你们在这里住很久了吗？”

“才两年。”菲奇答道。

“事实上还在适应期。”哈特莉说。

“我们在电视上看到过你，”菲奇说，“玛丽很兴奋，她记得你。”

“这是一定的，我们念中学的时候就已经认识。”

“我们不认识任何名人，很难不兴奋，对不对？”

为了岔开这个讨厌的话题，我说：“你们的儿子还在念书吗？”

“我们的儿子？”菲奇不解地说。

“没有，他离开学校了。”哈特莉说。

“事实上他是收养来的。”菲奇说。

原先，他们还会不时拨弄一下叉子，装着要吃东西的样子，但此时都把叉子放下。他们没有直视我，而是看着我脚边的地毯。菲奇不时瞄我一眼。我知道是该离开的时候了。

“嗯，真的很谢谢你们的接待，我得走了。也很抱歉打扰你们……用餐。你们有电话吗？”

“有，但不巧坏了。”菲奇说。

哈特莉已经迫不及待地站起来。我也站起来，却被那张毛蓬蓬的地毯绊了一下。“好漂亮的小地毯。”

“对，”哈特莉说，“那是一张碎呢小地毯。”

“一张什么……？”

“碎呢小地毯。班亲手编的。”她一面说一面打开客厅的门。

菲奇慢慢站起来，走到一旁站着，比出你请的手势。这时我看出他是瘸子。“你先走。我有一条腿不听使唤。是打仗时的旧伤。”

当我走过幽暗的门厅，迎着门上毛玻璃的光走去时，我说：“务必保持联络。真希望两位什么时候能到舍下喝一杯，看看我那栋有趣的怪房子以及……”

哈特莉推开大门。

“再见，谢谢你的探访。”菲奇说。

我站在红砖走道上，而门已经关上了。一走出房子的视野范围，我就奔跑起来。我跑到村子的街道上停下来猛喘气，接着改以缓慢的步伐沿着通向海岸公路那条步道向前走。走着走着，忽然感到背上怪怪的，我马上就辨识出那是一种被人从后面监视的感觉。

我意识到，自己正处于“尼布利特”的视野范围内，处于菲奇先生强力望远镜的监控半径中——要是他坐在白色窗台上监视我离开的话。从“尼布利特”可以清楚看见村子的大街，但教堂和教堂广场却有树遮蔽着。这就是哈特莉为什么在街上遇到我时会那么不自在的原因吗？她是怕丈夫看见我找到她，把她带到教堂去吗？我还记得，走向教堂的时候，她是走在我后面而不是旁边。当时的情景一定古怪之极：我像个发癫的俄耳甫斯，而她像个错愕的欧律狄刻[①]。但她为何那么怕被丈夫看到在街上与别人（哪怕是我）走在一起呢？我抗拒回头张望的心理，聪明地继续往前走，很快就走到海岸公路前面的一片小树林，出了山丘的视线范围外。天气仍然很热。我脱下身上的外套。外套的腋窝湿答答的，全是因为紧张而分泌的汗水，汗水还把外套的染料褪色到我的衬衫上。

接下来我思忖了很多问题。其中有些相当直接，有些则极为遥远和形而上。首先就是我在按门铃时想到的那个问题。显然，哈特莉告诉过她丈夫有关我这个人的事，但她是在什么时候说的呢？是怎么说的呢？又为什么会说呢？是在很多很多年前她第一次认识他的时候吗？还是婚后？还是他们“在电视上看到我”的时候？会不会是直到今早跟我碰面回家以后？“啊，我刚刚碰到一个多年不见的熟人，真是意外。”然后说不定还会指出我就是他们在电视上见过的那个人。但不太可能，这太迂回了。她一定更早前就向他提过我，毕竟为什么她不能这样做呢？难道我希望她把我当成一个秘密吗？……事实上，我一向把她当成秘密。我为什么要这样做？因为我觉得她极为神圣，任何语言的指涉都是对她的冒渎。我记得，虽然对别人提到她的次数屈指可数，但每次我都会后悔。没有人会明白的，也没有人能够明白的。既然如此，何不谨守缄默。婚姻的一

① 俄耳甫斯是希腊神话中的诗人和歌手，妻子欧律狄刻死后，他追到阴间，冥后普西芬尼为其音乐感动，答应他把妻子带回人间，条件是他在路上不得回顾。将近地面时，他回看妻子是否跟着，致使欧律狄刻重坠阴间。

个可怕之处，就在夫妻双方被认为是一切都应该向对方坦白无讳。“是他……”从这句话可知，他们今天一定谈论过我。一想到这么多年来哈特莉与丈夫说不定都是拿我当茶余饭后的话题，我就痛恨莫名。“你中学时代的仰慕者现在发了呢！”菲奇喊她“玛丽”。那当然也是她的名字，但“哈特莉”才算是她的真正名字。舍哈特莉而取玛丽的同时，菲奇是不是也蓄意想丢弃她的过去呢？

回到家时，尽管天还很亮，但房子在日光的反差下却显得幽暗、冰冷而潮湿。我给自己倒了杯苦味酒掺雪利酒，把酒拿到屋后的草坪，然后坐在我放了垫子的石椅上。但我马上就因为看不到大海而觉得受不了，所以我就一手拿着酒杯，爬上一块岩石。大海现在是带蓝的紫色，就像哈特莉眼睛的颜色。唉，老天，我现在该怎么办呢？不管发生什么事情，我都必须不要让自己受苦。但要做到这一点，两个不相容的情况又必须同时存在：我必须和哈特莉建立起一种稳定、恒久、密切的关系，同时，又必须避免走进嫉妒的地狱。我当然也绝不可以干扰她的婚姻。但为什么是“当然”呢？

不，不，我不能干扰她的婚姻，也从未想过要那样做。那不只是不道德，而且我毫无理由认为自己可以成功。那只是疯狂之举。我也不能想像我的“名人”魅力会有多大作用。我以前有时固然会放任自己幻想她因为没有选择我而深自懊悔的样子。但现在，我却无法想像我所爱的人是会愚蠢得为“名声”而晕眩。如果我在他们的婚姻结构中寻找裂隙，会有什么结果呢？我当然不会那样做，我只是试图了解罢了。在反思中，我不妨做点遐想。我先前预期哈特莉的丈夫只是个不值一提的人物。无疑的，我需要和希望他是这样的人。但不知为何，菲奇给我的感觉并不是不值一提。他到底是什么样的人呢？到底在他们婚姻这个密封的葫芦里，装了些什么东西呢？我可能会知道吗？但至少我知道提图斯是收养来的，这件事让我忍不住高兴起来。

这一切思索又把我带回那个核心问题：她过得快乐吗？当然，从我对婚姻这档事的了解，我知道拿这种问题去问一对夫妻是多余的。只有少数夫妻会愈来愈喜欢对方并绽放出快乐的光芒。西德尼和罗斯玛丽就是绽放快乐光芒的夫妻。但“尼布利特”却显然不存在这种光芒；但我也不能排除，这是我不速造访引起的不自在所造成的。但我总觉得他们之间有什么不对劲，却说不出是哪里不对劲。不过如果他们真的是一直快乐地生活在一起，那为什么无法本能地在我这个入侵者面前炫耀这种快乐呢？快乐夫妻是绝对会忍不住炫耀他们的快乐的。西德尼和罗斯玛丽就是这样。班史提克夫妇也是如此。但这还不能算是决定性的结论。我必须尽快再见哈特莉一面（可能的话单独见面），把整个情况再厘清一些。

太阳开始落下，在一个非常苍白的绿色天空下，大海正转为金黄色。我把空酒杯放在一道岩缝里，然后爬到更高的岩石上，以便可以一睹整片汪洋的全貌。在清晰但变幻不定的天光中，我发现自己突然开始聚精会神地扫描大海。我在找什么呢？找海怪。

第二天还没九点我就走进了教堂。我是取道一条迂回的途径前往教堂的，首先是爬过公路对面的岩石，然后转往雷文饭店的方向，穿过灌木林，越过阿莫尼农庄向海的那一块沼泽，再穿过三片田亩和三个树篱，最后沿着公路接近“尼布利特”。用这个方法，我就不会进入“尼布利特”的“监视范围”内。我尽量不去想哈特莉会不会经过教堂，但教堂无疑是我唯一值得守望的地方，因为她更不可能会出现在“什鲁夫末端”附近。不用说，教堂里又是空无一人，不过从祭坛上放着的一大瓶白玫瑰，却反映出昨天有人进来过。白玫瑰的强烈香味在我心中引发各式各样不一贯的、非概念性的忧惧。时间受到深深的扰乱，我可以感觉到，各式来自遥远过去的黑色瓦砾正在旋转，开始上升，向表层升去。我觉得不舒服，我坐在那里，阅读刻在玫瑰花后面一块褐色匾额上的十诫，但尽量不去注意第十诫和第七诫①，也尽量不时期待哈特莉的出现。太阳的亮

① 十诫的第七诫是“不可奸淫”，第十诫是“……不可贪恋别人的妻子……”。

光从教堂高处的微绿色圆窗照进来，使偌大的空间显得怪异和不自然。浮尘相当多，在阳光中闲散而轻盈地晃着。玫瑰花的味道混杂着尘埃的味道与朽木的霉味，整个地方看起来就像废墟似的，非常空，也有一点疯狂。我感到害怕。我是害怕菲奇吗？

我在教堂里等了超过一小时。我踱来踱去。我把所有的镶匾仔细读了一遍。我闻着玫瑰花的浓香。我读了几页新版的祈祷书（怪不得时下的教堂那么乏人问津）。我审视了本地妇女编织的刺绣跪垫。我踩在长凳上，向窗外张望。我想到了躺在墓园里的杜哑，只觉得他此时要比任何时候更无言。到了约十点二十分，我决定要走到外面。因为如果哈特莉此时正昂首走在街上，而我在教堂里苦守，岂不是愚不可及。我想见到她的心念是如此殷切，几乎要大声呻吟出来。我跑出教堂，跑到铁栅门外面，坐在一个可以看到大街却又不会被“尼布利特”看到的位置上。几分钟之后，我就看到一个像是哈特莉的妇人，蹑手蹑脚地走在街上，往杂货店的方向去。我用“蹑手蹑脚”这个形容，是因为那正是我在认出她是谁以前的感觉。我跳了起来，马上追过去。她要过马路时微微转身，看到了我，开始加快步伐。她无疑就是哈特莉，却竟然想躲我！她没有走进杂货店，反而是飞奔走进渔人商店街（这是我取的街名）。当我终于跑到转角时，却看不到她的踪影。我走入渔人商店，她并不在里头。我恼怒得想放声大吼。我一直跑到街尾，再过去，是几间荒废的村舍和一片草地。但她不可能已经跑过草地。她是走进其中一栋房子里了吗？我往回跑，然后发现渔人商店街上有条小巷，那是阳光照不到的狭窄通道，位于两栋房子之间。我跑进去，踩过撒满一地的小石子。巷子的尽头是一个大转弯，通到一个由几面后院围墙围成的正方形密闭空间，里面有几个满出来的垃圾筒、一些旧纸箱和一辆丢弃的脚踏车。在这一切的正中央，静静站着一个女人。是哈特莉。她就站在一块低矮的黄色岩石后面。

她以一种认命和恍惚的平静凝视我，但我看得出来，她的内心抖得像只被追逐的猎物。她手上拿着篮子和皮包。她今天穿的是蓝色棉布洋装，上面是密密麻麻的白色雏菊图案，外面套着松垮垮的开襟毛衣。

我跑到她前面，一把抓住购物篮的把手。这一趟追逐让我们两人都胆战心惊。“唉，哈特莉，别这样，不要躲我。感谢老天让我找到了你，不然我准会发疯！我必须和你谈谈。跟我到教堂去，求求你。”

我拉着购物篮的把手，她继续往前走，走进窄巷里。

“你先到教堂去等着。我买完东西就过去。我保证会去。”

我回到教堂。一番追逐下来，我也发抖。她在十分钟后来到。我上前帮她提沉重的购物篮。我根本不知道该怎样对待她，就像我们之间存在着一道很深的可怕鸿沟。就像只有上帝的恩宠才可以把所有这些痛苦转化为沟通和爱的表示。但任何意义的恩宠都未出现。我有一种想触摸她、拥抱她的强烈渴望，但又想不出如何才能做到，仿佛那是需要很惊人的肢体技能的。我们在先前坐过的长凳坐下。她坐在前一排，转身面对我。

“为什么你要躲我？我受不了。我们必须……必须想办法解决这个处境……否则我会疯掉……”

“查尔斯，求你别那样……不要就那样跑到我家来……”

“我很抱歉……但我非要见你不可……我仍然关心你。你要我怎样做呢？至少我们可以当朋友，现在终于有这个机会了……当然我不会做出任何你不希望我做的事情……求求你……听着，难道你和你先生不能到我那儿坐坐吗？明天六点，不然五点或七点都可以，反正你们觉得适合的任何时间都行。到有趣古老的‘什鲁夫末端’，我希望你们看看我的房子。为什么不行呢？”

她的头低垂着，几乎被长凳的椅背挡住。“请你不要有任何期望。我是说不要探访我们或邀请我们……我们从不参加宴会……”

“那不是宴会！”

“我们不应该这样……也请你不要在街上追逐我，别人会看见的。”

“是你先跑的，你躲我……”

“在我们住的地方，邻居都不会彼此邀宴请客，大家都是各过各的。”

“但我们不是邻居，你早就认识我。我也不是要‘邀宴’你们。我自己也讨厌这一套。哈特莉，我受不了你这种推托。你能够给我一个解释吗？”

这时，哈特莉正视着我。我注意到她今天没涂口红，这让我更能从她老年的模样中读出她年轻时的样子。她疲惫苍白、皱纹满布的圆脸此时看来非常忧愁，一种绝望的忧愁，这是我从未见过的，就连她离开我的时候也不是这样。但她的忧愁里有一种决断，几乎是一种机警，而她的眼睛也变得全神贯注，不再朦胧。她伸出有点浮肿的手，想要抚平皱皱的衣领，却没有什么用。

“还有什么好解释的呢？为什么我必须……”

“难道你认为我的举止不够绅士？”

“不是，不是……我现在必须去做头发。”

“我以前的举止不够绅士吗？但看看我是什么下场！我从未强迫过你什么。你说你会嫁给我，我相信你。我爱你，我爱你。然后你又说不能相信我的忠诚，说我会对你不忠，唉，老天爷！说不定你现在还是这样想……但你要相信我，我没有其他女人，我是单身，完全一个人。我希望你知道这一点。”

“你没有必要说这个，那无关紧要……”

“对，别误会我的意思。我只是想让你知道，我还是原来的我。你没什么好担心的。”

“我得去做头发了。”

“哈特莉，求求你……对，还有什么好解释的呢？好吧，你是不是希望我现在就离开，永远不再见你？”

我当然不希望她说是，而她也没这样说。

“不，我并没有那样想。我也不知道自己想些什么。”

这个凄苦的回答让我快乐起来和头脑更加清晰。“哈特莉，亲爱的，我们必须好好谈一谈，你知道有这个必要的。毕竟，我们有太多需要谈的了，不是吗？我绝不会带给你伤害的。我以前对你的爱混杂着各种冲突情绪，但这些现在都不存在了，所以你用不着害怕。你看不出来吗，我们可以成为真正的好朋友。我也希望多认识你丈夫一点。”接着觉得有必要又再补充一句：“我真的很喜欢他。”但我的语调听起来假假的。哈特莉再次从长凳后面站起来。“不管怎样我们都得好好谈一谈。有很多事情是我想告诉你的，不然就太晚了。我有几百个问题想问你。我不是指以前的事情。我想问的是有关你现在的生活……啊对……是有关于提图斯。我希望可以见见他。或许我可以帮助他。”

“帮助他？”

“对，有何不可？哈特莉，我认识许多人。他有什么志向？他是念什么的？”

哈特莉叹了一口大气，然后用红通通的手揉了揉脸颊。她拿出手帕，上面还沾着口红。眼泪从她的眼眶中溢出。

“哈特莉……亲爱的……”

“他跑了，离家出走了，我们失去了他，不知道他人在哪里。两年来我们没有他半点消息。他走了。”

“啊，老天爷……”人类的灵魂是多么狡猾而卑下啊，因为我即时就感到了欢乐，为哈特莉愿意告诉我这件伤心事而欢乐，为她愿意当着我面哭泣而欢乐。霎时间，我们有了沟通，有了交流。

“我很遗憾。你们报警了吗？找人有很多途径，我可以帮得上忙。”

哈特莉用手帕擦擦脸，然后从皮包里拿出一面小镜子和粉盒，把粉扑在眼睛四周。这还是我第一次看到哈特莉进行这种虚荣的仪式性小行为。“你帮不上忙的，也请你别插手。这事最好留给我们自己来……”

“哈特莉，我不打算袖手旁观，所以你最好有心理准备，而且你也最好想出一些合乎人性的方式对待我！你是害怕会再次爱上我吗？是吗？”

她站起来，提起购物篮，把皮包扔进去。我绕到她坐的长凳，用双臂紧紧抱着她的肩膀。有一会儿，她低下头，前额在我的衬衫上快速磨蹭。然后她推开我，走向大门。我跟随在后。

“我什么时候可以再见到你？”

“求求你不要再找我了，那对你我都会带来困扰；也请你别写信。”

“哈特莉，你是怎么回事？放开点吧。放任自己爱我一些些吧，那不会有伤害的。还是你认为我是大人物了，所以害怕？我不是什么大人物，只是你最忠实的老朋友。”

“什么都别做，我会写信给你，稍后。”

“你保证？”

“对，我会写的。只要你不来我家的话。”

“你会向我解释清楚吗？”

“没什么需要解释的。请你留在这里。”说完，她就走了。

最亲爱的莉齐：

这段时间我都在思考你在那封甜美明智的信里说过的话，以及你在圆堡里说过的话。我必须请求你的原谅。我想你说的话大概都是对的。我爱你，但我那个相当“抽象”的观念并不是这种爱的最佳表达方式。我们在一起的话，只会造成混乱，让双方都不快乐。你对我的“怀疑”大概真是公允的，而你也不是第一个对我表示这种怀疑的人！也许我现在真的是一个躁动不安的唐璜了。所以让我们换个方式互相对待吧。这不必然是一个悲伤的结论，但我们必须面对现实，何况事情是攸关第三者的快乐。你与吉伯特的高贵关系让我感动和动容。那是一项成就，理所当然应该受到尊重。对，只要两人爱护对方、宝贝对方、真诚于对方，那他们是什么关系有什么要紧呢？你强调这些字眼是很正确的。你怀疑我的忠实，而我也开始分享你的怀疑，觉得我们冒这个风险是不值得。我们都是幸运儿，能过着现在的快乐生活，而我们大可把我们充满柔情的友谊视为一种红利。我们都不愿意再陷入痛苦与泥淖之中，对不对？我会尊重你的智慧与愿望，也会尊重我老朋友吉伯特的权利！正如你说的，重要的是我们三个人能彼此喜欢，所以，就让我们像你所呼吁的，享受一种自由而非占有的相互依恋吧。所以请原谅我先前那封愚蠢的信（你的回应是勇敢并且理性的），也原谅上次会面时我有点粗暴的行为！能有像你与吉伯特这样的朋友，我何其有幸，我也打算以一种明智和宽宏的方式继续保有这份友谊。不久以后我会到伦敦一趟，届时盼能与你们聚一聚。出发前我会通知你们。谨向两位致上最大的祝福与迟来的道贺。

保重，小莉齐，毋忘我。

老朋友查尔斯

这封半违心半真诚的信，是我在教堂与哈特莉第二次见面那天下午写的。那天回家后，我处于一片躁动和犹豫不决之中，花了好一阵子思考下一步该怎么做，却不得要领。然后我想到，至少有件事值得我现在去做：想办法不让莉齐来搅局。这费不了我多少心思，唯一得花力气的只是写封得体的长信。有一个足以证明我身上每颗原子都转变了的证据，就是原先我对莉齐怀抱的那个“观念”，如今在我看来是荒诞不经，但之所以没有引发可怕的后果，完全是拜莉齐的常识所赐；我为此祝福她。一团火焰已经舔噬了过去，这火也烧毁了我原来的意向结构。过去两天（感觉上像几个月）的经历让我清楚看到一件事情，那就是我一直认为我这辈子只有一个真爱的想法是正确的。事实上，我觉得在某种神秘的意义下，很多年前我就与哈特莉结为夫妻了，也正因如此，我才没有自由娶别的女人为妻。这点当然是我一直知道的，只是在与哈特莉重逢后，那种绝对的归属感又再次汹涌而至：不管命运多么残酷，事实证明，我们就是属于彼此的。

写信给莉齐的时候，我全神贯注回想她的样子，并且是怀抱着一种宽宏的柔情回想她。我想到她那张焕发光彩的笑脸；她年轻时常常笑，和我一起笑。尽管我当初的“观念”是行不通的，但现在却意外发现，我说不定能接纳她是一个朋友了，而且说不定有一天会深深珍惜她的柔情与忠诚。尽管如此，还是必须清除障碍，开始行动。我绝对不能再和莉齐有任何牵扯，哪怕只是书信往返或相互探访。我既无时间也无精力去蹚这种浑水，并且任何这样的尝试都不啻是罪行。我向她表示即将去伦敦，只是缓兵之计，我绝无法忍受一个热情洋溢的莉齐踏上我的前台阶。我的一切兴趣都枯萎了，在我那个开阔但还是空白的未来舞台里，只有一样东西是确定会保留下来的。所以，就让莉齐安安全全被吉伯特保管着吧，我甚至开始觉得他是个大善人。然后我又想到，我之所以会变得这么宽宏慷慨，是不是哈特莉即将为我带来大转化与净化的第一先兆？是不是哈特莉——一个我爱过却没拥有过的人——的使命就是使我成为圣者？当初我搬来海边，为的不就是忏悔以自我为中心的一生吗？这是多神秘的巧合啊！难道这就是我与哈特莉神秘婚姻的终极目的？这是很极端的观念，但却自有其深邃的逻辑，而且从没有别的可能性看来，是绝对站得住脚的。

然而，成圣的憧憬并未能照亮我一个幽暗切盼的渴望：行动。但我能做什么呢？着手寻找提图斯？我不知道，但至少我的核心疑问已得到解答：哈特莉过得并不快乐。只是这解答又带出另一个核心疑问：她为什么不快乐？只因为儿子离家出走吗？还是有其他原因？为什么她不愿意我帮助她，为什么她不愿意我介入？另一方面，希望一个消失超过四十年的女人马上信任我，是不是不切实际？她固然一直活在我心中，但对她来说，我说不定只是个影子，一个几乎已忘掉的中学友人。但我不相信这是事实。事情会不会刚好相反，会不会正因为她仍相当爱我，只怕约束不住自己才不敢见我？她是不是因为想到我曾经有过一些漂亮情妇而嫉妒不已？被罗希娜的车灯照到的那个晚上，她一个人走到海岸公路到底是为什么？是来侦查我吗？是来看看我是不是有别的女人吗？

她保证会写信给我，但她真的会吗？如果会，又会向我“解释”吗？我应该照她吩咐，等着她来信，什么都不做吗？我能不能按捺得住就是个问题。我强烈渴望向她“解释”我自己，渴望向她倾吐我的一切思想感受，那是我在两次匆忙会面时未能做到的。我应该写封长信给她吗？如果写了，我当然不敢信赖邮局。想到写信：为什么她不快乐？因为她丈夫是个善妒、专制的老粗，从不让任何男人接近她吗？是这样吗？如果是这样，我不就应该……想到这里，我的思绪忽然雀跃起来，觉得很多清晰的前景忽然向我打开。同时我又知道，一个心智健全的人是不该做这种臆测的。

我无心做午餐。我煎了个蛋，却吃不下。我喝了些雷文饭店送来的“薄酒莱”(酒是我从村子回家时在门边看到的，除了“薄酒莱”以外，还有些西班牙红酒)，然后就埋首写信给莉齐(上面抄录的那封)。之后，我想游泳说不定对稳定情绪有帮助。潮水已经涨过，大海非常静谧，比平常还要清澈。在“小悬崖”跳下水之前，我可以看见大丛大丛的海草随着水波轻摆，鱼儿在其间游来游去。我静静地游泳，感觉自己同时是被大海拥有着的也是大海的拥有者。海面光滑如镜，微微鼓起，缓缓流过我。感觉上，大海在心不在焉地承托着它的奉献者的同时，也正在沉思。一些聚在岩石上的大海鸥注视着我，它们的鸟喙是你能想像到的最鲜艳的黄色。我并不为上岸的事焦虑，事实上，当我泳罢，轻轻松松就手脚并用地爬上了“小悬崖”。其实“小悬崖”并不是那么难攀爬，正如我前面解释过的，它之所以难爬，只是因为海浪冲刷，你的手指和脚趾要同时使力攀爬就不容易。在海里游泳时，我又想到哈特莉花容不再的事实。也许这样想也不错，而我也一直这样想，这让我感到一股柔情，带给我一点静谧。

上岸后，我顶着大太阳坐着，感觉刚才的浸礼着实带给我一点小小的智慧。看来，我认为大海是平静泉源的看法并没有错，只不过它不是一颗大口吞下就会见效的特效药。我散了一会儿步，任由脚底被热烫的地面烤炙，观看了一两个小水坑内的动静。在强光之下，那些五颜六色的鹅卵石和迷你海草树看来就像是法贝热①制作的珠宝。我观赏了一群明虾的舞蹈、一只透明的绿色海参的游动。我也再次见到那条会卷曲身体的红色蛀船虫，它多少让我想起我那只海怪。但这一切都无法像以往一样，带给我欣喜。之后我注意到，有些游客(应该是从雷文饭店来的)站在圆堡前打量着，这让我相当不快。我走入屋里，肩膀烧灼，头痛欲裂。

有一点很明显的是：我必须尽快做些什么，做些和我的处境有关甚至可以改变这种处境的事情。我最想做的当然是奔向哈特莉。迄今我甚至还没有吻过她呢。今天早上我在教堂里的举止是何等腼腆和软弱。当时我觉得自己必须“有技巧”，不能冒进。我东想西想，发现自己就像被勒令戒毒的吸毒者一样，即使用尽各种方法让自己分心，都无济于事。不管我做什么，心思都离不开那个世界的中心。为了让自己有事可做，我决定走路到村子去，把写给莉齐的信寄出。我当然希望碰到哈特莉，但又知道不太可能。毕竟时间已近黄昏了。前不久，黄昏的晚霞都还能让我感到欢欣雀跃。走过堤道时，我看到石头狗屋里有一些信。其中一封是莉齐写来的。我把信封撕开，一面走一面读信。

亲爱的，我的答案当然是“好”。我的恐惧是愚蠢和不值一提的，请原谅上次我对你美好安排的困惑回应。我是你的听差，过去如此，现在依旧，那么，我能在你需要我的时候——哪怕只是片刻——不到你的面前吗？我还没有把这个决定告诉吉伯特，也不知该怎样开口。当我们碰面时，你能帮助我吗？我不能就这样一脚把他踢开。总有不会伤他太深的方法。求你

① 俄国金匠，珠宝首饰设计家。

体谅。也请你让我尽快可以看到你，我有太多话想对你说。我可以去找你吗？还是你会到伦敦来？我希望我可以打电话给你（你不要打来，我不想让吉伯特知道）。顺道一提，我告诉吉伯特，我写这封信是为了转达他的邀请，他邀你下星期一到我们家用晚餐。我把话转达了，但我想以目前的情况，你是不会来的。

深爱你的莉齐

又及：我好怕你还在生我的气。请尽快回信让我安心。

读完这封变化相当大的信，我叹了口气，觉得它带给我殊少快乐之感。她认为我当初要提供给她的“美好安排”是什么？她的措辞语气显示她正努力顺服于我。但她没有把这个决定告诉吉伯特，显然也还没有离开他的打算。我并不急着揣摩莉齐的心思，这个现在对我来说无关痛痒。

我加快步伐，刚好来得及在邮局关门前赶到。除了把信寄出以外，我又发了一封电报给莉齐，内容如下：你第一封信所言甚是。你读了我即将寄到的信自会明白。我很快会到伦敦。欣然接受你们的晚餐邀宴。爱你的查尔斯。这封电报将可以把莉齐留在伦敦，让我心无旁骛。我当然没有与他们共进晚餐的打算，不过这也没什么大不了，到最后一刻打封电报取消约会就行。

我走回街上。天空仍然光亮，落日余晖将一个个村舍的屋顶拉出短影，它们的白色墙壁就像是镀上一层银光。我走进教堂，往内张望。里面空无一人，空气中弥漫着玫瑰花香，在尘灰弥漫的空气中，那瓶白玫瑰显得白蒙蒙一团。我走到墓园待了一阵子，看刻在各个墓碑上不同的帆船图案，它们在斜斜的余晖中显得分外玲珑浮凸。走回街上后，我看到“黑狮”已经开门，便走了进去。一如以往，我一出现，酒吧里的人声就倏地安静下来。

“还有看到鬼吗？”阿克赖特拿苹果酒给我时问道。

"没有。"

"你上次不是问到大型鳗鱼？"某个顾客问我，"还有看到吗？"

"没有。"

"有看到海豹吗？"

"没有。"

"他什么都没有看见呐。"

一阵窃笑。

我觉得饿，就点了一客起司三明治和一客难吃到极点的猪肉派。我坐了好一阵子，把其他信件也浏览了一遍。考夫曼小姐转来的这些信，全是朋友写的，但都引不起我的兴趣。其中一封是西德尼从加拿大寄来的，告诉我那边戏剧界的动态（换成是以前，这种信我会读得津津有味）。一封是我住在剑桥的物理学家朋友维多·班史提克写来的（我前面好像提过他）。我把所有信（包括莉齐那封）揉成一团，扔到旁边一个垃圾筒，但过了一会儿又在众目睽睽下把信一一捡出来。我把纸团塞到口袋，对在场的人说了声"晚安，再见"。没人回应。一等我把酒吧门关上，就传出一阵久久不散的哄笑声。

我没有走那条对角线的步道，而是沿着公路一直走到小港口。一出村子，我就站住，抬头望向山坡。太阳已快要下山，山坡上有几户人家的窗户透出灯光。我的远视度数很深，所以可以把山坡上的景物看得十分清楚。"尼布利特"客厅似乎透出微弱的灯光。晚餐时间应该已经过了，他们应该是在看电视。默默地看吗？我忽然想到：婚姻生活是我不能想像的。这样的事情是怎么可能呢？我有一种很强烈的渴望，想要走上山坡，敲哈特莉家的门。如果我带着一瓶香槟去敲门……？说不定明早我就会收到哈特莉的信，所以看来我应该再等一等，况且我也已经想出消磨接下来时光的方法。但如果明天早上收不到信呢？那我就……再决定怎么做。接着我又感到纳闷，在那么小的一栋房子里，哈特莉要怎样找到一个隐秘空间写信给我呢？是在浴室里吗？她丈夫总会有不在家的时候。那会是一封诉说心事的信吗？婚姻真是够神秘莫测的。

我一路走到小港口，那里的大海非常静谧，拍岸声只依稀可闻。小港口空荡而安静，在采石场的环抱下显得微暗(这里采石场的岩壁会渗出厚厚的粉状光线)。闲逛途中，我可以感受到脚下石头的温热。一只鸬鹚在海面上低飞，像个十字架形状的黑色征兆。一个又大又淡的月亮此时挂在天际，昏星非常灿烂。过了小港口就是女士浴场，那里有两个男孩在暗色的海草里玩耍，却静悄悄的，像是不想惊破这个宁静时刻。我沿着海岸公路慢慢向“什鲁夫末端”走去，到达时又过门不入，一直走到雷文湾，待了好一阵子，观看雷文饭店在水里的流金倒影。昏星已从金色转成银色，月亮缩小了，有个光亮的硬边。回到家踏上堤道时，我看到屋里有光闪忽了一下，然后就熄灭了，继而看到一扇窗户里有团模糊的小光，但过了一下又不见。我停住脚步，凝神观望。有人在屋里拿着蜡烛走来走去。我第一个念头就是哈特莉来了。但继而想到更可能是罗希娜。我走回公路上，走到罗希娜以前停车的那片悬岩下面：果然，那辆可恶的红色小轿车就在那儿。

我气得狠狠踢了轮胎一脚。我受不了再次与罗希娜面对面。她的不请自来简直是一种冒渎。再看到她那张傲慢无礼的脸说不定会让我怒气冲天。但我又不想跟她吵架，因为那是庸俗和恐怖的，让人无法忍受；再说她也是赶不走的。我踮着脚尖大步走过堤道，绕过屋旁，到屋后的草坪。我远远望着厨房。对，罗希娜就坐在里头，桌上放着两根点燃的蜡烛。看来她想点燃一盏油灯，却没成功，而且说不定在点灯的过程中把灯蕊弄坏了。我看得见她的斗鸡眼聚精会神，嘴巴暴躁地扭来扭去，正把一根灯蕊捻上捻下，然后把一根点燃的火柴凑到灯蕊上。油灯点亮了，一下子又熄灭了。她身穿黑色装束和白衬衫，一头没束起的黑发晃来摆去，几乎要碰到烛焰。我静静往后退，拾起先前放在草地上的几张小地毯和几个垫子。幸好在酒吧吃过东西，不然饥饿一定会驱使我不顾一切进入屋内。

我爬上岩石带，直到看不见房子为止。我找到一个长长的浅坑，在史前的日子[1]，我曾躺在这浅坑里晒过一两次日光浴。空气非常煦暖，非常静谧。我把眼镜放在一个安全的地方，然后把睡觉用的东西铺好。我忽然纳闷起来：在那段快乐的日子里，我为什么从未想过睡在室外呢？这地点紧靠大海，海水轻轻拍打着岩石下方，让人有置身船上的感觉。由于我的“石床”是向着大海微微下斜的，所以躺在上面的时候，可以看见海平线。月亮在海平线上洒下一片近乎静止不动的银色。第一批星星已经亮晶晶。接着出现更多的星星，愈来愈多，愈来愈多。我枕着一个垫子，裹着小地毯，双手合在胸前，为我与哈特莉的未来祷告，祈求我们之间会顺顺利利，祈求我们一辈子的等待不会平白流失或浪费，会有一个美满的结局。之后，就像是我祈祷的那个神灵提醒我似的，我把自己挪开，单独为哈特莉祷告：祈求她快乐，祈求提图斯会回家，祈求她丈夫是爱她的而她也是爱他的。但进行这个祷告很困难。事实上，我感觉到一个试探性的想法——我早先就意识到它的存在，只是坚决拒斥它的接近——又从边边向我爬来，不管我怎么努力只想善的念头都属枉然。她的丈夫，那个善妒的暴君，会不会就是她不快乐的源头呢？如果是这样，那我是不是应该……？我最后决定，假如明天早上还收不到哈特莉的信，我就不计后果，直闯她家。因为……我必须搞清楚……那个问题……的答案。

然后我发现自己不再想着哈特莉，而是想着妈妈。我看到她那张因焦虑、不满和爱而皱纹密布的脸。接着我又看到爱丝蒂尔婶婶。她戴着一顶小草帽，坐在白色劳斯莱斯的车轮护盖上。我父亲每次看到她开着那辆大车都会兴奋不已。阿贝尔叔叔也是。我也是。我又看见她打网球时戴着束发带的样子（我们在学校都戏称这东西为“菲力”[2]）。爱丝蒂尔婶婶网球打得很好。“拉姆斯登”就有

---

① 查尔斯把他与哈特莉重逢前的日子定位为“史前”，认为之后才是他真正的人生，或“历史”的开始。

② 英语里束发带与菲力牛排是同一词。

一个硬地网球场。说来奇怪，爱丝蒂尔婶婶怎么会像詹姆斯？她好美、好快活，而他好沉默，好深沉。说不定是我把一张薄纱似的面具放在他的脸上，就像我曾经把哈特莉的面具放在不同女人的脸上一样。村里那个滑稽的老妇人明明一点都不像哈特莉，但我还不是把她看成哈特莉！等等，那老妇人不就是哈特莉吗！这么说，詹姆斯事实上就是爱丝蒂尔婶婶？这时，我看见爱丝蒂尔婶婶站在一张转动着的黑胶唱片上跳舞，就站在唱片的标签纸上，而不知怎么搞的，她就是那张标签纸，就是一张脸，一张撕破的纸，随着唱片转啊转，转啊转。我的眼睛一直都是张着，至少是努力张着（它们老想闭上），因为我希望可以继续看着星星。接着，一件最不寻常的事情发生了。我看见，一颗光灿灿的人造卫星以非常慢的速度，看起来小心翼翼的，以一个大弧形跨过天空。那是一个密闭的弧形，因为人造卫星是从大海的一头升起，落到大海的另一头。看得出来它距离我并不太远，那是一颗友善的人造卫星，正执行环绕地球、慢慢转啊转的工作。然后，在更远处，星星开始静静地射出、颤抖和落下，不知从何而来，也不知向何处落下，归于不可思议的寂灭。星星的数目多得惊人，就像是诸天终于塌下来解体了，让所有星星都跑了出来。我好希望爸爸也能看到这一切。

稍后，我知道我睡着了一会。我张开眼睛，惊奇地发现，天空又一次彻底改变，不再是黑色的，而是光灿灿的，是金色的，金粉般的金色，就像我先前看到那些星星后面的帷幕，已经一道又一道打开了，而我现在看到的，是宇宙巨大的内部，就像整个宇宙正在静悄悄地里外翻了过来。星星背后都是星星，星星背后的星星都是星星，如是一直到星星之间和星星背后再无其他东西，有的只是粉尘状的星星。天空上既没有空间也没有光，有的只是星星。月亮已经落下。海水升得更高，离我更近了，浪潮轻拍着岩石，发出像振动般的声音，几不可闻。大海已沉入一片黑暗中。漫天星星看似正在移动，仿佛一个人真的可以看见诸天转动。只不过这种移动是不包含任何事件的，既没有星星射出，也没有星星沉落，完全超出人类可理解的范围。有的只是移动，有的只是变化，那是可以看见的，却又是无法想像的。我也不再是我，而是一个被钉住的原子，一个原子中的原子，一个被俘的旁观者，如小镜子般无动于衷地反照着眼前的一切：那一动也不动沸腾着的一切，那一层一层又一层的金色。

稍后我再度醒来，星星全都不见了；一度，我还以为刚才看到的全都是梦。四周一片寂静，那是一种古怪、撼人、突如其来的静，就像一首雄壮交响乐章曲终时的戛然而止。难道说刚才那些星星不只是看得见，而且还听得见？难道我真的听到了天籁？初晓的晨曦悬垂在岩石和海面上，透着一股坚执而专注的寂静，就像是晨光正默默努力把万物模糊的轮廓拉出黑暗，而它们却不愿意。天空是明晰的淡灰色，大海是无光的灰色，岩石暗暗的一团，褐中带灰。孤寂感要比先前我躺在星空下更为浓烈。那时我没有害怕之感，现在却有。我发现我自己身体僵硬，而且很冷。我躺着的那块石头很硬，让我腰疼背痛。我惊讶地发现垫子和小地毯都被露水沾湿了。我僵硬地站起来，动手抖抖小地毯和垫子。我环顾四下。房子被堆垒得像小山高的岩石挡住。我感觉自己像是被这虚空、死寂、可怕的破晓包围在中央的一个黑色人影。因为害怕，我赶紧重新躺下，盖好几张小毯子，闭上眼睛，身体僵硬地躺着，但不认为自己还能睡着。

然而我还是又睡着了，梦见哈特莉是个芭蕾舞者，身穿黑色短舞裙，头戴镶满耀眼钻石和黑色羽毛的头饰，在一个巨大的舞台上不断旋转。三不五时她会纵身跳起，离奇的是她不会马上落下，而是停在半空中，像是悬浮着。看她起舞的时候，我在心里沾沾自喜地说：我们还这么年轻，还有一辈子的时光好过，真是棒透了！我们年轻，而且知道自己年轻，不像大部分年轻人都把自己的年轻视为天经地义，毫不在乎。接着，舞台倏地变成一片森林，然后出来一个也是一身黑衣的王子，把哈特莉抱走。她的头无力地垂在王子的肩膀上，看起来就像是脖子断掉了。但我仍然站在那里想：我还年轻，这是多么棒的事，而刚刚我做的那个自己变老的恶梦又是何等可怕；森林的另一边一定有个湖泊，不然就是大海，绝对错不了，错不了的。我在阳光中醒来。以前我每次醒来，都会马上知道自己人在哪里，但这次却不同；我只觉得震惊，哈特莉那张如死人的脸还历历在目，她的头软弱无力地垂下。我还感到惊恐和一种不祥的预感，那是我在梦中所没有的感觉。我用手肘撑起身体，过了一下才想起自己怎么会睡在这里。我慢慢站起来，接着感受到一种忧伤的悲痛，这是因为我突然忆起自己在梦里是何等年轻、何等欢乐。我看看表。六点半。如果这个早上还没收到信，我就会去她家。这是不可变更的。

我很饿。我纳闷罗希娜是不是整晚都待在屋里。我没有直接回“什鲁夫末端”，而是先到公路，再往“什鲁夫末端”的方向走。我走到罗希娜停车的那块悬岩前。车子不见了。时间那么早，信箱里当然不会有信。进屋后，我进行彻底的搜查。地上散落很多用过的火柴，但让我高兴的是，我的床铺没被有人睡过的迹象。她一定是深夜就离开。她开了一瓶葡萄酒和一罐橄榄罐头，吃了些面包。她没留下字条，却留下自己的记号：餐桌中央散落一些碎片——一个漂亮的茶杯被她砸破了。由于饿极了，我把剩下的橄榄吃掉。然后我什么都不做，只是等待，等了又等。等待的同时，我努力回想看到漫天星雨的时候，自己是什么感觉，但那种感觉早就退去了。大约九点半的时候，有些信出现在信箱里，但没有一封是哈特莉寄来的。十点左右，我走到村子，随意溜达。十点半，我已站在“尼布利特”门外。

走在“尼布利特”的走道时，我努力抗拒那种焦虑地盯着屋子看的冲动。我希望我看来是不经意路过的。先前，在下面村子里的时候，我因为感到哈特莉离我不远而觉得焦灼。现在，她近在咫尺的磁力更让我变得大胆厚颜。我觉得自己失控、沉重、充满危险性。我按了那个响声甜美的门铃，它天使般的高音在屋里引起一种可怕的振动。

接着传来拖着脚走路的声音，但没有说话声。我意识到里面的人已经透过毛玻璃模模糊糊看到我的头。他们的访客多吗？

开门的人是班。现在，他在我脑海里已经成了“班”，可见我想进入哈特莉心灵的努力有多殷切。他穿着一件白色 T 恤，看起来相当粗壮，而且显然还没刮胡子。他脸上除了留着邋遢胡楂的部分以外，都是油腻腻的，额头上有些亮晶晶的小疙瘩。当他像动物般把头昂起时，我看见他大鼻孔的黑色鼻腔。

“早安。”我微笑说。

“有什么事吗？”他说，脸上露出惊讶的表情(也许是真的，也许是装出来的)。

“我出来晨运，刚好路过这里。我想我们既然是邻居，就应该顺道打个招呼。我想带样东西给你们。我可以进去坐一下吗？”这番说辞是事先想好的。说完我就踏上前阶梯。

班瞧了瞧我背后，然后一只手打开大门，另一只手推开起居室的门。

他退后一两步，两手左右伸出，与那两扇打开的门形成一道屏障，让我除了走进起居室以外，别无选择。那间显然是空置的卧室，面积很小，放着一张沙发床、一把椅子、一个五斗柜。阳光把平直窗帘上的红色花朵图案照得鲜亮。房间里混杂着家具织物味、木蜡味、尘埃味与久未使用的房间应有的味道。墙上有一张镶框的彩色照片，主角是只斑猫。班走进来，关起门。

空间很小。他没请我坐下，所以我们就面对面站在沙发床旁边。我先前已计划好快活地把话说个不停，而且准备了一些排好顺序的话题，只希望我现在还记得起来。有太多我需要找出答案的事情了，而我能有的时间恐怕又相当短。

“玛丽好吗？”我记得班都是喊她玛丽。“我想见见她。我有一样东西要给你们。”

“她不在家。”

我肯定这是谎话。“哦，这样。这就是我要给你们的，一封短函。”我递出一个封口的信封，上面写着“致菲奇先生夫人”。

班接过信封，蹙眉凝视着，然后木然地凝视我。“谢谢你。”他说，接着就推开房门。

我说：“你不要现在打开来看看吗？那只是封邀请函。”我再次微笑。

班像是恼怒地叹了口气，撕开了信封口。他看信的时候，我可以透过他的肩膀望见厨房的门。我刚进门时厨房门是关上的，现在却是打开的。玫瑰花的浓香味从门厅飘进来，比在屋外还要让人难受。我也看见门厅那个“祭坛”和上面那个追寻不舍的发黄骑士。看完请柬后，班抬头望我，把卧室门再次关上。

我开始解释邀请的用意，一面说一面比手画脚，想要模拟一种友好的谈话气氛。“我有一两个朋友会从伦敦来，”这当然不是事实，但我想这样说也许会让他们觉得我的邀请没那么突兀，“我希望你们也能来喝两杯。那是一个非正式的聚会，你们不需要穿戴什么，也用不着待太久。”由于这番话听起来不是太得体，班仍然蹙眉看着那封请柬，像是要从上面解读出什么秘密讯息似的，我补充说：“当然，如果你们希望没有别人在场，也可以单独来我家，星期四或星期六或任何时间都可以。只希望你们能来。你们的房子很迷人，布置得很好，我只想你们能给我一点布置房子的意见。我还有很多事情想请教你们——有关这小镇的，有关这一带的……”

“我不认为我们能去，”他说，“很抱歉。”

“如果你们现在无法决定，我们稍后再敲定时间也可以。我下星期再来一趟，我经常路过这里。我以前是大忙人，现在却清闲得不得了。你感觉得出来自己已经退休了吗？退休的生活真美妙，特别是住在像这里的地方。我真的好喜欢你们的房子。它是你们的猫咪吗？好迷人。”我指着墙壁上的猫照片说。

班转过身去看照片，有那么一秒钟，他的眉和嘴角都放松下来，眼睛又大又亮。“对，它是帖木儿。我们都喊它帖比。它死了。”

“好显赫的名字。为猫取什么名字是影响很大的事。斑猫都是一等一的猫，你说是不是？我以前生活太忙了，完全没时间养宠物，好可惜。你们现在还养猫吗？”

班把请柬和揉成一团的信封扔到沙发床上。这个粗暴的动作让我无法说下去。他站在那里一会儿，嘴巴张开，露出参差的牙齿，似乎拿不定主意接下来要怎么做。“听着，”他说，然后停顿了一下，无声地喘气，而我的呼吸也停顿了下来。“听着，我们并不想与你往来。我很抱歉把话说得那么明白，但你似乎没领会我们的暗示。好吧，就算你认识玛丽好了，那也是很久很久以前的事了。她现在不想与你来往，我也不想与你建立关系，明白吗？一个人不能因为以前认识另一个人或一起上过学，现在就非得跟他交往不可。每个人都有自己的世界和空间。我们跟你不是同一类人，这是很明显的，不是吗？我们不想参加你的派对，认识你的朋友，或是喝你的酒。我们也不希望你有事没事就跑来这里。这样说听起来很无礼，请你原谅，但我只是想一次把话说明白。我不知道在你们的世界，朋友是怎样相处的，但我们不是那样生活的。我们只是安安静静的乡下人，只过自己的生活，明白吗？不管你是玛丽‘学生时代的老朋友’或什么的，都请你忘了。要是在村里碰到，我们当然可以聊几句，但互相拜访之类的事就不必了，那不是我们过的生活。所以……谢谢你的邀请……事情就到此为止吧。”说到这里，他用力扳动门把，似乎是警告哈特莉不要露面。

他说话时，我一直垂眼望着那张窄小的沙发床。那显然不是班的床，这样说，他俩是睡在一起的。听着他冗长的废话时，我几乎毫不惊讶，就像我在听的是一卷内容由我构思出来的录音带。同时，我又因为哈特莉明明在这屋里却不露面而感到愤怒、困惑和刺痛。她为什么要躲起来？为什么？

来之前我就下定决心，不管班的反应如何，我都不会让自己情绪失控或表现出激动情绪。但这时还要保留文雅的面具显然相当不容易。班发表过演说后就僵直不动，似乎是被自己的言辞吓到了，困惑地皱着眉，瞪着墙上的猫照片看。他说话时并没有提高嗓子，用的反倒是一种低沉的语调，只不过语气很强烈。他至此还是没有打开门，无疑是想要我给他一个明确的答案，好让事情有个快速利落的了断。

我感觉到自己那容易脸红的惯性出卖了我。我的脸和脖子都改变了颜色，双颊发出红光。我装得尽可能若无其事，平静地说："好吧，但我希望你能再考虑。我们毕竟是邻居。如果你认为我是架子很大的名人，那你就错了。我是个很单纯的人，希望你很快就会发现这一点。稍后我会再写信给你们。不知道我离开前是不是可以见玛丽一面？一下子就好。"

"她不在家。"

"我猜她大概是去买东西了。应该很快就会回来吧？我真的很想见见她。"

"她不在家！"班抓起沙发床上的信封和请柬，猛扔到地上。然后又猛地把门推开。

他站在我和门的中间，有片刻时间气氛变得十分僵。他退后一步，我则本能地用一只手比出安抚的手势，以化解这突如其来的紧张气氛。我从他旁边走过，穿过门厅，伸手要抓门把。班一直紧随在后，此时也伸手去抓门把，我们两只手碰在一起。然后我侧身走出屋外。我没有机会回头去看厨房，再说我也情绪激动得什么都看不见。但走道两旁一些猩红色和橘色大玫瑰花却清晰无比地进入我的眼帘。大门砰一声阖上。我慌乱地拨弄铁栅门上那个复杂的小插销，好不容易才打开，走到人行道上。下山时我走得很快，但没有跑。过了一会才把脚步放缓，然后再放缓。走到村子的时候，我的脚步已经与漫步无异。尖锐的愤怒感、恐惧感和一种沸腾的羞愧感慢慢消退。我刚才是像丧家之犬那样夹着尾巴逃走的吗？但我认定这个问题的答案并不重要。我摸摸发烫的双颊，又用手背去冷却脸庞。

随着激烈情绪的平静下来，另一种情绪——一种更幽暗、更深沉的情绪——慢慢在我心里升起。但严格来说是两种情绪，它们交缠得那么紧密，看起来就像是一种情绪。其中一种是锥心之痛，伴随着那张在我脑海里盘旋的沙发床而来，因为这沙发床让我想到……哈特莉是和……是和那个粗鄙野蛮的老年中学生睡在一起。与这种情绪交缠的是一种令人战栗的欢乐。正如我害怕（和希望）的，班果然是个可恨的暴君，是个彻头彻尾的烂人。这么说我就可以……就可以……

之　三

“每一桩持续的婚姻都是奠基于恐惧。”佩里格林这样说。

但容我先说明一下。现在我写的这个部分，乃至前面所写的部分(自第一〇〇页开始)，都是在伦敦我那凌乱空荡荡的小公寓里写下的。我刚刚甚至想到，如果我真想当遗世独立的隐士，这里是个理想得多的居所！(最近有谁对我说过类似的话。是罗希娜吗？)最近发生的事情太多了，我想最好还是用一种连续的叙事体记下来，不要反复使用现在时态。这么说，我是要把我的生活写成一部小说了！又有何不可？我一直在寻找一种恰当的文体，而历史——我自己的历史——却为我找到了这种文体。随着生活继续下去，我将会有相当多的时间反思和追忆往事，去从事一些遐想和哲思，去占据遥远的过去和几乎未成形的现在，所以我的小说仍然可以是某种回忆录和某种形式的日记。毕竟，过去和现在是紧密交缠的，甚至几乎是一体的，仿佛时间只是一种经人工梳理过的物质，但这种物质的本性却是喜欢互相交缠在一起、渗透在一起，直至变得非常重和非常细为止，一如科学家最近发现的那种天体①。

我是两天前到这里来的，大部分时间都花在写东西上。来伦敦的第二天傍晚，我与佩里格林见了一面(这个会面过程我会在稍后记述)。今天，我将要继续写；相当奇怪的是，我发现自己在这个局促而一团乱的公寓里写作，反而要比在开阔的“什鲁夫末端”得心应手。我更能够专心；老天，有太多需要我专心去写的事情了。今天傍晚我就会坐火车回家(家？对，家)。我打了电话给当地的出租车公司，要他们到时派车到火车站接我。此时，我坐在一张会摇晃的桌子面前，面对一面窗户。窗外可以看到一棵悬铃木的树顶，丰盛得无法形容，叶子的颜色是非常柔和的绿色。再过去是杂乱无章的墙壁、窗户和烟囱，还有一些用粪褐色维多利亚砖块盖的石墙。伦敦这一区的房子似乎都是用这种砖盖的。我原来位于巴恩斯区的那栋气派的大公寓已经卖掉了，是我决定要买“什鲁夫末端”之后匆匆卖掉的，它十分靠近河，非常靠近铁路。而现在这间小公寓则像一间悔罪的小礼拜堂(我会看上它，几乎正是这个理由)。我甚至没有时间把这里的家具布置好。在我旁边放着一张扶手椅，上头摆着电视机(感谢主让人无法在“什鲁夫末端”看电视)。再过去，是一个面墙的书架，它灰色的背部面对着我，上面结着蜘蛛网，满布蛀洞。照片、油灯、书本、装饰品和卷起的小地毯摆满一地，这些东西之间还散落着不少玻璃杯和瓷器碎片。搬家工人被我催得太急，而他们又没有尽心尽力。一箱箱的厨具还没有拆封，就把小小的厨房塞得满满的。尽管我搬家前卖掉很多东西，但剩下来的也够多了。两个卧室都很小，但视野却很迷人，可以看见一个马厩，四周长着很多植物和树木。厨房除了小以外，其余都让人满意，备有一个很好的煤气炉和一个电冰箱。昨天我午餐吃的是罐头起司通心粉，佐以油、蒜头、罗勒和更多的起司，另外还吃了一盘冷冻过的蒸西葫芦，相当可口(依我之见，西葫芦绝不可用煎的)。这一次，我走之前务必记得买一些西葫芦和青椒。谈到吃，此刻我才想起，昨天晚上(也就是我与佩里格林共饮的晚上)原是答应了要到莉齐和吉伯特家吃晚饭的，但我却忘了取消约会。为了招待我，他们想必花了一整天烧菜。

让我想要到伦敦来的理由如下。基本上，我会来伦敦，是因为意识到自己需要一个与“哈特莉问题”保持距离的时间间隔：一个可以用来反省、计划和过滤动机的时间间隔。但更直接的理由是罗希娜和她那辆讨厌的红色小轿车。我和班发生对峙的那个晚上，罗希娜又出现在“什鲁夫末端”。但我让她吃了一惊，因为我请她第二天一大早载我到伦敦。正如刚才说过的，我想来这里，是为了思考。另外，我也想找出一些留在伦敦的哈特莉的老照片。事实证明，请罗希娜载我到伦敦之举确实可以让我摆脱她的纠缠(至少是暂

① 指黑洞。

时的)。这不只是因为她对我愿意让她作陪和让她为我服务(她的驾驶技术非常好)而受宠若惊，也是因为途中我告诉她当初我写给莉齐那封信的内容，并取笑了一番，让她知道我跟莉齐根本没有什么。一如我所料，罗希娜对这个新闻的反应冷淡，表现出一副不在乎的样子。我甚至向她暗示，是拜她之赐我才恢复理智的。她真的相信她的恐吓策略已经奏效而我真的已放弃莉齐了吗？她疑心我正另有打算吗？这很难说，她毕竟是个演员。

这趟旅程愉快得大出我们两人意料之外。我们没谈任何私人的事，一路上只是闲聊和谈八卦，双方都享受对方的陪伴，就像罗希娜爱上我而我为她痴狂的那段老日子。她很聪明地只谈了些我想听的事情：谁的戏失败了、谁破产了、谁走了霉运。她告诉我，弗里齐想把《奥德赛》拍成电影的计划碰到资金上的困难；马卡斯因为妮尔违约而控告艾尔；丽塔的第三任丈夫跟一个男舞者跑了；费比安又回到了精神疗养院。身后之事与我何干[①]。我则用黑狮酒吧的遭遇来娱乐她。回伦敦的一路上，我无时不在思索哈特莉的问题，却装得全无心事的样子。毕竟我也是个演员。我要罗希娜在诺丁山让我下车。道别时，她没有说什么不友善的话。她太聪明了，知道现在不是对我施压的时候，何况，她一定认为已经获得了若干进展。我不在乎她怎么想或期望些什么，而且很快就把她抛诸脑后。我走路回小公寓(我当然不愿意让罗希娜直接把我载回公寓)，路上采购了些东西。我那凌乱而疏离的小公寓仍然散发出其他人生活过的气息，以敌意欢迎我。我马上动手找哈特莉的照片。我本来以为说不定已经在搬家时搞丢，却发现它们安然无恙。我把它们从一个信封里倒出来，摊开在桌子上。照片都已泛黄褪色和折角。几乎全是我为哈特莉照的。她在照片中不是微笑着就是大笑着，风吹过她的头发和裙子，有站在运河桥上拍的，有她扶着脚踏车的，有她靠在一扇五栅铁门上的，有她跪在毛莨上看我，脸上焕发着爱的神采的。

---

① 法国谚语。

我试着在照片里寻找相似性，为老脸与新脸、年轻的脸与老年的脸建立联系。看起来实在是太可怕、太揪心了，因为每张照片都散发着年轻和快乐的气息。为自己着想，我马上把照片放回信封里，准备带回“什鲁夫末端”。

然后我动手找妈妈的照片，很快找到了一张。照片中的她并不是神情焦虑的，而是宽脸和带笑的，但脸上那种强而有力的表情却是我再熟悉不过的。向后梳的头发让她的额头更形突出，她分得很开的眼睛威严地瞪视着看照片的人。她绝不会成为知识分子的，却有很多事业是她可能经营成功的。我也无意中找到一张爸爸的动人照片(太动人了)。他非常年轻，身穿一次大战炮兵军官的制服。他是凭什么可以在那场大屠杀里逃生的呢？而为什么我又从来没有问过他这方面的细节？他同样从照片中凝视着我，却没有微笑，而是一脸缺乏自信的神情，眼里充满焦虑。他的嘴巴看起来好柔软好年轻。这么一个温文腼腆的人是怎么胜任军官角色的？在家里，下决定与商人讨价还价的人都是妈妈。也许我之所以如此敢于恫吓这个世界，要世界按我的价值观接受我，就是因为血管里流着妈妈北方人的强悍血液。

之后我看到一些詹姆斯骑在小马上的可怕照片(我怎么会保存它们的？怪怪)，又瞄到在这些照片下面，压着一张阿贝尔叔叔和爱丝蒂尔婶婶共舞的照片。我把这张抽出来。他们穿着晚礼服，四手相握，但身体距离相当远(从他们看着对方的样子就看得出来)。但那只是一个瞬间，下一瞬间他们就会拥抱在一起。他们跳的是什么舞？探戈？华尔兹？狐步舞？他们的神情不只显示出他们是快乐的一对，而且深深依赖着对方。他好魁梧，好优雅，好让人有安全感；她好柔弱，好雍容，好信赖，好顺服，并且漂亮得要命。可怜而幸运的爱丝蒂尔婶婶，她不需要活到魅力尽失的阶段。我怎么会有这照片的呢？我突然想起，那是从他们的家庭相本里偷来的。我把照片翻过来，看到背后的干胶水里还黏着一点点深褐色的绒毛——相本厚纸页上的绒毛。

坐在罗希娜的车子沿着高速公路前进，闲聊着加州和演员协会最新的人事名单时，我构思了一封写给哈特莉的信。我打算一到伦敦就把信写好。但到达伦敦后，我却感到迫切需要清理一下思绪，以及把最近发生的事全部写下来(不知道为什么，我觉得这样做可以把情绪稳定下来和得到一些慰藉)。我随后又找到一个还不是时候写信给哈特莉的理由。事实上，我还处于一种可怕的躁动状态，那不全然是犹豫不决，而是一种焦虑不耐的恐惧情绪。我仍与一种骇人的忌妒心处于缠斗之中，它就守在我灵魂的某个角落，只等我的灵魂一分心就扑出来。我必须排除这种心理，透过思考排除，而我的思考结果大致如下。

那天结束与班的可怕会面以后，我感到一种幽暗、野性的欢乐，因为我意识到，从此以后，我有自由去厌恶他，甚至有自由去做比厌恶他多更多的事。总括来说，现在我有自由在拯救哈特莉这个名目下思考事情了。一想到此，我就感到激烈的晕眩，像是有某些存在于遥远未来的东西正有力地拉着我往前飞奔。憎恶、嫉妒、恐惧、强烈的思慕同时在我心里翻滚，汹涌澎湃。唉，可怜的女孩，我可怜的亲爱的女孩。我感到自己被一种保护性、占有性的爱所充满，并为这么多年未能保护她让她陷于不快乐而深深悲苦。我是可以多么宝贝她啊！她又可以从我这里获得多大的慰藉和爱啊！只要……不过我的心灵还留有够多的审慎，足以让我继续思考。

回顾我所拥有的证据时，我几乎不怀疑它们指向什么。哈特莉爱我，而且一直后悔失去我。事情又怎能是别的样子呢？她并不爱她的丈夫。他心智迟钝，既不风趣又没灵性。他的外表毫无吸引人之处，一张大嘴，长得像个理平头的高中生。他是个暴君、醋坛子，不懂享受生活乐趣的自闭狂。这么多年来，哈特莉一直是个囚犯。也许她在较早的岁月曾有逃走的念头，但逐渐地，就像许多孤立无助的妇女一样，她被绝望打倒了。她想，与其痛苦挣扎，不如放弃希望。她再看到我时所感到的震惊一定极其巨大。她对我表现出的惧怕和排拒态度是很容易解释的。她大概是害怕丈夫，但她更害怕的是自己对我的爱：爱还存在，就像地底之火一样，一点燃就会摧毁她透过认命而建立起的心灵平静。

有关这些想法，以及我会怎样带她逃走的计划，我本来打算写信告诉她(这信当然只能用秘密的方法送到她手上)。但理性和反省，加上恐惧，却建议我把写信的事延一延。恐惧告诉我，如果我的想法里有任何差错，事情就会朝向非常可怕的错误方向急转直下。理性则指出，我拥有的证据是不彻底的，而且是可以用不同的方式解读的。有鉴于我的反班情结，我并不是可靠的见证人。会不会班之所以对我那么不友善，只是因为我的行为就是惹人生气呢？他不是到最终都保持了克制吗？反观我自己，从一开始就对他怀有炽烈的敌意。再者，还有提图斯的谜。他为什么要逃家呢？他是问题少年，甚至是不良少年吗？会不会因为儿子离家出走，分担悲哀反而把哈特莉和丈夫拉得更近呢？分担悲哀，分享床铺。当然，另一可能就是班虽然长相丑陋兼野蛮之味，但哈特莉仍然爱他，仍然感到满意。我先前已经为了让自己满意回答过一系列的问题了，但现在这个却仍然悬而未决：她毕竟是爱他的吗？这是不可能的。但我必须查出来。在找出这个问题的答案以前，一切计划都要暂缓进行。我必须等待，一切都必须等待。

但我要怎样找出答案呢？我不敢直接写信问她，这个方法风险太大了，而且就算她会回信，回答也一定是含糊其辞的。之后(我是说昨天)，我终于想出了方法，一个相当可怕却是必要的方法。有关这个方法，我会等到适当时机再行披露。这期间，我需要一个休息的间隔。为了开始休息，我打电话给佩里格林，约他昨晚碰面，结果两个都喝醉了。我会把我们谈话的内容记在下面，因为这多少与我当前的处境有关。事实上，我现在甚至觉得，这世界的一切几乎都与我的处境有关。我当然没跟佩里格林提起哈特莉一个字。我从未向他提过她，只有一次暗示性地提及我有一个“初恋情人”。

到佩里位于汉普斯特德的公寓前，我买了晚餐需要的食材。我费了很大的劲才说服佩里同意，到昂贵拥挤的餐厅吃那些难吃的菜，不但愚蠢，也是不道德。结果，在那个让人放松的漫漫晚上，我们吃了一顿可口的咖喱饭和青菜沙拉(下厨的人是我，佩里不会煮饭)，饭后配着油酥饼干畅饮新鲜果汁，又喝了三瓶佩里格林的特级波尔多红酒(我不是那种坚持吃咖喱就不能喝葡萄酒的纯粹主义者)。接下来我们又喝咖啡、威士忌和嚼土耳其软糖。感谢主我一向胃口很好。那些不能享受日常生活基本乐趣的人是何等可悲啊。

我得承认，我去找佩里格林，不只为了喝酒和找老朋友聊天，也为了享受同声同气的纯男性聚会。对，纯男性聚会就是一种密谋犯案的聚会、一种沙文主义的聚会、一种对当下饕餮的享受，即使四面八方都是地狱。应该补充的是，这并不代表我们进行的是粗鄙和猥亵的谈话。我痛恨污言秽语。在很久以前，我早已就这一点狠狠教训过佩里和其他人。但不包括威尔弗雷德。他从不会满嘴脏话。

就这样，在思考和作出决定以后，我进入放松的时间间隔，以便休息和凝聚力量。哈特莉会等待。她不会跑掉。她根本没有地方可跑。

*　　*　　*

“每一桩持续的婚姻都奠基于恐惧。”佩里格林说。“恐惧是最根本的。如果你挖入人性底层，除了恐惧还会找到什么？一种本性卑鄙、恶毒、残忍、利己的恐惧——不管它会让你变得更凶猛还是更畏缩。至于婚姻，不过是人们因为恐惧而甘于安顿在主宰或顺从的位置上罢了。当然，有些夫妻真的可以‘一起成长’或‘达到和谐’，但这只是因为他们不得不用一种理性的方式去解决生活中的恐怖来源。我怀疑，真正快乐的婚姻是少之又少的，大家只是把苦恼和无奈隐藏起来罢了。我们认识的夫妻当中，有几对是快乐的？好吧，西德尼和罗斯玛丽算是一对，他们有可爱的子女，而且整天交谈，乐此不疲。那是奇迹。但你又怎么知道他们真的快乐，或知道这种快乐可以持续多久呢？我想不出来还有别的快乐夫妻，尽管有些夫妻看起来也是顺顺当当，只是不巧我都看到过他们的底细！老天，查尔斯，你真是聪明人，从来都不结婚。你一直是自由身，就像威尔弗雷德·邓宁一样。你们从来不让自己戴上项圈和锁链。老天，我恨女人。只是我又改变不了自己的性取向。你用不着脸红耳赤，我从没有把你当成性幻想的对象。我知道你和弗里齐·艾特尔搞些什么鬼！不，我做不来，除非对方是威尔弗雷德。他的性取向是什么？从来没人知道。也许他根本就没有性需要，真是这样的话我恭喜他。我至今还想念威尔弗雷德那家伙。他是甜美的人。他也很慷慨，常常带给别人启迪。老天，他让我受益良多。跟威尔弗雷德一起喝醉的感觉就像——见鬼，像什么呢？我想不起来了。你知道莉齐·谢勒与吉伯特·奥皮安正在同居吗？我想这对他们两个来说都是明智之举。”

“我也想念威尔弗雷德。对，我听说了莉齐的事。”我找佩里格林的一个次要目的，就是想打听是不是真流传着我跟莉齐的谣言，有的话就加以扑灭。显然佩里什么也没听说。“那你跟潘蜜拉……？”

“我们完了，真的完了。她还住在这里，但我们形同陌路。与一个只会谩骂和恶言相向的人绑在一起，那真是地狱，查尔斯，是你所不能想像的地狱。任何你说的话都被对方当成是错的和可憎的。老天，我真是专挑烂苹果的人。先是罗希娜那贱人，然后是潘蜜拉。最近见过罗希娜吗？”

“没有。”

“我也没有。但每次打开电视都会看到她，真是天杀的诅咒。我猜我曾经爱过她。或许只是因为她会让我像安东尼一样爽①。……我倾心臣服于你，英勇的皇帝②。我从她双眸中看到的全是自己的倒

① 指古罗马名将安东尼，恺撒的左右手。恺撒遇刺后与埃及女王克娄巴特拉在一起。

② 法国诗人埃雷迪亚《安东尼与克娄巴特拉》一诗中的诗句，是仿克娄巴特拉恭维安东尼的口吻。

影。然后我看到的是离婚法庭。罗希娜的毛病就是她每个男人都想要，就算是恺撒、耶稣、达·芬奇、莫扎特、劳伦斯和卡特总统——你说得出名字的她都有兴趣。我想你不打算把潘蜜拉从我这里拐走吧？真可惜。我无法形容跟她生活在一起是什么光景，那就像是用刀子械斗。但我们又都没力气去办离婚。离婚手续麻烦得要命，法庭会要求你三思，而你也非对之撒谎不可。我相信潘蜜拉有了别的男人，但不想知道是谁。她常常外出，我只望她不要回来，但她总是回来，我想大概是图个方便。我有时会试着跟她交谈，但她的回答总是你能想到的最伤人的话。经过这样无穷无尽的打击后，一个人的灵魂是很难不变得暗哑的。更不用说它是会让人变成某种恶魔的。我在别人的婚姻中看到过这样的例子：配偶一方明明是循规蹈矩，但另一方却胡思乱想，怀疑对方有外遇，逼问不舍，久而久之，那个清白者竟然莫名其妙产生出罪恶感，再也无法理直气壮起来。最后的结果就是相互的恐怖主义。唉，当我们还睡在一起的那段时间，我常常到半夜还睡不着，唯一的慰藉就是详细想像一个丈夫在半夜悄悄走下楼，找出一把短柄斧，然后回房间把太太的脸砸得稀巴烂！唉，查尔斯啊查尔斯，这些婚姻乐趣你是不会懂的。再来一点威士忌吧。”

“谢谢。那个小女孩怎样了？她叫什么名字来着？啊，对，是安琪拉。”那是潘蜜拉和前夫“姜人”高德温所生的女儿。

“她现在不小了。她在念高中。至少看起来是这样，她每天都一大早出门。我不理她，她不理我，我们从来搭不在一起。潘蜜拉最近常常喝醉，我不认为她看到安琪拉的机会比我多多少。唉，查尔斯，你真幸运，可以逃过这些让人溅血、痛苦呻吟和变成恶魔的陷阱。你总是置身事外，老天，你真聪明。查尔斯，你是干净光滑的家伙，你的脸干净光滑粉嫩得就像女孩，我打赌你一个月只刮一次胡子就够了。你的手也好干净，你那些指甲一样干净得要命(来看看我的)，你一切都摆脱得掉，自由自在得讨人厌。对，对，我是得办离婚，但这表示我非跟潘蜜拉交谈不可。但我就是做不来。我无法坐下来面对她，我们已经不再会在对方面前坐下来。或许她根本不想走！或许她希望继续住在这里，把这房子作为基地，去干她爱干的任何事情！我每个月都得汇一大笔钱进她的户头……”

“她不能找份工作或是……”

“工作？潘蜜拉工作？你开什么玩笑？她什么也做不来。她一辈子都靠男人养，我之前是高德温，再之前是那个可怜的美国佬。‘姜人’迄今还在付她可观的赡养费。而除非我也这样做，不然她是不会答应离开的。你知道吗，我还在付罗希娜的赡养费，尽管她的收入是我的五倍。我到底是个男人，抑或是张蛋饼[1]？我因为受够了那贱人，急着要摆脱她，所以什么文件都愿意签。老天，我真希望你也会从我这里把潘蜜拉勾引走！你是个幸运家伙，每一次都是拍拍屁股就走得掉。你甚至连克丽芒也甩得掉呐。为什么我就从来学不会？”

“你认为我跟克丽芒……”

“查尔斯，你的毛病就是你根本鄙夷女人，而我的毛病是尽管我看起来鄙夷女人，却不是这么回事。”

“我并不鄙夷女人。在十二岁以前，我爱着每一个莎士比亚笔下的女主角。”

“但她们都是不存在的，仁兄，这正是重点。她们是活在艺术的乌托邦里的，全是莎士比亚的机智和智慧变出来的戏法。她们从书页里嘲笑我们，让我们产生虚假的希望和无根的梦想。真正真实的东西是敌意和谎言以及有关钱财的争执。”

从我这个记述，各位可能认为，一路下来说话的人都是他。事实上，在我们聚会接近结束的时候确是如此。他天生爱尔兰人的口若悬河，而且一旦喝醉，你就休想打断他说话。况且，我的心绪也宁愿多听他说话而非自己说话。我得承认，听到他第二次婚姻失败这一点，我的心情是高兴多于其他。因为这样，我觉得比较不需要

---

① 法国谚语。

对他的第一次婚姻失败负责。这种感觉当然谈不上高尚，却不是不常见的。

我们用餐的地点是佩里公寓里那个相当大和漂亮的饭厅。桌子上铺着白桌布，酒渍斑斑，看来已铺了相当长一段日子。为了把公寓的其他空间让给潘蜜拉用，佩里把他的沙发床搬到饭厅里来，甚至在这里装了电水壶和电磁炉（我就是用它来煮咖喱饭的）。电磁炉垫在一张旧报纸上，报纸上有很多食物屑。原来的女佣已经走了，是受了潘蜜拉一番羞辱后不干的。饭厅里脏兮兮的，有一股烧过的煮锅味和肮脏的亚麻布味。

我想我先前曾提过，佩里格林有着一张我见过的最大的脸。但在他的青春岁月，也就是他的“花花公子”时代，这一点并不影响他的英俊外貌。他有一张大而圆的脸（现在看起来胖而松弛），上面顶着厚厚一头栗色的短卷发（是靠医学的帮助，他头发才会那么多；我接受抢救头发的手术，就是他建议的）。他一双大眼睛仍然保留着纯真，但说不定那只是一种困惑的眼神。他胖而粗壮，任何天气（就算是大热天）都会穿着粗花呢西装和背心，背心上挂着链表。他说话时带一点贝尔法斯特的乡音，但不会在舞台上流露出来，不像吉伯特·奥皮安那样总是咬着舌头说话。他是杰出的喜剧演员，仅次于威尔弗雷德，此外无人可比。

我觉得是离开女人这个危险话题的时候了，便问他：“最近去过爱尔兰吗？”这是保准可以让佩里格林激动起来和转变话题的法宝。

“爱尔兰！又是另一个贱人。老天，爱尔兰人都是蠢材！就像普希金形容的波兰一样，爱尔兰的历史是场灾难，也活该是场灾难。但至少波兰人会以悲壮面对苦难，犹太人会以睿智面对苦难。爱尔兰人面对苦难时又是什么态度？是愚蠢，就像一头陷在泥沼里却只知哞哞叫的笨牛。我不知道英国人怎么受得了那个岛，很多年前就应该有最后解决方案了。不过他们至少试过。克伦威尔[1]啊，现

---

① 十六—十七世纪英格兰军人和政治家，曾镇压爱尔兰的反抗。

在我们真正需要你了，但你又在哪里呢？贝尔法斯特已经支离破碎，却没有人在乎。为什么他们不能让事情在某一点上打住，就像耶稣基督做过的那样呢？一百个圣徒救得了那个岛吗？一千个救得了吗？但我就是无法忘掉爱尔兰，它就像一件上面写了自己名字的衬衫，就穿在我身上，就爬附在我的血肉上。有时唯一让我觉得好过点的，甚至觉得高兴的，就是想到其他人过得比我更糟：他们不是目睹丈夫或妻子或儿子被枪杀，就是自己得坐在轮椅上终其余生。我就是那么可鄙！我生于爱尔兰，呼吸它的空气长大，但只有天知道我有多恨它。我宁可自己是该死的苏格兰佬，这足以反映当爱尔兰人是多么让人作呕的事。我想我恨爱尔兰更甚于剧院！”

这时，饭厅门打开了，潘蜜拉探头进来望了望。接着，她推开门，跌跌撞撞走进来，醉眼昏花地打量我们。她身上穿着大衣，显然是刚回来。她仍然漂亮，头上有很多波浪形白发，但不知道为什么黏黏湿湿的。她不怀好意地嗤笑了一声，猩红色的嘴角向下拉。然后，她瞪着我，眯起眼睛，没去管佩里格林。我说：“嗨，潘蜜拉。”

她吃力地转过身(手仍然扶住门)，作势要离开，却又突然回转身体，嘴巴咕嘟了一下，聚集到足够的口水后，啵一声吐到地板上。她探身望了望地上的口水，然后摇摇晃晃走出门外。

佩里格林从椅子上跳起来，冲到门边，狠狠一脚把门踢上，再拿起他的杯子，猛砸到壁炉上。但杯子没有碎。他绕着桌子跑了起来，名副其实是口吐白沫，杯子举得高高，一面跑一面呐喊：“喔喔喔喔喔！”声音像只喷口水的猫，却是狮子吼的音量。我站起来，把杯子从他手中拿下，放在桌子上。然后他慢慢走向门边，审视潘蜜拉吐过口水的地方，从垫着电磁炉的肮脏旧报纸上撕下一块，仔细抹拭地上的唾液。然后他回到座位上。“喝酒吧，查尔斯。你喝太少了。你太清醒了。喝吧。”

“你刚才谈到剧院。”

“你没有出版你写的剧本真是对极了。它们一文不值，都是泡沫。但至少它们并没假装有东西。你被冒犯了？虚荣心，全是虚荣心作祟。对，我恨剧院。”佩里格林指的是伦敦西区剧院。“谎言，谎言，几乎所有艺术都是谎言。明明是地狱，却被转化成可爱漂亮的东西。全都是渣滓。真正的苦难是……是……老天，我醉了……是截然不同的。唉，查尔斯，真希望你看过我的故乡……它让我联想起那个吐口水的婊子……人怎么能生活得像那个样子，怎么能那样互相对待？悲剧是属于舞台的，不是属于生活的，这就是舞台的毛病所在。它缺少了灵魂。所有艺术都是对生活的扭曲，戏剧尤其是如此，因为它看起来跟生活最像，你可以看得见活生生的人在走路和说话。老天！当你打开收音机的时候，有时还真分不出是不是演员在说话。庸俗，庸俗，剧院是庸俗化的神庙。那是活生生的证明，证明我们不愿意谈严肃的事情，又可能是我们根本没有能力谈。一切一切，不管是最悲哀的、最神圣的、甚至是最滑稽的，全变成一种庸俗的把戏。你说得真对，查尔斯，我记得你说过莎士比亚是唯一的。只有他和一些谁都不懂的希腊家伙才是真正的戏剧家。其他全都是发臭混浊的庸俗大海里的蠢材。威尔弗雷德感觉到了这一点。我还记得，有时他在让观众笑得前仰后合之后，样子看起来好忧愁。啊，查尔斯，但愿这世界真有上帝，只可惜没有，完全没有……”佩里格林大又圆的棕色眼睛里充满泪水。他伸手想摸出一条手帕，但最后干脆用桌布来拭泪。然后他补充说：“我只后悔当初没有把大学念完去当医生。我觉得每天都是往坟墓的方向爬。每天早上醒来，我第一个念头就是寻死。你会吗？”

“不会。”

“不会。对，你仍然拥有年轻人的生活热情[1]。但就你而言，那是跟善无关的，你是跟善沾不上边的人。那只是一种与生俱来的禀赋，一种恩赐，就像你的苗条身材和女孩肤色一样。但不要忘了，有些人是活在地狱里的。”

---

① 原文为法语。

我说："你曾经揍过潘蜜拉吗？揍过罗希娜吗？"我一定比佩里格林所想的还要醉。

这个问题似乎使他稍稍兴奋起来。"你会问这个问题真是有趣，查尔斯，因为今天我才想到同样的问题，而且纳闷自己为什么没那样做过。没有，我从没揍过她们，事实上我从未对谁举起过拳头。只有无生命的东西会挨我揍：玻璃杯、盘子，任何我能踩烂或砸碎的东西。哈，你知道吗，在某个风趣的意义下，这也是我对爱尔兰所作的事情，但这对那个贱人当然一点作用都没有。可是人一旦揍了别人，而不只是尖叫或吐口水之类的，他就是越过了界线，一条可能是文明的最后界线。之后，拿起机关枪扫射别人的大腿就不再是难事。唉，老天，我为什么要答应演那出该死的电视剧，那是渣滓。没有，我没有揍过她们，不管潘蜜拉还是罗希娜，她们倒是曾揍过我。"

"她们抓你的脸？"

"有这么便宜就好，她们用拳头狠狠揍我。是我活该。我是杂碎。对，我是杂碎。干杯。"

佩里格林再次用桌布拭泪时，门打开了，一个高瘦的男孩施施然走了进来。他理了个平头、身穿黑色夹克，对我们视若无睹，径自走到橱柜，打开，取出一瓶酒，然后走出房间，把门掩上。

"那男孩是什么玩意儿？"

"她不是男孩，亲爱的查尔斯，是我的继女安琪拉。她今年十六岁。"

"老天，上一次我看到她，还是一头金卷发的小娃儿。"

"她已不再是一头金卷发的小娃儿。你知道她上个月把头发剃光了吗？头发才刚刚重新长出来。她老爸送了她一辆摩托车。我说的摩托车不是指那种噗噗响的小绵羊，而是又长又粗的玩意儿，会发出轰隆隆的声音，骑在上面犹如骑着战马。我记得你曾经想要一个儿子，而当时我警告你，生儿子只是找活罪受。但我现在才知道女儿还要够呛。感谢主我没有自己的子女。孩子是天真无邪的？老天爷！你应该听听安琪拉说的都是什么话。她把自己弄得好丑，好怪里怪气，但潘蜜拉满不在乎，她现在的样子……唔，你刚刚不是见到过她吗？……她刚刚走进来过，对不对？还是只是我的幻觉？安琪拉，对。她整天穿着登山靴和一身皮衣到处晃。她也喝酒。她母女俩都是这样。老天，查尔斯，你真幸运，无儿无女，没有家室之累。家是爱的温床？哈。更惨的是，我觉得自己是爱那两个女人的，就仿佛是我有能力爱别人似的。我真的爱吗？我不知道。我以前也爱过别的女人，但她们都走了，永远离我而去。爱其实一点好处也没有，而杂碎也是不配得到快乐的。就此而论，这个世界还是有一点公理可言。”

我已经到达了一个除继续喝威士忌以外什么都不能做的阶段，而我也开始愚蠢地受到佩里格林的眼泪影响。“佩里，你的初恋情人是谁？”

“去你的，别喊我‘佩里’。好吧，我告诉你，我的初恋情人……不是你想像的那种……是我的叔叔佩里格林……对，是佩里格林叔叔。愿上帝让他的灵魂得到安息，他是个很善良很善良的人。如果真有末日审判这回事的话，那么我那些该死的家人都一定会跪在佩里格林叔叔面前，求他在上帝面前美言几句，让他们不用被地狱之火烧灼。届时他也一定会把我从土里升起，我知道他一定会。他是甜美的人。我不知道自己为什么会称他为善良的人，毕竟那时我还只是小孩，根本不知道何谓善良。他常常抱我，把我放在大腿上。他爱我，爱我这个蠢货。我父母不喜欢我，从不抱我或亲我。我真的认为他们喜欢我那个臭妹妹要远甚于我。但佩里格林叔叔喜欢我。他常常抱我和亲我。你知道吗，我后来从未在女人身上感受过同样美好的亲吻……但不是你想的那回事……那是真纯而甜美的……不过当然，他只会在我们单独在一起时才会那样做。那教会了我一些事情。我们无所不谈，就像我们是同年龄的，我渴望他的陪伴，就像他可以滋润我。然后有一天，也许是我父母发现了，也许是他们觉得佩里格林叔叔怪怪的，就把他赶走了。自此我再也没有看见过他。再也没有。”

“他怎么了？”

“我不知道。很久以后才听说他自杀了。当上演员以后，我就借用他的名字，部分出于怀念，部分是为了羞辱我的家人。我的本名是威廉。嗯，他就是我的初恋情人。你的初恋情人又是谁？”

“我忘了。谢谢你告诉我有关你叔叔的事。我喜欢他。”

“我已经后悔告诉你这件事了。你一定会私底下给我做心理分析，但心理分析是屁话。”

“我知道心理分析是屁话！我得走了。”

“别走，我告诉你弗洛伊德最喜欢的一个笑话。有一天，国王遇到一个和自己长得极像的人，就问他：‘你妈妈在宫里工作吗？’对方回答说：‘不是，但我爸爸是。’哈哈哈，你说好不好笑！”

“我得回去了。”

“查尔斯，你没听懂这笑话。听着，国王遇到一个和自己长得极像的人，就问他……”

“我听得懂。”

“查尔斯，看在基督的分上别走，还有一瓶酒。‘不是，但我爸爸是。’哈哈哈！”

“我真的得走了。”

“我想我会到你海边的住处去看你。如果圣灵降临节的周末天气够好，我就去找你，到时我们再来醉一场……”

“再见了，佩里格林。我对爱尔兰深感遗憾。”

“你也醉了，快滚吧。”

我走向门边时，他喃喃自语：“真干净，你两手干净得要命。”一面说，一面头慢慢垂到酒渍斑驳的桌上。

* * *

写完上述的部分后（我的日记因此即时更新了），我收拾行李，离开凌乱不堪的小公寓。我已经吃过午饭(把剩下来的起司通心面吃掉)，并预期接下来等坐晚班火车的时间里，将会在平平无奇中度过(我错了)。我决定找家画廊打发时间。我对画的知识并不丰富，却可以从看画中获得某种静谧的愉悦，而且我也喜欢画廊的气氛(另一方面我却讨厌音乐厅的气氛)。另外，我得承认，我喜欢到画廊，是因为可以从裸女的画像里获得一些色情的满足。画她们的人何尝不是这种心理，我又有什么不好意思的?

经过一番犹豫之后，我决定到华莱士典藏画廊去。我没到那里已有一段时间了。小时候，爸爸曾带我到那里看哈尔斯画的《笑颜骑士》。我猜想，爸爸之所以喜欢这家画廊，是因为它很宁静，而且家具就像画一样多，像是一间华丽的私人宅第。他特别喜欢挂在那里的许多钟(他喜欢钟)，它们各有各的报时钟声。我到达华莱士典藏画廊时，里面几乎空无一人。我开始精神恍惚东逛西逛，一面看画，一面想着哈特莉的事。因为严重的宿醉(我一整个早上都在与之奋斗)，我有一点不真实感。上好葡萄酒的毛病在于酒精浓度太高，而你又不好意思在别人面前公然加水喝。虽然午餐之后吃过阿司匹林，但我的头痛仍然持续。一些棕色的绒毛和黑点不时掠过我的眼膜，我觉得步履不稳，觉得自己与地板的关系发生了奇怪的转变，就像是我突然间长高了许多。

然后我看到，跟我在一起过的许多女人全出现了在画廊里——独缺哈特莉。她是一个庞大的空缺，是一个苍白的、部分解体的存在，她的脸总是挂在我视野范围上面一点，就像个捉摸不定的月亮。我经常像奔向避难所一样奔向女人。事实上，女人除了是避难所以外还能是什么?有时候我觉得，女人的臂弯是唯一可以绝对保护我抵抗一切恐怖的地方。哈特莉却不同，我从未把她视为避难所。她就身处我存在的圆圈里，就活在我里面；她是我身体的基本构成物质，就像神经系统，就像血液。当我脚步虚浮走过展览厅时，以前的情妇一一出现在画框里：泰尔博赫的莉齐、马斯的珍妮、多梅尼基诺的丽塔、鲁本斯的罗希娜，还有格勒兹的克丽芒，她就像我第一次见到的样子……美丽的克丽芒，我的心肝，她多么痛恨年华老去。还有一幅是我妈妈的画像，出自雷诺手笔，有一点点抬举却又颇相似。我也努力寻找哈特莉的画像。能诠释她的画家也许是康平，又也许是梅姆林或凡·艾克。但她不在这里。接着，钟声响起四点了。

有些工人在施工，楼下敲敲打打的，闪烁的光线时而膨胀，时而消退，与我的头疼混为一体。我发现自己正在搜索记忆，想要回想起某件重要的事。那个躺在岩石上睡觉的晚上，我也有过这种感觉。当时我看着漫天星星，看着宇宙里外翻过来，心里感到有什么极重要的事是我想记起来的，只是怎么想也想不起来。不过现在我却想起来了。那就是我与哈特莉少年时常去的奥登电影院银幕所泛出的变幻光线！

我站在爸爸带我看过的《笑颜骑士》的那个展览厅里。尽管外面阳光普照，但展览厅里的光线却有点朦胧，有点颗粒，而且接近棕色。但那也许是我的宿醉作祟。展览厅里空无一人。然后有一件奇怪的事情、一个奇怪的巧合引起我的注意。我本来正在看提香画的《珀尔修斯与安德洛墨达》。我一直都很欣赏画中那个优美的女体，她挣脱铁链的姿势几近于跳舞，让她看起来就像是要救她的珀尔修斯一样，都是从天而降的。画中那头张牙舞爪的海龙我已看过无数次，它的长相不像我的海怪，但嘴巴却相当肖似，让我突然间心绪不宁起来，其程度比我第一次看到海怪时犹有过之。我快速转过身，却发现自己正好与伦勃朗的《提图斯》①面对面。原来提图斯也来到这里。提图斯还有海怪还有星星还有四十年前我在电影院里握着的哈特莉那只手，全都在这里。

我开始走过长长的展览厅，这时，楼下工人的敲打声似乎变得更有节奏、更清晰、更快、更坚持，就像“拍子木”的打击声——“拍子木”是一种木头响板，日本剧院喜欢用它来制造悬疑气氛或

① 提图斯为伦勃朗唯一活到成年的儿子，但仍在二十七岁过世。

预示灾难的来临，而我也常常用在我导演的戏剧里。我一面走一面觉得自己随时都会昏过去。走到门边时，我停下来转过身。我看到有个男的站在展览厅另一端的门边，远远看着我，眼神透着一种奇怪的迷蒙。我伸出一只手扶住墙壁。我当然马上就认出那个男的是谁。他是我的堂弟詹姆斯。

* * *

“好一点没有？”

“好多了。你给我喝的那东西真有神效，一定是西藏人治宿醉的古代秘方。”

当时是五点钟，我坐在詹姆斯位于皮姆利科的公寓里。他的公寓看起来像个杂乱的东方旧货市场，而我以前一直对里面的摆设物心存鄙夷，后来才知道，很多他的佛像和湿婆像，都是金铸的。记得有一次托比·埃尔斯米尔告诉我，我堂弟是非常富有的人（我常常纳闷自己为什么没法子成为有钱人）。詹姆斯想必从他父母那里继承了不少遗产，而托比·埃尔斯米尔也说不定曾经帮他投资，为他赚了不少钱。现在我也意识到这公寓里很多其他东西都是极贵重的。尽管如此，我并不认为詹姆斯是层次很高的收藏家或鉴赏家。他似乎不懂得怎样分类或陈列他的收藏品。它们杂然纷陈，东一堆西一堆，像个大杂烩。他是多愁善感、厌世，还是失意使然？

正因为这样，我在这里要介绍他的收藏品，只能用表列的方式，而无法用描述的方式。整个房间给我的感觉只有一个词可以形容（尽管詹姆斯一定不喜欢这个词）：恋物。其中包括了奇形怪状的石头、手杖、贝壳、雕刻着人脸的木头、大颗的牙齿，以及一些刻着奇怪符号（文字？）的大牙齿甚至骨头。各面墙壁不是覆盖着书架就是刺绣，要不就是相当亮泽的蓝色帐幔，上面挂着各种让人心神不宁的面具。到处都是项链（是念珠吗？），要么是放在大碗里盘成一团，要么是挂在卷轴画或蔓荼罗画或照片前面（照片都是一个叫塔尔寺[1]的地方）。詹姆斯的收藏里还有一些非常精致昂贵的玉石动物雕像(我曾有念头想把一两件放入口袋)，以及一些天青色的瓷碗瓷盘：你用手帕抹去这些瓷器的灰尘，就会看到藏在厚釉下面的莲花和菊花图案。在一些小小的漆木祭坛上，放着一些或坐或站的佛像、经轮，以及迷你的宝塔和奇怪的盒子，有些镶着珊瑚和绿松石，有些镶着半宝石。托架上，放着一个装饰繁复的宝塔状木匣子，詹姆斯告诉我，那是西藏喇嘛关妖魔用的(当我问他里面有没有妖魔时，他只是笑笑)。詹姆斯还收藏了不少短剑，它们的剑鞘和剑柄同样镶着珠宝，其中一把有个长长的弧形金柄。我有一次看到它就放在詹姆斯的床上。有时我会觉得这堂弟有点孩子气。

公寓里弥漫着一种独特的甜腻气味。我怀疑是熏香的味道，但有一次詹姆斯被我问及，他却回答说那是“老鼠”的味道(我猜他是开玩笑的)。坐在他的公寓里，我会间歇性听到一种奇怪的滴答声，那是他挂在门厅墙凹的玻璃垂饰发出来的，这让我联想起“什鲁夫末端”里那道珠帘子的声音。詹姆斯的公寓位于皮姆利科其中一条可通向泰晤士河的街道上。公寓相当大，但却很暗，这除了是因为屋里灰尘很多以外，也是因为随处都放着一些彩绘屏风。而詹姆斯又习惯在白天把窗帘半拉上，在每个房间点一盏油灯。我要花上好一段时间才了解詹姆斯满屋子宝贝，部分也是光线太暗的关系。屋里到处都是藏书，很多都是以我不懂的文字写成。这地方充当詹姆斯的基地已经很多年，而由于他以住在国外的时间居多，这里会像一个垃圾场也许就不足为奇了。

我们正在用一种薄得近乎透明的小瓷碗喝茶，吃着乳蛋糕乳脂奶油饼干，我记得，小时候詹姆斯很爱吃这种饼干。我小时对吃并不讲究，但詹姆斯却很挑剔。他现在当然是茹素的，但他打从小时就是素食者。那完全是他自己的意思，而在过去，素食者是很罕见的。詹姆斯刚打开了一扇窗(屋里非常闷，而且充满“老鼠”气

---

① 即青海著名的藏传佛教寺庙。

味)，让一只被捉到的苍蝇飞出去。他是靠一张纸和一个大玻璃杯把苍蝇捉到的，而他把这两样东西放在手边，看来就是为了这个用途。他把窗户关上。我打了个喷嚏。一阵遥远的滴答声又响起。我纳闷詹姆斯在画廊里注意我多久了，也纳闷他为什么早不去晚不去画廊，偏偏选在与我同一天同一时刻去。

现在让我再多形容一点我堂弟的长相。他的脸看起来暗沉，但还不到黑黝的程度。他每天得刮两次胡子。有时他看起来只有脏这个字可以形容。他的头发是深棕色的，头顶有一个小秃点，头发环状地包裹着头颅；这把头发还相当丰盈，却不整洁。爱丝蒂尔婶婶的头发也是深棕色的，但却是有光泽的，不像詹姆斯的头发是松垮垮和干巴巴的。他的眼珠是一种迷蒙的棕色，带着一点变幻不定的阴影，时而是浅黑色，时而是土黄色。他有一个薄薄的鹰钩鼻和两片薄唇。他的脸让人记不住，但这不表示他的脸很平淡，正相反，那是一张很强烈的脸。我说他的脸记不住，是因为我在回忆他的时候，总只能记起他某部分的五官，而不是一整张脸。这或许是因为那不是一张很协调一致的脸。我总觉得他的脸笼罩在一团云雾里，这一点，说不定是我觉得他的脸相当暗沉或肮脏的原因。与此同时，他孩子气的笑容(会露出正方形的牙齿)常常让他看起来几乎像个傻瓜。他的“迷蒙眼神”并不是偷偷摸摸的，也当然不是邪恶的，但不知为什么，就是给人一种深沉的感觉。看着他把苍蝇放出窗外露浅笑时，我不禁再次纳闷，他凭什么会那么像爱丝蒂尔婶婶。但或许只是表情相像带来的错觉。他们母子常常会有一种聚精会神的表情，但在爱丝蒂尔婶婶脸上，那是一种快乐的神采，而在詹姆斯脸上，则是相当不同的另一回事。

“这么说你的房子就伫立在海边，直接盖在岩石上？”

“对。”

“那很棒，那很棒。”詹姆斯迷蒙的眼睛张大了一下，但接下来一刹那又变得空茫，就像他已神游到别的地方了。这种瞬间的失神在他来说是很典型的，从来不超过几秒钟。我以前常常怀疑他是不是有嗑药的习惯(这常见于在东方国度混的西方人身上)，但那也许只是感到乏味的表现。年少时我多么在意他会不会对我说的话感到乏味啊！“但你不会怀念剧院匆匆忙忙的生活吗？我记得，你是没有任何消遣的。现在你要靠什么打发时间？是漆房子吗？我听说退休人士都喜欢漆房子打发时间。”

詹姆斯对我说话的时候，并不是每次都会回避那种微微屈尊俯就的取笑语气。小时候听到他这种语气，我常常气得发疯。他的“剧院匆匆忙忙的生活”一语，以及称我为“退休人士”，似乎都是把我过去和现在的生活贬得一文不值。但也许只是我太神经过敏。

“我正在写回忆录。”

“关于剧院八卦的？有关女演员秘闻轶事的？”

“当然不是！我想要写真正深刻的东西。一种深度的自我分析，一本不折不扣的自传……”

“那可不容易。”

“我知道不容易！”

“我们都是深密幽微的生物，这种深密性是我们最惊人的特质，甚至比我们的理性还要惊人。想要分析自己，我们不能只是走入心灵的洞窟里，东张西望。大部分我们对自己的了解都是伪知识。我们都是吓人的自欺者，擅长于膨胀我们自以为重要的事情。斯特西科罗斯[①]就说过，特洛伊的英雄不过是为一个海伦的幻影而战。希望你的回忆录能多花些时间来反省人类的虚荣心。人都是爱撒谎的，连我们这种老头也未能例外。不过，如果一件艺术作品的艺术性够强，这一点就无关要紧，因为艺术本身自有另一种真理。普鲁斯特是我们现在了解法国上流社会生活的权威。谁又在乎法国上流社会的生活原来是什么样子？甚至所谓的‘原来样子’又是什么意思呢？”

“在我这个不是哲学家的人看来，那是什么意思，是简单易见

① 古希腊抒情诗人。

的。而那也是攸关要紧的，至少对历史学家来说很重要，甚至对文学评论家来说也很重要。”我另外不同意他的还有“我们这种老头”一语。堂弟，代表你自己说话就好。

“D · H · 劳伦斯在德拉是不是真碰过他说的那些事，有那么重要吗？哪怕是一颗狗牙齿，只要受到人的诚心膜拜，一样会熠熠发光。膜拜本身足以赋予受膜拜物力量，这就是本体论论证[①]最基本的意义。倘若一件作品的艺术成分够大，那即使是个谎言，也能像真理一样启蒙我们。毕竟什么又是真理呢？不说别的，就连我们自己也不过是虚假的存在，是一束束的幻象所构成。我们可以确知自己的真正思想感受和行为动机是什么吗？法庭上都假装有这一类东西存在，但那只是权宜之计。唉，不谈这个了。改天我一定要到你海边的房子看看，顺便看看各种鸟类。你那边有塘鹅吗？”

“我不知道塘鹅长什么样子。”

詹姆斯因为吃惊而没有答话。

奇怪的是，他的这种反应，让一种遥远而熟悉的感觉重回我身上。那是一种失望和挫折无助的感觉，就像我盼着和詹姆斯交谈，却被他的某种冷淡排拒在外；就像是我向他倾吐出一些发自灵魂深处的话，却被他散漫的智力镭射线照射得一文不值。詹姆斯的思考方式是高度抽象化的，和我的截然不同，他有时几乎蓄意向我展示我们之间沟通的不可能性。但他当然不是蓄意的，在很多方面，我的这个堂弟可以说是枯燥乏味的人，就像一个厌世而孤僻的学究。他当然也有对人生失意之处，尽管我无疑是永远不可能知道他有过哪些重大失意。我猜，我期望与詹姆斯进行的，只是一种寻常的亲切交谈(却从未有过)。毕竟，自爸妈和阿贝尔叔叔夫妻都过世以后，他是我唯一的亲人了。

“大海，大海。”詹姆斯继续说，“对了，你知道柏拉图的父系祖先是海神吗？你那边有没有鼠海豚或海豹之类的？”

---

① 本体论论证：一个哲学、神学上的论证，认为上帝的概念足以证明上帝存在。

“听说有海豹，但我从未见过。”

我把小茶碗放下，但因为太用力，所以赶紧拿起来检查有没有裂痕。我紧紧握住椅子的两个扶手。我刚刚想到，我在画廊里感受到而后来被詹姆斯的“秘方”治好的，其实不只是宿醉，还是迷幻药引起的幻觉所带来的震骇感。就是因为看到了提香画中那只海龙张开的大嘴，同样的震骇感才会突然被唤醒。

“怎么回事，查尔斯？你似乎有什么心事。你在画廊里的神情很沮丧。我观察你好一阵子。你是怎么了？生病了吗？”

“我以前向你提过玛丽·哈特莉·史密斯这个名字吗？”

我先前当然没有向詹姆斯提哈特莉的打算，我们之间不到这种互信程度。我现在会提她，是因为觉得自己像是被逼到角落，或是处于某种符咒的笼罩下，唯一有效的解救咒语就是把她的名字说出来。

詹姆斯回复他原来乏味的样子，思索了一下，然后说：“没有，我记得没有。”

事实上，我清楚记得，自己一向小心翼翼，从未向他提过哈特莉。

“她是谁？”

“她是我的初恋情人，除了她以外，我不认为自己真的爱过任何女人。她也爱我。我们是在念中学时相恋的。后来她离开了我，另嫁他人，从此消失无踪。我从未停止过思念她、关心她，这也是我一直没有结婚的原因。但我最近与她重遇了，就在海边。她住在村子里，我看到了她，跟她说过话。真是不可思议，我发现我对她的爱没有改变，从我生命的开始一直到现在……”

“听你这样说让我宽心，”詹姆斯说，“我还以为你得了流行性感冒，也很担心自己会被传染。”

“我也见过她丈夫。他不值一提，是个大老粗。但她却……却很高兴看到我，仍然爱着我……我不由自主认为这是个征兆，感到一个新的开始即将……”

“是同一个男人吗？”

“你这话什么意思……哦，对，她现在的丈夫就是当初嫁的那一个。”

“他们有小孩吗？”

“有一个儿子，十八岁左右，是收养来的。但他离家出走了，他们都不知道他到哪儿去了。他失踪了……”

“失踪了？那他们一定很难过？”

“唔……哈特莉的样子当然是变了，但另一方面又没有变……我会与她重遇真是幸运得不可思议，就像是命运的安排。她过得很不快乐，当她祈求我出现时，我也真的出现了。”

“那接下来……”

“接下来我当然要拯救她，然后在我们的余年带给她快乐。”对，就是这么简单，除了这个解决方法以外，没有其他解决方法是可以接受的。我靠到椅背上。

“还要来点茶吗？”

“不，谢谢。我现在想喝点酒。不甜的雪利酒。”

詹姆斯站起来，从一个橱柜里取出雪利酒。他看来并不急着对我的惊人披露发表意见，样子甚至就像已经忘了这档事。他继续安静喝茶。

“好了，”我过了一分钟以后说，“谈我谈得够多了。现在我想听听你的事，詹姆斯。军方准备派你什么样的差事？是派你到香港之类的地方吗？”

“我知道你想听我对你刚才一番话的想法，”詹姆斯说，“但我想不出来该说什么。我不知道意义何在。你的旧爱火重燃起来了，但我不知道该怎么反应。我有各种不同的想法……”

“说一点就好。”

“其中一点就是你认为自己一直爱着这个女人也许只是错觉。你凭什么这样认为？而且何谓爱？爱当然是生死以之的，但我不能认为你会还爱着一个已经那么多年不见的人。说不定那只是你最近才想像出来的。当然，你的这个想像会不会带来什么后果，又是另一回事。我另一个想法是你的拯救观念只是空想。我觉得你不可能是认真的。你真的知道她的婚姻怎样吗？你说她不快乐，但大部分的人都是这样。一段婚姻能持续很久，代表夫妻双方具有很高的协调性，哪怕它是不美满的，但我们必须尊重旧的结构。你固然认为她丈夫不怎么样，但他也许是适合她的，不管她重新遇见你时有多么震动。她曾说过想被拯救吗？”

“没有，可是……”

“她丈夫对你是什么态度？”

“他出言警告我。”

“我建议你接受警告。”

我对詹姆斯的一番话并不十分惊讶。他拒绝对我的处境表现出太大的兴趣……我过去就注意到，我这位堂弟不喜欢谈任何有关婚姻的事。这个话题让他局促，也许是让他沮丧。

我说：“这是你的理性在说话。”

“是我的本能在说话。我担心如果你太投入的话，最后只会以眼泪告终。最好是冷静下来。”

“谢谢你的建议，堂弟。现在来谈谈你的事吧。”

“你会错过火车的。不过再坐一下也没关系，我可以叫辆出租车把你载到火车站。他叫什么名字？”

“她丈夫？”

“不，抱歉，我是说那逃家的孩子。”

“提图斯。”

“提图斯。”詹姆斯把名字重复了一遍，显得若有所思。然后又问我：“他们曾找过他吗？曾报警吗？”

“我不知道。”

“他离家出走很久了吗？他们完全没线索他在哪里吗？他们有收到过信吗？”

“我不知道，我不知道……”

“那一定很可怕……”

“毫无疑问是这样。别谈我的滑稽事了。你有什么计划？你军旅生涯的最新任务是什么？”

“军旅生涯……哦……我离开军队了。”

“离开军队了？”我感到惊讶而且有点失望。我一直隐隐觉得，军队可以把詹姆斯困住，让他无法与我竞争。但现在……“啊，你退伍了。那当然少不了一笔丰厚的退休金啰。这么说我们两个都是退伍的将军了！”

“不完全是退伍，不完全是。”

“你是说……？”

“套一句老话说，我是在‘乌云的笼罩下’离开军队的[①]。”

我把酒杯放下，坐得直直的。我真是诧异和难过得无以复加。“不，詹姆斯，不可能……我是说……”我满脑子都在猜想是什么样的乌云让詹姆斯去职，一时不能言语。

我看着詹姆斯暗下来的脸。他背对着油灯坐着。透过窗帘缝隙可以看见，虽然已经黄昏，天空仍然光亮灿烂。詹姆斯微微一笑，就像他先前放走苍蝇时的样子。这时另一只苍蝇停在他的手指上。那只苍蝇先是梳洗前足，然后用前足有力地揉擦头部。然后它停止梳洗，与詹姆斯互相对望。

“没什么好担心的，”詹姆斯说。他动一动手指，苍蝇就飞走了。“毕竟我的军旅生涯本来就走到了尽头，而且我也不缺消遣。”

“你可以漆房子。”

他笑了。“你想看看塘鹅的照片吗？算了，下回吧。真可惜你明天不在伦敦，不然我们可以一起到劳德板球场去，国际板球赛正进行得如火如荼呐。我帮你打电话叫出租车。带些饼干走吧，我知道你喜欢吃。以前到你家玩，走的时候玛丽安婶婶总会偷偷塞些这

① 意指他是因为不名誉的理由被迫辞职。

种饼干到我口袋。”

詹姆斯打电话叫出租车以后，我问他：“上次我在你这里看到的那个老人家是谁？”我问这个，是因为突然记起，上次来这里，走的时候从一扇半开的门看见里面有个留着稀疏胡须的东方矮老头，静静坐在椅子上。

詹姆斯看来有一点点惊讶。“他啊……没什么特别的……我很高兴他已经走了……呀，出租车来了，我听见汽车喇叭声。但愿你在火车上吃得到正式晚餐。”

“亲爱的查尔斯，”罗希娜说，“我知道你是大怪胎，但你怎么可能会追求一个八十岁的老妪，而且还是留胡须的[①]！”

那是第二天的事。昨晚我回到家的时间已经很晚。尽管出租车就等在火车站外面，但因为起了浓雾，车开得非常慢。由于罢工，火车上没有晚餐供应，我只能以奶油饼干充饥，但一面吃一面为我妈妈以前都往詹姆斯口袋塞奶油饼干的事耿耿于怀。回“什鲁夫末端”以后，我吃了些面包夹起司(奶油已经臭掉了)。我的床潮湿得要命，但我找来一个热水袋，而疲倦也让我顾不了那么多，倒头就睡。第二天我起得很晚，感觉全身僵硬冰冷，坐起来的时候牙齿格格打战——但说不定我是为计划好要采取的行动而感到战栗。

我穿上能找到的最暖和的衣服(包括可怜的多莉丝送我的那件厚厚的针织运动衫)，但仍然发现自己抖瑟不已。难道给詹姆斯说中了，我真是得了流行性感冒？一团灰色带金的浓雾仍然笼罩着陆地和大海，让天地陷于一片可怕的死寂。走出屋外后，大海只隐约可见，它轻抚岩岸，光滑得像层油。空气潮湿而冷冽，但我怀疑，这只是我自己的感觉，天气并不真的那么冷。一件我晾在草坪上的衬衫仍然湿答答的。屋子里面冷冰冰，像个墓穴，且多了一股霉味，玻璃窗向内的一面都蒙着水气。我想点燃从渔人商店买回来那个新的煤油暖炉，却白费气力。我喝了点茶，感到舒服些，就在这时，一阵汽车喇叭声从堤道的尽头响起。我猜是罗希娜来了，有那么一下子感到极为恼火，直想冲出门外，向她尖叫。我考虑过要躲起来，却开始觉得肚子饿，而且看不出来为什么我应该弃守屋子，让给一个可能会待很久的入侵者。然后我想到一个聪明的自保策略：干脆把哈特莉的事情告诉她。这是正确的一步棋。

我们坐在厨房里，任由液化气炉开着，吃着杏子干和切德起司(杏子干配蛋糕吃的话应该先泡过并以文火煮过，配起司吃则什么都不用做)。我喝的是茶，罗希娜喝的是白兰地。雾变得非常浓，厨房里就像是拉上了窗帘。我点了两根蜡烛，但烛光却奇怪地无法照穿弥漫在厨房里的半透明薄暮微光。我会决定告诉她一部分有关哈特莉的事情，是因为以我现在的心绪(由那个即将实行的可怕计划带来的)，实在提不起劲去编谎话或搪塞话，当然更提不起劲与她大吵一架。坦白说，我对罗希娜的恐吓着实有点偷偷摸摸的害怕。我希望这段时间能够让她保持中立，不用担心她会来搅局。接下来我要面对的凶险已够多的了。另外，我也预感得到她对我的吐实会是什么反应。事实证明我的预感完全正确。

她一开始就如我所预期的，满怀敌意地说她根本不信我真的已放弃莉齐，也不相信我准备住在伦敦，而如果我认为我可以摆脱得了她，那就——我在这里打断了她的话，简短而有选择地告诉她我那个“旧爱重燃”的故事。“旧爱重燃”，哈，这种陈词滥调是多么管用啊，它多能给一个痛苦的心灵带来安抚，又多有误导性、遮掩性。就这样，我在告诉罗希娜真相的同时，也在隐瞒她。罗希娜兴致勃勃听完我的故事。她与我堂弟是相当不同的听众，反应也让人满意得多。事实上，在把删节版的故事告诉这个聪明而又不是没有同理心(这还是我第一次知道)的女人时，我反而有种放松的感觉。我最初的预感是正确的：她对“哈特莉问题”的态度与对“莉齐问题”的态度截然不同。

有关嫉妒心这东西的一个有趣事实就是，尽管它在很多方面都是完全非理性和身不由己的，但当一个人觉得处于上风时，仍然会容许自己在一个限度内从事理性思考。我是迷上罗希娜以前就和莉齐在一起的，但罗希娜却根深蒂固地认为，是莉齐从她那里把我抢走的。另外，莉齐至今仍是有吸引力的女人。这两点加起来，让罗

① 指哈特莉嘴唇上方的长汗毛。

希娜对莉齐的态度是嫉妒女人的典型反应。但哈特莉却是完全不同的一回事，也因为这样，罗希娜的智商才会与理性站在同一边。哈特莉是属于我遥远的过去，哈特莉已经老迈(和我一样年纪)，不漂亮又不出色，而且(不是无足轻重的一点)又是有夫之妇。罗希娜把这些资料快速输入脑里，加以运算，而我几乎看见有部电脑正在她闪闪发亮的斗鸡眼后面运转着。经过评估以后，她认为我成功的概率不高。就像詹姆斯一样，她认为这事情只会以眼泪告终。

很明显，罗希娜很快就认定，哈特莉从任何方面来看都不够格当她的对手。她甚至还有一点可怜哈特莉呢，但不是那种高高在上的可怜，而是一种立场超然的可怜。罗希娜算得很准的一点是，我对哈特莉的感情会排挤掉我对莉齐的感情。基于这个前提，她当然认为，等整个闹剧以灾难结束，我变得可怜兮兮之后，她就可以来捡现成。罗希娜也把我叙述事情始末时的轻松神态，以及我对她深明大义的感激之情看在眼里；事实上我真的是感到轻松和感激她，至少当时是如此。我当然没有把一切说出来，更没有透露半个字有关即将实行的计划。我当时是个那么沾沾自喜的马基雅维利主义者[①]，以致完全没有意识到，对危险聪明的罗希娜说出哈特莉的事，会有什么可能的危险后果。我觉得是我在牵着她的鼻子走，是她的自作聪明蒙骗了她。

有趣的是，罗希娜清楚记得她的车头灯照见哈特莉的那一幕。“我当时还以为自己会像压死一只甲虫那样压死那个老东西。查尔斯，你要搞清楚，她是个老东西。这是你不能否认的。”

“爱情是不考虑这些的。常言道，爱情就像蝙蝠一样盲目……”

“蝙蝠有雷达。你的雷达看来停摆了。”

“用用你的智商吧。任何人都是有可能爱上任何人的，佩里和他的佩里格林叔叔就是一个例子。”

“佩里和他的什么？”

---

① 马基雅维利是强调权术的政治哲学家。

“算了……”

“载你去伦敦的时候，我就知道你有事瞒我。你是个烂演员，真不知你当初是怎么进这一行的。我当时就知道你有什么计划，但还以为是和莉齐有关。”

“我对莉齐从没有同样的感觉。”

“哼，最好没有。”

“不是她！难道你还不相信吗！我爱这个女人。”我爱她，就像我早就跟她结了婚，多年来看着她逐渐变老和失去容颜。

“少来了，亲爱的，你只是自欺欺人。是突然搬来海边之举让你神志不清，还有这栋恐怖的、无厘头的房子。我想这是我见过的最让人不舒服的一栋房子，也难怪你会有幻觉。”

“你说的幻觉是什么？”

“我记得你告诉过我你有一个初恋情人，但那都只是你的幻想，是虚构出来的。你只是因为重遇她而震撼，才会胡思乱想，等两星期，你就会恢复正常。再说她是有家庭有儿子的，查尔斯，她是过着寻常生活的女人，你不能因为在学校时迷她现在就来勾引她，那是说不通的，她不会明白的！另外，你也没有这个能耐，你不是无所不能的，至少在真实生活里不是。你只会让自己蹚一趟很浑的浑水，陷在那种你比谁都痛恨的纠缠里。你会丢人现眼！想想看！难道你没有足够的自知之明，知道这些都是你最恨的吗？在这里你是没有任何角色、没有任何台词的。你不是甚至承认她不想跟你说话吗？”

“这只是因为她害怕。她太爱我了，而她也还不敢信任我的感情。但她早晚会信任的。到时，她的爱就会鞭策她奔向我。”我心里想：我一定要让哈特莉知道，一定要说服她，我对她的爱是绝对的。我一定要写一封长信，悄悄交到她手里，而一旦她明白我的真心，就一定会……

在我告诉罗希娜那个肃穆但相当简略的故事中，我提到了提图斯，却基于某些理由，未提他是养子和已经离家出走的事实。这也许是因为我还不愿意去思考提图斯，以及思考他会在多大程度上影响我的胜算。我也只字未提我与班的那次紧张对峙。（那真是罗希娜所说的“丢人现眼”的最佳注脚！）我只告诉罗希娜，提图斯现在没住家里，我和哈特莉见过几次面，也和她丈夫有过礼貌性交谈。幸而罗希娜听得太津津有味，没想到追问细节问题。

“查尔斯，你醒醒吧。她是腼腆羞涩的人，拿你的人生相比，她就会觉得自己的人生极度贫乏、寒伧和枯燥。她说不定还会为自己的丈夫汗颜，想保护他，并仇恨你。用用你的想像力吧！她会让你无聊透顶的，亲爱的，会让你无聊透顶到发火，她也一定很清楚这一点。她是靠退休金过活的老人家，现在想要的只是休息，可以搁起脚来看电视，而不想过动荡的生活与从事冒险。就算你成功地把她带走好了，但稍后如果你觉得乏味了，又该把她怎么办呢？你习惯在一起的是风趣的非传统女性，而你现在又是老年单身汉了，是不能忍受跟任何人生活在一起的，除非是像我这种聪明伶俐的老朋友。你是无法与一个新女人重新开始的，她就是一个新女人，不管你有多少与她一起骑脚踏车出游的动人回忆。我想你只是想破坏她的婚姻吧，就像当初破坏我的一样。我的韧性是够强的，但被你甩掉之后，我还是过了一段相当长相当难熬的日子。而我现在也不准备放过你，我非要你为我流过的眼泪付出代价不可。你一辈子都是生活在享乐主义的大梦里，但你之所以每一次都可以全身而退，只不过因为被你甩掉的女人都照顾得了自己。啊，老天，你从不付出，从不说你爱我们——哪怕你真的是爱。你是手脚干净的冷血动物！你是运气好，被你甩掉的女人才没有一个死掉罢了。你就像是在超市里持机关枪滥射却凑巧没打中谁的家伙。但这一次不同，你必须尊重那个可怜的老东西的选择，尊重她的生活、她的儿子、她枯燥乏味的丈夫、她那栋小小的新房子。放过她吧，查尔斯。怪不得她看到你时会没命地跑上一里路！”

“你不懂。”她怎么会懂？她说的话很多都是合情理的，比她自己所知还要合情理。但只有一点是她没看到的，那就是我与哈特莉之间的绝对联系。对我来说，哈特莉并不是一个“新女人”，而是我生命中最古老、最强力、持续最久的东西。我也懒得向罗希娜解释我对“风趣的非传统女性”有多么厌倦，或解释她口中的“老东西”是一切生灵里我最钟爱的，是世界上最珍贵和唯一未被污染的东西，是有着最惊悸的吸引力的。在我还没成为“享乐主义的梦游者”和“冷血动物”以前，我就已经把自己最初也唯一完全无邪的爱献给了哈特莉。当然，这些羞辱性的称谓只是出于嫉妒：但如果我真是“冷血动物”，那某个意义下该被归咎的人是哈特莉！我曾经把我的真纯交给她保管，现在奇迹似的，我可以向她要回来了。

自重遇她以后，生理性的激情就在我身上升起、扰攘、翻搅，而我的感官也不断与我的思想对话，而随着我不断把她的老年连接于她的少年，我对她的渴望就愈来愈甚。我好渴望她。能不能达成这一点，乃是关键性考验，是个测试。现在我明白，我已经通过考验了，而我的渴望也像奔向大海的河流一样，汹涌澎湃。她让我变得完整，这种完整，是她离开以后我就不再有过的。她召唤起我的整个存在；我渴望抱着她，与她躺在一起，直到永远，直到世界的尽头；嗯，对，我也渴望用爱的力量去震撼她的谦卑，另一方面，我也要让自己谦卑，让她来慰藉我和把最好的自我带回来给我。就像她从来没有离开过我似的。因为她是我的美善的保管者，而她已经保管了很多年，她是我的阿拉法，是我的俄梅嘎。这不是幻觉。

罗希娜看着我，咯咯笑了起来。我双手平放在桌子上，虽然穿着针织运动衫又喝了白兰地(对，我也需要白兰地了)，我仍然觉得冷。我本来要到小红室生个火，却因为看到罗希娜的样子而愣住了。她坐在椅子上，一条腿跷起，腿上穿的是蓝色棉布宽筒裤，裤管卷起一点，垂在蓝色帆布靴上部。上身穿着蓝紫条纹的休闲衬衫，腰上套着窄皮带。她看起来悠闲、能干、剽悍，而且年轻得吓人。她深色的斗鸡眼以掠食动物的调侃眼神看我。她的厚发染得全黑，以蝴蝶结绑在后面，这让她的脸显出凶残动物的那种强烈表情。她的外套早已脱掉，却似乎毫不觉得冷。我想，我是怎么回事？我不可能觉得冷，现在可是夏天！尽管这样想，我还是哆嗦个不停。另外，在上午十一点点蜡烛不也同样荒谬吗？因为蜡烛几乎毫无照明作用，我干脆把它们吹熄。但也许是雾消散了一点，只不过窗户仍然灰蒙蒙的。就在罗希娜刚要回我话的时候，厨房门悄无声息地打开了，一个人走了进来。是个女人。有失神的一刹那，我还以为是哈特莉来了。但她不是哈特莉，是莉齐·谢勒。

两个女人见到彼此，不约而同发出一声小声的惊呼。罗希娜很快站了起来，绕到椅子背后。莉齐朝我大步走来，眼睛看着罗希娜，把手提包扔到桌子上，动作就像扔下一封战书。我始终坐着。莉齐身穿淡棕色雨衣，头上绑着一条非常长的黄色印度头巾。她把头巾解下，仔细折好，放在桌子上。她的脸红到极点（我的也是）。她的头发上覆盖着些小水珠，说不定外面真的下雨了。

罗希娜举起她的椅子，扔到旁边的瓦石地板上。她对我说："你这个骗子兼背信者。"

我问莉齐："下雨了吗？"

她回答说："应该不是。"

我说："罗希娜刚要走。"话才说完，罗希娜朱红色的利爪就朝我的脸扑来。我及时绕到桌子另一边，逃过一劫，只有脖子被划破一点。莉齐后退到门边。我隔着桌子面对罗希娜的盛怒。"听着，我没对你撒谎。我没跟莉齐约好。她只是突然自己跑来，对我刚才说的事一无所知。"

"她住在这里吗？"莉齐问。

"不是！这里除我以外没住任何人！她是来看我的，很多人都会来看我，你不就是其中之一吗？要喝些茶或白兰地吗，莉齐？"

"她不知道那事情吗？"罗希娜说，狠狠瞪着我，但怒气已经平息。"那你不觉得对她说会比较好？还是由我来说？"

"你打算跟罗希娜结婚吗？"莉齐问我，身体僵僵的，双手插在口袋里。

"不是！"

"查尔斯，我可以单独和你说话吗？"莉齐说。

"不行，你不可以，"罗希娜说，"查尔斯，如果这事只涉及我和莉齐，为了争夺你，我会不惜拿菜刀跟她决斗。"

我觉得浑身一阵冷战，便再次坐下来。"我有点不舒服。"

"我可以单独和你谈谈吗？"

"不行，"罗希娜说，"查尔斯，我要你在我面前告诉她刚才你对我说的话。"

"吉伯特在外头吗？"我问莉齐。

"没有，我自己开车来的。好吧，如果她不走……"莉齐没理会罗希娜，在我对面坐了下来，"我来这里是想谢谢你那封甜美宽宏的来信……"

"告诉她啊，说啊！"

"谢谢你那封甜美宽宏的来信。你对我们两个都很仁慈。"

"晚餐爽约的事我十二万分抱歉，我刚好……"

"你对我们很宽宏，但你用不着这么宽宏。我是大蠢材。吉伯特根本是无关要紧的。在任何情况下我都是属于你的，除此以外没有什么是要紧的。我只属于你一个人，这是无可争辩的。你怎样对我都可以，我不在乎最后结果会怎样。我当然希望地久天长，但你可以照你喜欢的做。我来这里只是要告诉你这个，以及把我自己献给你，要是你还想要我的话；你说过你想要的。"

"好感人啊！"罗希娜说，"你到底跟她说过些什么，查尔斯，老实说出来吧，不要再瞒我了。"她拿起莉齐的手提包，扔到地上，踢了一脚。

莉齐没理她，只是目不转睛看着我，发烫的脸颊。我深受感动。

"莉齐……亲爱的……亲爱的女孩……"

"太迟了，莉齐，"罗希娜说，"查尔斯打算娶一个长胡须的女士，不是你。查尔斯，对不对？我们刚才才谈到你，查尔斯说他根本不曾喜欢过你……”

“我没说过这话！听着，我要跟莉齐到楼上说话。你待在这里，我过一会儿就下来。”

“你最好赶快下来。我给你们五分钟。如果你们胆敢溜到伦敦去，我一定会追过去，把你们碎尸万段。”

“我保证很快下来。我也会把事情告诉她的。但拜托不要砸任何东西了。来吧，莉齐。”

莉齐拿起放在桌上的头巾，又捡起地上的手提包。她没有看罗希娜一眼。我带她走出厨房，走上二楼。到达二楼楼梯平台后，我犹豫了一下。珠帘子静止不动，我决定不要穿过去。我带她到中间的小房间，关上门。房间很幽暗，没多少光从开向起居室的长窗射进来，这或许是雾的关系，又或许是我忘了把起居室的窗帘拉开。房间里面空无一物，原有的那张折叠桌已经被我移走，现在还待在岩石缝隙里。地上铺了张磨旧的方形地毯。不知道为什么，那个高高钉在墙上铁铸的油灯支架现在突然变得十分鲜明，而且透着一股邪恶。地毯被踩时散发出阵阵潮湿气味。

“我好怕那女人，查尔斯。你和她搅和在一起了吗？”

“没有，没有。她只是一直在恐吓我。莉齐，我……”

“我不知道她在说些什么，但那无关要紧。听着，查尔斯，我是你的——如果不马上重复这句话，我肯定会疯掉。我真的愚蠢至极。我以为自己无法承受另一次心碎，以为自己希望平静，以为自己可以控制得了直奔你怀抱的冲动。根本不是那么回事，看，我又直奔你的怀抱来了，又情不自禁疯狂地爱上你了。我对吉伯特深感抱歉，我本来以为可以找出折衷办法的，但根本没有任何折衷办法。我不在乎会有什么结果或你会怎样对我，我也不在乎会为此而死掉。我不要你当无私或体谅或宽宏的人，我要你当我的主子和国王，就像从前一样。我爱你，查尔斯，我是属于你的。从这一刻起直到永远，我会做你要求我做的任何事。”

我们站在那个油灯支架下面相互凝视，两人身体都在颤抖。

“莉齐，原谅我。那是个错误。我们永远不可能在一起。我无法像当初所想的那样把你留下来，我不能再当国王了。我抱歉写了那样的信给你。我对你满怀柔情，我爱你，但不是你想的那种。那只是空洞的观念，就如你所说，只是抽象的观念。你说得对，那是行不通的，不会持久的。你知道吗，我碰到另一个女的，一个我很久以前认识和爱上的女人。我不是说罗希娜。她是我的初恋情人。记得吗？我曾告诉过你我有个初恋情人。所以我无法属于你，小莉齐，你也无法属于我。你必须回到吉伯特身边，带给他快乐，让事情像没发生过一样。请求你相信，我也请求你原谅我。那是个错误。”

“一个错误？”莉齐说，眼睛望着脚上那双闪亮的黑色高跟鞋，“我明白了。”然后抬头望我，她的脸是赤红色的，下唇颤抖，眼神朦胧而可怕。

“记得我告诉过你那个女的吗？我又碰见她了，她就住在这一带……”

“那我只有说拜拜的份啰。”

“莉齐，亲爱的，别这样。我们仍然可以当朋友，不是吗？你在第一封信里不是这样要求我的吗？我会去看你和吉伯特……”

“我不认为我还会跟吉伯特在一起。事情不可能回到原来的样子。我很抱歉。再见。”

“莉齐，握住我的手一会儿好吗？”

她向我伸出一只软弱无力的手。她的手又小又湿又没有反应，我无法把握手的动作进一步延伸为拥抱。她把手抽回，伸到手提包里摸索，掏出一面破镜子碎片(罗希娜踢手提包时踢破的)，然后是一条白色小手帕。一等小手帕拿在手上，她就开始静静啜泣。

我又感动又难过，但奇怪的是我又有一种自豪的超然感，因为我仿佛在一秒钟之间看到一个泡泡升起后又破灭，而这个泡泡包含的是某种我本来可能会与莉齐一起度过的生活。莉齐，我的凯鲁碧诺，我的爱丽儿，我的淘气小妖精，我的儿子：如果我是不同的人，我们说不定可以生活在一起，而她也会变得截然不同。但这种可能性已经过去了，不管接下来会有什么事发生在我身上，这个世界都已彻底不同了。“别这样，莉齐，甜心，勇敢的小莉齐。我好感激你，感激你的……你的……”

“真可笑，”莉齐说，语气极为平静，但眼睛里却滚动着泪珠，“真可笑。从伦敦开车过来的路很长……车子是租来的，我没开吉伯特的车子……一路上我都觉得自己是在与你柔情蜜意地聊天。我一直想像你看到我的时候会多惊讶和高兴，我们会何等快乐，想像我们一定会笑个不停，就像从前。我反复想像这情景，心里充满爱和喜乐——虽然我也想到，这一次，最后还是会以心碎告终，而且会要了我的命。但我不在乎，只要你还需要我和把我抱在怀里，我就什么都不在乎。我万万没有料到的是，事情甚至还没开始就结束，还没开始就破灭了……除了对你的爱以外，我已经一无所有……我的爱全被唤醒和再一次遭到拒绝……永远地被拒绝……”

“莉齐，你会平复过来的，它们会慢慢沉睡的。”

她摇摇头，牙齿紧咬手帕。

“莉齐，我会写信给你。”

她的泪停止了。她把手帕和破镜子收起，慢慢折她的黄色头巾。“别写信，查尔斯，那对我会比较仁慈。真滑稽，我以前以为事情已经结束了，结果现在才是结束。如果你想对我好的话，就请别写信。我不想要了……我受够了……”

她把头巾揉成一团，塞到口袋里，然后转过身，快速打开门往外跑，几乎撞上就站在门外的罗希娜。罗希娜吓得往后跳。莉齐飞奔走下楼梯，身体前倾，高跟鞋把梯级敲得咔嗒咔嗒响。我想追上去，但罗希娜却捉住我的手臂，力气非常大，又用一只脚抵着我的脚。我们在墙边缠斗了一阵。“让她走吧。”大门传来砰的一声。

我站在那里，凝视珠帘子，它轻轻摇摆，发出滴滴答答的声音。然后我慢慢走下楼。罗希娜尾随在后。我们走入厨房，再次在桌边坐下。

“放心，查尔斯，那只小动物不会活不下去的。”

我默不作声。

“我猜你现在想跟我谈谈你对莉齐的感觉？”

“不。”

“可怜的查尔斯，你降级为上帝了。”

“好了，请你走吧。”

“如果这是你与莉齐·谢勒串通好演的一出戏，我会宰掉你们两个。”

“唉，罗希娜，别傻了，别那么庸俗了。请你走吧。如果方便，我希望你回伦敦后可以拉拔莉齐一下。”

“我不准备回伦敦。我现在要回雷文饭店，单独享用一顿丰富午餐。接着我会到曼彻斯特拍电影。我会留你一人沉思默想，希望你伤得够痛。只要你答应一个条件，我就不会干涉你去勾引那位胡须女士。”

“什么条件？”

“你保证告诉我事情的每一个发展。”

“好。”

“你保证？”

“对。”

“站起来，查尔斯。”

我机械性地站起来。罗希娜绕过桌子走到我面前，有那么一刹那我还以为她是要来打我。她给了我一个吻。“好啦，再见了，我会回来的。”

大门再次传来砰一声，过了一会儿我就听到红色小轿车绝尘而去的呼啸声。有那么一会儿我还盼着莉齐会去而复返。但继而又庆幸莉齐没有收到我的第一封信后就直奔而来。

我走入旁边的房间，想要生火，却失败了。没有足够的引火木柴。我感到心神被莉齐的哭和罗希娜的吻彻底扰乱了。莉齐痛苦的样子让我难受，但却是一种空茫茫的难受，而我也不愿意继续想她。我希望得到她的同情。我已经后悔与罗希娜进行那一番庸俗得要命的谈话。告诉她有关哈特莉的事情时，我还自以为聪明，如今只觉得满心不祥之兆。我等于送了她另一件武器。然后我又想到了詹姆斯，有点纳闷他是怎么会被解职。因为同性恋吗？还是军方认为把一个狂热的佛教徒留在军中对军事机密没有保障？我脖子被罗希娜红色指甲划过的地方开始觉得痛。我想量量体温，却找不到温度计。

* * *

雾散了。暮光刚刚已被黑暗所取代，灿烂的小月亮闪耀着，让星星变得黯淡。月亮把一种金属光泽倾泻到海面，也让岩石和树木影影绰绰。天空是一片清澈的蓝黑色，却未被月光照明。大地和它的一切都是褐色的模糊一团。阴影很强烈，让人觉得到处都有人影，我不断紧张兮兮往回看。万籁俱静，但这种寂静的性质又与雾茫茫早上的寂静迥然不同，而且三不五时会被一只猫头鹰的叫声和遥远的狗吠戳破。

我没有取道村子。我沿海岸公路往小港口的方向走。途中经过被我称为“开伯尔山口”的那条隘道（那是黄色岩石入侵内陆造成的，它们在不知道多少万年前跳到山丘旁边，堆成一个参差的隆起，后来人们在开辟海岸公路时从中间切穿一条窄缝，供道路通过）。在月色中，岩石是暗褐色的，但分布无数的光点，那是月光在其千百个石英小切面上反照出来的。过隘道以后就是小港口，再走不多远，是一条可以通到山丘上的步道，旁边是一片树林。沿着步道可以走到从村子通向小别墅区的柏油路。我在白天就探勘过这条路线，当时我同时盘算好怎样才能进入“尼布利特”的花园。这没有什么难的，因为花园的末端只有一排用松垮垮的铁丝连起来的木头柱子。我这个冒险行动最怕的除了被发现以外，就是怕到达得太晚，那对夫妻都已就寝（但太早的话又很难潜入花园而不被发现）。

不过他们仍在静悄悄看电视也说不定。

早先我曾经排斥过刺探哈特莉婚姻生活的念头，但不是出于道德理由，而是因为这念头让我惶恐不安。婚姻是不堪听闻的家丑。任何胆敢揭开别人家窗帘偷看的人，都可能被复仇之神惩罚。因为他可能看到一些可怕至极的事，从此以后心灵就像被鬼纠缠一样，永无宁日。所以，在作出这个决定前，我的内心充满挣扎。然而，目前情境的内在逻辑却逼得我不得不去进行这种危险而没有格调的冒险。因为这是回答第二个问题所必须的。我必须弄清楚哈特莉的婚姻状况，弄清楚他们是怎样互相对待的。

来自大海方向的月光把木头竿子的长影投进了“尼布利特”那个有坡度的草坪里。草坪里的草看起来就像是蒙着一层霜。从下方，我可以看见客厅那个拉上窗帘的观景窗后面透出灯光。我跨过松弛的铁线，静悄悄走上草坪，走向屋子。一面走，我一面聆听自己几乎无声的脚步声(草已起了露水)，也聆听自己深深的呼吸声和激烈刺痛的心跳声。尽管早先下过一点雨，但经过一下午的太阳照晒，地已全干，所以我不担心留下脚印。我走到离屋子约十五码处停住。除了屋顶的一扇气窗外，所有窗户都是闭着的。客厅的窗帘是拉上的，里面的灯光把窗帘上的图案照得明亮，乍看就像一面彩绘玻璃。两幅窗帘之间有个未密合的缝隙。我继续往前移动，然后侧耳聆听。客厅里有人的说话声。是电视的声音吗？快到观景窗时，我跪了下来，手扶着砖墙往前跪走几步，然后坐下来，让头靠在低矮窗台下面一点的位置。

我没有预期会碰到露水，但因为预期会与玫瑰花丛擦身而穿了件风衣。月色向我透露出各个花圃的大概位置。但一定是先前窗户的灯光让我目眩，不然就是恐惧让我眼盲，因为我坐下来的时候竟然是坐在一丛玫瑰上面。随之而来是一下微弱却让人心胆俱裂的咔嚓声，一根玫瑰尖刺刺进我的小腿肚里。我笨拙地坐在玫瑰花上，背靠着墙壁，眼睛和嘴巴张得大大的，等着听那可怕的喝问声：“谁？谁在窗外？”

但室内的说话声并未中断，而此时我可以听得相当清楚。要刺探没有防备的人是多么容易啊。接下来我所听到的对话是那么匪夷所思，让我名副其实陷于一种疯狂状态，但我不会尝试描述我的情绪。以下，我将只像写剧本那样，仅把对话录下。至于哪句话是哪个人说的，应该一清二楚。

"他为什么会搬来这里？"

"我不知道。"

"'我不知道，我不知道。'你只会说这个，难道你就不能说些别的吗？你是智障不成？你当然知道原因，你一定知道。你以为我是大笨蛋？我才没那么笨。"

"你不是真的相信……"

"不相信什么？"

"你不是真的相信自己说的话……"

"你什么意思，为什么我连自己说的话都不相信。难道你认为我撒谎不成？"

"你说我知道他为什么搬来这里，但你不可能那样想，心智正常的人不会那样想……"

"那我要不是疯子就是撒谎者啰。是这样吗？是这样吗？"

"不，不，我不是这个意思……"

"我搞不懂你，你只会说些儿语。他为什么搬来这里？"

"我不知道，那只是意外，巧合……"

"好可笑的巧合。老天，你真聪明，懂得用这件事折磨我。你知道这件事比什么都更能折磨我。有时我怀疑你是蓄意把我逼疯的，好让你可以……"

"小班，亲爱的，求你别这样说……我很抱歉，我真的很抱歉……"

"何必再说你很抱歉或你不知道呢？你讲过已经不下千百遍。我真想撬开你的脑袋，看看你究竟知道些什么。为什么你死也不肯解释，死也不肯承认呢？事情也耗得够久了。为什么你就不能大发慈悲老实告诉我事实，让我好过一点……”

“根本没什么事实是我好告诉你的！”

“你以为我会信？”

“你以前就相信。”

“我从不相信。我以前只是假装相信，因为我想要忘掉这档子事，因为我累了。老天，我受够了，受够了你那些梦想。”

“我根本没有什么梦想。”

“哎，你这个天杀的……”

“我根本没有什么梦想。”

“别再扯谎了，也不要对我吼叫。啊，老天爷，你对我撒了多少谎！从一开始我就是生活在一锅谎言里。然后又来了那孩子……”

“不，不是这样的……”

“哼，我被你瞒得够苦了，好不容易我才想通……”

“不是的！”

“老天，你知道我多羡慕那些可以过简单生活的幸运男人吗？他们可以与妻儿过着充满爱与仁慈的生活，而这里却……”

“我们家里也有爱与仁慈……”

“那只是假象，因为我们两个都累了，累得不愿再向彼此说出这个地狱般的牢笼——这个所谓的家——的真相。我们都需要休息，所以就假装一切都是好端端的，继续忍受这该死的赝品，对，赝品，你所谓的婚姻。我们都懒得用真相去捅对方。所以我们现在是泡在谎言里，你的谎言。它们无处不在，就像个发臭的沼泽，而我们则是在这沼泽里溺水的两个人。老天，我本以为搬到海边来，以为终于有了自己的花园，事情就有所改观——谁知道他却突然砰一声从天而降！真滑稽，对不对？”

“啊，亲爱的，别这么说……你不是很喜欢这里吗，我们不是很喜欢这里吗……”

“哼，你说这个是想我在你脸上吐口水吗？我们只是假装成平静快乐的家庭……”

“我们并不是假装……”

“别再重复了。”

“那你也别再说了。”

“你说话最好给我小心点。是你让我陷入这种……这种……是你让我这么可怜兮兮的……老天，为什么你就不能让我知道呢？你把真相告诉我一次就好。我只想知道自己身在何处。为什么那个男的会搬来这里，这个村子？为什么他哪里不搬，偏偏搬来这里？”

“你反复问我同一个问题，一次又一次。我不知道。他搬来这里并不是我希望……”

“骗鬼。你私下见过他几次了？”

“只有一次。”

“骗子。我看到你跟他在一起过就有两次。天晓得你们另外见过几次面。为什么你要对我撒这种蠢谎呢？他会来这里，一定是你叫他来的。”

“我没有！”

“哼，你准备什么时候再见他？”

“我根本不想见他！”

“过去，过去，该死的过去——一切都被败坏了，是你败坏一切的，是你和他……”

“甜心，亲爱的小班，别……”

“别用喊宠物的方式喊我，那是一种嘲讽……”

“难道你就不能对我仁慈一点，不能试着可怜……”

“那你为什么不试着可怜我呢！老天，你怎么可以对我这样残忍。”

“我没有残忍。你疯了，你疯了……”

“别对我尖叫。我受够了你的尖叫。你一辈子都在尖叫，而我们的一辈子快要接近尽头了。老天爷，我只愿自己一辈子已经结束。我猜这就是你暗暗祈求的吧？祈求我心脏病发，那你就可以远走高飞，跟那个……”

“我很抱歉，我很抱歉……”

“别再说这句话了，可以吗，我听够了，那毫无意义，只是鹦鹉的喊叫声。唉，老天，我好累。一切都被污染了。不，一切甚至从来没开始过，那全是因为你的缘故。然后又来了那个令人发指的骗局……”

“那不是骗局！”

“闭嘴。我们这样对答已经一百万次了，就像两个上了发条的洋娃娃……唉，老天，可我又没有别的办法。这事情无时无刻不梗在我心里。虽然明知是谎话，但我从前还是假装接受，因为我别无选择。我只希望这样可以让自己过得快乐一点。不，不是快乐，那是不可能的。我只希望我烂透了的人生可以有一点平静。但结果呢！就连这个你也不愿意让我得……”

“那不是事实……”

“小心啊，小心啊。我本以为自己除了继续忍受你和你的那些谎言外，别无选择……老天，我一直以来一定是疯了……我早就应该把你扫地出门，让你……”

“不！”

“你一定乐歪了。他出现了，大胆得像敲锣打鼓一样，甚至敢来按我家门铃！一定是你们约定的。”

“不要说不是你心里想的话。”

“我就是这样想的，不然我还能怎样想呢？只要你撒谎，我一眼就可以看穿。你以为你可以把我蒙在鼓里吗？他的信你都藏在哪里，嗯？哪里？”

“根本没有任何信。”

“因为你把信都毁了。哈，你真聪明。但听好——我说听好……”

“我正在听。”

“你那个小计谋是行不通的。”

“我什么小计谋？”

“我知道你想激怒我，以为这样我就会说：‘好吧，你滚吧，你要走就走。’你想一直折磨我，让我放你走。是这样吗？是这样吗？”

“不是。”

“不要用这种臭脸看我，不然我就……哼，事情不会如你所愿的，懂吗？我不会放你走的，不会。我永远不会放你走的，懂吗？就算我们从此不再说一句话，我还是会把你留在这里，让你照顾我。懂吗？就算要用锁链把你绑起来……”

“原谅我，求求你，原谅我，别生那么大的气。我受不了，你伤得我好痛，你把我吓坏了……”

“唉，别哭行不行，我受够了你的眼泪。他为什么要搬来这里，他安的是什么心，我想要知道的只是这个。老天，你可以把事实告诉我吗？我已经厌倦生活在恶梦里而假装一切都是好好的。这栋臭房子、这些臭家具，还有那些该死的玫瑰——一切都是假装、假装、假装，我恨不得把这些砸得粉碎。你为什么就不能告诉我真相？为什么他会搬来这里？”

“求求你，你伤得我好痛，求求你，求求你。我很抱歉，我很抱歉……”

“为什么他会搬来这里？”

“求求你别问了，我很抱歉，我很抱歉……”

* * *

上述的对话是我凭记忆写下来的，并未省去重复的地方。写的时候我并没打算形容他们的声调语气，现在也不会尝试。他那刺耳洪亮的吼声，她那带泪的哀哭声，我将永难忘怀。偷听者得到他想要的东西了。

我想要尽快离开，却做不到，我麻痹了，部分是因为惊恐，部分是因为一路下来我都是以别扭而不舒服的坐姿坐着，不敢动一下。最后，我奋力滚了开去，爬行在被月光照得灰灰的草地上。然后僵僵地站起来，走出花园。一出花园就迎着一个下沉的月亮往前跑。回家的大部分路途我都是用跑的。回到家后，我喝了些威士忌，吞了颗安眠药，倒头就睡。我梦见自己在“什鲁夫末端”发现了一个密室，有个死了的女人躺在里面。

第二天我的举止与疯子无异。我团团转地在屋里走来走去，几乎是用跑的，然后我又在草坪里、在岩石间跑，继而穿过堤道，一直跑到圆堡去。我像只受惊的动物，在笼子里可怜兮兮地左奔右跑，不断用身体猛撞铁栏杆，弄得自己痛苦不堪。早些时起了金黄色的雾，但逐渐消散了，看来接下来会是个热天。我惊讶地看着我熟悉的游泳地点，看见平静的大海正轻拍黄色的岩石。我跑回厨房，却连为自己泡一杯茶都办不到。“我要怎么做呢？我要怎么做呢？”我反复大声问自己。奇怪的是虽然我已找到充分证据，却被悲伤和恐惧以及某种恶心感弄得魂不守舍，不知接下来该怎么办。

昨晚偷听的时候，我并未明白整个谈话的内容。有些时候，我甚至觉得自己几乎连一句话都听不明白。尽管如此，有一点我是确定无疑的：同样可怕的对话声、同样可怕的场面以前就发生过，而且一再上演。两个灵魂在罪恶感与痛苦中向对方哭喊，痛恨对方，却又被对方绑住！婚姻的地狱。我无法也不打算去厘清他们说话的意义和含蕴。但显然，那位先生(他突然在我的思考里成为“先生”了)对于我出现在他们生活里感到不快。嗯，太糟了。我纵容自己幻想这个画面：我跑到“尼布利特”按门铃，在他打开大门时一把抓住他的领口，一拳揍在他脸上。但这毫无用处。再说，他也不是罗希娜想像的“老先生”。他虽然有条坏腿，却不是省油的灯。他是个危险人物，至少看起来是这样。他的威势当然也可能是装出来的，一戳就破，但冒这种险并划不来。我只要想办法把哈特莉带走就好，我必须思考，想出办法。但我却突然觉得思考对我来说很困难。

在早先的反省里，我曾经隐约认定，只要我能确定哈特莉的婚姻是不幸的，那破坏这桩婚姻和带她走就不难。我毫不怀疑她会跟我走，因为那是快乐的逃亡，也是她一直幻想的。这个假设也许天真，但现在让我茫然若失的却不是这个天真，而是到了非行动不可的临界点时，我忽然不能清晰地思考该怎么做，不能清晰地思考每个事关重大的细节。“尼布利特”，它的玫瑰、它恐怖的新地毯、它的黄铜装饰品、它的窗帘、它的门铃——这一切都不会让我惶恐不安，它们都是透明的，都是幻影，正如他所说，通通不过是假装。让我惶恐不安的是那番恐怖对话里的某种特质，是这桩婚姻已经持续了那么多年的事实，是对于那个牢笼坚固度的意识。尽管如此，哈特莉仍可能只要听到我说一声“来吧”，就会马上跟我走。真是这样的话，唯一留待我去思考的问题就只是什么时候说和应该怎么说。但这两个问题又再次让我觉得困难重重。不过又会不会，我之所以这么心绪不宁，纯粹只是害怕班？

大约十一点左右，我终于能够不再坐立不安，能够静下来泡些茶喝。我想到一个主意。这个主意其实在我偷听时就已经朦胧想到，而且是那位先生自己提供给我的。他不是想把哈特莉扫地出门吗？如果我能够惹得他够毛，说不定他真会这样做。这不是最简单的解决办法吗？那位先生固然也说过，他是绝不会放哈特莉走的，但既然他提到这一点，就显示那不是不可能的。就让他被自己的臭脾气与嫉妒心弄得发狂吧。要刺激他并不难，因为不是只要我这个老同学、我这个名人去敲他家的门，就足以让他火冒三丈吗？只要能够惹得他恼火，他们的婚姻就会自然坍塌，哈特莉将无处可去，只能直奔我怀抱。不过……如果他愤怒得失去理智……如果他的世界变得摇摇欲坠……他会不会伤害哈特莉甚至杀死她呢？这个顾虑让我像只疯狂的豹般在岩石上跳来跳上。“停止，停止，你伤得我好痛。”在他们对话的尾声，哈特莉不是这么喊过吗？在他们共同生活的这些年来，她曾经多少次这样哭喊呢？那是让人无法容忍的。我一跃而起(茶杯被我撞翻在地)，再次跑到草坪上。我要怎么办呢？很多事情都清清楚楚了，但我就是想不出最后的计策。我无法思考，因为我无法把那番让人毛骨悚然的对话从脑里挪开。它就像一团厚厚黏黏的渣滓塞住我的脑袋。我要拯救哈特莉，这是确定无疑的，而“拯救”这个字现在有了我一直渴望它有的那个意义。但要怎么个拯救法呢？

稍后，仿佛哈特莉知道我的困境，要前来帮助我似的，我看到她那张苍白不快乐的脸望着我。我领悟到，在采取任何公然行动前，我必须再跟她谈谈，最好一次以上。我的冲动是直接再回到那栋可怕的小别墅，把她带走；到最后我真的可能这样做。我当然得事先让她有心理准备。如果我真的要采取突袭式的拯救行动，就必须确保不会有任何失误。我心里有多少想法和感受是她不知道的啊。我必须让她知道我想些什么。我不指望可以再在村里碰到她，因为她说不定会因为太难过和太害怕而不敢上街。所以我必须把攸关生死的解释透过书信传达给她。我一直都认定，哈特莉因为不知道我的心意，她所害怕的是自己的心。她一定以为我有别的女人。如此看来，最恰当的方式就是写一封长信给她，解释我的心意和决心，给她时间了解和回应，然后……我战栗的心灵突然松了一口气，因为写信和等待的做法就意味着，我用不着匆匆忙忙采取行动，用不着今天就直闯山坡，面对那个暴君。怎样把信送达她手里固然是问题，但却不是无解的，而事实上我心里已有一个送信计划的雏形。

我吃了一些咸牛肉、红叶包心菜和腌胡桃，又把剩下的杏子干与切德起司吃光。因为我无心采购，我已经没有面包或奶油或牛奶了。吃过饭后我休息了一下，写了一点日记，可说是最新版的了。之后我写了封信给哈特莉，内容我稍后会抄录于此。之后我洗了很多脏衣服，拿到太阳下晒。之后我从圆堡下水游泳。之后我坐在圆堡旁边，看午后的太阳在雷文湾那些球形大岩石中拉出的长影。之后由于看到游客出现，我穿上衣服，回到屋子去，收起晾晒的衣物（都干了）。之后我取出从伦敦带回来的哈特莉照片，坐在草坪的石头座椅上一张张细看，陷入沉思状态。

有些相片是我们的合照。谁拍的？我不记得了。从那些泛黄皱角的相片表面，在那个未被罪污染的世界里，两张柔嫩未成形的年轻脸庞神采奕奕向外张望着。那是一个未被败坏的世界，一个单纯欢乐的世界，因为我对她的信任是绝对的，我们甚至没有想到过做爱这回事。我相信，那时的我们，要比今天的少年人快乐。纯爱之光照耀着我们在一起的白天和不在一起的夜晚。我俩都是单纯世界里的单纯小孩，我们爱我们的父母与老师，也尊敬他们。人生旅途的痛苦就在眼前：可怕的抉择，无法避免的罪行。我们曾经多么自由地去爱！

事情是从什么时候开始结束的呢？也许是我跑去伦敦念书之后。但即使是去了伦敦以后，我们的恋情仍维持了一段时间。我直到最后都没有怀疑过她。她瞒我瞒了多久多深呢？这或许是由于我对她自私的爱是那么巨大，以致从未怀疑过这种爱不会获得满足的可能。日后思索这种需要的时候，我才想到在那些年月，哈特莉对我的保护有多巨大。现在回想起来，他们竟然完全不认识彼此，真是匪夷所思。我从未向哈特莉提过詹姆斯，也从未向詹姆斯提过哈特莉。她从不知道，她的爱有多么坚强地保护过我，让我的自尊不至倾颓。

*　　*　　*

我把写给哈特莉的信抄录下来。我已经决定了，第二天就想办法把信送到她手中。

最亲爱的哈特莉，我的心肝，我爱你并希望你回到我身边。这封信要说的就是这个。但首先有些事情我必须告诉你。

与你的偶然重逢，在我生命里就像一场大风暴。也许你会以为，我是属于另一个世界的，一个你一无所知的“大世界”，我在那里拥有很多朋友，很多韵事。事实并非如此。从很多方面来说，我在剧院的生活现在看起来都像一场梦，只有旧日与你在一起的时光才是唯一的真实。我的朋友寥寥无几，也没有“感情的归属”，所以是单身和自由的。这是我们在村里碰面时未能适时告诉你的。我有成功的事业，却只有空虚的人生。我从未考虑要结婚，因为我知道，这世界只有一个女人是我愿意娶的。哈特莉，相信我。我一直都在守候你，即使从不敢奢望有朝一日会与你重逢。如今，逃离世俗的浮华世界以后，我来到海边，也来到你身边。我对你的爱始终如一，它的每一根小纤维或触须都完好无缺，还是像往昔一样活跃和敏锐。当然，我变老了，所以在某种意义下，这是另一个人的爱了，但那爱本身却是一样的。它伴随着我的人生一路走来，始终不变，始终奇迹般存活着。唉，我亲爱的，还在那个“大世界”时，不知道有多少个日与夜我都是带着一颗痛楚的心独坐着，思念着你，回忆着你，纳闷你到底往哪儿去了。怎么会有人消失得那么彻底呢？哈特莉，我从未停止渴慕你——至今如此。

我现在已经得知——不管我是怎么得知的，我就是知道——你有的是最不快乐的婚姻。我知道与你生活在一起的，是个专制甚至有暴力倾向的男人。我知道你一定有过无数次想逃的念头，只因为无处可逃，才打消主意，甘心认命。哈特莉，现在我要向你呈上我的家、我的姓氏，以及我永恒的奉献。我至今仍然等待着你，我唯一的爱。你会来吗，会愿意逃到我这里，与我永不分离地相守余年吗？哈特莉啊哈特莉，我有能力带给你莫大的幸福，我知道我能！要补充的是，如果我认为你已过得快乐、已在婚姻中获得幸福，我是万万不敢宣示我的爱是多么持续不衰，万万不敢打扰你心灵的平静的。我会宁可在爱中静静受苦，甚至掩盖它，搬往他处。容我大胆猜测一点：你曾经不止一次后悔懊恼当初没嫁给我。尽管如此，如果我确知你过的是一种差强人意的生活，我仍然不会搅和进来，只会远远看你一眼，就转身离去。可是，如今既然得知你过得非常不快乐，我就绝不能置之不理了。以我爱你之深，又怎么能忍心看你继续受苦？哈特莉，你一定要来我这里——一个你本来就一直该待的地方。我知道你一定会来。

不要为收到这封信以后该怎么办而发愁或害怕。你不必马上做任何事，甚至连回信也不必。我只想告诉你我的爱和我的决心。至于你要何时回答或怎样回答，可以慢慢考虑。我不敢希冀你马上直奔我家。然而，当你反省过后，当你对回到我身边的观念不再那么陌生——回来吧，我最亲爱的女孩——也许你就会开始思考该怎么做。之后，我们就可以坐下来好好谈谈——我们一定可以找到沟通的方法。让我们一步步来。当我收到你决定让我永远照顾你的信息之后，我就会开始思考我们该怎么做，而如果你希望的话，我可以把整件事一肩挑。不必担心什么，我的哈特莉，一切都会顺顺当当的。

你可以花一两天时间来思考我的话——多几天也无妨，一切随你。等你想清楚，再写封信给我。目前来说，这是最好的做法。不必担忧，不必害怕。我会找到方法跟你联络。我将会爱你疼你，竭尽所能让你快乐。

数十年如一日忠于你的查尔斯

附笔：不管怎样你都一定要来。我这个邀请当然不带任何条件，我只是想帮助你和为你效劳。至于要不要与我生活在一起，可以等你来了以后，在自由和平静的环境中再决定。

我这封信写得很快，一个字都没改。重读信时，我起初打算修改，因为有些地方口吻有点妄自尊大，有点自负。但我转念一想，不，不要修改，这就是我的声音，我要让她听到我真实的声音。况且她不太可能抱着批判的心情读信。如果我加以修饰雕琢，反而显得不真诚，失去了力量。至于说这封信显得自我中心这一点，我本来就是自我中心的人嘛。就让她知道我是为了自利而非单单利她好了。就让她知道她带给自己自由的同时也会带给我快乐好了。

我把信放入信封，在信封上打上她的名字与地址。我的打字技术很蹩脚，所以信的内容我用手写。接着我坐下来沉思，纵容自己满怀希望，甚至纵容自己快乐起来。稍后，正如上述所提，我去游泳了。海水冷却我温暖的肢体，在我的身体覆盖上一层冷冷的鳞片。海水平静地起伏着，水面光滑而光闪闪，就像水果的外皮。即使没有我的“窗帘绳子”(爱开玩笑的大海又把绳子松开、冲走了)，我仍然轻轻松松就爬回岸上。这部分的日记是写于第二天早上，而我写给哈特莉那封信仍躺在起居室面海的桌子上。不久我要吃午餐：咸牛肉配水煮洋葱(水煮洋葱是另一道帝王的御膳)。我昨晚已把红叶包心菜吃完，还喝了很多雷文饭店送来的西班牙白酒(一个错误选择)。我必须尽快去采购。我渴盼买到水果、奶油吐司和加在茶里的牛奶。杂货店老板娘说这星期说不定会有浆果上市。

为什么我还不把信寄出呢？为什么我还要假装生活一切如常，就像原来一样？这是因为我还沉醉在一种成就感当中，想多享受一下宁静的过渡时期。我找到我想找的关键证据；也决定要怎样做；我的信雄辩而明确。虽然还没寄出，我却感觉我的信拍着翅膀，正往哈特莉的方向飞，要飞入她的怀里。但会不会，我迟迟不把信寄出，真正的原因是害怕？要把信交到她手中可能会相当困难，稍有差池，后果可能相当严重。但这些障碍都不是我害怕的原因。愈快把信交给她，我就愈快知道答案。但她的回答是什么呢？如果她的回答是“不”或根本不回信，我当然会认定只是她的恐惧作祟。但那样的话，我又要怎么办呢？我等她回信又该等多久才采取其他行动呢？那段过渡时期将不再宁静。所以倒不如先把这段过渡时期延长一点。自从偷听他们对话以后，我就相当害怕卷入他们的关系中。我自己也有亲属，不过他们会带来的似乎只是憎恨和嫉妒这些恶魔。再者我还害怕哈特莉只是利用我来帮助她获得自由，事后就会离我而去。这可能吗？我会不会再次失去她，她会不会再次消失无踪呢？这样我一定会疯掉。信上的附笔是我把信重读后才加上的，因为我觉得那让我像个君子。但那是明智之举吗？说不定我应该删掉。这样她才会认定投奔我等于作出了承诺。

*　　*　　*

现在我要叙述接下来发生的事情了，这些事情很多都是完全出人意表的。虽然上面提到我延迟把信送出的时间，但这个延迟，事实上并未超过第二天黄昏。这是因为，我上面所描述的悠闲宁静心绪，突然被一阵不耐烦的焦躁感推翻了，我急着想知道我的命运是什么。于是，我把计划好的送信行动付诸实行。我穿上一件轻便风衣，戴一顶宽边遮阳帽，信放入口袋(附笔没有删掉)，脖子挂上一副望远镜。望远镜是学生时代詹姆斯送我观鸟用的。我不记得自己是否曾用它来观鸟。詹姆斯经常送我礼物，并且往往很贵，但我却一件礼物也没送他。我父母没说什么，似乎认为穷人有接受富人恩惠的义务。直到很后来我才突然想到，礼物其实是阿贝尔叔叔和爱丝蒂尔婶婶送的。虽然詹姆斯送我的望远镜视程不是很远(应该比不过班用来监视老婆行动的那一副)，但我想应该派得上用场。

我取道先前走过的内陆路线，也就是穿过沼泽地和绕过阿莫尼农庄，从另一头进入村子。我的目的地是与“尼布利特”花园隔着一片草坡的树林。我从地图上得知，在村子另一头的入口处(就在教堂前面)，有一条右弯的小路，以弧形绕到小别墅区上方的树林。走这条路，我可以全程不用进入“尼布利特”的监视范围内。我沿小路走上山丘，愈走愈热和愈累，然后看到一条向海方向的林道。我猜，这应该可以通到“尼布利特”外面那条柏油路尽头再过去一点的位置。我果然没猜错，几分钟之后，我看到了草坡上的日光，再往上走一段，我从一些树干间看到不远处的“尼布利特”。我用望远镜密切注视屋里的一举一动。

我等了很久，尽管阳光仍然普照，我却觉得冷，而且愈来愈冷。我的手臂和眼睛开始酸痛。最后，班出来了。我的体温一下子急升，心跳加速许多。我很高兴注意到他手上拿着一把耙子。我看见他的长影在草坪里移动。想到班被我看到而他却看不到我，我就有一种快感。我从未拿过真枪，却拿过许多舞台道具枪，所以知道拿枪是什么感觉，我现在就有一种拿枪瞄准他的感觉。走近花园尽头时，他全神贯注看着其中一个花圃，接着似乎漫无目的地用耙子在那里戳了又戳。然后突然间，他开始用耙子狠狠戳些什么。他不是在挖地而是在戳。他戳什么呢？是蛞蝓吗？还是一朵野花？这样聚精会神摧毁一个无辜小生命时，他心里想什么呢？我很好奇，却没有时间浪费在遐想上。我开始在树木的掩蔽下向上前进，每走几步就停下来观察班的动静，这样一直走到正对柏油路尽头的位置，中间隔着一片两百码的草坡。从这个位置再往前走一点，我和班就因为有房子挡住而看不见彼此。我估算，在我走出空旷的草坡后，将有两三秒时间是可能会被他看见的。我看了他最后一眼——他背对着我，正蹲在花圃旁边不知道干什么。我小心而大步地快速走过草坡，疾跑过柏油路，穿过木栅门，来到大门。

我没按门铃。高音的“叮——当”声在黄昏的空气中有可能会传得很远的。我用指关节叩门。这是我与哈特莉年少时爱用的暗号，每次我们到对方家，都会这样轻叩大门。才一下子哈特莉就打开门。如我所料，我的叩门声带给她不由自主的震撼。我们互相凝视，两人都在喘气，都在发抖。我把信塞给她，动作很笨拙。我找不到她的手，信差点儿从我们中间掉到地上。她及时把信按在裙子上。我转身跑开，发自本能地跑下山坡，跑回村子去。我并没有预先拟好撤退计划，因为我的全部心思都用来想怎样把信交到她手中。直到走过黑狮酒吧时，我才想起，我也许应该循原路撤退。我沿着大街向前走，再转入通向海岸公路的那条步道。此时我的所在位置是可以被班的望远镜看见的，但我却觉得强壮和无所畏惧，相较之下，我近日的谨慎看起来形同懦弱。班还在花园里弯腰工作吗？还是回到屋里，把哈特莉手上的信抢过来，撕成粉碎？我几乎觉得毫不在意。我几乎觉得这样更好，就让他读到我写的话，气得发抖吧。他的恐怖统治临近尾声了。

我往回走的时候天当然还没暗下来，但天光却如薄纱似的，一片空茫茫。这种天色意味着，再过不久，就会是仲夏，届时，暮光在任何时候都不会完全暗下来。昏星刚刚出现，隐约可见，而从现在起它将有一段长时间都是单独在日光里闪烁。潮水已经涨过，大海的平坦是我仅见的，非常宁静、满溢，就像盛在一个大碗里。水色是相当浅的蓝釉色。两只海鸟（是塘鹅吗？）在中距离外低飞，向微微鼓起的金属状海面投下两个模糊的倒影。我沿着海岸公路走回家，中途经过那块刻着“Nerodene 一英里”的里程碑。沿途的空气微微有暖意，那是岸边黄色岩石吸收了一整天的太阳热力后散发出来的。

但回到“什鲁夫末端”后，我发现屋内一片冰冷，与外面的温暖空气形成强烈对比，仿佛这屋子又在玩什么把戏。屋里的空气看起来灰蒙蒙，有点混浊。我听到微弱的声音，但也许只是开门时灌入的气流引起珠帘子的晃动。我站在门厅处侧耳聆听了一阵子。我担心是不是该死的罗希娜又来了，躲在某个暗处想吓唬我。我不能自已地把楼上楼下每个地方都检查了一遍。但结果当然是谁也没找到。检查屋子的途中，我把每一扇门和窗都打开，好让屋外煦暖清新的空气流通进来。我脱下伪装用的帽子和风衣，扔到一边，又把衬衫下摆从裤腰里拉出来。我喝了一大杯苦艾酒掺雪利酒，走到草坪去，站了好一阵，看着蝙蝠飞舞，心里想哈特莉是否安好无恙，以及她读完长信后会怎样处理它。是把信烧了、冲到马桶里？还是卷起来藏到一双裤袜里？

我走回屋里，在空杯子里斟满白葡萄酒，又打开一罐橄榄罐头、一罐韩国烟熏蛤肉和一盒饼干。因为再次忘了采购，自然没新鲜食物可吃。这房子仍然在耍脾气，但我觉得愈来愈了解它的怪，而对它的态度也愈来愈亲善。严格来说，这屋子散发的并不是一种邪恶的或威胁性的气氛，而像是一片感光片，间歇性地把发生在过去的事显影出来，或是——这是我第一次想到——把将要发生的事显影出来。它要给人征兆吗？我开始觉得冷，便穿上那件白色的针织运动衫。现在，屋里变得更阴沉了（但屋外看起来反而更光亮），以致我在清洗和沥干橄榄时，得眯起眼睛。沥干后，我把橄榄放在碗里，洒上橄榄油。接着，大门就响起非常激烈的敲门声。

不管敲门的人是谁，显然他都没注意门上有门铃，这不奇怪，因为门铃的黄铜手柄是漆成黑色的。大门上另外还有一个海豚形状的门环；敲门声正是发自海豚门环沉重的头部，整栋房子为之震动。恐惧马上攫住我，让我双腿痉挛。是罗希娜吗？不，一定是班，那个怒不可遏的丈夫。他看到我的信了。老天爷，我真是愚不可及。我跑到门前，想把大门的门闩拴上，但极端的恐惧却让我头脑混乱，让我产生一种要面对最坏情境的渴望。我把门打开。哈特莉像只受惊的小鸟飞了进来。只有她一个人。

在最初几秒钟，她的诧异与困惑看来不下于我。但这也许是室内的幽暗造成的。她站在门边，双手抓住脸，似乎准备尖叫出来。我则是呆呆的，任由大门敞着，过了片刻才想要关门，却因为太匆忙而撞在哈特莉身上。我可以感受到她大腿的体热。我关上门，然后才意识到自己一直发着“哎……哎……哎”的声音，而她也同样发着一些意义不明的声音。我伸出一只手，探索着触摸她的肩膀。她摆出一个像是要说话的姿势，但随即被我一把抱住，尽管姿势笨拙，却相当有力。我把她抱得微微离地，听着她的喘气声，恍惚她全部重量都压在我身上。我慢慢把她放下来。门厅此时一片灰蒙蒙，楼上的珠帘子微微滴答响。我们静静站着，一动不动。我双臂环抱着她，她则双手抓住我的衬衫。

好不容易终于放松下来后，她叹了一口气，移动一只手，想把我推开。我问：“他在外头吗？”

“没有。”

“他知道你来这里吗？”

“不知道。”

“你把信毁了吗？”

“什么？”

“你把信毁了吗？”

“毁了。”

“他有看到信吗？”

“没有。”

“那就好。进来坐吧。”我拉着她走入厨房，扶她坐到桌边一把椅子上。然后我回到大门，把门锁上。我本来想点一盏油灯，但手却抖得厉害，试了又试都无法把灯芯点着。我改点了一根蜡烛，把窗帘拉起来。之后我拉了一把椅子，坐在她旁边，把她抱在怀里，轻轻摇晃。

“啊我的甜心，你来了，我最最珍贵的宝贝。”

“查尔斯，我……”

“先别说话。我想感受一下你真的来了。我好快乐。”

“听着，我……”

“不要，亲爱的，拜托不要说话，也别推开我。”

“不，我必须说话……我时间无多……”

“我们时间多的是，所有时间都是我们的。你读过信了，对不对？”

“对，当然……”

“这就是你会来这里的原因？”

“对……”

“这是唯一重要的。你准备留在这里。你来了，对不对？”

“对，但我来只是为了解释……”

“哈特莉，你用不着解释。有什么需要解释呢？你的行动就解释了一切。我爱你。你来了。这表示你也爱我，需要我。不要抗拒你对我的爱了。我们一起到伦敦去吧，明天早上就走，不，今晚就走。不用担心衣服，我会买新衣服给你。你现在是我的妻子了。”

我把她的身体推到离我一臂之遥，一手抓住她的肩膀，另一手举起蜡烛，想好好端详她的脸。她的眼睛四周密布着皱纹，眼皮是褐色的，有麻点，看起来就像污点。双颊松弛、软趴趴，带点淡淡的粉红色，可能是匆匆忙忙扑上粉底。她波浪形的白短发干巴巴的，看来很脆硬，无疑是年复一年光顾一些无能发型师的结果。现在她已过了细心照顾头发的年纪，否则不会不晓得有根发夹吊在一绺头发末端。她的脸是干燥的，很干燥，只有被舌头刚舔过的嘴唇是湿润的。她动了动肩膀，微微想要挣开我的手。我放开她。这是我们重逢后我第一次有机会仔细端详她的脸，我感到一种得意扬扬的喜乐，因为这张脸几乎没变，也因为她尽管年华老去，却一点不影响我爱她的事实。

这时我也从她那张焦虑和忧愁的脸上，看出某种年轻时的神采。我认得出她的唇形，她的唇没有涂口红，显得更漂亮。我轻吻她，但只是轻轻一下，就像以往。她静静而被动地接受了，这本身就是一种沟通。

她说：“我改变了很多，不再是同一人。你的信很慷慨，但事情不可能这样……你怀念的是过去，但我已不是过去的我……”

“不，你还是你。我在刚刚的一吻中认出是你。”这是真的。那吻已转化了她，就像童话故事里的一吻。我记得她双唇的触感、肌理与动静；所有的笨拙都成过去，她在教堂里给我的那种不可碰触感消失了。我们的身体在同一个空间里紧绷起来，被同一种力量所触动。感觉到这个时，我高兴得想大叫起来，但我仍然保持一种安静的语气，想用言语安抚她，不想吓着她。“哈特莉，这是奇迹。我放弃了剧院生活，来这里寻求孤独，却找到了你……我是为你而来，我现在才明白这一点……”

“但你并不知道我住在这……”

“不，我一直在寻找你。从未停止寻找你。”

她说：“这是不可能的。”一面说一面举起一只手，就像要把脸遮住。然后她把手放在桌上，我则用我的手紧紧按在上面。“查尔斯，我有话要对你说，时间不多了。”她用另一只手的手背碰触双眼，让那些噙住的眼泪掉下来。然后她说：“啊，查尔斯，我亲爱的，我亲爱的。”然后低下头，靠在我怀里。我抚摸她干涩分叉的头发，轻轻解下那根吊着的发夹，放进裤口袋里。

“你终于要跟我永远相守在一起了，哈特莉。”

她抬起头，再次抹了抹眼睛，但这次用的是她绿色外套的袖子。外套下面是那件我以前见过的黄色洋装。

“哈特莉，脱掉外套吧，我想要看看你，想要触摸你。脱掉吧。”

“不，这里好冷。”

我伸手去拉她外套，她只好脱下。这些动作对我有着强烈的魅力，就像我们是在玩一些天生会玩却不明就里的游戏。我触摸她的胸部，这个胸部在圆领洋装的黄色布料上温暖又坚定地凸出。我很高兴自己心无邪念。这在我生命中还是全新的经验。她的粉底乏善可陈，她的洋装不值一提。唯一让我怦然心动的是她未涂口红的双唇。一个长久没有照顾自己仪容的女人是不可能在一夕间改头换面的。我觉得被她吸引这一点让我高兴。我感到自豪、充实和释怀，就像一个攫住我一辈子的恐怖已经移走了。我心里想：我会替她买漂亮的新衣服，不是那种浮华时髦的衣服，而是刚好适合她的。我会好好照顾她。

“查尔斯，我必须长话短说。他马上就会回来，我……”

“他到哪儿去啦？”我刚刚早已忘了他的存在。

“他在做木工。”

“木工？”

“对，他在木工班上课。那其实是一个造船课程，但他们只会做做木工，我不认为他们真的会去造一艘船。这是一星期里他唯一会外出的夜晚，是我唯一能来找你的机会。他们很晚才结束，我猜他们下课后还会喝点啤酒。”

“我不想谈他。”这时我想，要是我会开车和有车该有多好，这样就可以马上把哈特莉带走，此时此刻。

“查尔斯，求你听我说话。我来这里，不是你想的那回事，不是你信中期望的那样，那是不可能的。我只想来告诉你一些事……唉，查尔斯……再见到你真是不可思议。我本来以为永远不会再……再看到你和碰触到你……真像做梦一样。”

“这不是梦。你过去没有我的生活才是梦。现在你正从一个噩梦中醒过来。唉，你当初怎么会离开我呢，我差点没有因为忧伤而死掉……”

“我们现在不要谈这个……”

“我们要谈。我想谈旧事。我想和你把一切记忆起来、了解一切、释放一切，让我们能够再次成为一体，一种应该永不分开的存在。你当初为什么要离开我呢，哈特莉，为什么要跑掉呢？”

“我不知道，我不记得……”

“你必须要记起来，这个谜一直困扰我。你非得记起来不可。”

“我办不到，我办不到……”

“哈特莉，你一定要办到。你当初的理由是说你认为我会对你不忠实。你真的这样想吗？你不可能这样想，你知道我有多爱你！”

“但你却去了伦敦。”

“对，但只不过是去念书，并不表示我打算离开你。我虽然人在伦敦，却无时无刻不想你，你知道的，我每天都写信给你。是因为有第三者介入吗？就是他吗？”奇怪的是，我前一刻才想到这个可怕的想法。

“不是。”

“哈特莉，你当时就认识他吗？你在离开我以前就认识他吗？”

“我不记得。”

“你不可能不记得！”

“别追问了，求求你。”

她说出这两句话的方式，几乎是机械性的，发自一种动物性的规避本能，和我最近偷听到的好像。这让我又痛又怒，又对她心生某种怜悯，很想大叫出来。

“你当时就认识他吗？”

“那无关要紧。”

“那要紧得很。每件小事都是要紧的，都必须重新找出来，加以纠正。我们必须把过去释放出来，加以厘清，加以净化。我们必须拯救彼此，让彼此恢复完整。明白吗……”

“我当时不认识他。他本来是我堂妹艾丁娜的男朋友，你记得艾丁娜吗？不认识，哦。不过她后来甩了他，我觉得他可怜……”

“你在哪里遇到他？是你躲起来以后吗？”

“对，我跑到斯托克的阿姨家，艾丁娜就是她女儿。我跟你在一起时并不认识他。没什么特别的原因，我只是不喜欢你当演员，求你别追问了。”

“哈特莉，冷静下来回答我的问题。我不是生你的气，但那很重要，我非问不可。你不喜欢我当演员！可你从没说过。”

“我说过，我希望你念大学。”

“不可能只是这个理由。”

“并没有什么特别的理由。一直以来，我们的相处就像兄妹，而你又有点霸道，所以我想离开。”她的眼睛再次泛出泪水。“你有手帕吗？”

我拿了一条干净的餐巾给她，她拿来抹了眼睛、脸和脖子。她紧身黄色洋装的胸口有颗扣子迸掉了。我有一种一把抓住她胸口、撕开她衣服的冲动。

我坐了下来。“哈特莉，你既然有这么多顾虑，为什么不早早告诉我呢？我们可以设法补救。但你不发一语离我而去，好恶毒。”

"我很抱歉，我很抱歉。我非跑掉不可，那是唯一的办法，那并不容易。啊，好冷，这里好冷，我需要把外套穿上。"她穿上外套，翻起衣领，缩作一团。

"怎么会发生那样的事。你不可能只凭空决定，一定还有别的原因。你记不记得那天……"

"查尔斯，现在不是谈这个的时候，而我也真的不记得了。那是太久以前的事了，就像一辈子以前的事。"

"对我来说只是昨天的事。我一直都活在其中，不断反复回忆，反复思索，到底什么地方出错，而你又遇到什么事，去了哪里。我这一辈子没有一天不在想你去了哪里。我一直保持独身，为的就是你。那是昨天的事，哈特莉。那是我生活中唯一的真实时间。"

"独身？我很抱歉。"

我过了片刻才意识到她并不是在挖苦我。独身？嗯，对。她的语气反映出那是她从来没想像过的。

"你说你决定离开我，只是因为不想与我在一起。但这不是解释，我想知道的是……"

"别问了。如果我爱你爱得够深，自然会嫁给你，而如果你爱我爱得够深，自然会娶到我。没有任何特别的理由。"

"你说我爱你不够深？你是想把我逼疯吗？我对你的爱是没有极限的，时至今日我还爱你。我没有跑走，我没跟别人结婚。一切全是你的错，而你现在却……"

"你就非谈这些事情不可吗？"

我想我不应该被情绪冲昏脑，应该停止问她问题，但我早晚要找出答案，早晚一定要。"哈特莉，喝点葡萄酒吧。"我倒了杯葡萄酒给她，她只是机械性地啜着。"来颗橄榄。"

"我不喜欢橄榄，太酸了。拜托你让我说话……"

"我很抱歉这屋子这么冷，不知道怎么搞的总是那么冷，哪怕是在……好吧，你说吧。但你要记得，不管过去发生什么或没发生什么，你现在都是属于我了。不过先告诉我一件事。你在公路上被汽车大灯照到的那个晚上，你是要来找我吗，是吗？”

“不是……我只是……只是想来看看你的房子。那天是木工课的日子。”

“你想看看我的房子？站在路上看看屋里的灯光？唉，亲爱的，你是爱我的，你抑制不住。”

“查尔斯，那不重要。”

“你胡说什么，你又把我搞疯了！”

“我不是有任何可能性、任何……结构的人……一切都解体了……你听过我说的话以后就会明白……我来是告诉你……”

“好吧，我会听，现在就留心听你说，但先让我吻你一下。之后一切就会顺顺当当。这是平静之吻。”我探身向前，很温柔却又很坚持地用我的干唇触及她的湿唇。不同女人的吻何其不同。这是一个神圣之吻。我们俩都闭着眼。“可以了，你说吧。”我替她把酒再次斟满。我的手在发抖，所以把一些酒溅到桌上。

“我时间不多，我们刚才浪费了不少时间。”她说，“啊，老天，我竟然忘了戴表。现在几点？”

我看了看表。九点四十五分。“现在九点十五分。”我说。

“查尔斯，我来找你，是为了提图斯的。”

“提图斯？”提图斯？我感到惊慌，因为我从未仔细思考过提图斯的事。

“对，我就是想来告诉你这个。老天，我觉得有点醉了，我不习惯喝葡萄酒。自从在村子看到你以后，我就有个想法，想你说不定可以帮上忙。不过现在看来，你唯一可以帮得上的就是什么都不要管……”

“你胡说什么？”

“我告诉过你，提图斯是收养来的。”

“对，你说过。”

“我们想要一个孩子，班这样希望，我也希望。我们一直等一直等。然后我有了收养的念头，但班不同意，他希望有自己的小孩。我愈来愈焦虑，因为收养小孩是有年龄限制的。班比我年轻，所以对他来说……”

“他比你年轻？他不是参加过第二次世界大战吗？”

“是没错，但是在战争接近尾声的阶段。”

“他在军队里是干什么的？”

“他是步兵。他很少跟我谈战争往事。我只知道他曾经被俘虏，在战俘营里待过。”

“战争期间我在英国劳军协会……”

“我觉得他相当喜欢打仗。他始终把自己视为士兵。他保留打仗时用的来复枪，虽然我猜那是不合规定的。他从未完全适应平民生活。有时他会说：‘下一场战争快快来吧。’”

“他当战俘的时候你们不是已经结婚了吗？那时你住在哪里？”

“住在曼彻斯特一个住宅社区。我在一个配给票证站里当职员，一个人过生活。”

这么说，当我和克丽芒坐巴士全国到处劳军的时候，哈特莉是过着不快乐和形单影只的生活。老天，我甚至去过曼彻斯特呢。“我的老天爷……”

“你继续听我说下去。当最后时刻来到时，我终于说服班收养一个孩子。他很不情愿，但还是答应了，我猜这是因为他看得出来我处于一种非常……我当时几乎……几乎……我终日闷闷不乐。所有收养事宜都是由我一人张罗的。班唯一做的只是签字，他签字的时候甚至没看文件内容一眼，就像身在梦中一样。我看得出来他不快乐，但我以为等小婴儿抱回家以后，他就会爱上他，一切就会改观，我们将会一家三口快快乐乐生活在一起，没想到……”

“别哭，哈特莉亲爱的，别哭。来，让我握着你的手。从今以后我都会看顾着你……”

“提图斯是可怜的小人儿，天生兔唇，必须开刀……”

"好，好，别哭，继续说下去，如果你觉得有必要的话。"

"我铸成了大错。"

"哈特莉，别这么悲伤，我受不了。再喝点葡萄酒吧……"

"我铸成了一个可怕至极的大错……而我也为此付出了可怕的代价……我早就应该知道的……"

"哦？是什么大错？"

"我从未对班提过你。我是说，我没有从一开始就告诉他，到后来就愈发不可能告诉他了。"

"你没有告诉他我们怎样一起长大、怎样相爱的事情？"

"我从没有告诉他事实。当他问我从前是不是有过别人时，我说没有。他当然不会知道事实，我表妹也不知道，你晓得，我们的关系一直都是保密……"

"对，因为我们的爱情太珍贵了，所以必须要严守秘密。那是珍贵、秘密而神圣的。"

"所以我才会认为不会有危险，认为不会有人会告诉他……"

"危险？有什么好危险的？毕竟你不是离开我了吗？"

"班是个醋坛子，是个嫉妒心强得可怕的人。起初我并不了解嫉妒这回事，我是说我不知道人嫉妒起来时会像疯子。"

对，嫉妒心会让人像疯子。这个我了解得不能再了解。

"在婚前，他就常常……恐吓我。如果我惹他生气，他就会说：'婚后我会要你偿还的！'我从不知道他是说真的还是开玩笑。而他会生气，又通常是出于嫉妒。即使我正眼看别的男人一眼，他都会怒不可遏……这样的情形一直持续到婚后……最后，我害怕极了，失去理智，把事情说出来了。"

"告诉他你爱过我而我爱过你？"

"诸如此类。我故意说得轻描淡写，可是因为我没有早早告诉他，让他觉得事情极不寻常……"

"我们的恋情本来就很重要，极不寻常。"

"要是我从一开始就告诉他或绝对不告诉他有多好。当我明白班是个善妒和嫉妒起来多可怕的男人以后，我就开始害怕起来……担心你哪一天会出现。”

“而我真的出现了！”

“为了自保，我才会向他提到你。你晓得，我当初因为怕有谁向你提到我什么，让你找到我，所以切断所有联系。我父母也搬家了，所以我想你应该不会……”

“你把联系切断得真够彻底！但如果你从一开始就那么怕那个混蛋，又为什么要嫁给他？”

“我以为他会慢慢改变。”

“你害怕过我，有吗？”

“没有，没有。但我害怕你会找到我和写信给我。他会把寄给我的每封信拆开来看。有许多年，我都抢在他之前起床，跑到邮箱去看，以防有你来信。”

“我的老天爷！”

“我把事情告诉他以后还是继续这样做。我总是害怕信箱，怕他看到什么不该看的东西，产生误解。就是因为受够了这种担惊受怕的生活，我才告诉他的……结果却……可怕极了。”

“他勃然大怒？”

“可怕极了，他不相信我们之间是清白的。”

“哈特莉，”我说，“那不只是清白的，还是严肃的，永恒的。所以班听到我们的事后会受到刺激，一点也不奇怪。”

“他不肯相信我们从来不是情人，认为我以前说自己是处女只是谎话。那情形真是可怕至极，虽然我告诉他一遍又一遍，他就是不相信。有时他会哄我，说是只要我承认，他就会原谅我，但我知道他是骗人的。他反复追问我，一次又一次。他就是怎样也不肯相信。”

“亲爱的，我们真的是情人，虽然不是那种意义下的……”

“他问了又问，每天都问，有时甚至每小时都问。他反复问同一个问题，连用词都是一样。他愈愤怒，我就愈胆怯，口齿愈不清楚，以致我的回答听起来真的很像谎话……”

“我恨不得宰了那家伙。”

她喝了不少葡萄酒，坐着打冷战，但已经不再哭泣，双眼圆睁，瞳孔扩大，盯着蜡烛看，手上的餐巾不自觉地捂在颧骨上，让她像是戴着一块面纱。她的粗眉毛(在烛光下看起来是白色的)蹙在一起，形成一个带点阴影的凹陷，不过因为她绿色外套的领子是翻起的，让她看起来有点少女的味道。我会有这种感觉，也许是因为我们从前一起骑单车出游的日子，她总喜欢把风衣的领子翻起。尽管一直聚精会神听她说话，但我全部时间都凝视着她被烛光照亮的脸，觉得她年轻时的朱颜正一点点被我创造性的激情修复回来。

“等一等，哈特莉，不要慌，”因为她看我站起来时，猛地抬头看我，面带惶恐，“我只是要去多点几根蜡烛而已，我想把你看清楚一点。”这时外头已经变暗了一些。我取出一盒蜡烛，点了四根，把蜡油滴在茶杯上，再把蜡烛立在上头。我把四根蜡烛围在她前面，像是布置一个祭坛。然后我走到她对面的位置坐下，仔细打量她。我好想看到她的笑容。那将有助于我的再创造过程。

“哈特莉，拿下你的面纱吧。你不想对我微笑吗？”

她放下餐巾，露出湿答答、扭曲的嘴唇。“查尔斯，现在几点？”

十点二十五分。“嗯，才九点半，还早呢。亲爱的，这些事情都不重要了，全过去了。你看不出来吗？就算他是善妒的蠢材、是活该受惩罚的野蛮人好了，那都不重要了，因为你用不着回到那个地狱去了。不过你说的这些又跟提图斯有什么关系呢？你来不是要告诉我提图斯的事吗？”

“他认为提图斯是你儿子。”

“什么？”

“他认为提图斯是你儿子。”

哈特莉双手平放在桌面上。烛光的照耀下，她看起来像个被审问的囚犯。

我把背挺得笔直，脸因为惊愕而发红，不知不觉也把手平放在桌面上。我们彼此凝视。“哈特莉，你不是说真的吧？他不会是当真的吧？提图斯怎么可能是我儿子？你丈夫难道疯了不成？他知道提图斯是收养来的，知道是打哪儿收养来的……”

“不，这就是重点。他不知道提图斯是打哪儿收养来的。是我把提图斯带入我们生活中的，是我出的主意，事情前前后后都是我一手包办的。整个过程班都是处于一种震惊状态。他除了在文件上签字以外，什么都没有做，甚至没有读文件的内容。有一次，收养协会的人到我们家来见班，但全程都是由我负责说话。班表情木讷，不发一语。”

“等一下，哈特莉。他不是知道我们分手了吗？你们收养提图斯，不是我们分手很多年以后的事吗？”

“他以为我们一直有联系。他以为我们偷偷幽会。”哈特莉此时眼中没有眼泪，眼睛睁得大大，表情几乎就像是在指控些什么。

“哈特莉，我亲爱的，正常人是不会相信这种荒谬想法的，那是完全没有证据的。何况他一定知道我们没有见面。”

“他怎么会知道？我每天白天都是一个人，有时候晚上也是一个人。他必须到很远的地方推销东西。”

“就算这样好了，他应该知道——如果他是正常人的话——那样的事是极不可能的。再说，他又怎能不信任你，怎能用自己的荒谬幻想来折磨你！”

“那不是发生在一夕之间的，”哈特莉说，又大口喝了些葡萄酒，“他从一开始就不喜欢提图斯，而这大概是因为收养提图斯是我勉强他做的唯一一件事。他感到愤恨，内心深处希望这个收养会变成一场灾难。我先前说过，他不断提你是我的情人，说我们说不定现在还是情人，我则不断激烈否认。后来我累了，每次他挑起这个话题，我都会在脑子里想别的事。我想起初他不是真的相信我和你继续有来往，而只是为了刺激我，但我可以确定，他从一开始就相信我们不是清白的。我们当然无法忘记你，因为你老是出现在报纸上，后来又出现在电视上……”

“天啊……”

“你的事情一直在他脑子里发酵，然后有一天，他突然以为自己想通了，认定你就是提图斯的父亲。你和提图斯都是他生命中厌恶的东西，向来都梗在他脑子里，久而久之，他就感到你们是有关联的，一定是有关联的。这一切都是我的过错。”

“提图斯当时几岁，你丈夫又有什么证据……”

“我不记得提图斯当时几岁，但班的想法大概不是一朝一夕出现的。提图斯还很小的时候，班就对他就非常严厉，后来更是变本加厉。起初他说这种疯话也许只是为了刺激我，但后来看到我闷闷不乐的样子，就开始认定事情是真的，认定我的难过是罪恶感的证明。”

“可是这太疯狂了。他一定是疯了，得了慢性神经病……”

“他没有疯。”

“疯子都是这个样子，认为一切都足以证明他们的想法。”

“他说提图斯长得像你……”

“这就足以证明他是疯子。”

“可笑的是提图斯真的有一点像你。”

“这是可以解释的。因为他是你养大的，而你又有一点像我。我们互相凝视了那么多年，有点像是不足为奇的。爱恋中的男女都很相像。”

“真的吗？说不定你是对的。我本来还觉得奇怪，几乎觉得匪夷所思。”我这个看法似乎比我说过的任何话都更让哈特莉震惊，甚至让她高兴了一会儿。

“你不是应该有提图斯的出生证明吗？”

“这就是麻烦的部分。你知道，我收养提图斯的时候，根本不想知道他父母是谁。我不想有提图斯不是完全属于我的感觉。收养协会固然给了我一些文件，其中甚至包括提图斯生母写的一封信。但我并没有读信，并且马上毁掉了。我不想让自己对他的生父母有任何印象。我不想让提图斯和他被我抱回家以前的过去有任何牵连。我故意遗忘，想从我的脑海里拔除。就因为这个缘故，当班开始对提图斯的身份起疑时，我根本不知该怎样回答。起初我甚至记不起收养协会的名字。这让我的话听起来很假，就像谎话……”

“但一定有记录的，如官方档案之类的。”

“那时候和现在不同，很多事情都没那么正式。那时也没有小孩有权知道生父母是谁的法律。当然，我想多多少少是有些记录的，但到了班想知道细节的时候，那家收养协会已不存在了，听说是毁于火灾，很多文件也在大火中烧毁。但班从不相信，我也不知应该写信向什么部门查询。我试过去查，我去了伦敦一趟，班不肯一起去，所以就只有我一人去，住在旅馆里……”

“我还是不明白。他认为我们做了什么？”

“他认为我们一直偷偷摸摸幽会，也许不是全部时间，但却是断断续续。他认为我怀孕了……”

“但你们是住在一起的啊！”

“这是另一个巧合。就在决定要收养小孩以后，我离开家一段颇长的时间，那是我唯一一次没有住在家里。我爸爸生病了，后来死了。班认为我就是那时候生下提图斯的。不巧我也变胖了，你说这一切有多巧。他认为整件事情都是我导演的，以便可以让提图斯住进家里。”

“但他看过文件的……”

“全部申请手续都是我一手包办，他是签了字，却没有看内容。他认为我跟收养协会的人串通好。”

“你丈夫是最会幻想的人，是卑鄙、可恨、残忍、半疯的施虐者。”

哈特莉怔怔望着烛焰，没有说话，只是摇头。

“提图斯本人应该不知道这事吧？我是说他不知道班的想法吧？”

“他知道，”她说，“不过是稍后才知道的，那时候他大概是九或十岁。我们当然早就告诉过他，他是收养来的。不过有一天，班突然告诉他，他是他妈妈情人的骨肉，而他妈妈是个婊子。”

“好个邪恶变态的……”

“班有段时间常常揍提图斯，为此一些邻居还找来家暴中心的人干涉。但我无能为力，我保护不了他，只能选择站在班那一边。那真是一段可怕至极的日子，我觉得自己就像个骨头都被打碎了的人，虽然还站得起来，但全身的骨头和关节都断开了，不再真正算是一个人。”眼泪慢慢从哈特莉眼睛渗出来，但她仍然怔怔望着烛焰，只伸手摸索桌子上的餐巾。我把餐巾推向她。

“但为什么你不能保护提图斯呢？……唉，愚蠢的问题。哈特莉，我受不了……”

“他认为全是我的错，而事实也真是我的错。我应该从一开始就跟他说的。而我会嫁给他，是因为同情他，希望让他得到快乐…… 可偏偏……可偏偏……”

“哈特莉，停止，别说下去了。”

“不知道怎么搞的，我就是会把一切愈弄愈糟，带给他伤害，仿佛我做的一切正是为了惹他生气。有天晚上，他去上成人课程，而我不自觉地把门链带上，然后就去睡觉。结果他回来时进不了门，而外头又下着雨。我半夜三点醒来时才发现这事，给他开门。他进屋后开始打我，不肯让我睡觉。”

“哈特莉，拜托不要再告诉我这些恐怖事了。我不想听，而且一切都过去了。”

“我好愚蠢，好愚蠢。提图斯当然也从未能在学校里安顿下来，一切都往错误的方向发展。我也开始怀疑班从一开始就不相信我。但不管我想用什么方法补救，都适得其反，就像是我在他的催眠下变得真有罪恶感。我也不知道提图斯心里怎样想。他常常坐在旁边，听着班是一种说法，我又是另一种说法，就像某种连祷文，就像一首蹩脚的诗。我不知道他知不知道真相是什么，或有没有所谓的真相可言——一切都被吞没在浓雾般无意义的争吵里。一切都纠缠成一场噩梦。后来，提图斯甚至怪起我来，而在某种意义下，他是对的。有时候我觉得他对我的怨气比对班还大。当然，在提图斯还小的时候，他因为害怕班，所以都是静静不语，一整个晚上坐在椅子上，面对墙壁。到了十五岁以后，他开始喜欢装成真的相信自己是你儿子。有一两次，他告诉班我对他说过他是你儿子。我想他这样说是为了刺激班，当时提图斯已经很高大，班无法再揍他了。”

“哈特莉，别说了。现在只要告诉我有关提图斯的事就好。他是什么时候离家出走？你认为他会去哪儿？”

“他高中毕业后就进了工专，就是我们以前住的地区那所学校。他有一笔奖学金，念的是电工。他住在家里，但不太搭理我们，对我们持排斥态度。我有时觉得他恨我们。他大概永远不会原谅我在他小时候没有保护他。就在我们要搬到这里前不久，他住进宿舍，接着消失得无影无踪。他离开宿舍，却没有留下住址。我到处找他，打听他的下落，但似乎没有人知道或在乎他去了哪里。他知道我们这里的地址，却从没有写信来。我猜他是去找他的亲生父母了，他以前就说过他早晚会去找他们。他常常提他们，说他们说不定已经变成有钱人了。不管怎样，他都走了。走了。”

“别那么悲伤，哈特莉，他会再回来的。你不是说他知道你的住址吗？他会再回来的。等钱用完后他自然会回家，年轻人都是这个样子。”

她摇摇头。“有时我会希望他不会回来。有时我相信他已经死了。有时我几乎希望他真的死了。这样，一切由希望与恐惧引起的痛苦就会停止，而我们也可重获宁静。如果他回来，那将会……非常可怕……”

“你是指……”

“可怕。”眼泪缓缓从她眼眶渗出，她反复眨眼，好让眼泪可以滑到脸颊去。“我真希望我们从未收养过小孩。那都是我的错。班说得对，我们最好是无儿无女。如果我抑制得住收养的念头，那班就会……像我所希望的样子……”

尽管她的故事痛苦而恐怖，但我的心思却雀跃不已，仿佛跳进了一片光明土地，各式灿烂的前景突然开启。我要带走哈特莉，然后与她一道寻找提图斯。在某种奇怪的形而上的意义下，这是真的：提图斯是我的儿子，是我们爱的结晶！至少我会把它变成真的。

“哈特莉，我的小哈特莉，别哭了。你遭遇过的恐怖事已全过去了，现在停止伤心吧。你现在是我的，我会好好照顾你和保护你……”

她再次摇头。“我嫁给班是为了让他得到快乐！你不要以为我们的婚姻真是那么糟糕，并不是如此。我告诉你的是糟糕的部分，但有可能我给了你一个错误的印象。”

“那你是要告诉我你有一段快乐的婚姻啰！”

“不是，我只是要说它不是那么糟糕。班对提图斯并不总是那么坏。他是个具有善恶双重人格的人，大概每个男人都是这样。主要是你的名字常常冒出来，让他抑制不住。你太有名了，让我们不能忘记你。但我们生活里也是有好一点的时光……”

“怎么个好一点法？”

“就像平常人的生活。在你看来也许枯燥，但对我们来说却是平静的生活……”

“好个平静的生活！”

“班不是很喜欢他的工作，但喜欢做房子里的杂活。他喜欢DIY。”

“DIY？”

“‘自己动手做’。我们有一次还到伦敦的奥林匹克展览中心参观展览。他常常上夜间的成人课程。”

“你不小心把门链带上的那个晚上，他参加的是什么成人课程？”

“修补瓷器。”

“那你平常又做些什么呢？你有娱乐吗？你有朋友吗？”

“班不喜欢社交生活。我不介意。我们在这里几乎不认识任何人。”

“那你有去上成人课程吗？”

“我上过德文课，但他不喜欢我在傍晚外出，而德文课又是傍晚的课。”

“他这些年来都忠实于你吗？他有过外遇吗？”

有一下子她似乎听不懂我的话。“没有，当然没有！”

“我搞不懂你为什么这么有把握。那你呢，你有过外遇吗？”

“没有，当然没有！”

“是吧，我猜若是你有的话，恐怕早就小命不保了。”

“我想你应该看得出来，我们是非常依赖彼此，非常……”

“依赖彼此！对，我看得出来！”

“不，你看不出来，”她说，突然脸转过来面对我，“你看不出来。没有外人可以了解别人的婚姻。我一直向上帝祷告，要它让我永远继续爱着班……”

“这很滑稽。哈特莉，难道你看不出来，你的处境最后变得难以忍受、无法维持了吗？不要再为那个施虐者扮演耶稣基督的角色了。”

“他也受了很多罪……唉，我对他好残忍。那不是他的错，是我有错在先。”

“你告诉我那么多可怕的事情，现在却指望我同情他！你来这里是抱什么目的？你为什么要来找我，告诉我这些事情呢？”

哈特莉仍然看着我，但表情像是在沉思。然后她慢慢说：“大概是因为我想找个人倾吐，倾吐上面那些冒渎的话或你称之为恐怖的事。正如我说过的，我没有朋友。我和班是紧紧生活在一起的，过的是一种隐秘的生活，就像两个逃匿的罪犯。即使我想告诉任何人，也没有人可以让我倾吐。”

“这么说你只是把我当成唯一的朋友！”

“对，我想你是唯一会愿意听这些……”

“你希望我分担你的痛苦……”

“对，某种意义下你也有责任……”

“对你破败的人生有责任？就像你对我破败的人生有责任一样吗？这就是你的报复吗？不，我不是认真的……”

“不，我不是这个意思。班对你的想法，一直就像是……就像是纠缠我们生活的恶魔。但我告诉你这些，当然不只是为了找人倾吐。你知道吗，我在村子第一次看到你的时候，几乎昏倒。当时我刚绕出山坡下的路口，而你正要走进酒吧。我双腿发软，好不容易才往回走上山坡一点，坐在草地上。然后我想我一定是做梦，一定是发疯了。我不知道该怎么办。然后第二天我在杂货店里听到有人谈到你，说你退休了，搬到这里来住。我考虑了一下要不要把此事告诉班，因为即使我不告诉他他应该也会认得你，尽管你和报纸里的样子不太像；而且迟早会有人告诉他你的事情，比方说成人课程的同学。于是我告诉他看到你的事，他马上狂怒起来，说我们得马上把房子卖掉搬走。他认为，你是为我来的，”

“他正在卖房子吗？”

“我不知道。他说他见过房屋中介，所以说不定正在进行。但我没有问。我今晚来这里，就是想告诉你提图斯的事和班的想法，求你帮助……”

“求我帮助！我亲爱的女孩，我不是一直告诉你，我千万个愿意帮你忙吗？我们离开这里，明天就到伦敦去，甚至今晚就走，只要有火车的话……”

“不，不，不。我不是这个意思。我的心思七上八下，委决不下。我起初想请你把房子卖掉搬走。我认为你只要知道你对我和班来说是多么大的梦魇，就会愿意马上搬走。”

“哈特莉，我们一起走，你和我。这才是真正的解决方法。”

“之后我又想过写信请你搬走，但要在一封信里说明那么多事情是很困难的。”

“哈特莉，你愿意今晚或明天跟我一起走吗？”

“然后我又想——尽管听起来很疯狂——说不定你可以说服班，让他明白，我多年来说的都是真话……”

“怎么个说服法？”

“我不知道。发誓赌咒或写切结书之类的……”

“写切结书”这个主意反映出哈特莉此时的心智有多混沌。一份切结书会对班起多大作用不问可知。这样想的同时，我的大脑飞快转动，构思着合乎实际的计划。我当然仍然希望哈特莉最后会决定留下来，至少是留一个晚上。不过，她很可能不会愿意，而如果我勉强她，事后也难保她不会有一些可怕的情绪反弹。这一类的震撼策略都只会有害无益。看来上上之策还是让她自己想清楚，让她自己得出结论。在我看来她仍然身在梦中，是一个锁在自己噩梦里的女人。她会走出来的，但得慢慢来。说不定我还得下很大功夫，才能搅动起她自由的本能，让她对未来重新产生希望。在这段时间，我必须想出与她保持联系的方法，以便可以和她一起拟定她的计划、一起构思她的未来——一个包含我在内的未来。毫无疑问，她一旦想通快乐是可及的，就会向它直奔而去。但此时，明智之举还是附和她那个“说服”班的疯狂想法。幸而她是要求我这个，因为如果她直接要求我搬走，我的着力点会少许多，尽管最终，我还是一定会成功的。哈特莉是个生病的女人。

“我想这是个好主意。我一定会想出办法说服他。我们必须一起商量这事该怎么办。可是，最重要的事还是：为了你自己好，离开班，与我永远在一起。”

听到这个，本处于恍惚状态的哈特莉突然面露惊惶。她猛抬起头，东张西望。“查尔斯，几点了？”

快十一点了，但我却说：“差不多十点十分。亲爱的，为什么你不留在这里呢？求求你嘛。”

“不可能还那么早。我从这里回家要走三十五分钟的路，而班通常十一点左右就会回到家。”她站了起来。“我觉得醉了。我不适应葡萄酒。我得走了。”她转过身，似乎是要离开，却突然抓住我的手，看我手上的表，紧接着发出一阵凄厉的哭喊。“十一点了，十一点了！你为什么要骗我！我为什么要相信你！为什么我会忘了戴表！我该怎么办呢？我该怎么办呢？我要怎样说呢？他一定会猜到我去哪里！我好蠢，好蠢，我还能怎么办呢！”

“留在这里，你没有必要回去！”

看到她的悲伤和恐惧时，我感到颤抖和一点羞愧，但同时想：就让灾难叠灾难，危机叠危机吧，就让一切坍塌成废墟吧。这种结果将对我有利。但我转念又想：说不定他会把她给杀了。为了以防万一，我必须把她留下来，绝不能让她回去。

“我回不去了，也不能留下来。我得告诉他我来找过你，但我又怎能这样做，情形一定会像从前那些晚上一样。啊，我要死了，我要死了，我恨不得死掉。为什么我要一次又一次受这种苦。我该怎么办，我该怎么办？”

“哈特莉，别歇斯底里了。你下定决心留在这里不就一切都解决了。”

“我不能留在这里。我必须跑回去，对，用跑的。但这没有用，他一定已经回到家了，现在一定又担心又生气。我不能回去，我不敢回去。我为什么这样没大脑和愚蠢呢。我总是如此，总是把事情愈弄愈糟。为什么我没注意到已经这么晚……”

“不要怪自己。你不妨这样想：你忘了戴表是潜意识作祟，因为你内心深处是想跟我在一起。现在你不能回去了，这不是更好吗！”

“我不该来这里，不该告诉你那些事情的。他一定会逼我把说过的一切说出来。”

“你来这里只是看老朋友，这有什么大不了。你说过我是你的朋友——我很高兴你这样说——而朋友不是应该帮助彼此的吗？”

“要是我早一个小时离开，一切就会好端端的！我必须用跑的，必须马上离开……”

“哈特莉，冷静下来！如果你坚持要走，我会陪你走回家。”

“不，你必须让我一个人走，我们绝不能再见面！唉，我恨不得死掉！”

“别哭喊了，我受不了！”

哈特莉一面哭，一面在厨房里快步走来走去，一下子往大门方向跑出几步，一下子又跑回桌子边，举止就像发了狂的动物。在情绪激动中，她甚至捡起那条餐巾，塞到口袋里。目睹她这样子，让我也恐惧起来。“啊，亲爱的，不要害怕成这样。停下来，留在这里。我爱你。我会照顾好你的……”

接下来她开始打我，静静的却很凶猛。奇怪的是她变得很有力量。她踢我的腿，一只手捏我手臂，另一只则紧紧掐住我脖子。我瞧见她张大的嘴巴和白森森的牙齿。我想抓住她一只手，却发现要驯服这样一只又踢又捏的动物太困难了，而这样的缠斗也太骇人了，我决定放弃。我用力把她向前一推，自己则摇摇晃晃后退几步，砰一声撞在桌子上，撞翻几根蜡烛。在这一瞬间，哈特莉走了，一阵风似的冲出厨房——却不是直奔大门，而是从后门冲出了草坪。

我本该像只忠狗般紧追出去。我本该把她拉回来，强行留在房子里的。但出于某种愚蠢的本能，我竟然先弯腰把地上的蜡烛捡起，斜斜地搁在茶杯里。然后，我才跑出屋外，站在寂寥空旷的岩岸上，天空是蓝色的，近乎一片漆黑。我先前因为一直看着烛焰，刚跑进黑暗的时候有一阵子甚至什么都看不见。

一点哈特莉的影子都没有，她想必是一出草坪，就立即爬上草坪四周的岩石堆。我大声呼喊：“哈特莉！”传来的阵阵回声听起来可怕而凶险。她往哪个方向去了呢？不管她走的是村子的方向还是圆堡的方向，要爬过岩石带走到公路去都不是易事。在一片蓝色的暗光中，四周除了歪七扭八的岩石、湿滑的小水坑和突然出现的岩缝外，别无他物。我站着倾听，希望可以听到她喊我的声音或是她在岩石间攀爬的声音。

慢慢地，我意识到起初我所感到的一片宁静，是由众多细碎的声音汇聚而成的，却没有一种声音可以告诉我哈特莉往哪个方向去了。其中一种声音是小海浪舔打“小悬崖”的声音，退去，然后再舔打。还有一种远远的隆隆声，那是在雷文饭店附近公路上行驶的一辆汽车发出的。我也隐隐听到一种嗡嗡声，就发自我的头脑里，而那可能是喝多了葡萄酒的结果。还有一种有节奏的嘶嘶声，那是海水退出米恩大汤锅时产生的。

一想到米恩大汤锅，我顿时不寒而栗：哈特莉会游泳吗？我直到此时才想到一个可能性：哈特莉会不会一冲出屋子就跳进海里？她不是哭喊过“我恨不得死掉”吗？她这些年来都有寻短见的念头吗？如果有，那现在不是最有可能付诸实行的时刻吗？善泳的人想寻短见是不会跳进海里的，但不懂游泳的人却可能会把海看成死亡的最佳意象。她会游泳吗？少女时代她从未学过游泳，而那时候大海对我们两个来说都遥不可及。自十四岁那年跟麦克道尔老师去过一趟威尔士以后，我固然成了无畏的泳者，但从没想过要找哈特莉一起到运河里游泳。她说过班不能游泳，却没说她自己会不会游泳。现在，她奔离我的臂膀和欺骗以后，会不会想跳入大海，一了百了呢？

我一面这样想一面爬过往右边去（也就是村子方向）的岩石，因为如果她要回家，这是一条她本能上会采取的路线。从圆堡方向的岩石带回到公路是比较容易些，这是因为村子方向的岩石带会途经一个深沟壑，白天的时候并不难穿过，但在一片漆黑中却十分凶险。不过哈特莉有可能不知道这一点。我费劲地攀爬又滑下来，不时喊哈特莉一声，现在，我在弥漫雾气的半漆黑环境里可以多看到一点东西了。昏星出来了，还有一个发白的月亮。我在心里祈祷：请让她摔下来，但只是扭伤脚踝就好，这样我就可以把她背回家，留她下来；至于那个恶魔怎样想，就由他去想。

想在岩石上快步走极为困难，因为它们的凹凸是完全不可预测和无理可循的。它们的不可理喻性从未让我体认得如此深刻。我竭力要贴着海的边缘走，但岩石却反复挫败我，泥泞一再让我滑脚，不是滑到海草丛生的水坑里，就是滑到漆黑的岩缝或洞孔，要不就是滑到难以攀爬的光滑岩壁下面。我很想看到海面，以确定没有溺水妇人的头颅浮沉在上，没有一双突破平静水面的手在绝望挣扎。我一面攀爬跳跃，喉头一面发出轻轻呻吟声；每隔一段时间，我就会喊她的名字一次，声音像是猫头鹰的号声。最后，我终于不经意爬到一块就靠在海旁的高大岩石上。我站在岩石顶上的最高点，放眼张望大海。但在明亮微皱的海面上，除了昏星和月亮的倒影以外，什么也没有。天空仍然隐隐泛着蓝光，尚未被深夜那种暗蓝色取代。在又大又亮的锯齿状昏星后面，有一两颗像粉红色小点的星星隐约可见。我转身望向内陆。现在我可以感受到空气和岩石的温暖，与我屋子里奇怪的寒意形成鲜明对比。岩石在我面前延展，看起来像是几乎没有颜色的煤块，其间错落着漆黑的洞窟。过岩石带以后就是公路，更远处可以看到村子和阿莫尼农庄的疏落灯光。我喊得比之前更大声了："哈特莉！哈特莉！回答我，让我来找你。"却没有任何回答，仅有由一些细碎声音汇聚成的寂静。

我不知道下一步该怎么办。哈特莉已经努力通过沟壑回到公路上了吗？说不定她对那里的地形比我更熟悉。说不定她和班常常到那里野餐。没错，婚姻都有自己的秘密地点。我决定回到公路上，往圆堡的方向走。我花了五分钟小心攀爬过沟壑，一到公路上就开始往回跑，一面跑一面喊她的名字，直到跑过我的房子，去到拐向雷文湾的那个路弯为止。从那里，可以看到雷文饭店的灯光。但我什么人也没看到。现在天已全黑，在岩石间攀爬是不智的事。哈特莉回到家了吗？还是倒卧在一条漆黑的岩缝中，失去了知觉？或是比这还糟？我下一步该怎么做？我唯一确定不能做的就是回"什鲁夫末端"去，吹熄蜡烛，上床睡觉。

很明显，我除了去一趟"尼布利特"以外别无选择。到那里以后，我要么是透过偷听看看哈特莉回去了没，要么是——我想不出来。我开始急速向村子的方向步行。我觉得非常热，才意识到自己还穿着那件针织运动衫，于是把它脱下，藏在刻着Nerodene字样的里程碑后面，然后继续前进，几乎是用跑的。我起初考虑取道较长、较安全的路线，也就是穿过小海港到山丘去，从后方接近小别墅，但我太焦虑了，所以还是决定选通常走的路线：走那条通到村子去的步道。村子的大街空荡荡的，三盏街灯的黄光照耀着街道。我跑过静悄漆黑的杂货店，又跑过“黑狮”的招牌下面。酒吧已经打烊，只有几户人家的窗户是亮着的，这里的村民都是早睡者。我的跑步声紧急而惊恐。到达教堂后，我转往山坡上跑，一面跑一面喘。这条柏油路没有路灯，而且笼罩在上方林地的阴影中，一片漆黑。目的地已经在望后，我放缓脚步，改用走的。“尼布利特”还点着灯，大门是打开的。有个人站在木栅门后面向我凝视。他是班。

我要躲已经来不及了，况且我根本没有要躲的念头。我匆匆走向班，他已走出了木栅门，凝视着我。说不定在黑暗中他误以为走近的这个人是他太太。

“哈特莉回来了吗？”

班瞪着我。我只觉得自己愚蠢。他都是喊她玛丽的，说不定从未听过哈特莉这名字。

“玛丽回来了吗？”

“没有，她在哪里？”

从窗户和大门照出的光线让我看清班那个孩子气的圆头颅和身上那件像军装的蓝夹克。他样子忧心而年轻，有那么一秒钟，我觉得自己看到的不是哈特莉故事中的“恶魔”，而是焦虑妻子是不是遇到意外的年轻丈夫。

“我在村子碰到她，邀她到家里喝一杯，但她只坐了一下就走了，说是要抄穿过岩石带的捷径回家。她走了以后我才突然想到，说不定她会从岩石上摔下来，扭伤脚踝。”我这番话听起来虚弱而虚假。

“抄穿过岩石带的捷径回家？”这看来是荒谬之至的主意，但班似乎因为太担心哈特莉，所以没有提出质疑，甚至没有表现出敌意。“你是指你家附近的岩石带？她有可能会摔倒。我们最好一起去找她看看……我去找手电筒……”

他进屋以后，我转过身，望着柏油路的方向。片刻以后就看到一个黑色的身影。是哈特莉，她缓缓从山坡下面向我走来。

我的脑子霎时掠过大量想法。首先我觉得自己跑来这里是荒谬的，因为不管哈特莉在回家途中构思了任何说辞，都肯定因为我的出现而派不上用场了。我又想到应该马上警告她，我方才已经告诉班她到过我家。我又想到我必须想办法留下来保护她。但我又痛苦地想到，这是不可能的。我还想到，为什么不一把抓住哈特莉的手，带着她跑下山坡，跑出村子；我们可以在阿莫尼农庄待上一晚，第二天坐火车到伦敦，不然就是拦一辆卡车到任何地方：曼彻斯特、约克、布里斯托尔、加的夫或格拉斯哥。但我知道这也是不可能的(我身上没有钱、班会追来、哈特莉可能会因为太害怕而不敢跟我走，等等)。我又想，就让他们吵一顿凶得前所未有的架吧，就让这个家垮下来吧。她已经来找过我一次。她一定会再来。我需要的只是等待。

这一切思绪前后大约只历时四秒钟。然后我就跑下山坡，迎向哈特莉。我没碰触她。我用非常快的速度对她说：“我很抱歉跑来这里，但我担心你。我告诉他我在村子偶然遇到你，请你到我家喝了杯酒，然后你就回家了。现在我不能逗留，但请你尽快来找我。尽快找我并永远与我在一起。你不能再这样生活下去。我会等你，每一天都会等着你来。”

我看不清楚哈特莉的脸，但她整个人给我的感觉不是害怕，而是一种比害怕更吓人的样子，一种完全的沮丧漠然。她给人全身湿答答的感觉，就像她真的溺了水，现在回来的只是她的魂魄。

班这时走回到木栅门前。我向他喊道：“她回来了！”我陪着哈特莉一起向前走。

班走到人行道上。我们走近时，他说：“没事了？那就好。晚安。”说完就转过身走进屋里，没等着看哈特莉是不是跟在后面。

我推开木栅门，让哈特莉穿过。她低着滴着水的头，打从我身边走过。

我有一种跟进去的冲动，想要尾随哈特莉走进屋里，坐下，要求喝杯咖啡。但这是不可能的，只会让她的困境雪上加霜。一切都出了差错。门砰一声阖上。

我没有偷听的欲望，事实上我几乎连一丝好奇心都不残留，因为我的心灵对这屋子的内部和这桩婚姻的内情极为惊恐，避之唯恐不及。我觉得恶心：对我自己、对他，甚至对她。

我走路回家，走得不快也不慢。我没忘记捡回我的针织运动衫，上面沾满露水。屋子一片漆黑。蜡烛都倒下来，熄灭了，在木头桌面上留下长长的黑色烧灼痕迹。至今，看到这些烧灼痕迹都会让我忆起那恐怖的一夜。

之 四

下面的文字是稍后写下来的。我现在打算做的是更深刻地反省和更有系统地回忆，而不只是写日记。这段日子发生的事情纷至沓来，不容我有太多时间写日记；不过，待会儿各位读到我这段日子的记述，也许会觉得有点过场的味道(甚至是喜剧性的过场)。这本小说体的回忆录(它终于变成这样的东西了)如今看来相当精确和忠实，至少有关事实的部分是如此。(但诚如詹姆斯会说的，什么又是事实呢？)也许是一种专业的天分吧，我对于对话的记忆力特别好，所以，如果我与哈特莉在烛光中的一番谈话有录音记录，我深信录音的内容将与我的记述相差无几。我的记述固然经过剪裁，但没有漏掉任何重要的部分。事实上，记录在这本书里的许多对话，不管是已经记下还是将要记下的，都是深深铭刻在我的脑海里的。

在上述那个晚上，我回到家已经疲累之极，马上就寝(我没有吃那罐韩国蛤肉，稍后就扔掉了)。第二天早上九点多醒来，当时窗外下着雨。多变的英国天气又换上新装。大海被一层清晰的灰光和如注大雨笼罩。每颗雨滴都看来清晰分明，有如珠帘子上的珠子。在雨水拍打下，屋子机器般嗡嗡作响。起床后，我到厨房泡了茶，低着头，蹒跚地踱来踱去，样子像只阴郁的野兽。我并不好奇“尼布利特”在我离开以后发生了什么事。因为不管发生什么事，这一切很快就会成为历史。然后我走进小红室，坐下，头仍然低着，不想被雨天早晨的光线照到。我想，大概我已成功地把哈特莉和丈夫的关系推到了一个危机的处境。所以，除等待以外，我显然什么都不必做。她肯定会来的。但……如果她不来呢……那我……那我将会把另一些正在静静构思中的计划付诸行动。我不会智力穷尽的。我会等待。这种思绪把我带入一种不自在的平静里。

*　*　*

过了不久(我指一两天)，吉伯特就像鬼魂般出现了。为什么我看到面带紧张微笑的吉伯特，看到他停在堤道尽头的黄色轿车时，并没有感到惊讶呢？这是因为，在我订定的计划里，非常巧的就包括像吉伯特这样的助手，而我知道他也一定会乐于配合。“莉齐呢？”“她没来。”求之不得。雨还下着。

我装出一副惊讶和恼怒的样子。

“那你来干吗？”

“我可以进来吗，影子国王？雨水滑到我脖子里了。”

我带他到厨房。刚才我一直在厨房里吃巧克力消化饼干，喝阿华田。我这段过渡时期的特征就是，每天从早上十点半开始，我就不停地吃点心，持续一整天。小红室里的壁炉熊熊燃烧着，也将一点摇曳的火光投入被雨水遮蔽的厨房里。

吉伯特全身湿答答的。

“有什么就说吧。”

“亲爱的，莉齐离开我了。”

“所以呢？”

“所以我决定来这里，我有一种驱迫感。我想来告诉你有关莉齐的事，我觉得应该这样做。她病了，我是指她的脑袋生病了。她又再次疯狂地爱上了你，这是一种宿疾，我本来就担心会复发。她的症状就是受不了我。看来我们的同居乃是一种不牢靠的神迹。不管怎样，我们之间结束了，我们的田园诗过去了，我们的房子垮了。我被炸得飞了出来。她走了。我甚至不知道她去了哪里。”

“她不在这里，如果你就是为此而来的话。”

“不，我不是……”

“我想你认为我该负责，你就是为了说这个来的吗？”

“不，不，我谁也不怨，不管是命运、上帝还是我自己。人生就是一场战争，你必须学会怎样去打这场仗。她走了，现在回想起来，她愿意关心我，与我分享一栋房子真是不可思议；房子里的每样东西都是我们一起挑的，就像真正的夫妻那样。不，我不是为她而来的。你对我来说总是一块磁铁，现在我老了，不再在乎别人[1]怎样想或怎样轻视我。总是值得一试，我只后悔年轻时没有更勇于争取。我对你的感情你一向知道。对，你是鄙夷它，你是觉得恶心，但每个人其实都应该因为被爱而心生感激。反正目前我也没戏可演，就想不妨来这里看看，说不定你会让我待一阵子。让我为你效劳。我无法一个人住在没有莉齐的屋子里，每件事物都会让我忆起……"

"为我效劳？"

"对，我可以帮你煮饭和打扫，做些打杂的工作，有何不可呢？我总觉得自己应该是归属某个人，我指的是严格意义、法律意义下的归属，就像动产一样，没有任何权力可言，也不会带来任何麻烦。我常常觉得自己有个奴隶的灵魂。说不定我前辈子是个俄罗斯的家奴。"

"你想当我的家奴？"

"对，求你俯允，老爷。如果你喜欢，我可以住在那狗屋里。"

"好吧，你被收留了。"

就这样，我的生活展开了一段奇怪的时光，现在回顾起来，我对这段时光还有着乡愁般的怀念。但之所以会如此，也许只因为那是可怕的暴风雨来临前的一段平静时光。我甚至相当欣赏吉伯特的家奴身份。在目前的阶段，他对我是有用的，稍后更是少不了。吉伯特帮我打扫房子，甚至清除浴缸的水垢。我让他为我做饭，容许他采取一种折衷于我和他之间的烹调风格。我无法把他提升到我的简易高度，而且勉强他这样做也很残忍。吉伯特当然不认为配着吐司、香蕉和奶油吃的烤沙丁鱼是合宜的午餐，同样的，我对他丰腴

① 指查尔斯。

肥腻的法式料理也不以为然。我们大啖蔬菜沙拉和新鲜马铃薯，这是我最爱的饮食之一(现在杂货店里有卖莴苣和嫩马铃薯了)。我让他自行调制蔬菜汤和蔬菜锅，又教他日式油炸馅饼。他一学就会，而且青出于蓝。我甚至让他烤蛋糕。他替我到村子采购，又从雷文饭店带回来西班牙葡萄酒(他向饭店的人自称是我的管家)。晚上他睡在楼下房里那张弹簧坏掉的沙发上。那沙发很潮湿，但我让他用我的热水袋。

我每天游泳，有时在太阳下，有时在雨中，并慢慢感觉到海水就像渗入了我的皮肤。有太阳照耀时，我喜欢坐在屋边的岩石上消磨时间。吉伯特常常注意着大门外的动静，有事没事都去看看信箱，但就是没有一个人来访，哈特莉也没写信来。我又恢复了收集石头的旧习，会在一些小水坑里或被海潮冲刷的岩缝里捡出石头，带回草坪。吉伯特帮我把石头砌在草坪的边界。这些石头质地密致，各有各的颜色花纹，非常独特、唾手可得。它们有些漂亮又简单，浑然天成，非任何艺术家能创造：有浅灰色带窗花线条的，有黑色交织白色十字的，有棕色带紫色椭圆纹的；有带斑点的，有带条纹的，并且都因为历经大海千百万年的抚摸而极其光滑。被我带入屋里的石头愈来愈多，有些躺在桃花心木书桌上，有些躺在卧室的窗台。

吉伯特本来也乐于收集石头和采摘野花，但每次他穿着那双皮底高档皮鞋爬上岩石冒险，都会马上摔下来。后来他从渔人商店买了几双橡胶底的帆布鞋，但爬起岩石来仍然跌跌撞撞。他当然不敢下海游泳。不过他会锯些木头带回来，这项活动对他来说是有象征意义的，也带给他很大的满足感。他继续整天忙着各种自己发明的家奴活动。他把珠帘子洗刷一遍，除去珠子上微黏的垢迹(垢迹是我早已习惯了)。就这样，我们一起生活了一段短暂时光，沉浸在各自的幻想里，倒退回一种原始简单的生活和近乎恋物的私人执迷里。

收集石头累了，我喜欢坐在岩石拱桥上，观看怒潮在下面的米恩大汤锅进出。我双脚悬在拱桥边缘，任由带虹彩的水花溅过。观看海浪在洞窟里的动静让我有一种阴郁宿命的快感。在涌进那个又深又光滑的圆洞时，相反的海浪会在盛怒中互相摧毁；退潮时，水流会因为抢着离开狭窄的出口而形成一个急激的漩涡；强劲的海风也会导致同样的效果。这段日子持续有风，当风大时，海浪猛击在岩岸上，在岩缝间灌进灌出，发出一种像哀号的声音，听多了以后，我紧绷烦恼的心灵也开始感到疲倦。我从未想过自己会不喜欢大海的声音，但有时候，特别是晚上，它是精神上的一个负担。

晚上，我喜欢坐在小红室的壁炉旁边。有时吉伯特会坐在厨房里，享受当仆人的乐趣(我猜他会乐于穿上侍女的装束，但他没这样做，因为知道我一定不喜欢)。有时他会跟我坐在一起，安静得像只狗，眼睛滴滴转地望着我。有时候我们也会谈几句。在油灯的光线中，他不时看起来像极了威尔弗雷德，这无疑是他下意识模仿偶像的面部表情造成的。但对我脆弱敏感的神经而言，事情又似乎不是如此简单，更像是威尔弗雷德依附于吉伯特向我显灵。真是这样的话，吉伯特应该深感荣幸。我们会谈谈往事，谈威尔弗雷德和克丽芒，谈剧院的旧日时光。有一个分享的过去并非无足轻重。这些谈话让我想起克丽芒。公正地说，是克丽芒架构我的一生和造就我的，我写这本书的初衷，也是在追怀她。但这类事情是无公正可言，公正只是对自己的一种残忍。

“查尔斯，亲爱的。”

“嗯？”

“你不介意我问你一个问题吗？你真的爱克丽芒吗？还是说只是她爱你？大家都好奇。”

“我当然爱克丽芒。”

嗯，我是慢慢爱上她的。我从一开始就爱她吗？我爱她的美貌、她的名气、她的智慧、爱她对我的恭维和帮助。如果不是爱着克丽芒，我可能到这儿来找到哈特莉吗？我是她的小情人、她的创造物、她的事业伙伴、最像她丈夫的一个人，最后还成了她的中年儿子。转化我对克丽芒的爱，爱的蜕变，一直是我一生最重要的工作与成就之一。这种爱好几次濒临瓦解边缘，但从未真正瓦解过。我有机会与哈特莉一起坐在柴火边谈克丽芒吗？她会了解吗？会想要知道吗？对一个老年人来说，是否有人愿意聆听他解释自己的一生，聆听他回忆生命中的挚爱，是何等的攸关重大啊。

“查尔斯。”

“怎样？”

“我今天在酒吧里听到一件有趣的事。”

“嗯？”

“你以前的司机弗雷迪·阿克赖特原来就是酒吧老板的哥哥，他打算在圣灵降临节的周末来这里度假。”

“啊！”我羞愧和罪恶感交集，这是另一个尾随不舍的恶魔。

“真有趣，对不对？我们认识过的人总会以各种方式回到我们的生命来。”

“对。”

“查尔斯，亲爱的。”

“怎样？”

“如果你和莉齐生活在一起，我可以当你们的管家。想要喝一杯吗？”

“不，谢谢。”

“介意我喝一杯吗？我只盼我可以戒酒，那是一种堕落的表征，是一个人天生就是奴隶的证明。陷在爱里是另一种奴性的表现，回想起来那根本是愚蠢的。你不过是把另一个人投射为上帝。那不可能是对的事。感谢主让我跳出这个陷阱。真正的爱是自由自在和头脑清明的。莉齐和我常常谈这个话题。真爱应该就像激情退去后的婚姻，或像年老后的爱。就像我对你的爱一样，亲爱的，只不过你不愿意知道罢了。那跟情欲何其不同。爱。老天，我们在舞台上说到这个字的机会何其多，但思考它的机会何其少。”

“弗雷迪来度假时会住在酒吧里吗？”

“不，会住在阿莫尼农庄，他弟弟也住那里。真是个好孩子。

你知道弗雷迪是个同志吗？”

“不知道。”

“老天，在我年轻时的那年头，男同志的生活真不是人过的。”

但不管是与吉伯特聊天，还是回忆克丽芒，还是观看“大汤锅”里的浪涛自我摧毁，我无时无刻不在想哈特莉，在等着她，也纳闷自己的神经还能撑多久而不折断。对于哈特莉再无回应我该怎么办这一点，我已经有一个腹案，却不情愿进一步思考细节，想等有一股力量迫使我非思考细节不可的时候才去想。我一直觉得哈特莉就在身边，一如小时候总觉得耶稣与我同在。我任由遥远过去的回忆在脑袋里来来去去，却尽量回避恐怖的现在和分隔现在与过去的那些创痛年月。我不想陷溺在她的悲苦里，不想浪费精力去憎恨那个男人。它们很快就会不相干了。所以我宁愿回到过去，回到我无邪的爱尚未被污染的时代。那时候，她看起来就是我全部的未来、全部的人生——那个人生后来虽然被夺去，但如今看起来它还存在于某个地方，是可能失而复得的。

然而，在我还未能决定下一步该怎么办以前，一件出人意表并且不同寻常的事情发生了。

* * *

看我上面的描述，可能让人以为我与吉伯特古怪平静的二人世界持续了几星期，其实那只有几天的光景。在这几天平静生活的最后一天早上，我有一种不寻常的不安感。为了避开吉伯特，我跑到岩石带，脖子上挂着望远镜，打算要观鸟。我也抱着说不定会看到海豹的希望，因为吉伯特告诉我他好像看到了。但我一走到“小悬崖”的顶部，就受到一种似曾相识的恐惧感袭击。起初我头晕目眩，就像大海离我脚下有一百英尺深，而不是只有十二英尺深。我不由得坐了下来。然后我感到有一种拿起望远镜仔细扫视海面的冲动：但不是为了找海豹。

当然，每过一天，我都可以感觉得到，某些让我害怕的东西又向我接近了些。我害怕的是我真的需要发起一项拯救行动，至少是害怕需要发起一项行动回应哈特莉可怕的沉默(我至今还不愿意深思何以她会保持沉默)。当你冲入一栋房子抢救一个被枪手挟持的人质时，枪手会有什么反应呢？人质会有什么反应呢？也许我现在就是把这种害怕投射到巨大虚空的大海里去。那是一个晴天，天气凉快，有点风。海是暗蓝色的，起伏不定；天空苍白无云，只在海平线的上方有一长串隐隐发亮的浅黄色浮云，状如一块长长的丝碎布。我身上穿的是多莉丝送我的那件针织运动衫。我开始用望远镜细细打量大海。我搜索不宁静的海面，心情愈来愈焦躁，此时我明白到，自己要找的是那只头部长得像蛇的海怪。放下望远镜时，我发现自己心跳得飞快，愈来愈快，就像是“拍子木”的敲击声(上次我听到这种声音是在华莱士典藏画廊里)。

为了让心情平静下来，我再次拿起望远镜观察起伏的海面，想确定海面上根本没有什么海怪。有一两团厚厚的暗色漂流物，我认出是漂流的海草。然后我看到了一片尾部不断往上翘出水面的木头、几只低飞盘旋的海鸥和一只突然掠过望远镜镜框的鸬鹚。然后，没特别的理由，我把望远镜的放大视线慢慢从海面移向陆地。我看见海浪在圆堡下方黄色岩石上破开的样子，水花从岩石的罅隙和裂缝中回溢到海里。湿岩石，然后是干岩石，然后是几片草地，然后是一片丛生的剪秋萝，颜色白得像纸。然后是圆堡旁边那片平坦的草地。然后我看到圆堡基部，它由大块的石头砌成，点缀着赭色的苔藓和黑色的裂隙。然后，望远镜的镜框往圆堡上方才移动了一点，一条穿着破旧运动鞋的人腿就出现了。

一看到人腿我就扔下望远镜，以手遮额，用昏花的眼睛望向圆堡，并清楚看见，有人如青蛙般攀在圆堡上，手脚摸索着，正往下爬。事实上，就算是老人家，要爬上圆堡也不是天大的难事，但我却突然感到一阵由恐惧引起的刺痛，急忙再次拿起望远镜。在这一瞬间，那攀爬者又爬下了一些，最后一跃而下，到达地面。等我再次把望远镜对准他时，他已转过身，背靠着圆堡，双臂左右伸开，直直望着我，让我蓦地想起那夜在我屋外被车灯照到的那个人。现在透过望远镜，我清楚看到，这个侵入者是个少年，更严格说是个刚迈入成年的青年，五官尚未定型。他的裤子是褐色的，裤管卷到膝盖，身穿圆领白 T 恤，上面印着一些字。他颧骨突出，脸上有雀斑，面容苍白，使他媚人的粉红色嘴唇更形醒目。他有一头颇长的微红色棕发，这头头发与其说是卷曲的不如说是乱糟糟的，披散在两肩上，有些头发甚至粘在他背后那些粗糙的石块上。他以一种专注的神情望着我。有人侵入我的小岬角并不是什么稀罕事。但这个人绝不是普通的侵入者。

我急急站起来，动身朝圆堡爬去。不知为什么，我有一个感觉，该是我去见他，而不是他来见我。望远镜妨碍了我的前进速度，我把它搁在一块岩石顶端，继续往前爬。接着我经过米恩大汤锅。最后一段路需要爬上一个小溪谷，费尽我全部气力，到达圆堡旁边的草地时只觉得喘不过气来。我站着，不断深呼吸，并抗拒想坐下来的冲动。那年轻人已经移动位置，现在就站在草地的远端，背对着大海。

我首先开口说话。“你的名字……会那么巧……就是提图斯吗？”

“是的，阁下。”

惊讶中，“阁下”的尊称又带给我一个额外的小震撼①。我坐下来，他走近后也蹲下来，跪着，望着我。我看见他呼吸急速、印在他肮脏 T 恤上的利兹大学几个字、他湿润粉红的唇，以及长在他兔唇疤上的短毛。他不自觉地把一只手放在心脏部位，姿势优雅。

“你是……阿罗比先生吗……是查尔斯 · 阿罗比吗？”

“是。”

---

① “阁下”是尊称，表示提图斯知道眼前是个名人。

他的眼睛与其说是大，不如说是长，又长又窄，眼珠是湿润的灰蓝色，就像石头。他带有雀斑的额头因为焦虑而皱着。我当然从第一刹那就感觉到他像哈特莉，有某种相似性飘忽在他脸上，一如吉伯特的脸上飘忽着威尔弗雷德的相似性。而我也早就看到他的兔唇。

他提出的第二个问题是："你是我父亲吗？"

我抱膝坐着，一听到他的问题就产生一种冲动，想一跃而起，捶胸顿足，发表一篇热情洋溢的宣言，仿佛他的问题应该获得热烈祝贺而不是回答。我同时感到有回答"是"的冲动，但这念头随即又受到一个更强烈清晰的念头否决：不，我不要对这个孩子撒谎，永远不要。我感到困惑，被惊讶攫住，不知道要怎样回答。

"不，我不是。"我的话有气无力。他听到以后表情并未改变，眉头依然皱着。我知道我必须马上说服他。任何的夹杂不清都可能孕育出可怕的后果。我把身体改成跪姿，以便可以与他面对面。"我不是你父亲，相信我。我不是。"

他的目光下垂，嘴唇噘起，身体发抖。有一会儿，他的长相显得相当孩子气。他抿着下唇，又用牙齿去咬。然后吓我一跳的，他突然站起来；我跟着站起来。我们此时站得很近。他比我高一点。一个巨大的远景顿时在我脑子里打开了。

他又皱起眉头，模样看来很严峻，头向后甩，长而瘦的脖子更拉长了。"很抱歉。很抱歉打扰你。"

"啊，别这样说，提图斯，我很高兴你来找我！"这是无数我想对他说的话之一，这些话我早已想好，而且排好了前后顺序。我向他伸出手。

带着一点惊讶和矜持，他很拘谨地跟我握握手，然后退后一步。"抱歉，我问了一个蠢问题，而且也许是……莽撞无礼的。"

他说话时的小停顿给人一种聪明的感觉。我也注意到他发音非常清晰，几乎有点自省的味道，只不过说话时带点时下年轻人流行的扁平利物浦腔。我就碰过很多不愿抛弃这种腔调的新进演员。

我说："不会……一点都不会……"然后又说："你还是学生吗？你在利兹大学念书？"

他又皱起眉，用手去摸兔唇，眼睛与嘴唇同时收窄。"不是，我没有念大学。这 T 恤是买来的。在店里就买得到，买的人不必与上头印着的话有关联。"他继续用解释事情的口吻说："美国大学的 T 恤一样买得到，佛罗里达的、加州的……任何人都可以买。"

"我明白了。"我思绪的漩涡此时带出一个显然令人不舒服的问题："你见过他们了吗？"

"谁？"

"你父母。"

他的脸和脖子迅速红了起来。"你是指菲奇先生和菲奇太太？"

"对，"我很惶恐，生怕自己的笨口拙舌会伤害他，仿佛他是只无助的小小鸟。

"他们不是我父母。"

"我知道，你是他们收养的……"

"我一直在找亲生父母。但我运气不好……没有档案留下来。应该有档案，我有权知道。然后我希望……"

"希望我真的是你父亲？"

"我只是想把事情弄清楚，从不是真的以为……"

"你找过他们了吗？"

他冷冷看了我一眼。"没有，我来这里只为了找你。现在我要走了。"

我心中一阵恐慌。这孩子有可能从此消失，永远再也看不见。"你不打算看看他们，告诉他们你现在住哪里吗？他们很担心你，看到你一定会很高兴。"

"不。抱歉打扰你了。"

"你怎么知道我住在这里？"

"我是在一本杂志上看到的……一本音乐杂志。"他说，"你是名人，人们都有兴趣知道你的近况。”

“告诉我一下你的事情好吗？你在从事什么工作？”

“没有。我目前失业，靠救济金过日子，大家都是这样。”

“你毕业了吗？你念的是电工，对不对？”

“没有。我念的那个技术学院关门大吉了，但我又无法转到另一个去。好吧，我承认自己没有试过转学。我想靠救济金过日子，大家都是这样。”

“你怎么到这里的？”

“搭便车。我很抱歉打扰你，占用你的时间。我该走了。”

“我陪你走到公路去，从这边比较好走。但你可以先帮我把望远镜拿回来吗？它就在那块岩石上。”

提图斯看来乐于帮我这个忙。他花了一秒钟连走带滑地走下那个我爬得半死的斜坡，然后像山羊一样在一块块岩石之间跳跃。我要他做这个，是希望争取一点时间思考。唉，他好滑溜、好敏感、好高傲。我必须争取到他，我必须有技巧、小心、温文、坚定。我有一种感觉：现在一切一切全系在提图斯身上，他是世界的中心，他是关键。我被痛苦和喜乐的情绪充满，但又知道绝对有必要把这些情绪隐藏起来。

提图斯很快回来了，爬上那块陡峭的斜坡时几乎是用跑的。他把望远镜递给我，面露微笑。这还是他第一次在他那张带着怀疑、半童稚的脸上露出笑容。“对了，你知道有一张很好的桌子在岩石之间吗？”

我早把那桌子忘了。“啊，对，是我掉在那里的。说不定你晚一点可以帮我捡回来。但现在先别走开，我很想与你谈谈。你愿意留下来吃午餐吗？你一定饿了。你饿了吗？”

他脸上的表情马上透露出他是饿了。我心里涌出关怀和怜悯。

他犹豫了一下。“谢谢你。好吧，但我不能久留，吃过饭就得走。我还得去……别的地方。”

我不太相信他要去别的地方。

这时，沿着那条较易走的路径，我们已经几乎到达公路上。我们攀上最后一块岩石的顶端，眺望了一下雷文湾。大海这时看起来要宁静些和浅淡些，颜色是绿松石色。

“怡人的乡间，对不对？你以前来过这里吗？”

“没有，”他说，突然张开双臂，“啊，大海，大海——美极了！”

“对，我也是这种感觉。我生长在英格兰中央地带。我想你也是吧？”

“对。”他转脸向着我，“对了，我想问你……”

“问我什么？”

“为什么你会搬到这里来？……我是说……你是为我妈妈搬来这里吗？”

有太多有待发现的事，也有太多需要解释的事了，我必须小心翼翼，按部就班去发现和解释。“我很高兴听到你称她为你妈妈。她完全够资格被称为你妈妈，就算你是收养来的。这是一种真实，一个真理。他们是你的真正父母，否认这一点是不公允的。”

“对，我明白你的意思。不过，有些事情……是你不知道的……”

“你可以告诉我吗？”这是个错误，我问太快、太多了。

他皱起眉，又问了一遍先前的问题：“你是为我妈妈搬来这里吗？还是有别的理由？”他的口气严厉，像是指控。

我面向他，抗拒想搂住他肩膀的冲动。

“不，相信我，我不是为她而来的。我会搬到这里纯属偶然。那是最不可思议的巧合。我不知道她住在这里。我从不知道她住在哪里。我与你妈妈完全失去联系已经很多很多年。再看到她，让我绝对……震撼、惊讶……那纯粹是巧合。”

“好有趣的一种巧合……”

“你不相信我说的？”

“不，我相信。对，我信。再说，这也不关我的事。”

“我说的是真话。”

“那不重要。他们与我不相干。”

“他们？”

“班和玛丽。他们与我不相干。谢谢你请我吃东西。我只要吃点起司或三明治，之后就得马上走了。”

班和玛丽对我来说也是个震撼。我们慢慢走近屋子。途中，提图斯捡起两个放在路边岩石上的塑胶袋。

“这是你的全部家当？”

“不算全部。”

当我们转入堤道时，吉伯特刚从大门走出来，看到我们就停下来，一脸惊愕。我这时才突然记起，我对莉齐或吉伯特都未提过提图斯这个人。吉伯特早从莉齐口中听到我“旧爱重燃”的故事，但我没让他追问这件事情的企图得逞。提图斯本来不是属于这故事中的一部分，而在哈特莉自己的叙述里，提图斯又仿佛如影子般存在，所以我一直没把他放在心上。但现在，事情却……

走近吉伯特时，我用银铃般的声音说：“哈啰，这位是提图斯·菲奇，菲奇夫妇的公子。你知道，菲奇夫妇是我在村里的朋友。这位是奥皮安先生，他帮我料理家事。”我的语气和措辞都是为了让吉伯特知趣。他的眼睛早已目眩情迷。我可不想节外生枝，再者，坦白说，我已感到自己对提图斯有相当强的占有欲。

“来吧，”我说。推着提图斯穿过大门时，我往吉伯特脚踝上踢了一脚，作为警告。“吉伯特，可以请你把午餐送到小红室给我和提图斯吗？提图斯，要喝一杯吗？”

提图斯要了啤酒，我喝的是白葡萄酒。我们小酌的这段时间，穿上围裙的吉伯特手脚利落地在竹桌上铺排好两人份的午餐。我相信吉伯特是很乐于穿上围裙每天服侍我的，只是怕我恼怒，不敢提出来而已。他一丝不苟的“管家”演出，在任何家庭喜剧里都会是一绝。上菜中途，他一度隔着提图斯的头顶向我使眼色。我白了他一眼。我们午餐吃的是红糖酿火腿(这是吉伯特的私房菜)和一道用意大利罐头番茄和香草做的沙拉。(这些无与伦比的番茄最适合冷着吃。微微加热也无妨，但绝不可煮开，否则就会风味尽失。)再来是樱桃和吉伯特烤的柠檬杏仁果酱蛋糕。再来是双份的起司，配着很硬的小饼干吃。我们的管家像是收到我的心电感应似的，上完菜就很快退下。我们喝着白葡萄酒用餐。提图斯吃得狼吞虎咽。

吉伯特还在旁边时，我提了一些礼貌性的话题。“我想你的思想一定很左倾，像时下大多数年轻人一样。”

“不，不是这样子。”

“你对政治感兴趣吗？”

“政党政治？不感兴趣。”

“那你对哪一类政治议题感兴趣？”

他承认对鲸鱼的保育运动感兴趣。我们谈了一下这个话题。“我也反污染。我认为核废料的问题相当可怕。”我们就这个话题谈了一下。

接下来我问：“那你来这里不是为了看他们？”

“不是，我是来找你。”

“为了问我那个问题？”

“对。谢谢你回答我。我以后绝不会再打扰你。”

“啊，别这样说。那么……那么……你是不打算去看他们，让他们知道你来这里？”

“不打算。”

“这样做好吗？我很理解你为什么不愿见他们。以我自己来说，虽然我和父母的关系非常好……”

“我和父母的关系非常不好。”

酒精让他放松了。我一直在脑袋里紧急思考。终于，一个计划成形了。“跟他们两个都不好？”

“对。当然，那不全是她的错。对我不好的人只是他，她只是袖手旁观。当然，我想她是无能为力。”

“她很怕他。”

“那是一个很糟糕的场面。他禁止她跟我说话。而她总是觉得自己必须撒谎，以为撒些小谎可以减少摩擦，可以让生活好过一点，但我却痛恨她这样做。”

“你不能怪她。”这很重要。

“我猜他也不是坏人。但他因为事业无成一肚子怨气，所以就拿我们出气。她根本无能为力。嗯，我夸大其词了。我们还是有一些相处愉快的时刻，只是那些不愉快的时光太……关键性了。”又是一个小停顿。说不定他是模仿什么人说话。是谁呢?

“我明白。”

“我永远不知道他下一次发作是什么时候，所以说什么都诚惶诚恐。”

小孩子的自尊所受到的创伤可能是难以言喻的。我想起哈特莉口中那个面容苍白、沉默不语的小孩。可怜的哈特莉！她是个无能为力的目击者。“你妈妈一定受了不少苦，为你受苦以及与你一起受苦。”

提图斯脸上迅速闪过他那种怀疑皱眉的瞪视，但没有跟我争辩。从近距离看，他没有乍看那么英俊，但这也许只是他在近距离看起来更肮脏和不整洁。他的头发是淡红色，却长而蓬乱并且油腻腻的，非常需要洗一洗。他的脸庞瘦削，有点像豺狼的脸，双颊几乎是陷下去的。他的眼睛是一种冷冷的蓝灰色，相当明亮，但总是眯着。说不定他有近视。他的嘴巴小而漂亮，嘴唇微微扭曲变形，有一个女生会羡慕的坚挺小鼻子。他的胡子修剪整齐，胡尖是微红的金色；兔唇疤上长出的短毛黑得异乎寻常，乍看像一道撇向一边的八字胡。他显然十分自觉自己有兔唇，不时会摸摸它。他的手非常脏，指甲被咬得参差不齐。

“再说还有我这档子事。”我没预期自己会提这个，但我希望能把他留在原来的话题上。

“啊，对，他三不五时都会为你的事大发雷霆。但我不想让你误以为……”

“我想你应该知道，我年轻时非常爱你母亲。此后就没再见过她，直到在这里忽然重逢……”

“她一定改变不少！”

“我仍然爱她。但我们从未越轨。”

“这不关我的事。抱歉，我用词不当，我一定是醉了。我是说，不用告诉我这些，我……我……不感兴趣。我相信你不是我父亲，这就够了。不过，我还是不能理解你为什么会搬来这里。你见过他们吗？”

“偶尔。”

“如果你不介意，我希望你不要对他们提起……”

“提起你？不会，你放心。正如我说过，我仍然很关心你妈妈。我希望帮助她。我不认为她有一个像样的人生。”

“但人生就是人生。”

“这话是什么意思？”

“我们永远无法预见自己的人生会是怎样。我敢说多数人的一生都烂透了。只有年轻时，我们才会以为自己的人生是别的样子。她有一点胡思乱想的倾向，是个狂想家，很多女人都是这样。我得走了。谢谢你的招待。”

“我还不准备让你走！”我笑着说，“我还想多知道一些有关你的事。你说你的学校关门了。如果可以选择，你想从事哪方面的工作？”

“我以前一直希望可以从事跟动物有关的工作。我喜欢动物。”

“你不想回到电工这一行。”

“哎，我念那个，只是想离开家。我拿到奖学金，让我可以走得远远的。但现在如果可以选择，我想当个演员。”

我快乐得想大叫出来。“当演员？这个我可以帮你。”

他马上涨红了脸。“我不是为这个来的。我不是来求你帮忙或向你乞讨什么。我来只是要问你那个问题。这并不容易。你是个名人。我考虑了很久。我本来想透过别的方法知道答案，像是找到收养协会的人之类，但都行不通，所以只好硬着头皮来问你。我不想要你的帮忙，就算你真的就是我老爸。”

他站了起来，摆出要离开的样子，我也跟着站起来。我很想抱住他。“那就照你的意思好了。但先不要走。你想要游个泳吗？”

“游泳？唔……好。”

“好，先休息一会儿，我们再来游泳，游完泳再喝下午茶……”

“我希望现在就去游。”

我们走出草坪(经过厨房时吉伯特毕恭毕敬地站了起来，但我们没有理他)，爬上岩石带，一直走到“小悬崖”的顶端。海水已经涨过，离我们脚下不到十英尺。它比平时的早上更宁静，水色是玻璃瓶的绿色，在灿烂阳光下显得半透明。

“你都在这里游泳？看来棒透了。这里可以跳水，我痛恨不能跳水的地方。”

这不是个适合提出扫兴警告的时刻。我也不愿在他面前表现出对大海有丝毫的畏惧。“对，这是游泳的最佳地点。”

提图斯显得兴冲冲，急着想下水。“但我没有泳裤。”

“别管这个，没有人看得见我们。我游泳从来不穿任何东西。”

他早已把身上的利兹大学 T 恤扯下来，露出了一大片红金色的卷曲胸毛。我也开始以同样快的速度脱去衣物，不过，我还在解衬衫扣子的时候，他就以一个完美的跳水姿势跃入水中，溅起的水花沾湿了我脚旁闪闪发光的岩石。片刻后，我也跳入水中，起初因为冰冷的水温猛喘大气，但几秒钟后就开始感到暖意和兴高采烈。

男仆吉伯特为我们拿来毛巾，放在岩石上，然后很识趣地退下了。不过过了一会儿，我却看到他爬上附近另一块岩石，聚精会神窥看提图斯游泳。那孩子游起泳来就像只海豚(他显然有表现的意图)，优雅、欢快，在水里画出一道白色的弧形浪花，不时让人瞥见他的手和脚、活跃的肩膀、苍白的屁股，以及那张裹在海草般湿头发里的吟吟笑脸。他的头发因为湿了而变了个样子，变得黑而直，粘在他的脖子与肩膀上，让他看起来像个女孩儿。他不时甩甩头，把头发从眼睛上拨开，拨到额头后面。他的自由式游来不费吹灰之力(我从来游不好自由式)，不时垂直潜入水里，消失不见一下子，再从不同的位置冒出水面，发出一声得意扬扬的呐喊。他的疯劲感染了我，大海也是一片喜洋洋，而海水的咸味尝起来就像希望与欢乐的味道。我不停地笑，不停地叫，不停地旋转。在水中与我那个海豚同伴彼此游近时，我喊着问他："现在你会后悔来找我吗？"

"不会，不会，不会！"

爬上陡峭的"小悬崖"对他来说自然轻而易举。毕竟，他不是曾经像只苍蝇般在圆堡爬上爬下吗？至于我，上岸时却微感吃力，但尽量掩饰。我不想太早就在他面前丢脸，露出老态。我希望他把我当同志看待。上岸后，他在一块岩石的阴影下面睡着了。之后我们一起喝下午茶。之后他同意在我家过夜，但声明只待一晚，第二天一早就走。我静悄悄把他两个塑胶袋子藏起来，以防他突然改变主意，半夜溜走。我打开两个袋子看了看，里面的东西寥寥无几：刮胡用具、内衣、一件体面的条纹衬衫、一条领带、一双鞋子、一件油腻腻的夹克。有一个天鹅绒盒子，里面放着昂贵的袖扣。还有一本豪华版的但丁爱情诗集，封面镂着精美雕刻，是意大利文和英文的对照本。最后这两样东西让我沉思了好一会儿。

吉伯特现在充分意识到这个客人的角色，有些几乎控制不了的兴奋与好奇。"你打算对他干什么？""还要再看看。""但我知道自己想对他干什么。""拜托不要来搅和。""好吧，我知道自己的身份！"

在我的建议下，提图斯洗了头。吹干和梳过后，他的头发变得蓬松，变成红棕色螺旋形的一绺一绺。他的外观因此大大改观。那天傍晚，他换上干净衬衫，但没有戴袖扣。吉伯特偷偷把那件利兹大学的 T 恤拿去洗。

我和提图斯在烛光下共进晚餐。他突然说："好浪漫！"我们同时大笑起来。

提图斯看来已经对吉伯特这个人和他无懈可击的细心服务产生了好奇，但却没问什么。我主动提供他一些语焉不详的资讯："他是个老演员，但时运不济，这似乎也是他为什么会对现状满意的原因。"

我们一面吃晚餐一面谈戏剧和电视。他似乎看过相当多的伦敦戏剧，说得出一大堆演员的名字。他描述自己在学校里是怎样导演《可敬的克莱顿》这部戏。但对于自己的雄心，他显得保守，缺乏自信。"那只是个想法。"他说。我没有催逼他，不管是在这件事情或其他事情上。谈话的过程中，我们笑了又笑。

他很早就寝，睡在楼下第一个房间的垫子上，四周围绕着我的书。他对那些书表现出相当大的兴趣，但还是很早就把蜡烛吹熄(我从楼梯看得见房间里的情形)。第二天早餐时，他答应留下来吃午餐。在吉伯特的苦苦哀求下，我容许他在早餐时加入我们的谈话。我不想让吉伯特变成一个提图斯感兴趣的谜团。

午餐后，我请提图斯自己去游泳和在岩石带一带探险，理由是我需要"写作"。我不想让他觉得我想腻着他，再说，我也需要时间思考。提图斯看来非常快乐，像个小孩子似的一个人玩得不亦乐乎。我从窗户看着他矫健的泳姿，内心交杂着柔情与羡慕。回来时他把我留在石缝的那张桌子一道带回来，高举过头。他把桌子放在草坪，提议在室外用餐，却被我否决了(我是奈特利先生反对户外用餐的附和者)。吉伯特已经采购回来，并在我的指导下用冷冻青鳕鱼做了一顿可口的印度什锦烩饭。

午餐时，我与提图斯再次单独面对面，而我认定，与他谈些严肃话题的时机到了。我争取他信任的功夫已经下得够多了，再说，我的神经再也绷不下去了，非得马上知道自己的命运不可。

"提图斯，听着，我想对你说一些很重要的事。"

他看起来很讶异，一手放在桌面上，就像准备好随时跳起来，掉头逃跑。

“我希望你留在这里，至少留一段时间。我会解释原因的。我希望你见见你妈妈。”

他的眼睛又眯了起来，漂亮的嘴唇弯成近乎嗤笑的形状。“我不打算到他们那里去。”

“我不是要你过去。她会过来看你。”

“那你是告诉他们了。你说过不会告诉他们的。”

“我还没告诉他们。我只是向你建议，征求你的意见。如果你妈妈知道你在这里，自然会过来。没有必要告诉他。”

“她会告诉他的。她一向如此。”

“这次不会。我会说服她的。我只希望她来这里看你。再说，就算他知道，他又能怎么样？他只能假装高兴。没什么好害怕的。”

“我不是害怕！”

这是个坏的开始。我心里七上八下，就在说这番话的时候，我甚至感觉班就在大门外咆哮。

继而提图斯若有所思地说：“某种意义上我也为他难过。用你的话来说，他也没有一个像样的人生。”

“用你的话来说，人生就是人生。如果你为他难过，你更应该为你妈妈难过。她因为你离开家而难过得不得了。难道你不想看看她，让她快乐吗？”

“没有什么事情可以让她快乐。没有。永远不会有。”他的语气决绝得让人心惊。

“你总可以试试吧！”我怒冲冲地说。“不让她知道你的现况对她来说很不公平。”

“好吧，那你就告诉她你看到我好了。”

“这还不够。你必须见见她。她一定得来这里。”

提图斯今天看起来更英俊些，双颊因为太阳的点染而容光焕发，头发也更亮泽柔软，凹凸的脸庞缓和许多。他那件脏兮兮的 T

恤已经晒干，但身上还是穿着条纹衬衫，领口打开。

“你知道吗？听你说你‘偶尔’会见到他们的时候，我就觉得很奇怪。你多年都是那个可怕家伙的心中之痛，甚至是他的恶魔。我还记得你的名字被提到时，她的眼神有多绝望。他们不可能已经原谅你吧？没有错，你是什么都没做，但你知道我这话是什么意思。到底你有什么目的，想当和事佬之类的吗？”

“不，当然不是。他仍然恨我，天才晓得他心里想些什么。也许连他自己都不知道。但我已经开始认为他是不相干的。”

“为什么？”

“因为我认为你妈妈打算离开他。”

“她不会的。绝不会。不可能。”

“我想当她身处某种处境下就会这样做。我想只要她想得到那是可能的，她就会这样做。而只要她看得出那是可能的，她就会同时看出那是容易的。”

“但她要到哪里去呢？”

“我这里。”

“你是说……你想跟她在一起？”

“对。”

“这么说，你是希望我说服我妈妈离开我爸爸？你一定是开玩笑！你不过是请了我吃午餐和晚餐，希望的回报也未免太多了吧？”

“别忘了我还请你吃早餐和喝下午茶。”

“你真酷。”

我一点都不觉得自己酷。这番谈话里的一切都不对劲，太白了，太粗糙了。我一直很紧张，怕自己口气太急，会逼得他作出非理性的反应。同时他也一定意识到我有多认真。“亲爱的提图斯，我没有要你当说客的意思。我只是觉得，如果你见见她，将可以让她放下一桩心事。而我希望你在这里见她，是因为这里是唯一适合的地方……”

“这么说我是个诱饵……是个……人质……”

要命的是，这个形容很接近事实，但我却想起，有件很重要的事是我一开始就该提而没提的。“不，不是这样。我有另一件很重要的事要跟你说，你要听仔细。你认为我是基于什么理由一直游说你留下来？”

“我开始觉得，你会那样做，是因为你希望我妈妈会因为我而投入你怀抱。”

他说得太直接了，让我不敢说“不对”。某种意义下，他说的是事实，但只是在一个无伤大雅、甚至奇妙的意义下是事实。我们互相凝视对方，我希望透过这种凝视，让他突然明白我的意思。但他脸上始终是强烈怀疑的表情。我皱着眉，紧紧盯着他的眼睛说：“对，我是那样希望。但我会那样希望，有些是因为你，有些是为了你。你现在是一切的一部分。你是必要的。”

“你这话什么意思？”

“我一直说服你留下来是因为我喜欢你。”

“是这样啊，真是感激不尽！”

“而你愿意留下来是因为你喜欢我。”

“还有喜欢食物和游泳。好吧，我承认！”

“我有一个主意，你姑妄听之。既然你在找一个父亲，而我在找一个儿子。那我们何不商量一下？”

他拒绝流露动容或惊愕的表情。“我怀疑你这个父亲儿子的主意是刚刚想出来的。没错，我是在找亲生父亲，但不是因为我需要他或渴望见他。我想找到他只是为了杀死那个折磨了我一辈子的好奇心恶魔。”

原来他完全不是我当初预期的那种人。我纳闷自己为什么一开始会预期他是个笨蛋。说不定这是哈特莉相当绝望的叙述带给我的印象。他是个聪明而有吸引力的小伙子，我决心要竭尽所能把他争取过来。先是争取他，再争取他妈妈。

“你还是先考虑考虑吧。那是个建议，而且是极其认真的建议。你知道吗？在某种奇怪的意义下，基于我与你妈妈从前的关系，我本来就可能是你的父亲。我知道这听来有点不知所云，但以你的聪明，应该可以明白我的意思。你本来就可能是我的儿子。我不只是路人甲。命运把我们连在一起。而且我有能力帮你……”

“我不想要你的钱或你的人脉，我不是为这个来的！”

“这些话你已经说过，而我们也早已越过那个阶段，所以不要旧话重提了。我想把你妈妈带走，想带给她幸福。你认为这是不可能的，但我认为可能。我希望你能跟我们生活在一起——为了她，也是为了我。除此以外我没有别的要求。你想从我这里获得更多或更少，到时候再来决定也不迟。”

“你是说要把我们两个一起带走，然后三个人住在法国南部的别墅里？”

“对，如果你喜欢的话！有什么不可以？”

他发出一声惊呼，双手向上一挥。“你爱她？”

“对。”

“但你并不了解她。”

“我亲爱的孩子，很奇怪的是，我了解她。”

“嗯，”提图斯说，终于露出了一点钦佩我的神情，“那我们就假定……那你就……叫她过来看我……”

* * *

我趴在丰美翠绿的长草上，这些草才刚开花，长出羽冠状的粉红色花朵。草凉飕飕的，而且非常干，我每移动一下，都会引发轻微的窸窣声。我的所在位置是一片树林的边缘，与“尼布利特”的花园处于同一高度。我手上拿着一个镜盒。哈特莉刚刚走进了花园。

提图斯没有作出任何承诺。他摆出一种冷眼旁观的态度，不愿让我窥见他内心深处的感受。他装成把整件事情当成一个玩笑、一个游戏来看待，说他之所以愿意配合我，只是为了“看看会有什么事情发生”。他答应留下来，表示反正他“现在也没别的去处”。他答应与妈妈“打个招呼”，但又补充说他很肯定她不会来。

我也不是很清楚，提图斯现在对哈特莉是什么感受。多年来，她都是站在班的一边，在这样的情境中，宽恕要从何而来呢？提图斯对哈特莉有怜悯、忠诚、爱的感受吗？我现在要制造的也许不就是一些恐怖事端吗？后果当然是完全不可预测。但现在让我敢放手一搏，让我多少抱持乐观的，是提图斯自己提供给我的那幅相当奇思怪想的图像：我们三个人一起住在法国南部！如果他愿意依附我，她就会愿意投奔我，到那时，我们三个都会获得巨大的心灵释放，就像提图斯和我在海水里感受过的那种突然的狂喜。我会带给她快乐，我会的。我也会带给提图斯快乐、成功和自由。

在提图斯答应留下来“住一阵子”以后，我曾大胆问他：“有没有人在等着你？我是指女孩子。”

他的回答相当生硬。“没有，我是有过一个伴。但已经结束了。”

我好奇，他在来找我以前，是不是处于一种孤单落寞的心绪？是的话，他是不是会更容易接受我的建议，接受我的……爱？

那是同一天的黄昏。我觉得再等下去已了无意义。我甚至把计划的大纲告诉了吉伯特，但仍然隐瞒了一部分，而这部分是我觉得甚至必须隐瞒提图斯的。一如我早先的预期，吉伯特对他可以在这出好戏里扮演关键角色喜不自胜。我在树林边等了近一小时才看到哈特莉走出来。

我静静注视了她片刻。她穿着那件有褐色花朵图案的黄色洋装，外面套着一件宽松的蓝色罩衫。她走路的样子有一点笨拙，背躬着，头低着，两手深深插在罩衫的口袋里。她一直走到花园尽头，站了一会儿，呆呆地看着草地。然后她抬头凝视大海，说不定看到的是不可企及的自由。之后她把一只手从口袋抽出来，摸了摸脸。她一定在哭。我觉得自己快承受不了了。

我把镜盒打开，让镜子斜对着太阳，制造反光。马上，一道小反光就像小生物一样，一下子蹦跳到花园下方一点点的山坡上。我小心翼翼控制反光的落点，不让它跑到屋里去。接着，我让反光沿着山坡，向着哈特莉的脚下移动。过了片刻，我知道她注意到那反光了，而且明白是怎么回事。这是我们少年时代常常在夏天玩的游戏。我把反光移到她脸上一下子，然后像引路一样，让反光沿草坡向树林的方向移动。

哈特莉朝着我的方向凝视。我跪起身来，轻轻摇晃一根长满乳白色花朵的接骨木树枝。哈特莉比了个手势，把手放在喉头上，然后转过身，往屋里走去。我几乎因为着急而想大声把她喊住，但随即想到，她说不定只是想要察看班的动静和所在位置。说不定他正在修补瓷器。我焦虑地等了一分钟，接着她再次走出来，这一次没有穿罩衫。她跑到篱笆处，弯腰穿过铁线，迎着我的方向跑过草坡。

我退后一点，走到一棵岑树下面的空地。岑树有一根大树枝折断了(大概是被冬天的强风折断的)，让树顶露出一个空洞，太阳从空洞照进来，洒在一株野蔷薇和一片密麻的百里香与毛茛上面。我站在岑树旁，光滑密致的灰色树干勾起我与哈特莉的少年回忆。此时哈特莉已走到那棵接骨木前面，用手推开树上那些扁平的大花。片刻后她来到我面前，我注意到，她刻意不站在那片阳光下面。

我双手抱住她。她没有挣扎，但身体有点僵，头低着。我一只手移向她的背，把她的身体压向我，我的膝盖抵住她的膝盖。她叹了口气，把头转到一边，但双手仍是软趴趴垂着。从她衣服下面所传出的温热，让我不期然闭起眼睛，几乎忘记此行的目的及紧迫性。

“啊，哈特莉，我亲爱的，我的心肝。”

“你不应该来的。”

“我爱你。”我坐到树脚下，挨在树干上，又把哈特莉拉到身旁。我希望她放轻松把头靠在我的胸膛上。“来吧，我们以前不是常常这样？还记得吗？”但她却不愿意。在朦胧的阳光中，我看到她的胸部让洋装上的扣子紧绷，只觉得她好可爱，好像原来的她，就像某种魔法让她又回复年轻。

她跪在我旁边，双手紧握我一只手，以大而暗的眼睛直视着我。然后，突然但温柔地，她把我的手举到嘴边亲了亲。

这个举动让我感动和忧伤，但也让我恢复了理智。现在最迫切的事莫过于把这女孩带走，但我却还没开始游说她呢。

“哈特莉，我的小女孩，你仍是爱我的，对不对，我好高兴！但听着，我有事情告诉你。他人在哪里？”

“他出去了。我刚才进屋去只是为了再确定一下。但你不应该来的……”

“他到哪儿去了？会去多久？”

“他去找一个人，谈狗的事，要好一会儿才会回来。”

“狗？”

“对。那里很远，在阿莫尼农庄那边。今天天气好，所以他决定走着去。”

“走着去？我还以为他是个瘸子……他不是有条坏腿吗？”

“他的腿，会让他走起来慢一点。但他喜欢走路，走路对他也是有益的运动。杂货店里贴了一则广告，说有一只狗要是找不到人收养，就会被人道毁灭。那是只成年的威尔士牧羊犬，不是小狗，因为不善于看羊，所以原来的主人不要它了。我们想看看它长什么样子。我们打电话去问，对方很客气，好像姓阿克赖特。”

“啊，阿克赖特！但你没跟他一道去……你是猜我说不定会来吗？”

“班认为我最好不要去。他怕我见到狗会太兴奋，他想自己决定。养一头成年狗多少要冒一点风险……”

“哈特莉，听着，提图斯回来了，现在就在我家里。”

一听到这话，哈特莉整个人倒在旁边的草地上。“不……”

“是真的。他不想见他，只想见你。他非常非常想见你。快，我们一起走。”

“提图斯……但他为什么会去找你呢……好奇怪，好可怕……”

“我还以为你听到他的消息会高兴！”

“为什么他去找你呢……啊老天爷，我该怎么办，我该怎么办……”她突然变成一个呜咽失神的小孩。

“过来看他，我们走。站起来。”我拉她起来。“你怎么了？不想看看儿子吗？他回来不是很棒吗？”

“对，是很棒……但我必须留在这里……你叫他过来找我。提醒他千万别说去找过你……”

“问题是他不愿意过来！来吧，哈特莉，别再像梦游者了。快走！他永远不会过来的，这一点你应该知道。来吧，他在等着。班不会那么快回来，你的时间很充裕。我叫了一辆车在山坡下等着。”我开始拉她，要把她拉回草坡，拉往步道的方向，但她极力抗拒，令人生气地再次坐到地上。

“告诉我，提图斯他……他现在……？”

“老天，快点嘛！如果你想要提图斯不说出他去找过我，就自己跟他说！”

这个论证尽管平庸，却似乎打动了她，至少是透过她的恐慌触动了她。“好吧，但只逗留几分钟。然后你得马上送我回来！”

“一定，一定。”我再次把她拉起来。

“我们不要走步道，以防有人看见……”

“你不是说你在这里不认识任何人吗？好吧，快点……”

我们沿着树林的小径往下走。沿途有些地方植物蔓生，而且相当暗。我们走得磕磕绊绊，不时被小树枝鞭打，被悬钩子绊住，而且不断被从小径中央长出的树苗妨碍。这种荒谬的处境让我恨不得大声尖叫。哈特莉走在我旁边，忽动忽停，笨手笨脚，让我觉得自己是牵着一块大木头走路。

我们好不容易才走出树林，但身上已经又湿又脏，大气喘个不停。吉伯特早把车子开到草地边缘等着。一看到我们出现，他就发动引擎，倒车迎向我们。

几天的海边假期已经转化了吉伯特。他看来年轻、苗条了些，就连他的白卷发也变得松软自然。他在渔人商店买了橡皮底帆布鞋、轻便的帆布裤和一件宽大的棉布外套——这件外套现在就穿在他的白衬衫外面。他已把那些可怜兮兮的化妆品束之高阁。这段日子是他的美好时光。他是我不可或缺的。他的眼睛放射出活力与好奇。我扶着哈特莉的手，让她坐进车后座，自己随之也坐进去。接着，我突然产生一种好奇，想要试图了解吉伯特和哈特莉是怎样看待彼此。我看出，在哈特莉眼中，吉伯特显然是个英俊的有钱人，是个到海边度假的绅士。他的管家角色转换了，现在扮演的是一个拥有游艇的富豪。但我却看不出来吉伯特是怎样看待我的爱人，看不出来他先前预期我的"唯一真爱"会是什么样子。

"这位是我的好朋友奥皮安先生。这位是菲奇太太。开动吧，吉伯特。"

汽车沿着海岸公路奔驰，沿途哈特莉转头看着我，不发一语。她一只手紧紧抓住我夹克的袖子，也许是无意识的。我宽心地坐着，享受被她的手指与膝盖碰触的感觉。她的眼睛是紫色的，她的脸是一种凝聚古怪的表情，这种表情，年轻时让她看起来有点疯癫。车厢密封的安全感和车子的高速前进让我高兴得不自觉微笑起来。铺天盖地的成功脱逃感淹没了我。我对着哈特莉傻笑。

车停在堤道之后，哈特莉却不愿下车。"他知道我要来吗？他可不可以到车里来看我？"

"哈特莉，亲爱的，照我说的话去做。"

当我终于把她弄下车以后，吉伯特照我事前的吩咐把车开走，消失在往雷文饭店方向的路弯处。

我交代过提图斯留在厨房里，但当我们在堤道上走到一半时，他却打开了大门。

我一直都太投入思考行动的细节，完全没有想过这次会面是什么样的场面。但这时，我却被扭送回到当下，只感到惊惶混乱，不晓得自己干了什么好事。

一看到提图斯，哈特莉就站住，脸上露出近乎可怕的表情。她的嘴张开，嘴角以丑陋的方式下弯，眼睛半闭，前额露出我曾看到过的那种“凹痕”。但这种表情不是惊讶或悲欣交集的流露，而是内疚和哀求。同时，她不知不觉把双手向左右伸，但那也不是拥抱的姿势，而是哀告的姿势。

我把一切看在眼里，只觉心痛，很想大喊：停止，停止，别这样！我想慈悲地干涉这场实力悬殊的战斗。但我早已被排除在外。提图斯走上前，蹙着眉，眼睛眯起，打定主意要保持强硬和冷静，不流露任何情绪。但他没有成功，因为他的每个姿势，甚至走的每一步路，都透露出他想弯腰扶起面前这个哀告者的心意。他走到哈特莉面前，姿势生硬地与她拥抱了一下，然后就催促她往大门走。我看到他一只手在哈特莉背上推了一下，把她推进大门。我匆匆跟上去。

我走进屋子时，他们已经在交谈，就站在门厅里。但我感觉他们一点都不像母子。但为什么不像？家人关系从来不都是笨拙可笑的吗？还是哈特莉从来不敢成为他的母亲，从不被允许那样做？他们在谈些什么呢？

“我们不知道你去了哪里，住在哪里。我们曾经试着找你，找了又找，到处问人……”哈特莉这话就好像提图斯指控她没有尽责找到他。

“我很好。好得不得了。我没事。”提图斯回答了一个他还没被问到的问题。

“你有工作吗？还是仍然……你住在哪里？”

“我没有工作，居无定所。”

“因为怕你会弄丢我们的新地址，我们把这里的地址留给所有你认识的人。我还写了一封信给……”

“我很好，玛丽。我很好。”

为了打断这番我觉得糟糕的谈话（我不能忍受提图斯老是安抚她和喊她“玛丽”），我说：“我们为什么不到厨房坐坐呢？你们想喝一杯吗？”我觉得自己有需要喝一杯，而如果我处于他们的情境里，也一定巴望喝一杯。但他们看来没这个需要，而且对我的问题置若罔闻。

提图斯走进厨房，哈特莉跟随在后，两人站在桌边，手攀住桌沿，互相看着对方愁苦的脸。哈特莉的表情腼腆而害怕，提图斯则是一种羞愧和怜悯的表情。厨房里的痛苦浓得像一道栏栅。我站在一旁看着他们，想提供帮助，想加以干涉。“你们要吃晚餐吗？我们来吃晚餐吧，好吗？我们来谈谈……”

提图斯说：“我从未弄丢你的地址。”

哈特莉说：“我不能留在这里。你可以到我们那边去吗？但你千万不能提起你来过这里。你想……”

提图斯摇摇头。

哈特莉继续说：“班还不知道你来了。他出门了，走路到一个农庄问狗的事。”

“问狗的事？”

“对，我们考虑要养狗。”

“什么样的狗？”

“威尔士牧羊犬。”

“他会把狗一起带回家吗？”

“我不知道。”

他们总算有个像样的话题了。

我厌倦了被当成隐形人，就大吼说：“要喝一杯吗？要吃晚餐吗？”

提图斯没转头看我，只向我摆摆手，然后对哈特莉说：“来这边。”她随他走入小红室，把门关上。

我决定这时最好是让他们单独相处一会儿。何况，哈特莉人已经来了，我得更详细思考接下来可能面对的凶险和下一步该怎么做。我站在门厅思考了一会儿，然后走上楼，到起居室找出白纸。先前，我在一个抽屉里找到一些浮印着什鲁夫末端字样的白纸，想必是乔里太太留下来的。我在上面写下：

菲奇先生阁下：

此函是为了告知阁下玛丽来我这里。提图斯也是。

查尔斯·阿罗比敬上

我把信放入信封，跑出屋外。

我惊讶地发现，温暖的夏天黄昏还持续着。这也许是屋子里冷，也许是因为我觉得冷，又或许是我觉得正常的时间运转都应该停止。长在公路对面的草儿碧绿青翠，杂处草间的岩石则炫目得像一颗颗小钻石。温暖的空气像浪一样迎向我，稠稠的，混杂着泥土与植物生长和花朵的味道。

我跑过堤道，沿着圆堡和雷文湾方向的公路向前跑。吉伯特的车子就停在路弯后面。是我吩咐他在这里待命。我要他把车藏起来，以防自己最后不得不对哈特莉撒谎。

吉伯特坐在一块岩石上，观看着灿烂的蓝色海水。一看到我，他就从岩石上跳起，向我跑来。

"吉伯特，你可以现在帮我把这封信送到'尼布利特'，就是山坡上最后一栋小别墅。"

"遵命，老板。事情进展得如何？"

"一切顺利。去吧。然后再回来这里待命。"

"我的晚餐怎么办？我不能回到屋子去吗？"吉伯特好奇难耐，渴望可以插手这桩闲事。

我可不会让他如愿。"还不行。你最好到'黑狮'买个三明治，然后回到这里。我不确定接下来会发生什么事。"

"不会有暴力事件吧，我希望？"

"我也这样希望。现在快去吧。"

"可是老爷……"

"去吧。"

“我可以在酒吧里喝杯酒吗？我渴得要命……”

“好吧，但不要待太久。不要超过四分钟。”

吉伯特幽怨的脸让我不快地联想起弗雷迪·阿克赖特。现在到处都是阿克赖特，他们也已把班笼络过去。

我往回跑，吉伯特开着车子在堤道上经过我。我跑回屋里(好冷)，跑进厨房，给自己倒了半杯淡雪利酒。我没有走到小红室门外去偷听，而是走出草坪，爬上岩石，一面看着大海，一面啜饮雪利酒。

目前事情进展良好。但等我开始加压的时候，哈特莉会有什么反应呢？班收到我的信以后，又会有什么行动？他什么时候会收到？如果他来回阿莫尼农庄都是用走的，谈狗的事情又花他半小时的话，那他应该在九点半左右回到家。现在是八点过一点点。我记起自己肚子饿。雪利酒让我头昏眼花。但如果该死的阿克赖特用车载他回家的话，那么他八点半就会到家。不过，如果他是带着狗一起走回家，他就要近十点才回得到家。但为什么他突然有养一只狗的念头？是想训练那畜生攻击我吗？

我继续想，班会几点到家其实不重要，因为他大概不会今晚就采取行动。他应该会先等一等，看哈特莉和提图斯会不会自动回来。我还想像他甚至因此又找到机会对他们龇牙咧嘴而有种幽暗的满足感。真是烂人。

我把雪利酒喝完，走回屋里。小红室里的喃喃细语声仍然在持续。当时我想，他们谈得愈久愈好。他们每多谈一分钟就会把彼此拉近一分，而且也可以把危险的时间多消耗一些。等他们肚子饿了，自然就会出来。不过更有可能他们会因为情绪太激动而不觉得饿。

至于我自己，尽管心情忐忑，却没有不觉得饿。我坐下来吃了一些饼干与橄榄，然后把剩下的印度什锦烩饭，连同一杯白葡萄酒，带到屋外，继续欣赏海景。我感觉兴奋、紧张，有一点醉，但头脑仍然清晰。

但几乎我一坐下，就听到提图斯的叫喊声。“嗳，快来！”接着是几声如猫头鹰叫声的紧急呼唤声。

我本来考虑不要理会这些呼喊。但最后还是决定回去，而且现在提防班也太早了。我手上拿着盘子杯子，颤巍巍地爬下岩石，回到草坪。

提图斯和哈特莉已经站在后门外，她脸上挂着那种我熟悉不过的心慌意乱的表情。

提图斯说：“玛丽认为她应该走了。我跟她说还有时间，但她现在就想走。可以吗？”

哈特莉说：“你可以马上把车找来吗，行吗？”她的语气严厉，近乎愤怒。

提图斯说：“我看过前头，却看不到车。她很紧张。”

“没什么好紧张的。”我说。我走入厨房，他们跟随在后。“你们想吃晚餐吗？”

“我必须离开。”哈特莉说。她与提图斯的母子相会时刻已经结束，由丈夫宰制的时刻重又开始。对丈夫奴隶般的害怕让她不惜对提图斯置之不理。她一贯的恐慌又回来了。我多么痛恨她脸上那种炽烈且近乎无休止的恐惧表情啊。那让她变得丑陋。先前在树林里吻我的手时，她看起来很漂亮。

提图斯说：“别耗了。车子在哪里？她得回家。”

提图斯显然忘了自己的任务是要把哈特莉留在“什鲁夫末端”。但也可能他被她的恐惧感染了。我事前对提图斯的说明太婉转，太不明确了。我没有把自己心里所想的一切告诉他，原因是不知道他会有什么反应。我告诉他，我认为哈特莉会愿意留下来，他要做的只是再推她一把。但我现在发现，应该把话说得更白。

“她根本没有必要回去。”

“我待太久了，”哈特莉说，“虽然他说会在九点半回来，但也可能更早。所以求你现在就让我走。”

“没这个必要。我已经请奥皮安送了一封短简给他，说你和提图斯在我这里，所以他不会担心的。他会过来接你，到时吉伯特再一起载你们回家也不迟。”

提图斯吹了一下口哨。他马上明白我干了什么好事。

哈特莉过了半晌才意会过来。“你是说……你告诉他了？蓄意告诉他了？……啊，你这恶毒的人……，你这蠢材……你不明白，你不明白……”愤怒和绝望的泪水从她眼眶泉涌而出，她狠狠瞪着我。我后退一步。

“哈特莉，你犯不着这么怕他！我受够了你对那该死家伙的软弱态度。为什么你一直觉得非要对他撒谎不可？为什么你不能来这里见提图斯呢？那是完全自然和正当的！”

提图斯用关怀的目光看哈特莉，又用挖苦的目光看我。“你有邀他来这里吗？老天！”他说，“不过他当然还没看到你的信，因为他还没回到家。”

哈特莉也刚想到这一点，她看看表。“对，他一定还没看到信，一定还没！如果我们马上离开，应该可以抢在他之前回到家。那一切就会没事。绝不能让他看到信。求求你，我们必须马上走。车在哪里？车呢？”

我平静得近乎荒谬说道：“真是万分抱歉，车子现在不在。吉伯特开到雷文饭店旁边的修车厂去了，引擎有一点问题。”

“什么时候回来？”提图斯问。

“我不知道，也许用不着多久。”

“我们可以打电话去问。”

“我这里没有电话。”

哈特莉哭喊着说：“我得走，我得走，我得走。我如果跑的话就能及时……”

“我跟你一起跑。”提图斯说。

“不，你们都不要跑。”我瞪着提图斯说，“哈特莉，你现在给我坐在桌子旁边，不要再疯言疯语。车子随时都会回来。但听着，我不希望你回去，回到他身边，回到那房子。我希望你留在这里，留在提图斯和我身边。”我饶有深意地望了提图斯一眼。

哈特莉坐了下来。她看看我，又看看提图斯，样子像只受惊的动物。我在她旁边坐下。她发抖，但我从她惶恐的眼神中看得出来，她已经有一点开窍。

提图斯说：“她想回去。我会陪她一起回去。我决定了。”

“不，不，”我说，想尽量争取时间，“你们两个都留下来。哈特莉，亲爱的，他会知道你在哪里的，他不会担心你溺水的。他可以过来这里看提图斯。提图斯，你并不是真的想到那边去，对不对？”

提图斯一脸苦恼，再次说：“她想回去。她不想让他看到信。现在还来得及。我二十分钟就可以跑得到。那地方就在村子再过去一点，对不对？”

“去吧，求求你，求求你，”哈特莉哭喊着说，“现在就去。大门没有锁，你可以直接……”

“还是说我应该跑到饭店去？哪个地点比较近？”

我对提图斯说：“我希望他可以读到信。你们两个都留在这里，哪里都不要去。难不成我们是那家伙的奴隶？我想把你妈妈救出囚笼。”

哈特莉发出悲切的哭声。

“为什么你要他看到信呢？”提图斯说，“我完全不明白，听起来就像是某种阴谋。你说过你希望她会来这里见我，但就这么多。我不知道原来你想让她整个人栽到你的圈套里。”

“这正是我想做到的，”我说，“让她整个人陷到我的圈套里。”

“不，不，”哈特莉跳了起来，冲向大门。

我急起直追，抓住了她洋装的领口，把它扯破了一点。感觉到领口被扯裂时，她停了下来，然后回到桌边，坐下，头埋在双手里。

提图斯说：“我不喜欢这样。你不能违反她的意愿把她留在这里。”

“我只是想让她有一个可以自由做抉择的环境。”

“自由？她不可能有自由，”提图斯说，“很久以前她就忘了自由为何物。而且你硬把她留下来，她也会惊恐得不能思考。你不知道这会有什么后果：她说不定会疯掉。看来我是误会了。我还以为你们之间多少有点默契，以为她已经准备好了。如果她不愿意，你不能勉强她离开共同生活几十年的另一个人。”

“为什么不可以？一个人想离开共同生活几十年的另一个人，通常都是突然离开，因为这是唯一可行的办法。我只是帮她做她内心想做却不敢做的事。我说得够清楚了吗？”

“清楚得可怕。”

“她会冷静下来的，她会思考的。”

“明天？在这里？”

“对。”

“你打算留她一整个晚上？”

“对。”

“他来要人的话呢？”

“我不认为他会来。回答你早先的一个问题：我没有邀他来。”

“啊，老天，他会怎样想？”

“我不在乎他有他妈的什么想法，”我说，“事实上，他想得愈不堪愈好。就让他被自己愚蠢的想像力愚弄吧。”

“把事情弄得不可收拾——这是你计划的一部分？”

“对。”

“我的天，”提图斯说，“我不想再谈了，我不喜欢这种把她当小孩或心理病人的谈话。我要去游泳了。”

“提图斯……别把我想得太差劲……你要明白……”

“我没有把你想成差劲的人，事实上，你的大胆让我钦佩得屏息静气。我只是自己做不出来罢了。”

“你不会是拿游泳当借口跑去把信拿回来吧？”

“不是，现在动身已经迟了。”

“你不会走掉吧？”

“不会。”

他打开后门走出去。

外面是一个朦胧的夜晚，岩石的影子被拉得很长，斜在草地上。我没有看表。我在哈特莉旁边坐下。

她已经没有以手掩脸，眼睛此时瞪着桌面。先前被我拉扯过的领口现在有个小小的三角形裂口。我看见从她脖子向下延伸的暗红色晒斑。她呼吸急促，近乎喘气。

我的做法无可否认是下流的。从盘算计划的一开始，我就打定主意要把哈特莉留下来，必要时使用武力也在所不惜。但我没想过细节，似乎我是多少期望，她来这儿一看到提图斯，思想就会发生大跳跃。她将看到自由，看到与我和提图斯生活在一起的可能性。而一旦她开始向往自由，我就有理由希望她愿意留下来。不过我的做法也许太急躁了。刚才半小时的恐怖场面动摇了我的决心，让我几乎考虑要把她送回家。但此时此刻我还能这样做吗？班肯定已回到家，而且看过信了。我的计划成功了，但我自己也被困在里面。我终于想看表了。时间是九点二十五分。

我拿起她两只手，放在桌面，让一只叠住另一只，再把我自己一只手覆在上面。然后我把她的脸转向我。她已经没有哭了。令我无比宽心的是，迎我而来的不是严厉焦虑的瞪视，而是一种静静、温和而自省的眼神。尽管她看起来相当忧愁，却似乎更年轻，更像以前的她，更有生气、更有智慧。我的自信心恢复了。也许她的自由在蠢动了。我的计划大概是正确无误的。她需要的是治疗，一种心理的治疗。在这一刹那，我认定此时表现出软弱将是致命的错误。我必须坚定不移，必须继续当那个让提图斯钦佩得屏息静气的人。

“我不准备让你走，哈特莉。今晚不会，永远也不会。不管怎么说，你今晚是回不去了。想收回那封信已经太迟，他一定已经知道。他爱怎样想就随他去吧。为什么你要怕他和老是靠撒谎解决问题？你这个样子让我心疼。我受不了，提图斯也受不了。提图斯需要你，但不需要他。你难道看不出来这意味什么吗？我喜欢提图斯，提图斯也喜欢我。那为什么不让提图斯当我儿子，你来当我太太？这是命定的，哈特莉，是命定的。不然为什么提图斯会出现在这个时候，而且偏偏是来找我？不然我又怎么会搬来这地方？你一定看得出来老天的安排是多巧妙。提图斯好希望跟你生活在一起，但却绝不愿意到那边去。看到他你不是很高兴吗？你们不是谈了不少吗？你们谈了什么？”

“狗的事情……”

“狗？”

“他回忆起小时候养过的狗。他喜欢动物。”

“那很好。哈特莉，放轻松，让它去吧，把它丢掉。”

“把什么丢掉？”

“把你的包袱丢掉。把你徒劳的忠诚、无意义的牺牲丢掉。你自己受罪也让他受罪，让它去吧，让他去吧。你就像个半死的人。”

“对，”她若有所思地说，“对，我常常觉得自己是半死的。我想很多人都是这个样子。但人是可以在半死状态下活下去的，甚至可以从中获得若干快乐。”

她自省的语调让我高兴得想要高歌。我触及她了。她愿意谈它了。我把我的睡美人唤醒了。“你一定饿了。喝点葡萄酒吧。也吃些印度什锦烩饭吧，还剩下一点。”

“我只想喝点葡萄酒。给我点面包吧。”

“还有起司，还有橄榄。”

“我不喜欢橄榄，我跟你说过了。”

她只吃了几小口起司和面包就把东西推到一边。她喝了些葡萄酒，我也喝了一点，却吃不下东西。

“哈特莉，你知道吗，我认为你已经渡过卢比坎河[1]了。在河的另一边有什么？自由、快乐。”

“某些事确实发生了，”她说，用更镇定的脸看着我，还刻意用手去顺了顺额头。接着又顺了顺脸颊，让面孔柔顺平静下来。“但却不是你想的那样。那不是跟快乐有关的。我不打算挣扎，亲爱的查尔斯，我是说我不打算做身体上的挣扎，不会试图跑走，或又哭又叫，尽管这些恰好是我脑袋里正想做的事。我已经学到，人在有些时候应该放弃挣扎。我明白你想做什么和为什么想那样做。你想让我的婚姻触礁、粉碎。但它不会的。它是不可摧毁的。”

“你说话的语气像个囚犯。”

“人都是活在囚笼里的。”

“那只是因为他们没法子出来。”

“有时出得来也是一样。唉，你不会明白。你只会把事情愈弄愈糟。你今晚就这样做了。”

她的用词、语气现在听起来都相当吓人，就像是一个冷静的法官在宣判死刑。但我认为，如果她真是那么绝望，那么坚决想回去，一定会真的又哭又叫，相信这样做会令我让步。另外，从她平静的样子看来，她应该是有点高兴被逼留下来。她的情绪无疑是极度混杂的，所以说起话来才会矫揉造作。

厨房现在变得更暗了。提图斯从后门进来，到液化气炉边。他没有看我们。他找到那盘印度什锦烩饭。我突然想起吉伯特还在外面站岗。我把拿着剩饭正要走到门厅去的提图斯叫住：“去把吉伯特叫回来，他在圆堡旁边。回来后记得把大门锁上。”

我替哈特莉又倒了些葡萄酒。她现在认命平静得让人诧异，似乎另有玄机。难道她还在期望我突然改变主意，送她回家吗？难道

---

① 卢比坎河在罗马共和国时代为山南高卢与意大利的界河，公元前 49 年恺撒冲破不得越出所驻行省的法律，渡河宣告与罗马执政庞培决战。“越过卢比坎河”作为成语，意为“破釜沉舟”、“背水一战”。

是渴盼着这样的前景，让她变得那么平静吗？

我站起来把后门锁上，把钥匙放进口袋里。我相信班不会在今晚过来。我听见吉伯特回来了，正在向提图斯大声抱怨，然后听到大门锁上的声音。我点上一根蜡烛，把窗帘拉起来(尽管此时外面还有亮光)。这是第一次我可以毫无时间限制地跟哈特莉在一起。我喝了更多葡萄酒。

“哈特莉，自从你丢下我以后，我就再没有感受过真正的快乐。我当时有多痛苦你是无法想像的。但从前我们是很快乐的，对不对？我是说我们一起骑单车的时光。那就是年轻应有的样子：欢乐、完整无缺。自此我没有爱过任何人。这也是为什么……请原谅我这么长篇大论……”我采取一种轻柔的语调，希望可以引起她的回应。我同时在心里想：啊，老天，要是我在打仗的时候就找到她，要是我在曼彻斯特街上就碰到她，情形会多么不同！她一定会对我诉说自己的婚姻有多不快乐，而且说不定班会战死沙场，然后……我的想像力是那么天马行空，我甚至开始想像自己会怎样向克丽芒解释。

“你觉得我那么安静很奇怪，对不对？有时候我觉得自己再也无法继续下去了。”

“我不明白你的意思。”

“有时我宁可他……”

“希望他什么？他威胁你吗？”

“没有，没有——我不是要说这个。”

“那你要说什么呢？听着，你绝不能再回他那里去，就算你不愿意和我在一起，我也不会让你回去。那太危险了。”但我又要怎样安置她呢？帮她在一间花店里找工作吗？

“哈特莉，你非得跟提图斯和我在一起不可，那才是你的恰当位置。不说别的，班一定会认为，单凭提图斯来找我这一点，就足以证明他是我儿子。”

“你是刚刚才想到这个吗？”

"唉，哈特莉，亲爱的，对我好一点吧，不要那么疏远。坦白承认吧，除了我以外，你从没有爱过别人。你回到家了。那个我在车灯下看到你的晚上，你不就是要来这里的吗？你控制不了自己。说出你爱我吧。难道你不希望最终得到快乐，不希望和一个爱你、对你仁慈、又相信你的男人住在一起吗？哈特莉，看着我。不，我们到那边去好了，我不懂为什么我们要老坐在这张愚蠢的桌子旁边。"

我拿起蜡烛，拉着哈特莉的手把她带到小红室，拉起窗帘。我坐在扶手椅里，想拉她坐到我的大腿上，但她却从我大腿滑到地板上，坐在我脚边，手仍然握着我的手。我很慢又很小心地吻她，接着抚摸她的乳房。我们就像小孩，就像少年人。我感觉得到，我对她的欲望，是和一种纯纯的爱、对她的崇敬和一种要保护她的强烈愿望分不开的。但我的欲望同时也是一种小孩的欲望：笨拙的、无技巧的、谦卑的。我不知道该怎样抱住她，或是怎样才能让她干涩的嘴唇有反应。最后，我也坐到地板上，紧握她的双臂，看着她的脸。

"哈特莉，你是爱我的，对不对？对不对？"

"唉……对……但这又能代表什么呢？"

"我们一向都是了解彼此的。"

"对，真奇怪，某种意义下我真的很了解你，从来没有一个人像你那样接近我。但也许只是因为我们那时年轻，而后来又没有机会认识其他人，至少我是这样。"

"但你懂我，我也懂你。"

"我常常感觉自己是不存在的，像是看不见的，离世界有好几里远。你不能想像这辈子我有多孤单。那不是任何人的错。是我自己的错。"

"我看得见你，哈特莉，你是存在的，你就在这里。我爱你。提图斯爱你。我们会快乐生活在一起的。"

"提图斯很久以前起就不再爱我了。"

“别哭。他是爱你的。我知道他爱，他告诉过我。你既然已经离开那个可恨的家伙，一切都会好转起来。”

我反复去摸她颊上的眼泪，然后终于，她半推开我，开始抚摸我的脸。“唉，查尔斯……查尔斯……感觉好奇怪。”

“我们就像从前一样，就像躺在树林里一样……哈特莉，你今天晚上可以陪我吗，让我们静静地依偎在一起。我们用不着像这样在这里躺一整晚的，对不对？”

她的身体忽然变得僵硬，坐直起来。“是酒精在作怪……我不习惯葡萄酒……我一定是喝醉了……醉了……”

“可别要求我现在送你回去！不管从任何角度来看，一切都太晚了！”

她跪了起来，然后僵硬地站起来。我随之站起，面对着她，用指尖轻触她的手肘。

“查尔斯，你不明白自己做了什么。我明天就会回去。我要睡了，我现在只想睡觉。但愿我可以在睡梦中死去。但愿我可以跑出去，跳到海里。”

“胡说八道。你会游泳吗？”

“不会。”

“我们上楼去吧，答应我你不会半夜跑掉。”

“明天我一定要回家。这不过是我做过的另一件蠢事。唉，我真愚蠢，总是那么愚蠢。我不应该离开家的。我不是生你的气。那是我的错，一切都是我的错。对，我想我是爱你的。我从未忘记你，再次看见你的时候，我顿时感受到它的存在。不过那是一种童稚的爱，不是真实世界的一部分。我们的爱在世界里是没有位置的。如果真有位置，它早就得胜了，我们也不会分开。跑掉的人不只是我，还有你，你也跑掉了，你不过是忘了而已……这种爱现在也是没有位置的，是不着边际的，是不相干的，只是个梦。我们只是身在梦中，明天就会梦醒。你说那是命定的，也许真是如此，但却不是你以为的那样。那是恶命，是我的命，是我让这团恐怖的混乱发生的。你为什么会搬来这里呢？多少是我造成的，我就像那些有自毁倾向的人，总是会把灾难和死亡招引过来。这就是我一辈子在做的事，没有家，没有小孩，有的只是恐怖。”

我记起了提图斯的话：“她有一点点爱幻想。”但毫无疑问她已经醉了。现在去反驳她的疯言疯语是没有意义的。我紧紧抱住她。“别说了，我亲爱的哈特莉。我从没有要跑掉，不是这样的，那只是你的托词！我们的爱会在这个世界找到位置，你迟早会看出来。你现在不就已经在我这里了吗？你看事情有多么简单。只要等到天亮看到阳光，你就会变得勇敢起来。跟我上楼去吧，你喜欢睡哪就睡哪。”

我带她走出厨房，手里拿着蜡烛。走上楼梯的时候，我看见提图斯睡觉的那个房间门缝传出微光，还听到一些叽里咕噜的声音。一想到提图斯和吉伯特坐在地板垫子上亲密交谈，我就醋意陡生。

我把哈特莉带到浴室，在外面等了一会儿，然后带她到我的卧室。但很明显的是，她不愿意跟我一起睡。而且，现在让她单独一个人也比较好。她已经被恐惧感攫住了，这表现在她巴望睡觉，以浑忘一切。“我想睡觉，我必须睡觉。睡觉，我要睡觉。”我早就预期会有这样的发展，事先在二楼中间的小房间放了个床铺，用的是我的沙发床床垫。我也摆了一根蜡烛、一些火柴在旁边，甚至还准备了一个夜壶。我拿出一套睡衣裤想让她换上，但她一进房间就直接躺到床上，把毯子拉高，样子就像一具帮自己盖尸布的死尸。她看来马上就睡着了：对慢性不快乐的人来说，睡觉是遗忘的最好方法。

我走出房间，从外面轻轻把门反锁。我始终没有忘记也无法忘记一个妇人跳到海里把自己淹死的恐怖画面。我走回卧室，踢掉鞋子，爬到床上去。我累得精疲力竭，以为自己会因为太激动而睡不着。我错了。上床几秒钟后我就沉沉睡去。

*　*　*

第二天早上醒来时，我意识到整个世界彻底改变，变得骇人，就像世界大战爆发的第一天。我的心情其中当然也有欢乐和希望，但最先来到的是害怕和一种困惑，就像宇宙的法则一下都失效了。为什么我会一直那么有自信呢？我到底干了些什么？我昨天是不是做了些疯狂和吓人的事，就像一个醉酒的罪犯那样，要第二天酒醒才回忆得起来？我当然也预期班一定会登门。

哈特莉就在屋子里这件事情就像是梦，她昨晚是否平安存活，是我最迫切想知道的。我觉得自己像是急着去看笼子里新宠物的小孩，又快乐又担心，担心看到的只是没有生命的尸体。带着一个想吐的胃和一颗跳得厉害的心，我跑出走廊，穿过珠帘子，打开哈特莉房间的门锁。我叩了几下门，没有回应。她死了吗？像只被捉的动物那样死了吗？还是不知道用什么方法逃走了，已经溺死在海里了？我推开门，向内窥探。她就在床上，醒着的。毯子拉高盖住嘴巴。她瞪着我，眼皮半闭。她的头微微动个不停，看得出来是在发抖。

“哈特莉，亲爱的，你好吗？睡得好不好？被子够不够暖和？”

她把毯子拉下来一点，嘴动了一动。

“哈特莉，你将永远与我在一起了。今天是我们新生活的第一天。唉，哈特莉啊哈特莉……”

她以非常笨拙的姿势坐了起来，背靠着墙，身体仍然藏在毯子下面。

她用嗫嚅的声音说：“我必须回家。”眼睛没有看我。

“你又来了。”

“我来的时候没有带皮包，什么都没带。我需要化妆品。”

“老天，那有什么重要！”

但我看得出来，那对她可能真的重要。在从起居室方向透进来的黯淡日光里，她的样子看起来很可怕。她的脸是浮肿和油腻腻的，额头皱纹起伏，嘴角四周满是细纹。她的头发干而纠结，又毛又卷，看来像顶旧假发。望着她时，我心生怜悯和柔情，也感到自已被一股新的力量充满。我很想让她知道，我对她的外貌是多么不在意，而我强大的爱甚至渴望有更大的障碍挡在前面，让它有机会展现自己是多么坚定不移。

“来吧，亲爱的，”我说，“起床吧，我们一起到楼下吃早餐。之后我会叫吉伯特到‘尼布利特’把你的东西载过来。事情很简单。”至少我希望她会觉得简单。

她慢慢爬起来，继而手脚并用地吃力起身。她的黄色洋装皱得很，她努力要把皱处拉直，却不奏效。她的肢体动作流露出那种饱受折磨的人的羞涩笨拙。

“我会借你我的睡袍穿，我有一件很漂亮的睡袍。”我跑到睡房，找出最好的一件丝睡袍。那是黑色的，绣着玫瑰花图案。她站在门边，瞪着珠帘子看。

“那是什么？”

“难得你会问问题。那是一道珠帘子。现在穿上这个吧。你应该还记得浴室在哪里吧？”

她让我协助她把睡袍穿上，然后慢慢走向浴室。我坐在楼梯上等着。出来之后，她再次爬上楼梯，要回房间。她的动作沉重得像个七老八十的老太太。

“等等，我拿把梳子给你。还是你干脆到我的卧室梳头好了，那里有镜子，而且比较亮。随你喜欢。”

她没有回答，径自走回自己房间。我拿了梳子和小镜子给她。她梳了头，但没照镜子，梳完就到床垫上坐着。那也是她唯一可坐的地方，因为房里没有其他家具(提图斯帮我在岩缝里取回的折叠桌还放在楼下)。

“你不下楼吗？”

“不下，我留在这里。”

“我拿东西给你吃。”

“我吃不下，葡萄酒让我不舒服。”

“你想喝茶或咖啡吗？”

"我不舒服。"她躺下来，把毯子拉到身上。

我失望地看着她，然后就离开了。我关起房门，锁上。我不排除她会突然跑走、冲出屋外、跳到海里的可能性。

下楼后，我在厨房里找到吉伯特。他坐在桌子边，看到我进来，恭敬地站起身来。提图斯站在液化气炉前面炒蛋，他似乎已经完全适应这里的生活。对这一点，我既高兴又不高兴。

"早安，老爷。"吉伯特说。

"嗨，爹地。"

我不欣赏这种幽默。

"如果你想表示亲热，可以喊我查尔斯。"

"抱歉，阿罗比先生。我妈妈今天早上怎样了？"

"唉，提图斯，唉……"

"要吃炒蛋吗？"吉伯特问。

"我要拿些茶给她。她有加奶或加糖的习惯吗？"

"我不记得了。"

我在一个小托盘里放上茶、面包、奶油和果酱，端到二楼，一只手拿着托盘，一只手用钥匙打开房门。哈特莉仍然躺着，盖着毯子。

"看，丰盛的早餐来了。"

她望着我，一脸愁苦。

"等一下，我去拿桌子椅子。"我到楼下拿来折叠桌和一张椅子，把托盘里的东西一一放到桌子上。"亲爱的，来喝茶吧，冷了就不好喝。看，我还带了一件可爱的礼物给你，是一块石头，海边最漂亮的一块。"我把一颗椭圆形石头放在她餐盘旁边。那是我搜集品中的精品，手掌大小，粉红色，带有不规则的十字线和白色条纹，如果名画家克利和蒙德里安看到，一定会对之鞠躬。

哈特莉起身很慢，先是用爬的，然后再站起身。她走到桌子边站着，拉了拉身上的睡袍。她没有看或碰那块石头。我搂着她片刻，吻了吻她那头假发似的头发。接着我又吻了吻她温暖的肩膀。然后我走出房间，把门锁上。让我宽心的是她至少没有再提回家的事。她无疑还是处于恐惧中，但如果现在她会为回家而害怕，那么我每多留她一小时，她就会多理解我的开导一分。然而她那种可怜兮兮的样子仍然让我惊魂不定。稍后我毫不意外地发现，她只喝了一点点茶，没吃任何东西。

我看了看表。还不到八点。我纳闷班什么时候会来，以及会以什么样的方式出现。我不安地记起，哈特莉说过，班至今还保留着当兵时用的来复枪。我回到厨房去下达命令。

吉伯特正在吃着炒蛋、烤面包和烤番茄。

“那孩子去哪了？”

“去游泳了。哈特莉怎样了？”

“唉，可怕。我是说好得很。吉伯特，你可以到门外帮我站哨吗？当然是吃完早餐再去。你一路下来表现得真棒！”

“你说的站哨是什么意思？”吉伯特狐疑地说。

“你到堤道尽头的公路上站着——站着坐着随你的便——看到他来就进来通知我。”

“我凭什么知道是不是他？凭他拿着的马鞭吗？”

“你一眼就可以认出来。”我把班的样子给吉伯特仔细形容一遍。

“假如他蹑手蹑脚接近我的话怎么办？他心情肯定不好。你说过他很强壮，是暴徒型的人物。我爱你，亲爱的，但我不想跟别人搏斗。”

“没有要你跟别人搏斗。”我希望是这样。

“我不介意坐在车里等，”吉伯特说，“我会坐在车里，车门锁上，盯着路上的动静。如果看到他，我就会按喇叭。”

这似乎是个好主意。“好吧，就照你的办法，但反应要快。”

我走出后门，走过草地，爬上岩石，一直走到小悬崖，没想到刚好看到提图斯跳水，看到他一双白皙的长腿没入水中。他让我不期然联想起勃鲁盖尔画笔下的伊卡罗斯[①]。大吉大利[②]。

我无心游泳，更不想在班找上门时我刚好一丝不挂。再说海面上的波浪相当大，我怕上岸时会碰到困难。提图斯当然是用不着担心这个。我告诉自己一定要记得在圆堡的楼梯上再绑一条“绳子”。

太阳已经高悬，近岩岸边的海水是清澈的绿色，更远处的海面是天蓝色的，闪烁着，移动着，宛如有很多大大的白色盘子荡漾在海面上。海平线是一条金线。一道巨大但光滑的浪慢慢向我的方向卷来，然后无声地在岩石间碎开成泡沫。这种机械般的力量看似优雅，事实上暗含着凶险。

我等着年轻的提图斯游完，心里很不耐烦。连这种时候他还有心情玩乐，足见他是个危机感很弱的人。他看到我，向我挥手，一副不慌不忙的样子。他大声喊我下水，但我摇摇头。

我急着要和提图斯谈一谈，希望消除昨天我们在厨房那番愚蠢谈话的不良影响。另外我也希望班出现时，提图斯是穿着衣服、思想正确地站在我旁边。我并不真的认为班会过来把我们全部杀掉，但如果我不显示一点实力，难保不会挨他的揍。尽管我也身强体壮，却不谙打架之道。我常常纳闷，打仗的时候，人们是怎么面对面厮杀的。受过训练固然是因素之一，但我想最重要的动力还是恐惧。我庆幸自己不必身处那样的环境。

看着提图斯的海豚泳姿时，我忽然想到，我并不真的知道他在面对班时会采取何种反应。他当然清楚表示过，他厌恶养父。但年轻人的心思是很难捉摸的。说不定等到真正面对养父时，他会变得胆怯，或者忽然生起同情之心。或者父子总归是父子，父子之情是无法动摇的？提图斯会换边站吗？只怕连他自己也不能预见。

---

① 希腊神话中巧匠代达罗斯之子，与其父双双以蜡翼粘身飞离克里特岛，因飞得太高，蜡被太阳融化，坠爱琴海而死。

② 这是个拉丁文的迷信用语，意思是但愿不是真的。

最后，他终于游回陡峭的岩石边，手指脚趾并用，轻松把赤裸的身体拉出强烈起伏的浪涛。他爬到岩石顶端，一跃身体就回到岸上，躺着喘气。

“提图斯，好孩子，穿上衣服吧，快点。这里是你的毛巾。”

他照做了，一面擦身体一面看着我。“怎么回事？我们要去哪里？”

“不是，只是我恐怕你老爸随时会来到。”

“来找我妈妈？唔，我猜他应该会来。到时你会怎样做？”

“我不知道。他又会怎样做呢？提图斯，听着，有太多话我想对你说，所以如果因为太匆促而说得不得体，请你原谅。提图斯，我们一定要互相扶持，你和我……”

“啊，对，我是很重要的资产，我是诱饵，是人质。”

“不，这正是我要解释的重点。我出来找你就是为了说这个。我不是为那事情来的，而是为你来的。我需要你，我想当你父亲，希望你当我儿子。不管将会发生什么事情，这都是我的愿望。我是指即使你妈妈不愿意留下来——虽然我希望，也相信她会答应留下来——我都希望你接受我当你父亲。”

“真是有趣，”他说，“成年以后接受某个人当自己父亲。我不知道要怎样才能办到。”

“时间会让我们知道那要怎样办到。目前来说，你只要有这个意愿就够了。我感觉我们之间是有真正的联系的，而这种联系也自然愈来愈强。不要以为我只是想利用你，不是这样。我感觉我爱你。请原谅我用这种笨拙的言辞，但我没时间去想一篇优雅的演说词。我觉得是命运或上帝或什么把我们拉在了一起。我们不要愚蠢地错失机会。不要让无聊的自尊或猜疑或想像力阙如误事。让我们自此以后属于彼此。不必管这话意味什么，那是我们现阶段无法了解的。你愿意接受，愿意尝试吗？”

我原未料到自己会作出这样热情洋溢的恳求。我焦虑地凝视着他，希望可以多少打动他一点。

他这时已穿好衣服，我们站在海水上方的岩石顶端互相凝视。他蹙着眉，眯着眼。然后他把目光转开。“好吧……我猜……可以的。事实上，我是有一点反应不过来。我很高兴听到你说你是为了我。我想我相信你的话。真滑稽，我一辈子大部分的时间都是在想着你，而我也知道自己有朝一日一定会来找你，但我却一再把时间延后，因为我害怕。我害怕被拒绝，害怕你会把我当成说谎的乞讨者，只是为了钱或之类的才找上你。那对我将是个致命的打击。我相信我从此会一蹶不振，永远沉沦。有太大的不确定性了。”

“你说得没错，但现在不是好端端的。我们绝不能误解彼此，绝不能错失彼此。”

“事情发生得太快了。”

“事情发生得快，是因为它是正确的；而因为它正确，所以很容易就可以办到。”

“好吧，我会一试。正如你说的，只有上帝知道那是什么意思。但我接受，至少会一试。”

他伸出一只手，我把它抓住。我们这样站了片刻，既感动又局促。

然后，从公路方向传来了吉伯特又响亮又紧急的汽车喇叭声。

“他来了！”我跳起来，往屋子的方向爬。提图斯从后越过我，比我先回到草坪。当我走入厨房，看到吉伯特正牢牢抓住提图斯的手臂。

“他来了，沿着公路走过来的，走到堤道的时候就站住。但看到我在车子里，他就继续往前走。”

“他走过了屋子？”

“对，说不定是要绕过岩石，从背后过来。”吉伯特看来真的很害怕。

我穿过门厅，走过堤道，到公路上。没有班的影子。我注意到吉伯特把车打横停在堤道尽头，无疑是想用车当路障。这想必也是班过门不入的原因。就在我不知该怎么办和东张西望时，提图斯从屋子另一边大声喊我。

我走过吉伯特身边(他站在大门处，手上握着什么)，再次从厨房冲出草坪。提图斯站在其中一块最高的岩石上，手指着一个方向。“那里！他在那里！我看得到他。他正从圆堡的方向爬过来。”

我这时对提图斯是站哪一边再无怀疑。感谢老天爷。

我向他喊道：“你在上面等着，我过去会他。如果需要你，我会大声喊。”

我开始在岩石间攀爬，眼睛始终望着圆堡的方向，过了片刻就看到班，他也正在岩石间攀爬着，动作相当敏捷，向着屋子而来。

我们两人路线的相会处是米恩大汤锅上面的岩石拱桥，那也是从屋子到圆堡唯一容易走的路。我们两个人都是爬爬滑滑，最后在岩石拱桥上面对面，相距约十英尺。我马上想到一个问题并有一点担心：我现在的位置是不是在提图斯的视线范围内？我迅速往回望了一眼。答案是否定的。

班身穿白色衬衫和黑色灯芯绒裤子(膝盖部位已经摩擦得光秃秃，说不定是渔人商店买的二手货)。虽然这个早上冷飕飕的，但他没有穿外套。他不穿外套，是为了表明没携带武器吗？还是说纯粹为了方便格斗？他看来魁梧结实。他已刮过胡子，而我却没有。天晓得他一个人在那空荡荡的房子里刮胡子时，脑袋里想些什么。他鼠毛般的平头、孩子气的大头颅、宽肩膀和矮身高，在在让人联想起一头小公羊或其他小型却充满侵略性的雄性动物。与他厚实沉重的外形相比，我显得单薄、松散和邋遢。我的头发还没梳过，而且我还突然想起，身上穿的仍然是睡衣裤。

我向前移动一点，他也一样。海水正在涨潮，汹涌澎湃的海浪抢着要进入光滑的深洞窟里。海浪发出低沉的怒吼声，但没有吵得足以让人无法交谈。我站定，检查身上睡衣的扣子是否都已扣好，等着他首先发难。怒吼声让我觉得舒服。我希望它会让班分心。吵闹声一向都是我的朋友。

这还是我第一次在明亮光线中看清楚班的脸。他比我先前认为的要好看很多。他有一双棕色的长眼睛，睫毛也长。他的嘴大而好看，微微带点不屑。他的样子无疑相当愤怒，但我也马上看出来，他相当紧张，这让我宽心不少。难不成他有一点点怕我？是罪恶感作祟吗？罪恶感是可以让人害怕的。

“我太太在哪里？”

“在这里，我的屋子里。她希望留下来，提图斯也一样。他不是我儿子，这一点你应该很清楚。但我收养他了。”

“什么？”

“对！”

“你说什么？”

我这才意识到班有一点耳聋，至少听力比我差，海浪的嘈杂声也让他心烦。我用侮辱的口吻，大声清楚地对他说：“她在——这里。提图斯在——这里。他们要留在——这里。”

“我是来接她回家。”

“你不是真的认为提图斯是我生的，对不对？我向你保证他不是。”

“我想接我太太回去。”

“我是在告诉你某件你理应感兴趣的事。提图斯不是我儿子。”

“我不再在乎这事情，它过去了。我只想要回玛丽。”

“她希望留在这里。”

“我不相信……一定是你硬把她留下来。你绑架了她。我知道她留在这里不是出于自愿，我知道。”

“是她过来找我的。她就像上次那样跑来，就是你上木工课那次。你以为我有本事把她从你家里架出来吗？”

“那她怎么会没有带皮包？”

“你不爱她，她也不爱你，她害怕你，为什么你不肯承认这一点呢？你何苦要让一个可怕的假象继续维持下去呢？”

“放了玛丽，不然我就报警。”

"他们会笑你的。你知道警察是不管别人家务事的。"

"我想要回我太太。"

"她不想回去，她受够了。我正准备派辆车把她的东西载过来。"

"她对你说了什么谎话？"

"这就是你仅有的伎俩吗？嫁祸她，把责任推给她！你为自己开脱得真漂亮！"

"她是个歇斯底里的人，幻想各种各样的事情。她精神状态不好。"

"她显然幻想受够了你的虐待。去吧，去找警察吧，看看他们有什么反应！"

"你不了解自己正在搅和什么，你不明白。他是我太太，我爱她，想把她带回家。那里才属于她，也是她想住的地方。你为什么要突然搬来这里，扰乱我们的生活？我们过去不需要你，现在也不需要你。我知道你是什么样的人，读过关于你的报道。你是烂人，是狗屎，是破坏者，是下三滥。玛丽不是戏剧界的婊子，是个良家妇女，你碰一下的资格都没有。放她出来，不然我会让你遍体鳞伤。我可是在警告你。离我们远一点。"

班努力寻找字眼来表达他的愤怒。他公牛般的大头颅仰向前，露出强有力的湿牙齿。海浪有节奏的怒吼让我片刻陷于恍惚，即使没有往下看，我也能清楚感受到浪涛在岩石洞窟里的搅动。我静静地这样想(身体也精准地配合思想反应)：我应该快速冲向前，把那个可恨的家伙推到拱桥边缘外。他也许比我强壮，但我更敏捷。别说他不会游泳，换成游泳健将落到下面那个翻腾的大汤锅也会马上灭顶。没有人会看到我们。我可以说是他先攻击我的。只要猛推他一把，我所有的妨碍都会一扫而空。

这样想的时候，我目不转睛地盯着班。我感觉得到自己身体蠢蠢欲动，尽管没有人看得出来我有丝毫动静，但我的眼神却足以透露我的心思，而我也肯定他看出我的意图。他后退到岩石拱桥的远端。我松开紧握的双拳，眼睛垂下，往后退去。

“放她回来！”他放大嗓门说，“这个早上就放了她，不然我会用尽一切方法毁灭你。我说到做到。”

我不发一语。

然后，他就像突然昏了头似的，语带哽咽地说：“为她考虑一下。她想要回家。我知道她想回家。你不明白。别再让事情继续下去。那只会对她有坏影响。她最后还是会回来的。你不明白吗？”

我不太大声地说：“滚吧。”

他开始往回走。几步以后转过身来大声说：“告诉她我昨晚把狗带回来了。我想这件事会让她高兴的。”

我目视着他在岩石间攀爬，时隐时现。他的动作要比刚才慢了许多，总算有个瘸子的样子。等他快到达公路的时候，我甩甩头，甩掉自己的恍惚，然后尽可能快速地往屋子爬回去。我想要确定他是真的走了，而不是绕路往屋子里去。

提图斯仍然站在原来那块岩石顶端，看到我回来，就从岩石上跳下来。吉伯特站在草坪上。等我一走近，两个人就马上问长问短，但我直接跑过他们身边。他们跟着我跑，三个人一起跑到堤道，一直跑到吉伯特的车后面。我们在车子后面一字排开。班正沿着公路朝我们的方向走。提图斯凝视他片刻，就转过身，背对公路。他的动作让人印象深刻。班从我们身边走过，表情严峻，不发一语，也没有看我们，继续急忙往小镇走去。

“发生了什么事？”提图斯问我，看起来抖瑟瑟的，相当害怕。

“没事。”

“没事？怎么回事？”

“他说了他要说的话。”

“他怎么说？”

“一派谎言。他说她歇斯底里和爱幻想。”

“歇斯底里是真的，”提图斯说，“她有时会歇斯底里长达一小时。情形吓死人。”

“如果你认定他是你父亲，大可以现在就跟他一道回家。我不会拦你。”

“别这样说。我只是为她感到难过。”

“你要上楼看她吗？”

“不……以她现在的情况我不想……”

“唉！”我有一种想杀人的激烈怒气。我跑回屋里，跑上二楼，打开哈特莉的门锁。

她坐在床垫上，背靠墙，双膝屈起，裹在黑色睡袍里面。她用一双红肿的眼睛看着我，在我还没进入房间前就用一种呢喃的声音对我说：“拜托你让我回家吧。我想要回家，我非回去不可。没有别的地方是我可以去的。让我回家吧，求求你。”

“这里就是你的家。和我在一起你就是回到家。你现在就是在家里！”

“现在就让我走吧。你怎么可以对我这样残忍？我在这里留愈久，事情就愈无可收拾。”

“为什么你想要回到那个鬼地方？你是受了催眠不成！”

“我只盼自己死了，我想我很快就会死去。我感觉得到。有时睡前我感觉得到，只要凭着意愿，我就可以在睡梦中死去，但我总会醒来并发现自己还活着。每个早上我都发现自己还活着，那种感觉有如身在地狱。”

“那你就离开地狱吧！地狱之门已经打开，是我为你打开的！”

“我不能。我自己就是那个地狱。”

“唉，哈特莉，起来！下楼到外面晒晒太阳，和提图斯谈谈话吧。你不是囚犯。不要再这样自怨自艾，我快被你逼疯了！我要把自由快乐带给你，把你和提图斯带到……巴黎、雅典、纽约或任何你想去的地方！”

“我想回家。”

“你怎么搞的？你昨天不是这个样子的。”

“我快要死了，我感觉得出来。”

她虽然回避我的眼睛，但我却看得见，她眼神里有种防卫性的冷漠，就像决定要放弃希望的人那样。

*　　*　　*

接下来几天，是我有生以来最怪异的几天。哈特莉始终拒绝下楼。她像只生病的小动物躲在房间里。我始终把门上锁，以防她投水；我没在房间里留蜡烛或火柴，以防她自焚。我无时不担心她的安危与快乐，但却不敢一直待在她身边；事实上，我现在几乎不知道要怎样跟她相处。我让她夜里自己一个人。她很早就睡，而且很快睡着(我听得见她的鼾声)。她很多时间都在睡觉，晚上与下午都在睡。她显然是想用睡眠来遗忘一切。这段时间我都在观察和等待，不断琢磨自己多久出现在她面前一次才是恰当。我静静地把她带到浴室。我长时间坐在走廊里守望着。我把一些垫子放在二楼楼梯平台的壁龛(我曾经梦见那里有一扇门，乔里太太从门后走出来，重新占领这房子)，坐在里面望着哈特莉的房门，侧耳倾听。有时她的打呼声会让我打盹。

当然我也常常和她一道坐在房间里，和她谈话或试着和她谈话，有时则是相对无语。我跪在她旁边，轻抚她的手和头发，就像轻抚一只小鸟的羽毛。她的腿和脚外露，却坚持一整天要在她的洋装外面罩着我的睡袍。然而，透过一些小接触，我不动声息地熟悉了她的身体：她的体重与体积、她浑圆丰满的乳房、她圆胖的肩膀、她的大腿。有时她也会愿意让我躺在她旁边，只是每次我想要脱下她的衣服，她都会用最细微的动作拒绝。她因为没有化妆品可用而焦虑，所以我就派吉伯特到村里买，此后我每次进房间前，她都会先化妆。她这种对虚荣心的小让步在我看来是个好征兆。但我仍然害怕她并为她感到害怕。我坚持不让她离开的行为已经够暴力了，我唯恐再增加一点压力，会让她产生激烈的敌意或变得更自闭，那样的话，我将会变得和她一样疯狂。我有时候觉得她是真的疯了。所以，我们是生存在一种疯狂、诡异、不牢靠的互相忍耐之中。每隔一段时间，她就会提出回家的要求，但总会默默接受我坚定的拒绝，这让我大受鼓舞。我相信，每过一小时，她害怕回家的心理就会多一分，而当这种害怕累积到足够的程度，她自然就会投向我的怀抱。

我们偶尔也能够交谈一下。我每次试着唤起她的旧日时光，她并非没有回应。我已经有一些小进展。例如有一次，她极为突兀地问我："爱丝蒂尔婶婶发生了什么事？"我不记得曾经向她提过爱丝蒂尔婶婶，事实上，我一直视叔叔一家人的生活为禁忌话题。又有一次，她说："菲力不喜欢你。"菲力是她哥哥。"菲力现在做什么？""他死在战场上了。"她说，然后又补充一句："其实你才是我真正的哥哥。"她从不问我的剧院生活，我也没尝试告诉她，因为我觉得她一点都不感兴趣。我现在已经明白，她从未为自己没有嫁给名人而懊悔过。她倒是有一两次问我是否认识某某知名的女演员，但她对戏剧界的事显然所知甚少，对我的回答也没有追问的兴趣。有一次她问我："你认识一个叫克丽芒·梅金的女演员吗？"我想了片刻后回答说："认识，还很熟。我爱她，我们一起生活过一段时间。""你是说……？""她是我的情妇。""她不是比你大很多岁吗？""对，但那似乎不影响什么。""她一定是个老妇人。"过了一下，哈特莉开始哭起来，任由我把她抱在怀里。自此她没有再谈起克丽芒。这是我感到最有希望的时刻之一。我当然是不耐烦。我本来预期，她感到绝望以后，就会因为无处可去而完全投向我。但她至今还没有突破，让我感到极大的沮丧。

直到此时我还是希望提图斯帮我一把，他却不愿意，也许是无能为力。他看起来几乎是害怕哈特莉，害怕她的处境，她可怕的无助。他痛恨她受到的屈辱。他也不想被卷进来。他对整件事的感觉似乎是混杂着恶心感和罪恶感。无疑的是，他害怕班。他抱怨哈特莉的房间味道难闻，说他无法在里面呼吸，另一方面，他又为自己无法发挥影响力劝她走出房间感到尴尬。每次他去看哈特莉，都要求我陪在旁边，如果我先离开，他很快就会跑掉。我怀疑他们相处困难的症结在于不愿谈班，但除了班以外，他们又没有什么好谈。此外，正如我前面指出的，他对自己离家出走后做了什么一直讳莫如深，而这一点，也让他们失去一个可能的话题。其实，哈特莉对他离家出走这段日子做了什么似乎也不好奇。他们的谈话几乎都是礼貌性的。至少哈特莉来这里的第一天是这样。之后，提图斯就愈来愈不愿意面对她，并且因为哈特莉变得愈来愈狂乱，我也不愿意勉强他。

我始终听不惯他喊哈特莉“玛丽”。

“玛丽，为什么不出来晒晒太阳？你的房间好冷。”

“不用，谢谢。”

“你觉得病好点了吗？”说哈特莉生病了这个主意也不知从哪里冒出来，但很有用。他们循例谈到了小别墅——尽管话题俗套，却让人安心。可是我怀疑他们知道自己在谈些什么。

“那里有个漂亮的花园？住在三十四号的时候，我们的花园很不像样，对不对？与其说是花园，不如说是个院子。”

“对，三十四号的花园还更像院子些。”

“我常常回忆起花园棚屋里那台旧轧布机。记得那台旧轧布机吗？”

“记得……”

“这么说你们现在可以种玫瑰花了。你一直都想种玫瑰花，对不对？”

“对，想种很多玫瑰花，各种颜色的。”

“那你们也可以从窗户直接看到大海啰？”

我不明白这种谈话对哈特莉有何意义。我一直以为，大凡母子一见面，就会拥抱在一起，并马上以一种爱的语言交谈。好吧，说不定这就是爱的语言吧。我不怀疑他们之间还有爱，但他们的交谈却笨拙得让人吃惊。谈话大都是在提图斯笨拙的主导下勉强进行。他们有关小别墅的谈话很快就结束了(让我松了一口气)。他们之间最成功的交谈是回忆提图斯儿时生活的一些细枝末节。

“记得我们住在六十七号的时候，篱笆上有个破洞吗？记得我喜欢从那个破洞往外张望吗？”

“记得。”

“我得要站在一个箱子上才够高，对不对？”

“对，站在一个箱子上。”

为什么他们无法真正交谈？是不是哈特莉与提图斯的共鸣已经被那些苦难的岁月磨蚀掉了。想到这个，我就不寒而栗。不过稍后我终于明白，让他们无法交谈的是目前的处境；而这个处境是我制造和维系的。

在我的回忆里，哈特莉被幽禁的时间很漫长，包含着一整部心灵戏剧史，包含着巨大的进展、变化、挫败、惊奇、前进、抽回和危机。事实上，那不过为时四到五天，尽管它确实包含着历史、戏剧与变化。奇怪的是，过了第一天以后，我就不再那么担心班会有什么举动了。我当然没有忘记他，也当然预期他可能采取的行动。每天晚上我都会谨慎地把大门锁上。我想过他说不定会来纵火，这个想法让我心里有点毛毛的；毕竟他是个专业的纵火者。但至少我不再整天想着他，也许是因为我已成功地在心里把自己囚禁起来，让班的威胁性变得没那么真实。他为什么没有行动呢？是因为正在构思一个周密的计划吗？还是他宁可折磨自己，透过等待喂养他的怒火？有可能是因为他害怕提图斯吗？我很快就不再思考这方面的问题了。

至于提图斯和吉伯特，只要他们不用面对我或哈特莉，举止就快乐得像在度假。提图斯不愿意讨论他父亲或母亲。他选择置身事外。他每天都游泳，常常是从屋后的小悬崖下水，有时候一天还游两三次。他会搽上防晒油，全裸躺在岩石上做日光浴。如果他曾顾虑过我会认为他是来“乞讨”的话，那这种顾虑已成为过去。他把我的招待视为理所当然，也不思回报——既没有提供帮助，也没有为我打气。这当然是一个不公允的判断。我不能怪他“不想知道”楼上发生什么事。我想他甚至懒得去猜测；事实上要猜测也很困难。另外，我也很少抽时间陪他，这说不定让他感觉受到冷落。我这个时候已经认定，他是个比我当初想像得要简单的角色；当然，说不定是因为他在面对恐怖事件时，宁愿选择当个简单的角色。

吉伯特的好奇心要比提图斯强烈许多，而且也盼着帮忙(他甚至想拿花到哈特莉的房间)，只不过我总是把他隔离在外。我当然仍然少不了他。他负责煮三餐。他会在提图斯做日光浴的时候出外采购。但我不让他到二楼的楼梯平台。那段日子的一个特征(现在每次回忆起我都心有余悸)是吉伯特和提图斯发现彼此都爱唱歌。吉伯特是相当出色的男中音，提图斯则是凑合的男高音，而且还能唱假音。尤有甚者，他们共同会唱的歌似乎多得要命。直到我下令他们要唱歌就到外头岩石上去唱以前，满屋子都是他们的歌声。他们当然喜欢有我当听众(所有歌者都有虚荣心)，当然也喜欢坐在屋里一面喝我的葡萄酒一面唱欢乐的颂歌(他们喝掉很多葡萄酒，让我不得不派吉伯特到雷文饭店添购)。即使站在屋外，他们的歌声仍然清晰可闻；他们唱得又大声又开心，互相较劲(哈特莉从没有问我谁在唱歌；也许那不是她关心的，又也许她像丈夫一样，有一点耳聋)。他们会唱各式各样的歌：歌剧和音乐喜剧里的歌、牧歌、流行歌曲、民歌、轮唱曲、淫荡的叙事歌，以及英、法和意大利的爱情小曲。我想他们真的迷醉于自己的歌声中；也或许那是对屋内紧绷气氛的自然反应。

我刚刚说过，我发现提图斯比我最初认为的单纯。这一点特别显示在他和他妈妈的关系上。但特别值得指出的是(吉伯特也注意到)，以一个早就离开学校到工专去念“电工”的人，提图斯显得非常有文化素养(我说的“非常”当然是相对于他的背景而言)。这一两年来他都去了哪里？这始终是个谜。我想起他行李中那副袖扣和那本但丁的爱情诗集。我猜测，他曾和一个比他大的女人同居。他现在的年纪，与我被克丽芒诱拐的年纪差不多。有谁诱拐过提图斯，又把他甩掉吗？吉伯特则认为，提图斯是跟男人同居。但提图斯本人在这个问题上始终保持沉默。

我上面提过历史与转变。事实上，回顾起来，那段日子我所做的事，就是重温我对哈特莉的爱情的全部历史，不只是最古老的时期，也包含后来的片段。每天，每小时，我都多记起了一些我对她的爱。在哈特莉来到的第二天傍晚，她曾有片刻变得较有谈兴，而且有些自省性。这带来了一场交谈，但结果却让人沮丧。

她坐在床垫上，我坐在地板上，两腿伸开，面向那扇开向起居室的长窗户。房间像平常一样幽暗。我伸手摸哈特莉的手，感觉自己从头到脚都与她相连。

"宝贝，就算我的睡袍适合你，也不用一整天穿着啊。"

"我觉得冷。"

"你开始感觉到自己生活在这里了吗？"

"你认为我犯的重要错误是没有嫁给你？"

"那是个错误。但现在更重要的是去扭转这个错误。"

"你只是想有个人和你一起回忆往事罢了。"

"你这样说非常不公平。我很想跟你谈谈未来，但你不愿意！"

"你因为我跑掉而一直怨恨我。"

"这么说你承认是你跑掉的？"

"我猜是这样，但那已经是陈年旧事。"

"你说我会对你不忠。"

"有吗？我不记得了。"我一辈子都活在她说的这些话里，而她现在竟然说不记得！"我猜我是跑掉了，因为我记得当时我有罪恶感。"

"因为伤了我的心而有罪恶感？"

"对。事实上我一直有罪恶感，认为你会怪我。有趣的是，我觉得只有想像你恨我，我才能保护自己。"

“怎么个‘保护’法？”

“在村子第一次看到你的时候，我以为你也看到我了，只是因为恨我才假装没看到我。”

“我从来没有恨过你，宝贝，一秒钟都没有！”

“我不得不这样想。”

“为什么？”

“这样我就可以认定，你真的走了，事情已经结束了。这样你就可以在我心中彻底死去。”

“唉，哈特莉，对我来说事情从未过去，从未在我的心中死去。所以说你想念我，你怕想起我？这不就证明你爱我吗？”

“但我想你其实是恨我的。”

“你指现在？简直荒唐。”

“你要不是恨我，就不会对我做出这种不仁慈的事。”

“哈特莉，不要折磨我了，你推理起来像个疯子。”

“真是奇怪，你就像个游客，来这里参观我，参观我的生活，充满优越感。”

“哈特莉，别说了，可以吗！你是故意要伤我的心吗？你才是不仁慈的人。我们之间有永恒的联系，你知道有的，这是世界上最清楚不过的事，比耶稣还要清楚。我希望你会是我太太，希望你在我臂弯中获得休息。我希望永远照顾你，直到我死去为止。”

“我只希望自己死掉。”

“唉，住口……”

“我希望事情结束，我本来有自己的生活。我只盼有个人可以杀掉我……”

“你是说他恐吓过你的人身安全……”

“不是，不是，那全是发生在我的脑子里……”

“你现在绝不能回去。就算你不愿跟我在一起，我也不让你回去。事情本来很简单，只是你复杂化了。”

“你才是喜欢用自己方式把事情复杂化的人。你就像条鳗鱼，喜欢扭来曲去。我记得你以前就是这样。”

“你说我像鳗鱼！我从未在有关你的事情上扭来曲去。我一向只在乎你，从未在乎过别的女人。我才是忠诚的一方。始终没有结婚的人是我。”

“对，但你却与女人同居，与那个老女演员同居。”

“话是没有错，但那全是因为我找不到你！你才是我唯一的爱！我一直找你，找了又找，从来没有放弃希望——这大概就是我最终会在这里找到你的原因。”

“这样对班不公平。”

“老天爷，我们就不能把班忘掉吗？班已经是过去时了。”

“提图斯失踪以后他很伤心，就像活在苦牢里。”

“也许他真的伤心，但那是咎由自取。是他把提图斯逼走的。我认为他内心暗暗高兴。”

“不，不，他对提图斯不是那么坏，不像我说的那么坏。他只是严厉了点……”

“但他对提图斯施暴。也对你施暴。别试图为他辩护了。唉，我们不要再提那个烂人。”

“家暴中心的人并没有来。虽然我对你说他们来过，事实上没有。”

“你扯这个干什么，他们有来没来与我何干？”

“但我对你说他们来过，事实不是那样。”

“就算他们没来好了，但他们应该来的。”

“不是这样。”

“为什么你老是要为那个可鄙的野蛮人漂白呢？提图斯恨他。这个证据还不够吗？”

“班除了我以外没有其他亲人。他在这世上一无所有。”

“他死不了的。你说他一无所有，那请问我又拥有什么？你为什么不可怜我，等待我改变呢？我已经等你等得够久。我除了回忆以外又拥有什么？我为了某样东西甘愿放下一切权力与魔力。我本来不知道那东西是什么，现在却知道了：那东西就是你。你现在绝不能让我失望。”

“你相信上帝吗？”

“不信。”

“我想我相信耶稣基督。人总得相信些什么，攀住些什么。没有上帝的话，人会发疯，不是吗？我们以前常常谈这个，不是吗？”

“我很高兴你没忘记我们谈过的事情。你还记得我们是什么时候接受坚信礼的吗？那意义非凡，不是吗？来吧，圣灵，来充满我的灵魂……”

“我想我相信罪可以获得赦免。”

“我们所有人都需要这个。”

“爱可以带来救赎，它的意义相当重大，不是吗？”

“可别告诉我你想用爱来救赎班！谁又来救赎我呢？”

“除了我没有人能救赎他。除了我没有人会爱他。”

“耶稣会去爱他。”

“不，你不明白，我必须当班的耶稣。”

“你疯了，亲爱的，真的疯了。你用一点脑子嘛。你有没有想过，他说不定因为你的离开而大松了一口气？你对他来说不是那么少不了。他也许早就打算把你赶走，现在正乐不可支呐。”

“你想把他形容得不像真实的存在，但他却是真实的。”

“当人进入存在真理的领域，真实的东西就会变成不真实。”

“我们的爱不是真实的，是童稚的，就像游戏。我们像兄妹。我们当时并不知道爱为何物。”

“哈特莉，你知道我们爱着彼此……”

“对，但我们却没有做爱。我真希望我们做了。”

“我以为是你不想呢，我一直都巴不得……唉，老天爷！”

“我们当时都还是孩子。你从未成为我真实生活中的一部分。”

“真实生活会是像活在地狱吗？这话可是你自己说的。快乐的女人不会老是说她想死。”

“我只愿没有跟你说过那些话。我后悔告诉了你许多事。那当然是个泥淖，却是我自己的泥淖，是我生活于其中，也是我唯一的归宿。我不能就这样跑走，不能把它像个被敲开的烂贝壳一样抛在后头。”

“这是你可以做到的！逃走，跑掉，把一切抛到后头！你明白那痛苦是可以停止的吗？”

“可以吗？那痛苦是可以停止的吗？”

说这话时，她目不转睛地看着我，眼睛睁得圆大，似乎因为困惑突然停顿下来。我心里想：她发疯了吗？她的心彻底迷失了吗？她现在只是一堆残骸吗？还是说她受到苦难的洗涤，已经成为某种疯癫的圣人？难道她年轻时代那么让我入迷的古怪神情，就是一种古怪灵性的第一个预示吗？历来就有不少行为怪诞的圣者是身负特殊的使命。不，不对，她只是一堆残骸，一根折断了的小树枝；她的前后一贯性、她的人格认同感已在被迫抛弃提图斯的时候摧毁了。但不管她是什么，我仍然爱她，而这种爱，是比我睡在岩石那晚看到的那些星星背后的星星更浩瀚无边。

“对，我的皇后，我的天使，那是可以停止的。”

唉，要是我能触摸到她的心灵就好了！我希望她会对快乐的人生产生希望，产生憧憬。但她此时却因为困惑而皱起眉头，再次把话题拉回到班上面。

“我对他从来都不够好。”

“我很肯定你是圣人，一个长时期受苦的圣人！”

“不，我是个坏人。”

“好吧好吧，你爱说自己是什么人就是什么人！不管怎么样，你们之间已经结束了。”

看着她的天真无邪，我就像从前人们看到修女时，会在心里这样想：“我们都是野兽，她们都是天使，纯洁无瑕，不像我们那样受到污染。”在我眼中，她漂亮、无邪、单纯、愚笨：是对我这个一辈子活在自我中心男人与骄横聪明女人中间的人的一记掌掴。但同时，我又看出她的罪恶感是一种真实的罪恶感，是一些真实的失败所导致。事情又怎会是别的样子呢？我记起佩里格林说的：久而久之，那个清白者竟然莫名其妙生出罪恶感，再也无法理直气壮起来。除了自己的一些小过失以外，她也把他的罪恶感揽到自己身上了。她因为丈夫的罪——对她的罪、对提图斯的罪——而有罪恶感。当她拾起这罪恶感，据为己有的时候，她就把角色逆转了过来：她是罪人，他是圣人。老天，她甚至为我的事有罪恶感呢，必须想像我是恨她的来慰藉自己！她被魔咒摄住了，被一种自我保护的魔法摄住了，是她年复一年发展出来的魔法，她用来保护自己，抵抗那个丧心病狂的蠢材。她被洗脑了，被自己对他的恐惧洗脑，被她重复听到的一句话洗脑：那是你的错，自始至终都是你的错。难怪提图斯会宁愿跑到岩石上去唱歌而不愿与她一起回忆往事。

她哭了一下。老年的眼泪不同于年轻的眼泪。“别哭了，哈特莉，你哭起来的样子就像《爱丽丝漫游奇境》里的猪宝宝，你过去就是这个样子。”

“我知道我很丑，丑得可怕……”

“唉，亲爱的，走出来吧，从你的梦魇中走出来吧……”

她用我的手帕拭了拭眼睛，让我抓住她的手片刻，再度沉思起来。

“你有什么证据说我的婚姻很不快乐？”她凝视着我，神情近乎狡狯，似乎胸有成竹，不管我提出任何证据，她都能作出有力的反证。

“哈特莉，亲爱的，你生活在一个泥淖里。你向我承认过你不快乐，而且刚刚才说你有多痛苦！”

“那是两回事。没有婚姻是没有痛苦的，人生就是痛苦的……对你来说也许不是……说不定痛苦都与你擦身而过。”

“说不定是这样，感谢主。”

“你知道吗，一个人静静待在家里的许多夜晚，我都会想到生活在劳改营里的犯人……”

“你是想你起码比他们活得好吗？如果你得靠这个来安慰自己，又怎么可能是快乐的呢！”

“但你有什么证据认为我的婚姻很糟呢？你不可能知道，你无从判断……”

“我判断得出来。我就是知道。”

“你怎么知道？那只是你的猜想罢了。你不了解婚姻。你只跟女人同居过，而同居与婚姻不同。你根本没有任何证据。”

“有，我有证据。”

“不可能。你才遇到我们不久，你也不认识与我们相熟的人，何况我们从来没有朋友。你不可能有证据。”

“我有，我听过你们交谈。你们的交谈简直让人……”我终于按捺不住怒气，把真相说了出来，必须承认，我也有一点想刺激她的欲望。她一直以来那种平静而倔强的坚持，以及现在那种带有优越感的狡猾表情把我气炸了。

“你这话什么意思？”

“我躲在窗外偷听过你们说话。我听到他刺耳的声音，粗暴的态度。他对你大声咆哮，你不得不一次又一次说：‘我很抱歉，我很抱歉。’当时我恨不得破窗而入，扭断他的狗头。我想杀了他，把他推到海里。”

“你听到了……什么时候？”

“我不记得了。一星期前吧，也许是两星期前……我太难过了，没心情记日子……所以你不要再假装了，别想告诉我你是快乐的。因为我知道真相！”

“真相……啊，你根本不明白！你偷听了……偷听多久？”

“几个世纪，一个小时，不，我不记得了。你们彼此怒吼，真是可怕透顶，至少是他对你怒吼，而你则是委屈地哭哭啼啼，真是让人恶心……”

“你怎么可以这样……你不明白自己干了什么……那根本不关

你的事……你怎么可以刺探你不可能会明白的隐私……这是我有生以来所受过最恶毒的对待……”

“哈特莉，亲爱的，我只是想要帮助你。我必须要知道真相才能……”

“你……唉，你伤得我好痛，我绝不会原谅你，绝不会。你的行为就像谋杀……你根本不了解……啊，我的心好痛，好痛……”

“亲爱的，我很抱歉，我很抱歉。我没想到……”

这时哈特莉突然坐直身体，靠在墙上，开始大哭，我从来没有看过女人哭得这么伤心(在我面前哭过的女人不少)。眼泪像瀑布一样从她眼眶涌出，继而她湿漉漉的嘴巴开始发出一声喊叫，声音像是一只受痛苦折磨的动物。然后她的哭声转为低沉的呜咽，浑身发抖，身体倒在一边，双手拼命拉睡袍的领口，就像是被人扼着脖子。片刻之后她进入了歇斯底里的状态。

我跳起来，看着她的举动，吓得魂不附体。我这才明白提图斯说过的：她歇斯底里起来的时候会吓死人的。我觉得这是我的神魂所受过最激烈的一次攻击。我以前也看过别人歇斯底里发作，但可怕的程度远远不及这一次。我跪下来，想要抱住她，摇醒她，但她却突然像是变得非常强壮而我变得非常衰弱，就算只是碰碰她都让人心胆俱裂。她身体抖得厉害，就像通了强烈电流。她的脸红通通，鼻涕眼泪纵横，嘴角流涎。她用沙哑、刺耳的声音发出一阵呐喊，然后转为快速的“啊啊啊”啜泣声，然后又一次尖叫。她就这样不停地、机械性地抖着、喊着，像被恶鬼附身。我感到可怖、恐惧与羞惭：为我自己羞惭，也为她羞惭。我不希望吉伯特和提图斯听到这种鬼哭狼嚎，只盼他们现在在远远的岩石上唱歌。我大吼：“停止，停止，停止！”我感觉这情形只要再持续一分钟，自己也一定会变得疯不可遏，又觉得自己为了让她安静下来，会杀了她也在所不惜。我再次摇晃她并对她喊叫，然后想冲出房间，但跑到门边又再跑回来。我永远忘不了她那张极度丑恶的脸，她那种有节奏的、无休止的恐怖叫声……

然后，可怕的情境终于停止，像是被死亡所制止。我先前的哭喊她仿若未闻，我甚至怀疑她有没有知觉到我的存在，尽管她的激烈情绪都是冲着我来的。她精疲力竭，声音突然停住，像是昏厥一样倒了下来。我攫住她的手。她的手冰冷。我心慌意乱想冲到外面去找医生，但又不敢留下她一个人。而且我也累得无法做任何决定。我在她旁边躺下，抱着她，一遍又一遍喊她的名字。她的呼吸变得深沉有规律，仿佛正在睡觉。但当我望向她的时候，却发现她的眼睛是张着的。她再次用那种奇怪的狡狯神情看着我，就像是正在计算刚才一番“抓狂”对我产生多少效果似的。然后她开始说话，声音相当理性，比她之前的任何时候都要理性。

“唉，查尔斯……亲爱的……我很抱歉……”

“对不起……我是个蠢材，是个麻木不仁的白痴。”

“不，不……我很抱歉自己那么难过，弄出那么可怕的声音……我想我是处于一种震惊的状态……”

“我非常抱歉，甜心。”

“我没事了。告诉我……我在这房子里待多久了？”

“两天。”

“他有来过吗？我是说我丈夫。他有写信来吗？”这还是她第一次问到这方面的问题。

“他没有写信来，有的话我会交给你。他来过，在你来这里的第二天早上。”

“他说了什么？”

“他说想带你回家，还说……”

“还说什么？”

我因为刚才的折腾而头昏，所以愚蠢地说下去：“说他把狗带回家了。”

“啊……狗……狗……我都忘了……”更多眼泪从她眼睛涌出，流过脸颊。她的脸颊因为哭太久而肿得厉害，几乎无法辨认。“唉……唉……我好希望那狗到家的时候我在家里。”

“听着，哈特莉，”我说，“看来你无法思考这事情，所以就让我来为你思考吧。我们不能继续这样下去。我觉得自己快要成为恐怖分子了。你让我不能不对你粗暴，而那是我最厌恶的角色。好吧，我承认我不了解你的婚姻，也许它不全然是那么糟糕，而他也不全然是那么糟糕。只是你的婚姻是不成功的，我也不明白你为什么还要继续忍受一个有暴力倾向的丈夫。你可以走出来的。我敢说如果你有别的地方可去，你早就乐意走出来了。你现在有地方可去了。让我们一起去伦敦吧。现在的情境快把我逼疯了。我任由它继续下去，是因为不想强迫你。我不希望日后你会说你不是出于自愿。我不希望逼你。为我考虑一下好不好，也为提图斯考虑一下。我非常喜欢提图斯，把他当成自己儿子看待，真的是这样。他痛恨那家伙，因此如果你回到他身边，你们母子将没有再见面的机会。所以说你并不是要在我与你那可怕的失败婚姻（原谅我的用语）之间做抉择，提图斯也是在天平上的。我们到伦敦去吧，我们三个一道去，然后再搬到别的地方，任何地方都可以。我们现在是一家人了。自从离开父母家以后，我就从未有过任何家人。让我们到一个你想住的地方，一起追寻快乐。难道你不想看到提图斯快乐吗？他想成为演员，我可以帮助他。你不想看到他快乐吗？”

她专心听我说话，但到了我演说近尾声的时候却开始摇头。她说：“求求你不要勉强我去任何地方，那样会杀死我。我非回家不可。你知道我必须回去，你知道我不想留在这里。不可能会发生任何……任何……你希望的那种事……那只是发生在我脑子里的奇迹。”

“对，哈特莉，我的甜心。你就等着那奇迹化为现实吧，它的名字是爱。”

“不，它的名字不是爱。它以前没有来过，以后也不会来。你看不出你所做的一切都是在毁灭我吗？他再也不会相信我了。这是你干的，是你的罪行。那就像谋杀。他永远、永远不会再相信我了。永远，永远。”

过了一会儿，她说她很累，想要睡觉。我就出去了。

* * *

我突然惊醒。月亮照在我的卧室，先前我忘了把窗帘拉起。我听见浪花四溅的声音，也听见一种微弱的卡嗒卡嗒声，那是海浪退出大汤锅时抓过岩石的声音。现在一定是低潮。我同时也听见(或者说感觉到)一种巨大的空虚，在这空虚中，我的心跳得异常地快。我感到窒息，必须坐起来，猛喘大气。我记起哈特莉就在这屋子里(这是现在我每次睡醒时都会记起的事，连带而来的是一种糅杂着痛苦、爱与恐惧的情绪)。同时我有一种不祥的预感，好像有什么灾难即将发生，更精确的是某些恐怖事情已经发生。我下床，伸手摸索蜡烛。我点燃它，站着，倾耳聆听。偌大一栋黑漆漆的房子一片死静。我非常快地走出房门，望向楼梯平台。壁龛看似有幽暗的光释出，也许只是月亮的戏法。我聆听了一下，似乎听到一种打拍子的声音从很远很远的地方传来，这声音既沉且重，而且愈来愈快。我慢慢向前移动，每踩一步都小心翼翼，不让木头地板发出吱嘎声。我现在清楚看得见哈特莉的房门和插在锁钥上的钥匙。我想伸手去转钥匙，但又有点踟蹰，生怕进入房间后会看到什么吓人的景象。最后，我终于还是伸手去转动钥匙，推开门，踏入房间，手上拿着蜡烛。一如往常，我进门第一眼看到的就是床垫。但此时床垫是空的，被子一片凌乱。哈特莉走了——我惊惶失措，准备大声喊叫。但我马上就看见她了——她就站在一个墙角。真奇怪，她什么时候长高了。然后我又想到，她是站在什么东西上面，像是椅子或桌子之类的。然后我看到她原来悬挂在油灯支架下面。她上吊了。

我醒了过来。醒来的一刹那，刚才的梦境如电闪过，也让我意识到那只是梦。我还躺在床上，并未起床，并未去过哈特莉的房间，发现她用丝袜绑在油灯支架上上吊。我感到强烈的宽慰，但转念又想：假如是真的呢？我颤抖着爬起床，点了蜡烛，静静推开房门。烛光照亮了栏栅般的珠帘子，却照不到帘后。珠帘子轻轻晃动，显然是刚才开门时的气流所导致。我轻轻拨开珠帘子，走到哈特莉的房间，悄悄推开门探头张望。

她还躺在床垫上，身体蜷曲，身上盖着毯子，一只手盖在脸上。我听见她平稳安静的呼吸声。然后我静静把门关上，重新锁好。我穿过珠帘子，心不在焉地走进了起居室。自从软禁了哈特莉以后，我就没有进过起居室，这是出于尊重她的隐私，因为起居室的长窗户可以看见“里房”里的情形。我现在会走进起居室，隐约是为了确定里面没有人。里面当然没有人。我拿着蜡烛，站着，望向那扇开向“里房”的长窗户，此时它就像一面平滑的黑色镜子。我突然醒悟到，我一直不愿进起居室，不是因为尊重哈特莉的隐私，而是害怕会看到她从“里房”里看我。然后我又突然忆起那张我在黑色玻璃上看过的脸。我想，那脸太高了，不可能是某个站在地板上的人的脸。如果哈特莉真的上吊，她的脸应该恰恰好是那张脸的高度。

我走到长窗前，烛光投射到“里房”里，形成一团昏昏暗暗的光。如果哈特莉夜半醒来的话，会不会像被关的小动物一样感到孤独害怕呢？她会做什么？会爬上椅子，窥探幽暗空荡的起居室吗？会静静转动门把，看看它是否锁着，没有的话就潜行到楼下逃走？我匆匆走回卧室，把门关上。我坐在床边，瑟瑟发抖。我看了看表。半夜两点半。我做了什么呢，或者说什么事发生在我身上了？我用双手按着头，感到无比脆弱和孤立无助。我已经对自己的人生失控，也让被我搅和的其他人的人生失控。我感到恐惧，同时感到了深切的悲苦，自哈特莉那一次离开我以后，我已多年未曾感受如此深切的悲苦。我已经唤醒了某些沉睡的妖魔，启动了某些要命的机器；将会有事情发生，那是躲不了的。

*　　*　　*

第二天果然有事情发生，那就是罗希娜出现了。

昨晚经历那恐怖的插曲以后，我没想到自己最后竟然还能再睡着。这大概是绝对的宿命心态导致：班要来就来吧，他要纵火就让他纵火吧，他要杀我就让他杀我吧。我合该被杀。早上醒来后，我变得没那么宿命，但是变得更焦虑。看来我迫切需要做下一个决定，但我手头上没有任何资料、证据，要怎样下决定呢？我当然热烈盼望可以带哈特莉走，到伦敦或任何地方。但这违背她的意愿，我应该这样做吗？能够这样做吗？我能够把一个反抗、尖叫的女人拉到吉伯特的车上，把她载走吗？我能够骗她说我是要送她回家吗？吉伯特会愿意配合吗？提图斯会让我这样做吗？如果我用武力把哈特莉带走，也许会引起她强烈的反弹，破坏我想让她自己想通的初衷，也将枉费我这段时间的耐心等待。

但目前的情境又能继续下去吗？如果不能，又会有什么事情可能继之而来？我觉得让哈特莉回家的做法绝对不可想像，特别是她昨天才说过，班此后永远、永远不会再相信她。如果我让她回家而她被班杀了怎么办？那就等于是我杀死她的。我无法想像自己能够打开门，对她说："好吧，我认输，你可以走了。"在我们的理性谈话中，我唯一可以凭依的就只有"那只是发生在我脑子里的奇迹"这一句。那是有着极大价值的一句话。因为既然她能够说出那样的话，不就表示她的脑子是分成两半的，表示她是拥有若干憧憬的？只要她还有一点憧憬，她就会朝着我希望的方向转化。她不会不想得到自由和快乐，那是人人都想得到的。在她受苦灵魂的某个部位，她一定希望我带她走，走出苦难，走出卑屈。可以与提图斯团聚的前景也一定会触动她，她一定会希望补偿提图斯，在一个新的家、新的世界里。她唯一需要做的事情只是张开眼睛，伸出双手，点头同意。她身上一定还存在着一股巨大的解放力量，这力量只是暂时被禁锢住，迟早会冲破樊笼。我需要做的只是把她留在这里，耐心等待，让时间令她开窍。

我已经端过早餐给她。当时我试图和她谈话，以及说明我上述的想法，但她只是反复说她想回家。她的黑眼圈和浮肿的脸，让我担心她是不是真的病了，是不是需要替她请医生。然后，我突然感到愤怒，心里想说不定我对她粗暴些还管用，然后我极突然地走出房间，但随即感到后悔。我站在珠帘子旁，抚摸它，对下一步该怎么办犹豫不决，就在这时，楼下传来一阵爆笑声，接着就传来多声部合唱的声音，其中包含女声。

我跑下楼，走进厨房。罗希娜就坐在桌子上，双腿摇晃，接受吉伯特和提图斯的膜拜(我想不出别的形容)。她身穿一件非常时髦的暗灰色轻薄套装，一件宽松女衬衫，脚上是一双高筒的白色高跟靴。她亮泽的黑发剪短了，被一个高明的发型师堆叠成一个多层次的圆形结构，看起来既复杂又随意(贺拉斯[①]会喜欢这发型)。她的脸焕发着健康、活力和凶猛的好奇心。场面完全处于罗希娜的控制之下，两个男的只会吃吃傻笑，而这说不定是一种长时间神经紧绷的反效应。我的出现激起他们另一阵微微带点歇斯底里的爆笑声，他们不约而同再次唱起歌来。他们轮流唱一首意大利的轮唱曲，因为吉伯特和提图斯这几天都着魔般反复唱这首歌，所以歌词我都会背了。我们原来十三个，现在剩下十二个，六个做打油诗，另外六个做乒乒乓乓乒乒乓乓。内容在说什么，只有天晓得。这歌是提图斯教吉伯特唱的，罗希娜现在也学会了。歌唱当然是侵略性的一种表现。歌者张大、湿润的嘴巴和森然的牙齿，好像准备要把听者大快朵颐。歌者对听者的勾引，犹如动物对猎物的勾引。他们被自己的歌声迷醉了，轮唱不停：吉伯特圆润的男中音，提图斯伪那不勒斯的男高音，罗希娜强力而刺耳的女低音。我吼道：“停止，停止，吵死了！”但他们还是继续对着我唱。他们明亮的眼神固定在我身上，手臂随着旋律挥舞；好不容易他们才因为累而停下来，但接着又是一阵疯狂的笑声。

我坐在椅子上看他们。

---

① 古罗马诗人。

完全平静下来以后，罗希娜抹抹眼中的泪水，对我说："查尔斯，你真风趣，总是可以带给朋友无穷无尽的乐子。我听说你把你那位爱人女士弄到这里，藏在楼上！你真是个宝！"

"你们干吗要告诉她？"我对吉伯特和提图斯说。

吉伯特避开我的眼光，努力想要让脸上因笑而引起的皱纹平服下来，却没成功。他的眼睛开始左右流转。

提图斯倒回答得很干脆："你又没叫我们不要对她说。"说完后对罗希娜使了个眼色，满脸堆笑。

吉伯特当然以前就认识罗希娜，但两人并不熟。一直以来，他对罗希娜的态度都有点拘谨、有点敌意，那是男同性恋者对女花痴的一种本能反应(至于像莉齐一类的温柔甜美女孩，他们却能相处愉快)。但不知怎么搞的，吉伯特今天却像是突然转性似的。提图斯的反应就像一个小男生亲眼看到著名女明星一样兴奋激动，何况罗希娜不只注意他，还对他的年轻魅力欣赏有加。他们不时四眼相望，他的眼神羞涩，她的则是大胆而逗弄。就像吉伯特一样，提图斯的外表从太阳和大海那里受惠不少。他微红的金发因为太阳晒多了，就像是会发出光晕似的，他的衬衫没扣几颗扣子，光泽的胸腹和丰满的胸毛昭然可见。他的裤管卷起，露出修长优雅的古铜色小腿。他的脚赤着。他的兔唇疤让漂亮的嘴唇平添一种特殊的男性魅力。罗希娜比任何时候都要苗条，心情畅快，对于自己的魅力洋洋自得。她高踞在法官席上，专注的斗鸡眼鼓励性地在两个男人之间瞅来瞅去。他们似乎都被她的吸引力镇住了。她的出现，无疑真的是让"什鲁夫末端"愈来愈阴森的气氛为之一变。

"你来干吗，罗希娜？"

"你这话什么意思？'你来干吗？'有人这样给客人打招呼吗？'你想干吗？'"她模仿我的语气，"这算哪门子的问题？"

两个男的又是一阵爆笑。他们似乎觉得罗希娜说的每句话都相当聪明风趣。

"你为什么来这里？"

“你就不能努力对老朋友客气一点？”

“我现在没心情接待朋友。”

“哦，我明白了。你已经有了两个有魅力的客人了，不对，应该说三个才对，我忘了算楼上那位。不过我也没有打算留下来。这栋房子是我进过最阴森最不舒服的一栋。”

“这里有股阴气。”提图斯说。

“我举脚赞成。”吉伯特说。

他们同一个鼻孔出气。

“你那位风趣女士真的在楼上吗？你打算怎样处理她？别忘了，你承诺过要告诉我你那有趣的爱情故事后续发展。不过我本来就应该知道你是个不守承诺的人了。不管怎样，我决定来这里看看。我最近工作太卖力了，需要度个假。我又住进了雷文饭店。我喜欢那里，喜欢雷文湾，喜欢那些壮观的岩石。食物也是无与伦比，跟你那一套截然不同。”

“我祝你在雷文饭店有个愉快的假期。”

“现在伦敦正流传着有关你最惊人的谣言。”

“我肯定每个人都很入迷。”

“哈，他们才没有。事实上，为了让人们还记得你一点，我不得不亲自去散布几则有关你的谣言。人们早就把你忘了。你和我们在一起的时候就已经过气，现在更是走入了历史。年轻演员甚至没听过你的名字。你的气球戳破了，你甚至不是个神话。我现在终于明白。亲爱的查尔斯，你老了。你所有的魅力都到哪儿了？那根本不是魅力，只是权力罢了。如今你既然权力尽失，自然也魅力尽失。怪不得你只好和一位胡须女士搅和。”

“走吧，罗希娜，请？”

“但究竟发生什么事，查尔斯？我被好奇心折磨得快疯了。我从这两位先生那里得知，她被你当成某种囚犯看待。我可以上楼隔着铁栏杆戳戳她吗？”

“罗希娜，拜托你……”

“查尔斯，你究竟想搞什么？人家可是有老公的，我有没有记错？当然，你是从不把别人老公当一回事。但你不可能带她走的，不可能娶她的！真的，你真的愈来愈荒谬了。以前你从不荒谬的。你一向都是有尊严和有格调的。”

吉伯特和提图斯不再觉得那么好玩，局促地望着厨房地板的大块瓦石板。

“我送你出去，罗希娜。你的车在外面吗？”

“但我还不想走。我还想要唱唱歌。这位小帅哥是谁？”她指着提图斯说。

“我儿子提图斯。”

提图斯皱起眉，捻捻他的兔唇。罗希娜脸色骤变，用恶意浓烈的眼神望向我，但随即笑起来。“好好好，我走。我的车就在外头。为我引路吧。再见了两位，幸会与你们一起唱歌。”她大步走出厨房，手提包摇摇晃晃，我尾随在后。

她笔直走向大门，走过堤道，没有回望。我送她到那辆可怕的红色小轿车。

她在车旁回头看我，“那男孩真是你的儿子？”

“嗯，不是。我只是有点喜欢他。我一直想有个儿子。他是他们的儿子，是……哈特莉和她丈夫收养来的。”

“原来如此。我本来就应该猜到这是个愚蠢的笑话。但有片刻我还以为他真的是……你打算把那女的怎么办？你不能把她像个疯子那样关起来。还是我搞错了？”

“她不是囚犯。她爱我。她只是被洗脑了。”

“婚姻就是洗脑。这不一定是坏事。像你的脑就该好好洗一洗。老天，我好累。开车来这里远得要命……我想你的头壳坏掉了，你老了，生活在一个梦幻世界里，而且是一个相当龌龊的梦幻世界。我可以告诉你一件事情让你清醒一下吗？”

“不用，谢了。”

“你说你‘一直想有个儿子’。这只是个滥情的谎言，你根本不会想惹这种麻烦的。你从未让自己处在一个可以让你得到儿子的处境中。你爱的只是幻想中的儿子，因为他们不会给你添麻烦。你以为你留得住那个教育程度不高的傻小子吗？他会从你生命中消失，就像你生命中其他的一切，因为你是一个抓不住真实的人。事实将证明他只是你的梦幻儿子。只要你一触摸，他就会枯萎和消散。你等着瞧好了。”

“既然你要说的都说完了，就请回吧。”

“我还没有开始呢。这件事我本来以为永远不会对你说的。我怀过你的孩子，但拿掉了。”

我在汽车引擎盖的灰尘上画了个圆圈。“当时你为什么不告诉我？”

“因为你根本不在我身边。你跑了，和莉齐或下一个梦幻女孩跑了。老天，男人都是禽兽。我只好一个人做决定。老天，我多希望没有把孩子拿掉。我当时一定是疯了。我那样做是出于恨你。如果没有拿掉，他现在几乎长大成人了。”

“罗希娜……”

“如果他还活着，我会教他恨你……那将会带给我慰藉。”

“对不起……”

“哈，你向我道歉！我敢说我不是唯一为你堕胎的女人。你出于妒意蓄意破坏我的婚姻，然后又掉头走掉，什么都不留给我，不，比那还糟糕，你让我亲手犯下那宗可怕的罪行。我哭了几个月，几年，我从未为那事停止哭过。”她的黑眼睛有一秒钟充满泪水，然后又变魔术似的不见了。她拉开车门。

“罗希娜……”

“我恨你。自那件事以后，你在我心里一直是个恶魔……”

“好，我承认是我离开的你，但那是你逼我的，你也要负部分责任。女人都喜欢把责任归咎别人。现在你告诉我这件可怕的事是为了……”

“闭嘴吧。那女的叫什么名字？”

“你是说……哈特莉？”

“这是她的夫姓吗？”

“不是，她夫姓菲奇。”

“菲奇，好。菲奇先生，我来了。”

“你在说什么？”

“他住在村子里，对不对？我会找到他的住址然后去给他慰藉。他说不定已经忘记女人的滋味了。我不会伤害他的，只会让他愉快。既然在度假，我当然也得找点娱乐。我刚才是考虑过要勾引小帅哥，但那太容易了。勾引他老爸会有趣得多。生命毕竟是充满惊奇的。唯一变得愈来愈枯燥的只有你，查尔斯。再见了。”

她上了车，砰地关上车门。车子像支红色火箭似的向小镇的方向奔驰。

我瞪大眼睛目送她离开，很快，路上除了一团灰尘以外，什么也没留下，灰尘的上方是一片苍白的蓝色天空。我不敢多想罗希娜告诉我的往事，因为我觉得，如果多想，我一定会发疯。

* * *

那天的其余时间(直到黄昏发生的事为止)，我都像处在热病中的幻梦。天气像是意识到我的心绪(也许是感染了我的心绪)，变得更热了，但却是一种阴沉无声的热，预示着一场暴风雨即将来临。虽然太阳在无云的天空上猛照，但光线却似乎变黯淡了。我感觉虚弱和打冷颤，像是得了流行性感冒。我益发觉得，哈特莉说不定是病了。她的眼睛闪闪发光，她的手热热的。她的房间混浊有臭味，就像是病人的房间。她谈话时并不狂乱，显得理性，有时还会与我辩论。我求她下楼走走，晒晒太阳和呼吸新鲜空气，但她却反而躺了下来，仿佛单是想到要到处走走就足以让她精疲力竭。就连她谈话时流露的理性也让人提心吊胆，因为那就像是个安静的疯子所进行的推理。她不断说想回家，说她别无选择，但在我看来她并没有要离开的坚决意志。我一直认定这是个好兆头，但现在却不晓得为什么我开始害怕起来。

班的沉默也让我心情愈来愈沉重。他到底有什么打算？他是经过思考以后才决定不要哈特莉回家吗？是不是他开始习惯当个快乐的单身汉？是不是他本来就有个秘密情人，现在正好得其所哉？抑或他正筹划某种复杂的计划，救出哈特莉？或是他在召集一些壮汉，比方说军队里的旧战友，等人一到齐就会来痛殴我一顿？他去找律师了吗？还是他在玩一个心理游戏，要让我等到受不了，自己跑去找他？还是说他处于某种犹豫不决，不确定自己想要什么，不确定自己该怎么做？有时我会觉得我宁可班真的报了警，让我被迫采取行动，也胜于整天在空荡荡的房子里东想西想各种可能性。

我正在努力说服自己把哈特莉带去伦敦，把她硬拉到车上，或是骗她要送她回家。我觉得该这样做的时候已经到了，尽管我完全没有把握这是不是适当的做法。也许诚如提图斯所说的，“什鲁夫末端”真的是“有股阴气”，但它毕竟是我的家，而我已经习惯了它。在这里，我可以与哈特莉平心静气地沟通，特别是谈到往事的时候。但到了伦敦，在那间凌乱得可怕的小公寓里，我又要怎样面对发疯大哭的哈特莉呢？如果不到那间小公寓，在伦敦我们又可以投靠谁呢？我不愿意把哈特莉展示在任何人面前，因为哪怕他们愿意帮忙，也一定会在心里取笑她。事实上，我希望有某个人可以照顾我们，至少有某个人在旁边，营造出一种正常的气氛。吉伯特和提图斯的用处也许不大，但有他们在旁边，至少可以让整个情境没那么难以忍受。

然而，自从罗希娜来过后，他们两人就处于一种密谋造反的状态。我想班的沉默也让他们难受，但难受的理由与我不同。他们希望摊牌的时间赶快到来。他们希望可以结束现状，让心头重担卸下来。吉伯特害怕的是班，害怕被揍或被杀。至于提图斯是什么感受，我不太确定。有时我对提图斯可能会怎样想是深感惶恐。自哈特莉来了以后，我就没跟他好好谈过。我应该和他好好谈谈的，也想这样做，但却没有这样做。有可能他现在正处于一种紧绷和犹豫不决的痛苦中，既想又不想与父亲和解，既想又不想离开母亲、离开我。我应该安抚他的，但目前却没有这个心智与精力。另一方面，我对他感到失望。我需要他的帮助，需要他爱的支持。但他明白摆出一副不愿涉入的姿态。他宁可不去思考哈特莉被软禁这个令他尴尬的处境。他不愿意自己有成为狱卒之嫌。这是可以理解的。但让我恼怒的是他的日子看来过得很惬意。他游泳、唱歌、坐在岩石上和吉伯特一起喝白葡萄酒加黑加仑子汁(他们的最新饮料)。虽然他自豪地说不是来向我乞讨的，但他现在的样子活脱是个乞讨者。由于吉伯特表示过不敢一个人出外采购，提图斯就陪他一起去，两个人用我的钱买了许多昂贵的食物。他们从未在村里碰见班。班离开村子了吗？是的话又去了哪里呢？这些谜团让我难受。

吉伯特和提图斯密谋造反的一个表现是，开始建议我对班采取行动。这建议固然是吉伯特提出，但提图斯显然是附和他的。到底我该采取什么行动，他们也说不上来。他们现在唱歌唱得比较少，更多时间是坐在厨房里密谋。尽管我现在烦恼已经够多了，但每次看到他们在厨房里交头接耳，仍然会感到妒意，一种愚蠢空茫的妒意。每次我一走进厨房，他们就会紧张地噤声不语。他们有事没事就跑到信箱去看有没有信。吉伯特甚至在石头狗屋里放了一个大篮子，下面用石头垫高，以防信会被雨水沾湿或被风吹走。我避免与他们讨论，因为我担心提图斯会自告奋勇表示要跑到“尼布利特”外面侦察。如果他去了“尼布利特”不回来怎么办？我当然没有向他们提罗希娜寡廉鲜耻的计划(我认为她只是为了刺激我才这样说)。我也并未停止思考她告诉我的另一件事，尽管我百般努力要把她扫出我的脑子之外。我只希望她已经回伦敦去了。

快黄昏时，我做了决定，要是班再没有动静，我第二天就一定要做某些事。一件有助于厘清现状的事，一件具有决定性的事。我并未完全清楚我会怎么做，但最有可能的就是把哈特莉和提图斯带到伦敦去。我等哈特莉自己想通已经等得够久了，而我开始相信，她是希望我勉强她的。当我感到自己已经接近极渴望下决定的边缘时，我感到轻松了不少。只不过，那个我将要做出重大决定的明天，并未以我预期的方式来到。

*　　*　　*

近傍晚六点半的时候，厚密的蓝色空气似乎变暗了，也更让人窒息，尽管太阳还在勇敢地照耀着，而天空也没有半片云。感觉上，太阳光是隔着一层雾照射出来的。我还清楚记得那个黄昏带给我的炫丽印象，不管是岩石、公路对面的草还是吉伯特的黄色轿车，颜色都极其鲜艳，像是会振动似的。没有一丝风，哪怕是最细的微风。大海平静，如油般光滑，颜色是一片天蓝色。然后天空出现了一些无声的闪电，把整个海平线上空照得异乎寻常的亮，就像是远处正在举行大型的烟火活动或核子试爆。没有一片云，没有雷声，只有微黄色白光在静静闪烁。

先前我与哈特莉谈过。我们谈了一些往事，享受了一些稀薄的沟通，我觉得我愈来愈能够跟她沟通了。看来我的渐进政策是正确的，而且用不了多久就会证明是完全成功的。哈特莉固然也提到要回丈夫身边，但语气相当平静，在我看来，她这一次谈话提到这个的次数要比往常少，声音也空洞无力。

离开她的时候，我并没有把门反锁。现在我白天已不费事去锁她的门。她想要躲起来的强烈愿望（躲吉伯特，又特别是躲提图斯）足以有效地让她把自己关在房间里。何况，即使她真的想逃，又能跑出多远而不被发现呢？晚上当然是另作别论。门铃响了。我当时刚好走到门厅，厨房的铃铛还没响起，我就看到铁线的震动。我心想：班来了。一个人来吗？我迅速走向大门，要抢在恐惧加剧前打开大门。我并没有先把门链给带上，而是一下子就把门打开。站在门外的人是我的堂弟詹姆斯。

他微笑着，是有时会挂在他脸上的那种平静愚蠢自得的微笑。

他提着一个皮箱。我看见他的宾利轿车就停在吉伯特的大众车旁边。

“詹姆斯！你到这里来是搞什么！”

“你忘了？这是圣灵降临节周末。是你邀请我来的。”

“是你自己邀请自己的吧。我当然没忘记。”

“你希望我转身离开吗？”

“不……不……进来……至少坐一下。”

我感到困惑、恼火和深深的震惊。我堂弟一向是个不祥之兆。他的出现足以改变屋里的一切，哪怕是水壶。詹姆斯住在我屋子里的画面是我无法忍受的，有他在，我的生活就无法正常运作。

他走进屋里，放下皮箱，充满好奇地四面打量。“我喜欢这环境。那个岸边围绕着球形大岩石的海湾也相当不同凡响。当然，我是从海岸公路过来的。”

“当然。”

“那个海中间的巨大岩石上布满了海鸠——你知道海鸠是什么吗？”

“不知道。”

“你没有看过？那是一种……算了。我看到附近有一座圆堡，那也是你的吗？”

“对。”

“这房子是什么时候盖好的？”

“这我不知道。十九世纪左右吧。唉，老天。”

“怎么回事？对不起，我来以前应该先写信通知你的。我不是一定要住在这里。先前我路经一家外表很漂亮的饭店……你都好吗，查尔斯？”

“到厨房来吧。”

厨房相当暗。我们才走进厨房，吉伯特和提图斯就从后门进来了，外面闪过那种奇怪无声的仲夏闪电。

我不得不介绍他们彼此认识。“嗨，这是我堂弟詹姆斯，他刚刚路过。这是吉伯特·奥皮安。另一位是我的年轻朋友提图斯。房子里就只有我们三个人。”说这话时，我像无心似的把一根手指竖在嘴巴前面。只希望光线不会暗得让他们看不见。

“提图斯，”詹姆斯说，“你来了，真好。”

我看到提图斯凝视詹姆斯的眼神几乎就像是认识他似的。

“怎么回事？”我问詹姆斯，“你认识他？”

“不认识，但你向我提过他的名字——你忘了？”

“呃，对，对……喝一杯吧，詹姆斯……喝过再走。”

“谢谢，什么酒都可以。那瓶开过的白葡萄酒就行。”

“我们都是加黑加仑子汁喝的。”提图斯说。

“你是他的堂弟还是表弟①？”吉伯特问，他这个人一向喜欢问些开门见山的问题。

“我们爸爸是兄弟。”

“查尔斯总是装得没有亲人似的。他这个人一向神秘兮兮。”

吉伯特眼睛殷勤地溜转，倒出了四杯白葡萄酒。他因为常常穿着橡胶底帆布鞋在岩石间爬上爬下，体重减轻了不少，样子也变得较年轻和自在。提图斯给每杯酒加了黑加仑子汁。他微笑着。他和吉伯特显然都很高兴出现一个局外人可以聊聊天，冲淡屋里凝重的气氛；他们说不定也是乐于多一个打架的帮手。

“你这房子真是又古怪又有意思。”詹姆斯说。

“你没有感觉它有一股阴气吗？”

詹姆斯看着我。“前一任的屋主是谁？”

“乔里太太。我对她一无所知。”

“从楼上的窗户可以看得到海吗？”

“可以，但站在岩石上看海，景观更棒。如果你抽得出一分钟时间的话，我就带你去看看。你穿的是什么鞋子？那地方很容易扭到脚。”

---

① 英语中堂兄弟与表兄弟是同一个词。

我希望把詹姆斯弄到屋子外面。我推着他走到草坪，爬上岩石，走了一小段路，到一个可以远眺大海的温暖高处坐下。大海这时已变了颜色，是一种带灰的淡天蓝色，闪闪发光，噼啪响地微微起伏。

“大海今天的样子好乏味。詹姆斯，我希望你不要介意去饭店住，它的名字是雷文饭店，那儿可以远眺你喜欢的那个海湾，景观很漂亮。你还可以驱车沿着海岸，看看海鸥和其他东西。我不能招待你，因为屋里没有床了，提图斯都是打地铺。”

“我理解目前的情况。”

你才不明白，老兄，谢天谢地，我心想。我又决定，一分钟之内就把他打发回车上去。

我望向我的堂弟，鲜明的暗光把他脸上的细部照得纤毫毕现。他手上还拿着酒杯，一副悠然自得的样子啜着酒，望向大海。他穿着一条轻薄的黑裤子、一件紫红色衬衫，外面套着一件白色的夏季夹克。他这个人不讲究穿着，但却有其时髦浮华的味道。他有着鹰钩鼻的面孔是暗色的，胡子参差不齐，像是脸上罩着一团奇怪的云雾，不过也许是他那双迷蒙的棕色眼睛造成的效果。他的棕发也是乱糟糟的。

我突然想到，如果他已经不在军队里，那他要来找我，何苦要挑个塞车的周末假期呢？

“你现在在做什么？”我说，“我是指你找到另一份工作了吗？”

“没有，我现在是个有闲阶级。”

这就怪了。我马上灵光一闪地悟到，詹姆斯其实并未真的离开了军队。他只是转入地下。他正在为什么极秘密的任务作准备，其中也许还包括潜返西藏。为什么他会因为我看到他房子里有个奇怪的东方老头而恼怒呢？我明白了，我堂弟成了秘密情报员了！

我本想用某种婉转的方式让他知道我已猜到他的事，但他却先开口了。

"你和玛丽·哈特莉·史密斯的事现在怎样了？"

"玛丽·哈特莉·史密斯？"

"对，就是你的初恋情人。你不是说她和丈夫住在这里吗？那孩子就是他儿子。我当时还追问他的名字。提图斯。你连这个也忘了？"

说来奇怪，我真的是完全忘了告诉詹姆斯这件事情了。为什么当初詹姆斯会想知道提图斯的名字呢？"我的脑袋一定是坏掉了，"我说，"我忘了，但现在想起来了。你给了我很好的忠告。"

"你有接受吗？"

"有。你当然是对的。我只是幻想罢了。与她重逢的震撼勾起了很多旧时回忆。我现在清醒过来了。我当然不会还是爱着她的，那是说不通的。毕竟她现在只是个无聊乏味的老太婆。他儿子偶尔会来我家住一住。我觉得他有一点烦人。"

"那就好。"

"你有带领带来吗？"

"领带？有。"

"你想进雷文饭店的餐厅，就得打领带。我陪你走回车子吧。"

我带他绕过屋侧，以免他穿过厨房时又会跟吉伯特他们聊起来。

"好漂亮的车子。新买的？"

"对，性能还不错。我要在哪里转弯？"

"过那块岩石之后。"

"对，今天天色真怪。像是有暴风要来的样子。好了，谢谢你的酒。照顾好自己。"他把空酒杯递给我。

"再见，小心开车。"

黑色的宾利车开动了，转弯后就像箭般沿公路开下去。詹姆斯从车窗伸出手挥了挥，然后在路弯处消失了。他会再来吗？我不这样认为。

我慢慢走过堤道，回到屋子，把门关上。奇怪我竟然忘了告诉过他哈特莉的事。我当时一定醉了。嗯，明天就是决定命运的日子。我明天就要行动。我要把哈特莉带到伦敦。这里不知怎么搞的让人心绪不宁。

我在门厅站了一会儿，想单独一个人静一静。我把詹姆斯的空酒杯放在楼梯上。我可以听得见吉伯特和提图斯在厨房里密商事情的低沉嗡嗡声。明天我要找提图斯谈一谈。提图斯、哈特莉与我将会单独住在一起，住在另一个地方。我的行动和我的意志将会创造出一个新家庭。

这时，我听到一下微微的刮削声。我抬起头，看见门铃的铁线正在振动。门铃声跟着在厨房里响起。难道是班来了？我迅速转身，猛地打开大门。

佩里格林·阿尔伯洛就站在门外，手上提着皮箱。

“哈啰，查尔斯，你这房子真有趣。”

“佩里！”

“我希望你叫我佩里格林。我告诉过你多少次了？有一千次了吧？”

“你来这里搞什么？”

“我来这里搞什么？”他说，“是你发出的邀请，而我接受了。今天是圣灵降临节的周末，记得吗？我可是开了很久的车才到的，累得半死。本来我还以为你会张开双臂大声呼叫欢迎我的。”

他的白色“阿尔法·罗密欧”就停在詹姆斯的宾利刚才停过的位置上。

“佩里格林，我十二万分抱歉，你不能住在这里，没有多余的床……”

“那我至少可以进来晃晃吗？”

佩里格林洪亮的声音惊动了厨房里的两个密谋者。

“佩里格林！”

“吉伯特！真是个惊喜。查尔斯，我睡吉伯特的床就好。”

“想得美，我誓死保卫我的沙发。”

“给我介绍一下你那位迷人的男朋友吧，吉伯特？”

“这是提图斯·菲奇。他可不是我的资产。”

“哈啰，提图斯，我是佩里格林·阿尔伯洛。吉伯特，可以倒杯酒给我吗？”

“没问题，但这里只有葡萄酒和雪利酒，你知道查尔斯不喝烈酒的。”

“妈的，我忘了。我应该带一瓶来的。”

“佩里格林，”我说，“你在这里不会住得开心的，既没有烈酒可以给你喝，又没有床可以给你睡。我很抱歉，但我真不记得自己有邀请你来。离这里不远的公路边就有一家很棒的饭……”

就在此时，门铃又响了。佩里格林转身开门，而越过他肩膀，我看到了詹姆斯。

“你好，欢迎光临查尔斯·阿罗比的好客居，只不过这里既没有烈酒可喝，也没有床好睡，只有……”

“你好，”詹姆斯说，“查尔斯，很抱歉我又跑回来。雷文饭店客满了，所以不知道……”

“雷文饭店？想必就是他想打发我去的那一家吧？”佩里格林说。

“先到厨房里坐下来再谈吧。”吉伯特说。

吉伯特走最前，然后是提图斯，然后是佩里，然后是詹姆斯。我站了片刻，接着拿起楼梯上的酒杯，尾随他们。

“我是佩里格林·阿尔伯洛。”

“我想我听过你的名字。”詹姆斯说。

“好呀。”

“他是我的堂弟，阿罗比将军。”我说。

“你从未说过他是个将军，”佩里格林说，“哈啰，长官。”

我拉着詹姆斯那件白色外套的袖子，把他拉回到门厅。“抱歉，你不能留下来，我建议你到……”

就在此时，我注意到詹姆斯眼睛张得大大的，望着我背后。我意识到哈特莉站在楼梯上了。

厨房里的三个人因为听见我们突然无声无息而走了出来。所有目光全集中在哈特莉身上。

她仍然穿着我那件绣着红玫瑰的黑色丝睡袍。那睡袍穿在她身上长及足部，加上她把领子翻了起来，看来就像件晚礼服。她的眼睛因为惊异而瞪得大大的。尽管一头乱糟糟的白发让她看起来又老又疯，但因为大家都屏息望着她，把她衬托得俨如王后。

我在一两秒钟后回过神来，走上楼梯。看到我走近，哈特莉转过身往上跑。我追上去，在楼梯转弯处追上她，然后催着她往二楼楼梯平台走去。

我们在楼梯平台里几乎是在跑的。我把她推入房间。她一入房间就坐到床垫上，样子像只听话的狗。她被软禁的这段日子以来，我从未见过她坐在椅子上。

“哈特莉，宝贝，你要到哪儿去？是要下楼看我吗？还是你以为班来了？还是你打算要逃走？”

她把睡袍裹紧了一点，但没有回答，只是摇了好几次头。她因为激动而屏息静气。然后她抬起头看我，表情忧愁、腼腆而甜美，不期然让我忆起了爸爸。

“唉，哈特莉，我爱你爱得好深！”我坐到椅子上，脸埋到手里。我感到无助，感到自己像儿时一样脆弱。“哈特莉，别离开我。我不知道你离开的话我要怎么办。”

“那个人是谁？”

“哪个人？”

“站在你旁边那个。”

“我堂弟詹姆斯。”

“哦，是他……爱丝蒂尔婶婶的儿子。”

这种突如其来的记忆力展现，让我感到震撼和不舒服。

走下楼的时候，我听得见厨房里传出活跃的低语声。吉伯特和提图斯毫无疑问是因为哈特莉已经露面，认为没有再保密的必要，所以就把整件事情告诉了詹姆斯和佩里格林。

我用手掩住嘴呻吟。

那个晚上大家的睡觉地点分配如下：我睡卧室；哈特莉睡二楼的“里房”；吉伯特睡他的沙发；佩里格林睡铺在书房里的垫子；詹姆斯将几把椅子拼在一起当床睡，睡在小红室；提图斯睡草坪。那是一个非常热的晚上，却没有暴风。

第二天早晨，我的客人洋溢着一片度假气氛。提图斯一如往常从小悬崖下水游泳。詹姆斯到圆堡探索了一下，对它的历史提出了一些猜测，然后从圆堡的阶梯下水游泳(我仍然没有在那里系绳子，不过詹姆斯游泳时海水正处于高潮)。佩里格林半裸地躺在草地上做日光浴，把全身晒得通红。吉伯特开车到村子，带回大堆食物和好几瓶威士忌(账全记到我名下)。稍后，詹姆斯开车到村子，想买份《泰晤士报》，却失望而归。大家都对我有能耐生活在没有“新闻”的环境中颇感惊讶。(他们心中的所谓“新闻”，可以用佩里的一语概括：“谁死了，谁被绑架了，谁在罢工。”)佩里带了一台短波收音机给我，但我叫他拿远一点。詹姆斯建议大伙到雷文饭店去看国际板球赛的转播，但吉伯特告诉他，本地的电视台因为电力干扰而停摆(吉伯特刚又去过杂货店一次，但这次是为佩里格林买防晒油)。吉伯特和提图斯希望为他们的合唱团招募新血，成功地招募到佩里(他是个粗哑的男低音)，但发现詹姆斯五音不全。我昨晚已警告过吉伯特和提图斯，别向佩里格林提罗希娜来过的事。我几乎无法理性思考。我感觉有什么在我脑袋里啪的响了一声，就像是一个脑瘤在里面裂了开来。

我绝望无助的状态部分是詹姆斯的出现造成的。他看来像是其他三个人的磁力中心。他们三个人都分别向我表示好喜欢詹姆斯。无疑他们认为我喜欢听到这个。提图斯说：“真奇怪，感觉上好像我以前就认识他。说不定我在梦里见过他。”另一件逼得我半疯的事是哈特莉的口气突然改变。她虽然一直都说要回家，不过后来她的口气变得有气无力，就像知道那是不可能的，不想白费气力。但现在，她的口气重新变得认真，而且会用一些近乎理性的理由去支持自己的要求。

“我知道你认为自己对我仁慈……”

“仁慈？我是爱你。”

“我知道你认为你对我的做法是最好的，我应该感激……”

“感激！老天爷！”

“但那是说不通的，是个意外，是个意外……我们不能在一起，那是说不通的。”

“我爱你，你也爱我。”

“我是喜欢你……”

“不要用这种古怪的语言说话。你是爱我的。”

“好吧，我是爱你的，但只是出于一种不真实的方式，一种梦的方式。事实上，一切早已在多年以前就结束，我们只是在做梦罢了。”

“哈特莉，难道你没有现在时态的概念，难道你就不能活在现在吗？醒一醒，试一试吧！”

“难道你不明白我是活在时间的长流里，不是活在现在的瞬间刹那里——我是个有夫之妇，必须回到原来的地方。如果你硬把我带到伦敦，我一定会逃走。你把一切弄得糟之又糟，根本不明白……”

“好吧，你是有夫之妇，但那又如何？你过得并不快乐。”

“那无关要紧……”

“我会说那非常要紧。我想不出有什么比那更要紧的了。”

“我可以……”

“你承认过你爱我的。”

“人是可以爱一个梦的，但这不表示他会把梦当真，付诸行动。”

“那至少代表他有这样的动机。”

“不，因为那只是一个梦。是由谎言构成的梦。”

“哈特莉，我们有的是未来。这表示我们可以把梦想变为真实。”

“我一定要回去。”

“他会杀了你。”

“我非走入那扇门不可，那是我唯一的道路。”

“我不会让你走的。”

“求求你……”

“提图斯又怎么办呢？他会跟我住在一起。难道你不想与提图斯在一起吗？”

“查尔斯，我必须要回家。”

“唉，别说了，你就不能渴望些别的好东西吗？”

“你不能强人所难。你不了解我们这一类人，我们与你不同。你是空中飞的鸟，大海里游的鱼，爱去哪就去哪，想要什么就要什么。但其他人是生活在地上的，每次只能移动一点，而且不能……”

“哈特莉，相信我，跟随我。骑在我的背上，那你就一样可以到处去，大开眼界。”

“我想要回家。”

我离开她，锁上门，奔出屋外。我爬上一两块岩石，看到詹姆斯站在大汤锅上面的拱桥上。他挥手喊我，我跑上前去。

“查尔斯，看看水的力量，真是叹为观止。你说惊不惊人？”在退潮水的怒吼声中，他的话只隐约可闻。

“惊人。”

“真雄伟，对，最严格意义下的雄伟。康德会爱它。达·芬奇会爱它。葛饰北斋会爱它的。”

“我赞成。”

“还有那些鸟……看看那些长鼻鸬鹚……”

“我还一直以为它们只是一般的鸬鹚。”

“它们是长鼻鸬鹚。我还看到些红嘴山鸦和鹂鹞。我也听到雷文湾附近有麻鹞的鸣叫声。”

“你打算什么时候走？”

“这个嘛……我喜欢你那几个朋友。”

“他们也喜欢你。”

“那少年看起来很善良。”

“对……”

我们往屋子走回去。快到午餐时间了，如果这样的约定俗成还存在的话。

詹姆斯显然为这一趟海滨度假准备了适当的衣服。他现在穿的是一条很旧的黄褐色棉布裤子，裤管卷起，一件干净但旧的蓝衬衫，没扣扣子，宽松地穿在身上，露出毛发稀薄的粉红色胸腹。他脚上穿的是凉鞋，露出一双皮包骨的脚和十根长得像是可以抓东西的脚趾。小时候这双脚让我相当好奇。（“詹姆斯的脚长得像手。”我这样告诉妈妈，就像发现了他的秘密残疾。）

快到屋子的时候，他问：“你有什么打算？”

“哪方面的？”

“有关她的。”

“我不知道，你打算什么时候离开？”

“我可以待到明天吗？”

“没问题。”

我走到厨房，无意识地端起吉伯特为哈特莉准备的一盘食物。我端着盘子走上楼，打开房门，一如往常把托盘放在桌子上。

她正在哭，不愿意跟我说话。

“唉，哈特莉，别用你的悲痛折磨我。你不知道自己在对我做什么。”

她没有说话，也没有任何表示，只是继续哭。她背挨在墙上，眼睛凝视前面一道墙，偶尔用手背擦拭缓慢淌下的泪滴。

我默默陪她坐了一会儿。我坐在椅子上，东张西望，好像以为这样的寻常举动可以安抚她。我注意到天花板有一片水渍，长窗户的窗框上有一道裂痕。最后我站起来，温柔地碰了碰她肩膀，走了出去。我从没有在她吃东西时留在房间里。我把门反锁。

回到厨房时，我看到他们四个人已经站在桌子四周，而吉伯特则已准备好午餐，包括火腿、蔬菜沙拉和新鲜马铃薯，还有专为詹姆斯准备的水煮蛋。我现在当然对他们的食物不感兴趣。两瓶开了的白葡萄酒冰在冰筒里。佩里格林正在喝威士忌和弄他的短波收音机，收音机发出唧唧唧的声音。我走进厨房时，他们全都鸦雀无声。佩里关掉收音机。厨房里有一股什么事将要发生的气氛。

我给自己倒了一杯白葡萄酒，拿起一片火腿。“你们慢用。我要到外面吃。”

“别走，我们想跟你聊聊。”佩里格林说。

“是吗？但我不想跟你们聊聊。”

“我们想要帮你。”吉伯特说。

“滚开。”

“请你留下来一分钟，”詹姆斯说，“提图斯有话想对你说。提图斯，是这样吗？”

提图斯涨红着脸，眼睛不敢看我，嗫嚅着说：“我想你应该让我妈妈回家。”

“这里就是她的家。”

“认真点，老头子……”佩里格林说。

“我不想要你们的忠告，不是我要求你们——你们任何一个——来这里的。”

詹姆斯坐了下来，其他三个有样学样。我仍然站着。

“我们不是想干涉……”詹姆斯说。

“那就别干涉。”

“我们也不是想强迫你接受我们的忠告。我们根本不明白现在的情况。但我的印象是，你自己也不甚明白。我们不是想劝你……”

“那你为什么要唆使提图斯说他方才说的话呢？”

“因为那是证据的一部分。是提图斯心里想却不敢告诉你的。”

“狗屁。”

“就我了解，你遇到了困难，急需做出决定。如果你能够和我们谈谈，会帮助你用理性的方式做决定。你必须明白你是需要帮助的，很需要。”

“我需要的是一个司机，别无其他。”

“你需要支援。我是你唯一的亲人。吉伯特和佩里格林是你的好朋友。”

“他们不是。”

“提图斯说他敬你如父亲。”

“看来你们对我有过一番愉快风趣的谈话。”

“别发怒，查尔斯，”佩里格林说，“我们没预料到会蹚这趟浑水的，我们来这里本来只是为了度假。我们是因为看到你遇到麻烦，所以才会想要帮你。”

“你们没有人可以帮我的。”

“有的，”詹姆斯说，“如果你能把整件事情和我们好好讨论一番，将会对你大有帮助。不需要讨论细节，讨论战略就够了。粗略地说，你现在显然面临两个可能的选择：继续留她在这里或放她回家。对不对？好，现在让我们来思考一下，如果你选择放她回家……”

“我并不准备让她回家。”

“我从提图斯那里得知，虽然她想回家，但你却不愿意让她回家。而你不愿意让她回家的理由之一是……”

“她没有想回家。”

“理由之一是你怕她丈夫会对她暴力相向。”

“这是其中一个理由，但我还有一百个其他理由。”

“但假定他会暴力相向，这点只是出于误会，而假定我们又消除得了他的误会……”

“詹姆斯，别傻了。你知道我做的事是完全没有必要解释的。我也建议你对我说话要小心点。”

“听着，”詹姆斯说，“我准备要说两点。一是如果你打算送她回家，就应该做得面面俱到。二是我们会跟你一道去，一方面是显示实力，另一方面是为你的声明背书。”

“我的声明？”

“其次，如果你不让她回家的理由之一是担心她会遭遇暴力，而又如果这种担心是可以消除的话，那么它在你思考要做何种决定时就不相干了。”

“你明白他的意思吗？”佩里格林说。

“当然！但正如詹姆斯承认的，你们根本不明白现在的情况。你们要我去做解释或声明，你们以为一头野牛会听别人解释吗？再说，你的整个论证都是不着边际的，因为根本不存在两个可能性。我不承认让她回去是可能性之一。”

“那好，让我们来考虑另一种可能性……”

“我们什么都不必考虑！我的事情不需要你们来搅和。你们的莽撞无礼让我恨之入骨！但既然已经谈开，我倒是想问问提图斯，他为什么认为我应该让他妈妈回家。”

一路下来提图斯的眼睛都是凝视着火腿(大概他饿了)，看来很不情愿回答，他的脸颊发红，头低着。“这个嘛……我觉得自己也有责任……”

“究竟是为什么？”

“很难说，人都是有很多……很多情绪和……和偏见的。对自己父母的偏见。我想我可能误导了你，让你觉得他们的婚姻很不堪……很糟糕，但没有你想的不堪。而她也有点夸大其词，她喜欢幻想，满脑子都是奇怪思想。也许她真的是宁愿跟他在一起的。我也反对强迫别人，我认为应该让他们自由做选择。你想一次就把全部事情纠正过来的做法有点太急躁了。即使她真的愿意跟你在一起，也不妨让她先回去，让她有时间想清楚，再回来找你。”

“说得好，提图斯。”詹姆斯说。

提图斯回头看詹姆斯的眼神搅动起我无时不在守望的妒意。

佩里格林说：“你不懂婚姻是怎么回事，查尔斯。你从没结过婚。那太复杂了。你以为夫妻间一点口角就表示他们的婚姻会完蛋？不是这样的。”

我说：“首先我要说的是，‘自由’在这里并不适用。我们处理的是一个受到威吓的人，一个囚犯。你必须推她一把，否则她永远不会自己走路。如果她现在回去，就不会再有勇气离开他，不会再有勇气逃走。”

“难道这不重要吗？难道这不正是你应该让她回去的理由吗？你不等于承认如果给她选择的话，她会留在那边吗？人们实际所做的往往都是他们愿意做的。”

“她也许会留在那边，但却不是出于‘选择’。她的婚姻不是只是一桩跟‘口角’有关的事——从佩里使用这个可笑的字眼就足以证明他一无所知。她是个饱受恐吓的女人，从未在那个家伙身上获得快乐。她自己这样对我说过的。”

“她的婚姻也许不快乐，却维持了很长一段时间。你把快乐看得太重要了，查尔斯。它并不那么重要。”

“她是这样告诉我的。”

“你又来了。”

“提图斯，”我问，“你认为快乐重要吗？”

“当然重要。”他说，终于抬头望我。

“你听到啦。”我对詹姆斯说。

“那只是年轻人的想法，”他说，“现在我们再进一步来……”

“你的毛病，查尔斯，”佩里格林打岔说，他还在喝威士忌，“就像以前我说过的，你的毛病就是鄙夷女人。你把她们看成私有财产。现在你也是把这个女人看成私有……”

“我们再推进一步。整件事情发展得很快速，已经演变成一个情绪与观念的大漩涡。你说你那么多年来都把对她的纯爱保存在心中。你似乎甚至认为那是一种最高价值，与之相比，其他的爱情都黯然失色。”

“对。”

“但你是不是应该先检讨这个主导性的观念呢？我不会称之为虚构。让我们称之为梦吧。当然，我们都是活在梦里，有时连修为极高的人也难辨梦与真实——某个意义下这类人特别如此。不过在你的事情上，寻常人的常识却可以派得上用场。对大部分人而言，常识就是道德意识。但你看来却刻意排除这个最中庸的光源。问问你自己，这么多年来你做了些什么？你把你的人生弄成一个故事了，而故事都是虚假的。”

（这时候提图斯再也按捺不住，偷偷摸摸拿起了一片火腿和一些面包。）

“你是在利用往事来构筑你的虚假不实的未来。你是在进行一种危险的归纳法，而归纳法即使在最站得住脚的时候也是摇摇欲坠的。想想罗素的鸡吧。”

“罗素的鸡？”

“一个农妇每天都去喂鸡，但有一天却把鸡脖子扭断了。①”

“我不懂。不要扯什么鸡了。”

“我是说，就我所见，你依赖的都是些非常不坚实的证据。你靠着学生时代的一些甜蜜回忆，就推断只要带她走，你就会爱她并能够带给她快乐，而她也会爱你并能够带给你快乐。这样的事情是非常罕有和难望成功的。撇开这不说，你认为在明显违背她意愿的情况下带她走，在道德上站得住脚吗？难道你不应该……”

“詹姆斯，拜托不要再用那些华而不实的哲学论证来羞辱我了。我好奇你知不知道自己有多站不住脚？正如你说的，整件事情发展得很快速，已经变成了一摊超级浑水。好，我承认，这浑水是我制造的。但它里头本来就没多少道德性可言。寻常人的生活都是那样。住在修院里的士兵大概对这类的事都是一无所知的。”

“我像‘住在修院里的士兵’？我喜欢这个形容。这样说你是

① 哲学家罗素质疑归纳法的论证——鸡看到农妇每天都来喂它，就“归纳”出农妇走向它就一定是喂它，没想到有一天她走来却是要把它宰来吃。

承认没把握自己的做法是不是妥当了？”

“我是没把握，我怎么会有把握？但那是一回事，你用一个跟现在情境无关的论证逼我就范又是另一回事。你说的一切全是在边缘的，是抽象的。你才是那个‘说故事’的人。”

“好，那跟现在情境真正相关的论证是什么？”

“是我爱她。她爱我。她说过。而爱是不依赖‘证据’和‘归纳法’的。她一直很不快乐，所以我不打算让她回到一个老粗身边，何况他此后只会对她更残暴。她的处境只会雪上加霜。我承认她的困境是我造成的，但那毕竟是既成的事实。对于她丈夫残暴的为人，在座就有一位证人，只是该证人看来不愿意作证。”

“你说的这个不是论证，”詹姆斯说，“只是相当混乱的意向陈述。”

“你怎样想是你的事，我根本不明白自己为什么要参加这种荒谬绝伦的讨论。”

“好吧。我个人对这事情的看法已从方才的讨论中不言自喻了，尽管那不一定是你感兴趣的。现在我只想补充一点：如果你决定要带她走，虽然依我之见是不明智的，我们仍然会尽力帮助你。大家同不同意？”

“同意。”佩里格林说。

“我想我在某些方面会配合查尔斯的做法。”吉伯特说。

“但有些细节是要是先考虑周详的。比方说你打算带她到哪去？她镇日要做些什么？”

“单是这个问题就足以让一个男人望婚姻却步。”佩里格林说。

“查尔斯，请别以为我是莽撞无礼，特别是不要以为我有恶意。我只是无法看着你焦头烂额而仍然袖手旁观。你的事情需要联合作战。我不知道你是不是愿意让我跟她谈谈？简短谈谈就可以。”

“你？跟她谈谈？开什么玩笑。”

这时候，我听到一声非常恐怖的叫声——事实上，打从我展开这个危险的计划开始，就一直担心会听到这叫声。哈特莉突然尖叫起来，不断用力拍门。“放我走，放我走！”

我自己也想尖叫出来。我用拳头狂乱地敲打房门。“别叫了，别叫了！住嘴！不要叫了，行吗？”

声音沉寂下来。

我跑回到楼下。厨房里也是一片沉寂。我跑出大门，跑过堤道，往圆堡的方向走去。

* * *

那天稍后，近黄昏之际，我与詹姆斯一起坐在岩石上。我已经无法不同意他的意见了，因为那看起来是无可避免的。

“查尔斯，现在情况变得很可怕。这也是你非得把它结束的理由之一。只有一个做法可以让事情了结。你现在明白了吗？”

“明白。”

“你会写那封信？”

“会。”

“我认为写信是很重要的。你可以在信里把事情解释清楚。”

“他不会看的。他只会把信撕碎，扔在地上践踏。”

“当然有可能，也许他会把信收起来，作为对你不利的证据。但我觉得是值得冒这个险的。我也相信他会出于好奇而读信。”

“他这个人还不到有好奇心的层次。”

“你同意我们陪你一起去吗？”

“我同意你陪我一起去。”

“我认为去的人愈多愈好。”

“提图斯当然不包括在内。”

“不，提图斯一定要去。这对她会有帮助，对提图斯本人也会有帮助——只要他能够在他爸爸面前保持五分钟的礼貌。”

“礼貌？听起来我们像要去参加一个茶会。”

“愈像茶会愈好。”

“提图斯不会答应。”

“他答应了。”

“啊。”

“那我就叫佩里格林到村子去打电话了？”

我有点犹豫。这是最后时刻。如果我说好，整件事情就会从我的掌心滑走，而我也将要面对一个全新和不可预测的未来。“好。”

“很好。你留在这里，我去给佩里格林下达简令。”

那个下午我曾与哈特莉谈过。虽然并没有向詹姆斯承认，但他的“讨论”确实帮助我把某些事情看得更清楚；要不就是我已经彻底绝望了。“放我走，放我走”震裂了我的信心与希望。我问她是不是真的想回家。她说是。我说好吧。我没有提出更多的诱因或论证。当我们静静望着彼此的时候，两个人都不敢再说什么，仿佛有一道新的栏栅在我们中间升起。先前我还以为我们沟通有困难，直到此刻才知道我们彼此一直有多接近。

我们的计划是派佩里格林到村子打电话给班，说阿罗比先生和他几个朋友将会送“玛丽”回家。班的反应会是“见鬼去吧，我现在不想要她了”吗？不太可能。不管他心里想的是什么，他都绝对不会愿意让我如愿以偿的。又说不定哈特莉在最后关头会回心转意……但这些想法目前充其量都不过是希望而已了。

詹姆斯回来了，在岩石间跳跃前进。

我心跳得厉害，充满忧伤。

“搞定了，他叫我们送她回家。但不是今天晚上，而是明天早上。”

“真怪，为什么不要今天晚上？难不成他要上木工班的课！”

“他想假装不在乎。他想表明，主导权是在他手上。那更好。这你就可以有多一点时间可以写信。我们最好是在出发前先把信送到他手中。”

“唉，詹姆斯，我……”

“不要想东想西了。曲奇饼干碎掉了，碎掉了，碎掉了。[①]”

“什么意思？”

“事情已成定局，无可更易。”

* * *

菲奇先生阁下：

这不是一封容易下笔的信。我只是想借此信厘清一些事情。我最需要说明的是，尊夫人留在我家里，并不是出于自愿。如果需要证据的话，她没有把手提包带在身边，就是最好的证据。我能够诱骗她上车，是因为我告诉她提图斯在我家里（事实如此）。她到了以后，我就把她锁在房间里。所以如果阁下想控告我“绑架”她，那是也合理的。她未尝停止过要求我让她回家。毋庸说，我与她是没有任何“关系”的（这是指没有发生苟且之事）。她彻底而坚决地拒绝我提出的一切建议与计划，一心就只想着要回家。因此在此一事件中，她是绝对无可归咎的。对于这一点，我的两位朋友奥皮安先生与阿尔伯洛先生，以及我的堂弟阿罗比将军，皆可以作为见证人，他们在事情发生的全程都住在我这里。

再多的道歉与解释都是于事无补。我一直处于一种幻想状态，唯其如此，才会带给尊夫人与阁下许多困扰，我为此深为懊悔。我的行为并非出自恶意，而是出于对往日感情的缅怀，如今我已明白，这种感情属于从前，与现在的一切都不相涉。也许值得补充的是，自少年时代以后，我与尊夫人就未曾谋面

---

① 美国歌谣“曲奇饼干碎掉了”的歌词，中译文是按“伦敦大桥垮下来，垮下来，垮下来”的节奏仿译。

或联络过，而我们最近的重逢纯属偶然。

由于认定阁下是明事理和公正的人，我深信阁下是不会对完全无辜的太太施加任何惩罚的。这一点，无论是我本人，还是敝堂弟和两位朋友，都深感关切。无论言语或行为上，尊夫人都绝对忠诚于阁下，值得阁下的尊重与感念。至于我本人，想必阁下已经感受到我让自己有多丢脸，更不用说我意识到自己有多么的愚蠢。

查尔斯·阿罗比敬上

詹姆斯说得没错，班要我们第二天才送哈特莉回家对我确实有好处，因为这封信花了一整个晚上才写好。那确实是封难下笔的信，而我对它最后的样子也谈不上满意。我的初稿要更为好斗，但詹姆斯向我指出(我把初稿拿给他看过)，如果我在信中指控班是个欺凌弱小的人和暴君，那就表示哈特莉曾经在我面前说他坏话。而这样一来，我说哈特莉“绝对忠诚”于他的说法也站不住脚了。不过，把指控他是个暴君的一段话删除，我又等于是缴了械，完全失去了自我辩解的余地。不过用不着詹姆斯提醒，我也深知，换成是别的时代，我和班为了保住自己的名誉，都是非得进行生死决斗不可的。我稀薄的“道歉”也是斟酌许久才写出来的，因为个中分寸非常不好拿捏：一方面要姿态低得让班觉得我是在道歉，但又不能低到让他觉得我好欺负，想要再来找我麻烦。我唯一能期望的，只是班的罪恶感会削弱他的暴力本能。我在信中之所以会华而不实地提及“敝堂弟和两个朋友”这一节，是詹姆斯的主意，不过有关哈特莉遭软禁期间他们“全程”在场一节(当然是假的)，则是我自己的主意。詹姆斯认为，如果我在信中隐约提及一些较超然和较有头面的第三者在场，班说不定会因为他受的委屈有见证人而释怀点，事后对哈特莉的态度也会比较克制。但我不相信这一点，因为他会怎样对待哈特莉，关起门以后就是随他自家高兴的事。詹姆斯没有再提出要跟哈特莉谈谈的要求。已经没有这个必要了。吉伯特在大约晚上十点把信投进“尼布利特”的信箱里。

我在哈特莉房间待了一下。告诉她第二天早上就会送她回家。她点点头，眼睛眨一眨。我问她是不是愿意下楼和大家一起用晚餐。她婉拒了，但我反倒松一口气。我没有再问她是否为可以离开而感到高兴。我们坐在地板上玩了一会儿扑克牌，那是我们少年时代自己发明的玩法，类似于“呼同牌戏”[①]。屋里每个人都是早早上床就寝。

① 一种儿童玩的简单牌戏，玩者各自将手中的牌一张张发放桌面，抢先认出两张相同者即呼“同”，桌面所有牌便统归先呼者。

之 五

第二天是我平生最糟的一天。醒来时我觉得自己是个等待处决的人犯。除了提图斯以外，没有人有胃口吃早餐。天气仍然又热又凝滞，不时会从远远传来隐隐的雷响。

哈特莉的样子很吓人。她一丝不苟地化妆，但只让自己显得更可怜兮兮的苍老。她的黄色洋装又脏又皱，还有些撕破的地方。但我总不能让她穿着我的睡袍回家见丈夫。我找出一件中性的蓝色沙滩外套让她穿上。我还找到一条丝巾，让她绑在头上。我感觉像是帮小孩子穿衣服。我们都不敢跟彼此说太多话。我现在只希望事情赶快过去。我甚至几乎不希望现在会听到她说“我不想回去”之类的话。也许她的感觉跟我一样强。我有片刻这样想：唉，一切就像从前一样，我能为她做的一切都已经做的，她还是决定离开。我把她的化妆品放到一个塑胶袋子里，同时放入先前送她那颗有不规则十字绿的粉红色石头(显然除了第一次，她从没有看这石头一眼)。她没说什么，只看着我把石头放进袋子里。吉伯特在一楼喊，说车子已经准备好了。

之后哈特莉进了浴室。我先把袋子提到楼下，等在门厅里。他们先前已经决议过，佩里格林所说的“代表团”应该坐他的白色阿尔法·罗密欧。詹姆斯、佩里和提图斯早已站在门外。吉伯特从厨房走出来。他对我说：“查尔斯，昨天晚上我没有告诉你一件有趣的事。”

“什么事？”

“我送信到他家去的时候听到里面有女人的说话声。”

“那是电视的声音。”

“我不这样认为。查尔斯，这里头一定有文章。不然你认为他为什么要我们第二天才把他太太给送回去？说不定他是想争取时间召集死党痛殴我们。”

我也有这种想法。“他没有死党。”但会不会是木工班的同学？

哈特莉下楼了。吉伯特被我推了一下以后向外走。哈特莉走得很慢，手紧扶着栏杆扶手，仿佛走路有困难。她头上披着丝巾，脸蒙在阴影里。这是我们单独相处的最后一刻，最后一秒了。我抓住她一只手，按了按，又亲吻她脸颊，然后说：“这不是告别。你会回来的。我会等的。”她捏了捏我的手，没说什么，两眼望着远处，没有泪光。我们一起走到堤道上。其他人在车里等着。奇怪的是，我们的出现就像一对新郎新娘。

走近车子时，所有眼睛都定在我们身上。我没有事先安排座次。提图斯打开后车门，我把哈特莉轻轻推进去，接着自己坐进去，提图斯跟在我后面上车。其他三个人挤在前座。哈特莉把丝巾往前拉，遮住脸孔。坐前头的三个人没有回望。

负责驾驶的佩里格林说：“是一直往前开再右转吗？”

吉伯特说：“要穿过村子才会到。我会告诉你怎么开。”

哈特莉紧紧靠着我。她全身僵硬得不得了。提图斯的身体也是僵硬的，眼睛向前凝视，眼神茫然，粉红色的嘴巴微张。我可以感觉得到他呼吸急速。每个人都是直直望着前方。我双手抱胸。阳光明媚。那是一个最适合举行婚礼的大晴天。

车子一路开着，就在要穿过被我称为“开伯尔山口”的那条隘道时，突然有块石头从天而降，以惊人的力道砸在挡风玻璃上。不管车内各人原来是发着什么愣，此刻都彻底惊醒了。然后又有一块石头砸在车身上，接着又是一块。佩里格林把车子停下来。换成别人驾驶一定会猛踩油门逃命，但佩里格林却不是这样的人。“搞什么鬼？有人向我们扔石头，是蓄意的。”他下了车。

我们现在身处隘道里，两边是高耸塔状的黄色岩石。詹姆斯对佩里格林说了什么，大概是叫他回到车里。我心里快速掠过一个想法：一定是班设下了埋伏，要是这样，他可是选对了地点。接着，车头挡风玻璃就哗啦一声全裂了——它被岩顶边缘落下的一块相当大的石头直接命中。在一阵嘶嘶的爆裂声后，挡风玻璃变成白色，裂痕满布。石头反弹到汽车天线上，把它打折，再掉到路旁。佩里格林发出一阵怒吼。

提图斯跳出车外，我尾随在后。吉伯特坐在原处。詹姆斯坐到驾驶座，用手帕裹住一只手，一拳在挡风玻璃上打出一个大洞。接着他也下车。

“那里！那里！”佩里格林喊道，手向上指。

一块石头从我头上飞过。我抬起头，看到了罗希娜。她单腿跪在其中最高一块岩石上，身边名副其实摆满一堆飞弹。她一身都是黑色，看起来就像个女巫。我看得见她咆哮的嘴巴和牙齿。事情很快就真相大白了：她的主要目标是佩里格林。一块石头打在他的胸膛，另一块打在他的肩膀。

佩里格林不但没寻找掩蔽，反而开始还击，嘴里咆哮着。石头纷纷飞过罗希娜的头，但没有一块击中她。

“那位女士是谁？”詹姆斯问我，用语仍然讲究。

“佩里格林的前妻。”

“她为什么要阻挠我们？”

“佩里，回来，回到车里！”我抓住他的西装下摆。但他却怒冲冲挣脱我的手，弯腰搜集更多弹药。

一块石子打在我手上，让我疼痛万分，我急忙躲进车里。

“罗希娜！罗希娜！”提图斯挥着手向她呐喊，然后又比手势又跳舞。我把他拉回车里。詹姆斯抓住佩里格林。片刻间我们全上了车，佩里格林猛踩油门。车子闪电般向前冲，然后在通向村子的路弯处拐往内陆。

一转弯后佩里格林就猛踩刹车，然后下车走到行李厢，带回来一具千斤顶，猛力把剩下来的挡风玻璃全部打碎。白色的玻璃碎片洒满我们一身。“那个烂婊子究竟他妈的想怎样？”他说，用的却不是想要别人回答的语气。他若有所思一下，然后说：“她念书的时候就是板球队的。”

这件怪异的暴力事件让我头昏眼花，等我回过神来时，却猛地意识到在整个过程中，哈特莉都没有动一下，好像根本没意识到发生什么事。接着我突然记起吉伯特先前说的：昨晚他在“尼布利特”外面听到女人的说话声。难道罗希娜真把她的下流威胁付诸实行，跑去给班“慰藉”吗？是不是就是这个原因，班才要求我们不要昨晚送哈特莉回家？不然罗希娜怎么知道我们会来？这种想法让我内心充满困惑又无助的愤怒。

这时我们已经开过村子，经过了教堂，往山坡上开。佩里格林满脸通红，完全沉浸在自己的思绪里，就像浑然忘了此行的目的是什么。

先前我在想像哈特莉回到家的情境时，并未想像自己会推开车门，引领她下车，打开木栅门，走上步道。我只想像自己在任何一刻都可能会呐喊：“不，不可以。”然后一把抓住她的手，把她拖走。但我没有这样做。我没有碰她。她把丝巾和蓝色沙滩外套脱下，快速滑出车外。我为她把木栅门推开，尾随她走上走道。詹姆斯跟在我后面，然后是一脸害怕的提图斯，然后是同样点害怕的吉伯特。佩里格林走在最后面，但仍然沉浸在某种不知名的暴怒里。

哈特莉按了门铃。甜美的铃声才一响起，就几乎被一阵激烈的狗吠声淹没。接着是一阵人的咒骂声。一扇门砰地关上，狗吠声变得低沉。接着班打开了大门。我猜他本来是想一等哈特莉走进门就猛力把门甩上。但我却按照詹姆斯的交代，快步紧随哈特莉走入门内，其他人跟着走进屋子里。

我同样没有预想过进屋后的情景，而如果我有预想过的话，那大概不是想像一个激烈争吵的场面就是一个肃穆讨论的场面；而哈特莉在这两个场面里都扮演着某种角色。不过实际的情形却完全不是那么回事，哈特莉一进门就消失了。才一秒钟时间，她就像老鼠一样溜进卧室，关上了门(她进的当然是主卧室而不是我和班单独谈过话的那个小卧室)。

那只狗继续狂吠(感觉上是条很大的狗)，仿佛是为门厅里上演的剧情伴奏。班已经退到客厅的门边，吉伯特挨在关上的大门上，佩里格林愤怒地打量画里那个穿着盔甲的骑士，班和提图斯则互相盯着对方。

班首先开口。“嗯，提图斯，你回来了。”

“你好。”

“你陪妈咪一起回来，你打算留下来吗？”

提图斯没有回答，咬着嘴唇，身体颤抖。

“要留下来吗，嗯？”

提图斯摇头，然后用一种像是被人扼住喉咙的声音说道：“不……我想我会……离开。”

我说：“提图斯不是我儿子，但我建议他当我养子。”我的声音因为紧张而颤抖，毫无说服力，近乎多余。班没有理我，继续盯着提图斯，突然，他猛力一甩双手，像是扔掉什么似的。提图斯吓得身体一缩。

班是在场的人里最矮的一个，但论体格却是最吓人的一个。他公牛般的颈项和宽肩膀把老旧的卡其衬衫撑得像要裂开。他双手垂在两旁，手指不断屈伸，脚趾微微跷起，像是准备进行某种体能表演。门厅如我记忆中一样闷浊，但气味却不同了，变得更难闻。我注意到，有几瓶玫瑰都枯死了。那狗现在沉寂了下来。

我说：“你看到那封信了吗？”

班没理我。他这时望着詹姆斯，詹姆斯也望着他。詹姆斯若有所思皱起眉头，半晌后说：“菲奇上士？”

“对，我是。”

“皇家工兵团的？”

“没错。”

“你就是在阿登[①]大显身手的那一位？”

“没错。”

---

① 法国东北部省份。

“干得好。”詹姆斯说。

班的脸紧绷起来，似乎是想压抑情感的流露，但仍然有一丝自得之情若隐若现。“你是他堂弟？”

“对。”

“仍然在军中吗？”

“刚刚退伍。”

“我只愿自己还在军中。”

接着是片刻的沉默，就像两人都在缅怀过去。接着詹姆斯匆促地说：“我很遗憾事态演变成现在的样子。我……嗯……那不是她的错，她完全是无辜的。没有任何不名誉的事发生过。我可以用我的荣誉担保。”

班面无表情地回答说：“唔。”然后他甩甩头和肩，比出一个解散的动作。

詹姆斯转过脸看我，表情相当漠然，就像一个主席很技巧地探问发言者还有没有什么要说的。我没有回应他的探询，但却转过身。吉伯特把大门打开，佩里格林第一个大步走出去，接着是提图斯，接着是我，接着是詹姆斯。门轻轻在我们身后关上。

还没走到车子，我就想起装着哈特莉化妆品和石头的袋子还在手里。我无意识地转过身。詹姆斯想抓住我，但我闪开了，缓步走回走道去。我有一种非把袋子交还给哈特莉不可的驱迫感，因为我感觉它就像某种不祥之物，里面包着什么妖气，是绝不能带回“什鲁夫末端”的。事后我才想到，其实把袋子留在前台阶就可以。我按了门铃，站着等候，凶恶的狗吠声又再响起。班吼道：“闭嘴，你这个恶魔！”

过了一两秒，门打开了。他那张没表情的面具不见了。他的脸变得狰狞，充满恨意。我觉得自己的行为有点过分，但这又是非做不可的事。我同时意识到自己打扰了屋里正进行的第二段剧情。主卧室的门是打开的。

我把袋子伸向前。“这些东西是她的。抱歉刚才忘了留下。”

班一把抢过袋子，猛向后扔，袋子重重摔在门厅的地板上，发出当啷的声音。他狰狞的脸突然向前，让我吓得退后一步。“闪远一点，不然我会干掉你。叫那臭小子也闪远一点，不然我会干掉你们！”

门轰地关上，力道大得让门铃微微震动。狗吠声现在激烈得近乎尖叫。我走下走道，回到车上。车上的人应该听不见班刚才说的话。

吉伯特和提图斯坐在后座。我打开前座的门，看见座椅上布满半透明的白色碎粒，样子就像一颗颗大珍珠。“这些是什么？”我问。

“挡风玻璃的碎片。你忘了？”詹姆斯说，“开车吧，佩里格林。”

汽车发动，轰隆往上开，然后转弯向下，速度飞快。激烈的气流从挡风玻璃灌入车内。没有人说话。

快开到与海岸公路交接的路口时，提图斯说：“可以把车停下来一下吗？我想下车走走。”

佩里格林猛踩刹车，我们身体同时向前倒。提图斯下了车。

“提图斯，你不要回去吗？”我抓住他袖子喊着说。

“不要！”他挣脱我的手，转过身去，“我觉得厌恶透顶，只想作呕。”说完就往小港口方向走。佩里格林再度发动，把车开得横冲直撞。

“刚才你对那家伙说什么阿登的，是什么意思？”吉伯特问詹姆斯。

詹姆斯的神情看来相当愉快，与班的会面让他情绪高昂。“那是件奇事。那个叫菲奇的家伙原是个战俘，被关在阿登的战俘营里。他一定是在一九四四年被俘的。战俘中没有军官，我想他是最高阶的士官，不管怎样，他成了战俘中间的领导者。一九四五年五月德军准备撤退前夕，他发动了一次奇袭。他成功说服了每一个人。他身边有一群硬汉班底，所以大家都愿意参与。计划非常周详，甚至可以说是很经典的。他们控制了军火库，向德国人射击。情况相当血腥，其中不无发泄怨气的成分。不管怎样，当我军抵达时，没死的德军都成了阶下囚，整个战俘营都处于他的控制下。他就站在营门外欢迎我们呢。那是勇敢的表现。事后军方固然有人对这种'非必要的杀戮'有所微词，但很快就烟消云散。他获得了一枚英勇勋章。"

"你当时在场吗？"

"没有，我当时在别的地方。但解放那战俘营的是我麾下的部队，所以有人告诉我这事情。我看过一张菲奇的照片，他现在的样子没有变。我记得他的名字。这名字不知道为什么一直留在我的记忆里，常常会唤起我的想像力。他是个勇敢的人。没想到我竟然会在这种场合碰到他！"

"一种相当乏善可陈的勇敢。"我说。

"那场战争何尝不是相当乏善可陈。"詹姆斯说。

"那家伙是个杀手。"

"有些人天生就是比别人善于杀人，这不代表他们一定是坏人。他的表现像个称职的军人。"

我们已到家了。车子擦撞到一块岩石，颠了一下停下来。我们全下了车。我看看表，才十点钟。还有一整天的时间。

我走入屋，无意识地穿过厨房，走出草坪。詹姆斯一直尾随我，此时就站在后门，眼睛看着我。我对他说："谢谢你的帮忙。你要做的事情都做完了，我想你会希望离开吧。"

"如果你不介意，我想留到明天。"

"悉听尊便。"

* * *

我爬过圆堡方向的岩石带，经过了米恩大汤锅。我在水边找到一个可以远眺雷文湾的地点。一阵热风从海上吹来，海浪有点大，但打雷声已经没有了。风暴大概已经远去。

我被罗希娜的石头打到的手还在痛。上面出现了一片瘀青。我这时才发现自己原来是全身湿透透的。热风把我的衬衫和外套吹干了，它们先前都黏在我的背上。我把外套脱下，把衬衫从裤腰拉出。海湾上有一层薄霭，水色浅蓝，边缘缀着漂亮的蕾丝状浪花。那些圆形的大岩石看起来很热，它们渗出的热是闪烁的，可以看得见。它们有一种肃穆、近乎宗教气氛的外观。黏附着它们的深黄色海草看起来像象形文字。在海湾另一条臂弯外面，海水泛着紫色的光点。我坐了下来，双脚几乎可以碰到强烈起伏的海浪。我觉得在最近自己一手导演的事情上，我把自己弄成了笨蛋，又难过地想到，没有任何事情让我看起来更荒谬的了。

我听到一阵轻柔的脚步声，然后是一个人影。詹姆斯来了，在我身边坐下。我没有看他，彼此不发一语地坐了一阵子。

接着，詹姆斯开始在岩石堆里摸索着，然后捡起一些小石头，把它们扔到海里。最后他开口了：“不用太担心，我想她会没事的。我相当有把握。”

“为什么？”

“出于我对情势的整体评估。”

“唔。”

“还有我和他的短暂对话。”

“你认为菲奇下士对阿罗比将军的尊敬足以让他……”

“不尽然。但我却觉得我与他之间达成了默契。”

“一种军队的传心术？”

“差不多。我觉得……该怎么说呢……我觉得荣誉感……”

“少胡扯了，”我说，“每次你谈到军旅方面的事情，我就觉得你变得笨得可以。军人的荣誉感？倒不如说是军人的虚荣心。”

我们又沉默不语了一阵。我自己也开始捡石头来扔，在扔之前会先察看值不值得收藏。我相信班很快就会把放在塑胶袋里那块漂亮小石头扔掉。说不定会拿来扔他的狗。我为那只狗感到难过。

詹姆斯说："我希望你没有认为我左右了你，让你更为明智的判断派不上用场。"

"没有。"我懒得与他争辩。他当然是左右了我。但我的明智判断是什么呢?

"你准备怎样处理提图斯?"

"什么?"

"你准备怎样处理提图斯?"

"我不知道。他说不定会想要离开。"

"他不会走的，如果你愿意留他的话。你也非把他留住不可。他说过他想当演员。"

"他也对我说过。真够巧合的。"

"你可以安排他进演员训练学校吗?"

"也许可以。"

"提图斯将会让你的生活变得有重心。"

"谢谢你为我的生活重心设想。"

"我猜你会有搬家的打算吧?"

"我干吗应该有这样的打算?"

"这个嘛，你不认为这样做会比较好……"

"这里是我的家。我喜欢这里。"

"嗯……唔……"

我们又扔了一些石头到海里。

"我可以继续说下去吗，查尔斯?"

"可以。"

"我一直在想……你真的不介意吗?"

"说吧，死不了人。"

"时间的距离有时会让我们与真实的人生脱离，让我们与别人脱离，把他们转化为一些幽灵。更精确地说是我们自己会把别人转化为幽灵或妖魔。某些对过去徒劳的执迷是有可能制造出这类幻影的，而这些幻影又会反过来对我们产生作用。那些在特洛伊为一个海伦幻影而战的英雄就是这个样子。”

“你认为我是在为一个海伦的幻影而战？”

“对。”

“她对我而言是真实的。比你还要真实。你怎么可以羞辱一个饱受痛苦的人，称她为幽灵呢？”

“我不是称她为幽灵。她是真实的，一如每个人都是真实的，但她的真实是在别的地方。她与你梦境中的人物不是重合的。你无法转变她的。你试过了，但失败了。这是你必须承认的。”

我没说什么。我当然是试过了又失败了，但这又能证明什么呢？

“既然已经试过，那你现在是不是可以让自己的心灵平静下来？不要再用这桩事来折磨自己了。你试过了，事情已经过去了，而我也很有把握，你没有对她带来持久性的伤害。把心思放在其他事情上吧。军队里有一种罪名叫蓄意自残。别这样对你自己。你要为提图斯着想。”

“为什么你老要把提图斯扯进来？”

“对不起。但你不妨这样想。你是爱过那女孩，当她还是女孩的时候。现在，重逢的震撼让你进入一种休克状态。在这种状态里，你必须把自己对她有过的旧感情重演一遍。这是一种心灵性的字谜，也许是无可避免的；它有自己的必然性，却不是你以为的那一种。当然你是无法一下子克服的。但只要等上几星期或几个月，你就可以穿越，客观地回顾，然后一脚踢开。那不是一种永恒的东西，没有任何人类的东西是永恒的。永恒只是幻象。就像童话故事里面，当钟敲响十二下，一切就会碎散开，烟消云散。到时你就发现自己是自由的，不受她的羁绊，到时你就会把那个让你可怜兮兮的幽魂松开。留下来的将会是日常生活的责任与兴趣。你会感觉轻松，会感觉自由。目前你只是一时着魔，一时被催眠罢了。”

詹姆斯一面说话，一面弯身把一些较扁平的石头斜丢出去，让它们在水面上弹跳。不过海浪太大了，石头都跳不远。看着他这样做的时候，我只觉得满腹哀怨，因为我忆起，这正是我与哈特莉在我家附近池塘爱玩的游戏。她玩得比我好。

我回答说："你说的话听起来头头是道，却空洞无物。爱可以让你那套廉价的心理学变得不知所云。看来你无法想像爱可以是永恒的。这种永恒正是爱的神奇本质的一部分。大概你从未爱一个人爱得那么深。"

说这话时，我突然想起托比·埃尔斯米尔对我说过的话，那番话让我怀疑詹姆斯是不是个同性恋。托比告诉我，詹姆斯在印度时曾对一个军仆情深款款，对方是尼泊尔的雪巴人，但后来却不知道什么原因死在高山上。当然，我们都无法知道别人的爱情故事，而我更是不可能知道詹姆斯的爱情故事。为了掩饰自己粗糙的言辞，我赶紧继续说："看来你认为过去是不真实的，只是一片充满幽灵的废墟。但对我来说，过去才是最最真实的，而忠于过去又是最最重要的。那并不是滥情，而是一种生命原则，一个生命的课题。"

"你是说你还相信你的拯救观念，哪怕你已经试过，哪怕你已经承认她想回家而且回家对她比较好？"

"对，这也是我非留在这里不可的原因。我必须等待，必须坚守岗位。她会知道我在等她，知道我留守在这里。她之所以会觉得非回去不可，是因为一切发生得太突然。但经过这番经历后，她就会开始思考，而且早晚会想通，锁住她的铁链其实早已断开。她会回我这里来，或迟或早，我知道她一定会。她来过一次，一定会再来第二次。"

"如果她不来呢？"

"我会永远等她，这是我的职责，我的岗位。我会等到最后。也许我会等一段时间……然后……再次采取行动。"

"你是指你所谓的拯救行动？"

"对。别再扔石头了。"

"对不起，"詹姆斯说，"我们以前常常都这样玩的，记得吗？

就在‘萨克顿’附近那个水塘边。每次你和亚当伯父及玛丽安婶婶到‘萨克顿’，我们都会玩这个。”

“我会等她。她一定会来的。她是我生命的一部分，不是一个突发奇想或梦。当你从儿时就认识一个人，当你无法回忆起你们未在一起之前的时光，那就不会是个幻象。她的生命已经编织在我的生命里。难道你不明白，人与人之间是可以有这种绝对的联系？”

“说得对，”詹姆斯说，“好吧，我得先回去了。我答应开车陪佩里格林到修车厂修车，再送他回来。午餐再见。我猜今天会有午餐吧。”

*　　*　　*

今天是有午餐，却不是大家兴奋迎接的那一种。吉伯特不知道从哪里买回来新鲜的鲭鱼。他还买到一些野茴香。饭当然是他做的。除了提图斯以外，大家都吃不多。看到他像只知道家在哪里的小狗那样回来时，我松了一口气。对，我会帮助他，我会珍爱他，会把他当成我生活的重心。只是目前，我们都回避彼此的眼睛。我们都各有羞愧感萦绕心头。他为自己的父母羞愧：为他不快乐的母亲羞愧，为他愚蠢野蛮的父亲羞愧。我则为不能把哈特莉留下来羞愧，为被迫把她送回家羞愧。对，我是被迫的，被詹姆斯所迫，还有被吉伯特、佩里格林甚至提图斯所迫。如果只有我和哈特莉两个人，我就会有足够的信心，一定能成功说服她留下来。

佩里格林恢复了——至少是假装恢复了——他那一贯咄咄逼人的镇静。他和吉伯特老是交头接耳谈些什么。吉伯特虽然极力压抑，但他的满足感仍然从全身每个毛孔渗出来：他为参加了一场精彩的冒险而毫发无伤得意，也期待着拿这事情到别的脉络去八卦。詹姆斯一副心不在焉的样子，像是为什么事情忧郁。提图斯则羞愧而愤恨。我问了除提图斯以外的三个人打算什么时候离开，又表示他们愈早离开愈好。他们大致同意第二天就上路。到时佩里格林的车子就会修好。詹姆斯会载他到修车厂去取车。吉伯特相当不情愿离开，但又因为可以把新闻带回伦敦而雀跃。他们走了以后，我就可以与提图斯独处了。

午餐后我在吉伯特睿智建议下列出一张长长的采购清单，让他帮我去把东西买回来，因为他们都离开以后，我就无车可用了。接着他就再次到村子去。提图斯去游泳。佩里格林身上涂满防晒油，躺在圆堡旁边的草地晒太阳。詹姆斯坐在书房的地板上，把我的书东翻西翻。吉伯特带着满满一车子的东西回来，又向我报告，他在杂货店里听到，弗雷迪·阿克赖特已经来阿莫尼农庄度假。佩里格林回来时步履蹒跚，说他头痛欲裂，接着就跑到书房去躺着，窗帘全拉起来。詹姆斯跑到草坪，拿凹坑里的石头在草地上砌了一个复杂的圆形图案。当天下午很热，雷声又再出现。大海像是液态的果冻，光滑而厚甸甸地摆动着。在提图斯游完泳回来没多久，大海的情绪就变了。刮起了一阵凛冽强风。浪变得更高更强。我在屋里都听得见海水在大汤锅里的咆哮声。一长条浅黄色的云低挂在海平线上，但低垂的太阳仍然照耀，在无云的天空上遍洒蓝光。这时吉伯特和提图斯跑到圆堡那边，坐在圆堡投在草地上的阴影里。我听得见他们在唱“我们原来十三个”。

现在我很清楚的是，先前发生的事，是詹姆斯在违背我的意愿下主导的。如果我的神经够坚强，如果我能够在一开始就把哈特莉带走，她就会顺从我。她会顺从我的，尽管起初会有一点绝望的心态，这是一种对快乐已不敢抱希望的人会有的心态。但我会教育她，让她重燃生存的欲望。教育她本来就是我的职责与特权。只有我才能让她苏醒过来；我是他命中注定的王子。不过，让她先回家一阵子不见得是坏事。我的震撼教育不会是徒劳的，回到家以后，她将会有时间可以反省，把我和她丈夫加以比较，然后就会得出一个与原本不同的未来概念。我尝试带给她的教育不会是白费功夫的。与班再次在一起将会让她清醒。这样对她会更好，因为她会觉得想要跟我在一起是出于自己的决定，而不是屈从于我的压迫。只要她少一点恐惧，少一点被囚感，她就可以开始反省，并决定要来我这里。我的错误在于做法太突然和逼她太紧。我现在已明白，我不应该把她锁在房间里。单靠强烈的劝说，我就足以在短时间内说服她。我本来应该触动得了她的理性，但她太惊恐了，才会无法吸收。我的做法让她觉得自己是个囚犯，这一点大大麻痹了她的自省能力。不过，现在既然回到了“家”，回到了那个恐怖的兽窝，她至少能够思考了。他总归无法一直毒打她的心灵和监视她的肉体。我愿意等。她一定会来的。她在白昼和夜晚的任何时刻都有可能会出现。而如果她不来，我就会像我对詹姆斯曾说过的，把整个拯救行动重来一遍。

黄昏近了。提图斯和吉伯特回来后先是泡茶喝，然后又一起开车到“黑狮”去。佩里格林出现了一下子，找威士忌去治他的头疼，然后又躲回书房去。詹姆斯到处溜达，想多找一些石头来砌他的蔓荼罗图案或什么的。想着上述有关哈特莉的思绪(它们让我感到没那么绝望)，我在小镇方向的岩石带爬了一小段路。海浪愈来愈大，带着一道彩虹在岩岸边溅起，水花像细雨一样落到我身上。我连走带滑地走下了一个隙口，那是我早先发现的一个秘密地点，是由一些大块岩石构成的V字形空间。隙口底部有一个窄水坑，其余部分都覆盖着鹅卵石。光滑的岩石非常热，它们让密闭的空间充满暖意，温暖了我的身体。我在鹅卵石上坐了下来。我把其中一些翻过来，石头底面是湿的。我静静坐着，想让心平静下来。过了一会儿，一颗鹅卵石从岩石上滚了下来，我抬头望了一眼，什么也没看见。过了一会儿又是一颗。然后又是另一颗。我抬起头。有两只手扶在岩顶上，一个头向下凝视着我。上面那个人一头毛茸茸的棕发，因为强风的关系，有一两绺头发被吹过了岩顶。眼睛是亮炯炯的浅棕色，看得出来有近视，半是笑脸，半是害怕的表情。

“莉齐！”

莉齐用手扶着尖峭的岩顶，把身体支起，一条腿(已经微微流血)伸过岩顶，再把另一条甩过来。但第二条腿却被蓝裙子的下摆绊了一下，让她失去平衡，随即从光滑的岩壁往下滑，一直滑落到水坑里。

“啊，莉齐！”

我把她拉出来，拥抱着她，大笑起来，但这是一种痛苦的笑，混合着狂怒与悲苦。

莉齐也笑了起来，一面笑一面拧裙摆的水。

“你割伤了。”

“没什么。”

“你一只鞋子掉了。”

“就在水坑里。我可以把那只鞋子[1]要回来吗？还是说你正在收藏我的鞋子。查尔斯……你不会介意我来找你吧？”

“你知道吉伯特在我这里吗？”

“对，他写信告诉我了。他忍不住要向别人炫耀他跟你在一起。”

“是他叫你来的吗？”

“不是。我想他希望可以一个人独占你。但我突然好想来见你。”

“你开车来的吗？”

“不是，坐火车来的，再转出租车。”

“那更好，我家已经没有多余的停车位了。到屋子去把衣服弄干吧。小心走，这些岩石很奸诈的。”

我带着她走向屋子，走到草坪。

“这些石头是干吗的？”

“只是某个人设计的某种图案。你瘦了。”

“我变苗条了。查尔斯……我亲爱的……你都好吗？”

“我为什么会不好？”

“嗯，我不知道……”

---

① 指她丢在圆堡里的那一只。

我走入厨房。“这毛巾给你。”我不打算问她吉伯特的信写了些什么乱七八糟的。

莉齐穿一件孔雀蓝的夏季连身裙，有一个 V 字低领和一条宽裙子。她真的瘦了。她棕色的卷发被风吹得纠结在一起，螺旋形的一绺一绺，发尾在鲜艳的蓝衣领上一晃一晃。她浅棕色的眼睛凝视着我，充满柔情蜜意。她看来不可思议的年轻，但看我的眼神非常专注、非常谦恭，就像是一只狗在注意主人的一举一动，想读出主人的心思。我不由自主在心里把这个机警健康的人儿拿来跟那个沉重又头脑混乱的老妇人相比。但爱自有其逻辑与标准，甚至可以赋予其所爱的对象魅力。有必要的话我会把这个解释给莉齐听的。

莉齐坐在一把椅子上，把两只凉鞋踢掉，一只脚跨到另一只上，用毛巾要把脚擦干。

这时詹姆斯走了进来，看见莉齐就诧异地站住。

我对他说：“这是另一位访客，我剧院里的朋友莉齐 · 谢勒。这位是我的堂弟詹姆斯 · 阿罗比。”

他们互相打了招呼。

门铃此时响了起来。

我往外跑去，还未开门就看到站在前台阶上的哈特莉，她的头发被风吹得乱七八糟，一副心慌意乱的样子，一看到我就扑向我怀抱。

其实门外站着一个戴鸭舌帽的人。“洗衣店的。”

“洗衣店？”

“你不是说希望我们派人过来收脏衣服吗？”

“哦，对。但目前没有脏衣服要洗，谢谢你。我会再通知你的，一个礼拜之后……”

我跑回厨房。佩里格林已经在里面。他当然认识莉齐，只不过不熟。当吉伯特和提图斯走进来的时候，他们还在寒暄。

“宝贝，你来啦！”

“吉伯特！”

“这是你的皮箱吗？我们在外面看到的。”

门铃此时又再响起。这一次会是哈特莉吗？唉，真的是吧。

“电话？”

“你不是想要装电话吗？我来替你装。”

到我决定好要把电话机装在哪里的时候，厨房里一伙人已经齐唱起“樱桃熟了”。

他们继续唱个不停。我们都醉了。吉伯特做了一道很棒的沙拉，又摆面包、起司和樱桃。提图斯看来快乐极了，坐在人群中间，莉齐则坐在他旁边的桌子上，喂着他吃樱桃。但我心里想的却是在村子另一头那个混浊的房间，想到哈特莉正一遍又一遍说着：“我很抱歉，我很抱歉，我很抱歉。”我又再多喝了几杯。我们的酒绰绰有余，都是吉伯特用我的钱买的。天正暗下来，等他们唱完“与主同住”和“主所赐日子的尽头”两首歌，大家就走到草坪去。詹姆斯砌的石头图案早被不小心的人绊得乱七八糟。我想私下跟莉齐说说话，就带她到岩石上，走了一小段路，在一个看不见屋子的岩缝里坐下。她马上给了我一个干巴巴而吸附力强的吻。

“莉齐……”

“亲爱的，甜心，你醉了！”

“莉齐，你是我的好朋友，对不对？”

“对，直到永远。”

“你为什么会来这里呢？你想得到什么？”

“我想常常在你身边。”

“莉齐，那是不可能的，你知道那是不可能的。”

“你要求过我的，你忘了？”

“我忘掉的事情太多了。连挡风玻璃被砸破我都忘了。”

“挡风玻璃？”

“别管这个了。你听好。听好，莉齐，你听好……”

“我在听！”

“那是不可能的。我对那个非常不快乐的人早有承诺。她早晚会回到我身边。吉伯特没告诉你吗？”

“他在信里说了一些。你告诉我全部的故事吧。”

“我不记得你知道多少。”

“罗希娜说你打算娶一个留胡须的女士，你则说你重遇一个以前认识的女人，又说你在信里对我说的话是个错误……”

“莉齐，我真的觉得自己爱你，但是一种不同的爱。我被她绑住了，对，绑住了……那是绝对的。”

“但她是有夫之妇。”

“她会离开丈夫到我这里来的。他是个坏透了的人，而她恨他。”

“她爱你吗？”

“爱……”

“她真的像罗希娜说的那么丑吗？”

“她……莉齐，她长得很漂亮。我不知道你是不是知道，当你必须去守护一个人的时候，是一种什么样的感觉。我要守护她对抗一切的伤害与黑暗，要像上帝一样把她更新……”

“哪怕那是……不真实的，只不过是一场梦？”

“它必然是真实的，不可能是一场梦。至真至纯的爱可以让它变成真实。”

“我知道……你是可怜她。”

“那不是可怜……那是一种崇高得多也真纯得多的东西。啊，莉齐……我的心可以为之而碎……”我把头靠在膝盖上。

“唉，我亲爱的……”莉齐抚摸我的头发，非常温柔，就像是抚摸一个小孩或一头宠物。

“莉齐，亲爱的，你在哭吗？别哭。我是爱你的。让我们不管发生什么事都继续爱着彼此吧。”

“你总是想拥有一切，查尔斯。”

“对，但不是你想的那样。就像你在信中对我说的，让我们以一种自由开放的方式相爱吧，自由又独立，而不会像疯子一样死命抓住对方……”

“那是封蠢话连篇的信。像疯子一样死命抓住对方才是我唯一了解的方式。”

“她会来我这里的，一定会的。她会一直与我同在，而她来我这里只是回家。我觉得，我之所以会退休，之所以会搬来这里，全都只是为了她。我很多很多年前已经把生命的意义交付给她了，连她自己都不知道。”

“就连她又老又丑甚至一点都不爱你，你也……”

“她是真的爱我……”

“查尔斯，要么你是有着非常高贵的情操，要么你就一定是疯了……”

“亲爱的莉齐，我今天晚上因为她而有一种被爱充满的感觉。”

“但爱不会是单方面的。”

“对。但她不一样。当你感到对一个人的爱满溢到生命的杯沿，你就会感到完整，同时感到自由。我不知道我的未来会是怎样，莉齐，但可以肯定是和她有关。我对她的爱是纯粹的、无私的。它是无所求的。你对我的爱会是无所求的吗，莉齐？你会什么都不要求我吗？会只是因为爱我而爱我吗？”

“你不是有很高的智慧就是在撒谎。你肯定是醉了。”

“你会吗，莉齐宝贝？”

“会。”她执起我的双手亲吻。

“莉齐，莉齐，你在哪里？”是吉伯特的声音。

天几乎已全暗了下来，但海面上空仍有微光：已下山的太阳仍然照亮着白云边际，而白云的反光则像苍白的油灯般，洒落在竞相向岩岸奔驰的海浪。此刻正在涨潮。

“莉齐，回来，我们想听你唱‘你是否知道’[1]。”

---

① 歌剧《费加罗的婚礼》中的歌曲，全名是“你是否知道爱情的烦恼”。

莉齐一下子就站起来。我现在看得见吉伯特了，他从上朝下向莉齐伸出一只手。我留在原处不动。

这是个多么古怪离奇的黄昏啊，充满了快乐的幻影，就像由忧郁的精灵所举办的假面舞会。但我能不到那栋房子去吗？能不知道那里发生了什么事吗？能不像一阵暴风狂吹进去吗？能不像雨或雷一样打在他们身上吗？

过了片刻我就站起来，往“什鲁夫末端”走回去。它看起来不寻常的亮，就像间娃娃屋。吉伯特一定是用我的钱买了更多的油灯。有些灯光落在草坪上。我走近时，莉齐仍在独唱。让围绕她四周的男人呆若木鸡。佩里现在已经很醉了，站在厨房后门边交抱着手，随歌声摇摆身体。吉伯特交叉双腿坐在椅子上，多愁善感地微笑着。提图斯跪着，嘴巴张开，眼睛瞪得大大，脸上流露出激动快乐的表情。起初我看不到詹姆斯，过了一下才发现他就在我下方，斜倚在草地上。好个家庭派对。

莉齐早唱完“你是否知道”，正在唱的是“皮卡第的玫瑰”。这歌是爱丝蒂尔婶婶从前爱唱的，她坐在“拉姆斯登”起居室的钢琴前自弹自唱。这个回忆让我心痛，忽然想到莉齐会唱这歌，说不定是应詹姆斯的要求。然后我又记起，自己曾经对她说过我喜欢这首歌(但没说原因)。这么说她是为我唱的。

我从岩石上爬下草坪的时候，詹姆斯意识到是我，坐了起来。我在他附近坐下，但没有看他，倒是他转头望着我。过了一下子，他伸手碰碰我。我喃喃地说：“我知道，我知道。”歌声终止了。

之后，在那恐怖事件还没发生以前，黄昏静静地破开了，或者应该说是静静地晕开来，而就像任何一个兴高采烈派对的最后阶段一样，场面变得一团乱。不过也许只是我记忆里才这么乱。岩石表面覆盖着一些光，但我已记不起来光源是在哪里。也许是云仍然释放出光。一个月亮出现了，形状随意而有斑点，又大又苍白，就像是一团云。在岩岸上溅开的凶猛浪花看似是会发光的，我四处找莉齐，因为她不见了。每个人似乎都在岩石间里走动，手上都拿着酒杯。一只猫头鹰从内陆某处鸣叫，而我的客人们间歇性发出的声音听起来同样遥远、脆弱和空洞。我也想找到詹姆斯，因为我觉得先前也许对他太粗鲁了。我想对他说些什么，但又不确知是什么，只知道是关于爱丝蒂尔婶婶的。她照亮了我的童年。的确是爱情的烦恼[1]。我走到“小悬崖”，观看下方拍打的海浪。天上响起轻轻一下雷声。我看见海面上带着白冠毛的海浪。此时，吉伯特咿咿呀呀的男中音在不远处响起。别走，秀丽的水仙女，我们来玩躲猫猫，躲躲躲。再一会儿，从另一个方向传来了提图斯演绎“海泽尔顿的乔克”的歌声。这些酒醉歌者的自得其乐让人觉得既荒谬又感动。然后我终于听到莉齐遥远的声音，她正在唱“五哼深处”。我仔细倾听，但还是辨别不出方向，因为海浪的汹涌伴奏声着实太大了。然后意识到，她的歌声奇怪地是带着回声的。感觉上就像经过扩大似的。我猜她一定是身在圆堡内。

我本来离房子还很近，但随着往圆堡的方向走，我走进了较幽暗的环境里。云完全暗了下来。月亮变小了，也变得亮了一点，但还不是辐射状的。我仍然听得见莉齐的歌声，一遍又一遍，就像在呼唤我。叮当叮当铃儿响，叮当叮当铃儿响……我在岩石之间蹒跚爬行，走的是一条我已相当熟悉的捷径。走到米恩大汤锅上方的岩石拱桥时，我停了下来，一如往昔地探身去看下面那个四壁光滑的洞窟，看那些竞相涌入的海浪呼啸着在洞里相互摧毁。似乎有一道光直接从洞窟的深处喷射出来。我把头探得低低，洞窟里的水犹如一面位于深处的暗绿色镜子。然后，突然间，有谁走到我后面，一把将把我推出拱桥。

---

① 这里查尔斯是借“你是否知道”的歌名来影射自己青春期的烦恼。

既然我能够记述这件事情，当然就表示我活了过来。但我不敢奢望能够把当时的感觉完全传达出来：有多漫长、多恐怖、多无望。那是一种最纯粹的绝望状态。摔落是小孩恐惧的，是大人害怕的，它本身就是一个死亡的意象：身体完全丧失了防卫性，袒露出它的脆弱性和有限性。即使只是走路不小心摔倒，也足以带来片刻的恐怖感，摔跤者会在这片刻之中意识到：我是无能为力的。他被一股机械性的力量攫住了，只能无条件接受这力量的必然过程与结果。虽然前后不过一秒钟，但它给人的感觉却是漫长的，像是可以无限延伸似的。掉入完全的虚空中当然又是所有恐怖事情中最恐怖的一件(这是我坐飞机时常常想像的)：在这种情况下，手、脚、肌肉这些熟悉的身体自卫机制一下子都变得不管用，而在强烈地心引力的作用下，固体对脆弱可碎的人类躯体的敌意也不再受到拘束。

被推的一刹那，我身体的每个部分都仿佛各自体验到各自的绝望感。我的背和腰感受到一只手的推力，它来得又突然又凶猛，毫无疑问是蓄意要把我推下水。我双手伸出，想抓住什么，却是徒然。我的脚在要离开岩石的时候微弱后蹬，想挽回些什么，但当然已经太迟。随即，我整个人就落入虚空中，头下脚上往下栽，就像头和肩膀灌满了铅。同时，我也意识到我的头部是脆弱的，感觉到我的手正要试图保护它。我的身躯激烈扭动，想把方向感找回来，却一点用也没有。在仲夏夜晕开的暗光里，我清楚看见乳白色的卷浪就在我下方，它们在密闭的洞窟里形成一个特殊的螺旋形状。接着我就完全落入水中，水的彻骨冰冷带给我额外的震撼。出于泳者的本能，我试图要调整方向，但我的身体却意识到，在这个漩涡里，游泳是不可能的。当我抬头去看那个暗绿色的半透明圆顶时，感觉脖子像是断掉了。我吞了很多水，全心全意只想着要再呼吸一口气。同时我还是能想到一件事情：我的末日到了。我奋力跟那个似乎准备要肢解我的旋转力量搏斗，全身都在搏斗，尽管我的身体早已被水流鞭打得失去知觉。接着，我的头猛烈撞击在光滑的岩石上。我昏了过去。

* * *

我发觉自己躺在岩石上。我张开眼睛，看到一颗星星。我做了一个奇怪熟悉的梦，但这个梦又是我以前没有做过的。我梦见詹姆斯用嘴亲吻我的嘴。我意识到那颗星星和一件奇妙的事：我正在呼吸。我感到自己的呼吸是一件天大的事，类似一个宇宙的移动，是自然的，却又是神奇的。缓慢、温和、深邃、决定性的，我正在呼吸。我感觉疼痛，但也感觉自在，就像我是超然于自己的疼痛之外。我闭上眼睛，继续呼吸。

声音混杂，然后在混杂的声音中，一些人声分离了出来，然后我辨识出哪个人声是哪个人，然后我知道了自己人在哪里。我躺在拱桥前面一点点的一块平坦岩石上。我同时记起刚才发生了什么事。我听到有人在咕哝(大概是佩里)，有人在啜泣(大概是提图斯或莉齐)。然后是詹姆斯的声音：“回来，别当懦夫。”另一个声音说：“他好像有呼吸了。”我觉得自己应该告诉他们我没事了。但我真的没事了吗？我构思了一个句子，觉得自己很容易就可以说出来：我完全没事了，别慌张。奇怪的是我不愿意说出来，感觉上要说出来很困难。我意识到自己的嘴巴是张开的。我运用意志力把嘴巴合起，再张开，说出“我完……”两个字，然后就说不下去了。我继续呼吸。

有人说：“谢天谢地。”

声音继续在交谈。

“我想现在可以移动他了。”

“但如果他有骨折呢？”

“我们必须让他暖和起来。他不能留在这里。”

这样的争论持续了一阵子。然后他们又争论是不是有办法制造一个临时的担架。最后，他们决定用一张毯子把我包起，抬我回去。他们抬着我走过岩石的路程是个噩梦。我想说我走得了，但却只发得出一些呻吟声。我身上的所有疼痛此时都到位了。我头痛得厉害，而移动也让我眼冒金星。我的一只手臂也痛得要命，就像是牙疼。我怀疑手臂是不是断了，骨头正要刺穿皮肤出来。我的背部也有一大片剧痛不已。抬我的队伍出奇的没效率和混乱，不断争执该走哪条路线，一再让我从毯子中滑出，撞在岩石上。

好不容易回到厨房，他们以难以形容的笨拙脱去我身上所有衣物，用毛巾为我擦干身体，再帮我穿上一些干净衣服。接着又争论是应该给我喝汤、喝白兰地还是吃阿司匹林。好不容易他们才终于想到应该再生个火，却又找不到干木柴；等找到干木柴又找不到火柴。最后，我终于被移到小红室的壁炉前面，躺在一些垫子上。随着身体变暖和，我的疼痛也减轻了。接着，就在我要睡着前，我才记起这不是意外。是有人蓄意推我下水。

这里必须记下一件我稍后才想起的事情。想到的时候，我还怀疑那只是个梦。被抬回家当晚，我躺在小红室的地板上，身上盖着层层叠叠的毯子，房间里因为壁炉的火光而影影绰绰。我突然有一种紧迫感，觉得必须赶在有谁走进房间来之前把一件极要紧的事记下来，我觉得，这事马上就要从我记忆中消失了。我爬起来，跪行到桌子边，拿到纸和笔，写下那件我认为绝对不可忘记的事。我写的东西有半张纸那么多(也许少一点)。我写得很快，可是就连当时我也没有把握自己记住了所有的事情。我小心把纸折好，藏在房间里的某个地方。这些——也就是我写下一些东西和把纸藏起来——是我第二天早上才想起来的，却有点如梦似幻的感觉。我想不起自己写了什么，也想不起把纸条藏在哪里。我仔细搜索房间，却一无所获。因此，说不定整件事情只是一个梦。尽管如此，如果我真的写下什么的话，我毫不怀疑会是与什么有关：当然是有关凶手的身份。

* * *

“我到底是怎样脱困的嘛？”我问莉齐。我坐在小红室的扶手椅里，喝着茶，吃着涂了鳀鱼酱的吐司。

一个很生气的医生在凌晨两点来过一趟，把我弄起来检查了一遍，然后宣布我没有大碍。他说我没有骨折，只是受到惊吓。我需要休息、保持温暖，还有就是以后喝太多酒的话就别到岩石带闲逛。那时我的头脑还相当混乱，却看得出来，没有人知道我的落水不是意外。

现在大约是早上十点。天气再次变得非常热，不时传来雷声，比以前更响更近。屋里的人先后来看我，问我觉得怎样，又庆贺我死里逃生。不过他们的道贺里又透着一点冷淡的味道，也许他们觉得昨晚情绪已耗得够多了，今天不妨节省一点；又也许是他们同意医生的观点。我稍稍感觉到，他们真的是认为我的愚蠢替别人制造了很大的麻烦。基于某种直觉(内容我还没有时间细究)，我决定不披露我的坠海不是出于意外，至少暂不披露。

再过一会儿我就必须决定采取什么行动。没能找回那张珍贵的纸条，我固然感到遗憾，但对于凶手是谁，我却是别无怀疑。

“詹姆斯认为是一个怪浪把你卷回岸上来的。”莉齐说。

莉齐的脸像是辐射着光，一头毛茸茸的长发纠结而浓密，像棵生命力旺盛的植物。她穿着条纹衬衫和亚麻布裤子，裤管齐膝剪断。虽然变苗条了点，但这样的装束还是让她显得太丰满了。她的皮肤泛着健康的色泽。大约只有密布她眼睛四周的细纹可以让人猜到她的年龄。她和屋里其他男人不同，并没有表现出隐约的气恼。因为我的意外是以喜剧收场，所以她乐于回顾，我的死里逃生也更让莉齐觉得我是属于她的。

“不可能是那样，”我说，“那洞太深了。是谁把我拉起来的？”

“每个人都有出力。一听到你喊叫，我们就聚集过来，我是最后一个到的。当时提图斯和詹姆斯正把你从拱桥抬到那块平坦的岩石，吉伯特和佩里格林在旁边帮忙。”

“我想不出他们两个能帮什么忙。奇怪，我不记得自己落水时有喊叫。”

“医生说你可能不记得意外刚发生前和刚结束后的事情。这叫震荡效应。因为脑子来不及运作造成的。”

“记忆会恢复吗？”

“我不知道，他没说。”

“我记得被抬回屋子的过程。我想我在途中被碰撞的瘀伤不会比在水里少，老天，真要命。”

“对，真可怕，你就像一个湿透的大帆布袋，好重。我们几乎让你掉到岩缝里去，不过那是后来的事。”

“后来？”

“你不记得詹姆斯替你做人工呼吸？”

“啊……嗯……有点印象……”

“我们还以为你死了。他花了近二十分钟才让你的呼吸恢复过来。可怕极了……”

“可怜的莉齐。不管怎样，我还活着，准备好把麻烦带给每个人。对了，你们晚上睡哪里？这地方愈来愈像雷文饭店了！”

“我睡中间房间的沙发，詹姆斯睡你的床，佩里睡书房，吉伯特睡饭厅，提图斯睡屋外。屋里的垫子刚刚好够用。”

“他睡我的床！”

“他们认为无法把你搬到楼上。再说这里好歹还能生火……”

“詹姆斯怎么还没来看我？”

“我想他还在睡。他看起来很累。”

“我很抱歉扫了大家的兴。我还记得昨晚你唱了‘你是否知道’。”

“我当时就希望你会听到。唉，查尔斯，我……”

“莉齐，现在别谈这个……”

“你愿意娶我吗？”

“莉齐，别这样……”

“我可以为你煮饭，当你的司机，我爱你，我脾气好得很，一点都不会神经兮兮；如果你只是需要护士的话，我也可以当你的护士……”

“那只是玩笑话。”

“你写信给我的时候是真的在乎我的。”

“那时我是在做梦。我告诉过你的。我爱着另一个人。”

“难道那不是个梦吗？”

“不是。”

“但她走了。”

“她是走了没错，但是……莉齐……我得到了一个奇怪而奇妙的信号……道路突然间……打通了。”

“看，下雨了。”

“让我们——就像我昨天说的——以一种自由的方式爱着彼此吧。”

“如果你去找她，就永远不会想再看见我了。”

我突然想到，她说得一点都没错。如果哈特莉愿意跟我在一起，我就会马上带她远走高飞。我会把她藏起来，会跟她一起藏起来。

我们不会一起外出。不会去巴黎、罗马或纽约。那都是不切实际的想法。我不可能把哈特莉介绍给西德尼或弗里齐或时髦得像个王妃的珍妮。我甚至不可能带她一块与莉齐或佩里格林或吉伯特共进晚餐。在这个意义下，她是不可归类的。我们会单独住在一起，静悄悄住在英国某个地方，最有可能是乡下，是一栋海边的小房子。她会帮我缝衣服、买东西，我则会从事园艺、漆房子和其他我期望了一辈子的各种事情。我们将静静爱惜着对方，将生活在一个美善、不受污染、不受打扰的空间里。我会当个平凡人，加入到平凡人之间。我将会得到休息，老天，我是多么渴望休息。我人生的首与尾将因此连接起来，那是命定的，也只有那样才是正确的。

我当然没有向莉齐透露上面的想法。她最后走出厨房。但我看得出来她并未失去希望，并未完全相信我有关哈特莉的一番话。佩里格林、吉伯特和提图斯都探头进来看了看。没有一个人提到要走。看来假期还在持续。还会提供什么其他的乐子呢？我问吉伯特现在詹姆斯怎样，吉伯特说他还在楼上休息，似乎是累得不可开交。他可能在岩石上的时候着凉了，当时为了抢救我，他不得不靠在我湿答答且全无生命气息的身上。

下雨了，闪着银光，笔直下落，就像一根根钢棒在击打大地。雨哗啦哗啦打在屋子和岩石上，让大海一片斑斑点点。雷声起初极大，就像一部大钢琴从楼梯上滚下来，稍后变为低沉的隆隆声，几乎被雨声淹没。闪电接连不断，所形成的光幕让草地呈现一种苍白的绿，让岩石呈现一种耀眼的赭黄色，黄得就像吉伯特的车子。我从扶手椅站起来，说想上楼看看詹姆斯，却被告知他还在睡。吉伯特向我报告，雨水不知从什么地方渗进来，沿楼梯一直流到浴室里。我一路走到厨房，然后开始觉得头晕眼花。我的身体瘀伤得厉害，现在感到极度的冷，所以我就回到壁炉边。午餐时间我喝了些汤，然后说我想单独休息一下。我坐在扶手椅里，身上盖着几条毯子，开始思考。雨声大得淹没了海浪声。

谋害我的人当然是班，没有别的可能。他跟我说的最后一句话不就是“我会干掉你”吗？让我特别有把握的是，岩石拱桥是个绝佳谋杀地点这件事，就是我自己提醒班的。在岩石拱桥对峙那次，我曾有推他下海的冲动，而他也看透了我的心思。他当时是隐忍了下来，但事后却愈想愈不甘受辱。他的行动是有预谋的吗？他是躲在岩石拱桥的附近等我出现吗？还是他只是来岩石拱桥缅怀旧恨，却碰到这个千载难逢的机会？不管怎样，他一定早有杀我之心。我的死里逃生可说是侥幸，但对他来说却是大不幸。

但我要怎么做呢？在一个文明社会，如果有人想杀你，你会怎么做？我不能诉诸法律，而这不只是因为没有证据。我不能在法庭上指控哈特莉的丈夫，或是让法律的庸俗介入我的事情。我也不打算带着一群朋友去找班算账。我想找他单挑，这不但可以带来快感，也可以洗雪上次在他家流露的卑屈形象。我必须利用我现有的幸存者身份——一个有道德理由怒吼的幸存者——做些什么。这也是我对莉齐说我得到了一个奇怪而奇妙的信号的意思。诸神保住我小命的同时也为我开启了一扇门。

问题是一样的，只是形势变得不同。我必须把哈特莉带走，带到我身边，唤醒她，让她为可能的自由颤抖抽搐。我如今已明白，是不是能做到这一点，独处是个关键。对，独处，我必须与她独处。当她被我软禁时，因为屋里还有其他人，她一定感到非常屈辱。绝对不会再有旁人了。我必须让她知道这点，让她知道她是用不着活在我那个有威吓性的大世界里的。国王想娶一个乞丐小姐为妻，不是得先要让自己变为乞丐吗？我也要变成卑微，因为这样才能治好她的卑微。这是她自由的先决条件，为什么我当初没看到这点呢？我最后一定会看到她那张脸发生变化的。事实上，在我对未来的想像里，哈特莉将会因为与我在一起而重新变得美丽：就像一个从集中营释放出来的囚犯那样，起初看来苍老，但经过休息和补充营养，很快就会再次回复年轻。痛苦和焦虑将会从她的脸上卸下，让她再次变得静谧和漂亮：我看得见她那张回春的脸像明灯一样照耀着未来。我离开剧院的目的是为了寻求孤独，而现在，孤独就以比阿特丽丝的形式等在我的前面。只有在其中，才会存在纯粹无瑕的快乐。其他我曾经追逐的一切，如今都证明不过是一些鬼火或一种扰乱。要找到最真实的伴侣，就必须找到一个可以带给你纯粹无瑕快乐的人。

但我马上得面对的问题却是技术性的。要怎样带她走呢？等待她自己想通这个方法已经过时了，因为我必打铁趁热，使用班送给我的新武器。这次我采取的做法将不是绑架而是炮击。首先我会写一封信给哈特莉。然后我会找提图斯陪我一起去她家。我凭什么认为班会让我们进门呢？因为他怀有罪恶感和恐惧。他想要摸我的底牌。他怎么知道我没有证据？怎么知道我没有目击证人？想到这里我停住了。对，为什么没有目击证人呢？我大可以告诉他我有证人！我甚至可以要求某个人（吉伯特？佩里格林？）假装看到一切。这足以把他唬住。为什么我不能以此作为要挟，要求他放哈特莉走呢？我只要他说出这两个字：走吧。这不是他本来就极有可能说的两个字吗？在哈特莉被绑架以后，他一直保持沉默，这不就表示，他不是真的那么渴望哈特莉回家的吗？只要他点头同意，锁链就会断开，我的天使将可踏入自由之中。另外，如果我能让哈特莉相信丈夫是个杀人凶手，她说不定就会因为震惊而有所醒悟。要是我手上有一点真凭实据就好了。老天，我藏得天衣无缝的那张纸条到底放在哪里？

对，最重要的是尽快行动，赶在班还没有镇定下来以前行动。他一定仍然处于相当忐忑的状态，尽管此时他应该知道，他谋杀名人查尔斯·阿罗比的行动并未成功（收音机和电视都没有这方面的新闻）。但很清楚的是，除了写信给哈特莉以外，我不可能在詹姆斯和莉齐还留在这里的情况下有所行动。要莉齐旁观甚至协助我拯救哈特莉，对她都是不公平的。至于詹姆斯嘛，他只会用一些道德论证来混淆我的思考。所以我非先把他们两个打发走不可。吉伯特和佩里格林短时间内对我应该还有用处。提图斯更不在话下……

想到这里，我开始反省，自己是不是一直都严重误解了提图斯的角色。他真的是可以嵌到我梦想的那个两人世界吗？不，那不是必然的。人们把夫妻关系和父子关系视为很不同的关系是有道理的。我应该把我与提图斯的关系视为一种独立的关系，而不是一种依附于我和哈特莉关系的关系。提图斯自己就曾指出，他希望这样。再者，我一直认定，哈特莉会希望提图斯在我们的两人世界里有一席之位。这也是个错误的假设吗？差不多就在这时候，提图斯从后门走进厨房。

我已经好一段时间没有和提图斯单独深谈，我为此责怪自己。撇开哈特莉的关系不谈，我对这个孩子是有着绝对的关爱，因为他名副其实是“神赐”的。至于我能把“父亲”的角色扮演得有多好，还需要时间观察。不过我现在已注意到，吉伯特(甚至佩里格林)都是用相当不同的眼光看待我与提图斯的关系！

在我思索的这段时间，雨停了，太阳勉力从深灰色的厚重云堆间照耀湿漉漉的大地。草坪里一片水汪汪，一块块岩石湿得像海绵。我听见吉伯特和莉齐在楼上扯着喉咙说话，前者站在阁楼里视察屋顶，后者在浴室里用拖把揩抹积水。提图斯走入厨房的时候，我决定带他到外头去谈话，一来不被别人干扰，二来可以保障隐私。我的体力恢复不少，眼花的现象也不复见。但在岩石上慢慢爬行的时候(提图斯不时会扶我一把)，我还是觉得自己像是七老八十。到达米恩大汤锅上面的拱桥时，我几乎无法一个人走过去。那个晚上，我是怎样逃出那个深洞窟、那些光滑的岩壁、那些狂暴的海水的呢？

岩石开始在太阳的照晒下冒出水汽。到处都像是有热泉水涌出。我们坐在一块可以眺望雷文湾的岩石上，屁股下垫着毛巾(细心的提图斯从厨房带来的)，地点离我和詹姆斯坐过的那块岩石不远。因为下过雨，大海极为光滑，看起来虽然平静，其实却处于一种危险的愠怒状态，圆滑的驼峰形海浪一个接一个，不带任何浪花，要撞击到岩石上才形成漩涡状泡沫。太阳仍照耀着，不过此时海平线已被一片灰雨蒙住。一道彩虹把海与陆连接了起来。雷文湾此时呈现一片酒瓶般的绿色，是我以前未见过的。我有片刻时间纳闷罗希娜现在人在哪里。

我们爬行岩石的一路都保持沉默，现在，沉默仍旧笼罩我们。我反复望向提图斯，而他则一直凝视着海湾。他英俊的脸庞带有一种不满的表情。他的兔唇疤痕变深，似乎正在搏动，嘴巴不断微微开阖。他的头发乱糟糟的。

“提图斯。”

“怎么？”

“你可以喊我‘查尔斯’吗？我想这对我们两个都好。”

“好的，查尔斯。”

“提图斯……我……你对我非常重要，而我需要你……”

他的兔唇疤动了动，他伸出一根手指，止住它的微微颤动。

“希望你不会误解我的意思。”我补充说。

提图斯湿润不满的嘴唇弯成了一个微笑或嗤笑。

我继续说：“我想告诉你一件事情。”我刚刚突然决定要告诉他班企图杀我的事。

“如果那是关于玛丽的话……”

“对……”自从“代表团”把做错事的太太带回她可恨的丈夫身边后，我就没有和提图斯说过话。

“整件事情让我想吐。我很抱歉这么说，请你原谅。我只是不想被扯进去。我离家出走，就是不想在浑水里搅和，我痛恨浑水。我一辈子都是跟他们生活在一起，一辈子都是在蹚浑水——浑水、浑水、浑水。他们其实不是坏人，只是不知道该怎样过像人过的生活罢了。”

“我赞成，她不是坏人……”

“你不知道当我们到他们家的时候，我觉得多恶心。我只愿上帝没有让我来过这里，目睹一切。现在我永远忘不了。我觉得好耻辱。玛丽就被当成一件私人财产和一个小孩。一个人是绝不能干涉别人的生活，尤其是婚姻生活。婚姻真的好可怕，我搞不懂为什么有人敢结婚。你必须让他们用自己的方式恨对方，他们自得其乐。”

“如果那是可怕的，我们就应该干涉。你不能这么犬儒和悲观。”

“我不是犬儒和悲观。我只是不在乎，这才是重点。你以为我曾思考过这件事，我才没有，我没兴趣知道。我根本不在乎他们的生活过得有多烂。”

“但我却在乎，我打算把你妈妈弄出来。”

“你试过了，但她却只是尖叫着说想回家。如果是我，就会让她自己走路回家。抱歉，这不是我的由衷之言。你犯了一个错误，就这么多，所以忘了吧。坦白说，我不能明白你为什么想要她，我不知道你是滥情还是自以为是救世军还是什么。你根本不可能会想要那样的女人。我搞不懂你何苦要这样做。有那么多女人喜欢你，像是莉齐·谢勒，还有那个罗希娜……”

“但我偏偏只爱你妈妈。”

“哎……爱……你是指……”

“你太年轻，不会明白的。”

“对我来说，爱一个漂亮年轻的女孩才合乎常理。但我老了以后也说不定会有别的想法。”

我身体僵硬，身上的瘀伤隐隐作痛。这番交谈至今都愚蠢不堪。我觉得疲倦、虚弱和愤怒。提图斯明明白白的年轻、明明白白的青春朝气让我恼怒，到了几乎要尖叫出来的程度。他卷起的裤管下面露出的古铜色小腿也让我恼怒。我觉得自己正在失去与他的关联，也许是我的态度太严厉了。剩下来的方法看来只有央求一途。

“我很抱歉这件事让你心烦。我大概可以了解你的心情。但我真的需要你的帮助，至少是支持。而现在我想告诉你一件相当重要的事情，是关于你父亲的。”

“应该说是关于班，他不是我父亲。天晓得我父亲是谁。我永远不会知道。别跟我谈班的事，他让我厌烦。一谈到他我就……”

“那么有哪些事是你现在有兴趣的？”

“有关你和我的事。忘了他们吧。我们来谈谈你我之间的事情。”

“好的。我也想谈这个。提图斯，我希望你知道，我并不是想要绑架你……”

“对，我知道。”

“我们是自由的，我们的关系是自由的，无须加以规范。”

“但‘父子’却是个定义。我得想想！”

“那只是个观念。如果你喜欢，我们当朋友也是一样。让我们等着瞧。你要知道的是，这中间没有夹杂任何……邪恶的动机。你应该明白我的意思……”

“我再明白不过了！”

“我只是希望我们之间产生一种特殊的关系，一种特殊的联系。”

“我不懂为什么。”提图斯说，“抱歉，你一定以为我不知感激——我在这里吃你的喝你的。但我一直在想，你为什么要为我费心呢？如果你真是我的父亲，那当然很棒，不过就算是那样……我想说的是：我很高兴认识你，很高兴住过这里，尽管有那些恐怖的事情发生。以后我也许会想：那真是一段美好时光。对，真是美好。但我想自食其力，过自己的生活，而且是在剧院里面。我不是那种做明星梦的笨小孩。我没幻想过自己会成为大明星，就连有没有演戏的能力，我也不知道。但我希望与剧院中人一起工作，我觉得那是我的向往。你这里是个度假的好地方，但我想回伦敦，去过真实的生活。”

“这里没有真实的生活吗？”

“哎，你知道我是什么意思的。你堂弟住在哪里？”

“在伦敦。”嫉妒的毒蛇又咬了我一口。詹姆斯这么短时间就掳获了提图斯的欢心吗？他们似乎从一开始就有某种关联。我迅速说：“请你不要向任何人提起我要求你……”

“当然不会，我一个字都不会说。”

“那就好……”

“我不希望你觉得对我有任何特殊的责任。如果你觉得有责任，我也会有负担的。我不想继续住在这里，靠你的钱度日。我想自己出去闯一闯。但你愿意帮我一点忙的话，我不会介意。也许你可以安排我进一家演员训练学校。有学校收我的话，我会努力争取奖学金，做到经济独立。到了能自食其力以后，我们就可以当朋友或任何你想要的关系。但不管怎样，前提是我必须独立，明白吗？”

在这种坦然无邪的力量面前，我感到极其衰弱无助。在我学会如何爱他以前，在我想到什么诡计留住他之前，他就可能溜走了。

“明白。我会帮你的。稍后我带你一起去伦敦。但这段时间也许你可以帮帮我的忙。现在我有一件事情想告诉你，是关于班的，是你应该要知道的。你说他不是坏人，但他确实是坏人。他是个邪恶的暴力之徒。他企图谋杀我。”我想要打动提图斯，让他从疏离中惊醒。

“谋杀你？怎样个谋杀法？”

“他推我。我会掉到海里不是意外。是他推我的。”

提图斯流露出一点震惊。他弯下腰，去抓一只咬他脚踝的昆虫。“你看到他了吗？”

“没有，但我感觉得出来！”

“那你怎能确定是他？”

“不然还会是谁？我们最后一次见面时他就说过要干掉我。”

“我无法想像他会这样做。这不像他的为人，非常非常不像。”提图斯用令人生气的倔强态度说。

“我是被人推出去的！有人从背后推我！”

“你确定吗？你有可能是在岩石上摔了一跤，再滑到海里去，那样感觉起来就会像被人推了一把。何况当时你喝了不少酒。医生说你经过这件事以后，头脑说不定会有点混乱。”

我疲倦得无法继续说下去。走这么远的路真是愚蠢之极。“好吧，提图斯，这个话题就到此为止。别向任何人提起。”

提图斯用他狭窄的石头色眼睛望着我。“看到没？父子关系可不像你想像的有趣。”这是他对我说过最体贴的话。

“我会安排你进演员训练学校。这个我们稍后再谈。”

他站起来。“我扶你回去。”

“我自己走得动。”

“你办不到的。再说又开始下雨了。”

他伸出一只手。我握住他的手，他把我拉起，扶着我。“我们总有一天会了解彼此的。有的是时间。”

“对，有的是时间。”

哈特莉，最亲爱的，请仔细听我说。我有几件事要跟你说。首先，很抱歉曾用那样的方式把你留住。那是出于爱的举动，但我现在明白那是愚蠢的。我吓到你了。原谅我。但那至少证明我对你是绝对关心的，而且有最殷切的企图心想把你带走。你是属于我的，我也不打算放弃你。也就是说，你很快就会再看到我！

我猜你回到家以后，已经把整件事情思考过一遍，而且也许已经稍微能从我的角度看事情。毕竟，留在那个不快乐的地方有何意义呢？要知道，我不是一个陌生人，不是要提供你一些一无所知的东西。你自己就说过我是你唯一的朋友！在我这里的时候，你已经几乎要把“好的”两个字说出口了，最后只是因为害怕他而作罢。但害怕只是一种习惯。难道你现在没有从心里感受到自己正在改变吗？用不着多久，你就会有能力做那件你渴望了许多年的事情：走出大门！

再者我要对你说的是，我并不打算把你带入那个演员与名人充斥的大世界。事实上，我自己如今也已经不住在那个世界里了。你说你喜欢平静的生活。嗯，我也一样。我会搬来这里，不就是为了这个！我们一起走得远远的，就我们两个，住到英国的乡下，如果你喜欢就住在海边。我们将会用最简单的方式为彼此带来快乐。这是我一直向往的生活，现在没有剧院的羁绊，终于可以得偿夙愿了——和你一起得偿夙愿。哈特莉，我们会静静地生活在一起，享受一些简单的生活乐趣。难道这个不足以让你动心，让你鼓起足够的勇气走出大门，离开那个让你饱受折磨的家吗？我们当然也会帮助提图斯，他可以在喜欢的时候过来与我们同住，一切旧伤口将会愈合。我们会好好照顾他。但一切最攸关要紧的事还是你和我。

现在我还要告诉你另一件事，一件相当可怕的事。两天前的晚上，班企图谋杀我。他在黑暗中把我推下岩石，让我掉到波涛汹涌的海潮里。天晓得我是怎么死里逃生的。我身上有多处撞伤，还一度昏了过去。我已经看过医生(别担心，他说我没有大碍)。蓄意谋杀并不是那种可以一笑置之、当成没发生过的事。我还没报警。我会不会报警，端视班的态度而定。要补充的是，事发当时有一个目击证人。

但我并不想报复。我只想带你走。撇开其他不论，你是绝对不能继续跟一个干出谋杀勾当的人在一起的了。我只求你不要自愿受罪了，好吗？也请你开始收拾东西，决定哪些衣服是你想带走的。我不打算催促你，但从今以后，我将会三不五时登门造访，昂首阔步走进去！如果班不愿意让我进去，那他只有两个选择，一是同意让你离开，二是强迫我去报警。这不是勒索，我只是以其人之道还治其人之身！

不必告诉班这件事，除非你想这样做。我很快就会尾随此信而至，亲自告诉他！由于没有听到我的死讯，他理当已经知道自己没有成为杀人凶手。放轻松，亲爱的，不要担心，事情由我来处理就好。记得收拾衣物。我爱你。我们会在一起的。

你亲爱的查

我考虑过直接写信给班，但看来最好还是让哈特莉先有心理准备。问题(再一次)是怎样把信交到她手中。我不打算冒险亲自送信，因为如果被逮到，我昂首阔步走入“尼布利特”的大计划就要泡汤。我也不要提图斯帮这个忙。至于吉伯特，我曾问过，但他却害怕。我也不想让詹姆斯或莉齐或佩里格林知道这事。我想过用邮寄的，问题是班一向都把她的信拆来看。不过，也许他有没有拆来看都无关要紧，反正游戏接近尾声了。

写了那封信给哈特莉的第二天早上，我仍拿不定主意要怎样把信送到她手里。但我决定先把詹姆斯和莉齐打发走。对詹姆斯，我只需要直接开口，但对莉齐，也许得编些谎话。

让我颇为惊讶的是詹姆斯还躺在床上。他已经反复睡了好几个小时，睡了醒、醒了睡。相较之下，我这个真正受过折腾的人反而精神好多了。我上楼去看他。

“詹姆斯，你这个懒惰虫，你没事吧？难不成是你染过的疟疾复发了？”

他斜倚在床上，背靠着几个叠得巧妙的枕头，手臂平伸在毯子上面。他表情很专注，像是在想事情，但身体却是有气无力。他的胡子长了不少，改变了他的面貌，让他看来像个西班牙人，像个传教士，又像个遁世修道的战士。看到我的时候，他愉快地微笑起来，让我想起，以往看到他这种傻笑我就生气，就像这笑容是带着优越感的。房间里一片静悄悄，大海的声音很平板。

“我没有大碍。只是着凉了。很快就可以下床。你觉得怎样？”

“很好。要我拿些东西给你吃吗？”

“不用，谢谢。我不想吃东西。莉齐先前端茶给我喝过。”

我皱起眉头。

“提图斯上哪儿去了？”詹姆斯问。

“我不知道。”

“多留意他。”

“他照顾得了自己。”

之后是片刻沉默。“坐下来，”他说，“别一副赶着走的样子。”

我坐下。詹姆斯的有气无力似乎感染了我。我伸长双腿，觉得恹恹欲睡。我觉得肩和臂柔软而沉重。我无疑是很累了。

“你还是希望提图斯回到班那儿去，对不对？”我说。

“我有那样说过吗？”

“你暗示过。”

“他某种意义下是属于他们的。”

“属于他们？”很快很快，就没有“他们”可言了。

詹姆斯似乎看出我的心思，问道：“你还在幻想你的拯救大计？”

“对。”

接下来又是一阵沉默，就像我们两个都睡着了。詹姆斯继续说：“毕竟他在一个深刻的意义下是他们的孩子。我的观察是，他们的关系还没有到达无可挽回的地步。”

他的“观察”让我恼火。他有什么根据呢？接着一个恐怖的答案跳到了我的脑子：他与提图斯谈过。我上楼来看詹姆斯，是要催他走的，而我也决定不把班的罪行告诉他，怕会引起他太大的兴趣，赖着不走。但现在我却有一种渴望，要动摇他的平静自得。

“我准备收养提图斯。”我说。

“收养他？法律上收养？你有这个资格吗？”

“有，”我说，但其实并不知道。“我要帮助他开创事业。我还要把财产留给他。”

“事情没有你以为的容易。”

“为什么？”

“要建立一种关系并不容易。不是你挑了谁就可以。那不是单靠思考和意愿就可以成功的。”

我很想跟他说：不容易与别人建立关系的人是你！但随即想到提图斯问我的话：“你堂弟住在哪里？”我又忆起托比·埃尔斯米尔对我说过，詹姆斯曾经相当喜欢一个雪巴人，但后来对方死在高山上。我一时冲动想问他这件事，但又怕那可能会是一个冒犯。真奇怪，没想到到了现在，我的害怕还是我们谈话的一个基本元素！危险的堂兄弟关系。我对他的恼怒一如以往，他让我感到自己笨拙无能。我很想打乱他睡恹恹的平静。我拿不定主意要不要告诉他班的事。他知道以后会不会延后离开的时间？但我又真的很想告诉他。一想到每个行为(哪怕是小行为)都自有其后果，都有可能让人走向截然不同的命运，我就不寒而栗。

詹姆斯继续原来的话题："大部分真正的关系都是自然而然产生的。"

"就像一家人的关系？这就是你对提图斯说过的话吗？"

"对。有时候这种关系看起来就是命定的。用佛教的说法，你会觉得与对方前世就相识了。"

"你是说你相信这种迷信？可别回答我'这要端视你怎样定义迷信而定'。"

"如果是这样我就无法回答你。"

"你相信投胎转世吗？你认为一个人上辈子做了坏事，下辈子就会投胎成为……老鼠或……跳蚤吗？"

"这些都只是形象化的比喻，真理是在背后的。"

"我觉得佛教的教义阴森森的。"

"每个人都会觉得别人的宗教阴森森。想想看一个异教徒会觉得基督教有多阴森。"

"我也觉得基督教阴森森的，"我说，尽管以前我从未想过这一点。"佛教也相信人在死后有生命吗？"

"这要端视……"

"哎哟，又来了！"

"有些西藏人相信……从前有些西藏人相信，"他修正了自己的话，现在他提到西藏的时候，总是使用过去式，就像那是已经消失的文明。"人死后到再投胎前的阶段，会在某个类似灵薄狱[①]的地

① 灵薄狱是天主教的观念，是基督降生前未受洗的好人灵魂所居之处。

方飘荡。他们称这个地方为‘中阴’[1]。那是个相当让人不愉快的环境，你会在那里遇到各式各样的妖魔鬼怪。”

“这么说那是一个对人施加惩罚的地方啰？”

“是的，但这是一种自动运转的惩罚[2]。修为高的人会明白他看到的那些东西都只是主观投射的幻想，而你会看到什么，端视你生前的作为而定。”

“‘但在死亡的睡眠中可能有梦……’[3]”

“对，就是这样。”

“但上帝呢？众神呢？灵魂可以到他们那儿去吗？”

“众神？神本身就是梦。他们一样只是主观投射的幻象。”

“人有可能在‘中阴’里看到一些快乐的幻象吗？”

“可能。但只是可能，”詹姆斯说，语气就像是我们讨论的是人可不可能跑得比火车快的问题。“很少有人……是没有……相随的妖魔的……”

“每个人死后都会到‘中阴’去吗？”

“我不知道。西藏人说人死前一刻会有一个机会？”

“机会？”

“获得自由的机会。人在死前一刻会看到全部的实相如电闪般在眼前掠过。对大部分人来说，这一闪是可怕炫目而不能理解的，就像原子弹爆炸一样。但如果你能领悟它和抓住它，就可以得到自由。”

“什么样的自由？它可以让你到哪儿去？”

“纯粹的自由。又叫涅槃……走出轮回之外。”

“轮回？投胎转世的转轮？”

“对，贪、嗔、痴的转轮，这些都是把我们捆绑在不真实世界

---

① “中阴”为藏传佛教用语，指人死后至再投胎前的一段时间，其中充满各种恐怖幻象。

② 即指业报，是由人的行为“自动”带来的惩罚。

③ 出自莎剧《哈姆雷特》。

里的锁链。”

“贪？你是说……甚至包括爱？[①]”

“对，一般定义下的爱。”

“涅槃以后我们就会身处在不同的地方？”

“那都只是比喻而已，”詹姆斯说，“有人说过，涅槃只能发生在此时此地。如果你执着于比喻，就只会在一个个比喻之间打转，走不出来。”

“真理是在背后的！”

接着我们沉默了一会儿。詹姆斯眼皮垂下，但我看得见他眼睛闪烁着光芒。我打趣说：“你在冥思吗？”

“不是，如果我正在冥思，我是看不见的。我们会看得见彼此，是因为我们都是蠢动不息的心理活动的中心。一个冥思中的圣者是无影无形的。”

“真够阴森森的！”我不能断定詹姆斯是不是认真的。我猜不是。这番交谈让我极端不舒服。我说：“你计划什么时候离开？我猜是明天吧？别的不说，我想要回我的床。”

“很抱歉，床今天晚上就还你。我明天走。伦敦还有一些事情等着我处理。我要为一趟远行作准备。”

看吧，我没有猜错！詹姆斯不是真的离开了军队，他要再到西藏执行秘密任务！我想向他暗示我知道。“啊，远行，当然！我想我猜得到你要去哪里……但我不会多问的！”

詹姆斯没说话，用一张没刮胡子的暗脸和一双暗眼睛看着我。我瞥了他一眼，就把视线挪开。我决定要告诉他班的事。“你知道吗……詹姆斯……我会掉到那个洞里……”

“你是说米恩大汤锅？”

“那不是意外，是有人推我。”

“谁推你？”

---

① 佛教所谓的“贪”是指任何种类的贪恋，不单指贪恋钱财。

“班。”

“你看见了？”

“没有。但既然有人推我，就非他莫属。”

詹姆斯若有所思地看着我，过了半晌说：“你确定吗？首先，你确定你是被推的吗？其次，你确定是班推的吗？”

我不打算回答他的“首先”、“其次”。看来没有事情可以让詹姆斯激动起来，哪怕是蓄意谋杀。“我只是认为应该告诉你而已。好吧，算了。你决定明天就走啦？那最好。”

就在此时，我听到了一声我永生难忘的声音。时至今日，我有时在白日梦里还会听到这声音。它明确无疑地直接刺入我的意识，告诉我有什么可怕的事情发生了。霎时，整个房间就被恐惧所充满，一如笼罩着雾气。那是莉齐的声音。她在屋子前面的什么地方放声尖叫。过了一会儿又再次尖叫起来。

詹姆斯和我面面相觑。他说：“糟了……”我往外冲，被珠帘子纠缠了一下，就直冲下楼梯。我喘着气跑过门厅，跑出大门，差点没摔倒，就像是有一团疲倦和绝望的浓云扑在我身上，让我几乎昏厥。我听见詹姆斯尾随我跑下楼梯的声音。

看来有极不寻常的事情发生在公路上。我第一个看到的是佩里格林，他站在吉伯特的车子旁边，望着通往圆堡方向的公路。然后我远远看到莉齐，她挨在吉伯特的臂弯，缓缓朝屋子走过来。在圆堡附近的公路上停着一辆车，有一群人围观着地上的什么东西。我猜想一定是出了车祸。

佩里格林转过身，我大声问他：“发生了什么事？”

他没有回答，反而企图抓住我手臂，不让我往前走。我把他的手甩开。

詹姆斯紧随在我后面，身上穿着我的丝睡袍，就是哈特莉穿过的那件。他也问佩里：“发生了什么事？”

我停了一下。佩里格林对詹姆斯说：“提图斯出事了。”

詹姆斯走到黄色大众车子前面，靠着车子放眼张望。他喃喃自语，似乎是在说："我应该挺下去……"接着坐到了地上。

佩里格林向我说了些什么，但我没注意听，继续往路弯的方向跑，途中经过坐在岩石上的莉齐，吉伯特就跪在她旁边。

我走到围观的人群中间。他们都是陌生人，他们站在那里，望着躺在草地边缘的提图斯。但他不是被车撞倒。他是溺毙。

我无法详细描述接下来发生的事，我承受不了。提图斯死了，这是无可置疑的，但起初我却不愿意相信。他看来那么完整、那么漂亮，软趴趴地躺在地上，全身赤裸而湿漉漉，眼睛几乎全闭。他侧躺着，露出柔软的腹部，他的嘴微张，露出牙齿，我记得自己特别看了他的兔唇一眼。然后我看到他前额侧边有一块血斑，像是被重物敲击过。

我往回跑，大声喊詹姆斯。他仍然坐在车子旁的地上。他慢慢站起来。"詹姆斯，快来，快来！"他既然救活过我，自然也救得活提图斯。

詹姆斯的样子恍惚而苍白，得靠佩里格林扶着才能走路。

"快，快点，去帮他！"

等詹姆斯走到路弯时，一个陌生人（围观者都是游客）已经试着对提图斯急救。他让提图斯面朝下躺平，按压他的肩膀，但一点都不管用。

佩里格林说（就像是对詹姆斯说的）："人工呼吸比较有用。"

詹姆斯跪了下来，看来似乎无法说话，用手势示意人们把提图斯翻过来。有片刻间情况相当混乱，好几个人同时说话，然后就传来了警车的警笛声。后来我们才知道，有辆要到雷文饭店去的汽车把事情告诉了饭店的人员，是饭店打电话报的警。

一个警察接管了现场，他叫我们往后站，开始进行嘴对嘴人工呼吸。一辆救护车接着到了。

詹姆斯走开，坐在草地上。另一个警察过来问佩里格林和我是否认识提图斯。佩里格林一一回答他的问题。

提图斯的尸体似乎是被几个在雷文湾岸边岩石上做日光浴的游客发现的。他们看到他的尸体从圆堡的角落被海潮冲了过来，就下水把他拉回岸上。

已经没有任何事是能做的了。医护人员用担架把尸体抬到救护车里。警车开走了，要到“尼布利特”通知他的父母。死因被判定为意外死亡，认为提图斯是头颅遭撞击后溺水。当局认定有一波海浪把他冲向岩石。但确实的情形始终未能厘清。

然而在当时，我已清楚知道提图斯是被谋杀的。我们非得对那个杀人狂采取行动不可。那只无法把我击倒的手，成功地击倒了提图斯。但我对谁都没有吐露。

提图斯的尸体被运到几英里外的一家医院，并在那里接受仁慈的匿名火化。

之 六

现在离提图斯之死尚未过很久。时间对我来说是在一片愁云惨雾中流逝的，恨意让我决心如铁。

吉伯特因为要回伦敦演一出电视剧，所以走了。莉齐留了下来，而我对她那张不快乐和哭得红肿的脸已习以为常。佩里格林也留了下来，却是脸臭臭、近乎生气的样子；他每天都穿着粗花呢裤子和衬衫，跑到阿莫尼农庄附近的郊野散步，回来时满身大汗并动辄发怒。他显然闷闷不乐，只是下不了决心离开罢了。他载过莉齐到村里购物一两次。詹姆斯也留下来，但相当郁郁寡欢。他对我温柔体贴，不过很少说话。我们几个是基于某种互相保护的意识而待在一起，却无法交谈。他们显然不愿意留我一个人在这里。说不定他们每个都打定主意要最后一个离开。但又像是每个人都在等待什么事情发生。

三餐都是莉齐掌厨。我们靠吃意大利面和起司度日。现在已经不可能回到正常的人类饮食习惯了。除了詹姆斯以外，我们每天都喝很多酒。

在我接下来要记叙的那一天，我一大早醒来，意识到刚刚做了一个很可怕很可怕的噩梦。我梦到提图斯溺水。意识到那只是一场梦的时候，我大大松了口气，但接着就想起……

我下床走到窗前。当时大约是六点，太阳已经升起一阵子。凉爽的夏天天气又回来了，天空朦朦胧胧的，大海一片宁静。海水是非常苍白的灰蓝色，近乎白色(天空也是一样)，水波快速地不停跳动，看起来一派欢乐的样子，但我却感觉到，自己是用提图斯的眼睛在看着大海。

我已搬回自己的卧室。其他三人睡在楼下。我决定当天就把他们打发走。虽然有点害怕孤单一人，但我的计划却不容许有别人在这里。我迅速换好衣服，下楼走入厨房。佩里格林在刮胡子。他没理我，我径自穿过厨房走出草坪。詹姆斯刚从岩石上爬下来。片刻后，我听到莉齐和佩里格林在厨房里的说话声。那天我们每个人都起了个大早。

詹姆斯坐在凹坑旁边的石头座椅上。他砌的“蔓荼罗”图案在举行派对的那个晚上就被毁了，石头散落在草坪，后来提图斯把石头一一捡起，放回凹坑里。我的草坪“边界”则相对完好。我走到詹姆斯身边，也坐了下来。太阳已把石头晒得很温暖。

詹姆斯已刮过胡子。他的脸被太阳晒得又红又褐，在暗色粗糙的胡子上方显得非常光滑。不知道为什么，他看起来比平常干净，更清晰，不过也许只是光线够亮的关系。他迷蒙的棕色眼珠显出一些赭色的条纹；他的薄唇肌理细致红润；他的暗色头发比平常有活力有光泽，掩盖了他微秃的头顶。尽管没有微笑，但他与爱丝蒂尔婶婶神秘的相似性却比平常更显著。

“詹姆斯，我希望你离开，我希望你们全都离开。明天就走，好吗？”

他皱起眉头。“你走我才走。跟我一起到伦敦，住我那儿吧。”

“不，我必须留在这里。”

“为什么？”

“我有事情要做。”

“什么事情？”

“这样那样的事，还有关于这房子的事，说不定我会把它卖掉。我想要一个人独处。我已经痊愈了。”

詹姆斯从凹坑里捡起一块石头，那是一块棕色石头，有两条明亮的蓝线环绕一圈。“我喜欢你收集的这些石头。这块可以送我吗？”

“当然可以。那么我们就说定了？我会告诉其他人的。”

“你打算怎样处理哈特莉和班的事？”

“我没什么打算。事情结束了。”

“我不相信。”

我耸耸肩，准备站起来，但詹姆斯却拉住我袖子。

“查尔斯，告诉我你有什么打算。我知道你正在计划什么。”

我正在计划什么呢？我很清楚，自己正处于一种几近疯狂的状态，但还没有疯。有些偏执（热恋就是其中之一）是可以瘫痪一个人心灵的正常自由运作的（这种运作常常被称为“理性”）。我神志清醒得足以知道自己正处于一种完全偏执的状态，就像迷宫里的老鼠一样，只能一遍又一遍想着同一件事情。但我的神志却没有清醒得足以打断这种机械性思考。我想要杀班。

我是想杀班，但这不代表我有具体的计划和时间表。我会等到单独一个人的时候再来构思。班曾企图谋杀我，现在回想起来，我竟然会想“原谅”他的罪行、他的羞辱，真是不可思议。我那个“昂首阔步”把哈特莉抢过来的计划是以拯救哈特莉为目的，不是以惩罚班为目的。但现在情形彻底改变了。我不能饶过杀提图斯的凶手，不能让他逍遥快活。就因为杀我不成，班才会偷袭提图斯，让他溺水。他杀那孩子，纯粹出于对我的卑鄙恨意；既然他疯狂得做出这样的事，我相信我一样可以疯狂得做出同样的事。事实上，我的疯狂是基于一种悲恸，为失去一个最宝贵的孩子而悲恸。唯一可以纾解这种悲恸的只有恨意和复仇的决心。一如人们在内战时所做的，只有以血还血才能为我带来慰藉。我不得不成为恐怖分子。

在最后那几天里，我装得像个静静哀伤的老人，任由詹姆斯和莉齐注视我的一举一动而不以为意。但我满脑子想的都是班有多恨我，因为我，又有多恨提图斯。提图斯不幸的童年岁月全都是肇因于此。我和提图斯的关联在他脑袋里一定已形成一种动态的偏执模式。那持续出现在他面前的小孩成了一个活生生的象征：他太太不忠的象征，奸夫洋洋得意的象征。何况他一定在报纸和电视上常常看到我嘲弄的表情。班天生就是暴戾之人，一个摧毁者，一个杀手。他一定恨极了我和我那矮小丑陋的小孩，不时恨得咬牙切齿。当班还逍遥自在的时候，他又怎么会以惩罚自己的妻儿为满足呢？

绝对的恨意是一种具有强大支配力的疯狂形式。在那些岁月里，他想必已经在想像里杀死我无数遍了。

当他终于遇到我的时候，一定很快就看出，我对他的恨一点也不亚于他对我的恨。在岩石拱桥上的那次对峙，他清楚看出我有推他下海的冲动。所以，如果他辩称后来杀我只是为了自卫，也是完全合理。不过，当他杀我未遂之后，还有什么比他把疯狂的怒气宣泄在提图斯身上更自然不过的呢？说不定，作为一种对我的报复手段，杀死提图斯甚至比杀死我更能带给他满足感。我还记得班对我说过的最后一句话就是：我会干掉你们（当时他称提图斯为“臭小子”）。

我现在可能忘掉这件事，离开这里吗？那是无法想像的。一报必须还一报。但要怎样报复呢？在思考这个问题时，我还神志清醒得知道应该透过想像哈特莉来稳定自己的情绪。我努力想像她的脸，一张看着我的脸，宁静而充满思念，漂亮得就像从前，而她将来大概也会是如此漂亮。用不了多久，我就会走向她，拥抱她，互相给彼此慰藉。但我无法预见的是，我消灭了班以后会带给哈特莉什么样的影响，或所谓消灭了班到底是什么样的光景。现在我觉得我有自由去消灭他，有时甚至觉得，我对他的恨比对哈特莉的爱还执着。我现在想要除去他不再单是为了她。消灭班已成为目的本身。

关于要怎样对付他，我已经想出几个性质不同的方案，但目前都还处于大纲阶段。到我单独一人的时候，将会挑出其中一个，仔细思考必要的细节，然后转化为实际可行的计划。其中一个方案是报警。有人意图谋杀我的事实，加上我对各种背景资料的说明，凶手是谁的答案将会毫不含糊地指向班。我相信，以班的性格，他在受到正式讯问或指控时，将会桀骜不驯，将会直认不讳。这也许真的是最容易逮到班的办法。撒一张网，让他自己一头栽进去。我看得出，以班这种头脑简单的暴力型人物，一定会对法律的复杂性感到不自在，而且会不耐烦去编一番谎话。我对这个主意想像良久，甚至开始觉得自己已经做了这件事，而他已经俯首认罪。问题是，如果他矢口否认，我将奈何不了他——我没有任何可以让他入罪的证据。

我也思考了各种需要包含诡计与暴力的计划。如果我能够把他引来，把他推入米恩大汤锅里，那当然是最公道的做法，但他应该不会那么容易上当。我又考虑了其他可以溺死他的方法。但都不容易成功。倒不如使用更直接的暴力手段。直接的暴力手段？对，但又不能太直接，因为班是个强壮的危险人物。有个助手当然最理想，但我又发过誓要单独行动。我没有忘记哈特莉说过，班留有他当兵时用的来复枪。我不怀疑他常常把枪拿出来擦拭和上油，但他说不定没有弹药。我在伦敦有一把漂亮的道具手枪，那是剧院的财产。说不定我可以拿来吓唬他，逼他转身，然后用铁锤结束他的性命！但接下来呢？把整件事情告诉警方？找哈特莉来作证我是出于自卫？再说，在我用枪指着他的过程中，他随时都有可能发难，再次杀死我，那时我可真需要自卫了。

那些关在心灵牢笼里的人固然可以经常想像自由，只是自由对他们一点吸引力都没有。我同时知道，我会恨得那么深，部分原因是一些我尚未自省的罪恶感；但此时此刻，我绝不能让罪恶感来混淆我。当我在房里像个鬼魂飘来飘去，当我在詹姆斯、莉齐和佩里眼前假装平静无事的时候，我满心想着的都是哈特莉，是我将要与她一起过的平静生活，是我与她将永远躲藏在里头的那栋小房子。另一方面，如果我真的杀了班或让他残废或让他精神失常或让他坐牢，我有可能平平静静带着哈特莉离开吗？那会是怎样的一种平静？我此后可以心安理得地过日子吗？我在构思各种动机可疑的计划时，是不是也在为自己的末日铺路呢？

我抽开仍被詹姆斯抓住的袖子，对他说：“我没准备做什么。我只觉得自己已被不幸砸得稀巴烂。”

“跟我一起到伦敦去。”

“不。”

“我知道你正在密谋什么，你眼睛里充满可怕的幻影。”

“是海怪的幻影。”

“查尔斯，告诉我。”

“告诉我”这三个字让我回忆起，小时候我想要骗他有多困难。他有一种从别人口中套出话来的本领，就像是你明明打算向他撒谎，但话到了嘴边却会变成实话。但我现在不打算告诉他事实。毕竟，我怎么能把我满脑子的恐怖想法透露给任何人？“詹姆斯，你先回伦敦，我随后就到。我要回去整理一下我的小公寓。现在不要为难我了。我只想一个人在这里静一两天，就这样。”

“你有一些可怕的想法。”

“我没有任何想法。我的脑袋空空的。”

“你先前对我说，你认为是班把你推进米恩大汤锅里的。”

“对。”

“但你不是真的这样想，对不对？”

“不对，但那已经不重要了。”

詹姆斯看着我，像是心里正衡量些什么。莉齐从厨房里喊说早餐已经好了。太阳宁静而明亮地照在被雨水冲刷过的草地上，照在草地边的漂亮石头上，照在灿烂的黄色岩石上。那是一片带着讽刺意味的快乐景象。

“不，那很重要，”詹姆斯说，“我不愿意在你脑里有个绝对错误的观念下留你一人在这里。”

“我们去吃早餐吧。”

“你想错了，查尔斯。”

“干吗那么激动！你有你的观点，我有我的。走吧。”

“等一下，等一下。那不只是一个观点。我知道真相。我知道不是班推你的。”

我吃惊地望着他。“不可能，你不可能知道。事发当时你在旁边吗？”

“没有，但我……”

“有其他人看到吗？”

“没有……”

“那你又怎么知道？”

“我就是知道。查尔斯，求求你相信我。你必须相信我。别问我，接受我说的话。不是班干的。”

我们四眼相觑。他强烈的语气，他的眼神，他肃穆的表情，在在让我抗拒的心灵软化。但我无法相信他。他怎么会知道？除非……除非……推我的人就是他。到底在他那张印第安人面具下藏着些什么呢？多年来我们一直是竞争对手，而我是比较成功的一个。儿时的恨——就像儿时的爱一样——是可以持续一辈子的。詹姆斯是个“怪胎”，有着奇异心灵的怪人。他从事的可是冷血无情的行业。我记起他对班的赞誉之词。会因为是我猜到他是特工，准备潜返西藏，所以他才想把我除掉吗？我用双手按住头。

我当然没把这个想法说出来。“詹姆斯，不要再企图说服我了。班不只想杀我。提图斯也是他杀的。”

“啊……老天……你……”詹姆斯说。他转过身，一副一筹莫展的样子。然后说：“你有什么证据可以证明是他杀死提图斯？你看见了吗？”

“没有，但那是再明显不过的。没有人检查过他头上的伤口。提图斯是游泳健将。而且班也意图谋杀过我……”

“这些就是你的‘证据’？但我知道事情不是这样。”

“詹姆斯，你不可能知道！我了解班，知道他的恨意有多强烈。你看到的是一个军中弟兄，我看到的却是一个杀手和彻头彻尾的疯子，一辈子都被怨毒的嫉妒心焚烧着。我也知道怨毒的嫉妒心是怎样的东西。”

“这就是我害怕的：你怨毒的嫉妒心。”詹姆斯说，“你要我怎样发誓赌咒才会相信呢？我以我们儿时的岁月发誓，以我们对父母的回忆发誓，以我们的堂兄弟情谊发誓，班没干这件事。求你就接受我说的，不要再追问了。就让它过去吧。我们一起离开这里，回伦敦去。”

“你要我怎样‘接受’呢？你一直主张不是班干的，难不成整件事都是我想像出来的吗！你就不能‘接受’我说的，有某个人企图杀我吗？你不可能知道那不是班干的。除非推我的人不巧就是你。”

“不是我，”詹姆斯蹙着眉说，“别傻了。”

我无比释怀。这么说，我刚刚真的怀疑过他可能就是凶手？我当然马上相信他的话，而我对他的怀疑当然是荒谬的。但如果不是他干的，又不是班干的，那又是谁呢？他肃穆的誓词让我动容，但我无法相信他。难道推我的人是吉伯特，他因为莉齐的事对我怀恨于心？还是因为堕胎而怨我的罗希娜？也许还有别人有杀我的动机。会是弗雷迪·阿克赖特吗？为什么不可能？他恨我，而且现在就住在阿莫尼农庄。班不是到阿莫尼农庄买了只狗吗？会不会是班雇弗雷迪来杀我？还是，弗雷迪原本只是要把我弄成残废，却意外让我掉到海里？

詹姆斯看出我在东猜西想，做了个绝望的手势。

“我不擅长猜谜游戏，”我说，“我仍然认定推我的人就是班。”

“跟我来吧。”詹姆斯说，站了起来。

我们一起走进厨房。莉齐站在液化气炉旁边。她已经用发夹把头发夹在后面，穿着一件非常短的罩衫，里面是一件非常短的洋装。她看来年轻得荒谬，有点像蠢蠢的高中女生。佩里坐在桌前，双腿伸直，手肘支撑在桌上。他那张大脸因汗水而显得油腻腻的，并且两眼茫然。说不定他已经喝过酒了。

詹姆斯只说了一句：“佩里格林。”

佩里没动，茫然的双眼始终凝视前方。“如果你们刚才在讨论谁谋杀或谋杀未遂查尔斯的话，那答案就是我。”

“佩里……”

“我的名字是佩里格林。”

“为什么？佩里格林……真是你吗？……到底为什么？”

莉齐坐了下来，看着我们，没露出惊讶的表情。看来她已经知道此事。

“你还需要问吗？”佩里格林说，没有看我，“自己想想吧。”

“你是说……老天……是因为罗希娜？”

“对，够奇怪吧。我是为了她。你蓄意毁了我的婚姻，抢走我爱慕的太太。你是有计划的，你是冷血动物。弄到手以后你又把她甩掉。你甚至不是为了她而要她，只是想把她从我身边抢走，好满足你那兽性的占有欲和嫉妒心理！你得到满足后，就跑到别的地方。尤有甚者，你还期望我会忍受这件事，继续当你的朋友！为什么？因为你认为每个人都会喜欢你，而不管你做了什么烂事，因为你是奇妙无比的查尔斯·阿罗比。”

“可是你不只一次说过，很高兴摆脱那个贱女人……”

“我是说过，但你为什么要相信？也请你不要用那种脏话称呼她。当然，每个人都知道你视女人为垃圾。但让我愤恨难当的是你毁了我的生活和快乐后却若无其事，在我面前神气活现得要命。”

“我不相信你们是快乐的……你现在只是找理由……”

“啊，耶稣基督！好吧，我们是不快乐，但难道我就不能嫉妒！你抢走她何尝不是只是出于恶毒的妒意！”

“但是你自己鼓励我的！为什么你要费事假装，费事来误导我？你不能怪我……如果你看起来再痛苦一点，我就更有罪恶感。但你对我好友善……你每次看到我都好开心……”

“我是演员。也许因为我喜欢看到你。人有时候喜欢看到自己憎恨和鄙夷的人，透过诱导他们表现出不堪的一面，进一步证明他们真的很可憎……”

“这些年来你一直都在等待报复的机会！”

“不，不是这样。我喜欢牵着你的鼻子走，若无其事地看着你，心想要是你知道我是怎样想的会有多么惊讶。这可以为我带来满足感。这些年来，你对我来说都是恶梦，是我心中的一个恶魔、一个肿瘤。”

“啊，老天。我很抱歉……”

“你认为我会希望现在听到你的道歉？”

“我也许对不起你，但罪不至死吧？”

“我承认。我推你只是出于一时冲动，而且我当时也喝醉了。我推了你一下就继续往前走。我没看到接下来发生什么事，也不在乎。”

“但你不是说你是非暴力型的人，说你从来不会对……”

“我是说过。但你是特殊个案。压垮骆驼的最后一根稻草，是罗希娜的出现，就是她像巫婆般坐在岩顶上向我们掷石头那一次。我当时心想你一定还与她牵扯不清，而事情显然真是如此。”

“我没有。”

“我不在乎。”

“我就奇怪你怎么没有谈她。原来你在计划谋杀我。”

“我不在乎，我不想知道，我不相信你说的任何话，我认为你是个一文不值的人。我只是受不了看到她站在那里，看到挡风玻璃被砸破。我受不了，那是个震撼，我气炸了，觉得身上仿佛被砸出了一个洞，所有的旧恨都源源涌出，新鲜得就像当初。我非对你做些什么不可。不过我只是想把你推到海里。我敢说自己当时已很醉了。那地点不是我事先挑选的，也不知道下面有那么可怕的漩涡……”

“那你很走运。幸亏我没死掉，不然你就是……”

“我不在乎，”佩里格林说，“我一直希望你死掉。那天晚上我想过要找你单挑，但想，说不定反而会被你杀了，因为你没我那么醉。不管怎样，我的荣誉感现在已得到满足，而我也不需要再为你提供更多的酒了，感谢老天。我甚至懒得告诉你，你这个人有多他妈的烂。你是个破灭了的神话。你到现在还以为自己是成吉思汗呢！我搞不懂自己怎么会被你迷惑了那么多年。我想是因为你的权力，还有你那长久不衰的成功。但现在你老了，不中用了，像回到米兰后的普洛斯帕罗一样凋零，变得可怜兮兮，只有像莉齐这类善良女孩会来找你，逗你开心。但她们大概也不会待太久。你从来没有为人类做过任何事，从来没有对除了你自己以外的任何人带来裨益。要不是克丽芒迷上你，将不会有人听过你的名字，而你的作品，不过是一篮子假装有东西的戏法。这一点，现在大家都看出来了，不会再受你催眠了。你将会孤零零一人，甚至不再是任何人心里的怪兽。大家都会大大松口气，同情你，然后忘记你。”

接下来是片刻鸦雀无声。

“但如果你那么想杀我，为什么又要吐实呢？你大可默不作声……还是说你想让我知道？”

“我不在乎你是知道还是不知道。是你堂弟用他的问讯本领把我的话套出来的。他说你以为是班干的，所以满脑子胡思乱想。”

“你只是假装一直痛恨我，那不可能是真的。你其实不是多了不起的演员。不然你不会告诉我你那个佩里格林叔叔的事。”

“我根本没有一个叫佩里格林的叔叔。”

我完全困惑了。“但提图斯呢？”

“你这话什么意思？”詹姆斯问道。

“那提图斯遇到了什么事？是谁杀他的？我是说……我想……一定是班杀的吧？”

半晌以后莉齐回答了这个问题。“查尔斯，那纯粹是意外，没有人杀他。”

佩里格林站了起来。“好吧，该说的都说完了，我希望将军会感到满意。我要回伦敦去了。再见了，莉齐，很高兴遇到你。”他大步走出厨房，我听见他收拾东西的声音。接着是阿尔法·罗密欧猛力倒车的声音，然后是愈来愈细的咆哮声。

詹姆斯站了起来，望着窗外。莉齐一边静静地哭，一边在水龙头下面给水壶灌水。然后把水壶放到液化气炉上，打开液化气。

我对詹姆斯说：“你说过不愿意在我脑里有个错误观念的情况下留我一个人在这里。现在那个观念既然已经除去了，你也可以放心走啦。”

詹姆斯转身看着我说：“你会来伦敦吗？”

“不会。”

“你打算对他们做什么？”

“什么都不会做。事情结束了。过去了。”

但这当然不是真的。

那天的其余时间和隔天，我都是在一种病恹恹的恍惚中度过。表面上，我显得平静、哀伤、认命，但事实上我心中满是恐惧和怨毒。我强烈希望詹姆斯离开，他的陪伴让我感到像是折磨，就连他不在旁边的时候，我都会感受到他咄咄逼人的存在。莉齐也让我恼怒，因为她常常哭(她似乎抑制不住)，而且我看着她的时候，她都流露出一种愚蠢的同情表情。这种表情会突然让我清楚地看到佩里格林为我素描的画像：一个垂垂老去和权势不再的过气魔术师，每个人看到都会心生同情。

莉齐不愿走的理由我可以理解。她想在收网的时候人在现场。她一直都在等待一个时刻的到来：一个我完全孤立无援、不得不投向她的时刻。但为什么詹姆斯还赖在这里我就不太明白了。他显然相信我告诉他说，我不再认为班是凶手。他也许怀疑我没有放弃拯救哈特莉的计划，但他总不能无休止地一直盯住我吧。我已经清楚表明，我是不会坐他的宾利轿车回伦敦的。他似乎甚至不愿与我多谈。看起来，他留在这里是另有用意。我猜测他是在想提图斯的死，并责怪自己(就像我那样)没有对这孩子投以足够的关心。这段时间，我都尽量避开大海和岩石，但詹姆斯却总是在海边流连：要么是在小悬崖上散步，要么是站在米恩大汤锅上面，要么是爬到圆堡去，就像纯粹只是为了测量屋子到圆堡之间的距离。

有好几个下午，莉齐都陪我往内陆方向散步，走过那个我一度打算种香草的地点，进入我从未探索过的郊野。到了公路对面之后的区域是一片沼泽，遍布露出地面的岩石、金雀花和黑色小水池。

有若干欧石南和许多那种会捕蝇的小黄花，还有那种看起来像迷你兰花的紫白两色花朵。两对鸳在蓝天盘旋。过沼泽地以后是一般农地，看得见有疏落羊儿吃草的山坡，更远处是大片大片在太阳下泛着黄光的芥菜田。沿途有很多废弃农舍，都是没有屋顶的，里面长满柳兰和醉鱼草，蝴蝶满屋子飞。途中我们还经过一间荒废的大房子，它有个以黄杨木树篱围绕的花园，不过已经丛生为林，密布蔓生的玫瑰。我之所以记下这些细节（我记得很清楚），是因为它们就是哀愁最鲜明的意象：它们本来是一些应该会带来快乐的东西，但却没有。

我看到的一切都是透过一片黑色薄纱看见的，一片由哀伤、怨悔和恐惧所构成的薄纱。我也感觉自己仿佛带着一副铅制的小棺材，就放在我的心里。因为提图斯的死，莉齐已流了不少眼泪，她至今还会哭，但大都是私底下哭。不过她自有一套女人的悲哀经济学。我可以感觉她的触须紧紧卷缠着我。她是不会瓦解的，也不会为任何人而瓦解。如果我当日真的坠海而死，她说不定很快就会靠在别的男人的臂弯里哭泣。这是不仁慈的话，但我对她却有一种准确的怨尤，因为我现在已经知道，她的悲哀会是多么短暂，一旦我接受她的同情，她的悲哀很快就会转化为拥有者的洋洋得意。她真的是非常甜美、非常乖巧，是任何有保护心肠的男人都会爱上的女孩，但另一方面，她也是那种真正拥有自保能力的女人。不过，这又有什么不对呢？我们散步沿途很少讲话，她不时看看我，而我看得出来她在想什么：对她来说，能这样与我一起静静散步一定很贴心；我的陪伴、我的静默正在治疗她；没有人可以像我这样只是静静陪着她散步（她想的最后这一点很可能是真的）。当然，我的罪恶感也助长了我的怒气。我对提图斯的死应该负的责任是：我从未警告他要小心大海。为什么我没这样做呢？是虚荣心作祟。我现在清楚记得第一次和提图斯在小悬崖边跳水的情景。当时我想向他炫耀我跟他一样强壮无畏。如果当时我说“这里相当危险”或“这里不容易上岸”之类的话，我的魅力就会失色。我被迫跟他一起跳水，并隐瞒其中潜藏的凶险。我从未向他强调想从别的地方爬上岸都是不可能的。我从没有建议他应该在圆堡的阶梯下水(不过在海浪大的时候，那边其实一样凶险)。我也从未尽到为提图斯瞭望大海之责。我的行为是出于虚荣心，是出于对他的年轻力壮的愚蠢骄傲。他总是想跳水。没有一个有本领跳水的年轻小伙子会对大海心存戒惧。我不想让婆婆妈妈的审慎来破坏提图斯对我的观感和我对他的观感。

我反复、反复、反复在脑子里想这些事情，想着一些我本来该做却没做到的事情，而当詹姆斯在那些我现在不敢接近的岩石间攀爬时，心里想的大概也是这些。我愈来愈觉得提图斯的死是我生命中最大的不幸，同时我也愈来愈相信，是班夺走了提图斯这个可能是我生命中最大恩赐的人。而我愈恨班，就愈感到慰藉，仿佛恨他可以把我的罪恶感带走。我的痛苦于是减轻，却没有留给自己一个较理智或纯粹的哀悼。我的罪恶感与绝望感无时不在，只不过现在会分配到不同的地方。一些新面向的悲痛向我开启。我杀死了哈特莉的儿子，我荒唐地闯入她的生活，夺走她的祝福——一种原本是她而永不属于我的祝福。我不敢去揣想她有多悲痛，以及她的悲痛会怎样影响她对我的感情。她会视我为杀人凶手吗？但有时我又觉得，她应该不会想要怪我，因为她是无力做这种思考的。而有时我又觉得，我们对提图斯之死的悲痛，已经把我们拉在一起，把班排除在外。就目前来说，我唯一能做的只有等待。我甚至觉得，到了这时，她很可能会捎个信给我。事实上，她也真的这样做了。

就这样，我等待、观察、沉思、悲痛、与莉齐一起散步。后来，我们开始谈起往事，谈到威尔弗雷德和克丽芒。莉齐表示她一直非常嫉妒克丽芒，就算是我们不再同居之后。“我常常有一种感觉，不管在任何情况下，克丽芒都拥有你。”我们谈到剧院，谈到它有多美妙和多差劲，莉齐表示她很高兴可以脱离戏剧界。她问我有关珍妮的事，我告诉她一点点，但随即就后悔了，因为看来她很受伤害[1]。她是那种外貌变动不定的女人，有时看起来年轻得惊人，就像是年轻与年老可以神秘并存在一个女人身上似的。但现在她的脸已失去辐射的光芒，不过也许是我眼睛黯淡的缘故。但她仍然忠诚、讨人喜爱，努力想安慰我，总是谈些旁枝末节而避谈核心问题。“佩里当然不会恨你，只是嘴里说说罢了。他是爱你的，他谈到你的时候总是一脸景仰的神态。”

一天下午，我们回程时不经意取道一条经过阿莫尼农庄的路，以往我总是避走这条路。我们在一群牧羊犬的吠声中快步前行，而就在我觉得松一口气的时候，“黑狮”的老板鲍伯·阿克赖特忽然从旁边一条小径拐了出来。他静静走向我们，样子像只不怀好意的狗，准备要咆哮和咬人。

“那真是不幸，阿罗比先生。”

“对。”

“我警告过你这里的大海很可怕，不是吗？”

“对。”

“他爬不上岸，我想就是这么回事。”

“也许。”

“出事前一天我还见过他。当时我在圆堡附近，看见他试着从你房子边那块陡峭的岩石上岸，试了又试，每次都掉下来。在那样的海浪中游泳真是疯了。后来他总算爬了上去，但已经累得半死。说不定出事的时候也是类似情形，他因为力气耗尽，抵挡不住海浪冲击，就一头撞到岩石上。我敢打赌，事情的经过就是那样。不应该让他在那里游泳。大海是无情的杀手，我告诉过你，不是吗？”

“对，不应该让这种事发生的。”我继续往前走。

他在后面想把我叫住。“我哥哥弗雷迪认识你。他认识你。”

我没有回头，莉齐和我默默走完余程。我决定要求詹姆斯明天离开，再要求莉齐后天离开。我不想同时把他们打发走，是不想让

---

① 根据前文，珍妮是查尔斯离开莉齐后在一起的女人。

莉齐坐詹姆斯的顺风车回伦敦。我觉得我不再需要莉齐，詹姆斯更是我不愿看到的家伙，而且我也开始不能忍受有两个见证人看着我失魂落魄的样子。

进屋后，我准备马上去找詹姆斯，请他明早走人，就在这时，我听到一阵最不寻常而有规律的响声。过了片刻才意识到那是电话铃声。我早忘了家里装了电话，这还是它第一次响起，我马上想到也许是哈特莉打来的。不过我找不到电话，记不起是装在哪个房间。最后我认定电话铃声是从书房传出来，才跑进去，满怀希望地抓起话筒。

是罗希娜的声音。

"查尔斯，是我。"

"哈啰。"

"我是想为那小伙子的死表示难过。"

"嗯。"

"真的是很让人难过，但我们又能如何呢？听着，查尔斯，我要问你一件事情。"

"什么事？"

"佩里格林真的企图杀你吗？"

"他不是企图杀我，只是把我推到海里。"

"但他可是把你推到那个波涛汹涌的水底洞窟里去嗳。"

"是的。"

"老天爷。"

"你在哪里？"

"雷文饭店。我给你带来一些最新消息。"

"什么消息？"

"你知道弗里齐准备把《奥德赛》拍成电影吗？"

"知道。"

"他要让我演卡吕普索[①]的角色。"

---

① 《奥德赛》中的海上仙女，曾将俄底修斯截留于其岛上七年。

“那角色很适合你。”

“你说是不是美呆了？我不知道我什么时候比现在更开心过。”

“那就好。那你可以让我一个人静一静吗？”

“我会让你一个人静一静的。”她挂上了电话。

走出书房时，我听见莉齐和詹姆斯正在厨房里谈些什么。厨房门是关着的，但他们那语调却让我觉得不自在。我停了一下，然后走过去，把门推开。詹姆斯隔着莉齐的肩膀看着我说：“查尔斯。”

一种不祥的预感迅速攫住我。我的心跳加快，嘴巴干涩。

“怎样？”

他们一起走到门厅里来。莉齐满脸发红，一副害怕兮兮的样子。

“查尔斯，莉齐和我想告诉你一件事情。”

人类的心灵对灾难的预视能力真是既快速又精准无比。有两秒钟的时间，我的心灵经历了漫长的折磨。“我知道你们准备要说什么。”

“你不会知道。”詹姆斯说。

“你们是要说，你们彼此看对了眼，觉得有必要知会我。是这样吧？”

“不，”詹姆斯说，“莉齐看对眼的人是你，不是我。这是重点。这也是为什么我们必须告诉你一件很久前就应该告诉你的事。”

“什么事？”

“莉齐和我早就认识，只是一直拿不定主意是不是应该告诉你，怕你会醋劲大发。”

我狠狠瞪着詹姆斯。但他的表情是我一辈子都不曾在他脸上见到过的。他不像是有罪恶感的样子，而是困惑和怅然若失。片刻以后，我转过身，把门打得大开。

“你看，我不是说过……”莉齐说，一副快要哭出来的样子。

“让我来解释。”詹姆斯说。

“我不认为你有必要再解释什么。”我说。

“你太快下结论了。”詹姆斯说。

“不然你认为我应该怎么想？”

“听听事情的真相。我和莉齐是很久以前在你办的一个派对上认识的。我那时凑巧在伦敦。”

“你只参加过我办的派对一次。我记得那个派对。”

“莉齐记得我，只因为我是你堂弟。那是后来的事，当时你离开了她，她觉得不快乐，所以打电话问我知不知道你在日本的地址——那时你在东京工作。”

“我想要写信给你，”莉齐用哽咽的声音说，“是我不好，是我把他扯进来的……”

“但你们却见了面，”我说，“而不只是通了电话。”

“对，我们是见过面，但次数非常非常少。这么多年来加起来大概只有六次。”

“你以为我会相信？”

“他为我感到难过。”莉齐说。

“他当然会！所以你们就在一起讨论我。”

“对，但我们只是以一种谈公事的方式讨论你。”

“哈，好个谈公事的方式！”

“我的意思是，莉齐只是想知道你人在哪里，近况怎样。我们从没有讨论你别的事。我们交情很浅，是非私人性和非感情性的。”

“这不可能是真的。”

“我们谈的，全都是关于你的，没有关于莉齐或我的。正如我方才说的，我们很少见面，也很少联络。”

“他劝我不要再烦你，”莉齐说，“但有时我太想知道你的近况，才会……”

“詹姆斯是最不可能知道我近况的人！”

“当然，”詹姆斯说，“我们早就应该告诉你我们俩人认识的事，但又怕你会生气。你知道——请原谅我这样说——你身上有种不理智的嫉妒倾向。”

“你这样煞费苦心就是要向我说明，你们的感情是在我离开莉齐的时候发展成熟……”

“我们从来没产生什么感情。我当时没告诉你，只是怕 la jalousie naît l'amour……”

“这话可是一点都没有错。”

“那是什么意思？”莉齐说，脸色涨红，一副害怕和可怜兮兮的样子。

“嫉妒心会随爱之生而生，却不一定会随爱之逝而逝。”

“但你们现在为什么告诉我？”我问詹姆斯，“你们大可以永远把我蒙在鼓里。”

“我早就应该告诉你，”詹姆斯重申，“根本从来就不应该瞒你。任何谎言都潜藏着道德上的危险性。”

“原来你是怕我会自己发现真相！”

“那是一道障碍，也是一个……一个……”他搜索着要用什么字眼，“一个瑕疵。”

“会让你的人格出现瑕疵？”

“不，是会让我们的……我们的……”他又搜索了起来，“友谊，会让我们的友谊出现瑕疵。对，也会让我的人格出现瑕疵。”

“友谊！不管你我之间有什么，肯定都不是友谊！”

“而且早先我觉得有必要保护莉齐。”

“当然！”

“但现在……到了最近……基于莉齐的缘故，这件事已到了非告诉你不可的时候，否则爱就会构成障碍。”

“对什么构成障碍？看在上帝的分上求你说明白！”

“对你和她之间的爱。隐瞒几乎总是错误和引起干扰的泉源。”

“而且也因为托比。”莉齐插嘴说。

“托比？老天，这事又跟托比有什么关系？你说的不是托比·埃尔斯米尔吧？”我问莉齐。

“有一回他在一家酒吧里看到我和莉齐。”詹姆斯说，他显然痛恨要说出这个。

“当时你们正在谈我！”

“对。”

“为了怕他告诉我，所以你们抢先一步！不然你们就会继续隐瞒下去。”

“我们总会告诉你的，”莉齐说，“我们觉得有必要这么做。它开始变成了一个梦魇，至少对我来说是如此。刚开始，那看起来只是小事一桩，而基于我们对你的了解，也认为不告诉你才是明智之举。我们每隔一年才会碰面五分钟。我也很少很少打电话给他问你的状况。再说他常常不在国内……”

“你们一起刺探我。起码你们是这样开始的……”

“事情不是这样的，”詹姆斯说，“但当然，人一旦说了谎，就得承担后果。”

“你们在我这里碰面，却装着一副不相识的样子。装得真像……那一幕我永远会记得！”

“我们不告诉你，是知道你一定会误会，”莉齐说，“看，你现在不是真的误会了嘛。”

“所以你们认为，错都在我，是我不理智的嫉妒倾向作祟！”

“是我的错。”詹姆斯说。

“不，不，是我的错。”莉齐说，“是我逼他保密的。我知道他不喜欢这样……”

“也许我对詹姆斯的认识比你多，”我说，“他这个人从来不会在别人的逼迫下就范。”

“是我的错……”

“我对你们谁对谁错的争辩不感兴趣，”我说，“你们可以到别的地方继续争辩下去，而我相信你们会乐在其中。”

“我告诉过你他会怎样反应，”莉齐对詹姆斯说，“我说过他会误会的……”

“好吧，”詹姆斯说，“我承认我们的自白不太动人，但我希望你冷静下来以后会看出来……”

“冷静下来？你这话什么意思？”

“事情不是你所想的那样，不是什么天摇地动的大事。你会因此发怒是很自然的。但你只要反省一下，就会知道这件事是不会破坏你与莉齐之间的关系，也不会——我希望是如此——破坏你我之间的关系。不管怎样，我们从一开始就不应该对你撒谎，我感到抱歉……”

“你以为我会相信你的话？”

“对。”他说，皱着眉看我，但脸上露出一种因为失去尊严而沮丧的表情。

“哼，我不会相信的，为什么我要相信？我怎么能相信？你们的做法真卑鄙，真让人发指。你们已经承认，你们会把事情告诉我，是因为被托比撞见。我猜你们这些年来一定经常见面……”

“非常非常少。”

“而且讨论我。”

“你不明白是怎么回事，”莉齐说，泪在眼眶中打转。“我们之间没有你想像的那种关系。唉，要是我们不是凑巧在那个派对上认识就……”

“这故事的教训是：别举办派对。”

“有时候我会找詹姆斯打听你的情况，是因为我爱你。他是我能够取得你消息的唯一渠道，当时你跟珍妮在一起……后来你又去了日本和澳洲……我想念你……而除了詹姆斯，没有人是我可以……”

“当然是除了詹姆斯以外没有别人，只有他足以取代我的位置。你知道你们龌龊的做法伤我多深吗？”

“她说的是真话，”詹姆斯说，“事情不是你所想的那样。不过……”

“我可以想像你们手牵手谈我的样子。”

“我们从未牵过手！”莉齐说。

“老天！你们有没有牵过手与我何干？你们有没有还干了别的事情又与我何干？你们一直通电话、碰面、眉来眼去——我敢说你们早就认识，你在我认识莉齐前就认识她。你总是第一个，什么都抢先我一步，爱丝蒂尔婶婶是如此，提图斯也是如此……你早就认识提图斯，对不对？他说他在梦里见过你。我想你就是那个两年来跟他同居的人，不然他为什么不肯说！是你要莉齐唱那首爱丝蒂尔婶婶爱唱的歌。我肯定莉齐每晚也在梦里看到你。你无所不在，污染我人生的每样东西。如果你有办法，一样也会污染哈特莉的，只不过你够不着她而已。她是唯一绝对属于我的东西！”

“查尔斯！”

“你什么事情都抢先我一步，我去什么地方你都会尾随。等我死了以后，你们一定又会在哪家酒吧里讨论我，只是到时不用再担心被谁撞见了吧。”

“查尔斯，啊查尔斯……”

“我对你失望透顶，”我对詹姆斯说，“我从未想过你会是卑鄙或阴险的人，从未想过你会乐于搅和这种龌龊的浑水。我真是蠢透了，竟然会幻想你不会加害于我。你就像一个做事而不考虑后果的人。你的行为所带来的后果就是，我不会再相信你，我无法再相信你。你和莉齐之间是任何关系都有可能。一般平庸之辈都认为他们只要说出事实的十分之一就是清白的。你已经让你说过的话都变成了谎言，让自己的言语受到贬抑……你刚刚以片刻工夫就污染了过去……所以别想再取信于我。”

“也许我们以这个方式告诉你事实，真的是一个错误，”詹姆斯说，他看来也恼火了，但同时，他也一脸忧愁。“不过，换成任何方式你的反应都是如此，我们从不敢低估你的反应。但我希望你稍后会看出来——也相信你一定会看出来——我们隐瞒你那件事是无足轻重的，尽管这个隐瞒本身不是无足轻重的。我了解我们的隐瞒是冒犯了你的尊严，但是……”

“尊严？我的尊严？”

“对。我衷心为此道歉。但我们不希望让那个错误继续下去。说出事实固然让你痛苦，但为了你好，我们不得不这样做。莉齐觉得。她不希望有什么横亘在你们之间，形成障碍，特别是现在。”

“为什么‘特别是现在’？现在有什么特别的？”

“求求你，”莉齐说，“求求你……”

“不必担心。我没有激动，我甚至没有生气。我这样子还不算生气。”毕竟我还没有提高嗓门。

“那么你不介意了？”莉齐说，“你真的不介意了？”

“你们那些贬抑的言辞也许是真的，真足以……”

“那你是不介意了，心肝……？”

“真的足以带来终结。”

“带来什么样的终结？”詹姆斯说。

“我要你们两个现在就走。我要你把莉齐带回伦敦去。”

“我走，但我建议你让莉齐留下来。”詹姆斯说

“你以为我会因为太需要她，就只怪罪你一个而放过她？我可以告诉你，我一点都不需要她！”

“查尔斯，别毁掉你自己，”詹姆斯说，“为什么你总是刻意毁掉周遭支援你的一切？”

“请走吧。一起走吧。”

我突然捉住莉齐的一只手，又捉住詹姆斯的一只手，硬要让这两只手凑在一起。两只手在我手中挣扎，就像两只被抓住的小动物。

詹姆斯挣脱我的手，转身走到书房。我听见他把东西扔入皮箱的声音。

我对莉齐说：“去收拾东西吧。”她向我伸出两只手，但随即

转过身，抽泣着跑开。

我走到堤道上，一直走到詹姆斯的宾利轿车前。那车子又大又黑，在慵懒的下午日光显得有点脏。我拉开车门，车内有庄园宅邸或有钱神龛那种富裕宁静的味道。木头仪表板隐隐发光，皮座椅散发出清爽独特的味道，排挡杆裹着一块柔软的皮革。地毯厚厚的，一尘不染。我要把詹姆斯和莉齐关在这个神圣的空间里永远遣送走。我深信他们绝不会再回来，因为我觉得自己做的事，犹如把他们封在一个钉死的箱子里，丢到大海里去。

转过身回望屋子的时候，我本能地望了石头狗屋一眼。先前，吉伯特为了防止下雨会把信件弄湿，曾把一个篮子放在里面。我看到篮子里有封信。我走过去把信取出。是哈特莉寄来的。我把信放入口袋。

莉齐最先从屋里走出来，哭着，挽着手提包。她想跟我说些什么，但我却打开车门，示意她坐进去，再把门关上。

詹姆斯跟着出来，两手分别提着他和莉齐的皮箱。他站在堤道上，希望我走上前去，但我没有回应。我绕过车头，打开驾驶座的车门，站着等他。他走过来，把皮箱放到行李厢里。

我说："我不想再看到你们两个。你们已经用一种有效的方式污染了你们与我的关系。"

"别这样想。别当傻瓜。那件事只是偶然，是可原谅的。别让自己被嫉妒心理逼疯。"

"我说话算话。我不想再看到你们两个，从现在起直到世界末日。你们写信来的话，我会撕掉，你们来的话，我会当你们的脸把门摔上。你们两个谁也不要再接近我。这也许很粗鲁，但你很快就明白，当中自有正义。你说过有什么自动运转的正义，詹姆斯，这里就是一个。你们制造了一部机器，这就是它的运作方式。如果你们为此感到难过，我有把握你们很快就可以在彼此中得到慰藉。我希望你们会在一起。我也一定会把你们想成是在一起。你们从现在起就可以牵手了，不必等我死了以后。詹姆斯是高明的驾驶，一定可以一手握方向盘，一手牵莉齐的手，一路开到伦敦。再见。”

“查尔斯……”詹姆斯说。

我往回走向堤道。就在走过堤道的时候，我听到车门静静关上的声音，继而是引擎发动的咯咯声。车子开走了，声调愈来愈高，然后在转过弯后渐渐消沉。之后就是一片寂静。我走入空荡荡的房子里，手指尖掂着口袋里那封哈特莉的信。

我没有马上打开信。它的存在是我一个绝对的安慰。我想先享受这种感觉一段时间，暂时屏除一切恐惧。我希望让它像一件驱邪物、一块魔法石或一枚圣指环一样——总之，是一种有绝对保护作用、充满柔情而又纯粹的东西——留在我身边。现在，除了哈特莉和她未受污染的分离存在之外，我在这世界已一无所有。对，詹姆斯总是会污染我的东西。他就污染了爱丝蒂尔婶婶。这是我第一次在他面前谈起爱丝蒂尔婶婶吗？我对他说了什么？我不太记得了。各式各样的感情在我脑子里沸腾。啊上帝，我需要救赎，现在就需要。

尽管我让哈特莉的形象像有疗效的暖流一样在我身上流淌，但在心灵的另一部分，我却想着另一件事：用不了多久，我就会因为自己把詹姆斯与莉齐一道赶走的做法怨悔无比，痛苦无比。为什么我总是做些十足像傻瓜的事情？诚如詹姆斯所指责的，我总是有一种自毁的冲动。我本来可以先赶走詹姆斯，过一会儿再赶走莉齐。相隔半小时就足够。我本来用不着逼他们牵手。但我又希望把事情做绝，让它变得无可挽回。我把他们一起赶走，是为了显示我的决绝。詹姆斯将永远，永远不会原谅我带给他的羞辱。在我的感觉里，詹姆斯和莉齐已因为在一起而互相毁了彼此，一如一双相约自杀的男女。我甚至突然在脑子里看到詹姆斯举起左轮手枪瞄准莉齐眉心的画面，然后是他瞄准自己眉心的画面。是什么邪恶的命运安排他们在一起的？他们以前是不是有过什么，我将无从知道，但我现在可以肯定的是，在他们开车回伦敦的沿途，莉齐的秀发都一定是枕在詹姆斯的肩上。我等于设下一个陷阱让自己跳。但我一直都是明智的。唯一可以让我活过来的处方就是死亡。他们两人都已离开了我的生命。

屋里静得诡异。我这才意识到自己已经好长一段时间没有独处了。这些天来我的客人何其多。吉伯特、莉齐、佩里、詹姆斯。还有提图斯。他的小塑胶袋和里面的宝贝——领带、袖扣和但丁的爱情诗集——还躺在书房一角，像只被主人遗弃的狗。我记起鲍伯·阿克赖特的话。提图斯曾奋力抗拒海浪的冲击。他一次又一次想要抓牢岩石，但每次强大的海浪都把他往外拉。然后，在他绝望和疲惫之际，又来一个更强的浪，把他砸向岩石。我走进厨房，给自己倒了杯佩里留下的威士忌。一阵海风从打开的后门吹入，我听见二楼珠帘子滴滴答的碰撞声。我把威士忌喝掉。现在，世界会变成什么样子，都端视哈特莉的信了。我在桌子边坐下。我看看表。快六点了。詹姆斯和莉齐应该会在路上吃晚餐。詹姆斯当然知道哪里有高档餐厅。他们会开下高速公路；他们会坐在餐厅里，端详菜单。他们应该已经从震惊中平复过来，感到自由自在。他们再也用不着担心被谁看见他们手牵手了。唉，老天，但愿我曾警告过提图斯大海有多危险。不要在汹涌的大海里游泳，孩子，大海是无情的杀手。可是，过去不像梦境，它是拒绝被修正的。提图斯带着光明灿烂的年轻走入我的梦中，而他的这种年轻，已成了永恒。但愿他的死只是一个梦，让我在梦醒时感到欣慰。我把哈特莉的信从口袋里取出，按在额上，心中祷告，祈求她的这封信能把我从凄凉孤苦中救出来。

我看着信封，忽然想起，我已经超过四十年没收到一封哈特莉的信了。但我当然马上就认出了她的笔迹。那几乎和以前一样，只是字体变小了点，也没那么工整。我把她的旧信保存了很长时间，一直到觉得看到它们就难过（或者生气），才把它们毁掉。但事后就后悔了。我当然想像过她写给我这封信的几十种可能内容。查尔斯，别了，此后我永远不会再见你。或是班出门了，我该怎么行动？或是亲爱的，我会到你那里去，明天准备好车子。我已经查过本地出租车行的电话号码，抄下来，放在电话旁边。我掂量过整封信的重量，断定那是一封短信。这是个好征兆吗？应该是，因为那至少意味着我不会读到一封犹豫不决、瞻前顾后的信，像是我爱你，但我不能离开他，因为……等等，等等没完没了写上几页纸。哈特莉已经下定决心了吗？等我们见面时，我们又会怎样面对提图斯的死？这是举足轻重的事，说不定将是决定一切的关键。命运是何等奇怪，何等恐怖，它把提图斯带来我这里，然后让他溺死。我有可能与哈特莉一起哀悼提图斯吗？这种哀悼将会是怎样的光景，又会对我们的关系带来何种影响？这些担心让我一直拖延读信的时间。

但我的拖延实际上并没有为时太久。我不再喝威士忌。事实上我讨厌威士忌。我在房里走来走去，每个房间都走了一遍。我甚至走到阁楼上，看了看屋顶上的洞。阁楼仍然非常潮湿。吉伯特和莉齐先前在破洞下放了两个水桶，里面的水都快满出来了。我没去管它们。我在屋里到处察看，像是在找什么东西，手里一直握着哈特莉的信。最后，我一屁股躺在床上，准备拆信，心情就像打开神秘礼物的孩子。到了最后一刻，我突然感到惶恐，因为我想到，说不定因为拖延太久，我已经误了事。

我的牙齿打颤，手指颤抖笨拙地撕开信封（还因此撕到了部分信纸），抽出信，把信摊开。然后我站起来，走到窗边阅读。

亲爱的查尔斯：

倘若你能到舍下茶叙，我们将感到不胜荣幸。星期五下午四点是个好时间，我们会盼着你来，除非你写信来改期或取消。我希望你能够来。

你忠实的玛丽·菲奇

这封信使我茫然，因为我不知该作何感想或作何反应。她是好是坏？她要求会面，但却是与“我们”会面。如果哈特莉不希望我做任何事，那她最明智的做法当然是自己也不做任何事。但她又写信给我。这信到底是什么意思，它的深意何在？星期五就是明天。

我瞪着信，努力想弄明白。我的头脑不是很清醒。我甚至要过了一会儿才意识到信不是哈特莉写的。信末的署名是“玛丽·菲奇”。信是她写的，但内容却不是她构思的。那是一封在她丈夫监视下写的信，甚至说不定是他口授的。但这意味什么？是哈特莉想出办法让丈夫同意我去看她？但她是怎么做到的，又为什么要这样做？她是想看看我，所以说服班邀我到他家？她是不是准备好在我赴约时捎给我什么秘密讯息？又会不会这只是个陷阱，是班布下的报仇计划，而哈特莉被逼迫参与其事？如果班把提图斯的死归咎于我，那他现在一定恨我入骨。现在他说不定觉得自己很爱提图斯，而唯一减轻悲痛的方法就是更恨我，一如我觉得唯一减轻自己悲痛的方法就是把提图斯之死归咎于他。然而，即使这是陷阱，我一样会昂首踏进去。

我把信看了又看，还翻来覆去，甚至把信向着光举起，以防上面隐藏着什么。我侦察出来，邀约的时间曾经涂改过。本来写的是六点，但后来改成四点。这是可以理解的。在班的口授下，在他的监视下，哈特莉写的是六点，可是在把信放入信封前，她又偷偷改为四点，因为她知道四点时班不在家。班会外出，是为了他设下的陷阱准备人手或什么吗？这么说哈特莉在四点时会单独在家了？到时她将迎向我的怀抱，一如那天晚上她奔向我家那样。那个晚上她之所以决定回家，只是出于害怕班，害怕留在我身边。但现在她想通了，现在她可以出于自己的意志作出抉择了。我手上握着的就是证据，而且是重要的证据。

接着我想，假如届时她真是一个人，又假如她说“带我走吧”，那我就用得着一辆车子。想到这个，希望和恐惧便在我内心交战，因为我想到，如果我准备了车子而哈特莉不跟我走的话，那真是难堪不已的场面。但我最后还是决定要信赖希望，并预作准备，所以我就打了电话给出租车行，要他们明天四点派一辆车到教堂外面等我。打完电话后我觉得自在了些，仿佛希望成真的几率因此增加许多。

这时已是九点多，我决定上床睡觉。我喝了些葡萄酒，吃了些蜂蜜涂面包，然后吞了一颗安眠药。躺下时我想起自己失去了詹姆斯。但我又有一种感觉：我失去了，不全是因为他犯下的罪、不全是因为他说的“瑕疵”，而单单只是因为我逼他带着莉齐离开。是我自招毁灭的。我与詹姆斯的关系再也无可挽回，一道栏栅已在我们之间升起。我们将永远分道扬镳。不过说来奇怪，既然我们对彼此一直是充满危险，这样的事情又怎么没有更早些发生。

第二天我碰到的难题是怎么消磨四点以前的时间。起初，我觉得这难题是无解的，认为自己必会因为烦躁不堪而狂奔尖叫起来。但结果，我还是成功地找一些小事来让自己忙个不停，才没有感受到太大的痛苦。我花了些时间整理仪容，不过有点矫揉造作，因为我不能想像哈特莉会介意我的仪容。我洗了一件比较好的衬衫，晾在太阳下晒干。我找出一件黑色薄西装和一双干净袜子，又挑了一条时髦漂亮的领带。我洗了头，让头发干净蓬松。我已经好久没游泳，但身上仍然有一点盐味。因为说不定马上就要带着哈特莉远走高飞，我决定收拾一小箱行李，一面收拾，心脏一面噗噗跳。虽然没有胃口，但因为怕没体力，我还是吃了午餐，但没有喝酒。

午餐后我巡视全屋一遍，把每扇窗户关紧。我倒掉阁楼里的两桶水，再把空桶子放回屋顶破洞下方。下楼走进小红室的时候，我突然看到自己写给哈特莉的那封信就放在桌上，被吸墨水纸盖住一部分。信是在提图斯死前写的，却一直没寄出：信中我谈到班企图谋杀我，谈到我决定要“昂首阔步”踏入“尼布利特”，谈到一种平静隐秘生活的远景。不过，如今佩里格林既然招认是他推我下海的，提图斯也死了，这封信自然已是过时得要命。看到信我觉得痛苦，本想马上毁掉，但决定还是先重读一遍再说。重读以后，我觉得信的第一页相当铿锵有力，而且包含重要的解释，毁掉殊为可惜，所以我就只把涉及班和提图斯的后两页信毁掉。我用另一张纸写下以下的话：这封信是我早些时候写的，但一直没寄出。仔细读它。我爱你，我们会厮守在一起的。我同时写下我的电话号码，然后用一个新的信封把信封起，放入口袋里。

我早早就出发，在村子的杂货店兑换了一张支票。我买了一些刮胡刀片和一些哈特莉会用得着的乳霜和化妆品。时间还不到三点半，我便走向教堂，想先消磨一些时间。因为恐惧和希望在体内扰攘，我有种想吐的感觉，觉得自己随时都会昏过去。出租车已经到了，司机无所事事地等着。我告诉他等到我来为止。他笑着说："要等三小时吗？"我说："难说。"我走入教堂墓园，看着杜哑的墓碑，忆起曾想带提图斯来看一看。我走进教堂，坐着喘气，接着突然想起我可能迟到了，便又一溜烟往外跑，向山坡冲去。那是个暖天，但柔和的海风一阵阵吹拂着。

我走到屋前停住，伸手要去推那扇蓝色木栅门。一大丛一大丛浓艳的玫瑰花怒放着，什么颜色都有，在太阳下闪耀。这时我才想起，我手上还提着皮箱，而我本来计划是留在出租车上。装哈特莉化妆品的那个纸袋子也还在我手上，而我本来打算是放进皮箱里。接着，我听到一阵可怕的音乐声，让我的血液为之凝固，忍不住喘起气来：屋里正有一台最高音部的录音机和一台次高音部的录音机在放着"绿袖子"。

我会激动，并不是因为完全没有预期此时会听到一场录音机的二重奏。更重要的是，"绿袖子"是我和哈特莉的老情歌。我从前有一台靠省吃俭用买下来的录音机，我们喜欢把它放在她家的老钢琴上面，看着对方合唱这首歌。它是我们的主题曲，是我们的爱之歌。如果现在屋内只有一台录音机在放这首歌的话，我会毫不迟疑认定这是一个秘密的爱的讯号。但两台录音机又另当……这是蓄意的羞辱吗？不，她一定是忘了。

所有这些思绪，都是我推开木栅门时一下子掠过的。我慢慢踏上走道。音乐停止了，接下来是歇斯底里的狗吠声。我收摄心神走向大门，脑子里已有新的想法。那“绿袖子”根本不代表什么。也许只是他喜欢这首歌，而她又无法阻止他爱听这首歌罢了。显然，如果她一心想跟我走的话，她的行为举止应该比平日更谨慎。但会不会这是她给我的一个暗号？但至少有一点是明白的：她不是一个人在家里。虽然狗吠声便足以通知屋里的人有人来了，但我还是按了门铃。

哈特莉打开门。她的头向后一仰，有点摆架子的味道，但也许只是情绪波动造成的。她不带笑容凝视着我，嘴巴微开。我回望她，两颊发烫，感觉自己的眼睛大得像铜铃。客厅门是开着的，我感觉到班就在里面，盯着哈特莉的一举一动。即使我事先计划好在她打开门的刹那间与她交换秘密讯息，这时也无法付诸实行了：我们两个都肢体麻痹了。那只狗现在就站在哈特莉脚边，继续吠着。它线条优美，是黑白两色的牧羊犬，有着一个长鼻子。

在吵闹的狗吠声中，我说：“午安。”哈特莉说：“真高兴你能来。”

我进入屋内。玫瑰花的味道非常浓(单是门厅里就有好几瓶)，与屋子混浊的气息融合在一起，甜甜的、黏黏的、腻腻的，就像老太婆房间里的气息。

哈特莉对狗说：“安静！”但狗已经吠够了，开始嗅我的身体和摇尾巴。班从客厅对我说：“请进。”

我走进去，首先映入眼帘的就是那片大观景窗。窗外是一片绿草斜坡以及远处的蓝色大海。我从来没看过哪个漂亮的景观是如此阴险邪恶的。两台录音机就放在宽阔的白色窗台上，旁边放着那副望远镜。

“请坐。”哈特莉说。我注意到她今天的样子几乎称得上时髦。她把头发挽成一个端庄的髻，穿了一条蓝裙子和一件白色条纹女衬衫。她看起来年轻又健康了些。“你喜欢坐这张椅子？还是那张？”她问。

我不想再陷入上次那张半圆形靠背摇椅里面，就挑了低矮的木头扶手椅坐下。

精美的茶点已经摆在一张小圆桌上。有奶油面包、司康饼、果酱、三明治，还有一个冰淇淋蛋糕。

“我去泡茶。”哈特莉说，说完就走出客厅，留下我和班两人。

班仍旧站着，忙着管狗。“卓菲！”这显然是狗的名字。“卓菲，过来！好乖，给我坐下。坐下。”卓菲坐了下来，班跟着坐下。这时哈特莉端着茶回来，一见女主人进来，狗又站起来。

“这家伙欠揍。”班说。

哈特莉摇晃着茶壶，说道：“他不碍事。”然后问我：“要糖和牛奶吗？”

“都要，谢谢。”

“你不介意先加牛奶吗？吃点三明治吗，还是要涂果酱的面包？蛋糕是手工做的，但不是我们家，我没这个胆子做这种蛋糕。”哈特莉把茶倒进我的杯子里。

“三明治就好，谢谢。我好喜欢你们这里的景观。”这句话几乎是无意识说出来的。我紧张得几乎陷于无意识状态。

“对，真的很美，”班说，“真的很美。”然后再次对卓菲发号施令。“坐下！嗯，好孩子。”他拿一块三明治给狗吃。

“你惯坏他了！”哈特莉说。

“你这只狗是从阿莫尼农庄买来的，对不对？”我的无意识机器继续自动运转。但这话一出口，我就担心让班知道哈特莉跟我提过这事是不恰当的。但我继而又想，这没什么大不了的。

“对，是阿莫尼农庄的人养大的，”班说，“是一只威尔士牧羊犬。但阿莫尼农庄的人不喜欢它，因为它不会看羊。对不对，卓菲？你不会浪费时间去看守那些笨羊的，对不对，小家伙？”

卓菲又跳起来，尾巴摇个不停。

我先前把小皮箱放在椅子边，装哈特莉化妆品的袋子就在箱子上。我脱下鸭舌帽，拿起小皮箱，打开，把帽子与袋子一起放进去。我担心班会注意到袋子，而且直觉猜到里面放些什么。班和哈特莉都看着我。

“我很高兴认识你弟弟。”班说。

哈特莉不可能跟他谈过我家里的细节。再说怪物也是没有亲人的。

“他是我堂弟。”

“哦，堂弟。他是哪个单位的？”

“皇家来复枪兵团。”

“绿夹克。”

“对，就是绿夹克。”

“他还住在你哪里吗？”

“不，他回伦敦了。”

“我真希望自己是正规军。”班说。

“正规军在承平时期会很无聊。”哈特莉说。

“但我还是这样希望，”班说，“当兵可以认识很多人，还可以到处跑。当然，能住在家里也不错。”

“非常不错。”

“你的房子怎样了？”

“漏雨了。”

“那场大雨可真够瞧的，对不对？”

“再吃块三明治吧，”哈特莉说，“哎哟，你连原来的一块都还没吃。”

那块三明治一直被我捏在手里，因为太用力，有部分被捏断，掉在地上。我把剩下的三明治放入口袋。我说：“我很遗憾……那事情真的让我很难过……”

“你是说提图斯的事？”班说，“对，我们也是。”他顿了一下，接着说：“但生死有命。”

“那是个悲剧。”哈特莉说，语气像是在下结论。

我不想继续这种可怕的交谈，但又找不到适当的措辞。我说：“我认为那是我的错……本来我可以……”

“那绝不是你的错。”哈特莉说。

“那绝不是你的错，”班说，“我倒觉得更多是他自己的错。”

“这事让我承受不了，我无法相信，我……”

“我们得去承受它和相信它，”哈特莉说，“而且事情已经发生了，再说什么都无济于事。”

“对，说什么都无济于事，”班说，“就像战争一样。死者已矣，但活着的人总得继续活下去。你明白我的意思吗，呃？”

哈特莉双手按在膝盖上，说话时并没有看我。她自觉地不时轻甩和轻拍一头柔软而有条理的头发。她今天没涂口红，脸上也没施脂粉。她的条纹女衬衫领口没扣扣子，露出有晒斑的脖子和锁骨。自从我们重逢后，我还没见过她像今天这么干净、整齐和讲究。

我也注意到班的样子近乎生气勃勃。他穿着一件干净的宽条纹衬衫，打着颜色相衬的宽条纹领带，外穿宽松的棕色夏季外套，裤子是浅棕色的，脚上穿着一双似乎是新买的帆布鞋。他微凸的小腹自在地勒在紧紧的皮带里。他的学生头梳得光滑整齐，胡子也刮得干干净净。他的眼睑微闭，上唇抿着。他说话时也没有望着我。短暂交谈下来，他已吃掉好几块三明治。

“我想我明白。”我回答说。

“我拿条餐巾给你，”哈特莉说，“你的手黏嗒嗒的。”她从一个抽屉取出一条餐巾，递给我。

“你打算在这里过冬吗？”班问我。

他们显然认为提图斯的话题该结束了。

我不能怪他们。他们有什么必要向我流露哀伤呢？他们必须以自己的方式来止痛疗伤。也许这就是他们请我来茶叙的目的。

“对，我是这样打算。”

“我还以为你会到法国或马德拉群岛之类的地方避寒，就像其他有钱人一样。”

“不会。再说我并不有钱。”

“但我要先警告你，这里的冬天冷得要命！”

“看！看看它坐着的样子！”哈特莉指着卓菲说。卓菲现在前腿跪着，两条后腿尽情舒展。那只狗抬起头，一副自得其乐的样子。

“你是只要宝狗，对不对？”班说。卓菲甩甩尾巴，表示同意。

“你有打算养狗吗？”哈特莉问我。

“不，我没这样打算。”

“你是爱猫族吗？”班问道。

“什么？”

“爱猫族。”

“呃……我不是。”

“想到检疫期就让人心烦，”班说，“需要六个月的时间，就像这里一样。”

“检……疫期？”

“对，”班说，“我们要到澳洲去了，从此不用再忍受英国的冬天。我们买卓菲时不知道检疫期会那么长。但总不能把它留在这里。你说对不对，好孩子？”

“到澳洲去，你是说……移民？”

“对。”

我望向哈特莉，向我迎来的是一双张得大大的平静紫色眼睛，眼神里似乎带着笑意。然后她站起来，把茶壶拿到厨房去添水。

“到澳洲去？”

“对，我搞不懂为什么有人不想移民澳洲。怡人的气候、便宜的饮食、便宜的房子。老天，我真希望再年轻一次，趁年轻时就住在澳洲。”

“班在澳洲一样可以拿到国民年金。”拿着茶壶走进来的哈特莉说。

"曾到过澳洲吗？"班问。

"去过，"我说，"好几次。真是美妙透顶的国家。"

"悉尼港、悉尼歌剧院、便宜的葡萄酒、袋鼠、无尾熊。一想到这些我就迫不及待。"

"你们什么时候启程？"我问，眼睛望着哈特莉，她正在为班倒茶。

"不会马上，五六个星期之后吧。有好些事得先做，像是去看我姊姊等等的。我们计划了好长一段时间，那孩子的死让事情变得容易些。"

"这么说……你们一直有这个打算？"我企图捕捉哈特莉的眼神，"我是说……申请移民得花上一点时间……我不知道你们有离开这里的计划……我真诧异你一直没有告诉我。"我这话是对哈特莉说的。

"因为我一直不敢相信那会成为事实，"她说，微微一笑，"真的像是在做梦。"

"看到悉尼歌剧院，你就会知道不是梦了，"班说，"那玩意儿就像是躺在蓝色海水里微笑的大贝壳。"

如果说他们五六个星期后就要启程，那代表他们开始办理移民的时间比我最后一次看到哈特莉时还早。她为什么不告诉我？她竟然没告诉我，多不可思议。但我转念又想，说不定因为她不相信移民的事会成真。而如果她铁了心要摆脱我，自然不会告诉我。我继续瞪着她，但自那微微一笑后她的眼神就望着别处。

她问班："六个月的检疫期过后，你说卓菲还会认得我们吗？"

"当然会，对不对，卓菲？"

"再喝些茶吧，"哈特莉对我说，"吃个司康饼吧，还是来点蛋糕？"

我把杯子里的茶大口喝掉一些，把杯子递向她。我也把那块被我捏得烂烂的三明治吃掉。我感到彻底茫然，就像置身在陌生国家，面对一个看不透的字谜。我不明白。

“你要远行吗？”班指着皮箱问我。

“哦……只是要去伦敦一晚……然后马上就会回来……”

“我受不了伦敦，”班说，“受不了那儿的噪声、人群，还有在店里偷东西的外国佬。”

“对，”我说，“每年这个时候伦敦都挤满游客。”我把杯中的茶一饮而尽。

“好吧，”班说，语气明显暗示我的造访应该到此为止，“但愿移民前我们还有机会见面。”

“啊，当然，我们会再见面的，”我说，“我明天就会回来。我没有任何旅行的计划，所有的时间都是待在家里。唔，我该走了。谢谢你们的款待。”

我站起身。愚痴的卓菲又吠了起来。我向班微微挥手，拿起皮箱往大门走去。哈特莉尾随在后。班向卓菲吼了一声，关上客厅的门，以防那只狗往外冲。我和哈特莉在大门处有几秒钟独处的时间。

“哈特莉，你不打算去澳洲，对不对？”狗吠声让我的话几乎听不见。

她摇摇头，挥挥手，又张开嘴，似乎是示意，在这么吵的情况下，交谈是不可能的。

“哈特莉，你不能走。现在就跟我远走高飞吧。我叫了辆出租车在山坡下等着。我们可以一起到伦敦，去任何你想去的地方。看，我写了封信给你，信里会说明一切的。”我几乎不知道自己在干什么。我把信从口袋取出，塞到她蓝裙子的口袋里。

班打开了客厅门，快步走了出来，然后把门关上。卓菲还在吠，我听见它用爪子抓门的声音。班瞥了我们一眼，就走进厨房，但没把厨房门关上。

我退后一步，抓住哈特莉的手臂，想把她拉出大门，随我而去。她的袖子是卷起的，手臂柔软而温暖，和年轻女孩无异。它还没有变老。我们两人此时都已站在大门外。

“哈特莉，亲爱的，跟我走吧，就现在，一起跑到山坡下面的出租车里。”

她摇头，把手抽走。她说了句话，仿佛是“不行”。那只臭狗还在吠个不停。

“你不能去澳洲，我不会让你去的。让他一个人去，你留下。听着，出租车就停在教堂旁边。我会到教堂里面等你。等个一两小时无妨。你找个理由溜出来，我们马上就可以离开。不要收拾行李，人过来就好。哈特莉，别再跟那家伙生活在一起了。选择快乐吧，来我这里吧。”我又把她手臂抓住。

她看着我，样子像是要哭出来，但眼中却没有眼泪。她挣扎往后退，我放开她。“哈特莉，说话啊。”

她终于说话了，但声音小得我几乎听不见：“你一直没弄懂……”

“哈特莉，亲爱的，跟我走吧。我会等你的。我会到教堂等你两小时。不然你明天来找我也可以。我会待在家里，什么地方也不去。你爱我的，你来找我的那个晚上不是这样说的吗？你一定要来，现在还不嫌迟，永远不嫌迟……”

太阳和盛放的玫瑰花让我眼花缭乱。班已经回到门厅来，我看见他站在哈特莉后面的阴影处。有片刻时间，哈特莉看似一脸痛苦，但接着表情又变得空洞。她一双无泪的眼睛也是空洞的。

“那就再见啦。”班高声说，声音大得盖过狗吠声。

我退后一步，然后转过身，走向木栅门。走出木栅门后我往回望。他们都站在大门前挥手。我挥了挥手，就向山坡下走去。

我在教堂里等了超过两小时，但哈特莉始终没来。付过出租车车资后，我就步行回家。

这么说，我还有五个星期的时间。我还没有被打败。毕竟，当时班在厨房里，哈特莉能对我说什么呢？她说过些什么呢？我说过些什么呢？我已经不记得了。但至少她收到信，而那封信把一切都交代得很清楚。信的内容会成为她思考的焦点。

那邀约的目的是什么呢？显然是班出的主意。他这人看来比我以为的有大脑而且心细。他是希望有他在场的情况下，让哈特莉见我最后一面，以作为最后的道别。这个主意蛮聪明的，甚至相当合乎人道。但他搞这个只是多此一举。很显然，哈特莉并不想去澳洲，那完全是班的安排。他是什么时候计划移民的？是一知道我搬来这里的时候吗，还是更早？但不管怎样，哈特莉是不会随他一起移民的。到了最后关头，她一定会跳到一艘救生艇上逃走。

我已经养成傍晚喝酒的习惯。至少有了四天了，因为我等哈特莉已等了四天。每天黄昏，我都坐在厨房里沉思，直到仲夏的日光完全退去为止。我再次进入等待时期，一段等待和思考的时期。但当然我什么都没等到：没有电话，没有来信，什么都没有。但迟早会有信息的，不是哈特莉就是诸神捎给我的。

天气持续温暖。大海重新披上宝石般的紫色外观，点缀着翡翠色的虚线。大海向我闪耀，与我第一次看到的时候无异。天上有若干云，是那种又大片又慵懒的云，悬浮在海面上，分泌出象牙色的光。看云的时候，我纳闷自己怎么会心事重重得那么厉害，怎么会对我周遭的神奇美景如此无动于衷。但知道自己盲目这点并没有让我想睁眼看清楚。我有时会搜寻海豹的身影，但始终看不到任何踪影。我无心游泳，也怀疑自己是否会恢复游泳的习惯。

我努力不去想提图斯的死。也许我就是为此才会喝酒的。我坚持不再想他，要不就是把他放在别的脉络下思考，把他视为我目前面对的问题的一部分来思考。我自己的麻烦已经够多了，而我也得继续活下去。我根本没有时间把心思浪费在内疚和悲恸上。所以我不去想他或把他当成已死的人。但有个湿淋淋的灰色人影反复在我心中升起，需要我激烈无情地加以驱逐。有时我几乎害怕，害怕他还在这地方，召唤我的思想，想尽办法吸引我的注意，也为我拒绝哀恸而愤恨不已。我不停想别的事情来使自己分心。但那湿淋淋的人影不知道怎么搞的还是萦绕着我。

我想起詹姆斯与莉齐。他们是谁先决定要对我吐实呢？我猜应该是莉齐，她的神经终于撑不下去，特别是在酒吧里被托比·埃尔斯米尔撞见后。她已经再次被她对我的爱攫住，而她也有理由认为，我这块顽石已经累了，马上就要掉在她手里。她的爱是没有耐心、如饥似渴的。她一定认定我很快就会回到她身边，所以希望把一切危险因素去除掉。焦虑、内疚加上渴望忠实，让她不惜冒着说出真相的风险。在她的爱绕着我运行的这段长时间，现在是她的轨道最接近我的一次。她希望，在那大时刻来临时，她是完全清白的，不需要为任何事情担惊受怕。她大概不知道，她与詹姆斯在一起的事情，对我来说有多大的杀伤力。但詹姆斯知道。莉齐不敢告诉我詹姆斯的事，一如哈特莉不敢告诉我她丈夫的事。哼，女人全爱撒谎，天生就是骗子：哈特莉、莉齐、罗希娜、丽塔、珍妮、克丽芒，无一例外。天晓得克丽芒对我撒过多少谎。我永远不可能知道。

我也想起遥远的过去。我坐在温暖的夏日暮光中，不点蜡烛或油灯，任由后门开着，外面是任何时候都不会完全暗下来的天空，它在打开的门上形成模糊的长方形，隐隐映照着桌上酒瓶的轮廓。我喝着葡萄酒，一直到天旋地转为止。我没有点蜡烛或油灯，我听到“皮卡第的玫瑰”的歌声，但不是莉齐唱的，而是爱丝蒂尔婶婶唱的。我想到她的容貌是多么光芒四射，想到她同时带给我所有的快乐与痛苦。老天，年轻和漂亮怎么会就那样凭空消失，再也看不见。

我又想起哈特莉骑单车的样子和她那张真诚无邪的脸。真奇怪，这张脸与她现在那张衰损的老脸既像又不像。这些年来，当我在别的地方与克丽芒、罗希娜、珍妮和弗里齐在一起的时候，这张脸正一点一滴被痛苦与罪恶感侵蚀。我思断肠，伊人不臧，奔我远去，抑郁难当。我心相属，日久月长；与卿相依，地老天荒。在那些逝去的年月，我对哈特莉的美善投注了太深的信仰。但我真的是一直爱着这个圣像的吗？至少我年轻的时候似乎不是。年轻这回事是既冷漠又求生存的。在放弃她会回到我身边的一切希望后，在放弃会找到她的一切希望后，我有段日子是生活在怨恨之中的，而且也为此感到释怀。我在心里说：由她去吧！现在我又回想起来——就像是从记忆的海底深处把某些东西拖曳出来似的——我和克丽芒有关哈特莉的一席谈话。对，我是对克丽芒谈过哈特莉。而克丽芒说："现在把她收回你的玩具箱里去吧，好孩子。"老天，我仿佛听见这话此时此刻就在这屋里铿锵有力地回响着，就像她是在这栋黑暗的房里说出来一样。我也真的把哈特莉给收了起来，再也没有在克丽芒面前谈过她。也许克丽芒已忘了她。但我却没有忘，哈特莉像棵种子一样埋在我心底。如今，她又再次长出来，并且经过净化，纯洁如昔。

现在我才明白，她的圣像可说是我制造出来的。但我倒不认为那是虚构的。倒不如说它是一种特殊的真理，几乎是一块试金石；反倒是那句愤恨之词，那句"由她去吧"才是谎言。我那种奇怪而近乎疯狂的忠诚最终也带给自己奖赏。随着日积月累，我已抚平哈特莉额上的皱纹，开启她模糊的眼睛，而她原来那个模糊和折磨人的形象，也变得温柔且成为一个光之源。

但事情为什么演变成现在这样？我眼前出现"尼布利特"客厅里古怪的那一幕：捏得烂烂的三明治，还有司康饼和冰淇淋蛋糕，还有看起来干干净净的班和哈特莉。（我走了以后，班有没有回到客厅，替自己切一大片蛋糕呢？）这画面包含一种让人毛骨悚然的宁静。那真像一幅原始艺术的绘画：一对幸福的夫妻、一栋漂亮的小房子，还有一只趴在地上的牧羊犬。他们在我的回忆里是"栩栩如生"，就像艺术可以把它的主题描绘得栩栩如生那样，他们显得比实际更饱满、更柔和，他们的存在也显得更绝对。他们比我以前看见的模样来得健康和好看。为什么呢？是什么理由让他们如此平静满足？一个可怕的答案跳进我脑子：提图斯的死。

我还记得那天哈特莉跑到我家，说她并不快乐的一番话。她说她因为多年来被逼迫站在班这一边，导致内在结构瓦解，导致人格统一性丧失。“我觉得自己就像骨头全被打碎的人，虽然还站得起来，但全身的骨头和小关节都是断开的，不再算是一个真正的人。”有可能，在经过多年折腾后，她对提图斯的同情心已被摧毁。她为他所受的苦也许真的太多了。我记得她这样说：“我有时觉得他恨我们……有时我几乎希望他真的死了。”她要承受的罪恶感太沉重，因此不由得也慢慢生出深深的怨恨。提图斯这个催命的包袱——是她自己找来的——毁了她的婚姻，也毁了她的人生。不过，提图斯如今摇身一变成了救赎者，透过死亡把她的罪恶感一并带走。班可以悄悄松口气了，说不定哈特莉也是秘密地、本能地、盲目地与他一起分享这种释怀感。她的罪恶感可以消退了。所以在某个意义下，提图斯的死真是宿命的；而在某个意义下，班也真的杀了提图斯。

当然，这些都是我喝醉后的胡思乱想，但我就是禁不住认为自己是对的，认为提图斯的死真的让他们松了一口气。当然，我也看得出来，自己何尝不是一直偷偷摸摸试图抹拭自己的悔恨与内疚。唉，我们都是何其急着要掩盖死亡与丧失所带来的悲痛，几乎随便找个理由，我们就可以心安理得地继续活下去。

而现在，我也能够用一种清醒的意识去面对哈特莉要移民澳洲的事了。哈特莉怎么可能会在提图斯仍然失踪的时候接受离开英国的计划呢？她接受了吗？应该还没有。也许就是因为这个缘故，她才会觉得那“像是做梦”。我也深信她没有把移民计划告诉提图斯。因为她既然没告诉我，当然也不会告诉提图斯。这点在我看来是个好征兆：她没有告诉我，是因为她打定主意要留下来。

提图斯说过她妈妈是个“狂想家”。我愈思考，她对我说过那些话的虚假成分就愈大。这不能怪她，她的结构碎掉了，只剩下一节节连不起来的骨头，让她变得失去方向感，失去对真理的意识。但这不就代表我理想中的那个哈特莉不见了？奇怪的是，我仍然觉得自己一直仰赖的那个光源还存在着，就像从前的哈特莉可以把光洒在现在的哈特莉身上似的。不管她变成什么样的人，我照样会接受她，照样会拥抱她，因为我爱的是她本人。在我的生命里，我只从一个地方学到过无怨尤的爱，也只有过一个老师。所以，一个人可以成为别人的光源，哪怕他们自己并不知道，哪怕他们自己的生活并没有光。当然，一个人也可以成为别人——诚如佩里格林所说的——心灵里的一头恐怖怪兽、一个肿瘤，哪怕他们早已把对方忘记。

但可不可能，我的这种爱，到最后会失去对象呢？可能吗？有些爱是不会被死亡打败的，尽管要想像爱一个死人并不容易。但有些痛苦或诡计却是可以把爱打败的。如果她再次背叛和离弃我，我会不会因爱生恨呢？会不会开始视她为一个冷血、没有心肝的巫婆？我觉得这是不可能的。正如詹姆斯说过的：“哪怕是一颗狗牙齿，只要受到人的诚心膜拜，一样会熠熠发光。”我对哈特莉的爱极为接近目的本身。不管她有多么扭曲，不管有什么事情会发生，我的爱都绝不会变调。

但我的思考并不总是保持在这么高级的层次。因为不经意想起罗希娜，让我的思绪再次被拉回到班那副朝气勃勃的样子上（换成是弗里齐，一定会把他的样子形容为“爽歪歪”）。他看起来如此朝气勃勃，真的只是因为那场可怕的死亡已经让他获得自由，只是因为悉尼歌剧院在水波里的倒影让他满怀憧憬吗？我把哈特莉送回家的前一晚，罗希娜人在哪里？吉伯特说过，他为我送信时听见班的屋里有女人的说话声。罗希娜曾向我宣称她要去“慰藉”班。她这样说，当然可能只是想刺激我。但另一方面，她又是什么都干得出来的人。如果她与班真的发生了什么，那就不只解释了为什么班会有那种奇怪的满足神情，也解释了他为什么对哈特莉变得比较宽容，包括愿意邀我茶叙以及容忍我和哈特莉在大门外面谈了近一分钟。也许罗希娜真是帮了哈特莉的忙：要么是让班因为有事隐瞒而觉得有罪恶感，要么是让班明白，剧院界的婊子要比她可笑的黄脸婆可爱得多，根本犯不着紧张兮兮。这些思考当然谈不上是有品味，不过，对我一直紧绷的心而言，却有调剂的作用。

接着我想到，罗希娜说不定还住在雷文饭店。既然如此，我何不直接到饭店去问她。就算她不透露，说不定我仍可以看出一些端倪。

*　*　*

我当然不情愿出门，因为我认为哈特莉或她的“讯息”任何一分钟都有可能到达。但我还是决定冒这个险。我在门上留了张字条：莉，等我一下子，马上回来。我没有先打电话到雷文饭店给罗希娜，因为我想利用出其不意赚点好处。如果我先打了电话，她就会有时间去编一串天衣无缝的谎话。另外，我也想从罗希娜乍看到我的惊喜里得到一点慰藉。我得承认，我去找罗希娜，不只是想从她那里得到与我有关的资讯，也想从一个对我深情款款的女人身上获得些许安慰，哪怕她是个贱女人。另外，散步到雷文饭店和找罗希娜这件事情也可以暂时转移我的心思——一成不变的等待和思考对我来说已成了一种负担。如果哈特莉再不捎信来，我很快就会恢复行动。先从罗希娜那里打听些消息，说不定对我思考该采取何种行动有帮助。

那是个温暖的多云天，有点风，在雷文湾里掀起许多带白沫的小浪。大海处于一种毛躁的心情，颜色深蓝，那是一种北国的蓝色，看来严厉而冷冽，就算是夏天都可以让人感受到冬天的寒意。天空也是一派北国天空的样子，一片苍白的冷蓝，分布着一些结实且移动快速的白云。阳光时隐时现。

我走到饭店。自从上次因为没打领带而被拒于餐厅门外之后，我就再也没来过。我走进去时，太阳已照进陈设舒适怡人的前厅，与这里的光洁整齐相比，“什鲁夫末端”显得肮脏悲惨(我早就无心打扫)。前厅里放着一些高级扶手椅，摆着一大花瓶又一大花瓶的醉鱼草、倒挂金钟和柳兰。一个看来没那么势利的侍者走过来问我有什么贵事。我穿的是一条脏兮兮的棉布裤子，裤管卷起一点，上身是没塞进裤子里的蓝色衬衫，但这身打扮在早上是可以通过检查的，哪怕是在一个摆着高级扶手椅的环境里。

我说："请问万贝格小姐还住在这里吗？"

他用略带调侃的眼神看我，回答说："先生，阿尔伯洛先生、夫人现在在酒吧里。"

老天！我往他指示的那扇门走去。酒吧很宽敞，有一整面面对海湾的大玻璃窗。但偌大的空间只有两个客人。他们坐在窗边，望着外面，听到我的脚步声便同时转过身来。

"查尔斯！"

"查尔斯，老头子，我们正惦着你呢。对不对，露丝？"

两张脸面对着我，显得乐滋滋而不怀好意。

"嗨，"我说，"能够看到两位再次在一起真是美事。我可以请两位喝一杯吗？"

"不行，不行，"佩里格林喊着说，"非我们请客不可！侍者，侍者！麻烦拿一瓶我们昨天喝过的那种香槟过来，三个杯子。"

"你有先回伦敦吗？"我问佩里格林，"还是离开我家后就直接住进这里来？"

"我没有回伦敦，"他说，"经过这家饭店的时候，我停下来想借酒浇愁，结果一进来就碰到这个斗鸡眼贱女人。"

"接着你们就搂在彼此的臂弯中？"

"不是马上，"罗希娜说，"我们先是大吵一架。佩里格林咄咄逼人。他对挡风玻璃被砸一事还耿耿于怀。"

"挡风玻璃的事让我很不爽，"佩里格林说，"但主要不是为挡风玻璃，而是它的象征意义。谢谢你，侍者。"

"我来开，"罗希娜喊着说，"我喜欢开香槟。"软木塞啵一声飞起，瓶口涌出金黄色泡沫。"查尔斯，敬你！"

"谢谢，我也敬两位，阿尔伯洛先生、夫人。"

"我们自己都觉得难以置信，"罗希娜说，"我们很快乐。至少我很快乐。你快乐吗，佩里格林？”

“那种不熟悉的感受我确定是快乐无误。查尔斯，敬你。你那位可怕的堂弟还在这里吗？”

“他走了。”

“这么说现在只有那位永远忠实的莉齐守在你身边啰？”

“不，她也走了。”

“你就一个人？”罗希娜说，“那位胡须女士怎样了？”

“全走了。我已经结束了‘追寻胡须女士之旅’。那只是短暂的心理错乱。”

“这是大家一致的想法。”佩里格林说，“恭喜你。”

“你们打算回伦敦吗？”

“明天就回去。这里的景色好棒，食物也很可口，但有出电视剧等着我去拍。我们可以载你回去吗？”

“不用了，谢谢。你们真的复合了？”

“对，”罗希娜说，“一切都回到了原位。我们从未忘情彼此，将来更不会。就是这么回事。但你知道是什么事让我突然开窍的吗，查尔斯？”

“什么事？”

“佩里格林谋杀你的事。”

“只能说是谋杀未遂，”佩里格林说，“我必须谦虚。”

“为什么那件事会让你开窍？”我问。

“我不知道，只觉得太精彩了。毕竟，你是活该被谋杀。别的不说，单是你对我俩做过的事就该被谋杀。”

“我们不要谈这个了。”我说。

“别担心，我们心情太好了，不会罗列你的罪行的。我觉得佩里格林把你推到那个洞里很有运动精神，也很精彩。我一直以为佩里格林原谅了你，为此愤恨难平。只可惜你没有淹死，不然审美性就更高了。”

“我想不透你是怎么死里逃生的。”佩里格林说。

“那完全是件恰当的暴力行为。我喜欢暴力的男人，那种有点悍、有仇必报的男人。你固然是可恶的骗子，查尔斯，但你基本上是软脚虾。我搞不懂自己当初怎么会那么迷你。我想你让别人目眩神迷的是权力，而不是你的个人魅力。我们都被你的自负唬住了。但作为男人，你却是软脚虾，我现在明白了。”

“我乐于当正派和软弱的男人。但你们打算再结婚吗？不会那么夸张吧？佩里格林，我记得你说过，婚姻是地狱，是洗脑过程。”

“但跟同一个人结第二次婚就另当别论。那是每个人都该做的。”

“那你要把潘蜜拉怎么办？”

“呀，你没听说？潘蜜拉跟马卡斯·亨特跑了。他现在当起庄园主人。庄园生活应该会适合潘蜜拉。”

“所以我才会想赶紧把佩里格林抓住，以免他动安琪拉的歪脑筋！”

“老天！”佩里格林说，两个人笑成一团，佩里格林的大脸因为太阳和香槟而红通通的。罗希娜总是喜欢居高临下，她现在坐在佩里格林椅子的扶手上，白色的洋装拉得高高的，两条光溜溜的长腿前后摆动，又弯身用鼻子摩挲佩里格林的头发。他们同时对我使眼色，肃穆地互望一眼，然后又陷入另一阵笑声中。

“我猜弗里齐的《奥德赛》会为佩里格林预留一个角色吧？”我说，“我觉得他适合演剧中那只老狗。”

“事情起了变化。”罗希娜说。

“弗里齐改变主意了？”

“不是，是我改变主意了。”

“我们计划到爱尔兰去。”佩里格林说。

“爱尔兰？”

“对，到伦敦德里。我们受够了伦敦西区的戏剧。我们要把戏剧带给爱尔兰人民。”

“老天爷！”

"别嘲笑我们，查尔斯。这将是个伟大的开端……"

"这么说你放弃了卡吕普索的角色了，罗希娜？"

"对。"

"你终于做了一件让我动容的事。"

"那将是伟大的开端。"佩里格林说，"我们打算自己写剧本，找当地人当演员。爱尔兰人都是天生的演员。那里也有一家小巧可爱的剧院，受炸弹光顾的时候不多……"

"我不会嘲笑你们，"我说，"我认为你们很勇敢，衷心祝福你们大获成功。不，不要再给我倒香槟了，谢谢。我已经有点醉了。"

"查尔斯的酒量一向很逊。"佩里格林说，为自己又倒了一杯香槟。

"希望我在你心中已不再是怪兽。"我对他说。

"不是了，"他说，"我把你推到海里时就把那个怪兽杀了。我很高兴你还活着，真的。结局好就好。"

"嗯，但谁又知道什么时候才是结局？我得走了。谢谢你们的香槟。"

"我送你到大门。"罗希娜说，说完就快步往外走。我向佩里格林行了个军礼，然后尾随罗希娜而去。

这时我才看出，罗希娜身上的白色洋装原来是件袍子，质料非常轻，下摆可说飘了起来。她伸出手去拍飘起的下摆，然后拉紧在身边。我们走出饭店，在公路边的太阳下站了一会儿。罗希娜打着赤脚。

"你觉得行得通吗？我是说你和佩里格林的事。"

"我看不出来为什么不可以，"她说，"除了嫉妒心理以外，我们之间从没有什么大不了的。"

"嫉妒心理就够大不了的，它无所不在。"

"但那也是爱的表征。他会娶潘蜜拉只是为了刺激我。我刚才也说过，我不能忍受他对你的软弱态度。我一直希望他为我而战。”

“这是特洛伊海伦情结，一种稀松平常的心理。”

“当我听说他曾经打算杀死你时……”

“他向你吹嘘这件事？”

“自然……”

“好，那我就祝你们好运了。告诉我一件事，罗希娜。上次你离开我家时说你会去找班，你去了吗？”

罗希娜用凝聚的斗鸡眼瞅着我，然后咯咯笑了起来，把身上的白袍子裹得更紧。“去了。”

“发生了什么事？”

“什么都没发生。我们只是进行了一场美妙的交谈。”

“你们谈了什么？”

“查尔斯，你问太多问题了。”罗希娜说，“你老是想不花代价就可以得到东西，你一向如此。但我可以向你保证一件事：你那位胡须女士是一个幸运的女人。她丈夫有吸引力极了。”

“哦……”我一挥手就转过身。我非常希望听到他们那场“美妙交谈”的录音带，如果他们真的曾经谈过话。然后我忽然想到一个迄今没有想过的问题：哈特莉会与班结婚，是因为他对她有性吸引力吗？

“查尔斯！”罗希娜跑了一小段路追上我，白袍子随风飞舞。

我停下来。

“查尔斯，亲爱的，告诉我一件事。你今天来找我，是不是打算与我再续前缘？”

“你问太多问题了。”我说。

我继续往前走，听见她欢快的笑声。单是她放弃去拍电影这件事，就足以让世界变得非常不真实。

*　*　*

那天黄昏乌云密布，太阳消失，雨开始落下来。任性的英国天气似乎觉得模仿七月模仿得够了，现在决定要扮演三月。一阵冷风从大海吹起，让雨势更为凌厉；雨声咄咄逼人且不规则，像是一颗颗小石子打在屋后的窗户上。屋里充满各种奇怪的吱嘎声，珠帘子反复突然响起急躁而不规律的滴答声。我去找那件针织运动衫，找了好一会儿才在书房地板上的被子与垫子之间找到。然后我想在小红室里生个火，却发现室内的木柴用完了，而摆在户外的木头又全湿了。喝过小扁豆汤后，我喝了很多红葡萄酒，很早就带着热水袋上床就寝。

第二天早上雨还在下，但风停了，没那么冷。一团湿冷的珍珠色浓雾缭绕在屋子四周，让人无法从窗户看见堤道的尽头。我把两个好几天没清的垃圾筒提到公路边，站在那里倾听了一会儿。四周笼罩在巨大的静寂中。回到屋里的时候，我全身湿黏黏的。我花了很长的时间吃早餐，吃了用奶油和红糖煮的稀粥、炒蛋和涂上蜂蜜的饼干(我没有面包了)，喝了好几杯热茶。之后，我在大腿上铺了张小毯子，静静坐着。我的手不经意在口袋里摸索到一件东西，但我单凭触觉又认不出来那是什么。我把它掏出来，拿到眼前一看，原来是哈特莉"奔向我"那个晚上被我放到口袋里的发夹。我凝视这件几乎全无意义的小东西，努力想把它看成一件避邪物，却徒劳无功，只觉得它比原来还要可怜兮兮，让我满怀愁绪。于是我把它收到小红室的一个抽屉里。

我重新把小毯子铺在大腿上，开始思索现在的处境。

当我试着揣想哈特莉目前的心理状态时，一个具有慰抚性的想法反复出现在我的脑海：她也许决定等到要移民的最后一刻才发难。她会让班一个人到澳洲去。移民肯定只是他的希望、他的主意，而不是她的。她是为了一劳永逸摆脱他，才会一直不动声息。她想等到船要开的最后一刻——就像吉姆爷[1]一样——一纵身跳到

---

① 吉卜林小说的主角。

我的船上。那时候，因为一切移民的事情都已准备就绪，班的去意一定是最坚定的时候，所以他应该不会追来，而会对自己说：管她的。这样的设想是有说服力的。但我可以完全信赖这个假设而无所作为吗？迄今我都未曾得到来自哈特莉的信息，我能安心让这种无所作为的状态持续下去吗？

我决定再给哈特莉两三天时间思考我信中的话。我很高兴把信交到她手中，并且相信信的内容一定会影响她。我同时记起，我曾经很聪明地在信上写下我的电话号码。班当然不会再去上他的木工课程了，但他总是有时得出门一下的，去买船票、拿签证等等的；就算他带哈特莉一起去好了，他也是无法每分钟都盯着她。只要她抓住一个空档，就可以打电话给我。她不用说太多，寥寥数语就够：你等着，我会过来的。想像她说的这几个字让我熬过一些难熬的时光。而对电话铃声的期待也让我的枯候期变得容易忍受。

但如果……如果哈特莉什么回应都没有呢？那我当然得想办法去见她一面，哪怕这意味着我与班的最后摊牌。绝不能再打哑谜下去了。想到这个也许会到来的决定性摊牌，我又喜又惧，满怀激动。我知道只要把这道最后的栏栅打垮，奖品就会到手。但“打垮”这个意象却不尽怡人。因为这意味着我必须做好以武力来自卫的心理准备。班天生就有暴力倾向，这让他占有心理上的优势。他说不定还喜欢揍人。再说他也比我年轻。不过我也不是没有优势。我至少比他敏捷矫健。剧院生活对体能要求很高，而我一直都像个谨慎的运动员一样，让自己符合要求。

因为想到可能需要自卫，我在屋里搜索了一遍，想找出一件顺手的钝器当武器。毕竟，随时有可能来敲我家大门的人除了哈特莉以外，还有班。杀班的念头从未完全离我而去。尽管是违背理性的，但这个念头像一道深深的痕迹那样留在我的心里，像是残留的记忆，不同的是它指向的是未来。

现在是我碰见佩里和罗希娜隔天的黄昏。稍早我曾经想过到雷文饭店，效法佩里格林的榜样，借酒浇愁。我感觉自己很想碰到一些过平常生活的平常人——一些有假期、有蜜月、会吵架、会为房贷发愁的平常人。但我又怕佩里格林那两口子还在那里。也许有朝一日我会到伦敦德里看看他们可爱的小剧院，但更有可能是不会去。我不想到“黑狮”去，因为它距离哈特莉近得让人痛苦，而且说不定会碰上弗雷迪·阿克赖特。但更重要的是，我需要守在电话附近。找一件武器，至少让我变得有事可做。

乔里太太在阁楼里留下一堆杂物，白天时我利用日光在阁楼搜索了一遍，却一无所得。我在浴缸旁边找到一根长形金属，也许当初是用来当扶手的，但太大又太重，无法放在风衣口袋里(我预期在与班对决时自己将穿着风衣)。我当然也检视过自己的工具箱，但里面贫乏得可笑：只有螺丝起子却没有钻子，唯一的一把铁锤也只是“女士铁锤”。现在天色已经暗下来，只剩下最后的暮光。不过，刚刚我在蜡烛的照明下，在水槽下方发现一个隐秘的空间，里面放着杂七杂八的东西。在潮湿发霉的木头和一大群木虱之间探索了一阵之后，我找到一个锤头和一根木柄，经过研究，我断定木柄就是铁锤的锤柄。我把两样东西放到桌子上。

现在屋外已几乎全黑，雾气把天光完全隔绝。天下着小雨，尽管风不强，我仍觉得屋子摇摇晃晃、吱嘎作响，就像一艘风雨中的木船。我听见窗框格格响，珠帘子滴滴答答，大门卡嗒卡嗒，还有一种异常高音的金属振动声——经过一番查探后，我断定是装在厨房里的门铃所发出的。我也受到一种屋外的声音所惊吓，那是一种反复从海上传来的呜呜声，很像是雾号声。我从来没有在这里听过雾号声。那会不会是一艘迷航的船发出来的？如果真是一艘迷航的船，会不会在沉静一会儿后，船就撞上屋子旁边的岩岸，发出一阵不可想像的震天巨响？那雾号声停下来已有一阵子，而我又听到另一种有规律的噼啪噼啪声，是由海浪竞相奔入米恩大汤锅，又陡地被挤出来造成的。我把一根蜡烛放在锤头与木柄之间，只觉得这两样奇怪解体的东西就像是某种邪教的祭器。我听着从米恩大汤锅发出的声音，感觉它的力量正在进入我的身体，听起来就像强烈的心跳声，就像我自己的心跳声。它愈来愈快，愈来愈具威胁性，一如日本剧场使用的那种木头响板所敲击出来的声音。

我突然觉得不自在，决定把后门锁上。我向后门移动的时候，因为背后蜡烛的照明，可以朦朦胧胧看到窗外的情景。突然间，我看到在屋子与岩石之间，出现了一个人影，正往后门的方向走来。我吓了一大跳，马上因为惊恐而站着不动。但下一秒钟我就认出那人是詹姆斯。我们隔着玻璃窗相望。我没有立刻开门，而是转过身，拿起蜡烛，走到门厅去找了一盏油灯。我点燃油灯，吹熄蜡烛，回到厨房。詹姆斯已经进来，坐在桌边。我放下油灯，调高灯芯，然后说："是你啊。"就像先前我没看见他或把他错认作别人一样。

"你不介意我的出现吧？"

"不会。"

我坐下来，开始抚弄那锤头和木柄。詹姆斯站起来，脱下身上沾了雨水的夹克，抖了几抖，挂在椅背上。然后他卷起袖口，再次坐下，两手搁在桌子上，眼睛望着我。

"你在做什么？"

"修理铁锤。"锤柄和锤头是相合的，但却是松松的，一用就会掉下来。

"锤头松掉了。"詹姆斯说。

"我晓得！"

"你需要一片锲子。"

"锲子？"

"一片小木屑可以把它固定住。"

我找来一片木屑(不知道什么原因，这屋子到处都是小木屑)，固定在锤头的洞里，再把木柄塞入洞里。我挥了挥铁锤。锤头相当牢固。

"你要用它来干什么？"

“打扁一只蟑螂。”

“你不是喜欢蟑螂吗？我记得你年轻时是喜欢蟑螂的。”

我站起来，找出一瓶一公升装的红葡萄酒，打开，连同两个玻璃杯放在桌子上。厨房里冷得很，我把液化气炉打开。

“我们以前好爱闹。”

“什么时候？”

“年少的时候。”

我不记得自己和詹姆斯闹过些什么了。我把酒倒到酒杯里，与詹姆斯相对无语。

詹姆斯用手指在桌面上画着什么图案，眼睛没有看我。大概他是觉得局促吧；想到说不定他是因为想到以前曾是我的救命恩人而显得局促，我也局促了起来。但我没有心情去帮他解围。沉默持续着。

詹姆斯说终于说话了：“你听见海声了吗？”

“这是叶慈最喜欢引用的莎士比亚句子[①]。”我侧耳倾听。拍打声已停止，继之而起的是一种规律的哀哭声，是有条不紊的大浪卷上岩岸后退却时发出的。风势一定加强了。“嗯，听到了。”

过了半晌他又说：“有东西可以吃吗？”

“有素蛋白锅。”

“很好，我吃腻煎蛋了。”

我们坐在一起默默喝了一会儿酒。詹姆斯在他的葡萄酒里加入水，我也照做。然后我站起来把素蛋白锅加热。这时我才想起，我精心炮制来永远分隔我和詹姆斯的方法看来不怎么管用。

“要面包吗？”

“要，谢谢。”

“该死，没面包了，只有饼干。”

“饼干也好，什么都可以。”

---

① 出自《李尔王》。

我们隔着素蛋白锅对坐。

“你打算什么时候回伦敦？”他问。

“不知道。”

“哈特莉怎样了？”

“什么怎样了？”

“有任何她的消息吗？”

“没有。”

“你放弃了吗？”

“没有。”

“见过她吗？”

“我跟她和班喝过下午茶。”

“那是什么样的光景？”

“彬彬有礼。还要酒吗？”

“好。”

我怕詹姆斯会拿更多问题来烦我，但他没有问下去，似乎对这个话题已经不感兴趣。“我想你快要熬过来了，”他说，“你用自己的需要建造了一个笼子，然后把她放在里面。你的各种强烈感情围绕着她：虚荣心、嫉妒心、报复心，还有你对自己青春岁月的爱。但它们并不是以她为焦点，并没有碰着她。她看起来是它们的囚徒，事实上你伤不了她一根汗毛。你只是在使用她的意象，一个洋娃娃，一个幻影。那是一场驱魔仪式。很快你就会视她为邪恶的巫婆。然后你就不会想对她做任何事，然后你就会有能力原谅她。”

“谢谢你的高见。但实际的情形是，我爱的不是她的意象，而是她本人，不管她有多糟。”

“也不管她喜欢他多于喜欢你？那真的是一项壮举。”

“不，她心里并不喜欢他。”

“你又凭什么知道她心里是怎么想的？说不定她会附和你的回忆，只是出于一种罪恶感。如果你能够让她从这种罪恶感释放出来，她会感激你的，继而，她对你的怨恨也会被释放出来。她说不定还会回忆起你从前有多讨厌，之后她就会对你漠不关心。还有起司吗？”

“詹姆斯，你根本一点都不了解。我没有放弃，甚至没有像你所以为的快要熬过来了！”

“也许你就像个隐修士一样，注定要一个人过生活和当每个人的叔叔。不过这样也好，比这更糟的结局多着呢。还有起司吗？”

“我才没有迈向什么结局！有，还有起司。”我起身找出起司，又开了一瓶葡萄酒。

“顺道一提，”詹姆斯说，“我希望你相信我和莉齐之间没有什么。”

我把两个玻璃杯斟满。“我当然相信那全是她的主意，你不过是出于绅士风度才会顺着她。”

詹姆斯有片刻时间一脸凝神默想的样子。我怀疑他是不是准备又要对我说一遍他们多久才会面一次，或诸如此类的。但我认定那不重要。我相信他的话。“我相信你。”

“我很抱歉发生了那样的事。”他说，但语气不完全像是道歉。

“算了，算了。”

詹姆斯又在桌面上画图形，我再次局促起来。我笨拙地说：“谈谈你吧，你最近都在忙些什么？”

“我准备要离开……”

“哦，对，你说过你要远行。大概是去一些白雪覆盖的高山吧，而且还会有妖魔从盒子里进进出出？”

“天晓得？你是个乐水的人，我是个乐山的人。”

“海是清澈的，山是崇高的。我想我有点醉了。”

“海不是那么清澈，”詹姆斯说，“你知道海豚有时因为受不了寄生虫的折磨，跳到岸上去自杀吗？”

“我宁愿你没告诉我这个。海豚是那么善良的动物。这么说来就连它们也有相随的妖魔了。你要远行。好吧，回来后记得要让我知道。”

“我会的。”

“我不能了解你对西藏的态度。”

“我对西藏的态度？”

“对，那不过是原始迷信的中世纪专制国度，我不懂你为什么那么着迷。”

“那当然是原始迷信的中世纪专制国度，”詹姆斯说，“谁又能够否认这一点？”

“你看来就是在否认。你看来把它视为一片失落的佛教乐土。”我以前从不敢像这样对詹姆斯说话，一定是酒精作祟。

“我没把西藏视作失落的佛教乐土。西藏佛教在很多方面都是彻底腐败的。但那曾经是一个神奇的废墟，是和古代世界最后一个活的联系，有着独一无二的宗教与民俗。但所有这一切都被蓄意摧毁了，被无情且不加选择地摧毁了。不管这种快速的摧毁能带来任何好处，都令人唏嘘。”

“你说话的口气像个有好古癖的人。”

詹姆斯耸了耸肩。他一直都在打量几只围着油灯团团转的飞蛾。“你这里有些很棒的飞蛾。像这种‘黄带枯叶蛾’我已经好些年没有看到过。哎哟，干吗老往火里扑嘛！你介意我把窗户关起来吗？这样它们就飞不进来了。”他敏捷地捉住两只飞蛾，把它们拿到窗外放走，再关上窗户。我注意到雨停了，空气变得较清新。风也把雾吹散了。

“但你为什么这么热衷于研究迷信？”我说。虽然气氛有点局促，但我觉得这是我们认识以来，他对我最敞开心胸的一次。

“到底什么是迷信，”他说，一面把两个酒杯倒满，“什么又是宗教？两者的起讫处何在？谁又能说出基督教与迷信有什么不同？”

“但我的意思是你只是研究……而不是……”我想说什么？我无法把问题说清楚。

“当然，”詹姆斯说，“你用‘迷信’这个字当然是对的。我想几乎所有宗教其实都是迷信的。宗教是力量，而且必然是力量，是一种能改变自我，甚至摧毁自我的力量。它也有它的流弊。力量的行使是一种危险性的快乐。最短的路也是最陡的路。”酒精似乎没有让他的思考变迟钝，只是让他说话的速度加快了。

“我觉得有宗教信仰的人只是觉得自己软弱，才会需要找一个强者膜拜。”

“膜拜者会赋予受膜拜之物力量，并且是一种真实的力量而非幻想的力量。这也是本体论论证的基本意义。但这种力量也是骇人的。神是我们的贪念与执着构成的。当我们好不容易驱走一种执着，另一种执着又会以伪装的姿态接踵而来。我们从不会完全放弃快乐，只不过是拿一种快乐来交换另一种而已。白巫术就是黑巫术[①]。灵性的领域只要有一点差池就会哺育出害人的怪兽。被召唤出来助人的妖魔会在事成后流连不去，伺机制造不幸。真正绝对的境界就是弃绝魔法，弃绝你所说的迷信。但这要怎么办到呢？真正的善就是弃绝力量，以消极的方式应世。行善是不可想像的。”

说不定詹姆斯也醉了。“你的话我连一半都听不懂。也许因为曾经当过基督徒吧，我至今还认为，所谓的善就是要爱别人。难道爱别人也是一种执着吗？”

“对，”詹姆斯说，“没错。”

“你说的放开执着在我听起来不像是救赎和自由，而更像是死亡。”

“嗯，正如苏格拉底说过的，我们必须学习死亡……”詹姆斯的口气开始变得轻浮。

“但你自己呢，”我想把他所有装腔作势的形而上学拉到现实来，也想利用他谈兴正浓的机会满足我的好奇心。“你自己不也曾经爱过别人吗，虽然只有天知道你爱过谁，你做事一向都是鬼鬼祟

① 白巫术指为助人而施展的巫术，黑巫术指为害人而施展的巫术。

祟的。你从来不把从东方来的朋友介绍给我认识。”

“他们从未探访过我。”

“有的。有一次我就在你的公寓里看到过一个留胡子的瘦小东方人，他坐在一个房间里。”

“你是说他？”詹姆斯说，“他只是个土巴[1]。”

“土巴？应该是个低等部落的名字吧！说到土巴，那个雪巴又是怎么回事？托比·埃尔斯米尔说你对一个雪巴很有感情。就是死在山上的那个。”

詹姆斯沉默了一阵子，让我觉得自己是不是问过头了，但我任由沉默继续下去。大海的声音仍然可闻，只是比较安静了些。

“唉，他啊……”詹姆斯终于说话了，“他啊……”然后再次沉默下来。但很明显他是准备说些什么，所以我就等着。

“这事没有太多可说的，”他说，样子相当失意，“三言两语就可以说完。你知道的，有些佛教徒认为，如果一个人至死都抓住一些尘世执着不放，就会被轮回困住，无法解脱。”

“对，那个大轮回……”

“那是一种灵性领域的因果关系。”

“我记得我问过你是不是相信投胎转世这回事，而你说……”

“你问到的那个雪巴，”詹姆斯说，“名字叫密勒日巴。这不是他的本名，是我给他取的外号。密勒日巴原是我景仰的一个西藏诗人的名字。那个雪巴是我的仆人。有一次，我们一起远行，那时是冬天，高山上积雪盈尺，几乎是不可能通过的……”

“那是一项军事任务吗？”

“但我们非去不可。我以为我办得到。你是知道的，西藏或印度这类地方都有一些戏法，是几乎人人都学得会的，只要有一个好老师，而你又肯卖力地学……”

“戏法？”

---

① 人用精神力冥想出来的精灵，成形后具有自己的生命。

"对，就像印度人的绳子戏法[1]。"

"哦，你说的是这类戏法。"

"正如我说的，这些戏法都是人人学得会的，尽管使出以后会让人累得够呛。但只是戏法，无关乎……"

"无关乎什么？"

"这些戏法的其中一种是透过集中的心念提高体热。"

"是怎样办到的？"

"这些戏法在原始社会很管用，其中一种可以让人以时速五英里走四十八小时，中间不用吃喝和睡觉……"

"没有人办得到的。"

"如果一个人能够用集中的心念来提高体热，对冬天出远门自然会有帮助。"

"就像好国王温塞斯莱斯[2]！"

"那一次我非得穿过一个山口不可，而我决定带密勒日巴一道去。途中需要在雪地里睡一个晚上。我并不是非带他去不可的。但我以为自己可以产生出足够的体热，让我们两人都平安无事。"

"慢着！你是说你可以透过集中心念提高体热？"

"我说过那不过是戏法，"詹姆斯不耐烦地说，"无关乎任何重要的事情，例如善或恶之类的。"

"然后呢？"

"到达山口顶端时，我们被一场暴风雪困住了。我以为我们会没事，但结果并非如此。我没能产生足够维持两人生存的体热。密勒日巴那晚死了，就死在我的臂弯里。"

"啊，老天！"我惊呼，想要再说些什么，却想不出来该说什么。我的大脑一片混沌，开始觉得自己醉愣愣和昏昏欲睡。我听见詹姆斯继续说话，声音仿佛来自远方。"他信任我……是我的虚荣

① 印度人的一种"魔术"，其中包括爬上一条离地悬空的绳子。

② 圣诞颂歌《好国王温塞斯莱斯》中的人物。

心害死了他……业报是自动运转的……任何瑕疵都足以让它发动起来……我没能挺下去……我松开了臂弯……轮回是公正的……”这时，我的头已倒到桌上，随即沉沉睡去。

我醒来时已是白天。太阳尚未升起，灰蒙蒙的晨曦照进厨房里，照亮酒渍斑斑的桌子、狼藉的杯盘和那块碎散的起司。风早停了，大海宁静无声。詹姆斯走了。

我跳了起来，大声喊他，跑出草坪。然后我又跑回屋子，再次喊他。然后我跑出大门，一直跑到堤道。詹姆斯刚钻进车里。车门关上了。我又喊他又招手。他看到我，摇下车窗。但引擎已经发动，车子缓缓移动。

“回来后记得通知我！”

“一定，再见。”他愉快地挥手，宾利车子随即开走了，引擎声在绕过路弯后渐渐沉寂下来。我慢慢走回屋里。

走过堤道的时候我才感觉自己头痛得要命，而且脑袋有一种摇摇晃晃的感觉：这并不奇怪，因为我稍后发现，我与詹姆斯一共喝掉了五瓶葡萄酒。还有一些密集的黑点不断从我眼前掠过。进屋后，我走到厨房，在桌子边坐下，仔细思考哪里可以找得到一杯开水和一些阿司匹林。然后我再次站起来，找到水和阿司匹林，再坐下打起盹来。太阳升起了。

再次醒来的时候，我发现自己头在桌面上转来转去，脖子酸得要命。我回忆起方才做了一个梦，梦见自己在暴风雪中冻死。然后我想起詹姆斯对我说他在西藏时的奇怪故事。我也模糊忆起他对我说的其他古怪事情。我站起来，觉得头晕眼花得可怕，便上楼躺到床上，陷入类似昏迷的状态。我稍后醒来，不确定时间是早上还是下午，但已经没那么头昏眼花。我下楼到厨房，吃了些起司，便再回到床上睡觉。

之后发生的事在我记忆里要模糊得多。我应该是在床上躺了相当长的时间。我记得自己曾半夜醒来，看见月亮挂在天空。第二天一大早我就下楼，并突然觉得，既然已经那么久没游泳，现在应该洗个澡。这一次我终于成功地从楼梯下面的杂物间把乔里太太的老旧浴盆拖出来，并开始在液化气炉上用炖锅烧开水。但在这番忙碌的半途中，我突然感到强烈胸痛，有要晕厥的感觉。我打消洗澡的念头，泡了茶喝，却吃不下东西。我有点恶心，决定回床上去。我现在确定自己发烧，但因为没有温度计，无从知道烧得多高。我躺在床上，感觉像是躺在饱受暴风雨折腾的船上的吊床上。我怀疑自己是不是病得很严重。但我不敢找那个半夜两点半来看过我的医生，除了因为我有“前科”外，我也不知道他的名字。我考虑过打电话给我伦敦的医生，告诉他我的病症，但又觉得我的病症应该不会引起他的兴趣，因而作罢。我安慰自己，大概我只是感冒了，要不就是像詹姆斯那样着了凉，而他的病情并没有持续太久。

但我的病情却拖了比较久，至少是持续了好几天。这段时间我身体极度衰弱，不愿走动，也吃不下。没人登门找我，也没有电话打来。我举步维艰地走到石头狗屋，但没有看到半封信。也说不定是适逢假期，或是邮政人员罢工。但我对于毫无哈特莉的音讯并不太担心。因为这段时期我都是全神贯注在自己的病上，就像它是某种需要我专心处理的工作。我并没有太担心自己的病情。一如我原先预期的，病情慢慢自行好转了。几天后，我走下楼梯的时候已无须一步一休息。我也开始有饥饿感。我吃了一些饼干，感到滋味无穷。

然后有一天早上——应该是我觉得自己复原的那一天，不然就是第二天——电话铃响起了。我现在对它的古怪声音已不再陌生。因为一直都在苦苦想着哈特莉，所以一听到电话铃声，我就马上对自己说：打来了。我跑入书房，几乎摔了一跤。我伸手去抓话筒，却没抓稳，掉了下来。我把话筒捡起。

“喂。”

“喂，查尔斯！”

是莉齐。

我说：“等一下。”

我把电话放在一堆书上，坐下来，努力要让自己平静下来，保持镇定。我感到胃部有股痛楚，一股因哈特莉而起的痛楚。现在一切都异常紧迫。

“抱歉，莉齐，我刚刚是去关液化气。”

“查尔斯，你还好吗？”

“很好，为什么不好呢？对，我先前感冒了，但现在已经好了。你好吗？”

“我人在‘黑狮’，我可以过来看你吗？”

“不，你留在那里。我过来找你。现在几点？我的表几天前停了。”

“大约十点。”

“他们开门了吗？”

“谁？‘黑狮’？还没有，等你到了店就会开门。”

“我马上来。”

听到莉齐的声音让我突然产生一种走出屋外的狂热渴望。我跑到厨房，从挂在水槽上方的小镜子打量自己。生病期间我都没有刮胡子，现在下巴长满参差不齐的微红色胡子。我剃过胡子再梳梳头，找出皱巴巴的外套和钱包。一轮水汪汪的太阳照耀着，但空气冷冰冰的。我跑出屋外，跑过堤道，向村子的方向冲去。但不久我就停止奔跑，因为我觉得衰弱像一团云雾笼罩我，在我体内搅动。我走得很慢，小心呼吸。这时，我才想到，莉齐会来看我，说不定是詹姆斯出的主意。但我很高兴发现自己对此不以为意，也没有再多想。当我转入村子的街道时，第一个看到的就是吉伯特的黄色大众汽车，它就停在“黑狮”门外。

“查尔斯！”

莉齐看到我，向我跑来。我看见吉伯特站在酒吧门外傻笑。我在这出戏中演的是什么角色呢？但我一点都不紧张，面露微笑，就像虽然忘了台词却有本领瞎掰的演员。

"莉齐，真高兴看到你，还有吉伯特！"

"查尔斯，你看来好瘦、好苍白。"

"我很感激你注意到我的变化。我刚生过病。"

"那你不是应该待在床上吗？"

"不，我现在很好。看到你们两个真是惊喜。"

"哈啰，亲爱的查尔斯。"吉伯特走过来。他英俊而多皱纹的脸上挂着狗脸的表情：既紧张、有罪恶感，但又极度高兴。如果我拍拍他的头，他准会跳起来吠几声。

"查尔斯病了。"

"不是传染病吧，我希望？"

"不是，不是。"

"我们一直都坐在外面等你呢，"莉齐说，"太阳好暖好舒服。"

"真的很棒。"

"你要喝点什么吗，查尔斯？"吉伯特说，"不，不，你坐着，我来为你服务就好，毕竟你是病人。你想喝点苹果酒吗？还是你嫌它太甜？"

"可以，谢谢。莉齐，能够看到你真好，你看起来好愉快。"

我说过，有些女人是反复摆荡于极丑与极美之间，变动不定的。莉齐就是其中之一，而今天她是摆荡到极美的一端：看起来年轻、明亮，就像微胖的高中女生。她今天穿一件蓝绿条纹相间的长衬衫，下面是一条黑裤子。她的表情也是吉伯特式的狗脸，诚惶诚恐的，不同的是带有一点顽皮的自信味道。

我们坐在酒吧外面的木板长凳上，彼此相望。我微微浅笑，她则是用闪亮的眼睛聚精会神看我。我感觉自己从未在这里的村民面前如此暴露过，不过走在街上的村民寥寥无几。

我说："很感谢你打电话给我。你们是刚好路过吗？请原谅我不留你们，目前我没有招待访客的心绪。"

"用不着，用不着，我们待会儿就要走。吉伯特要到爱丁堡见一个人。那边有一出戏……”

“不用告诉我这个。”

“查尔斯，亲爱的，亲爱的，你原谅了我，对不对。”

“有什么好原谅的呢，莉齐？”

“这么说你是原谅我了，对不对？”

“对，如果你觉得有必要这样多此一举的话。我当时太糊涂了。哈，可爱的吉伯特把饮料端来了。”

莉齐和吉伯特来这里，只是为了取得我的原谅。他们坐着，凝视着我，微笑着，就像两个小孩一样，等待我的原谅许可证。许可证一到手，他们就会手舞足蹈，跑得远远的。他们希望我爱他们，想要拔去他们快乐里的一根刺。他们来以前一定详细计划过，不然现在的情景不会如此正式。他们现在在我眼中都是孩子，而我忽然觉得自己垂垂老矣，说不定自从搬到海边来以后，我就真的衰老了不少。

显然我已失去了莉齐，但又是在何时失去、怎样失去的呢？我应该从一开始就牢牢抓住她。但也许她真的喜欢吉伯特，跟他生活在一起会比较好。又也许是那天我对待詹姆斯和她的方式把她吓坏了。现在，她宁可选择自在和快乐，不想继续活在恐惧中；我不能怪她。我也知道，詹姆斯在我与她之间已经形成一道藩篱。尽管她与詹姆斯真的“没什么”，但这个“没什么”就已经够了。詹姆斯总是这样。他只要用他的小指碰碰我的任何东西，就足以把它们糟蹋掉。儿时形成的观念是很难改变，而我从小就认定，每个人都喜欢他多过于喜欢我。詹姆斯隐瞒我他认识莉齐的事，当然是没有恶意，但这个隐瞒本身就是致命的瑕疵。我大概没有失去詹姆斯，却失去了莉齐。我终于有力地“移转”了她对我的情感，这是我早先渴望而不可得的。我几乎是费了点劲才忆起，我是为了哈特莉才“移转”我对莉齐的爱意。我的病标志着一个等待的跨距，而等待期现在已经结束。莉齐的电话是老天的一个信号，召唤我起而行动。对我和哈特莉来说，最后时刻已经到了。

但此时，我仍然坐在那里对莉齐微笑，尽我所能地微笑。莉齐的微笑也许是真诚的、充满希望的，不明白有什么事情已经发生，还以为她能继续同时拥有我和不拥有我。但我们实质的联系已经断开。我记起詹姆斯说过，我是注定孤独和当每个人的叔叔的。我说："看来你们很高兴看到你们的查尔斯叔叔了？"

他们笑了，我也笑了，三个人笑成一团。莉齐拧拧我的手。我发给他们快乐的许可证，也看得出来他们现在有多快乐和多感激。除了我以外，每个人看来都是乐歪歪的。

苹果酒太甜了，也太烈了，慢慢开始发挥作用，让我假装快活假装得更容易，直到再次思及提图斯才有所改变。他以很肃穆的方式进入我的思绪，就像是有人用盘子把他的头端到我前面。詹姆斯说过一些关于提图斯的话，但我却记不起内容。因果报应。轮回是公正的。我忆起了莉齐那天的尖叫声。也许就是提图斯的死让我失去莉齐的：她把他的死归咎于我。它编织得何其紧密啊，那张因果之网。莉齐此时也在尖叫，但却是快乐的尖叫。唉，她总是得生存下去，我们总是得生存下去。提图斯只是与我们短暂相聚的陌生人。

我们谈了好一阵，像老朋友一样自在闲聊。吉伯特在一部电视影集中获得一个好角色。他们打算把房子重新装潢。莉齐又恢复在医院里的兼职。他们一句也没有提及哈特莉，而这个谨慎的略过就像封印一样，把我和他们牢牢分开。

我从口袋里拿出手表，按照莉齐手表上的时间调整指针。他们说要走了，我陪他们走到车子边。莉齐想与我拥抱一下，但我却轻拍她催她快走。我猜吉伯特想要亲吻我。我向他们开动的车挥手，感觉就像跟某件事情告别。然后我沿着街道，向教堂和那条通往山坡的路走去。就在我走到路口时，有人从背后拍了拍我的肩膀。我转过身，吓了一跳。那是乍看之下相当古怪的女人。然后我认出她是杂货店老板娘。她从后追上我，是为了要告诉我她店里终于卖新鲜的杏子了。

爬上山坡时，我觉得非常疲倦和沉重。也许病后初愈，我应该多休息一天的。也许我不该喝那杯苹果酒。又也许莉齐和吉伯特已经用他们的活力抽干我的精力。对，他们是活力充沛的人，他们有能力改变世界、存活下来。他们已取走我身上的一部分，供自己使用。对于别人能够从我的实体中获得滋养，也许我该感到高兴。

我觉得自己还未准备就绪，觉得自己像是赤身露体似的。但一股不可抗拒的力量却在后面推着我。这是一个我不愿意延后的对决。我感到自己沉重得就像是被一股可以把人压扁的重担压着。但对于待会儿要怎么做，我还没有清楚的想法。我既没有带钝器，也没有先叫好出租车。

我注意到每栋小别墅都有相当大的差异。它们有些在大门上镶着椭圆形的彩绘玻璃，有些没有；有些门廊上种着天竺葵；有些阁楼上装着屋顶窗。最后，我终于走到“尼布利特”的蓝色木栅门前面，面对它那个复杂得恼人的小门闩。

前排卧室的窗帘全都不寻常地半拉起来。我按了门铃。铃声和往日不同。我是过了多久才意识到屋子是空的呢？肯定是在我从窗帘间隙窥看到大卧室里所有家具都被搬走前。

我走回大门，虽然明知不会有人应门，但还是又按了好几次门铃，听着铃声在空洞的屋子里回响。

“啊，对不起，请问你要找菲奇夫妇吗？”一个围着围裙的女人从隔壁花园的篱笆探身问我。

“对。”我说。

“他们搬走了，移民到澳洲去了。”她自豪地说。

“我知道他们要移民，我还以为赶得及见他们一面。”

“他们把房子卖了。狗一起带到澳洲，但它当然得先通过检疫。”

“他们是什么时候走的？”

她说了个日期，我马上意识到，那是离我与他们茶叙后不久。这么说，他们告诉我的离开日期是骗人的。

“我才刚收到他们寄来的明信片。”那女人自豪地说。“是今天早上才收到的。你想看吗？”她早就把明信片带在身上，准备向我炫耀。

明信片正面是悉尼歌剧院的照片，背面是哈特莉的笔迹：刚抵达，悉尼是我见过最漂亮的城市，我们好快乐。班和哈特莉都签了名。

“好可爱的明信片。”我把它递还给她。

“对，可不是。但英国对我而言就够美了。你是他们的亲戚吗？”

“是表亲。”

“难怪我觉得你长得有点像菲奇太太。”

“我好想念他们。”

“可惜我没有他们的地址。但人生就是这样，天下无不散的筵席。”

“嗯，十分感谢你。”

“我想他们会写信给你的。”

“我也这么想。谢谢你，再见。”

她回到屋子里，我则走向小径。花园里的玫瑰花早因为没人照顾而枯死。我注意到有块样子特别的石头半埋在土里，我把它捡起来。那就是我送给哈特莉的那块有不规则十字线的粉红色石头。我把它放入口袋。

我绕过屋旁，走到后花园，站在大观景窗外的石头平台上，向内窥视。这扇窗的窗帘也是半拉上的，客厅里一片空荡荡。客厅通向门厅的门是开着的，让我可以看到大门，看到原来挂骑士油画的地方现在留下一个长方形痕迹。我突然有种强烈冲动，想进屋内去看看。说不定哈特莉留下了什么信息给我，最起码我可以找到几件纪念品。

后门锁上了，客厅的窗户关得紧紧的，但厨房的一扇窗户却打开一条缝隙。我从花园棚屋里找来一个木箱子，放在厨房窗户下面，站上去，就像提图斯小时候得站在箱子上才够得着篱笆破洞那样。“你要站在一个箱子上才够高，对不对？”“对，我得站在一个箱子上。”[①]我把手指伸入窗户缝隙中，找到那个不是扣得很准的窗闩，把窗打开，一只脚伸进去。片刻之后，我就到了厨房里，因为紧张而喘着大气。一种可怕的死静弥漫全屋。

厨房是空的，但不是完全干净，一个水龙头滴着水。几团灰尘被窗户带入的气流牵引得在地板上滚来滚去。我打开食物贮存柜，里面已经开始有点霉迹了。我在客厅里逛了逛，再走进两个卧室，却一无所获：没有手帕，没有发夹，没有任何吾爱留下来的纪念物。我走入浴室，看着浴缸里的水垢。然后，我终于发现了东西。在地上漆布靠墙的边缘处，有一道很细的白线。我小心翼翼地把漆布掀起来。有一封信藏在下面。那是我写给哈特莉的最后一封信，信并没有拆封。我审视了信封一两秒钟，想判断它是不是拆过后又重新粘上。但不是。它从来没有被拆开来过。

就在把信放入口袋之际，我改变了主意。我把信撕成四片，放进马桶里冲走。我回到厨房把窗关紧，然后打开大门走出屋子。隔壁那个女的从她家窗子看到我，一脸不以为然，甚至打开窗户，目睹我走下山坡。

就在走到山坡底，右转到村子街道上的时候，我突然看到一个熟悉的身影正向我接近。我意识到那是我认识却不想见到的人。接着我认出对方是弗雷迪·阿克赖特。逃已经是不可能的。他已经看到我，正在加快脚步。

“阿罗比先生！”

“哎哟，是你，弗雷迪！”

“看到你真好，阿罗比先生。我一直惦念着你呢！我知道你搬来这里。我是来度假的，一直希望可以碰到你。我今天运气真好。”

---

① 查尔斯这段回忆与原来的对话略有出入，“你”与“我”对调了。

“弗雷迪，好久不见了。你好吗，现在从事什么工作？”

“鲍伯没告诉你吗？我现在是演员。”

“演员？恭喜你！”

“我一直想当演员，就是因为这个缘故我才会当你的司机。但我从来不认为美梦会成真。我喜欢为你工作，棒透了，可以跑遍整个伦敦，跑遍所有剧院。我们那时都是风驰电掣到处跑的，对不对？你离开英国以后，我就想：‘试试看又死不了人’，后来终于拿到演员协会的演员证。我当时是不年轻了，但因为曾为你工作过，对我帮助不少——你总是带给我好运。那段日子你对我真好，对我鼓励有加。‘弗雷迪，决定了要做什么就去做，成不成功只是意志力的问题！’你不只一次对我这样说。”

我记不得曾说过这样的话，而这话也不像一个人会说一次以上的，否则就是他倒霉到家了，但我还是很高兴弗雷迪对我有这种美好回忆。他陪着我向前走，一直走到通向海岸公路的那条步道上。“唉，那真是美好的时光，对不对，阿罗比先生？萨沃伊、康诺特、丽思、卡尔顿，哪家豪华大饭店我们没去过！老卡尔顿当然已经不在了，但伦敦仍是世界上最好的城市。对，我现在见识过不少大城市了。当演员让我有这种机会。我在巴黎、罗马、马德里都演出过。前不久我还在都柏林拍电影。”

“你用什么艺名？”

“啊，我用的是本名，那看起来才像我。我没演过什么大角色，却喜爱在舞台上的每一个时刻。全都是你的功劳，阿罗比先生，是你鼓励我的。每个人听到我认识你，都会羡慕说：‘啊，你是查尔斯·阿罗比的朋友，真的？’我当然不会否认，而这一点让我得到不少演出的机会。唉，能看到你真好，阿罗比先生，你看来还是和以前一样年轻。你会搬来这里真是神奇，你知道吗，我就是本地人，是在阿莫尼农庄出生的。我叔叔和婶婶至今仍住在那里。我听说你退休了，是真的吗？”

“真的。”

“我不能想像你会从剧院退休。‘没有生活可与演艺生活相比’，你以前不是常常这样说吗？我举脚赞成。我很想介绍你认识与我同住的一位朋友，他叫帕维特。你听过他的名字吗？没有？嗯，你总有一天会听到的。他是舞台设计师。”

“说不定我们还有机会在这里碰面……”

“哎哟，对不起，我头昏了，竟然就站在这里说个不停。我可以请你到‘黑狮’喝一杯吗？”

“不，我有事得赶回家。真高兴见到你，弗雷迪，也为你成功的演艺事业感到高兴。”

“我会请经纪人寄一些我的剧照给你。”

“好啊，我祝你大展宏图。”

“上帝祝福你，阿罗比先生，也十二万分感谢你。”

我踏上步道，热切地挥手道别。看来，虽然我在某些人的梦中是恶魔，但是在弗雷迪心中，我扮演的却是——相当不配的——降福神的角色。

回到家的时候，时间还不到两点。我开了罐清汤冻罐头，直接冷着吃，但吃了几口便停了。我吞了两颗阿司匹林，上楼躺在床上，热切期望马上昏睡过去。但我却没有昏睡过去，而是漂进了某种地狱般的境地。

如果说有什么是比嫉妒还要强烈的无意义的心灵折磨，那一定是怨悔。就连失亲之痛都没有怨悔那么锥心刺骨。我说的是怨悔而非忏悔。我怀疑自己是不是曾经体验过纯粹的忏悔；又也许纯粹的忏悔根本是不存在的。怨悔总是包含着罪恶感，却是一种绝望又绝望的的罪恶感，它带给人的痛苦是无药可治的。

我没办法去想哈特莉，至少目前没办法。震撼太大了，要不就是因为我一直都在偷偷摸摸保护自己，以免自己受创太深。她当然无时无刻都与我同在，就像我意识里的嗡嗡声响，不过目前我决定不把注意力放在她身上。在我与她角力的最后阶段，我有时觉得自己希望休息；但现在，相当突然的，她让我成了一个大闲人。然而，从她最终消失所留下的空白里，却来了个提图斯——他回来，是要要回我欠他的一份罪恶感与悲恸。

怨悔的一个恐怖之处在于它会勾起一大堆不可能实现的可能性。我本来可以带提图斯到伦敦，他可以上演员训练学校，他会定期带朋友来看我，我会带他去度一些精彩绝伦的假期，我会爱他和照顾他。为什么我没有早早看出，拥有提图斯，当个操心的父亲，是诸神赐予我最纯粹的礼物呢？这才是我应该牢牢抓住的。我记起罗希娜那番未卜先知的话：事实证明他只是你的梦幻儿子；只要你一触摸他，他就会枯萎和消散。为什么我从一开始没有抓牢他，在我们之间建立真实，给予他我全部的关注，把他带离无情不仁的大海呢？当然，吉伯特和其他人一定会笑我这种想法，但他们有可能是错的。我本来可以成为提图斯的保护者、良师益友，甚至仆人，对他只有付出而一无所求。不过，在我这样胡思乱想的时候，不管我想到什么，总有一个画面如影随形：在灿烂的海边阳光下，提图斯躺着、死了，全身软弱无力且湿淋淋，眼睛半闭，兔唇疤就在他的唇上。

他的永恒消失对我来说几乎是不可理解的。他和我的缘分竟如此短暂；他来我这里，等于是走向他的死亡，走向他的处决者。他的人生本来存在许多可能性，但他哪里都不去，偏偏走向那块陡峭的岩石基部，走向那个爱逗弄人而杀人不眨眼的大海。是哪些古怪的偶然构筑出他所走的这条路呢？我应该警告他的。我从一开始就不该与他一起跳水。是我杀死他的，因为我太雀跃忘形于他的年轻，因为我假装自己也一样年轻。他的死是出于对我的信任。是我的虚荣心害死了他。业报是自动运转的。我松开了我的臂弯，而他躺下来死了。这些思绪让我昏昏沉睡。醒来时，我忘了哈特莉已经走了的事实，马上一如往常地开始计划要怎样把她抢回来。

我的表又停了，但天空看来是黄昏的样子，满布橘色的云，云间穿刺着一些非常冷非常苍白的蓝洞。我下楼泡了茶喝，接着开始喝葡萄酒。我开始去想哈特莉，但十分小心谨慎，仿佛是在试验想她一事会不会让我忧伤得不能自已。但她的事我又非想不可，它们所带来的痛苦又是我非承受不可的。我已经看过那栋空荡荡的屋子，看过那张从悉尼寄来的明信片。我凝想她，看到她那张年轻空茫的脸注视着我，但这张脸现在却藏在一片薄纱后面。她静静邀我受苦。现在终于有个巨大的空间，可以让这种痛苦付诸实现了。现在没有什么是紧迫的了，没有什么事需要我去计划、需要我去达成的。那我要怎么办呢，我问她，我对你的爱要怎么办呢？如果你不满意我，又为什么要回来？我不能再为你做任何事了，亲爱的。我怀疑自己注定是要和这种爱生活在一起，注定是要把它当成神龛来供奉，不容许它再受到任何亵渎。也许当我像隐士那样单独生活和当每个人的叔叔时，就可以把这种没有结果的爱保存起来，当成我的秘密圣堂。那是不是接下来我就得学习非占有性的爱？而这个，不就是我搬来海边的初衷吗？

天慢慢黑下来，我点起油灯，关起窗户，以免飞蛾飞进来。然后我有点惊讶地想起，我怎么没想过到悉尼去。我不记得班是不是说过他们准备定居在悉尼，但澳洲毕竟不是那么大，我在澳洲有朋友，而他们一定会乐于参加狩猎女孩的计划的。我可以搜索、打听、登寻人启事。这将让我有事可做。可是我知道这是行不通的，我必须要放弃。但我是不是可以只是找她而不去干扰她，只是站在一个距离外谦卑地守望着她，却又让她知道我就在附近？那样的话，我又与一个吓人的幽灵何异？我必须放弃。现在回想起来，早在她最后消失以前，我就已经悄悄放弃了。要不是如此，经过那个可怕的茶叙以后，我还会空坐在家里等待，幻想她来按我的门铃吗？我真的相信她会来吗？真的相信她会在最后一刻跳上我的船吗？我显然当时就知道她是没有跳跃的勇气的。我头埋在双手里，痛苦地左右摇摆，心里想，要是我们早就找出折衷的办法就好了。要是她真的是我妹妹就好了，那样，我就可以好好照顾她，让她得到快乐。

我没吃任何东西。我没有食欲，也怀疑自己从此会不会再次进食。我走上楼，感觉醉醺醺和病恹恹。不知从哪里吹来的海风让珠帘子滴滴答答。小月亮驰过参差的浮云，它的移动速度快得让我眼花。也许她非爱班不可，她有爱的天性，但没有别的对象可爱。她本来希望去爱提图斯的，但班却毁了她对提图斯的爱，连带毁了她这个人。我看到的哈特莉只是一个空壳子、一具死尸、一件死物。但偏偏这件死物却是我渴望去栖息、去活化、去珍爱的。我吞了三颗安眠药。在昏昏欲睡之际，我心里纳闷，既然她不想读我的信，为什么要把它留着呢？为什么她要把石头留在花园里呢？她应该知道我一定会看见的。这些，是不是一些希望犹存的信号？

第二天早上我起得很晚，并透过电话知道时间是九点三十分。我觉得头痛。我走到厨房，被那个浴盆绊了一跤，盆中的水还是半满的。我费了点劲把盆里的水倒掉，一半倒在地板上，一半倒在草坪里，再把盆子放回楼梯下面的空间。我试着吃些饼干，但它们软掉了，而且出奇地潮。家里既没有面包，也没有奶油或牛奶。但我不饿。我想去采购，但不知今天是星期几。我恍惚听到遥远的教堂钟声，这么说今天是星期天了。我相当抽象性地思忖，自己是不是应该回伦敦去。但我没有回去的动机。那里没有人是我想见、没有事情是我想做的。

我走到屋外看看天气。天气更暖和了些，天空也更蓝了些。我注意到吉伯特聪明地摆在信箱里的篮子里有一些信。罢工或假日或什么的显然已经过去了。其中当然没有哈特莉的信，却有一封是莉齐写来的。我拿了信，走入小红室，在桌子前坐下。

> 亲爱的，上次会面我很不愉快。你很宽厚，但我只愿当时是单独见你。我们是笑得很开心，但不知道为什么我觉得怪怪的。你心里真正想的是什么呢？错一定在我，请你务必把我纠正过来。爱我吧，查尔斯，把我爱个够。自从收到你的信以后，我对你的爱就像接枝似的重活了起来。我不需要什么“痊愈”，我不要，我要全心全意爱你。我们不要再分离了。让我们永远平静地在一起吧，我们已不再年轻。求你答应我，我最亲爱的。
>
> 莉齐
>
> 又及：到伦敦来看我们吧。

好感人的信，况且信末还以“我们”的名义发出邀约呐！那句“错一定在我，请务必把我纠正过来”也是典型的莉齐式语言。我打开另一封信。是西德尼的太太罗斯玛丽写来的。

最亲爱的查尔斯：

这信是带给你坏消息的。我与西德尼分手了。他想要离婚。为了小孩的缘故，我们装得心平气和，但他们似乎不认为父母离婚有什么大不了的。第三者当然是个女演员，这就是干我们这一行的风险吧。另外，老是在大西洋两岸来回跑，看来也是西德尼脑子坏掉的原因。也许他的婚外情只是短暂的。我仍未放弃希望，尽管怀抱希望是折磨人的。我即将回英国，并渴望看看你。我可以到你那海边平静的新居探望你吗？这是我最需要的。

敬爱你的罗斯玛丽

所谓美满的婚姻亦不过尔尔。看来我最好还是守稳我单身叔叔的角色。我打开另一封信，却有好一会儿搞不懂是谁写的，尽管信末的签名一清二楚：安琪拉·高德温。

亲爱的查尔斯：

嗨，是我。听好我要说的话。你没有必要继续忍受老女人的，不是吗？你一定是认为自己老了，再把不到年轻女人了，对不对？但你看来一点也不老。既然有我，你又何苦再忍受莉齐·谢勒或罗希娜·万贝格之类的老太婆？不过我倒是很欣赏罗希娜，至少是欣赏她的聪明。自从潘蜜拉走了以后，家里的情况愈来愈不堪，但你可别以为我只是拿你来当逃家的管道。才不是这样！这几个月来我想了很多。我认为我已成熟了许多，而且终于能够接受自己了。我一直都在思考自己的身份认同，至今还不晓得打算从事什么工作。不过至少我知道我不要当演员，所以你也用不着以为我巴着你是为了这个！我数学很好，所以我想也许可以当得成物理学家，目前我正为剑桥的秋季入学考准备。不管怎样，我一定会拼老命当个有头有脸的人。这封信的目的？我有个天才主意。你来找佩里格林喝酒的那个晚上，我在门外偷听(那是一定的)，听到你说很希望有个儿子(你真的说过吗？我忘了，但不管怎样我就是觉得你想要有个儿子)。现在我有个好点子。为什么我不能帮你生一个呢？生了以后全归你，我不会纠缠你。我当然会不时探望他，但就那么多。我不认为自己会愿意被一个小孩困住，何况我将会在剑桥忙得要命。照顾小孩的事大可请保姆代劳。我当然不是向你求婚。我想我会晚婚，甚至根本不婚。但你想要的只是一个儿子，不是吗？那为什么不抓住这个机会呢？人口不够，而这正是我们文明的毛病所在。我当然不希望看到饥荒，我是指人们没有勇气抓住他们内心渴望的东西，哪怕东西就摆在他们鼻子前面。有关我的一点简介：我今年十七岁，健康无比。我还是处女，希望有个特别的人帮助我越过边界——事实上你是我唯一考虑的人选。随信附上照片一张，你应该可以看出我已长大。怎么样，查尔斯？我是认真的。更不用说我是爱你的。一切只等你回答。

你的安琪拉·高德温

我把照片抽出来，审视上面那个相当漂亮而且长相聪慧的女孩。她有双大眼睛，一张明亮、缺乏自信和未定型的脸孔。我把信纸揉成一团，扔到壁炉的灰烬里。还有很多其他信件，但我觉得读信已经读够了。

我走出屋外，想看看恐怖的大海现在是什么样子。它平静而滑溜，像油般在岩石上滑来滑去。我一直走到米恩大汤锅才停住，站在拱桥上。正在退潮，洞窟中的水波涛汹涌地旋转，迫不及待要涌出洞口，激起的白色泡沫被外面较平静的大海吸收而去。我向下探望。好深的洞，好陡好光滑的岩壁。绝对没有任何凡尘的力量足以把我从这个洞里拉出来。但我却出来了，仍然活着，可怜而善泳的提图斯反而死了。我继续爬过岩石带，来到圆堡，走下阶梯。圆滑的海浪起起伏伏，但没有太凶猛，水位也是恰好，扶着铁栏杆扶手就可以直接走到海面上去。我感觉身体里有一丝生命之火在摇曳，但同时也有一种熟悉的恐惧在抽搐，一如我在加州高台跳水板上感受到的那样。

我颤抖地脱下衣服，走入海水里。先是一阵冰冷的震撼感，继而变得温暖，轻轻起伏的海浪让我回忆起什么叫快乐。我感受得到大海的孤独，另外还有一种我游泳时常常会有却又说不出来是什么的特别感受，但我现在辨认出那是一种死亡之感，看来那是我一直记在心中的。但这并不表示当时我渴望死或以为自己也许会溺水。我强健的四肢回应着水流，我的呼吸顺畅自然。在我头顶的天空是蓝色的，太阳无处不在。海浪一波接一波逗弄着我，强壮而温柔。我载浮载沉，直到开始感到冷才爬上岸，拿起衣服，赤身露体走回家。

大海重燃我的饥饿感，到了差不多是午餐时间，我把剩下的清汤冻加热，又开了一罐法兰克福香肠和一罐酸泡菜。我打定主意明天要到伦敦去，又想打个电话给詹姆斯。我甚至找出他的电话号码，抄到电话旁边的便条纸上。我也打算叫车行派一部出租车明天接我去坐早班火车。虽然太阳仍然温暖，但我游过泳后却觉得有一点冷，所以就把那件白色针织运动衫穿上。我拿出一个小皮箱，收拾了几件衣服。我甚至走进书房，想找一本旅途上阅读的书。我这时才想到，虽然我的退休计划包含阅读这一项，但是住进“什鲁夫末端”至今，我还没有打开过一本书。詹姆斯倒是翻过它们。提图斯则睡在它们上面。我需要一本煽情一点、可以让我全心投入的书。色情文学当然是最符合这个目的，只是我现在根本受不了色情文学。我东翻西翻，最后选择了《鸽翼》[①]——另一个关于死亡和道

① 现代小说大师亨利·詹姆斯的代表作。

德破产的故事。

白天不知不觉过去，但我还是没有打电话给詹姆斯或出租车行。我决定明天再打电话叫出租车。到伦敦以后要做什么，我还没有想过。整理我的小公寓，还是找人来装窗帘？这些都是属于另一个世界的事情了。虽然黄昏很暖和，但我还是在小红室里生了火，让自己有个伴，并用来烧掉罗斯玛丽和安琪拉的信。我在壁炉边用晚餐，饭后坐了一会儿，想读一点《鸽翼》，但它霸气十足的开头却无法吸引我。因为还有日光，所以我用不着借助油灯阅读。今天早上的游泳显然对我起了什么作用。我想起提图斯，然后想起自己溺水的事，忆起那个晚上被抬回来后睡在这个房间里的情景。当时我睡在熊熊火焰前面，又感激又惊讶自己怎么还活着。我看到自己当时躺在地板上的样子，看到我轻轻向壁炉移动肢体，以确定自己完好无缺。

我开始有睡意，但就在眼皮垂下一点之际，我突然非常清晰在脑海里看到了什么。有片刻我不敢断定它是幻象还是回忆的影像。它自己呈现在我眼前，而且来得相当突然，就像记忆。然后我记了起来，在我溺水当时，在我的头撞上岩石和昏过去以前，曾经看见过某样东西。我看见一个奇怪的小头接近我，长着利齿，它有一个黑色的拱形脖子。那个海怪曾和我一起待在洞里。

我张大眼睛，开始喘气，心跳得厉害。我环顾四周，但一切如常：火还在烧，未打开的信还是散落在桌子上，酒杯里还剩下半杯葡萄酒。我很肯定刚才没有睡着。我只是记起某件我出于某种原因忘了的事情而已。但现在我却想起那只黑色卷曲的东西。它游得非常接近我，然后掠过我的头顶，在幽暗的光线中，我清楚看到它的头和颈。我在记忆中看到它有一双放射绿光的眼睛。这个景象持续了几秒钟，又也许只是一秒钟，却清晰分明，无可怀疑。然后，下一秒钟，我的头就撞在岩石上。

不过等一等，还有别的事情是我隐约想起的，就发生在我失去知觉以前。但是什么事情呢？我坐在那里，因为兴奋和恐惧而浑身发抖，我双手抱着头，拼命要把事情想起来。有某件事痛苦地等着我回忆起来，一件相当重要也相当奇异的事情，它就在我的记忆边缘徘徊，等着我抓住它。可是我就是抓不到。我大声呻吟，站了起来，在厨房里踱来踱去，然后喝了一点葡萄酒。我闭起眼睛，再张开眼睛。我凝视我的心灵，但是又不敢碰触它，好像只要稍一碰触，就会石沉大海。但那隐藏的记忆就是不肯出来，而我有一种恐惧感，觉得要是此刻不能捉住，它就会沉落到潜意识的无边黑暗中，永远消失。说不定这是它从意识深处上升到意识表层的最后一次机会。

过了一会儿，我放弃了努力，尽管我仍然希望它会自己突然跑出来。我再次坐下，开始思考那海怪是怎么回事，然后又开始思考是不是可以用我那个和迷幻药有关的理论来加以解释。我又尝试回忆，自己除了看到那卷曲的生物以外，是不是还曾触摸过它。我一度考虑要到大汤锅去走走，以帮助回忆，但这时天已几乎全黑，让我不敢外出。我感到恐惧，继而又被死亡的恐惧笼罩着不断地发抖。我想点起油灯，却不知道为什么点不起来。我点了几根蜡烛，然后把前后门锁上，再回到小红室。

就在走回小红室的时候，我的眼睛像是突然改变波长似的，注意到正前方的墙壁上有什么异样。镶在墙壁上方的白色木头镶板高几英尺，上面有相当多裂隙。我注意到，在其中一条六英寸长的裂隙里，藏着什么东西：那东西是白色的，尾端微微外凸。刹那间我觉得无法呼吸，因为记忆起什么而感到头昏眼花。我走过去，把那白色的东西抽出来：那是一张纸条，是我溺水那个晚上写下什么和藏起来的。但即使纸条此刻就握在手里，我仍然记不起曾在上面写了什么，尽管我马上就认定，那一定和海怪有关。我打开纸条，读到以下的内容：

> 我必须尽快把事情记下来，以为凭证，因为我已经开始要忘记了。是詹姆斯救了我。不知怎么办到的，他直接落到水面下。他两手托着我的腋窝，然后我觉得自己开始往上升，仿佛

坐在升降机里。我看见他背部贴在光滑的岩壁上，探身托着我，然后开始上升，然后他抱着我，两人一起升出水面。但他并不是站在任何东西上面。有一刻，他背贴着岩壁移动，样子像只蝙蝠。接着，他就一无凭借地站在水面上了。然后

可辨识的文字到此结束，接下来是一些乱七八糟的蟹行文字。我坐在桌子边喘气，把纸上的文字看了好几遍，然后，那一直在我意识深处蠢动的黑色东西终于冒了出来。我记起来全部的情景。这记忆和我对海怪的记忆极为不同。它更像我对莉齐唱歌或提图斯之死的记忆，唯一不同的是它是不可思议的记忆。

现在我清楚记起，纸上所写詹姆斯“像只蝙蝠”一样贴在岩壁上，或是我像“坐在升降机里”往上升，到底是什么意思。我想起来了，在撞破绿色的海浪落水后，我的头一度露出水面，拼命喷出嘴里的水，想要大叫救命。接着，我看见詹姆斯已经沿着岩壁而下，要抢救我，但他看起来就像是跪行在岩壁上，移动姿势像是什么动物。蝙蝠的比喻其实并不贴切，说他像只蜥蜴要来得更精确，但重点是他不像人类那样，靠着手脚往下爬，而是像某些软体动物那样，靠着光滑的胸腹往下滑行。我记得当时我试着向他伸出一只手，但海涛太汹涌了，我完全失去控制，像软木塞一样东旋西转。再说，因为喝下太多海水，我已经到了呼吸与挣扎的底线。接下来，我看到詹姆斯的样子就像个溺水的人，全身湿透，水流不断从他头顶往下灌。我当时心想：原来詹姆斯也溺水了。但不知道为什么，这个想法并没有让我更加绝望。詹姆斯贴着岩壁一直移动到我上方，然后像只毛毛虫那样把身体从岩壁上撕开，向我探身。但他并没有抓住我试图向他伸出的手，而是用双手托住我的腋窝，就像我在纸条上描述的那样。我现在清楚记得腋窝被他双手托住的感觉，接下来，就是那种有如“坐升降机”的上升感。我没有被拉或被拖的感觉，一点也意识不到他需要花费气力。我一直往上升，最后我的头与他的头同高，我的身体被他抱住。我记得当时自己感到

一股暖意，然后就是在那一刻，我昏了过去。

但我的头不是撞到岩石，不是因此昏过去了吗？我摸摸后脑勺，清楚摸到一个软软的肿包。但我当然可能撞到岩石而没昏过去。我又是何时看到海怪的？詹姆斯是否也看到了海怪？为什么我的纸条上没有提到海怪？我的文字最后那些无法辨读的涂鸦又想说什么？不过如果我是在看到海怪之后的一刹那撞上岩石，那我会忘记见过海怪是不奇怪的。但我还记得詹姆斯救我的情节。然而我后来为什么会忘记而现在为什么会记起来？

我在极度激动的状态中从椅子一跃而起。有关詹姆斯冒险救我的记忆断然不是幻象。因为要不是这样，我又凭什么可以逃离那个波涛汹涌的死亡陷阱？毕竟，今天早上去过米恩大汤锅一趟后，我已经有十足把握断定，以那个洞窟的凶险陡峭，没有任何人类的力量可以把我从中救起，也没有任何浪可能从里面把我卷到岩石上。是我的堂弟救了我，而他赖以救起我的，是他漫不经心称为“戏法”的特异能力。我再次想起他那个关于雪巴的故事，记起他也曾经尝试用类似的“戏法”去保住他雪巴的命。当他告诉我他能“透过集中的心念提高体热”时，我怀疑过这是大话吗？没有，因为我没有多想这件事。让我全神贯注的是两人在冰天雪地里抱在一起取暖而其中一人死了的事。另外，在我看来，某些东方苦行者具有控制体温的本领并不是太不可思议。但能够贴着陡峭的岩壁往下滑行却是完全不同的一回事，更不要说是站在波涛汹涌的海面上或托着像大石头一般重的人在水里往上提十二或十六英尺。这是一种不可思议的神技。但我记得它真的发生过，何况还有我写下的纸条为证。一件玄之又玄的事肯定发生过。

我再度坐下，试着让呼吸缓和下来。对于詹姆斯曾经用神奇力量救过我这件事，突然让我被最纯粹和最柔情的喜乐所充满，就像天空被打开，有股白光遍洒在我身上。我的感觉就像达那厄[1]。在上

① 希腊神话人物，主神宙斯化作金雨与她幽会，生子珀尔修斯。

一次与詹姆斯谈过话之后，我就预感到有一种新的关系在我们之间开启，但我当时的感觉不及现在的十分之一。我同时有种很古怪的想法：真好玩！我想起詹姆斯说过的话：“我们以前好爱闹！”我很想去谢谢他，一面谢他一面大笑。

我看看表。才刚过十一点，现在打电话还不嫌晚。我跑到书房，喉头因为激动而哽咽。我拨了詹姆斯的电话号码。我不知道自己准备说些什么，但提醒自己千万记得问他有没有看到那海怪。电话另一头的铃声响了，但响了又响都没人接，我的激动也转为失望。他已经出发到西藏去了吗？还是只是外出，与旧同僚在某个俱乐部共进晚餐？老天，我对他的生活所知何其少。我决定明天早上再打电话，然后出发去伦敦。

我回到厨房，打开上锁的后门。那种我早先感受到的冰冷恐惧已全然不见。我走到草坪上。屋里又黑又冷，但屋外还相当亮，空气也暖和些。我决定睡在户外，所以就到书房拿了几个垫子，又到楼上卧室拿了几张毯子和枕头。我爬上岩石，走到上次睡过的位置，把毯子铺好。然后我了走回屋子，小红室里的蜡烛从窗内发着友善的光。这时天空虽已开始暗下来，但仍然亮得足以掩蔽星星，只有昏星巨大而轮廓分明。低垂的半月是如起司般的淡黄色。

我走回小红室，蜡烛还燃着，旁边放着我的酒杯和几乎全空的酒瓶。我把剩下的酒倒出来，坐下来沉思。我尝试再记起多一些事。我很肯定，我从海里被救起来的当时，没有人注意到有什么异样。佩里格林说他推我一把后就继续往前走。他醉得很，因此可能真不知道发生了什么事。等大伙惊觉我出事时，我已经躺在岸边的岩石上，詹姆斯正以人工呼吸抢救我。事后我始终没有机会好好问过詹姆斯救我的过程，因为他接着马上就病倒了，就像垮了一样，得整天躺在床上。为什么会这样累呢？是因为他在救我的过程中，消耗了大量肉体和精神的力量。我想起他说：“这些戏法是人人都学得会，尽管使出以后会让人累到不行。”怪不得他事后会挺不住。且慢……“我没能挺下去，我松开了我的臂弯。”那个晚上我醉倒睡着以后，他不是还继续在说吗？他是在跟谁说话？是他的雪巴吗？还是……提图斯？为什么提图斯会来找我？为什么詹姆斯当初执意想知道提图斯的名字？一个名字就是一条道路。另外，为什么提图斯会说他“在梦中”见过詹姆斯？詹姆斯具有寻找失物的本领。这么说，他是不是曾经伸出过一根心灵触须，找到提图斯，把他带来我这里，以便让他处于他的保护下？对提图斯的死，詹姆斯说过“不应该是这样的”，就像他应该为此负责似的。但如果这是他的错，那也就是我的错。因果是无情的，提图斯会死，就是因为多年前我从佩里格林身边抢走了罗希娜。当然，提图斯无疑也是被我的虚荣心害死的，一如詹姆斯的虚荣心曾害死他的雪巴一样。是我们的软弱毁了我们的所爱。现在我又记起詹姆斯说过的另外几句话。白巫术就是黑巫术。灵性的领域只要有一点差池就会哺育出害人的怪兽。被召唤出来助人的妖魔会在事成后流连不去，伺机制造不幸。这么说，提图斯之死会不会就是詹姆斯召唤来救我的妖魔干的？妖魔趁詹姆斯体力不济时攫住提图斯，把他的头往岩石上撞？

这些想法都极其荒诞不经而且吓人，所以我决定停止东想西想，尝试入睡。尽管发生了那么多事，但我觉得自己应该会睡得很好。我亟欲与詹姆斯谈这一切，假如他已经远行，我就写信给他。但要怎样找到他的地址呢？除了托比以外，我不认识任何认识詹姆斯的人，但托比对于詹姆斯的行踪和生活又常神秘兮兮（不然就是所知无几）。我应该到什么军事单位或国防部问一问吗？但他们的回答可想而知必然是“一无所知”。

我已把酒喝光，壁炉里的火消沉为一堆闷烧的余烬。我深深长叹，深感自己平白浪费了多少年的时间，我和詹姆斯本来也许可以成为好朋友，而不是两个不知道要怎样相处的亲戚，甚至仇家。我伸手到桌上，弄散叠成一堆的信件，像是要看自己是不是辨认得出每一封信的字迹。当然没有一封是詹姆斯写来的，因为如果有的话，我一眼就会瞄到。其中说不定有一封是西德尼写来谈他的婚外情。但有一封信引起了我的注意，因为从信封上的笔迹，看得出来写信的人并不是非常熟悉英文字母。出于一点好奇，我把信拿过来，打开。信首的日期是两天前，内容如下：

阿罗比先生大鉴：

我是带来坏消息的信差，为此深感歉意。我找不到你的电话，但欢迎你依此信上的电话号码随时来电。我的坏消息就是，令堂弟詹姆斯·阿罗比先生刚过世了。我是他的医生。他留下一张字条，说你是他的堂兄和继承人，又交代我通知你死讯。所以我就写了这封信。阿罗比先生死得非常安详。他打电话要我去找他，而我到达时，他已辞世。我进得去，是因为门是半开的。他就坐在扶手椅上，面带微笑。顺道一提，我会当他的医生绝非偶然。我是印度人，来自台拉登。当我第一次认识阿罗比先生时，马上就看出他是懂很多事情的人。说不定你会明白我的意思。事实上，我在认识他以前，就预感会认识他，而当我一见到他，就预感会发生什么事。在北印度，很多人都是以这样的方式离世的。我告诉你这个，是说明你不必太悲痛。阿罗比先生是快乐地离世的，他已达成了他想达成的事情。我在死亡证明上填写的死因是“心脏衰竭”，但这不是实情。有些人有本领自由选择死亡的时刻，他们不需要对身体施加暴力，单凭意志力就足以做到这一点。看着他的时候，我满怀崇敬，向他鞠了躬。他走得很平静，是靠意志的力量让意识熄灭的。相信我，先生，他是个觉者①。

随时敬候来电。

P·R·昌敬启

我把信读了两遍，全身笼罩在冰冷的死寂里。我像雕像一样，一动也不动好一阵子。我完全没有往这是骗局或误会的方向想。我

① “觉者”有“佛”的意思。

毫不怀疑詹姆斯已经走了。他走得很安详；透过用心灵对身体施加温和的压力，他蠢动不息的摇曳意识就永远停止了。我感到一种深深的悲哀蜷缩在我体内，动也不动，就像是害怕移动似的。另外，还有一种从未有过的奇怪感受侵袭我，要过一会儿，我才认出那是孤独感。没有詹姆斯，我终于真正孤独了。我现在才知道，我的存在有多么倚赖他的存在，仿佛他是我的孪生兄弟而不是堂兄弟。

我看看表，时间已近午夜。我决定明天去伦敦。我纳闷他的尸体受到什么样的处理。詹姆斯现在还坐在椅子上，面带他常有的那种傻笑吗？

我站了起来，准备上床睡觉，但随即想起自己在岩石间准备了床位。我决定还是到屋外去睡。屋外很暖和，天色已暗得足以让零落的星星和模糊的银河显现。天空虽然暗，却透着晕开的暗光，我这才想起，时序已经是仲夏了。因为对岩石已相当熟悉，所以爬过岩石的沿途我都履险如夷，只有一度一只脚滑进了水坑里。水坑的水很暖和。找到我的硬床以后，我穿着衬衫和裤子躺下，只脱掉鞋子。我一手支头，以便看到镶着一道黑线与一道银线的海平面。在我下方拍打的海水就像是拍打着一条缓慢小船的涟漪。

为什么詹姆斯决定要走呢？是因为一些我能理解的理由吗？还是说那是他因果轮回的一部分，不在我的理解范围之内？各式各样荒谬的假设反复侵入我的脑子。和莉齐有关吗？不可能。还是和提图斯有关？他是为提图斯的死满怀怨悔，认为自己有责任吗？此时我甚至假设詹姆斯更早之前就认识提图斯，而且就是送他但丁爱情诗集的那个神秘人。但这是不可思议的，因为他们不可能装作不认识装得那么天衣无缝。我躺在那里看着大海上方的天空时，一颗金黄色的人造卫星出现了，缓慢而小心翼翼地以弧形掠过天穹，看起来就像宁静远行的灵魂。詹姆斯说过他要远行。死亡就是他的远行。那是他施展的最后一个“戏法”。

不，我无法想出他的求死是出于任何平常的近因。詹姆斯求死的决定是属于不同层次的，是属于相当不同的一种灵性冒险[①]。宗教是力量，而且必然是力量，但也自有其流弊。力量的行使是一种危险的快乐。也许詹姆斯想要求死，就是想放下肩上的重担——一种误入歧途的神秘主义、一种已降格为巫术的灵性。是不是他早就对他的“力量”满心厌恶，而动用这种“力量”救我则是压垮骆驼的最后一根稻草？如果是，该为他的死负责的人是我了？这是不是证明，自始至终，我都是他一个不知感激的包袱和一个危险的执着？这时，我突然难过地明白了詹姆斯最后一次造访我的可能意义。他不是为了与我言归于好而来；他来，不是为我而来，而是为他自己而来；不是为强化我们的联系而来，而是为斩断这种联系而来。就因为知道那是我们最后一次谈话，那晚他才会那么放松、那么敞开，对我显得前所未有地坦白和温柔。他来，不是为了渴望和解，而是为了去掉他最后一个苦恼的担子。因为对自己堂兄的担心和内疚，有可能会污染他也许一直向往的完美离开。

我很好奇，他死的时候经历了什么。他死前一刻有看到“全部的实相”吗，如果有，他有即时受惠吗？他现在是不是住在那个古怪的“解脱”天堂里了呢？还是因为某种软弱和痛处，他目前正在炼狱里为某些我想像不到的罪愆补赎？还是他正游荡于妖魔四伏的“中阴”，遇到各式各样生前熟人的幻影，并被各种恶魔吓得半死？一个人要怎样才离开得了“中阴”？我不记得詹姆斯是怎样说的了。为什么以前我没有要求他解释清楚呢？他会在那里遇到我吗？一个恐怖的我，一个他心灵投射而成的假象？如果他真的已获得解脱，我祈求他来找我，就算不是来原谅我，也是出于怜悯与慈悲，来告诉我真相。

我躺着，聆听大海轻柔的拍打声，想着这些哀愁而奇怪的想法。愈来愈多的星星聚集起来，把银河的间隔补起，把整个天空填满。在这个远之又远的金色海洋里，星星静静地射出，又静静地落

---

① 这里的“相当不同的一种”是指相对于基督教而言。

下，在亿兆又亿兆涌现的黄金光线里，奔向各自的命途。一张又一张薄纱似的天幕静静地揭开了，我看得见星星背后的星星和更背后的星星，一如我年轻时代那样。我也看得见，整个巨大柔软的宇宙正缓缓由里往外翻了过来。我睡着了，睡梦中似乎听到一阵歌声。

我醒来时已是破晓。亿兆又亿兆的星星已然远去，天空是一片茫然极亮的蓝色。太阳尚未升起。岩石的轮廓已清楚显现，但颜色还处于未确定的状态。海面极其宁静、光滑和灰溜溜，一丝涟漪也没有，只有海平面上有一条最细最苍白的细线。一切宁静得彻底，但有其意识，就像这个星球正在无声地呼吸着。我这时想起詹姆斯已经死了。谁才是一个人的初恋呢？难说。

我撑起身体，跪着，抖掉凝结在毯子和枕头上的露水。然后，在万籁俱寂中，我听到一种奇怪而吓人的声音从海里传来。那是一阵突如其来的轻细溅水声，好像有什么东西在岩石下方行将出现，甚至会爬到陆地上。我转身向岩石边缘探望，心里充满恐惧。然后，我看到，有几张湿淋淋的狗脸好奇地昂首打量。是四头海豹，它们在岸边游泳，离我那么近，仿佛伸手可触。我俯视它们离我只有几英尺远的尖鼻子、滴水的胡须、明亮好奇的圆眼睛，以及柔软亮泽又优雅的湿项背。它们围成圆圈嬉戏了一阵子，不时抬头望我。看着它们玩耍时，我毫不怀疑它们是一些降福神，是来看我和赐福于我。

后　记

日子继续下去

这样，既然有了海豹与星星，有了解释，有了认命，有了和解，而一切又在一个更高层次上获得了新的意义，那这本书显然也到了该结束的时候。但生活不同于艺术，艺术总会有一个结局，生活却总是以恼人的方式跌跌撞撞和一瘸一拐地继续下去。它会推翻既有的谈话，质疑已得到的解答，证明人想永远过着快乐和有德的生活乃是不可能的。基于这个原因，我想我应该再次以日记的形式在这本书里继续多写一些；如果它是一本书的话，那它当然会有一个结尾，但我猜那会是一个相当突兀的结尾，而且来得相当快。我特别觉得有必要记述一下詹姆斯的葬礼，尽管这葬礼平平无奇，几乎没什么好说的。另外我也觉得应该借这个机会把几个松散的绳头结在一起，尽管松散的绳头不可能结好，你愈结，就会产生出更多松散的绳头。时间就像大海一样，会让所有绳结松脱。我们对任何人的判断从来不会是最后定论，而任何总结都会马上自行衍生出重新评估的需求。人类的安排不过都是松散的绳头，尽管艺术为了带给我们慰藉，会假装事情是别的样子。

我写这个的时候是八月，但不是英国人遐想的那种普罗旺斯的黄色八月，而是寻常寒冷的伦敦八月，风把街道尽头的泰晤士河吹得汹涌澎湃。街道尽头的泰晤士河？对，我已经住进了詹姆斯的公寓。从法律的观点来看，这公寓现在是我的了，但事实上，它当然永远是詹姆斯的。我不敢改变任何东西，也几乎不敢移动任何东西。那些“迷信”的偶像四面包围着我。我只敢把几个比较古怪的

“物神”收到壁橱里，但愿他们不会见怪。我也把挂在门厅里的几件玻璃垂饰拿下来，因为它们的滴答声让我睡不安宁。但那个禁锢妖魔的雕花木匣子仍然高踞在托架上(詹姆斯从未否认有个妖魔被关在里面；我问他的时候，他只是笑而不答)。其他无数的佛像仍然各安其位，只有一尊被我送给了托比·埃尔斯米尔，因为他似乎对詹姆斯遗嘱里完全未提他的名字而耿耿于怀。詹姆斯在遗嘱里把一切留给我，又提到如果我比他先死，则一切东西全归英国佛学会所有。我也送了一尊佛像给英国佛学会。

今天收到房屋中介商写来的另一封抱怨闪躲的信。“什鲁夫末端”正在求售。自从看到海豹的那天早上后，我再没有在屋里睡过。整理东西准备搬家期间，我都住在雷文饭店。从饭店房间的窗户，我可以看见圆堡，却看不到屋子。看来没有人想要买它，或许是因为它太潮湿，又或许是别的理由。我把屋子的钥匙交给阿莫尼农庄的阿克赖特一家，因为他们说可以帮我把屋顶的破洞修好，可是据房屋中介商在信中告诉我，屋顶的破洞如故。所幸我并不缺钱，詹姆斯留给我的遗产够我过得舒舒服服的了。

我想我应该记述一下詹姆斯的葬礼，我说过要这样做。但回忆起来我只感到奇怪和一片空白。丧事并不需要我来办，谢天谢地。负责丧事的是一位黑封恩上校，他看来是专程为此而来的，事后就消失了。我在收到詹姆斯死讯的第二天就到了伦敦，而在他的公寓里，刚好同时见到黑封恩上校和那位医生。上校向我解释，他因为联络不上我，就径自安排了葬礼(火葬)，但如果我别有想法的话，他可以……我没别的想法。“詹姆斯”已经被移到了“安息堂”①。我没有去看他。

火葬在两天后举行，地点是伦敦北部的一个大墓园。墓园的面

① 停尸间的委婉说法。

积很大，空荡荡的，让习惯了拥挤小墓园的人觉得不自在。那里的职员就像在做生意似的，办起丧事来匆匆忙忙，一打发走前一位“顾客”就催我们进灵堂。黑封恩上校和那位医生都出席了葬礼。托比·埃尔斯米尔来了，看来很难过。我以前从未认真思考过他跟詹姆斯是何种关系，但不管是哪种关系，都应该是很久以前的事了。詹姆斯与托比不但是军中同袍，还是同班同学。也许只是托比在念书时对詹姆斯单恋，但这种感情是有可能持续一生的。后来又来了四个穿黑色西装的人，我猜他们都是军人。他们看来不知道我是谁，而托比也不认识他们。我和托比聊了几句，事实上，除了托比以外，没有人跟我寒暄。整个仪式不过历时几分钟。当然没有祷告仪式，只放了一些懒洋洋的轻音乐，然后是默哀，不过这默哀却被灵堂后方一个职员大声的开门声惊破。我当时才觉得，我应该为詹姆斯安排更正式一点的仪式。但我又知道，不管我安排什么样的仪式，都可能只是对詹姆斯阴魂的一种冒犯。然而我还是后悔未能早想到要求葬仪社播些庄重一点的音乐送他入土。

丧礼结束后所有人一起走到花园。黑封恩上校跟我握了握手。大家开始各自散去。我想和那医生谈几句，但他却表示医院有事情等着他赶回去。也许他是因为那张死亡证明有点神经紧张。托比不太热烈地邀我坐他的车，我婉谢了。我知道他也想要一个人静一静。我在一些破落的后街走了很长的路，最后迷路了。

我刚刚在詹姆斯家一个抽屉里发现我要拿来当武器的那把铁锤。詹姆斯一定担心我会做傻事所以把它带走的。我喜欢他家的厨房。有一个大而干燥的食物贮存柜，里面全是空的。厨房的窗户还可以眺望得到贝特西发电厂，夕阳西下时发电厂看起来就像一座亚述人的方尖碑。

我已经把位于谢泼兹布什的小公寓卖掉，搬了一部分家具过来。我也把“什鲁夫末端”里的家当搬了过来，但乔里太太的东西却一件也没带。我有股冲动想把那面被罗希娜打破的椭圆形镜子带过来，最后压抑了下来。我把大部分的东西都存放在詹姆斯的梳妆室里。就这样，在詹姆斯的寺庙里，终于有个查尔斯的小小神龛。有时我会走进里面坐坐。我的书还放在门厅，没有拆箱。我的衣服大部分也还放在几口皮箱里，因为我不敢弄乱詹姆斯衣橱里那些挂得整整齐齐和折得整整齐齐的衣服。他卧室里的大衣柜看起来就像另一个世界的入口。我不能说这公寓让我有家的感觉，但我又不想住在别的地方。有时想到詹姆斯已经不住在这里，我只觉得不可思议。昨天晚上，我因为深信他就睡在隔壁房间，还特意走过去看了一看。

这星期五我又去了莉齐和吉伯特位于戈德格林的小房子一趟。现在我三不五时会去探望他们，而他们则会用花了一整天煮出来的臭味大杂烩招待我。吉伯特已成了很有名的喜剧演员，他演的那出没完没了的愚蠢电视剧大受欢迎。这是他生平第一次出名，人们在街上看到他都会走上前摸摸他。剧评人还把他拿来与威尔弗雷德相提并论(荒谬之至)。莉齐看来过得很快乐。她已经辞掉医院的工作，人变胖了。他们至今还会说有朝一日要找一栋大房子，与我同住，我住楼上，他们住楼下，当我的“伙计”。我们常常拿这件事开玩笑。

他们开始把我当成老废人了吗？他们认为詹姆斯的公寓是可怕的地方，不适合人住。我当然没有邀他们来过。我从未邀任何人来过。

我已经安于当隐士叔叔的角色了吗？昨日我带秘书考夫曼小姐(前面我好像没提过她)去喝咖啡，听她谈她年迈母亲的悲哀故事。之后我又与罗斯玛丽在一家小酒馆吃午餐，听她谈西德尼和梅宝琳的婚外情。梅宝琳才二十岁。罗斯玛丽仍然希望西德尼会回心转意。他们的孩子都爱极了加拿大。但罗斯玛丽认为他们对父母要离婚的事情都太豁达超然。令我高兴的是罗斯玛丽对“什鲁夫末端”

发生的事情似乎不甚了了。她唯一“知道”的是我被一个老疯婆子整得很惨，而吉伯特的一个男朋友溺水死了。我当然不会主动告诉她什么，所幸她也没兴趣谈我的事。

现在已经夜深。所有的佛像似乎都在看着我，虽然我知道，它们半闭的眼睛是看不到表象世界的。这里灰尘愈积愈多，但我不敢冒险请清洁妇来打扫。我自己是做了一点拂尘工作，但却不敢移动任何东西，它们有些相当脆弱易碎。我特别不敢碰那个关着妖魔的木匣子！我有一种感觉，这里愈来愈像一间博物馆，是不是因为詹姆斯的灵魂已经逐渐消散呢？我占据的面积始终没有增加。吃饭当然是在厨房，吃过饭我就会走进客厅，坐在现在这张书桌前面。我穿衣服是在门厅里，睡的是较大的一间客房。我当然不敢睡詹姆斯的床。他的漂亮卧室空置着，我总是把门关上。

但我至少占领了这书桌，又拿了一些我最喜欢的玉石动物雕饰摆在上面。我用来当镇纸的是两块石头，一块是我送哈特莉的粉红色十字线石头，一块是我送詹姆斯的蓝线棕底石头。我经常把它们拿起来把玩。我还把两张照片装框放在桌上，一张是阿贝尔叔叔和爱丝蒂尔婶婶的跳舞合影，一张是克丽芒年轻时扮演考狄利娅①的剧照。我找不到我父母适合摆放的照片，而我当然也没有詹姆斯的近照。他为他“远行”所做的准备工夫十分彻底。我找不到任何私人的文件和信件(我怀疑黑封恩上校有没有动过他的东西)。没有旧信、旧照片或旧账单。他的遗嘱连同银行的投资明细放在一个小包裹里。没有任何迹象显示詹姆斯有找过律师。遗嘱是他手写的，两个签名的见证人似乎教育程度都不高。有段时间我还认定詹姆斯一定留了一封信给我，藏在房子的哪里。我蠢蠢地搜索过每一寸地方，甚至连墙上的缝隙也没放过。

昨晚在莉齐和吉伯特办的小派对上，我听说佩里格林在伦敦德

① 莎剧《李尔王》的女主角。

里的剧院搞得很成功，而且因为鼓吹爱尔兰的和平而变得大大有名。罗希娜同样热心，而且盛传她有进军政坛的野心，也因此变得很有权力欲。吉伯特告诉我弗里齐的《奥德赛》下片了。

对，我现在也参加派对了。我会到处去吃吃喝喝和说长道短，就像一般人那样。嗯，我本来不就是一般人吗？我纳闷我本来想在海边洞穴里解开的那件驱邪物①，现在怎样了。

我每天都在忙，但又没有真正做什么事。这大概是老年的征兆吧。这日记还在拖沓地写着，它是我的一个伴，是我有事可做的假象。我现在感到很不自在，因为我知道，在结束以前，我必须做个总结反省。但对于这件事，我又畏缩不前。太多痛苦了。我并没有把痛苦记录在这本书里。

从前面的篇幅看来，我一定是非常自我的人。但难道我是特例吗？我们都是别无选择，只能活在七情六欲的光照下。这种七情六欲，是我们本质中最深秘、有活力、忙碌的部分，甚至比我们的理性还要不可思议。所以我们必须过平凡的生活，除非我们是圣者。但真有圣者这样的人吗？有灵性的人是有的，詹姆斯也许就是其中之一，但圣者却不存在。

嗯，我会尝试反省，但不是今天。当这一切都完成后，我还会写别的东西吗？写克丽芒的故事？还是所有朋友都认为我非写不可的剧院回忆录？又或者我只会坐在火炉边阅读莎士比亚，回到那个魔法不会让真实萎缩而只会让真实变成各种仙女小玩具的世界？圣者也许是不存在的，但莎士比亚至少证明了，七情六欲之光是可以照亮整个世界的。

收到几封写给詹姆斯的信，全都是学者写来的。看来我堂弟是相当知名的东方学家，会与全世界有学问的人通信。有个大英博物馆的人打电话来过，问我打算怎样处置詹姆斯的藏书，我叫他有空

---

① 意指哈特莉。

过来看看。他昨天来了。看到一屋子的藏书时，他几乎因为激动和贪婪而昏厥。

我不知该怎样处理詹姆斯的诗。对，詹姆斯的诗！我想我先前一定没提过这件事！原来在某个意义下，他的话是真的：当军人是为了可以有多一点时间写诗。就在客厅书桌最上面的抽屉里，放着几大本活页册子，里面全是他写的诗，用打字机打得工工整整。托比现在是出版商(我记得前面好像提过这事)，风闻此事后曾打过两次电话给我，表示要出版这些诗。说不定詹姆斯什么时候向他提过有这批诗作。但托比从未看过这些诗，我也没给他看过。事实上，我自己也没真正看过，甚至不敢瞄一眼，因为我怕它们会蹩脚得让人发窘！我甚至有过直接毁掉它们的念头。

写到这里，我突然想到，我这辈子听过詹姆斯在我面前念的诗就只有两句(但常常挂在嘴边)：重机枪在手，万事别慌忙！①

这本絮絮叨叨的日记当然只是门面，一种与日常笑脸等值的文类，表面是笑脸，后面却隐藏着嫉妒、怨悔、恐惧和对自己无可挽回的道德破产的意识。但这样的伪装不但可以带来慰藉，也可以制造一点假的勇气。

收到安琪拉的另一封信，里面有她的另一张照片，信中重提了她那个慷慨的美意。

秋天逐渐接管了伦敦。红的黄的有光亮斑点的悬铃木叶子黏满湿答答的人行道，像是一片片从天而降的小讯息。考克斯苹果已经上市。我把它们放在食物贮存柜的顶层。每天早上与傍晚，我都会下楼一趟，走到堤岸，看看贝特西发电厂的尖塔衬托在骚动天空下的样子，看看泰晤士河永恒的涨退潮。我在等待。听说佩里格林因

---

① 这是英国诗人贝洛克的反战诗，讽刺帝国主义者凭恃枪炮在非洲为所欲为。

为对和平的贡献而获得某种奖章。罗希娜因为工作的关系去了美国。和罗斯玛丽吃饭，和考夫曼小姐吃饭，和可怜的老费比安吃饭，和一个叫布利克的年轻演员吃饭，他这人对戏剧充满热忱。回伦敦以后，劝我回到老本行的戏剧界朋友不绝如缕。他们要到什么时候才会明白我对这些都不感兴趣了呢？我用一团纸塞住电话听筒，让它响不起来。我迄今都没进过一家剧院，甚至连布利克先生大获好评的《哈姆雷特》都没有去看。

对，我愈来愈怀疑自己写得出一本关于克丽芒的书。我感觉这本日记已经把我本来留给她的空间排挤掉了。现在看起来这真是不公平。克丽芒是我的实体，是我的血肉。是她提拔我、创造我、造就我的。她是我的大学、我的拍档、我的老师、我的母亲，后来又变成了我的孩子、我的精神伴侣、我绝对的情妇。是因为她而不是哈特莉，我才会不结婚的。显然就是由于她，我才会不再试图寻找哈特莉。为什么我不找得再卖力点、坚持点呢？是克丽芒阻止了我。在记忆里，我是在受到克丽芒主宰后好一段时间才停止寻找哈特莉的，但这个记忆必然不实。我初遇克丽芒的时候，她是炫目的角色，美丽、聪明、名气如日中天，而且还年轻(我却觉得她老)。当时我二十岁，她三十九、四十岁。老天，她当时比现在的莉齐还要年轻呢。我是个青涩、笨拙、无知的小毛头，她会看上我，只能说是奇迹。稍后，她的占有欲激怒了我，她的爱让我吃不消。我跑开了，她也跑开了。然而我总会回头，她也总会回头。我们从未失去彼此；在她濒死的那段日子里，我把所有女人都扫地出门。

克丽芒的濒死阶段拖得很长。报社早就把她死讯标题的铅字排好，却苦等了好几星期。这几个星期我都守在她身边。我躺在她旁边，轻抚她的脸，一张因痛苦与恐惧而皱纹满布的脸。我的手指至今还记得那些松软皱纹的触感，以及那些静静充满皱纹缝隙的泪水的触感。她说她想死在哄闹声中，所以一连几天，我们都把瓦格纳的唱片放得震天价响，一起喝威士忌，一起等待。那是我记忆中最奇怪的等待，因为它同时是等待而又不是等待。在一种强烈的无时间感中，我们互相陪伴。但恐惧却让我们分开，她的恐惧，我的恐惧，对那件事的恐惧：这两种尖锐的恐惧是我们必须用不断互相注视来克服的，我们互相把手心放在对方的心脏位置。后来觉得累了，我们就把音响关掉，一起哭一起等待。老天，克丽芒的眼泪——她一生对我洒过多少眼泪，而它们又让我觉得有多恶心。但那一次却不同。那一次我觉得她的眼泪将可让我超凡入圣，而有一个月左右的时间，我也真的几乎变成了圣者。每一个早上醒来，我都预期她已经死了，但总是发现她仍有呼吸，萎缩得厉害的身体在睡衣里微微一起一伏。然后有一晚，她终于死了，在我睡着的时候死了。起来时，我发现她的身体再没有起伏，两眼张开，脸色煞白。

在她濒死的那段日子，我们一起哀悼，企图抚平彼此的伤痛。但与她永恒消失所带来的折磨相比，我们分享的伤痛根本不算什么。每个人的死是多么不同，但所通向的却是完全一样的国度——一个我们很少接触的国度，一个会让我们明白所有追求都是了无意义的国度。尽管如此，我们还是会很快重新投入各种追求。

我本来无意去写克丽芒的死。这件事让我心神不宁，虽然已经事隔好几天，我还是魂不守舍。我当然从哀恸中平复过来了，大概还相当快。她把钱留给了我，但加减乘除后我发现她留给我的只是一些债务。

自从把电话静声后，我接到的邀约少了一些。另外，我想也是因为人们对我返回伦敦的激动已经退潮了。最近每晚我都在家里喝酒，一面喝一面听收音机里的音乐，什么音乐都听。我本来有台录音机，但在搬家过程中弄坏了。晚餐不是吃米饭就是小扁豆，不然就是卷心菜。我也吃考克斯苹果。我很早就会醉愣愣地上床睡觉。但我不认为自己快变成酒徒。我有时觉得胸口疼痛，但我想那只是克丽芒造成的。

我怀疑詹姆斯是不是疯了。这还是我第一次有这种想法。但这假设不是可以解释很多事情吗？例如，他要不是疯了，又怎会幻想自己施展什么特异功能把我从一个大漩涡里托出水面？慢着，这不是我的幻想吗？难不成疯了的人是我？我一定是醉了，头昏眼花的。今天我比平常晚睡。佛陀向我走来。去睡去睡，祂说。

进一步思考詹姆斯，有件事我愈想就愈明白。他根本就还没有死，只是转入地下而已！整出戏都是英国情报部门导演的！我当时太难过了，因此没能看出这是骗局。我从未看到詹姆斯的尸体。等我到他家，那个神秘的黑封恩上校已经接管一切，“尸体”也被移走了。那个极端闪烁的印度医生也显然收了情报部门的钱。他写给我的信是个杰作。它让我太混乱也太感动了，而无法反省整件事情有多奇怪。我最后一次见到詹姆斯时，他的身体还很健康。说他能够用意志力杀死自己，其荒谬程度不下于说他会在水面上行走。我又想到，我一直没在他的遗物里找到他的护照。他不是去了炼狱或达到涅槃了，而是坐在军方的牦牛上，由某些眼角上斜的向导带路[①]，穿过白雪皑皑的群山峻岭！

自从写下上面的段落，我就注意到有几个东方人常常在附近的街道鬼鬼祟祟。我只希望他们不是从另一边来的，不会把我错认作詹姆斯[②]。回想起来，我以前在詹姆斯公寓里看到的那个土巴，必然是特工，不然詹姆斯不会不高兴我撞见。

我刚听到一个可怕撼人的消息：佩里格林在伦敦德里被恐怖分子杀害了。我几乎不敢相信。这时我才意识到，一直以来，我都把他的活动看成是纯喜剧性的。有些人就是把人生当喜剧在演。只有

① 在西方人的刻板印象中，东方人都是眼角上斜的。
② 意指那几个东方人是来对付詹姆斯的敌国特工。

死亡不是喜剧——但也不能算悲剧。一种茫茫然的恐怖再次攫住我，但我知道自己不是为了佩里而哀痛，而是为了其他人的死——也许是我自己的死——而哀痛。可怜的佩里。他是勇者。我不能骗自己真的曾爱过他，但佩服他试图杀我的勇气，要不是有个怪浪把我卷回岸上，他就成功了。对，一定是浪把我卷回岸上的。有关詹姆斯下水救我的那个怪异记忆，一定是我头颅受撞击所产生的幻象。我是纯粹运气好才会死里逃生的。

在佩里格林的丧礼上，从天主教到新教都派了代表致辞赞扬。他成了烈士。人们筹备成立佩里格林·阿尔伯洛和平基金会。罗希娜从加州飞回伦敦德里接受烈士遗孀的荣耀。不过莉齐告诉我，她听说罗希娜在佩里遇害前就已离开了他，没有回来的打算。但这也许只是恶毒的谣言。

奇怪的是，佩里的死所带来的震撼，反倒让我对自己有关詹姆斯未死的想法有所动摇。这不表示我认为上面的理论是错的，不是，我仍然认为它非常站得住脚，极端有说服力。我只是觉得自己不愿意相信罢了。也许我宁愿他已经死了。他的死其实没什么神秘的。他是心脏病突发。至于我提到那些在附近街道鬼鬼祟祟的东方脸孔，我现在已经知道，他们不是什么特工，而是一家印度餐馆的侍者。

不，我不相信詹姆斯仍然活着、好好地住在西藏，一如我不相信哈特莉还活着、好好地住在澳洲。有时候，我非常有把握她真的已经死了。

佩里格林推开门，倒在地上，身上布满弹孔。至少他死得很壮烈。

与考夫曼小姐共进午餐。西德尼回来了，对我说了很多罗斯玛丽的坏话。罗希娜在特拉法加广场一个会议上发表演说。莉齐和我一起看吉伯特上电视。

阿贝尔叔叔与爱丝蒂尔婶婶共舞时，只是轻轻握着她的手，轻轻扶住她的肩，仿佛单凭爱的力量，他就足以把她从地面举起。他们专注地看着彼此；他一副保护者的神态，而她则毫无保留地信赖他。在相机抓住这个转瞬即逝的一刹那时，他们跳的是华尔兹吗？爱丝蒂尔婶婶的脚看起来几乎没有碰着舞池地板。

我注定不会成为我父亲那种人：一个绅士。阿贝尔叔叔也是绅士吗？不算是。詹姆斯是吗？这问题很荒谬。

詹姆斯说我爱的其实是自己的青春岁月，不是哈特莉。克丽芒阻挠我寻找哈特莉。战争摧毁了那个本来可以与我儿时甜心白头偕老的寻常世界。没有火车让我到得了她住的地方。

我刚刚才和托比喝了一晚上的酒，现在只觉得羞惭，托比说詹姆斯是“怪胎”，而自己则是“没有任何秘密的凤凰”。我没有表示异议。听到詹姆斯被轻夷，我甚至有种满足感。托比仍然想要那些诗作，但我不准备出让。我还是没敢看这些诗，一行都没看。哪怕詹姆斯是本世纪最伟大的诗人，只怕还得再等上一段短时间才会受到公认。我想得等到我死了以后。

詹姆斯说我必须把对哈特莉的爱“重演”一遍，因为只有这样，我的爱才会像童话故事里的什么东西一样，在钟声敲响十二下的时候，烟消云散。这种“重演”，是一种去除旧怨的必要机制吗？还是说，我想把哈特莉从班身边抢走，动机不过是跟从佩里格林身边抢走罗希娜没两样？当然，提图斯之死让我和哈特莉的事变得不可能。不过，代价虽然惨重，我还是上了一课，明白人类的虚荣心是怎么一回事。我现在甚至开始怀疑当初我是不是真的那么爱哈特莉。一个无法否认的忧愁事实就是她并不聪慧。现在回想起来，我们是多么乏味的一对，既没有风格，又欠缺品味或风趣。而这些，都是我从克丽芒那里学来的。我是把枯燥误认为良善了吗？我会有这种误认，是因为我妈妈对爱丝蒂尔婶婶的恨意吗？

我为什么会突然写下这种亵渎话[①]？一定是太晚了我才会神志不清，胡说八道。

我避谈哈特莉有多久了？我一直避谈她，尽管我无时无刻不想她。几天前我突然想到，他们移民澳洲的事，“显然”是骗人的。为什么哈特莉早些时候没提他们有移民计划呢？因为根本没有这回事！这是班在最后一分钟想出来的伎俩。一个人在移民前还会买一只狗，不是很违背常理吗？他们那张从澳洲寄回来给邻居的明信片又怎会来得那么快？那一定是在一个澳洲朋友的帮忙下伪造的。班想把我骗到澳洲去。他们只是暂时搬到伯恩茅斯或利瑟姆圣安斯之类的地方。说不定他们过一阵子从阿克赖特兄弟那儿听到我已经搬走的消息，就会搬回“尼布利特”。我应该怎么办呢？回到村子去做些侦查工作吗？不见得每个人都会对我撒谎的。

但我已不再有这样的动力。我因为搅和到别人的生活之谜里，已经落得遍体鳞伤，该是终止的时候了。稍后，我认定，到底他们是去悉尼还是利瑟姆圣安斯都与我不相干了。更重要的是，我认为他们设下精密骗局的这个想法是荒诞不稽的。

不过，如果他们真的移民，又是从什么时候开始计划的呢？班真的相信我是提图斯的生父吗？如果他真的相信，以他的暴戾的性格，他对我的举止可说是相当克制。现在回顾起那个因果之网，我发现自己曾告诉詹姆斯班有杀我的企图其实是件好事，因为要不是这样，他就不会看出我有杀班的企图，也不会想出法子让佩里格林招供。但我真的有过杀害班的企图吗？没有，那些只是自我慰藉的

① 指冒渎他妈妈，因为上述的话暗示他妈妈的枯燥乏味无法等同于良善。

幻想罢了。但尽管是幻想，却一样带来“意外”。

为什么我会傻傻地认为哈特莉被死亡的愿望所销蚀呢？她才是懂得生存之道的人，生命力坚韧得像皮靴。

如果这本日记是“等着”我替哈特莉下个明确的最后定论的话，那它也许只能永远等下去了。这日记当然不是一本全记录，很多与前面记载无关的人和事都被我省略了。我甚至省略了日期。时光荏苒，现在是十月了。凉冷而阳光普照，让人零星忆起一些其他秋天的旧事。这是蘑菇的生长季节，我享受了很多顿蘑菇大餐。我吃的当然不是那种纽扣大小了无滋味的蘑菇，而是货真价实的黑色大蘑菇。烤脆面饼在商店里也买得到，让人开始期待熟悉的伦敦冬天到来，期待闪烁和令人兴奋的圣诞节到来。不管我有多不快乐，还是不由自主地回应这种节庆气氛的刺激，就像我在过去一些不快乐的秋天那样。

自从写下有关克丽芒之死的段落，我就一直思念着她。真奇怪，原来思念有其专属的痛苦。我反复看见克丽芒：我在公车上时会看见她走在街上，我站在往上的自动扶梯时会看见她站在往下的自动扶梯上，等我追上去，她已经上了出租车，绝尘而去。也许这就是身在“中阴”里的人会经历的事。老天，如果克丽芒真的在“中阴”里，那她将得要待多久啊！讲到执着，克丽芒头脑里的执着足以让她受折磨一万年。

前些时候写下的那些“亵渎话”当然不是我的由衷之言。

我是什么时候开始松开对哈特莉的臂弯呢，或者说放开她在我脑子里的幻影、假象呢？我以前就松开过，还是直到这次干尽了荒唐事以后才真正松开？我记得罗希娜说过，她对我的欲望是由嫉妒、恨意和愤怒构成，而非由爱构成。我对哈特莉的欲望是不是也可以这样看待？是不是我制造的这一切，其目的就是让我明白她只是哈比[①]，是专门制造麻烦的半疯老太婆，不值得我牺牲奉献，我应该弃如敝屣的呢？詹姆斯说过，只要我能够把她看成邪恶的巫婆，我就会原谅她。但原谅她是否就意味着我在这个跟自己玩的心理游戏里输了呢？我复活我的爱，为的只是让自己明白，我的爱是虚假的吗？让自己明白它只是由早年的怨恨和现在的占有欲和妒意构成的吗？我当初真的那么怨恨吗？我不记得了。我拼命搜索早年的回忆，想要回答这个问题，却徒劳无功。但我隐约感到，我当时对哈特莉的态度，与其说是怨恨，不如说是某种罪恶感，是因为我为她痛苦得不够深、找她找得不够殷切所带来的罪恶感。对，我当时爱上了克丽芒，对，一定是这样，尽管我为了折磨她而不惜否认这一点！这么说，我当时会不会反而因为找不到哈特莉而释怀呢？没有日记可以告诉我答案，就算有，我也不相信里面写的。我现在已无法记得发生在史前时代的事件的精确顺序了。我们的记忆——不啻就是我们的自我——是有限而且会出错的，而记忆的这种有限性和可误性就像人的深密性和理性一样，是人的重大特征之一。事实上，它甚至是后两者的本质部分。

不管原因何在，事情都已过去了。我对她第二次的爱乍看是何等崇高：我看到她是如此可怜、如此破碎，同时我又愿意珍爱她。我觉得这种爱甚至可以成为一个光源，即使我注定会失去她。那道光如今到哪去了呢？它消失了，而它原来充其量只是我在沼泽里看到的一道闪光。我的“大启蒙”不过是个大笑话。她走了，她什么都不是，对我来说不再存在。我为之而战的只是海伦的幻影。我们只喜欢过一次，就是第一次。这句骗鬼的法国谚语害我做了多少蠢事！

① 希腊神话中的角色，是一种脸及身躯像女人，翼、尾、爪似鸟的怪物，性情残忍贪婪。

是什么改变一切的呢？就是时间无休止的移动吗？是时间静悄悄且自然而然改变了一切的吗？我前面写过：提图斯的死“污染”了哈特莉，单单他死了而她还活着这一点就让她受到了污染。对，我是这样想的，但我没有责怪她的意思。与其说是她的责任，毋宁说是有某种邪恶的秽物慢慢侵蚀了一切，最终带来我们永远的分离。那秽物来自于她，却不是她的错，而现在，在我的眼中，她已经因为那秽物的污染而扭曲变形，变得肮脏、不整洁、有臭味且老迈。多残忍而不公平的命运啊。那绝不是她的错。不管用什么标准来衡量，错都在我。我释放出心中的妖魔，嫉妒心的海怪只是其中之一。我曾经信心满满地夸口：“不管她变成什么样子，我都爱她。”但现在，这种勇敢的自信已经逝去，死去了，一切都褪色成为了琐碎和漠不关心。我知道，我心底是轻夷哈特莉的，就像几乎所有人都会在心底里轻夷所有其他人一样。哪怕少数我们真心景仰的人，我们仍然不时暗暗轻夷他们（就像托比和我轻夷詹姆斯那样），以便喂饱我们那个胃口奇佳的古怪自我。

但痛苦当然是持续的，而且会一路持续下去。我们都是受制约的生物，听到铃声就会流口水[①]。这种受制约性，是我们最大的特征和厄运之一。任何东西都可以被联结[②]所污染，如果你的联结够多，就足可以让世界变得黑漆漆。每次听到狗吠声，我都会看到哈特莉那张因痛苦而皱起的脸。瓦格纳的音乐也是如此，每次我听到瓦格纳，就会忆起克丽芒垂死前涕泪交零的样子。不管是地狱还是炼狱，都用不着其他更精心炮制的酷刑了。

忙碌的一星期。与考夫曼小姐吃午餐，安排她妈妈住进一家舒适而昂贵的“老人之家”。看来付账单的人将是我。我真是快成圣

---

① 人是受制约的生物乃是行为主义心理学的主张。

② 这里的“联结”是心理学名词，指两样原无直接关系的东西因为同时出现的次数够多而在人的心理上建立起关联。

了吗？与罗希娜喝了一次酒。她准备投身政界。她说演讲是最容易影响别人的方式。我又见了布尔和威尔·博厄斯。他们希望我加入他们的新公司。我拒绝了。与罗斯玛丽吃了一顿午餐，她说西德尼和梅宝琳看来快吹了。收到另一封安琪拉寄来的信。去了剑桥一趟，去看班史提克夫妇炫耀他们的快乐婚姻和漂亮子女。与莉齐和吉伯特共进晚餐。吉伯特获提名“年度演艺界风云人物奖”。我们聊到威尔弗雷德，吉伯特变得谦虚，但也许是装出来的。

我必须再写一写莉齐，我在前面一直对她不尽公允。她写给我的信我还留着，而你会保留某人的信通常都是代表意味深长的（话又说回来，哈特莉究竟为什么要留着我最后一封信却又不读呢？我怀疑她只是想赶快把信处理掉。一封长信是不容易一下子就毁掉的，这点我自己就经验丰富）。我重读了莉齐的几封信，第一次读的时候，我觉得这些信只是一些自欺的胡说八道。但现在它们的内容却变得相当感人，而且饶有智慧（但会不会是因为我开始觉得自己没有仰慕者了？自从克丽芒去世以后，我从未有过这样的感觉）。由于吉伯特变得很有名而且很忙碌，我现在单独见莉齐的时候多了一些。我会定期和她吃午餐，并且说服她不要下厨。我们静静而愉快地在一起。我们说笑，讲笑话，从不谈严肃的事。

我对你的爱已归于寂静。不想再让它变成怒吼的烈火。如果我能够承受更多苦，我会愿意承受更多。当我们是你的孩子一样接纳我们吧。柔情与信赖，与沟通和真理：一个人年纪愈大，这些事情就愈显得重要。让我们不要浪费爱，爱太稀有了。难道我们不能在自由中爱着彼此，而不让可怕的占有欲、暴力和恐惧污染一切吗？我们不要再分离了。让我们永远平静地在一起吧，我们已不再年轻。爱我吧，查尔斯，把我爱个够。

毫无疑问，莉齐与吉伯特在一起是快乐的，就像她在第一封信里说的那样，尽管当时我并不相信。“一切突然间都变得单纯和无邪。”吉伯特现在的名气并未改变这一点。他在电视上的成功也带来其他的胜利。他十月要到爱丁堡，在布尔导演的一出新戏里担纲演出。由于受到英国大众的欢迎，吉伯特对我的态度已不再那么诚惶诚恐。莉齐也是如此。我这头狮子真的已经变老，爪子已经变钝了吗？不管怎样，我发现，不费吹灰之力、未经事先的讨论，莉齐就如她所愿那样，变成了我的小孩、我的小听差、我的儿子。因此，在本故事中至少有一人最终是如愿以偿的。

莉齐害怕回到我的怀抱，唯恐爱情会让她成为我的奴隶。我会遗憾她对我的恐惧已离她而去吗？唉，我就是这样一个邪恶暴君。莉齐是怎样做到的？也许她就像我一样，必须把自己的爱重演一遍，从头再受苦一遍，才能把它转化。唯一的差别是她成功而我失败了。她圆满了她的爱，我则摧毁了我的。我是不是她命定的试炼？这猜想未免太自负了！也许是这个夏天发生的许多恐怖事情，把联系我们的细线挣断了。莉齐大概是累了。我们一直是对方潜在的恶魔，但某种亲密感却让我们从互毁的命运中被挽救回来。我和莉齐的关系看来被挽救回来了，但其中没有我的功劳，也没有我的意志，纯粹是某种恩赐。我想我们两个都累了，很高兴可以在彼此的陪伴中获得休息。

我们会互相触摸和接吻，但没有更进一步的冲动。我在这日记一开始就说过，不像很多现代男性偶像那样，我不是个性需求很高的人！没有性，我一样可以过得好好的。回顾起来，我必须做一个会让很多现代男性偶像自惭形秽的告白，那就是我成功追求到的女人，并不总是可以在床上取悦我。例外当然是有。克丽芒就是一个，男女之事就是她教我的。珍妮也是。换了哈特莉，又会是什么样子？

我和莉齐从不会谈詹姆斯，而且就像他们曾经认识这件事已经从我们脑子里洗去似的。尽管如此，詹姆斯还是把我与莉齐分隔开了。他阉割了我们的关系。也许这就是我们能平静相处的缘由吧？

所有可能打扰我们关系的妖魔鬼怪都被杀死了。我并不怀念这些妖魔。有时我与莉齐静静地相处在一起的时候，我会想她是不是与我想着同一件事情。

我常常胸痛，这种现象，第一次发生在我在“什鲁夫末端”厨房里准备洗澡的时候。我去看医生，但医生说只是“细菌”引起。

有时我会坐着发呆，纳闷自己的遗产要留给谁。也许更好的方法就是从现在开始就分送出去。我已经寄了一张支票给英国佛学会，又寄了一张给佩里格林和平基金会，而没过多久，年轻的布利克将会对我的慷慨大吃一惊(他快结婚了)。他的《哈姆雷特》还在上演，但我还没看过。我计划把詹姆斯有关东方的收藏品全部送给大英博物馆，而且书还可以先给他们。我会把詹姆斯的诗留给托比。为什么我会这么急着未雨绸缪呢？我预期自己快死了吗？不全然，看来坠海那次确实对我带来了伤害，但不是身体方面的伤害，而是灵魂方面的伤害。说不定詹姆斯也是死于灵魂受损？我身体很健康，一点也不觉得自己正迈向“老人俱乐部”，然而，我却注意到，别人开始以对待老人家的方式对待我，这一点必然反映着我的自我意识。他们送我礼物、盆栽和咖喱鸡罐头，又问我是不是一切安好。我是不是一切安好？罗斯玛丽最近才送我一些陶质汤碗。

昨晚，有人在BBC的问答节目中竟然答不出我是谁。

昨天写上述的文字时，我一定有一点不舒服。事实上，昨天参加完在牛津举行的筹款餐会以后，我就有一点恶心。在这种情绪下，我最好还是不要太快把我的钱分出去。然而我已经告诉大英博物馆，他们可以来搬书了。我认为这个做法是对的，虽然又感到不管送走詹姆斯的任何一件东西都是不敬的。我是怀疑他什么时候都有可能回来吗？

我现在一面写东西，一面摸着詹姆斯从我的收藏里挑出的那块蓝线棕底石头。我来这里的时候，看到它就在书桌上。大概是因为詹姆斯常常摸它，所以摸它的时候让我有一点感觉像是在摸詹姆斯的手(真是滥情得不知所云)。爱人不也是一种执着吗？我不想一无所获地受苦。我为我们从未能更深入了解彼此而遗憾、怨悔。我们从来不是真正的朋友，而我也愚蠢地花了大半生的时间羡慕他，紧张兮兮地盯着他，铆足劲跟他竞争(他大概从不知道有这样的竞争存在)。我为他的不成功感到高兴，而我之所以那么看重自己的成功，是因为它似乎可以让我把他比下去。我对他的意识是恐惧、焦虑、羡慕和渴望，期盼引起他注意。这样的意识能包含爱或构成爱吗？我们因为缺乏信心、勇气和宽宏而失去彼此，因为错置的尊严和英国人天生的沉默寡言而擦身错过。现在，我只觉得自己的一部分已经被詹姆斯的死带走了，一如一座桥的一部分被洪水冲走。

对哈特莉的第二次背叛，我刚想到了一个全新的解释(事实上也适用于她的第一次背叛)。我想，这个解释是受詹姆斯启发的。哈特莉说过，她必须想像我是恨她和怪她的，因为这样她才能“保护自己”。我当时认为，她这个想法是她设计来麻痹自己对我的旧爱，设计来抵抗我至今还对她具有的吸引力。但她又说过，她一直对我满怀罪恶感。会不会，我们之间的基本纽带根本不是爱，而是罪恶感呢？偏执的罪恶感可以存活很多年，而且会活化被伤害者的幽灵。是不是这种罪恶感让哈特莉虚拟出一种她本已埋葬了的爱呢？也许在那段漫长的中间时期，哈特莉根本不明白她这种痛苦感情的实质。以我们当初密不可分的关系以及过去的誓言，离开我的决定对她来说一定极艰巨且极可怕。“我非跑掉不可，那是唯一的办法，那不容易。”是不是这种背叛所带来的震撼，一直在她心灵回响，就像最初的宇宙大爆炸至今还回响着一样？既然没机会去界定这种感情，她当然无法分得清那是一种爱，还是震撼或罪恶感。

后来我再次出现，清楚地向她解释我既不恨她也没怪她，而且一直无怨无悔地爱着她。她的第一个反应是感激，因为放下心头大石，让她恢复了对我的某种爱意。也许那晚她来我家告诉我提图斯的事，她感受到的就是这个。正如我在我和佩里格林的个案中学到的，人会有罪恶感，往往不是因为干了坏事，而是因为受到控诉！因为我把哈特莉自己想像的控诉撤销了，她对我自然心生感激和柔情，至少开始是如此。然而，随着罪恶感的消退，她埋得更深的情绪也开始冒出来。毕竟，她当初离开我是要下很大的决心的，所以背后一定有某些强大的动力驱使她那样做。她跑到斯托克的阿姨家是需要极大的勇气的。她为什么要逃呢？因为我爱她而她并不爱我；因为她喜欢我喜欢得不够，因为我太自私，或如她所说的，我“有点霸道”。我一直以为自己是在重拾一种秘密的爱，但那样的爱根本不存在。自从她得以从罪恶感中释放出来以后，长年积蓄的愤怨又回到她身上，让她对我的陪伴变得厌烦。而这种厌烦，正是从前驱策她离开我、到别处寻找人生憧憬的动力。也许就是在那个别处，她很快就获得我所无法带给她的性启蒙。

但这些猜测让人太难以消受，我宁愿说“我永远也不会知道真相”。

大英博物馆的人来过，搬走了所有的东方学书籍。他们看来也渴望可以得到詹姆斯的其他东西。其中一个馆员甚至想把关着妖魔的木匣子拿下来看一看，但我大喝一声冲上前阻止他。未搬走的藏书主要是历史书籍和各种欧洲语言的诗集（我找不到密勒日巴的诗集。他是意大利诗人吗？）。没有一本小说。我把自己的书拆封了一些，放到书架上。但它们的样子都与书架腾出来的空间格格不入。这地方会慢慢解体，就像阿拉丁故事里的皇宫那样吗？

收到珍妮来信，邀我到伊朗看她。她嫁给一个库尔德族王子之类的人物。但我可不想成为情杀案的遇害者。

“什鲁夫末端”终于卖出去了，谢天谢地。买主是施瓦茨科普夫博士夫妻。但愿他们面对萦绕在那里的不明物时，运气会比我好。

关于罗希娜的最新八卦是，她在洛杉矶与一个精神科女医师同居。听说白痴威尔·博厄斯荣获封爵了。我敢夸口，我是从不垂涎这种“荣耀”的。

昨晚梦见哈特莉死了，是淹死的。

安琪拉又寄来一封信。

我和莉齐谈到哈特莉，尽管我没说什么重要的事，但心里却觉得轻松，就像我的心终于被轻柔地撬开了。我向莉齐指控哈特莉是“狂想家”(这好像是提图斯的形容)，但我自己也是狂想得何等厉害的“狂想家”。我是梦游者、魔法师。回顾起来，我一直都是在读自己撰写的梦幻文本，而没有看现实一眼。当哈特莉说我们的爱在真实世界是没有位置时，她是对的。但现在让我震惊的是，我发现有时候为了让自己好过一点，我会偷偷摸摸把她视为撒谎者。为了减轻折磨我的执恋，我开始狡猾地、半无意识地(这是善于自我保护的人类最专长的)视她为一个可怜的歇斯底里的泼妇。这种高高在上的同情是我能够逃出的中途之家。我无法承受她像只被俘的小动物在那无窗户的房间[①]里呜咽，时至今日，我还会在噩梦里看到这情景。我的爱的想像力放弃了真实的哈特莉，而用高度抽象的观念来安慰自己，闭着眼睛说自己愿意“坦然接受事实”。那是一个出口。

交谈中，莉齐说了一句：“一桩看起来可怕的婚姻其实也可能是好端端的。”对，这话没错。但我不是已经取得证据了吗？我当然从未告诉莉齐我偷听的事，从未告诉她我曾听见哈特莉一遍又一遍地说：“我很抱歉，我很抱歉，我很抱歉。”班从未完全适应平民生活。他因为在阿登的战俘营里杀了许多人而获得勋章。军方有人对这种非必要的杀戮颇有微词。有些人天生就比另外一些人善于杀人。哈特莉说班常常会施暴只是个谎言，但也许这话才是谎言。她

---

① 指“什鲁夫末端”二楼的里房。

是出于忠诚才撒谎的吗？还是出于非理性的恐惧？谁又会嗅不到她身上的恐惧气味呢？这些线索可以通到什么地方，而又要用什么方式来看待才是公允的呢？但大门已经关起对爱的想像力了。记忆的可误性和有限性使得完全的和解变成不可能。但哈特莉毫无疑问是痛苦的，毫无疑问是——如我当初所想的那样——有时候会后悔抛弃我。她来找过我，她来奔向我，这不是梦。那晚我们的拥抱也不是梦。那晚她还说过她爱我。我认为她后来的转变是因为“旧怨涌现”的理论太钻牛角尖了。在寻找真理的时候，人有时会变得钻牛角尖。我们之间的故事当然是爱情故事。她现在固然无法当我的比阿特丽丝，而我也无法从她那里得到救赎，但这并不代表我对她的想法是没有意义或没有价值的。从今以后，我的爱将以一种淡淡、静静的方式，像纪念品那样，继续留存，尽管它不再是我生命里的重大部分，却仍然是持续不衰的部分。过去会埋葬过去，而且必定会以沉默告终，但那可以是一种有自觉意识的沉默，是张开眼睛的。也许这就是詹姆斯所说的最终的原谅。

昨晚我梦见一个孩子的歌声，唱的是“我们原来十三个”。醒来时，那句荒谬的副歌——乒乒乓乓乒乒乓乓——似乎仍回荡在公寓里。如果提图斯还在世的话，我对这种梦境的感受将会如何不同！把一些书拆封的时候，我重遇他那本豪华版的但丁爱情诗集。

因果的连锁是如何的不计其数啊。我们的虚荣心、嫉妒心、贪婪或怯懦都足以成为别人的陷阱。回想起当初我搬到海边的时候，竟以为自己真放得下世界，真是幼稚。我们总是以一种形式放下权力，然后又用另一种形式把它抓起。也许某种意义下，詹姆斯和我都犯了同样的毛病？

我企图回忆詹姆斯对我说过的话，但它们似乎正以不寻常的速度从我的记忆中消失。大部分藏书被搬走以后，詹姆斯的公寓显得冷冷清清。看来这房子在冬天会相当冷。最近天空已经变得苍茫和灰黄。我得赶快学习怎样靠集中的心念提高体热！

今天又去见我的医生，他仍然查不出我的身体有什么毛病。我开始怀疑，我的许多“智慧”是不是只是身体将要垮掉的预兆！一整天都在下雨，我留在家里。以目前米、小扁豆和考克斯苹果的存量，我一整个冬天足不出户都不是问题。我继续让电话保持无声。现在，我终于如愿以偿得到了孤独，变得了无执着了吗？历史已经过去了吗？

人有可能改变自己吗？我怀疑。人即使能改变，也必然是以百万分之一毫米为衡量单位。当旧的鬼魂离开，剩下的就只有日常的责任与日常的兴趣。这时，他可以静静过日子，偶尔做些小善事，不去伤害别人。目前这一刻，我想不出有什么小善事好做，但说不定明早就会想出一件来。

今天大雾。早上到堤岸去的时候，看不到泰晤士河的对岸。冷冽的空气让我精神为之一振。商店的陈设已经开始有圣诞节的气氛。我走到皮卡迪利大街，买了很多起司。回家后看到弗里齐打来的一封充满感情的长电报。他说正在回伦敦的路上，又说希望我可以导演他所称的“新芭蕾舞剧”。《奥德赛》再度上片。

带考夫曼小姐去看《哈姆雷特》，很开心。有人邀请我去日本，条件诱人。

决定让电话复声，马上就接到安琪拉的来电。约好星期五吃午餐。

弗里齐明天就会到。

对，我爱的当然是自己的青春岁月。是爱丝蒂尔婶婶吗？不尽然。谁才是一个人的初恋呢？

老天，那木匣子摔了下来！隔壁敲敲打打，害匣子从托架上掉下来。盖子掀了开来，不管里面本来关着些什么都肯定已经跑出来了。在人生这条妖魔四伏的朝圣路上，下一个迎我而来的惊骇会是什么?

Iris Murdoch
THE SEA, THE SEA

图字：09－2011－615号

图书在版编目(CIP)数据

大海，大海 /（英）艾丽丝·默多克(Iris Murdoch)著；梁永安译. —上海：上海译文出版社，2021.10
（艾丽丝·默多克作品）
书名原文：The Sea, The Sea
ISBN 978－7－5327－8814－9

Ⅰ.①大… Ⅱ.①艾… ②梁… Ⅲ.①长篇小说－英国－现代 Ⅳ.①I561.45

中国版本图书馆CIP数据核字(2021)第156413号

大海，大海
［英］艾丽丝·默多克 著 梁永安 译
策划/冯涛 责任编辑/管舒宁 装帧设计/张志全工作室

上海译文出版社有限公司出版、发行
网址：www.yiwen.com.cn
200001 上海福建中路193号
江阴市机关印刷服务有限公司印刷

开本 889×1194 1/32 印张 16 插页 6 字数 340,000
2021年10月第1版 2021年10月第1次印刷
印数：0,001—5,000册

ISBN 978－7－5327－8814－9/I·5446
定价：90.00元